那一方土地，
那祖祖辈辈讲给我们的故事，
我们不该忘记。

放缓脚步，
去故事里闻一闻乡土气息，
重拾遗失的美好记忆。

中国民间文化遗产抢救工程
THE PROJECT TO CHINESE FOLK CULTURAL HERITAGES

中国民间故事丛书

中国民间文艺家协会　组织编写
总主编/潘鲁生　邱运华　本卷主编/陈英

甘肃 陇南

文县卷

知识产权出版社
全国百佳图书出版单位

↗ 马家山龙池坪茶园
→ 白水江自然保护区
↓ 白马人村寨

← 碧峰沟

↓ 关音楼（观音楼）

↗ 文昌楼
→ 修缮后的文昌宫
↓ 石坊廊桥

↖ 碧口抗日楼
← 文县古城墙
↓ 文县天池

→ 石门沟瀑布
↓ 玉虚山园林邓艾塑像

← 古栈道栈孔
↓ 阴平古栈道

↗ 白马人青年婚礼

→ 白马人迎宾仪式

↓ 白马人火圈舞（薛堡寨）

← 白马人面具舞"池歌昼"
↓ 白马人"池歌昼"表演

↗ 羚牛
→ 金丝猴
↓ 熊猫

← 火焰灵岩镂空云
涛铜观音（明代），
国家一级文物

↓ 刘家坪清凉寺壁画

民间文学的时代意义（序一）

邱运华

中华民族的文化史由两个部分组成：有文字记载的和没有文字记载的，缺少后者，文化史最多就只有半部。最初认识到这一点的，是"五四"时期的思想家和文学家，他们把民间文学看作中国文化史重要的一部分，整个中华文明不可缺少的部分。收集和整理出版来自民间的文学资料，也是由他们发起、在延安鲁艺时期被列入"新文化建设""正典"的历史工程。

民间文学并非简单地对应于文人创作的文学，而是具有鲜明的政治思想取向。它是"五四"一代及其前辈思想家们"重铸民族魂""中华民族复兴"整体启蒙思想的一部分。"五四"时期关注来自民间的文学，乃是出于对"贵族文学"独白话语体系的反拨，是全社会民主运动的表征。"五四"之前，梅光迪回复胡适："文学革命自当从民间文学入手，自无待言。"至"五四"时期，北京大学校长蔡元培发表启事，成立"歌谣征集处"，向全国征集民间歌谣，同时发表"北京大学征集全国近世歌谣简章"，明确其宗旨"不仅是在表彰现在隐藏着的光辉，还在引起将来的民族的诗的发展"。从事中国民间文学研究的美国学者洪长泰认为，现当代中国的民间文学运动被称为"世纪运动"。鸦片战争以来，激进派学者们寻找中国文化之根的努力，导致了他们提倡以口语为基础的现代文学语言。"五四"运动时期，年轻的中国知识分子有意识地将他们的关注对象转向民间口头传承。"到民间去"成为一种政治运动。它对于新文学和新文化运动冲破封建思想、重视人民创作的倾向起到了推动作用，但却属于未能彻底完成的任务。延安鲁艺继承发扬了"五四"走向民间这一传统，赋予其"民族性"和"人民性"的重大思想意义。延安鲁艺把收集、整理民族民间文学，与抗战救亡、与创造新文学的职能紧密结合在一起，形成一个延伸到今天的新中国思想文化运动。1940年在《新民主主义的文化》一文里，毛主席鲜明提出："中国文化应有自己的形式，这就是民族形式。民族的形式，新民主主义的内容——这就是我们今天的新文化。"他特别强调的"民族的形式"实际上多半指的就是民间文化，特别是民间文艺。毛主席所提出的这一文化思想，在《在延安文艺座谈会上的讲话》里得到充分阐发，长期以来指导着我党的文化建设。毛主席是"五四"新文化运动一代人，他本人对民间文学的认识并非简单止于概念和观念，而是内心真正喜爱的，也确实做过指导学生收集民间歌谣的工作。他非常清晰地把"所有的封建统治阶级的糟粕产品"，与"民间文化的精华部分或者与那些天然的民主的和革命的因素"区分开来。延安鲁艺以学习民间文艺作为方向，培养了一大批新中国文艺工作者，创作了大批优秀的文学艺术作品，奠定了新中国文艺事业的发展方向。例如，延安鲁艺正式成立了"中国民间音乐研究会"，确定了宗旨为：开展有计划、有组织对民间音乐的采集、介绍和研究工作；对大量优秀的传统民歌、小调、歌舞进行加工和改编，从而产生了不少优秀的"民歌改编曲"。民间文学传统形式经由赵树理《小二黑结婚》《李有才板话》、阮章竞《漳河水》、李季《王贵与李香香》等创作，为新文学树立了榜样。

新中国文学弘扬了延安时期重视民间文艺中的人民性传统。新中国成立之初，最重要的文艺话语乃是宣传延安文艺座谈会讲话精神，打破封建文艺观占领的报刊、舞台、银幕等阵地，普及民间文艺民主传统，建设"人民的文学"观念。1949年北平解放之际，新中国文艺工作者最主要的工作，乃是宣传民族文学形式和新民主主义思想内容之间不可分割的联系，这一系列文章见诸 1949—1950 年之间的《人民日报》。1949 年 3 月 25 日起，《人民日报》集中发表有关文艺的专题文章、综论，涉及"文艺为工农兵的方针""年画的装饰性与现实性、人民性"，以及"停演迷信淫乱旧剧"等问题，秦兆阳、蔡若虹、江丰、罗合如、刘念渠、梁思成、沙均和犁草以及张映雪等人分别就改革旧剧、国画、平剧、城市规划、秧歌舞和新洋片等方面的问题发表文章，直接影响了新中国文学以"人民的文学"作为基本方向和路线的确定。从 1950 年元旦刊发李伯钊"谈工人文艺创作"、王亚平"攻破封建文艺堡垒"开始，到随后刊载关于"东北戏曲改进会成立""电影制作贯彻工农兵方向""北京旧戏曲的改革"，到赵树理发表"谈群众创作"、王朝闻发表"旧剧演技里的现实主义"、周扬"关于地方戏曲的调查研究工作"、艾青"谈'鸿鸾禧'"和程砚秋"西北戏曲访问小记"等，辅之以展开的历史唯物主义方法论、高等教育制度、教科书、学术研究体制等话语讨论，昭示着延安时期来自民间文学的平民大众文学路线、服务人民大众的文学发展方向，真正在新首都、新中国确立起来。可以明显看出，延安时期强调的人民文学传统，在谈论文艺问题的过程中处于核心位置；以《在延安文艺座谈会上的讲话》为指导的新文艺路线，迅速成为北京文艺的主流，同时，来自延安的文艺工作者也成为新中国文艺话语的拥有者和叙述者。可以说，收集、整理、改造民间文学，对于"五四"新文学运动、延安鲁艺到新中国建立后的新文化新文学建设起到了核心作用，为新中国人民文学的健康发展奠定了坚实的基础。德国学者福玛瑞评价这一走向时说："他们……力图寻找民族的文学，并抱有以此为手段改变'民族性格'的雄心壮志。我们如果考虑历史悠久的民歌搜集传统，可以说，这类对口传文学的重视是中国的一贯传统。"这段话放在中国现代文学三十年，的确非常合适。

今天我们重新提起 20 世纪中国民间文学收集和整理工作，与"五四"时期重铸民族魂的使命相比，实际上面临着性质相似、层次不同的任务。一是我们重新处于中华民族文化、思想和精神价值的再铸造进程中，重视当代民间文学进步思想传统，对于实现中华民族复兴使命具有重大思想价值。二是发掘和阐发民间文学优秀传统，对我们深刻理解"革命文化"和"社会主义先进文化"的历史渊源，对中华优秀传统文化的丰富性有新的认识，具有重要理论价值。三是民间文学的人民性传统，是我们繁荣和发展社会主义文艺的坚实基础，是建设新文学不可缺少的丰富资源。与"五四"时期和新中国成立以来的民间文学研究不同，当代民间文艺学家所处的思想层次和学术水平，不允许我们再仅仅做简单的收集、整理工作，而是要求学者在坚实的材料研究的基础上，充分发掘和阐释民间文学中的思想、文化和艺术资源，在马克思主义的指导下，参与到新世纪中国美学精神的构建和阐发工程之中。做到这一点，我们新中国的文学史，就将比以往更为坚实、更具有鲜明的中国话语特点。

2017 年 3 月

（作者系中国民间文艺家协会分党组书记、驻会副主席）

绚丽多彩的甘肃民间故事（序二）
柯 杨

　　《中国民间故事丛书》（县卷本），是中国民间文艺家协会在完成《中国民间故事集成》（省、自治区、直辖市卷本）之后的又一浩大的非物质文化遗产保护工程。把近 60 年来全国各地民间文学工作者含辛茹苦所收集整理的民间故事，以县卷形式出版（估计有 2863 卷之多），不但是保存和恢复历史文化记忆的又一伟大壮举，也是促进我国软实力（文化实力）崛起、弘扬和发展中华文明以及建设社会主义新文化的一项基础工程，具有重要的历史意义和现实意义。

　　地处黄河、渭河、泾河、西汉水、白龙江中上游的甘肃省，是中华文明重要的发祥地之一。这里是伏羲、女娲的故里，西王母的家乡，黄帝的诞生地；这里是农耕文明的肇始者后稷及其后代不窋、鞠陶、公刘"教民稼穑"的地方；这里是秦人先公先王率众创业的故土；这里是后来融入中华民族大家庭的氐、羌、西戎、丁零、吐谷浑、党项、回鹘、吐蕃等部族在历史上最为活跃的地区；这里是历代名将开拓国土、保卫边疆的征战沙场；这里是天马东来、丝绸西去的重要孔道；这里是以敦煌莫高窟、天水麦积山为代表的佛教石窟艺术最集中的长廊。深厚的文化底蕴，造就了甘肃民族民间文化的绚丽多彩；农耕、游牧、商旅等多种多样的生产、生活方式，造就了甘肃民间故事的多样性、多民族性和地域性特色。

神话、传说中的人文始祖和部落英雄，给甘肃这块辽阔的土地增添了许多神奇色彩。如流传在西和县的《伏羲女娲成婚》的神话，流传在正宁县的黄帝神话，流传在泾川县的《王母宫山的传说》，流传在庆城县、宁县等地的关于农耕先祖公刘的传说等，反映了先民在那古老而又漫长的岁月里求生存、求发展，繁衍种族、艰苦创业的强烈愿望和丰功伟绩，是甘肃叙事口头文学中最值得重视的部分。

甘肃艰苦的自然环境与复杂的社会背景锻炼和造就了不少人才，加之地近边疆，历史上战事频仍，因此忠臣良将辈出，人物传说相当丰富。如赵充国、霍去病、李广、姜维、权德舆、邹应龙、吴玠、左宗棠以及各少数民族的英雄人物等，都是人们传颂、讴歌的对象。这类人物传说往往只取历史人物的某一事迹为因由，通过想象、虚构和渲染来表达人们对誓死报国、疾恶如仇、为民请命、刚正不阿等高尚道德品质的肯定和弘扬。它们虽不是信史，却是人民的历史观、是非观和价值观的充分展现。甘肃有奔腾的黄河、巍峨的雪峰，有浩瀚千里的戈壁沙漠，也有碧草如茵的天然牧场，再加上丝绸之路、敦煌石窟、嘉峪雄关、麦积烟雨、拉卜楞寺及诸多历史名城和遗址。这一切，都被人们编织成了美丽动人的地方风物传说。流传在兰州的《五泉山的传说》，讲述了霍去病西征匈奴驻兵兰州市戳地为泉，为将士们取水的故事；《麦积山的传说》讲述了佛教东传的故事；《月牙泉的传说》讲述了得天马、借月亮的故事；《锁阳城的传说》讲述了薛仁贵兵困锁阳城食锁阳解饥的故事；《苏武山的传说》讲述了汉使节苏武出使匈奴，受尽磨难，始终忠于汉室的故事。这类地方风物传说，充分表述了人们热爱家乡的情怀和对有贡献的历史人物的景仰。

幻想故事在甘肃民间故事中所占比例很大，这与甘肃地处内陆腹地，交通相对闭塞，民风淳朴，古文化传统保存较多的社会地理环境有着密切的关系。如"狗耕田""蛇郎""龙女""西天问佛""云中落绣鞋""蛤蟆儿子""野狐精"等类型的故事，多数市、州、县均有流传。其中人与动植物精灵婚恋的故事，既表现了人们对美好家庭生活的憧憬，也反映出古代社会魔法信仰的痕迹。还有一些幻想故事是属于宝物显威、助善惩恶性质的，这类故事表面上看起来似乎荒诞不经，匪夷所思，但实质上却蕴含着朴素而深刻的哲理，即人类的物质欲望必须受到限制，向大自然或别人索取必须适度，即所谓"有节制的索取得好报，贪婪的掠夺遭恶报"。从这类幻想故事中我们还能解读出更深层次的道理：民间故事以它特有原初性质，总是教导人类应当和大自然保持和谐一致，一定要把自己的物欲控制在合情合理的范围之内，否则必将受到大自然的严厉惩罚。这正是现代环境伦理学所倡导的生存原则，也是古朴的人性光辉的一种形象化的体现。

在众多的甘肃民间故事中，现实性较强的生活故事数量也很可观。如果从内容上划分，大体上有反映阶级矛盾的长工与地主的故事；反映后娘虐待非亲生子女或婆婆虐待儿媳的故事；反映劳动妇女聪明才智、为妇女争取基本人权和应有社会地位的巧媳妇与傻女婿的故事；反映追求幸福美满婚姻的爱情故事；反映机智人物巧斗贪婪者的故事等。这类故事揭露了剥削者、压迫者的丑恶面目，赞扬了穷苦劳动者的智慧，表现了人们反对虐待、同情弱小的人生态度和伦理观念。一般而言，这类生活故事中两个对立的主角在情节发展上往往是悲喜互变的，即恶者先喜后悲，善者先悲后喜，因果报应的观念比较明显。表现青年男女忠于爱情的故事，总是把崇高的爱情与高尚的道德情操紧紧扭结在一起，屡经磨难、九死一生的曲折情节和助人为乐、终得善报的美好结局，正是爱情故事教化作用的核心所在。甘肃各民族的机智人物故事也有不少，大都由一个中心人物构成各有特色的系列性故事。如汉族的《王偏头的故事》《阿冒格的故事》和《刘捣鬼的故事》；藏族的《阿克顿巴的故事》；回族的《阿不都的故事》；蒙古族的《巴拉根仓的故事》等。这类故事大都反映主人公与贪官、恶霸、财主等恶势力之间的智斗，使贪婪、残暴、阴险的权势者在众人面前丑态毕露，颜面丧尽。

甘肃民间故事既有与其他省、区相同的共性、一致性和普遍性，也有自己的个性、独特性和地域性。这些独特性和地域性主要表现在三个方面：一是许多故事基本上都保留着它们的原初状态，朴素而单纯，没有受到现代商业文化的污染与包装，可以说是一宗很有文化史意义的古老的口头文学遗产。二是多民族文化的交融性与互补性。甘肃省自古就是一个多民族的地区，又是汉代以降中西交通和商贸往来的陆上通道。因此，不同历史文化背景下所产生的具有多元性质的各民族民间故事之间的交融与互补，就成为一种必然的现象。三是在相当多的传说、故事中，爱国主义、集体主义的民族精神得到了充分展现。甘肃河西走廊自汉代设置四郡之后，屡遭以匈奴为首的北方游牧部落的侵犯与骚扰。为保障人民的安居乐业和丝绸之路的畅通，历代王朝都派名将率兵抵御或屯田戍边。如果没有他们，怎会有"至今窥牧马，不敢过临洮"（唐代民歌《哥舒歌》）的安逸心态？怎会有"婆娑依里社，箫鼓赛田神"（王维《凉州郊外游望》）的乐趣？所以，甘肃产生许多歌颂戍边名将爱国情操的传说故事也就毫不奇怪了。

本来，民间故事是一种聆听的艺术，而不是阅读的艺术。失去了故事讲述人的讲述环境和他们丰富的面部表情及形体动作，其感染力就逊色了许多。为了展现民间故事的地域风貌和语言特色，我们要求各县在编辑县卷时，尽可能地忠于故事讲述人的语言风格（如方言、特殊称谓和词语等），有的可以加以注释和说明。这样做，就有可能更好地显示原创故事的本来面目，无论对于阅读者还是研究者都是很有必要的。

作为口头和非物质文化遗产重要组成部分之一的传统民间故事，是人民的生活和历史的形象记录，是人们的宇宙观、人生观、价值观和审美情趣的展现。我们可以从中获得许多做人的道理和生活哲理的启迪，使被私欲、物欲扭曲了的人性得以回归，使我们的心灵更纯净、更美好！

（作者系中国民俗学会副理事长、兰州大学文学院教授）

文化的春天（序三）

苏彦君　张立新

　　文章千古事，点墨著春秋。陇南之南的文县，历史悠久，人文厚重，是三国文化的重要发祥地之一。从西部古氐羌迁徙云南建立"古滇国"创造青铜文化开始，均能触摸到历史深处古代阴平文化的影子，也由此开启了阴平文化历史的起源。伴随着岁月轮回的历史变迁，文县从沉沦的古"阴平国"的废墟上走到今天，历经1600多年的漫长时光，在人类社会的历史长河里，积淀了极其丰富的历史文化，创造了多姿多彩的民族、民间、民俗文化。这次编辑出版的《中国民间故事丛书·甘肃陇南·文县卷》就是其中一朵绚丽多姿的文化奇葩。

　　按照实施"中国民间文化遗产抢救工程"的战略决策和建设"特色文化名县"的总体要求，我县由史志办牵头组织发动全县民间文艺家积极行动，投入大范围、宽领域的民间文化故事收集、挖掘、抢救工作上来，采录一百多万字的民间传说，精选编撰成这本《中国民间故事丛书·甘肃陇南·文县卷》。这是我县抢救保护非物质文化遗产的又一重要成果，是我县加快文化事业发展、推动文化大发展大繁荣的最新成果，可喜可贺。

　　这本民间故事集所记载的传说故事，与文县古往今来的民间传说、山水形胜、地域特产、风土人情、民俗风情、历史事件、自然演变有着千丝万缕的联系，故事生动，文字练达，语言优美。故事虽然在语言表达上文风不同，情节各异，但共同突出了民间、民俗、民族的地域性、文学性、通俗性和多元化特征。这充分表现了民间故事是各民族群众口头创作的文学作品，根植于生活又高于生活，依托特定的历史背景又表现出劳动人民创造的智慧和丰富的文学想象。

《中国民间故事丛书·甘肃陇南·文县卷》所收集的我县民间故事，既具有明显的地域特色，又具有流传久远、代代相传的强大生命力，在思想性、艺术性、知识性、趣味性方面独具特色，妙趣横生、引人入胜。从这个意义上说，这些故事反映了千百年来文县人民卓越的艺术创造力。在这次民间故事资料收集过程中，一些具有研究价值的作品脱颖而出，忠实保持了口头作品的原汁原味和鲜活性，极具地方特色和民族特色，并非传统偏见认为是"坊间瞎话、民间瞎编、胡编乱造"的庸俗之作，而是有着深刻思想内涵，历史、文化价值的民间优秀文学作品，反映了文县民间原创故事的真实面貌，更是我县民间文化蓬勃发展的例证，为全县保护非物质文化遗产、推进文化事业的发展和繁荣做出了新的贡献！

近年来，我县宣传、史志、文化、广电等部门在县委、县政府打造"特色文化名县"方略的指引下，相继编撰出版了一系列重要史料，创作了一系列优秀文化、文学、文艺作品，非物质文化遗产保护工作不断推进，白马文化、玉垒花灯戏、琵琶弹唱、洋汤号子、茶文化、社区文化得到进一步挖掘和保护。在党的"十八大"精神指引下，文县民间文化和文学艺术发展的春天已经到来，让我们张开双臂拥抱文县文化发展的春天！让文县文明之花、文化之花、文学之花开放得更加灿烂！

是为序。

2013 年 10 月 20 日

（苏彦君系中共文县县委书记，张立新系文县县长）

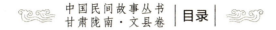

神 话

传 说

人 物 传 说

地 方 传 说

民 俗 传 说

二　生　活　故　事

甘肃 陇南

中国民间故事丛书

文县卷

神話

群神造阴平

讲述：王玉德
记录：杨光付 干部

远古时候，天地混沌，昼夜不分，玉皇大帝决心开天辟地，下诏传唤各界天神商议，决定让盘古为开天辟地总军，二郎神为大将军，率太阳神、雷神、闪电娘娘、风神、雨神、火神、山神、土地神、河神、木神等各路神仙，为蕴生凡人国开光明路，造出保护天国的地国。

二郎神叩厅领旨退朝，推开天门，率众神一马当先，他奋力一鞭，天地轰隆隆现出一条黑咕隆咚的深邃通道，太阳神紧随二郎神，哗地一下照亮了通向西边的路。

叭、叭、叭，二郎神又是三鞭，那毫无缝隙的天地，豁然开出一道口，现出了三座山，叫珠山、狼山和马山。雨神对风神娘娘给三山取的名字不解地问道："咋叫珠、狼、马山？"风神娘娘应声答道："看看那第一座多像玉帝头上的珠子呀，闪闪发光，那第二座像天庭门上的狼犬，那第三座太像我们二郎大哥的座驾呵。"众神听了都说像、像，太像了。从此，这里有了珠母狼马山。

站在银光闪烁的山顶，众神向东望去，天地仍然不分。二郎神见状，三目喷火，浑身发抖，举起长鞭，以风一般的动作，挥鞭前行，神鞭飞舞像一条长龙，呼啸在混沌的世界里。一片片平原出现在众神眼前。此时二郎神已是大汗淋漓，口干舌燥，撑鞭立定下来，向雨神求水解渴，雨神费了九牛二虎之力聚拢的雨水也不够二郎神饮用的。这时候，风神娘娘出头解围道："二郎大哥，求神不如求己，你举鞭开道引天河水吧。"二郎神瞟了眼风神娘娘，兴致上来抡鞭重劈，鞭起鞭落，现出两道干渠，不见水来。那笑眯眯的太阳神，唉声叹气地埋怨道："龙王、雷神、雨神、风神诸位神兄，大家既已奉旨同来，谁能为二郎分忧啊？"

龙王、雷神、雨神、风神，听罢如梦方醒，聚力发功，顷刻间，雷声滚滚，光电闪闪，雨如瓢泼，山呼海啸。刹那间，两条汹涌的河流在鞭渠中起伏澎湃，浪声如雷，沿着渠道流向远方。雨过天晴，大地格外分明，看得见河床的碧水蜿蜒着流动。众神按落云头，降临大地，连喝带洗好不舒服，一炷香的工夫后众神继续向前。龙王问二郎神："这两道水叫啥水？"

众神从西向东，边开天边辟地，行至距离珠母狼马山很远，河神接过话茬儿回答："北边的水为黄色就叫黄河，南边的水源远流长，就叫长江。"就这样，二郎神一鞭又一鞭地把一座座山峰驱赶着离开原来的地方。

到得长安以南，众神疲倦，困乏不已，从西边驱赶来的山再也不动了。无论二郎神使出怎样的力道，那些山像生了根一样一动不动。二郎神向众神问道："这是个啥地方，难道是铁山、铜山、金山不成？"太阳神还是笑眯眯地答道："此乃秦岭，群山阻挡，阳平关下，咱们向南、向东继续开拓才是。"筋疲力尽的二郎神听罢道："罢了，罢了，按盘古总军吩咐，东北已造八百里秦川，长安有影，东南要造天府，西南还要造云贵，走吧。"

二郎神举目瞭望，前路仍然天黑地暗，山水不分，不见一点星光，忙问太阳神："老兄，此地何处？""秦岭之南，岷山以北，山阻光明，背阳之所，就叫阴平关。"太阳神答道。

二郎神急命风神、电光神协同云雾神撕开阴平上空的黑幕，太阳神的光亮照彻着这万山重叠，阴冷至极的地方热气上升，但阴寒之气冥顽不去，冻得众神嘴唇发紫，鼻出白雾。太阳神唤来十二位兄弟同时发光，一束束强大的红光照在最高的一座山峰上，发出万道金光，直照天庭。土地爷和山神向二郎神奏报，此是西南、西北之界的万山王，开天造地图上标出的名字叫"金子山"，这方群山常年冰雪覆盖，显出王气。

群神开天造地一路西来，个个疲惫，离天多日思念重返天界。太上老君、如来佛、昊天大帝、紫微大帝、王母娘娘、北岳大帝、西方五道神、斗母元君、南岳大帝、东圣大帝、日光天子、定光佛、上元天官、东华帝君、眼光娘娘、文昌帝君、雷霆驱魔大将军、天妃娘娘、南极大帝等目光齐聚二郎神。

二郎神心中明白，群神怕未开天府回天界后受玉帝责罚，各自算计如何逃脱追究。于是，他登上金子山顶左右两鞭，神到力到，两声巨响，在东西走向的万山之中，劈出两条河流，由西向东，滚滚涌来。过了片刻，二郎神再次举起赶山鞭，由南向北，劈出八条河流，汇入两条大江。

"谁在开山，扰我清修？"二郎神力道千钧的十鞭，劈出了两江八河，正想发火无处发，土里冒出的当地社神一句清修，气得二郎神七窍生烟，提鞭又是一顿乱挥乱舞，又劈出了三百六十条小溪，遍布阴平群山。天界土地大神速速赶来向二郎神致歉道："二郎仁兄，小弟失礼，属下小弟冒犯神颜，请多多包涵!"

二郎神见土地神大拜赔礼便怒气渐消，转而向土地询问："左、右两江授名否?"土地即拱手回答："右为羌水，左为白水，您劳苦功高，辛苦万端，造了两江，开了八河，还赐小溪三百六十条，西北天魏池、七色池、神马池、仙女池，西南现九寨九池，且阴平界内金、银、铜、铁共生，山水相伴，土矿齐全，万物众生必将茂盛。"

土地滔滔不绝地当面向二郎神歌功之际，雷神、雨神、风神、闪电神听得面红耳赤，心跳脸红，同时发功，掀起一股狂风暴雨，木神、花神借势，撒出万类物种后乘风向东奔去了。

从此，群神一去不返，从西边赶过来的群山聚到了阴平，两江、八河、三百六十条小溪把阴平的群山世界滋润得青鲜光亮，郁郁葱葱，那造物主撒下的物种，一夜间成为茫茫森林，林海里珍禽异兽出没，江河中鱼儿成群。

洪水淹天的传说

讲述：班保林 农民
记录：刘启舒 干部

很久很久以前的洪荒时代，地震引来山摇地动，洪水泛滥，淹没村寨，冲走牛羊，毁坏农田。人们急忙点燃香烛、烧纸，跪拜在地，向苍天祷告祈求："老天爷呀，救救我们吧。""山神爷呀，保佑我们吧!"但不管人们怎么祈求，也无济于事。

寨子里有一个家庭，老两口生了一儿一女。眼看洪水要来，老太婆搂着儿子和女儿放声大哭："天老爷呀，你怎么不长眼睛?"老大爷说："哭有啥用，哭能把洪水哭退?现在要赶快想个办法保全两个孩子。"老两口急忙找来一个大牛皮袋，将两个孩子装进牛皮袋里，还在牛皮袋里装进了五谷种子。

洪水过后，人烟灭绝，只剩下藏在牛皮袋里的兄妹俩。哥哥叫撞林，妹妹叫玳玉，兄妹俩相依为命。他们从山林里砍来了一些树枝，又割来了一些茅草，搭起了一间庵房草棚栖身，在山林采摘野果吃，常常忍饥挨饿。有一天，兄妹俩突然发现了父母放在牛皮袋里的五谷种子，于是就在河滩上开垦了一块地，种下了五谷粮食，春种秋收，维持生活。

随着岁月流逝，兄妹俩逐渐长大成人。俗话说："男大当婚，女大当嫁。"

但是世上只有兄妹俩，怎么婚嫁？兄妹俩都很清楚，哪有兄妹成婚成对的姻缘。

眼看快到而立之年了，哥哥只好和妹妹商量婚嫁的事。哥哥说："世上只有我们两个人，要是不成婚成对，人种就要灭绝。"

妹妹却不答应这门婚事，她害羞地说："若要我嫁给你，除非一对麻子石头磨扇滚上坡，又从山上滚下来合在一起。"

说来也怪，妹妹刚刚把话说完，哥哥就找到了一对麻子石头磨扇。上扇由哥哥推着往山上推，下扇由妹妹推着往对面的山上推。推到山顶以后，哥哥喊了声"一二"，兄妹俩同时从山顶往山下滚各自的磨扇。两个磨扇向山下滚去，真是奇了，磨扇滚到山下后，刚好合成了一对，上下阴阳相对。

兄妹都以为这是天意，便结为夫妻。后来，妹妹生下了一个人头蛇身人。他们认为这是天神对兄妹婚姻的惩罚，便气愤地将蛇身人砍成了几截。谁知，这些蛇身人竟然活起来，变成了后来不同家族的人，世世代代繁衍生息，绵延不断，形成了不同的部落和村寨。

洋汤爷

讲述：李汉
记录：杨光付 干部

传说，安史之乱平定后，蹇雷宝虽为平乱有功之臣，但为防余党谋害，逃离军中，经陕西岐山县，一路乞讨，潜回阴平道中庙乡强坝老家，也算保了个平安之身解甲归田。回到故乡，妻儿团聚，日子虽苦，却舒心惬意，但唯恐暴露身份，连累家人户族，从不敢轻易走出庭院。

在家住了不到一个月的时间，蹇雷宝每每看到妻子上山下坡，辛勤劳作的身影和聪明好学的孩子们，内心越发不得安宁。于是，在一个伸手不见五指的黑夜，他沿着白龙江上行，开始了云游四方的生涯。经团鱼河翻山越岭，到洛塘、入康县、游阶州。后来，行至人迹罕至的天池，举目望去，雪山皑皑，林木森森，水域宽广，山川空辽，曲径通幽，白昼阳光灿烂，夜间明月皎皎，真乃人间仙境，于是蹇雷宝在此安身修炼，颐养天年。

翌日，蹇雷宝在北岸一块空地上搭建了一间茅棚，作为安身之所，安居修行，过上了隐士生活。

　　过了几年平静日子，有一年天帝遣二郎神下凡，体察山川形胜，以利天朝掌控。一日，二郎神来到天池上空，忽见地上一团红光，感到十分惊诧，心想：这是什么地方，居然灵光四射？定是一方宝地！二郎神勒住坐骑，按落云头细察发现，原来这里居住着一个似道非道的隐士。且看这里山川如画，峰峦流翠。二郎神暗自盘算，占有此地以做行宫，理想至极。想到这里，心生一念，命随行的哮天犬驱赶隐士。不料哮天犬被隐士随手提起尾巴，抛向魔镜崖，崖缝迅速合拢，把哮天犬死死夹在崖缝中，只露出犬头。

　　二郎神见状气急败坏，倏地拔出神戟，把魔镜崖的半个山头劈掉，堵死河道，企图集水淹没隐士住地。蹇雷宝眼看水已聚满，一旦决口将致下游万千生灵被淹死。情急之下，他折枝为器，投入与二郎神斗法的正义之战。

　　经过无数回合的生死搏斗，人神不分伯仲。到第七天中午，二郎神邀来雷神、风神、闪电娘娘和水神，一时间天昏地暗，雨如瓢泼，招招致命。恰在这危险关头，蹇雷宝以他军中练就的高超枪技，用点、挑、戳、扭等混合枪法击退二郎神，并以迅雷不及掩耳之势，一枪戳穿山体，形成一个水道。然而，身经百战的二郎神瞅准这一时机，奋力一击，劈断了蹇雷宝手中的木棍。在这千钧一发之际，他挥手插进横亘在河谷之上的围堤，戳出五个手指洞，使得山石堵截之水喷涌而出。二郎神眼见解围，暴跳如雷，乱了枪法，想一戟定乾坤，刺死蹇雷宝。岂料蹇雷宝如何了得，身子一斜，躲过枪头，顺势一拳击中二郎神第三只眼，使得这位身经百战的战神晕头转向，碰到了雷公作法的山下石壁。石壁顿时被鲜血染红，幸亏雷神、风神、水神及时相救，二郎神才死里逃生，沿着蹇雷宝一棍戳出地下河的大山，骑马驾云向西南方而去。

　　二郎神败回天庭，玉帝大怒，发落二郎神：你身可回、魂可归，影难收！

　　二郎神大呼："冤枉啊、冤枉啊，玉帝！那蹇雷宝武艺非凡！"玉帝训斥："有何冤枉？你虽身中数枪，遭受皮肉筋骨之苦，但无保我大地心脏之劳，且你犯贪婪之天条，心术不正，该当死罪！"

　　死罪一词脱口，太上老君一干老臣跪拜力保，二郎免死，可随玉帝驾临天池。玉帝准奏，命先行官前往，在玉帝莅临之前，便筑起天巍山恭迎圣驾。当玉帝一行驾临时，天巍山已安安稳稳安放妥帖，火神也筑起了雄黄山，养马官建起了骑马梁。

　　玉帝入座天巍山时，蹇雷宝早已跪地伏首，迎候上天之神，玉帝见状，心生快意，在天巍山上亲封："蹇雷宝，看你面目慈善，卫民有功，护心

（天池）有嘉，今日特赐你龙身，永保天池，惠及万民！"蹇雷宝受封后，回到茅棚已经疲惫不堪，一觉睡去又是七天七夜，梦中回庙，家人见他路都走不稳当，要他好好休息几天，他怎么也不肯多住。临别时，妻子抓住他的长袍，蹇雷宝深知时辰已到，不敢久留，只得拔刀割下衣角，回到天池。后来，人们为纪念他奋不顾身、体恤万民的功绩，修建了庙宇，塑造了他的雕像。

火神筑起的雄黄山，原来是忙中生乱，用了雄黄筑起的山，火热无比。

二郎神的头部影像，永久地印在了雷公山下，他心爱的哮天犬也永远地夹在了魔镜崖石缝中。之后，巡天神发现雄黄山热气冲天，天池水开始发热，报告玉帝，玉帝当即吩咐雪花娘娘施雪降温，并赐名：洋汤天池。

当地百姓为报答蹇雷宝的恩德，特为他修建庙宇，并尊称他为洋汤爷。到了宋朝，赵匡胤得了天下，地方官报奏，甘肃极南有一天池，池边有一老人，被玉帝亲封为龙王。赵匡胤听后，御笔亲题"洋汤大海平波敏泽龙王"。此名，涵盖了天帝、皇帝、蹇雷宝爱民、惠民之意。

游览天池，人们乘船经过雷公山时，可清晰地看到二郎神的头像，在跑马坪公路上也可看到魔镜崖上的哮天犬头。

在当年北岸蹇雷宝的茅棚所在之地，观瞻洋汤庙里的洋汤爷——蹇雷宝的雕像，他依旧威风凛凛，只是锦袍缺了一角。

当地土著百姓至今还保留着传统节日：每年的七月十五日，就是在洋汤爷的祭祀日，要举行盛大而隆重的庙会，世代传承着蹇雷宝的精神。

南山圣母的传说

采录：叶培根 65 岁 教师

少年时，坐在老院子里，一抬头就望见南山顶上的一片白墙。大人们说那是南山庙。太阳一出来，白墙就变成一片白光，耀眼夺目。南山庙里供奉着一位女神——南山婆。

据说南山婆每当天干火旱就会大显灵愿，呼风唤雨，下场饱雨，滋润大地。所以在我幼小的心目中南山婆是一位极善良、极慈悲的女神。

相传她是本县石坊乡人，姓唐名姬，父亲是当地有名的端公（巫神），父女二人相依为命，苦度光阴，后来又迁到鸪衣坝安家落户。

有一年，天大旱，接连半年无雨。本来就干旱出名的鹊衣坝更加火上浇油。口谚说："养女不嫁鹊衣坝，石板上晒爆玉米花。"这时有人推荐唐姬父亲求神祈雨。这唐端公听了，满口答应三天之内下一场饱雨。于是唐端公杀鸡宰羊，焚香华帛，施法打卦，击鼓跳神，又是念又是唱，神乎其神！人们眼巴巴地等待唐端公的吉言能够兑现。

一天过去了，没雨；两天过去了，没雨；第三天过去了，还是没雨。按约好的日子，天上全无一丝云层层，寡晴寡晴。太阳越来越大，活像喷灯在天上喷火。苞谷卷叶，糜谷干尖，棉花生虫，大河见底。鹊衣坝人心里毛焦火燎，心想，这唐端公羊汤喝了，鸡肉也吃了，"三日之内必降大雨"的大话说得斩钉截铁，为何兑现不了？是何道理？村民们人心惶惶，议论纷纷。群情激动，义愤难平，一致要拿唐端公试问，还有人提出要把这吹牛皮的唐端公烧了祭天，出出这口恶气！

说干就干，大家凑了整整一山干柴，并塞上茅草，倒上菜油。唐端公风闻此事，急得接手，不吃不喝，更不敢出门。女儿唐姬看在眼里，心急火燎，痛苦万状，不知如何是好！心想这众怒难犯，父亲恐怕难过这一关，便急忙为父亲做了一顿好饭，让他吃了，即便死了，也不至于变成饿死鬼，这也算是尽了女儿的一片孝心。正当这时，门外人声嚷嚷，又叫又喊又砸门，要唐端公出来向大家说个明白！女儿唐姬泪流满面，泣不成声，从厨房里出来，开了大门，望大家让出一条路，她大步走向已点燃的熊熊烈火，大叫一声"大——我替你去了！"便纵声跳进大火之中……

村中父老乡亲，个个目瞪口呆，还没回过神，但见烈火中幻化出一股白烟直向东南方飘去，风烟挟裹着一片瓦页和一张榻板缓缓落在河对门申家坡人的房背后，唰地又飞上天去落在南山顶上不动了。

这段惊天动地的故事，传遍了城关十里八乡，人们都奔走相告，十分感念这义比天高的烈女子，十分敬佩这奋不顾身的大孝女。大家都愿集资捐款，为这位女子在南山顶上修庙塑像，以便儿子儿孙永远纪念她！

南山庙修成了，大宋王爷也知道了，册封南山庙为"慈霈庙"，封南山婆为"南山圣母"。从此，南山圣母名声大振。天干火旱之年，城关周围团转的村民便在此祈雨求神。据说民国年间李秉璋县长也跟着百姓上山祈雨，行至半山，便大雨倾盆，赶忙跑进牛圈里才躲过雨淋。

千百年过去了，故事不老，一直延续到今天。二十世纪九十年代，众人又集资，投工献料重修庙宇，再塑金身。城关周围，每逢冬月初三都要轮流为南山圣母办会，以祈求来年风调雨顺，五谷丰登。

办会时要杀猪宰羊，焚香化帛叩首，大摆酒席，以表达对这位替父烧身并为百姓谋福祉的奇女子的敬仰之情。

乡邻中有文化的人为她题写了两副对联：

替父烧身，烈孝扬千里；黎民敬仰，祀典享万秋。

节孝参天，飞恋献化道通三江；慈悲救世，威灵应感恩施万民。

中国民间故事丛书

甘肃 陇南

文县卷 傳說

人物传说

秋家爷的传说

讲述：王宗朝
记录：李世仁 干部

自从二郎神挥剑劈岭，将洪水聚在了天巍山上，洋汤神急忙伸手将池坝戳开五个洞口，避免了洪水溢坝，保住了下游人畜安全。沿河人民感恩戴德，杀鸡宰羊，在堵起的池坝边遥空朝拜，时间一长，前来祭拜者深感不便。有人提出为洋汤神修大庙塑金身，以志永远纪念。这倡议很快得到乡民们的热烈响应，各乡各堡无论贫富，有钱的出钱，有粮的出粮，有物的捐物，有力的出力，在池边修建了一座"洋汤龙王庙"。

以木工手艺糊口的秋家爷爷夫妇，被洋汤神救苦救难的精神感动，他们虽是外乡人，但听说修庙的消息，也搁下零碎活，赶到天巍山下，一心要为乡亲们的善举尽一点义务，他们承担了所有的木工活。

前来义务投工的前十乡、后五乡的群众，不怕风吹雨打，不到三五月工夫，大庙木架就立起来了，等待吉时再上中梁。上梁前一天，秋家爷摆上香案默默祈祷洋汤神保佑，并一再和徒弟们、乡民头目们对上梁细节反复斟酌，以保万无一失。

大庙即将架设中梁，秋家爷既兴奋又担心，高兴的是自己带领的木工终于将洋汤龙王庙的大殿木架立在了群山之巅，担心的是大殿中梁高，架梁时有一定难度，所以他夜里睡在床上，反复计划上梁程序，房架上去多少人，地面上多少人，用什么绳索，谁先谁后……不觉渐渐进入梦乡，恍惚间一位身长七尺，红袍黑脸，双目炯炯，五绺长须，魁伟英武的将军，对他说："秋师费心了，你不必犯愁，明天上梁，有我在，保你顺利。上梁后你们夫妇到象嘴来见我。"一觉醒来，梦中情景依稀可见，莫非是洋汤神给他托的梦，要真的是，那就太好了，可是又说上梁后到象嘴去见他，是什么意思呢？一时想不出个答案来，迷迷瞪瞪中，那只给上梁预备的公鸡叫开鸣了，哦，吉时即刻到来！他一骨碌爬起来，净身沐浴，开始准备上梁事宜。

篝火一堆堆燃起，照亮了整个天空，池水里也有一排排火光在扭动，在助威，整个中梁用红丝线缠绕，梁中间挂着一幅红绸布，上书："姜太公在此，上梁大吉！"每根柱子上都贴满了对联，人们齐刷刷站在各个柱脚下注视着火光下的秋爷祭神，听候上梁的命令。

神听师爷口，木听匠人言。秋家爷站在香案前，时而跪拜，时而上香，严肃而虔诚。香案上是纸花、红烛、发粿及圆仔三小碗，水果和五猪牛羊等五牲供品，还有木工的器具像墨斗、拐尺等。秋家爷腰缠红绫带，开始"拜梁"，请众神、三界地主、五方神、鲁班师傅与梁神保佑上梁顺利。请神之后，用朱笔点上"梁眼"，念"上梁文"，然后，由两位生肖属龙属虎的人，按左青龙、右白虎方位象征性地一举，一声："姜太公在此，上梁大吉！起！"众人齐声："起！"

窗体底端红公鸡站在梁中央徐徐升空，骑在两边高架上的木工，稳稳地将中梁两头榫卯对准缓缓嵌入，成功了！一轮红日冉冉升起，秋家爷高兴极了。

按照梦中那位将军嘱咐，秋家爷夫妇如约而至，他们在象嘴等待。山青青，水悠悠，只是不见有人，心中当即发起虚来，正欲转身，忽见池水中央白浪滔天，霹雳一声巨响，波涛中飞起一条赤髯巨龙，伸角展爪，秋家二老吓得魂飞天外。这时，人们正沉浸在大殿立架成功的喜悦中，都在夸秋家爷的手艺，猛然，水柱冲天而起，众人吓了一跳，这才发现秋家二老不在身边。徒弟们、在场的乡亲们找遍了周围坡坡坎坎，都没有找见。人们非常惊异，有的说，秋家爷、秋家阿婆原本就是神仙，有的说秋家二老被洋汤神度化为神了。最终，人们认定，秋家爷和秋家阿婆离开凡间成仙了。

为了纪念秋家爷、秋家阿婆，人们在其升天的地方建庙立祠。每逢大旱，只要在此取得一葫芦池水，必然普洒甘霖，无不应验。

情侣神的传说

讲述：张生鼎
记录：杨光付 干部

传说，很久以前，天巍山下还没有天池，甚至也没有雄黄山、天巍山，只有一条蓝色河流，四季碧澄、清澈透明，小河两岸森林茂密、鸟语花香。每到秋天，更是鱼翔水底，鹰飞鹿鸣，黄叶摇曳，满山红叶。生长在这个地方的百姓们一直过着世外桃源般恬静和谐的生活。

西岸魔镜崖旁边孤零零的茅草屋里，住着一对邱姓老夫妻，无儿无女，以农耕为生。常年为东岸的邻居们看守着一幢水磨房，围堰堵河，修渠补漏，施善于民。

月久年经，人们都习惯地尊称他们为邱家爷、邱家婆。远乡近邻都知道这对老夫妻，总是形影不离、相濡以沫。

有一天傍晚，忽然间狂风大作，林海呼啸、乌云滚滚，惊雷声声，闪电强烈的光芒伴着瀑布般猛烈的骤雨，以山崩地裂之势哗哗倾泻而来。老夫妻站在茅屋窗下，眼看山洪犹如一匹脱缰的野马咆哮着奔向下游。

正在此时，暴雨中走来一位少年，身上披着树叶缝制的蓑衣，像龙鳞一样。刚刚行至门边，便一阵"咚咚咚"的急促声叩响木门。老夫妻迅速开门，把少年迎进屋里，心疼地说："孩子，你怎么不在家待着啊，水冲了去可怎么得了！快坐、快坐下。"

然而，那少年目光阴冷，全无笑容，站在火炉旁，静静地说："晚上的雨会更大，劳烦二老告诉乡亲们，连夜搬家吧，走得越远、离河越高越好！明天，这里的山要变、水要变，这里会变成一片汪洋大海！"没等老夫妻问话，少年转身便融入了茫茫的雨幕。

少年走后，老夫妻回过神儿来，心想：怎么会呢，河道畅通无阻，怎么会变成汪洋大海？

邱家爷对邱家婆说："老婆子，宁可信其有，不可信其无啊！你还是去告诉大家赶快搬走吧，我去磨房看看，别叫洪水把磨房冲走了。"

邱家爷说毕刚要出门，邱家婆说："老头子，我听你的！"说着走近邱家爷，拉起老汉双手，深情地说："老头子，咱们早说过生不离，死不弃啊，

雨这么大，分开还能再见吗？""你怎么了？生离死聚又何妨？"邱家爷气呼
呼地去了。

邱家婆听完这话，颤颤巍巍地向河对岸走去。邱家爷走向水磨房，还未
立定，眼前忽然一亮：一条巨龙盘在水槽下的木制水轮上，龙头的犄角下，
一双睁圆的眼睛，友善地看了眼邱家爷。老汉顿时感到这双眼睛似曾相识，
像那少年的脸和眼睛，这使他预感到什么。刹那间，水轮上的青龙朝着河道
的洪峰呼啸而去。邱家爷只听得身后轰隆隆一声巨响，还没等他回过神，魔
镜崖崩塌形成的气浪，硬将他推向了乱石滚滚的烟雨中，掩埋在了泥石流形
成的坝堤之下。

催促百姓搬家并亲眼看着他们上山之后，邱家婆冒着雨回家，夜幕中
漆黑一片什么都看不见。风雨里，她拄着拐杖下山，一脚踏进泥沼，越陷越
深，被一波又一波泥石流深深地掩埋了。

第二天，雨过天晴，老百姓纷纷走下山来，眼前已变成一片一望无际的
大海，魔镜崖的半个山没有了，只有一座长长的大坝横亘在河谷之间。

几千年过去了，天池边又见一个牧牛少年，把坝堤森林中一对人形朽木
桩，背上山头，盖起一座小屋，端端正正地安放于自己搭建的小小石屋的正
堂之上。那形象活脱脱古时人们用泥塑而成的邱家爷和邱家婆神像：一个一
袭长衫，白须垂胸；一个含情脉脉，宛如圣母。

后人观瞻，无不惊叹天道之奇。惊叹之余，由衷地感叹道："真是对情
侣神啊！"

天池神龙显灵施雨

讲述：张生鼎
记录：杨光付 干部

传说天池守护人蹇雷宝死后变成了龙。他早年修炼时搭建的茅棚破烂塌
垮后消失得无影无踪，只留下了茅棚里的三个锅桩石，人们就常常在这锅桩
石中间烧纸焚香，为家人祈福及祈求来年的风调雨顺。

有一年天旱，众乡亲多求不应，一帮木匠、石匠和乡党首领跪地祈求许
愿说："洋汤爷啊，我们求雨多有不应，今再祈祷，如您赐雨以救万民，我
等定为您修建神庙，选木望身，世代供奉！"

此次求雨果然应验了。霏霏细雨下了三天三夜，洋汤河水涨满，山地中树木回春，即将枯死的庄稼返青，森林又郁郁葱葱。秋去冬来，人们狩猎备肉，五谷入仓之后，纷纷赶往天池，为蹇雷宝修建庙宇。在庙宇木架立就上正梁的时候，其中一位木匠师傅站在木梁上，朝着天池大声喊道："洋汤爷，我等吃尽千辛万苦建造大殿，即将落成，若您有心，请显露真身！"喊毕，天池水中现出一只龙爪来。众人观之皆不满意，又喊道："请您显露真身！"哗啦一声，水面上现一龙身，像弯起的彩虹，拱在水面上空。众人一片惊呼："啊，洋汤爷显身了，洋汤爷显身了！"然而，房梁上的木匠却被这庞然大物给吓坏了，不慎脚下踩空，从木梁上落下来当场摔死了。从此，人们更加相信洋汤爷修炼成龙了。

庙宇落成，木匠们商议到哪儿去挑选优质木材，来雕刻洋汤爷木身呢？说来说去，最后决定在饮马池边的森林里去伐铁松。

木匠们刚刚走出大殿，突然，天黑地暗，乌云滚滚，暴雨如注。大家立刻返回庙里避雨。有的坐在庙门台阶上；有的困倦倒地睡去；有的倚墙等待雨过。忽然，只听大门外一棵南木"咔吧"一声被风折断。树被风折断的声音惊醒了疲乏的木匠，一看庙前横着的南木，想起刚才梦中洋汤爷说："你们还到哪里去寻木？就用池边上的南木雕塑吧！"

后来，人们就地取材，用风折断的南木雕刻了洋汤爷的木身，又为其制作了锦袍。安放这一天，正好是农历七月十五日。于是，人们就把这一天定为祭祀日，每逢七月十五日就举行庙会，烧纸焚香，年年祭拜，代代感恩。

南坪县令与洋汤爷赛马

讲述：李汉
记录：杨光付 干部

传说，很久以前，四川南坪县叫窝角里。其县城地处三面环抱的大山之中，只有文县一条路可以进出。南坪县的历任县令都晓得水从阴平天池来，因此既重视与阴平县的关系，也心存感激。

可是有一年换来一位新县令，却对此很不服气，总感觉矮人一头。他心里盘算，只要有了天池这个海，便能长百姓的志气。一日，天池守护神洋汤爷，神游到了南坪地界，巡逻兵发现后，一路小跑，赶到县衙报告了县令。

县令听了说:"好,备马迎驾!"洋汤爷到南坪县校场时,南坪县令一干人已
站在校场边,开口即说:"欢迎,欢迎!洋汤爷今天到来,真是令小县大放
光彩,能亲见洋汤爷真身实属鄙人三生有幸啊!"洋汤爷在马上抱拳道:"幸
会,幸会!"

未等洋汤爷下得马来,南坪县令便提议说:"咱们难得一见,今天咱们
可否赛马?"洋汤爷道:"如何赛法?""好说,好说,咱们以天池做赌注吧,
如果我赢了,您的天池就归我了,劈了您的木身当柴烧。"南坪县令心想:
您洋汤爷再怎么能耐,也是长途奔走,人乏马困,我以逸待劳,可以赛马一
圈赢定。

洋汤爷则认为,不论他有多大本事,单凭他一介凡夫俗子能赢我胜算不
大。所以洋汤爷欣然接受,答道:"好哇,事随东家便,既然在县令所辖之
地,就按您的办吧。"说完,两人两马站在同一起跑线上,只听得"三眼炮"
轰隆一声巨响,南坪县令和洋汤爷的马匹,像箭一样飞奔出去,从起点行一
圈回到起点时,洋汤爷的白马比县令的枣红马整整多出一个马身。

洋汤爷的马立定之后,县令的马晚了一步停下来,两人对视而笑,县令
抱拳道:"老兄可敬啊!"洋汤爷亦抱拳:"兄台也不差啊,彼此,彼此!"从
此之后,两地关系一如往常,情同手足。天池还是阴平的天池,但两人赛马
的故事却一代代流传到今天。

红衣少年与红叶山

讲述:王耀先
记录:杨光付 干部

传说,天池跑马坪下边的秀石沟坐落着一个由羌、氐二族共居的部落,
分布在梯状的森林中,过着狩猎的生活。他们白天上山狩猎,晚上便相聚在
部落的大场上,点燃篝火,载歌载舞,十一二岁的男孩子已是狩猎高手,而
小女孩跳舞、唱歌已不是稀罕的事情了。

树叶儿黄,吊鹿人忙。秋天树叶泛黄,就是羌、氐人吊鹿、打猎最繁忙
的季节,强壮的男人们领着猎狗纷纷进入森林打猎,家境贫穷的少年,背上
套猎的绳套,在森林里寻找雄麝、青鹿、黄羊、野猪等猎物们必经的林间道

口，放上绳套等待猎物落网。

秀石沟部落里的男人忙得不可开交，女人们上山打野菜亦家无闲人。部落里一个叫加措的少年和一个叫格玛的女孩家中贫困，全靠他们俩套鹿、采野菜过日子。

这一天加措和格玛继续结伴上山，加措边走边向格玛说："如果是我吊的野猪，咱们一人一半，你采的野菜也要给我一半。"格玛爽快地回答说："连我都是你带上山来的，没你，我什么菜也找不到。"

就这样，加措和格玛每天总是背着沉甸甸的猎物回到家里。俗话说："没爹的孩儿天看成。"秋天未毕，两家人过冬的食物已储备得十分丰盛，部落的人都为他们感到高兴。特别是部族首领来到两家一看，高兴地说："娃娃们能行了，部落里从此又多了两个能干的孩儿啊！"穷人的孩子早当家。加措和格玛每天早出晚归，部落的长辈们都称赞，真是一对聪明能干的孩子！

有一天，两个孩子行至天巍山，忽然听见山峰一侧传来说话的声音。加措示意格玛别出声，不一会儿风中传来声音说："秀石沟人下个月要遭灾。"另一个说："你瞎说，人家过得好好的，晚晚歌舞升平，遭哪门子灾？"过了一阵，声音消失了，当他们爬上山峰时，已不见了人影。

第二天，他们又来到天巍山，又听见昨天的声音。这使得加措和格玛都感到奇怪，但聪明的孩子，依然没有前去打扰，一连多天，都听到同一种声音，重复着同一个内容。

到了第十五天，他们来到骑马梁，奇怪的声音竟然又在这里出现。两个孩子没有提前离开这里，而是忙到天黑后，月亮上来，加措把一头已经勒死的山羊装进布袋，又把野菜装进布袋让格玛背着，刚刚走出几步，便听见前面有人说："还不快走，那两个小灵神马上就下来了，他们听见我们泄露天机，秀石沟人会全部迁走。"

加措这时候意识到，部落可能会遭遇灭顶之灾，什么也没再说，只是牵着格玛，乘着月光迅速走出森林，回到部落，向族长报告，请求赶快搬家。但是，无论加措怎么向族长请求，都始终无法获得信任。加措的建议不被采纳，于是，他和格玛每天到部落后面的山上，吹响鹿角号，晚晚如此。有些人见两个孩子每天晚上如此，也就稀稀拉拉地搬向部落对面的半山上去了。到了第二十六天的晚上，一夜暴雨，山洪狂泻，加措和格玛不断听到部落即将被埋葬的声音。任他们怎样呼喊，部落大多数人还是无动于衷。他们只能一声连着一声地呐喊:"赶快搬家吧! 搬家吧! "这声音像一声声惊雷不停地呼唤部族人逃离险境。接连四天四夜,他们喊破了嗓子,眼睛也急得流出了血……

第三十天,一个可怕的夜晚,灾难终于来临了。暴雨中,加措和格玛脚下的大山,"轰隆"一声崩塌了,一座山整个滑向了部落,掩埋了村庄。早先自主搬上山腰的人家,天亮后看见,山体崩塌的地方流着鲜血,沿着泥石流的方向流向四周,整个山体山坳都变成了红色,而且连续几个月,人们还听到加措和格玛的哭声、号叫声,以及部落的鸡叫、狗叫声。

这座山到现在,每逢秋季都是红叶,人们说这是加措和格玛眼睛里流出的鲜血染红的。

从此,这个地方就被人们叫作红叶山了,这里少女也总是喜欢穿红色的衣衫,以示永远怀念加措和格玛。

文王囚禁羑里城的传说

采录: 刘启舒

今文县城以西的上城,有一座羑里城和天牢山的遗址,传说是殷纣王囚禁文王的地方。

相传,殷商时期,殷纣王昏庸无道,残暴至极,上至朝廷大臣,下至庶民百姓,无不怨声载道,深恶痛绝。身为西伯侯的文王,实施仁政,倡导仁爱,以人为本,兴农桑、修水利,把所辖地域治理得一片太平昌盛景象,路不拾遗,夜不闭户,民殷地富。文王对纣王的残暴极为不满,多次直言相谏,但纣王非但没有丝毫收敛,反而对文王忌恨在心,并寻找借口将文王囚禁起来,长途跋涉千余里,押解到边远荒凉的古阴平羑里城。这里三面环山,一面临水,地势险峻,与外界隔绝。文王被囚禁在羑里城,日夜有卫兵把守,不允许越雷池一步。

文王被囚于斗室备受折磨: 冬日,大雪飘飘,室如冰窖,文王依然穿着单衫;夏日,陋室狭小,连日持续高温,文王如坐蒸笼,挥汗如雨;一日三餐,粗茶淡饭,食不果腹。文王虽然被囚,却心怀百姓,遥望远飞的大雁吟诗作赋,寄托对百姓的思念之情。

当地百姓均传诵文王是仁义之王，他们常常冒着生命危险探望文王，悄悄为他送饭菜、衣物等。冬日里，为他送来取暖的薪柴；夏季里，为他送来驱蚊的艾香；有人还从江水里捕捞鱼儿，为他滋补身体。

文王对百姓的厚爱感慨万千，发誓要永世造福百姓，为天下苍生鞠躬尽瘁，死而后已。文王虽陷囹圄，却不落志向，终朝盼望早日返回，为民谋福。他每天早早起床，挥拳伸腿，锻炼身体。他还时常陷入沉思，思索着治国安邦的良策。据传，他还在羑里城里写就了数万言的《治国策》一书，堪为治国的大宝法典。文王被囚三年后，终于又回到朝思暮想的家乡。

后来，囚禁文王的城被称为"羑里城"，城旁的山被称为天牢山，天牢山旁建有文庙，以示纪念。

鲁班传艺

讲述：尤武林　班代寿
记录：刘启舒　班保林　铁楼乡强曲村农民

很久以前，岷堡沟人住在茂密的大森林旁边，住的却是简陋破烂的茅草房。

有一天，岷堡沟来了一位气度不凡、面目和善的长者，背着一个装有木匠家什的背篓，他就是云游四方、向普天下百姓传授木匠技艺的祖师爷鲁班。然而，边远偏僻的岷堡沟村民并不了解鲁班，见他背着一个装有木匠家什的背篓，仅仅把他看成是一个闯荡江湖、走村串寨谋生的老木匠。

岷堡沟自古以来民风淳朴，村民热情好客，不管寨子里来了什么人都热情款待。更何况是一位慈眉善目的长者，更是高看几分，长者成了全村的贵客。村民们端出香甜的咂杆酒，恭恭敬敬地敬献给从外面来的这位长者，还为他唱起了敬酒歌。

鲁班感谢村民的盛情款待，将村民敬献的咂杆酒喝了一碗又一碗，连饮了八大碗，却毫无醉意，令村民赞叹不已。

饮完咂杆酒，鲁班吩咐村民拿来一些木料。

村民按鲁班的吩咐，拿来了一堆木料。

鲁班从背篓里拿出墨斗、斧头、锯子、凿子等木匠家具，画墨线，片木料，锯条子，凿眼子，风风火火地干开了。仅一袋烟的工夫，一张既美观又结实的桌子做成了，上面还雕刻着精美的花纹。

村民们看得目瞪口呆。别的木匠做一张桌子，最少也要一两天时间，可眼前的这个老头却只用了一袋烟的工夫，而且做得是那样精细，简直就是巧夺天工，只有神仙才能做到。

村民们对鲁班师傅的神功佩服得五体投地，尤其是年轻人都跃跃欲试，想跟鲁班师傅学木匠手艺。

鲁班看到当地人住的茅草房简陋破烂，并了解到村民缺乏修房造屋的技术时，便决定把修造高楼大瓦房的技术传授给村民。他把村里愿意学习木匠技术的人召集在一起，向大家传授修房造屋技术。

为了让大家便于记忆修房造屋技术，鲁班把修房造屋的技术编成歌谣传授给大家。他的学木匠歌谣是这样说的：

> 一对木马来支起，斜架木头顺长搭。
> 什么出来来端正？墨线出来来端正。
> 什么出来按尺寸？尺子出来按尺寸。
> 什么出来锯齐整？锯子出来锯齐整。
> 什么出来来片平？斧头出来来片平。
> 什么出来倒四棱？平镜出来倒四棱。
> 什么出来推光生？推刨出来推光生。
> 什么出来心肠硬？抓斧出来心肠硬。
> 它把木头抓得七窟窿八眼睛。
> 什么出来穿心空？穿方出来穿心空。
> 什么出来为大哥？中柱出来为大哥。
> 什么出来为二哥？二柱出来为二哥。
> 什么出来为三哥？檐柱出来为三哥。
> 它在屋檐下受滴漏。
> 什么出来弟兄多？椽子出来弟兄多。
> 榻子一片连一片，钩钩钉子来钉上。
> 黄泥巴稀漉漉，溜溜瓦扣一个、仰一个。
> 什么出来背岭高？脊筒出来背岭高。
> 羊头兽儿它的二面角上笑呼呼。
> 宁抗木抗柏木方，花纹窗子亮晃晃。

门抗高来门抗低，门抗底里生土地（土地爷）。

土地老汉生得怪，摇一棍来八弟兄。

一个分到天上去，天王菩萨神一宗。

半山月里钢铃响，牛王菩萨神二宗。

一个分到城里去，城里土地神三宗。

一个分到庙里去，庙倌土地神四宗。

一个分到路旁去，路旁土地神五宗。

一个分到崖上去，随崖土地神六宗。

一个分到桥上去，桥梁土地神七宗。

一个分到坟园里，坟园土地神八宗……

在鲁班的精心传授下，岷堡沟的不少青年人都学会了木匠手艺，不仅学会了做各种家具，还学会了修房造屋。

鲁班决心把村里的茅草房全都改造成高楼大瓦房，并自告奋勇要带领村里的年轻人进山林砍伐木料。村民们担心他年老体弱，进不了山林，让他留在村子里，让年轻人去砍伐木头。

鲁班婉言谢绝了，他说年轻人不知道哪些木头最适合修房造屋，也不知道需要砍伐多少木料，只有他带上大家去砍伐木料最合适。

村民们见鲁班师傅执意要进山林砍伐木头，只好依了他。于是，在鲁班的带领下，岷堡沟的年轻人拿着斧头、绳索进山伐木。他们在山林里扎荒，整整砍伐了十几天，从森林里砍来了修房所需要的木料。

在鲁班的指挥下，全村男女老少齐心协力，修起了一座座漂亮的高楼大瓦房，岷堡沟家家户户都住进了瓦房。

鲁班又指导村民制作了不少家具，家家户户屋里都摆上了方桌、长凳、木箱、碗柜、粮柜等家具。

村民们都对鲁班感激不尽，希望鲁班永远住在村里，他们会好好地侍奉他。鲁班却婉言谢绝了，声称要云游四方传授木匠技术，让天下的人都住上好房子。

鲁班师傅走了，不知走向了何方。村民曾一次次站在村头眺望，盼望鲁班师傅再来村里。多少年过去了，多少代过去了，鲁班师傅虽然再也没有来过岷堡沟，但他帮助村民修的房屋却世世代代为山民们避风遮雨，撑起了一片生活的艳阳天。鲁班师傅编的学木匠歌谣，也世世代代在当地传唱。

马桑棒打老牛

讲述：余占德
记录：余流源 干部

相传远古时代，在白马人生活的地方生长着成片的参天大树，其中有一棵树长到南天门外的台阶下，成为人世间通往天宫的通道，这棵树名叫"汶布达吾"（即马桑树）。白马人中的首领和神通广大的人，都通过这棵树直接到达天宫，这棵树也就成了神树。

在那时，白马人中出了两位稀奇古怪的神人，一位名叫高告，牛头马面，四只足，前两只足是马蹄，后两只足是牛蹄，头上长着两只角，面善目慈。另一位名叫班告，长得马头牛面，四只足，前两只足是牛蹄，后两只足是马蹄，头上也长着两只角。两位神人长得奇形怪状，说的是人的语言，人们见了都要惧怕三分。两位神人上天，要经过马桑树到达天宫，才能拜见玉皇大帝。拜见玉皇大帝后，都有所赐，班告长上了翅膀能飞，高告能腾云驾雾。从此以后，两位神人去天宫往返不再爬马桑树了，随时随地来往于天地之间。

有一年正月十七日，两位神人一前一后上天为王母娘娘拜寿。拜寿前上贡品时，高告提前到天宫，带去了白马人最喜欢吃的燕麦面和荞面，轮到班告上贡品时，却没有礼品可贡。正月十八日这天，给西王母拜寿，各路神仙天官到齐，尽情祝寿一日。祝寿毕，在游天宫时，班告对高告意见特别大，总是横眉冷对，恶言相向，认为他俩都是白马人一路的神仙，给王母娘娘拜寿，没提醒他带礼品而有失体面。

正月十九日这一天，各路神仙都要返回各地的住所，高告和班告二位也不例外。两位神人走到南天门外的台阶上就开始争吵，甚至骂仗打架，相互头碰脚踢，围着马桑树碰来碰去，难分难解。后来，班告把高告的下牙给踢掉了，高告用牛角奋勇争战，非要把班告马角战赢不可，可班告避到马桑树背后，高告奋勇舞动长角碰撞，碰断了马桑树的上端，把接近南天门的一头给碰断了。突然间，南天门外塌了半角，礌石纷纷落下，一时间天地昏沉，天石跌落，越落越多，两位神人犯下了弥天大罪。

　　王母娘娘得知后，立即派世间阿婆处置天地之间的这件弥天大事。世间阿婆得令后，奋不顾身，一面炼就五彩石补天，一面处理高告和班告之间的斗争。为了调解两位神人的争斗，世间阿婆把牛角还在牛头上，把马脚还在马身上，把牛脚还在牛身上，从此马不再长角了，牛只有上牙。

　　事后世间阿婆把罪孽都归结于马桑树，认为马桑树如果不长到天上，哪有人上天呢？随即用手指着马桑树说："都怪你这个出头的'汶布'。"随手将成片的马桑树往下一压说："马桑树你长不高，长高都是爬爬腰！"此后，天下马桑树都低头弯腰，再也长不成参天大树，只能成为供人烧的木柴了。

　　世间阿婆将天补好，让牛成为人们种田的耕牛，让马成为人们运输货物的驮畜。世间阿婆准备回天宫复命时，突然间补好的天又裂开口来，她奋不顾身，飞身上天，化为蓝水把裂开的口子给牢牢地黏住了，从此天空成为蓝色。

　　白马人为了纪念伟大的母亲——世间阿婆，每逢正月十九日这一天，各村寨都要拉一头老牛到"赶板斗色（神坛）"宰牲进行祭祀活动。

　　在祭祀活动中，要选一位六十开外的龙相男性，手持斧头使劲在老牛头顶上砸三下，让牛昏倒在神坛，紧接着全村每家每户，各自都拿着一根马桑棒，对着牛乱打，直到把牛活活打死，众人口中还不停地放声喊："噢噢！噢噢！"喊声震得山谷原野也不停地发出"噢噢……"的回响。

蔡哥的传说

采录：叶培根

　　不知何朝何代，相传文县石坊柳元坝有户姓蔡的人家，出了个心直的莽汉。他有姓无名，浓眉大眼，食量过人，动起武来，三五人不能近身。据说他在牧羊坡"抓子儿"（幼儿游戏）垒起的石子儿把关门下的山都压垮了一大片。到现在关门下有一巨大的圆石头，虽经多次地震仍岿然不动。

　　他的家境极为贫困，有了上顿无下顿。老母亲有病卧床，无钱医治。他无房无地，有力无处使，有心无处用。为求温饱，他暂且替有钱人家放羊混饱肚子。

　　一天，有一地仙路过牧羊坡，见莽汉架起二郎腿，仰面朝天在坡上睡觉。地仙自言自语道："好风水，好风水！"莽汉猛醒，抬头问道："在哪里？"地仙向他躺卧处一指："就在你跟前。"莽汉心想：老母年迈有病，老母百年后，何不安葬在这里？也好改变我家贫穷的命运！我老替人放羊也不是长久之计。

老母去世后，莽汉光棍一条，无牵无挂。时逢大旱之年，庄稼颗粒无收，饥民群起，莽汉率领五六十人，落草为寇，开仓放粮，救济饥民。常出没于柳元后山坡牛嘴大崖洞、小崖洞之间。那一带曾经是南坪通往文县的小路。羊肠小道上常有贩盐的骡帮在此经过，手爬崖就是必经之地。

那时，一般农民想吃点土盐也十分困难。大约一斗苞谷才换得一斤盐。莽汉为人耿直，同情贫弱，关心乡邻疾苦，故常在关口要道截住盐贩，留盐走人。把劫的盐巴尽其所有散给贫苦人家。因此深得民心，人们都亲热地叫他"蔡哥"！

盐贩子们为了避过蔡哥的截取，趁深夜用棉花包住牲口的蹄子、取掉铃铛才得以顺利通过手爬崖。故有"骡子是个好骡子，就是缺个棉花蹄"的口谚。

这蔡哥不仅呼啸山林截盐为众人解困，也时常明火执仗，劫富济贫，扶危济困，声威大振。谁知这情况被地方官上报了朝廷。

既然如此，蔡哥一不做二不休，一心要让天下穷苦人吃饱穿暖，过上好日子。他想："打蛇打七寸，擒贼先擒王"，光这样小打小闹，不是根本办法，大家的穷根子在朝廷皇上老爷身上，我何不射杀皇上？这么大的事他不敢声张，先放在心里，待考虑停当再作道理。

蔡哥听说皇上行踪不定，只有早朝时必登金銮宝殿，时辰是鸡叫三遍，寅卯不分光的时候。蔡哥自知有个习惯是一觉儿睡到大天亮，深睡如死，鼾声如雷，他怕误了时辰，坏了大事。一天，他悄悄唤来精明能干的表嫂，说明情由，托表嫂按时叫醒他。这样，凭他的力气拉弓搭箭，"嗖"的一声，射向京城的金銮殿上，那皇上飞都飞不脱，必死无疑。表嫂听了一口答应按"鸡叫三遍"的叮咛，一定叫醒他，好了了这表弟平生的一大心愿。

表嫂早早睡了，又不时惊醒，忽又睡去。夜深了，睡了醒，醒了睡，又生怕误了大事。这鸡也不叫，狗也不咬，表嫂心急火燎，胆战心惊，她实在不敢睡了，也实在耐不住了，便拿起簸箕嘭嘭地拍了起来。不料这一拍，邻家的鸡以为隔壁的鸡在扇翅膀，要开始叫鸣了，于是全村的鸡都叫了，不等表嫂叫他，蔡哥推开被子，跳下床来，取下弓箭，为了万无一失，他灵机一动，急忙把尖尖的明晃晃的铁铧套在箭头上，用尽平生气力弯弓如满月，手指一松，风声呼呼，一箭射向京城。不料，这情急的表嫂，人为地提前，发弓射箭的时辰，铧尖不偏不倚射在金銮殿前的檐柱上。值班太监发现了，大惊失色，拔腿跑向皇上禀告此事。皇上听了，龙颜大怒，即刻命令下人将此案一查到底，如有怠慢，定斩不饶。

从铧尖的方位上看，朝廷确定此箭从西北而来，无奈关山阻隔，道路遥遥，查了七七四十九天才查出确切的发箭地点，原来是甘肃陇南阴平古道石坊柳元村。

蔡哥自知大祸临头，便远走高飞，不知去向。朝廷怕日后又生是非，惹出祸端，便命当地风水先生四处察看，斩断邪脉，以除后患。地方官不敢怠慢，让风水先生领上村民挖掉蔡哥出没的山梁。谁知这道梁子白天挖开，晚上合拢，挖了数日最后只得无功而返，后来得知蔡哥最忌"不怕千刀万斧，就怕来来去去"，何谓"来来去去"？风水先生和众人百思不得其解。有人用手来来去去做暗示，大家才恍然大悟，原来是用锯子锯的意思，这样才能锯而不合，才能彻底断了邪脉。

第二天，地方官命人拿上锯子在那山梁上"来来去去"一锯，果然龙脉上的鲜血如泉涌一般。地方官员高声大叫："好！好！好！"龙脉斩断，这山梁立即下陷一截。从此，这地方便叫龙脉下。接着朝廷又命地方官在蔡哥活动的地方分别修了五条岔路，也就是现存的五道场，目的是迷惑路径，让蔡哥走投无路！

蔡哥射杀皇上未成，又闻听斩了龙脉，坏了当年活动的道路，积郁成疾，尽管有救兵来援助，终未成功。现在存留在柳元对面泥山顶上奇形怪状的石头，便是前来救助蔡哥兵丁的化石，从此，人们叫这山为救兵山。

蔡哥壮志未酬，吐血而亡，死后为躲过朝廷掘墓焚尸，柳元人暗将蔡哥埋在对面后坝村并弄了几座假墓堆，以混淆视听，真假难辨。由此可见当地百姓对他有多么深的感情。

蔡哥这位绿林好汉的传说，神奇怪异，祖祖辈辈，口口相传，长盛不衰。说的人津津有味，听的人如痴如醉。有诗曰：

代代为奴谋人样，
战鼓连年响四方。
前程渺渺方向无，
可怜英雄失道亡。

【异文】

讲述：任天禄 农民　杜喜德
记录：任德明 干部　张金生 干部

石坊有四景，即泥山驼峰、龙头湾龙头、汤卜沟溶洞与七嘴山，其中流传着极为神奇的故事。"驼峰"位于石坊乡泥山（古称银峪山）村西南，形状就如一匹骆驼的肉鞍子，是蔡根儿骑的骆驼的鞍子。龙头湾后坝村东南江边，白水江流到这里，遇到石龙头阻挡，卷起了激荡的旋涡，龙头延伸与驼峰前的李家山顶相连，为蔡根儿骑龙入江汲水的地方。汤卜沟溶洞在汤卜沟口，洞中长年滴水，造就了青、蓝、红、白颜色的锈石（钟乳石），就像石笋，为蔡根儿在兴兵战败后的隐身之处。七嘴山，位于白水江南岸下柳元村的后面，春夏秋日雾气缭绕，逢云即雨，冬日白雪皑皑，晴日阳光炫照，浮云红白相间，就如七面彩旗迎风飘扬，为蔡根儿的旗帜。

相传大明时期，有一天晚上，阴平石坊乡下柳元，众多村民在街头乘凉，突然发现有一只庞大的火红雄鹰，从七嘴山顶飞来，落在本村一户蔡氏人家房后的一座山梁上。大家看了，人人称奇，个个为怪。甚至还有几个好事的青壮年男子，手持灯笼火把，爬山前往寻找，但一无所获。第二天，有人传出，蔡氏家中就在红鹰落时生了一个男孩。这个孩子刚刚降生时，就睁开眼睛四处张望，哭声洪亮，高额垂耳，浓眉大眼，鹰鼻虎口，肤色就如古铜钱，用秤一称，竟有八斤九两。因为孩子的相貌丑陋，全家人看了心里很不是滋味，但毕竟是个生命，只得收起抚养。到满月那天，请来了一位阴阳先生，给他取了个数理为三十五画，意含"高楼望月，胸怀大志，功卓名望，致报本源"的名讳，叫作"蔡根儿"，而且还赋诗一首云：

岿峰峻秀映斗宫，白水泽流润域春。
蔡门姬周兴世远，济阳延衍竟时兴。
根固阴平岷岭域，沛然蔚林簇锦生。
儿郎异貌如钟馗，时逢应运显雄风。

后来，家里按照乡俗，依次为蔡根儿进行了百日禄喜、周年祝岁、三岁过关、五岁留头、八岁禳星、十二岁赎身等活动。光阴荏苒，转眼蔡根儿长大成人，时至弱冠之龄，身躯早已如壮年，身高过丈，膀阔三停，两道剪刀眉，一对大环眼，鹰鼻虎口掺板牙，三绺短髯杂乱，声言犹如洪钟，与其他同龄人相比，要高胖一倍。他食量大，每顿吃一鼎锅饭，臂力过人，如遇有人寻衅打闹，就是十数八人也难近其身，所以人人惊惧，个个退缩，不敢与他争高低。但是，蔡根儿从不恃强凌弱，有一腔侠义心肠，常爱打抱不平。蔡根儿劳动或玩耍所用的东西与众不同，砍柴用的山刀重十余斤，砍柴时，遇到橡子大的树，一刀一根。背柴用的牛皮筋绳有三丈二尺，每次背柴至少有四五百斤。挖地使的镢头有三尺长，一天挖种两斗麦子的荒地。每当晚饭之后和冬闲之际，青少年人玩弄弓射箭游戏时，蔡根儿就将二十层青竹板用牛皮筋捆在一起，以牛皮绳为拉弦，做成一张有五十多斤重的硬弓，用一根茶杯口一样粗的橡子为箭杆，安一片耕地用的犁铧当箭头，把村周围的山林树木，以及山坡上的土丘和顽石作为靶盘，逐日习射，一箭可达数里之遥，人们称他为"神箭将军"。

当时，阴平、龙安、南坪、松州不少地方都住着白马氏，或叫白马番的人群，朝廷派土司世袭管辖。白马氏人和龙安土司对腐朽残暴的明王朝不满，正在准备兴兵造反。当他们听到蔡根儿的身手之后，就特意派人前来联络，动员他参与举事。蔡根儿大喜，与特使喝血酒，拜成了生死弟兄。特使对蔡根儿说："将来你领兵打去京城，选择皇王坐朝议事之际，一箭射进金銮宝殿，把皇王射死，到那时你就可以为王，我们这些拜把子弟兄也可以当上宰相和大臣了。"蔡根儿喜出望外，派出本地结拜弟兄，跟着特使到龙安府见土司，商议了共同举事的计划。蔡根儿的特使走后，土司立即大兴土木，搜集各地能工巧匠，按照皇城宫殿样子，在龙安城修起了一座金碧辉煌的金銮宝殿，准备举事成功后登基坐朝。人们传为蔡根儿的宫殿，蔡根儿也以为给自己修好了金銮宝殿。

与此同时，在龙安白马土司的支持下，蔡根儿筹备金银钱粮，在村东坪上修了一座小宫殿，安上了龙椅，将一块斗大的四方形白色石头用红绸子包了放在神桌上，演示了文臣武将朝拜仪式。又派人前往松州，为他购买了一头骆驼，打算在领兵进京时乘坐。蔡根儿兴高采烈，不分昼夜训练箭法，想在举事时冲锋陷阵，一箭射死皇王。正值一切准备就绪，单等配合白马土司进攻京城之际，遇到了嫂嫂姬彩云掺和。说到姬彩云，民间流传着许多顺口溜，其中有一首道：

> 风月场上姬彩云，挤眉弄眼会哄人。
> 装腔作势要娇态，两面三刀无规程。

关门常干龌龊事，出外混账逞强能。
伦理道德当儿戏，随情恣意任己行。

这姬彩云看到蔡根儿搞得风风火火，听人说不久蔡根儿还要坐朝称王，心里痒痒的，不由得眼热起来，厚着脸皮跑去找蔡根儿说："兄弟，你有众多的能人和兵将扶帮，很快就要坐朝称王。可惜我遇的你哥，忠厚老实，不好依靠。如将来你封我为正宫娘娘，与我共享洪福，我在你出兵之时可以助你成功。"蔡根儿听到此言，大吃一惊，但慢慢一想，既然是嫂嫂，自己如果逢贵，让她享点清福也并不为怪。何况有言在先，还要助我成功。便和颜悦色地对姬彩云说："既然嫂嫂可以助弟得福，到那时因为人伦之故，虽不敢说封为正宫娘娘，但可封为皇嫂。"姬彩云听罢此言，很不高兴，拂袖扭头而去。

过了一段时间，龙安白马土司做好了各项准备工作，派人送信说，将于八月十五日清晨鸡鸣五更之际发兵，等再次通知后一起动手举事。蔡根儿很快把这个消息传给了众位弟兄和嫂嫂姬彩云。蔡根儿与众弟兄一边练兵，一边等待龙安白马土司的通知。这姬彩云对蔡根儿不答应封她为正宫娘娘恨得咬牙龇嘴，一次次赌咒发誓要搅黄这事。还不到八月十五日，姬彩云急匆匆跑去传言，龙安土司派人传信说情况有变，要提前到今天晚上起兵举事。这天晚上，还没有到五更天，姬彩云找到两张簸箕，夹在两臂下扇动，模仿鸡扇翅膀的声音，口里学着鸡叫，引起了雄鸡齐鸣。蔡根儿以为龙安白马土司定的起兵吉祥时间已到，就急忙聚集众兵将举事。他跨上骆驼，手舞弓箭，领着众人向县城进军。他们沿着白水江南岸前进，走到西园境内时天快要亮了。这时，蔡根儿张弓搭箭朝着县衙射去，一箭便将正堂一根中柱打断。霎时，惊动了时任知县及其智勇兼备的守备名将高魁等人。他们二人急忙筹划后，一边设防抵御，一边快报呈奏朝廷："文县出了反贼了！"很快，皇上责令省、府调兵遣将围剿，蔡根儿势单力薄，屡战屡败。

龙安白马土司得知蔡根儿不等他的通知，单独提前举事，连声说："坏了！坏事了！"也不得不提前起兵。早已得到快报的明王朝，速派重兵进剿，龙安白马土司造反很快被皇朝平息。蔡根儿在内无招架之力、外无援兵的情况下，以彻底溃败而告终。兵卒四散而去，蔡根儿也只好保命潜藏。

造反是十恶不赦之罪，朝廷平叛大军要斩草除根，对蔡根儿穷追不舍。蔡根儿穷于奔命，向西逃去，想到松州白马氏中躲藏。行至石鸡坝时，又遇到了秦、阶两州发兵。这些兵翻过插岗岭，经过中寨，在安昌河堵截。蔡根儿不敢冲关突围，就折转身来，将箭杆随手插在石鸡坝村东边的崖洞上，变成人们常用的打鸡棍。他将随身佩带的硬弓扔进了白水江，淌到石坊龙头湾被一块巨石挡住，形成了一个南北分流的河滩。他到汤卜沟口后，顺沟往上爬，攀登入沟高坎时，发现溪流背后有个崖洞，便放走了骆驼，自己单独侧身钻进洞中。骆驼沿汤卜沟峡谷前进，爬上了村庄东面山麓，钻进了密林，经数百年的风霜雪雨吹打，演化成了后来人们看到的"泥山驼峰"和"龙头湾龙头"的景观。

蔡根儿潜进溶洞后，自以为安全无忧，便托沟外一个砍柴的人给嫂嫂捎话，告知自己已经摆脱了官兵的追击，要嫂嫂和父母设法为他送点衣服与食物。姬彩云余恨未消，得到消息后，不但没有送去任何东西，而且跑去给尚未撤走的官兵报信。姬彩云在前边引路，领兵将军带着官兵赶去洞口，派出一队人马，打上灯笼火把，手持刀枪钻进洞去，四处寻找，遍洞无人，发现有一棵水桶大的蒌子草根。带兵将领听后断定是蔡根儿变化的，便命令兵卒使用大斧轮番砍剁。但是蒌子草根随砍随长，连砍三天，还是原样。第三天深夜，在洞外静静守候的官兵突然听见，有人对山王土地说道："他们这些官兵，对我用斧头乱砍，再砍一个月也是白费工夫。要对我有办法，除非用来来往往。"带兵将领听了禀报，反复苦思冥想，"来来往往"为何物？一直不解其意。一个曾当过木匠的兵卒进言道："来来往往，就是木匠用的锯子。"带兵将领恍然大悟，赶紧派人买来一把大锯，不到半个时辰就将蒌子根锯断，蒌子根冒出鲜血，世世代代长流不止，积成了各种颜色的锈石。

白马老爷的传说

讲述：曹富元
记录：刘启舒

在文县白马山寨世世代代流传着白马老爷的传说，人们颂扬他救苦救难的慈悲情怀，祈盼他保佑百姓幸福安康。

传说很久很久以前，白马老爷是一位行神，他一年四季都脚步匆匆，云游四方，会神交友，驱魔除妖，降祥惠民。

有一天，白马老爷又匆匆赶往四川峨眉山去修道和参加神仙会。神仙只能夜行昼停，白马老爷也是如此。每天晚上，白马老爷踏着茫茫夜色，披星戴月，急匆匆地赶路。他走了七个晚上。

第八天夜晚，白马老爷走呀走呀，走到四川平武县的羊洞河和火溪沟的交汇处时，刚才还是晴朗的夜空，满天的星星闪烁，皎洁的月亮洒下一片银光，突然间夜空变得漆黑一团，黑得就像一张黑牛皮一样。紧接着，雷电交加，狂风大作，暴雨倾盆，天崩地裂，山洪呼啸而来。眼看肆虐的山洪就要淹没遍地的庄稼，冲走山寨的牛羊，一座座房屋就要倒塌。面对突如其来的灾难，白马人惊恐万状，哭天喊地，但又无可奈何。

白马老爷面对眼前的情境，觉得四周妖气弥漫，认定是妖魔在作怪，便立即施展法术，屏息凝气，双目紧闭，双手合十，口中念念有词，直念得满头大汗，终于驱走了妖魔。

一会儿，狂风停了，暴雨不下了，惊雷不吼了，洪水消退了，一切又恢复了平静。夜空里星星出来了，月亮也出来了，给大地洒下了一片银光。白马山寨的庄稼保住了，牛羊保住了，房屋也保住了。男女老少载歌载舞，齐声颂扬白马老爷，感谢他的大恩大德。

正在人们尽情欢呼感恩白马老爷时，只听一声雄鸡啼鸣"喔喔啼——"黑夜消失了，白马老爷见天已大亮，再也无法前行了，便化作一股烟云不见了。眨眼间，一座独峰山冈耸立在人们面前，大家便把这座山冈称为"那缘舍修"，白马语"神山"的意思。

白马人说，这座独峰山冈就是白马老爷的化身。冈下的两块石头，一块石头是白马老爷的桌子，另一块大石头是白马老爷的椅子，也有人说这两块石头是白马老爷的两个书童。其实，"白马老爷"是汉人的称呼，白马语称"叶西纳蒙"，"叶西"是"黑天神"的意思，"叶西纳蒙"即从甘肃陇南文县来的黑天神。白马老爷日日夜夜守护着白马山寨，保佑着白马人世代生活安宁，风调雨顺，五谷丰登。

素岭十兄弟

讲述：王善庆 农民
记录：任德明 张金生
1968 年采录

传说在宇宙遭受洪水泛滥，人类只剩下伏羲与女娲，哥妹二人成婚，女娲在正月初一造鸡，初二造狗，初三造猪，初四造羊，初五造牛，初六造马，初七造杂禽杂兽，初八造出人类，开启嫁娶传宗。在阴平西北面素岭山上，有一对名叫高显与蔚蓝的夫妻，生有十个儿子，分别取名为荡然、潇洒、寒雪、兴露、振声、击光、腾舟、朦胧、激涛、善静。十个儿子逐渐长大，各显神通，闹得阴平大地人类、家禽家畜、野生动物和山林树木不得安宁。老大荡然不论时节大刮狂风，吹倒草棚房屋与山林树木；老二潇洒随心落泪降雨，擅撒冰雹，庄稼常常颗粒无收；老三寒雪常穿白衣服，掩护自己裸露的身体，飞禽走兽无处觅食；老四兴露昼夜抹霜，尽管打扮自己，春夏秋冬四季不分；老五振声狂欢大叫，吓得人们胆战心惊；老六击光随心玩弄火闪，给老五助威，击毁悬崖树木及其生灵；老七腾舟荡舟扬帆，时白时黑，不见日月；老八朦胧任性驾雾，山水沉迷，黏合天地；老九激涛，搅浑溪流清河，淹没农田村庄；只有老十善静天天种树，清除杂音，为生灵造福。

当地有个氐羌青年，不畏艰险，跋山涉水，前往玉山，向王母娘娘奏明情况，请求制止素岭九兄弟的过火行为，赐福于民。西王母知道后，将这事又奏给了玉皇大帝。

玉帝听奏，龙颜大怒，即刻将风伯、雨师、雷公、电母、金菊太阳、阴娇嫦娥、金木水火土等诸路神君，召至灵霄宝殿安排："在那南赡部州阴平素岭，一母生了十个兄弟，有九人不守天条，滥用职权，有过火行为，扰得生灵不得安宁，实属可恶。你们一定要惩罚这些狂嚣之人，教育他们遵守天条，改变过火行为，尽职护佑生灵。"众神下凡，各尽职责，风伯管住了荡然，雨师管住了潇洒，太阳克制了寒雪，嫦娥约束了兴露，雷公管住了振声，电母管住了击光，金木水火土与山神土地也主动配合，各尽其责。自此，才逐渐形成了素岭美景：夏秋之季，白云缭绕，雾气浓浓，疾风吹拂，细雨连绵，集归六河。冬春之时，积雪皑皑，犹如纱鼎，悬冰挂剑，锐戈奇形，霜凝草丛，风隐山林，滋长万物，在山腰还出现了一个采花湾与碧澄如玉的五花池，池边长出了一棵五花竞艳的神树。

虹桥太子爷的传说

采录：任永忠 记者

虹桥是指文县尚德镇虹桥村。虹桥村原指横丹乡页头坝村，现已更名。

虹桥村有一个太子爷，非常受本村群众的敬仰。不论男女老少，每到逢年过节，人们都要去给太子爷点灯、烧纸、化钱，像敬奉仙祖一般虔诚，顶礼膜拜。特别是过春节，过十五，大伙敲锣打鼓，燃放烟花鞭炮，把太子爷从神位上请下来，安放在大场里，全村百姓供奉香火。有的群众给太子爷穿龙袍，杀鸡还愿，也有许愿的。太子爷总是不清闲，门庭若市，人来人往，络绎不绝。

太子爷是众人供奉的神，是一位大恩大善的菩萨，也是一位疾恶如仇、铁面无私的"包公"，村子里的善男信女若有喜怒哀乐总要给太子爷述说。太子爷在阴曹地府准会给述说者助一臂之力，了结不平，化解恩怨，消除痛苦，带来欢乐。有一年，远村的马莲莲姑娘嫁到了虹桥村，和该村的王磊磊结为秦晋之好。俩人相亲相爱，男才女貌，天造一对，地造一双，人见人爱。春来秋往，两年过去了，马莲莲仍然柳腰条条，肚儿平平，瓜子脸上挂愁云，我怎么了？今生今世没带儿女？王磊磊的爸爸妈妈、爷爷奶奶开始感到不安和不满。王家可不能断种，怎么娶了一个不生娃的"母猪"？王磊磊有时喝醉酒后对马莲莲又打又骂，欢笑和喜悦消失了。马莲莲时常被乌云笼罩着，雷鸣和闪电不期而至，马莲莲处在噩魔和梦幻般的日子里痛苦极了。隔壁刘大娘知道此事后，告诉马莲莲一个秘方。

第二天一大早，马莲莲手里拎着一只公鸡愁眉苦脸地来到太子爷寺庙里，她跪在太子爷面前点燃香、灯，化了火纸，把鸡放在旁边。她说："太子爷，我今天可是走投无路了，求您来了，请您开恩应允，赐送我儿女吧，我给你杀鸡，穿龙袍，天天化钱，愿您在阴间逍遥快乐！太子爷，请您给我儿女吧！"马莲莲哽咽泣噎，悲痛万分。她接连七天给太子爷磕头烧香叩拜。有天早上，马莲莲去得特别早，天刚蒙蒙亮，她就一如既往地述说自己的苦处，并不断祈祷，突然，一个洪亮的声音和小孩的叽喳声传入耳鼓，仿佛又听到一个老人在说话："孩子，去吧，到尘世为人解忧解愁，承受人间苦难。"马莲莲四处寻找，什么人也没有，浑身一阵惊悸，太子爷慈善的面容仿佛在微笑，面前旺旺的香火凝固成一缕缕蓝烟飘向窗外，飘向天空，那蓝烟在空中忽然变成一个老头，左右手携带着两个小孩快活地徜徉。

一年之后，马莲莲生下一男一女。马莲莲对太子爷百般感恩。太子爷神了，太子爷成了一个真神。

村子里有个卖炭王（本姓王），常年砍树在村中，一年卖炭三万钱，炭王能干美名扬。老王进城去取钱，当晚被小偷偷走三万钱。报案官府难破案。老王挣得辛苦钱，砍柴烧炭难上难，三万现金不一般。老王找到太子爷，又把始末说了一遍，哭哭泣泣好可怜，咒骂小偷遭劫难，逢崖栽崖，逢河栽河，逢车撞死，逢狗咬死，逢刀挨宰，逢枪吃"子弹"，全家死光。祈求太子爷治治窃贼。有天晚上，太子爷给老王托梦：钱在大门后的石头底下。老王次日去找，在大石头下面果然找到丢失的三万钱。原来窃贼承受不了太子爷的法术和功力，只好物归原主了。这下太子爷更神了。

据说在很早以前，虹桥村任氏家族和王氏家族每到过年都要唱大戏，从正月初一唱到正月十五。当地群众人人爱唱戏，人人爱看戏。唱戏、演戏、看戏是那时农村最高雅和唯一的文化活动。秦腔《铡美案》《薛仁贵征西》《小太子登基》等剧目内容较多，特别是《小太子登基》的戏，人们百看不厌，演的场次多，颇受群众的喜爱。群众为了表示对太子爷的尊敬和敬仰，请了当地雕刻技术好的木匠雕塑出了太子爷的塑像。据说当时刚雕完像，一只大公鸡突然飞到木匠的头上，木匠才明白太子爷头上还要加一道凤冠。太子爷头戴凤冠，席地而坐，摆放在戏台下，看戏听唱，享受着百姓的供奉和祭拜，年复一年，一代代相传下来。有一年春节，一个小孩不守陈规，搬掉了太子爷的一条左腿，此后不久，这个小孩左腿疼痛难忍，百治无效，病情越来越重。小孩的家长知道太子爷的腿被小孩折断后，立马请来阴阳先生、木匠先生，安抚太子爷，修复太子爷的断腿。杀鸡、许愿、求神、保平安。太子爷的腿修好后，那个小孩的腿也好了。真是神了！此后，当地群众对太子爷更是万般敬仰和侍奉，世世代代相传下来，直到今天。

邓艾梦龙破重围

讲述：袁怀贵
记录：杨光付 干部

　　三国争霸，玉垒雄关成为蜀守魏攻和通陕入蜀的天然屏障。魏将邓艾在陇西、祁山、沓中一带与蜀将姜维的攻防中观形势，察地理，探虚实，谋计策，决定，必须摆脱互有胜败的胶着战事，另辟蹊径，神兵突袭破蜀。

　　于是，他亲点精兵一千，星夜沿白水小道潜行，过宕昌，出阶州，破临江，一路上势如破竹，直奔阴平东南桥头（今玉垒关），到了口头坝探马来报，白水北岸场市坝蜀兵筑营戍守，南岸筏子坝亦有驻军把持，出阴平城五里外的白水江北岸，廖化防守严密。

　　到得玉垒袁家坪，邓艾果见白龙江东岸场市坝工事林立，旌旗森森，如果过江，必然全军覆没。无奈之下，邓艾率部登上中山梁，夜宿玉垒关下上店里，面对立壁千仞的悬崖和腊月冰冷刺骨的白水江一筹莫展，加之，日夜行军，一路杀来，人乏马困，闭目即睡。在似睡非睡中入梦，一条黄龙径直从南面山谷跃入一方谷中的湖泊，激起十几丈高的水柱，使他惊恐万状。梦中醒来他立刻询问探马，营地上店里对岸是个啥地方，探马回答说白水江南岸叫袁家坪，东有龙潭沟，西有水沟湾。邓艾又问龙潭沟有无湖泊，探马细报说此沟常年有水有潭，大的叫大龙潭，小的叫二龙潭，沿沟道上山向南可达让水河。

　　未等探马报告完毕，邓艾倏地拔地而起，仰天大笑道："天不绝我，重围可出，蜀必亡也。"

　　第二天天刚亮，邓艾下令就近伐木，架起木桥，在南岸桥头集结通令，沿龙潭沟向南翻过龙潭沟梁，下袁家山逆让水行军，翻摩天岭下江油！

　　这时，邓艾的儿子走出队列道："父帅，此道可为诸葛亮死前所指阴平小道？"

　　"正是。"邓艾借机提振士气做行前动员，"我军陷入西有廖化守阴平，东有姜维把剑阁，白水（今白龙江）北岸场市坝，南岸筏子坝屯蜀军的重重围困，唯经此桥过白水江循龙潭沟谷小道破强攻解大山围困，下袁家山逆让水行八十里穿摩天岭，方可奇兵破蜀，全体将士可有信心？"士兵们低声但铿锵地回答："有、有、有！"

就这样，邓艾率领这支精锐跨过白水江经龙潭沟这条为姜维、廖化所知的山涧秘道，神出鬼没地甩开了玉垒关、碧峪口、沙洲、剑门关沿途设下的重兵关卡，在玉垒雄关之下的上店里悬崖处的白水江上架桥，径直进入龙潭沟下袁家山，沿让水河翻过摩天岭，如猛虎下山生擒马邈，攻破江油关，一路长驱直入成都，活捉了刘禅。

朱元璋与蜈蚣

讲述：刘宗有
记录：刘长江 干部

听村里的老年人讲，在野地里睡觉，蜈蚣就会钻到耳朵里。老人还说，蜈蚣如果钻到人的身体里，就不出来了，它会最终住在你的脑子里，还会生下很多小蜈蚣。要不了多久，这个人就面色发黄，四肢无力，而且越来越瘦、越来越瘦……最终给蜈蚣咬死了，也是找不出死因来的。除非打开死者的脑颅，你才能发现，原来是这么多蜈蚣住在了他的脑子里。老人说，发生了这样的事，人如果还不死，那才是一桩怪事呢。

朱元璋小时候是个放牛的，一天，他在放牛的山坡上，独自睡着了，同伴们在别的地方玩了一阵，回来后，看见一条金光灿灿的蜈蚣，从朱元璋的嘴里钻进去，从耳朵里钻出来，从眼睛里钻进去，从鼻子里钻出来……如此再三，蜈蚣把朱元璋的七窍钻了个遍，之后，又从容地钻进草丛里，不见了。

朱元璋又睡了一会儿才醒过来。大家都吓坏了，以为朱元璋必死无疑。可是，朱元璋却什么事也没有。大家问他有没有不舒服的感觉，朱元璋说，这一觉睡得，真是舒服极了。同伴们心中个个忐忑，却又心照不宣，都担心他会因此死掉。可是，这样的事情，一直不曾发生。他的同伴们回到家里，将这件奇异的事告知父母。有个明白的家长听了，沉思良久，才悄悄地跟家人说，如果真发生了这样的事情，朱元璋就是"七窍全通"了，这是典型的真龙天子啊，可是，他是一个放牛娃，哪有能当皇帝的样子呢？这个家长一再叮嘱家里人，让他们不要向外人说，他的理由是"天机不可泄露"，他说，要是说出去，泄露了天机，他家是会遭到报应的。

从此以后，这个孩子的家长，对朱元璋另眼相看，恭敬有加，他不再拿朱元璋当孩子来对待了。但他的话，还是在村子里传开了，越传越远了。想不到的是，后来，朱元璋果然当上了皇帝。而且，他是中国历史上第一个平民皇帝。

王饼子退敌治国

讲述：杨全德 九寨沟县勿角乡白马人
记录：任德明　张金生
采录时间：1988 年 12 月

不知哪朝哪代哪个年头，在松州府灵关城内出了个名叫王三耀的人，他继承祖上三代打饼子的手艺，乡民给他取了个绰号叫"王饼子"。在灵关城内，若问王三耀很少有人知道，一提王饼子，人人皆知，他可是本地一位大名鼎鼎的英雄人物。

过去，这人每天在街头打饼子，常常对人们讲，他少年时期，在山上的一个岩洞里，捡到了一本轩辕黄帝战败蚩尤的兵书，经过一位远道而来的道士精心点读教诲，得到了真谛，对天文地理无所不通，行军打仗无所不晓。还能神机妙算，可以前算八百年，后算一千年，尤其对阴阳八卦、出征打仗的事有出奇制胜的绝招，可惜身居僻地小城，一直没有遇到雄才大略的明主，只好困在浅水和鸡群之中，屈身于打饼子为生。这件事，从县城传到乡村，从一村传至百村，城乡民间众所周知。

有一天，王饼子又讲这件事，被氐羌国王派来的一个私访大臣听到，回京之后对国王如实禀报。国王龙颜大悦，高兴地说道："实在没有想到，在我本王国内还有如此能人，真是天降栋梁之材，国之幸也。速召王三耀进京，本王要和他共商军国大计，不得迟缓有误。"奉旨官员带领随行人役，不分昼夜来到灵关城内，迎接王饼子进京面君。这件事传开，全城轰动，七嘴八舌，众说纷纭。

王饼子说的那番话，意在谝闲传，没有想到国王当了真。这时他丢魂失魄，进退无策，只得让人抬着进京。心想，这次面见国王，难免要承担欺君之罪，一定凶多吉少。但事已至此，只好强装镇静，硬着头皮前去面君。到了京城，国王要当殿试验他神机妙算，事先将一只大鹅锁在木箱内，让他算出内装何物。王饼子到殿，看见国王，心惊胆战，扑倒在地，跪拜说："草民王三耀叩见国王，请王上赐罪，我要死！我要死！"国王听到"鹅要死"，匆忙传令，速将木箱打开查看。鹅在箱子里关锁时间太长，窒息死亡。国王看后大喜，当殿说道："先生妙算，世上少有，算鹅要死，果然应验。本王特封你为神机妙算将军。自此之后，在朝伴驾，以便共议朝政。"王饼子无功受封，坐享俸禄，感到莫名其妙，但也只好壮着胆子，行礼谢恩。

有一年，北番入侵，国王传旨，封王三耀为征北将军，领兵二十万前往边关拒敌。这王三耀自幼以打饼子谋生，亦未习武攻读兵书，此次领兵打仗，明知送死，但当着国王和众大臣之面也不好露馅，只好硬着头皮领旨。到了边关，两军主帅对阵，语言不通，只得用手势比画。北番主帅抢先比画替代语言，即将右手食指朝天一举，接着用双手拇指、食指合为一个大圈，意思是我领有十万雄兵，要将氐人之军围在圈内，消灭在其中。王饼子见状，以为番将要用一个麻钱买他的大饼，所以用右手一摆，接着又举出两个指头，再用双手拇指、食指合为一个比番将更小的圈圈，意思是一个麻钱要买到一个大烧饼不行，即使两个麻钱，也只能买到一个小饼。番将看了，以为王饼子带有二十万雄兵，要把胡兵围在一个小小的圈内，一举消灭干净。番将感到双方兵力悬殊太大，无法取胜，不战而自退，偃旗息鼓而去。王饼子未动一枪，未损一兵一卒，糊里糊涂得胜回到了京师。国王与满朝文武众臣大喜，骑马坐轿，同京城百姓摇旗呐喊，直至北城门外十里长亭恭迎，王饼子激动的心情难以自禁。回朝设宴祝庆，国王与众臣轮番敬酒，人人赞语不绝，个个尽情称颂："王大人不愧是神机妙算将军。"国王当场降旨加官晋爵，敕封为靖北侯爵。

这王饼子打饼子的时候天天听各方人士谝传，深知官场弊端、民间疾苦和百姓的愿望。当官以后，他提出了很多肃整吏治、富民强国的建议，国王言听计从，一时国泰民安，他真正成为人人钦敬的大英雄。

郑兆兰力排县参议

采录：叶培根

清王朝被推翻，民国建立。按理，全国上下，政令统一，城乡一致。但地处大西北的陇南文县，"山高皇帝远"，在长期的兵荒马乱之后，城乡封建等级观念仍原封不动。

孙中山先生的"三民主义""总理遗嘱"，大家像《百家姓》《三字经》那样天天念着，啥时候能兑现，谁也说不清楚。

全县九十六乡的纳粮纳税，出兵出丁，城乡就有差别，贫富就有等级。

直到民国二十四年（1935年）各据一方的"山大王"，气焰才有所收敛。这时"中央军"威名大振，时局才稳定下来。

这年，文县新来一位魏县长，体察民情，办事果断，他首先召集全县九十六乡，所县二城的乡民代表、县参议员以及本县知名士绅讨论全县户口编制，要实行新的保甲制度和征兵纳税等事宜。

在这以前，缴纳粮税，出兵征粮全是乡里人，城里人不在其中。这似乎天经地义，理所当然，从来无人过问。开会这天，魏县长很快结束了开场白，即宣布了大会宗旨，让大家广开言路，提出意见。在交谈一阵之后，大家似乎也没多话可说。也就是说除保甲制度大家一定遵照执行外，其他一切都是"外甥打灯笼——照旧（舅）"！

这时，坐中一位身穿粗布长衫的中年人举手起立。只见他目光炯炯，大声言道："县长，各位县参议员和各位乡民代表，我叫郑兆兰，白马河马家坝人。大家选我当乡民代表，我十分荣幸！既是代表，就要代表大家说话，我就说上几句。"郑环顾全场，一身正气，他说："自魏县长上任以来，能采纳民意，深得民心。今天魏县长宣布编查户口，实行保甲制度，这很好。在这以前我们这文县山区是乱鬼为王，不成体统。实行保甲制度，便于管理，便于实施政令，我代表白马河乡民双手赞成，并遵照执行。至于征兵征粮纳税派夫上我有点看法。"这时县参议员们目光都集中在这位白马河的乡民代表身上，看他能说些什么。郑兆兰说："我身居乡间，未见过大世面，仅读过几天书，孤陋寡闻，不会说话。请各位县参议员们不要见笑。现在民国建立二十多年来，实行新政，各民族一律平等，城乡一律平等，贫富一律平等。县政府是全县人民的政府，城乡利益理应兼顾，不可重城轻乡。何况全县九十六乡是多数，所县二城是少数。城乡有利益均沾，有义务均摊。当兵缴粮纳税这是我们百姓的本分，但征粮纳税全部由乡里人承担，这就不太合理了，应该改变！"

城里的几个议员坐不住了，当即有人反驳道："郑代表说的这话，我不同意，城里人，一无土地，二无牛马，是在青石板上过日子。烧点柴也买的是乡里人的。乡里人山上坝里有土地，一背柴一背菜一颗蛋都变成钱了，城里人用啥完粮纳税？"

郑代表从容不迫回应道："土地在乡里，理应完粮，这是理所当然。乡里人背柴揽草买菜水的钱，要称盐、捡药置办零碎，钱全都花在城里了，所剩无几，哪有钱缴纳税款？再说背柴卖钱，那要上山下苦力，是血汗钱，常言道：'背柴没本，越背越紧！'城里人大生意小买卖，钱路广，开个小店招客，也是进路，谁都知道，'肥田不如瘦店'，这能说城里人在青石板上生活吗？"

城里的议员们招架不住了，但又有人说："城里的娃们都在上学念书，怎么去当兵呢？乡里人小伙子有的是，身强力壮，不从乡里征兵从哪里征兵？"郑兆兰听了怒气冲天，大声言道："这位议员说话不妥，人人都有儿和女，能念书的念书，该当兵的就要当兵，征兵城乡应一视同仁，在乡下抓兵丁抓得鸡犬不宁，城里人无忧无虑，这公道吗？这合理吗？保国安民，城乡一体，人人有份。人常说'国家兴亡，匹夫有责'，这话怎么解释？我的话说完了，敬请各位议员各位乡民代表想一想，议一议，也请魏县长大人明示！"郑兆兰的话掷地有声，魏县长连连点头称是。

这粗布长衫的郑代表一席话，如"一石激起千层浪"，把在座的乡民代表们都惊呆了，都为郑代表捏了把汗，都操心说不定什么时候郑代表要吃亏。县参议员们及其他知名社会贤达们如坐针毡。当场的社会贤达张海观、徐朗轩、汪雨浓等人也都感到郑兆兰的话很有道理。其他九十六乡的代表都一致认为郑兆兰说出了他们多年来久已想说的话。

魏县长不负众望接纳民意，秉公办事，最后决定从民国二十五年起，城乡实行保甲制度，令行法随；公粮由乡里人缴纳，税款按城乡四、六成缴纳；征兵无论城乡，三丁抽一，五丁抽二，城乡人等不得违抗。

至此，结束了历来城乡有别的征兵纳税制度。

会议结束，郑兆兰声名远播文县两江八河，大家对这位白马河畔马家坝的乡民代表无不刮目相看。大家认为郑兆兰有胆有识，有理有据，他不顾个人安危，敢于冒犯县参议员们，敢于冒犯不合理的老规矩，为民请命，替众人说话，是个了不起的人！

在封建意识根深蒂固的中国，在山高政府远的文县穷乡僻壤，敢于出头露面，替众人说话的人不多，敢于说实话、说真话的人更不多。但煞有事，一本正经地说废话空话，说假话的人倒是不少。在民国年间，在大山深处，一个小小的乡民代表能仗义执言，为民请命，实在令人可敬可叹！

这郑兆兰何许人也？郑生于一八七三年，原为文县所城东街人，现百货公司的旧址即是郑家基业。后来定居白马河马家坝。读私塾，中秀才，为公益。一生从事药材生意。

郑曾与稿爷汪雨浓合作修缮阴平桥，深得群众好评。一九三六年即民国二十五年因不满川军筹款筹枪，受其威逼，瘁死于碧口镇，终年五十九岁。

死后挚友汪雨浓资助运回遗体，安葬于马家坝祖茔。后来家中财物均被川军洗劫，家境遂从此衰落。

铁楼寨的由来

讲述：王庆林
记录：陈英 干部

　　铁楼乡是甘肃省文县唯一的少数民族乡，这里居住着历史悠久而又富有传奇色彩的白马人。铁楼寨是这个白马藏族乡的政府所在地，白马河穿村而过。国家级自然保护区的设立让这原本就很奇特的地方又多了一层瑰丽的色彩，铁楼寨名称的由来也蕴藏着一个个神奇的故事。

　　传说在很久很久以前，铁楼寨不叫铁楼寨，叫黑虎寨，是因为在学校的院子里有一个巨大的黑石头，黑石头的中间有一个大坑，坑里常年积水不干，下雨的时候有水，天晴的时候也有水。奇怪的是，就是天旱无雨的季节，坑里的水也不会增多或减少。太阳一照，水面反射太阳而发光，在很远的地方就可以看到，形状恰似一只老虎，远近的人们都习惯地把这里叫作黑虎寨。

　　黑虎寨地处当时阴平与龙安府的交界地区，为少数民族聚集地区。为防外邦生番的滋事骚扰，设为军事重地，建边防哨卡并派兵驻守。明清时期常有外帮偷袭，发生过多次大小不等的战斗。为阴平四大边寨之一。由于当时的军事需要，铸了一个大铁炉子，用于冶炼刀枪、剑、戟之类的兵器。故黑虎寨又叫铁炉寨。

　　再后来，汉人慢慢地住了进来，也相继有了其他民族的加入，由于各民族文化的融合和新技术的引入，为了更加方便观察敌情，建立更好的防控体系，建起了一座七层高的楼寨，从此以后铁炉寨又更名为铁楼寨，并一直沿用至今。

软桥坝的来历

讲述：曹万兴
记录：杨志兰 干部

白马河畔有一个小村庄叫软桥坝，这个村子先前的时候并不叫软桥坝，这个村名的来历有这样一段传说。

据说这个软桥坝原来叫草子坪，清朝晚期的时候，村子的东头修了一座二十多米高的八卦楼，楼子修得很漂亮，也很结实，可自从这个八卦楼修建以后，这个寨子里的小孩就特别少，村子里的老人们就追查这个原因，为什么我们这里人丁这样少呢？前追查后分析，觉得和这个楼子有关。而这个八卦楼修起来以后，很有历史价值，人们都很爱它，不舍得也不敢动它。当时的老人们就想出了一个好办法，村子前面的这一座山叫下梁山，后面的一座山叫阳山，两座山对到这以后，还有一个河南山就成为回马江槽的地形了，这样就会人丁兴旺了。于是家里人丁少没有娃娃的老人们就计划在这个八卦楼的角角上搭一座软桥，这个软桥是用葛条的藤蔓捆在一起，直接拧成十公分粗细的绳，两头绑在大石头上，绑起来，意思就是说把两头的山脉连接起来，因为葛条是植物，和山和水都能融合，把这个接起来以后，就把风水穴脉接上了，这里的人脉也就好了，人丁也就兴旺了。

开始，先由村子里一户人家，上山采来葛条藤，用心做成一条粗细均匀的长绳，当作软桥一头捆绑在河这边的人石头上，另一头绑在河对面的石头上，过了几个月，这户人家的年轻妇人果然怀孕，一年后产下一个男孩，非常灵验。村里缺儿欠女的都来缠，你家缠一点，我家缠一点，今年缠一点，明年缠一点，后来就越缠越粗，长度就那么多，缠的时间长了，就由十几公分到二十公分，后来就挂不住，断了，后来条件好了，就由钢绳代替，再也不会断了，自从有了软桥把这座山和那座山的山脉连接上以后，慢慢地村子里人丁变得兴旺起来，村子也发达了。软桥搭起后，这个地方也就不再叫草子坪了，改名为软桥坝。

多年后，经过风雨的侵蚀，八卦楼变得破败不堪，有一年刮大风，破旧的八卦楼被大风吹倒，八卦楼不复存在了，缠软绳的习惯却一直保留了下来。

大柏树千年不倒之谜

讲述：任必检
记录：任永忠

湾里是生我养我的故乡，在小村村口土塄坎上有一棵大柏树，大柏树栽于何年何月很难有人能说清，据爷爷的爷爷的爷爷的爷爷的爷爷讲，大柏树栽于何年，任氏家族就在这里生活了多少年。老先祖是一位文武双全的大将，大约在"安史之乱"时期，兵败山西，隐姓埋名，逃难于陕西、四川、甘肃，最后逃亡到人迹罕至的深山老林，用一个银圆置了田地，一个银圆讨来一位民间女子为妻，过上男耕女织的生活。老先祖名叫任治天，他双手过膝，身材魁梧，双目炯炯有神，满腹经纶，天、地、君、亲、师、仁、义、礼、知、性，无所不知，天上知一半，地上的全知道，文安帮，武治国，口若悬河，头头是道。妻子老祖母名叫简来，是民间的一位普通人家的女子，虽说不懂私书，没有文化，但身材高挑，眉清目秀，口齿伶俐，是民间人所共知的俊俏女子。那时她只有十四岁就和比自己大三十岁的老祖宗结为夫妻。老祖宗上知天文，下知地理，力气过人，匡扶正义，济贫施善，很受本村人的爱戴好评。他一个人砍木头，伐椽子，烧瓦，筑墙，修房垒屋，新房修好了，才找媳妇。洞房花烛夜，他对新婚的妻子说：你要给我生很多很多的娃，男娃取名任学天，学字辈，天、地、君、亲、师一次排；女娃取名叫任学日，照日、月、水、火、土排。老祖宗说，人生易老，人生不易，要经得起很多事，要学日月一般深邃、博大、海涵、宽厚大度，像太阳一样光明磊落，人做事，天在看，种善得善，种恶得恶，善善恶恶在轮回，怨怨恨恨何时休！老先祖生了五男五女，几乎一年一胎，六十五岁还生了一个女娃，取名任学土，其旨是像土地一样殷实肥沃，孕育万物。

老先祖人兴财发，十个儿女又结婚生子，很快在小村里繁衍生息成大户人家，村子里住不下了，就分户，分房，向更为广阔的天地迁去。老先祖有一个习惯，修房垒屋，生儿育女跟种草种树同步进行，他当年居住的村寨只有一户人家，四周森林密布，古柏古松举手可得，金丝猴、大熊猫、锦鸡等动物层出不穷，山泉水叮咚叮咚叮咚响着，流过村前，鸟语花香，难得的一处人间仙境，世外桃源。随着人丁兴旺，村庄周围的森林砍伐、破坏严重，他教育后人每砍一棵树就要栽一棵树。他常常教育子孙后代"十年树木，百年树人"的道理。讲解栽树和育人的关系，栽一棵树也许用十年的时间就能见到成效，但教育一个国家的栋梁之材也许要用一百年的时间，也就是说教育一个栋梁之材要用三代人的努力付出才有一个良好的结果，可见育人之不易。

村口的那棵古柏就是老祖宗亲手栽下的，房前屋后，他栽了很多树，就像他的儿女们一样一个个都不见了，只有那一棵树越长越旺，老祖宗给儿女们定有家规，取名"五不""五学"，即：人生一辈子不偷、不赌、不吸（鸦片烟）、不嫖、不拐；要学文化、学武艺、学手艺、学仁义、学德勤。小娃娃时，把这"五不""五学"一个个教会，背会，如果哪个孩子、孙子干了坏事、赌了钱、偷了别人的鸡犯了错误，轻则打一顿还要罚娃娃在大柏树下站立，重新背咏"五不""五学"，久而久之，大柏树成了正义之树，仁义之树，仁德之树。老祖宗在临终前交代后人，他有一把剑藏在楼顶上的木椽里，用红布包裹着，他死后要和这把剑同葬，老大任学天和老二任学地小心翼翼地从屋顶找出那把剑，退去一层层红布，只见那剑寒光闪闪，寒气逼人，锋利无比，在剑的正面刻有"安禄山部"的字样，剑的背面刻着"五不""五学"，手指轻轻地弹动了一下，就发出清脆美妙的铿锵之声，又惊又喜。深夜老祖宗驾鹤而去，风雨突然而至，狂风暴雨一夜，大柏树枝叶全落枯零凋谢，树身上下全是柏树的油漆，如斑斑泪痕，人们都说大柏树在哭泣，哭成了泪人，悼念他的老祖宗。人们又说大柏树成精了，那树就是死去的老祖宗。

风霜雪雨，冬去春来，不知经历了多少个日月轮回，村口的大柏树仍然高高地矗立着，纹丝不动，没有枝叶，没有水分，像一具千年不朽的僵尸站立在天地间，谁也说不出不倒之谜，爷爷在世时就说，晚上睡觉时注意提高警惕，小心大柏树倒下来砸倒房子，砸倒房子事小，伤了人就糟了。小时候就注意着，爷爷早就去世了，一晃快度过五十年了，大柏树仍然矗立着，不悲伤、哭泣，不喜悦、吵闹，像先祖，像哲人，像佛，静观世间冷暖哀乐，容天下大事小事，笑天下可笑之人，深藏于心，不露神色。

如今，大柏树像先祖一般被村庄的百姓供奉着，每逢过年过节人们都要去点灯、烧纸、化钱，磕头上香，顶礼膜拜。

断水破城池的故事

讲述：张凤耆 农民
记录：张思聪 干部

小时候常听老年人讲故事，其中有一个断水破城池的故事，如今还记忆犹新，故事不一定与事实相符，写在这里，仅供人们在茶余饭后闲聊度时而已。

故事是说，早在几百年前的南宋末年，蒙古军队向南宋大举进犯，他们一路攻城略地，夺营虏寨，锐不可当，势如破竹，先是攻取了陕西的一些重镇后，又进而攻占了四川的成都，之后，西上进攻文县。文县当时称文州，是南宋管辖的一个地方政权所在地，城池就建在县城西北面的上城，城墙厚约五米，高约十米，城门口宽约三米。上城东南西三面都是悬崖峭壁，北有巍峨雄山，仅在城门口处有一条弯曲而又不太宽的斜坡路面通往城中，地势险要，易守难攻，在古时候是屯兵建城的理想之地。

一天，蒙古大军攻到文州城下后，见其三面为绝壁，另一面有高山阻挡，无法让大部队展开进攻，只得安营扎寨，与守城宋军形成对垒之势，并时常派出部分军队攻城袭扰，无奈守城宋军踞城不出，数日后，蒙古军队仍不能攻下文州城，便只好另寻破城之法。一次蒙古军队的将领带领随从在城外四面察探，他一边察探，一边寻思，这文州城在一个地势较高的地台上，地势险要，照此下去，一年半载也无法攻克城池，如果断其水源，城池将不攻自破。想到这里，蒙古军队的将领便派出便衣探子，装扮汉人模样，在城外附近寻找水源。

探子来到城北关家沟察探，无意间在山坡处看到一个砍柴的老妇人，探子就上前与老妇人搭闲攀谈，并帮助老妇人砍柴。在闲谈中探子告诉老妇人，说他因家乡发生战乱而逃难到此，想进城歇歇脚，不料城已被围困，故绕道路过此地，一路口渴，见你老人家在此砍柴，一来想讨口水喝，二来也想帮帮你老人家。老妇人见此人老实勤快，便放松了警惕，没在意他到底是什么人，就将水交给探子喝。探子喝了一口水后，问说："你这水清甜可口，不知是哪里的泉水？"老妇人回答说："这水是关家沟小河子里的水，此水从高山密林中流出，自然清凉可口。"探子叹息道："可惜这么好的水白白地流入了大河（白水江），被围困在文州城中的人却吃不上这么好的水。"老妇人说："你是外乡来的，不知道城中的人也吃这条沟的水。"探子紧接着又说："既然城中的人也吃这水，我一路过来未曾遇到过一个挑水的人，莫非是因为被围困而不能出城，这岂不是要旱死城中之人。"老妇人说："城中有自来水，不用到这里来挑水。"老妇人一五一十地将文州城中用水的情况向探子说了个一清二楚。

探子听了老妇人的话后，已明白了大半，只差水源的进水口的具体位置在哪里不知道了。原来这城中的饮用水是从关家沟引来的，进水口是在一个非常隐秘的地方，水道是用烧制成的圆桶瓦做成的，它先是顺沟依山开挖成槽沟后，将烧制好的圆桶瓦放入槽中并连接起来，圆桶瓦一头大，一头小，大的一头套在小的一头上，一个接一个，一直连入城中，又用土石将槽沟填埋住，水就会通过圆桶瓦源源不断地流入城中，不知情的人是不知道其中的奥秘的。

探子知道文州城引水管道的秘密后，回去报告给了蒙古军队的将领，蒙古军队的将领就带人沿关家沟小河逆流而上，找到了进水口，将水源切断。这样一来，守城宋军人心惶惶，自乱阵脚，无力守城，看守城门之人口渴难耐，见大势已去，便打开城门投降了蒙古军队，蒙古军队就趁势一举攻占了文州城。

吊鹿子放生

讲述：任德兴
记录：陈英

古代的陕、甘、川三省结合地带的辽阔林海中有个打卦求神，挽法夹山，黑山明路，通晓兽语的吊鹿子，人称鹿王爷，在岷山东端的群山深处，放置了成千上万个绳套，每次进山都能从绳套上取回麝香、豹子、老熊、盘羊等可入药、可食用的野兽。

一天夜里财神报梦，他的绳子上吊到几大捆薪柴。鹿王爷知道又有能卖大价钱的鹿钻进了绳套。发财梦使他早早起床，吃了两大碗熊肉出门，一气工夫穿出西沟，爬上青岗梁看见一只足有八尺多长的豹子被吊在拉杆上面，流泪的眼睛痛苦地看着林地上的三只小豹子。这让鹿王爷心头一喜，豹皮、豹骨、豹膝能换回一担米，两匹布，十斤盐，还可为这片山林除去一害。

于是，他举起砍刀向豹子头盖骨砍去的时候，三只小豹子突然围上来，齐刷刷地跪在他跟前哭诉说："鹿王爷啊，鹿王爷，您发发善心吧，别砍死了我们的母亲。"

"我不砍死它，它会把这山里的小鹿都咬死了吃完！"

吊在绳套上的母豹子，眼角上流着血恳求说："鹿王爷呀，鹿王爷，求求您可怜可怜我这三个孩子吧，只要您答应放我一条生路，不但我们从今往后永远听您法教，而且黑豹家族上上下下几十只都听您的话。"

鹿王爷听罢心想，这些年自己也杀生无数，应该放生积点阴德了。想到这里抬手一刀，砍断拉杆，解开绳套，放走了豹子母子，然后一边走一边取下绳套上的麝香，割取了最值钱的麝香疙瘩顺势把尸体一一扔掉，继续沿着放置绳套的路线收取猎物。行至红树湾在一片桦木林下，只听得头顶的树梢上一群青猴私语说："这鹿王发慈悲，放走了恶物不知又有多少老熊、崖羊会被吃了。"

走上猫儿梁，来到黑松林刚坐下，忽然间蹿出一群青鹿把他团团围住，一只头鹿立在一个石包上严肃地说："鹿王爷呀，您放走了恶豹子，它很快会把这沟里沟外的盘羊、黄麂、香獐子全部咬死！"

鹿王爷说："那母豹很可怜啊，还有三只小豹子吃奶，如果不是拖儿带母，我一刀背打碎天灵盖，背回家去会卖很多钱，可是我不能伤命图财！"

青鹿头又说："您的善良和慈悲将造成无数生命死在那恶物的尖牙利爪之下。"

鹿王爷依然没有听劝告，继续边走边取被绳套吊死的动物。可这次刚进茶树湾，大松树下的野猪、刺猪、崖羊拼命逃跑，不断呼喊："救命啊、救命啊，豹子来了！"

鹿王爷向一片箭竹林望去，果见一只黑豹，一双爪子紧紧抱着一只熊猫，撕开胸腔，满嘴血淋淋的，看得他心惊肉跳。他大吼一声："你这畜生！"那黑豹眼睛里露出凶光，朝他猛扑过来。鹿王爷身手麻利，拔出砍刀顺势一抹，豁开了黑豹的肚子，却没能一刀毙命。黑豹拖着肠子蹿入密林逃跑了。

这惊险万分的搏杀，让鹿王爷想起这头公豹和前面的几只一定是一个家族，后悔不该放走那四只豹子。躲在树顶的金丝猴把这一切看得一清二楚，一个个摇着头，向树下的鹿王爷嘲笑地说："鹿王爷啊，鹿王爷，您真是个老糊涂，让那畜生给耍了，长岸山、太阳坡、包包上、道底下、马家岭、业龙背的伙计都叫那豹子们咬死完了。"

鹿王爷听见这群猴子的话，仍然不敢相信，拔腿向太阳坡、道底下、业龙背一带走去，整整三天三夜，再没能取到一头猎物，心生怒火，就地打卦夹山、黑山，一阵工夫山摇地动，林海呼啸，山神爷、土地爷、树神、蛇精纷纷来到鹿王爷身边，一个个叩头作揖，委屈地求饶说："鹿王爷呀，鹿王爷，那豹子家族作恶多端，您大发慈悲放生却害死众生，我等无罪啊！"

鹿王爷听了说："是啊，我一时心软，害了无数动物丢了性命，招大家来是请你们提供那豹子家族的下落。这些动物都纷纷摇头摆耳，没谁知道豹子家族的去向。"

鹿王爷见没一个族群能够提供出豹子的消息，问山神爷、土地爷、树神、花神，你们也不知它们到哪里去了吗？山神爷拍了拍胸脯果断地说："它们到青川的唐家河去了！"

鹿王爷听罢，从口袋里摸出羊角卦，又连着打了三卦，砍断一根狗果木，削成木楔用刀背把木楔子打进山石中，口念咒语，连连挽法，一阵轰轰隆隆的声音迅速响起，整个群山深谷像地震一样抖动着，紧接着是天色昏暗，伸手不见五指。黑暗中只有一条窄窄的羊肠小道露出一线光明。鹿王爷像疯子一样在树底下打滚作法，约莫一个时辰，那豹子家族足足五十多头，从东西南北四个方向的四条有光的小路上发出尖利的叫声，直听得人毛骨悚然。随着声音越来越近，先是从东面出来几百只野猪，西边出来几百只金丝猴、青猴，南面也出来几十只熊猫，北面出来一百多头盘羊、黄羊、崖羊，东南方向又冒出几百只青鹿，足足百余种动物聚到茶树坪。

那头母豹子站到一个巨大的石头上，端端正正地跪下时，那所有的豹子也随之下跪，齐声向鹿王爷求饶。先前被放生的母豹尚未开口，那头黑豹满身是血，迈着艰难的步子向鹿王爷走来说："鹿王爷啊，鹿王爷，您老人家是我黑豹家族的恩人，我们怎敢违背诺言，您看看这所有的种群，都是我们传唤过来的，我们没伤害一个生命啊。"刚刚说完，这头被鹿王爷一刀未曾杀死的公豹便口吐鲜血，五脏开裂，倒地身亡了。

鹿王爷眼看着这只黑豹死去，心灵受到极大的震撼，母豹领着它的儿子、孙子、重孙几代围到黑豹身边，哭得死去活来。盘羊家族看到这里深感悲痛，先前那些乱告状、告黑状的动物们，感到它们冤枉了豹子，应该向鹿王爷求情，不要惩罚豹子家族，可没谁能够勇敢地站出来，大个子的盘羊头望一眼黑熊头，崖羊头望一望麝香头，野猪头望一望刺猪头，豺狗头望一望狼头，没一个首领敢于主持正义。

金丝猴没发现熊猫在另一棵大树上睡觉，只为地上几十只豹子被鹿王爷泰山压顶法术惩罚感到高兴和痛快，金丝猴终于控制不住自己，边笑边唱说：

> 豹哥豹哥心肠坏，
> 这个世界没谁爱，
> 杀生害命血淋淋，
> 鹿王爷爷刀不快。

金丝猴激将鹿王爷的声音吵醒了熊猫夫妇，他们揉了揉眼睛，慢腾腾下树来，直走到鹿王爷面前双膝一跪道："鹿王爷爷，熊猫向您老人家求情，不杀黑豹家族吧！"

鹿王爷和动物王国的所有成员都为熊猫的大义所感动。"为啥不杀？"鹿王爷问道。

熊猫说："鹿王爷呀，您看这摩天岭上的树有千百种、花有千百种，各有各的作用呵！"

"今天不杀豹群，明天又要吃了你们咋办？"

面对着鹿王爷，熊猫夫妇异口同声地说："您给每个动物家庭划一片地方，大家互不侵犯，友好相处行不？"

未等鹿王爷发话，金丝猴、青猴、豺狗、狼群、黑熊、野猪、小熊猫、盘羊（羚牛）、崖羊、麝香、香獐子、刺猪，甚至鹰皐、马鸡、锦鸡、喜鹊、野鸽群等各种飞禽都纷纷站立在树冠上欢呼："好、好、好，好主意！"

对这个主意提出质疑的唯独乌鸦，说："好是好，狼大哥、豺狗大哥同意吗？"

这一问不打紧，成千上万双眼睛的目光都落向狼群和豺狗们身上。狼和豺狗抬头望了一眼树上的乌鸦，眼里露出狰狞的目光。青猴穷追不舍地向狼和豺狗发问："喂，二位大哥同意吗？"

这一问把狼和豺狗逼到了死角上非回答不可，这时狼首领气冲冲地哼、哼了两声说："好，我们也同意！"

金丝猴又追问："你们饿了怎么办？"

狼和豺狗都答道："用那些危害人和同类的家伙们的肉体解决我们的

生计！"

鹿王爷听了之后，最后说："好，按照大家的要求办，但为了让豹子仍记住这个日子，必须给它们打上记号。"

说完话，鹿王爷从口袋里抓出一把金钱，刷刷刷地撒向那些豹子。刹那间，那些黑色、白色、红色的豹子全部变成金钱一样圆形花纹的皮毛，从此，这里的豹子就叫"金钱豹"了。

然后，鹿王爷手指西方的森林说：狼群去包包上，豺狗们去黑风梁，野猪到东沟里，盘羊到白马梁，熊猫去箭竹湾，崖羊去岷山岭，金丝猴、青猴到西沟里、悬马关，老熊去业龙背……

动物们按照鹿王爷指定的山林，一队一队地向着自己的领地走去了。飞禽未被指定地方，乌鸦叫嚷着说："鹿王爷啊，我们到哪里去？"

"天阔任鸟飞，树高可栖息，三千年后我的后生们来检查你们。"鹿王爷说完这句话径直回家去了。

据说这里的动物从此相安无事，各个种群自由地繁衍，渐渐地成了中华大地有名的动植物王国。

作揖开锁

采录：王义军 干部

新中国成立前，在让水河流域，住有一赵氏人家，因有家传艺，即阴阳端公之类，于是家中的两个儿子便随自己的长辈每人学得一手好功夫，在周围乡里跳神弄鬼欺骗百姓，好不厉害。

老大学得一门"作揖开锁"艺，使得周围人无不为之咋舌，话说有年春节，二十多岁的老大领着本家族侄男子弟，来到当地一座庙前，此庙叫"二爷庙"，据说二爷生得一魁伟身板，面容白皙，骑一白马，手持画轧，好不威风。平日无人敬奉时庙门一直紧锁着，门锁是过去八匹黄链大匣锁，它的钥匙是带钩状的"T"号形，民间当地也都用此锁，只是较小而已。只见老大上了石级，跪在庙门前，化了几张纸钱，然后说："二爷，你好，今天过年我带二侄男子弟前来看你，我作三揖，你把门锁打开。"说毕，老大第一个揖作下去，那锁动了一下，第二个揖作下去，那锁大震动了一下，当第三个揩作下去，只听那锁"叭"的一声，神奇地自己开了，于是老大领着侄男子弟进去给二爷烧纸、焚香、奠酒，许过愿，便关好庙门各自回家了。

赵老大有了此手艺后，从此游手好闲，贪吃贪睡不干活，他经常用作揩开锁法实施偷盗行为，他乘其他农户外出做事、干活之机，就利用作揩开锁偷东西、偷钱物，日子过得好不自在。周围群众都敢怒不敢言，都怕他有害人之手艺，被盗后只能忍气吞声。

后来新中国成立了，据说赵老大被群众举报依法抓捕了，从此赵老大再也没见回来，杳无音信。

王乡约和张善人的传说

讲述：赵国俊 83岁 农民
记录：赵帆 干部

相传在张家村，有个人虔诚拜佛，一心向善，每天定时定点去当地的寺院上香，所以大家叫他张善人。张善人平时除了自己穿戴整齐外，要求房屋内外一律要保持干净整洁。

有一天，众神看到这种情形，决定派人去试探张善人是否诚心向善。于是，一位穿着破烂的"讨口子"来到张善人家，说："师傅，我无处可去，在你这儿歇一晚行不行？"张善人看着"讨口子"说："你看你穿得像个啥，你去沟对面的王乡约家住去。""讨口子"只得出门往王乡约家去，刚转头走了不远，便碰到王乡约，王乡约问："叔叔，你去哪里？""讨口子"回答："天晚了，我无处可去，想找个歇脚的地儿。"王乡约说："我是这儿的乡约，姓王，这会儿我正好要去给人处理点事，你去沟对面我家，老婆子在，你就说是我让你去的。""讨口子"便来到王家，进门正好碰到老太婆从房间里出来，"讨口子"说："老太婆，你'门前人'说让我在你家歇一晚。"老太婆低声怨道："这个老瘟死的，净给我找些破烦事。"虽心有不满，但还是佯装说："你饭吃了没？""讨口子"说："你的锅干净不？"老太婆听了心想，把你个"讨口子"还讲究啥呢，"讨口子"又说："我饿得不行了，不过我得先把你的锅从灶台上拔了，再给洗洗行不？"老太婆说："这么严，怎么拔出来？"只听哗啦一下，"讨口子"便拔出锅，抬出去洗了。老太婆心想，我倒要看看他是咋样洗的。她偷偷一瞄，只见那"讨口子"把个锅如同揉面一样揉来揉去，最后，洗净，撒开，重又放回到灶台上，起火，灶台严丝不漏一点烟，老太婆看得目瞪口呆，心想，这不是个凡人。又见那"讨口子"从兜里拿出两粒米，放入锅里，生上火，不一会儿，抬出一锅热气腾腾的米饭。"讨口子"说："这锅饭共有两碗，我吃一碗半，剩半碗给你那老汉，你可不能吃。"老太婆说好。就在"讨口子"睡下后，老太婆偷偷尝了一口饭，不禁吓了一跳："这饭香得世间少有啊！"

第二天东方白时，王乡约回到家。进门便问老太婆"讨口子"的事，老太婆把所有事情一五一十地给王乡约细细说了一遍，乡约听罢说："不得了！这不是一个凡人。"于是连忙去看"讨口子"，推门一看，房间里却空无一人，急忙问老太婆："老婆子，这人到哪里去了？"老太婆说："昨晚就一直睡着，没见出去啊！"王乡约赶紧出门就去追，跑了半天，终于追上了，拉住"讨口子"说："老师傅，我们老两口子有儿像无子，儿也不管咱们，吃口饭也困难，我想向你学点手艺，像昨天一样的，我们老两口也好有个饱饭吃。"随即跪在了"讨口子"面前："人过留名，树过留荫，你就收我为徒吧！""讨口子"说："既然这样，那好，我带你。"于是王乡约便随"讨口子"一路走去。

这件事很快便传到张善人耳朵里，他也决定拜师学艺。一路不辞辛苦地追着"讨口子"而来。也跪在"讨口子"面前说："师傅，我以前眼拙认不清楚，想拜你为师行不？""讨口子"说："好，带你一起走。"三人一起走了几里路，遇到一户人家，黑漆大门，四合天顶，气派无比，大门前站着一丫鬟，这丫鬟黑的头发白的肉，很是好看，张善人说："师父，我想去讨口水喝行不？"师父想：准是打丫鬟的主意哩。说："好，你去。"谁知这张善人前脚一跨进门槛，就遇到老虎被吃了。王乡约见张善人去了很久都没回来，说："师父，我去看看。""讨口子"说："好！"到原来的院落处一看，王乡约吓了一跳，高门大户竟然变成了个大悬崖，边上挂着张善人的一条腿。王乡约回来向师父禀告，但"讨口子"不慌不忙地说："不管，咱往前走。"又走了两天，走到一个山梁上的一家人门前，"讨口子"说："王乡约，你正值青春年少，这户人家有金银万两，你去当个上门女婿，咋样？"王乡约说："师父，不行，我老婆都在家里哩，咋能丢下她不管？"随即又走，又遇一户人家，"讨口子"说："这家有女，奇美无比，又有金银财宝无数，你去上门咋样？"王乡约沉思了一下说："好，我同意。""讨口子"见状掉头就走。王乡约细想一下：这师父一再要我上门，这其中肯定有什么不对，算了，我还是不去为好。于是赶忙撵师父。跑啊跑，终于追上了，但在"讨口子"面前横着一道似刀样锋利的山梁，"讨口子"说："如果你从这梁上爬过来，我就带你，否则就不行。"王乡约把心一横，想：反正已经都跟来了，死活就这一下，拼了！于是用尽全身力气向上爬，最终过了山梁来到"讨口子"面前。"讨口子"心想：这人还有恒心。便说："你在此等候，我到天庭去去就来。"王乡约等了片刻，来了一衙役说："你师父让你在南天门领香火，如果不是你贪恋美色，便可以去天庭，而终了你就守南天门吧！"

于是，王乡约就成了南天门的守神至今，而那张善人死后因身骨不全，最终没进得了地狱之门，落了个魂飞魄散。

金苹果树

讲述：赵国俊
记录：赵帆

从前，一位老婆婆只生了一儿子，因此，对此儿百般疼爱，小儿长大后，老婆婆给他取名叫"齐佳"，老婆婆经常教育儿子说要找个世间最好的工作，齐佳每每答应说好。

因闲来无事，齐佳就上山去林中转悠，摘些野果子吃，有一天，林中有一处燃起了熊熊大火，齐佳听到有人在叫唤，他连忙跑过去，看到火丛中隐约有个人，赶紧伸手一抱给抱了出来，谁知那人一刹那成了一个花蝎子趴在了齐佳怀中，齐佳只得把它给放了。不一会儿，火灭了，齐佳就又继续转林了。忽然眼前出现一美女，摘了很多果子给齐佳，说："恩人，你为啥老在林子中转呢？"齐佳惊诧："我怎么是你的恩人呢？"美女说："我就是那只蝎子呀！"齐佳说："噢，原来如此，母亲让我找世间最好的工作，但我本事有限，只能来林中转转看。"美女说："你别急，我以后给你找个好工作，这林中有一棵苹果树，结的苹果金光灿灿，能治百病，但就是要一年后才能结果，一年后你再来吧！"齐佳连忙俯身说："谢谢姑娘。"

二人道别后，齐佳回到家里，过了两天，邻居给他介绍了一份做靴子的工作，天晴不晒太阳，下雨不受雨淋。齐佳干了一段时间就不想做了，说："这个工作不好，今天给老爷做，明天是公子，后天又不知是哪个少爷，光给别人服务了。"他回到家里，又恢复了以往的无所事事，邻居看到了都私下议论，说精精壮壮的小伙子啥都不做，在家白吃白喝。

闲了一段时间，一个朋友又介绍一份裁缝的工作给他，天晴不晒太阳，下雨不受雨淋。齐佳干了几个月又不愿意做了，说今天是公主做衣服，明天是太太，后天又不知是哪个小姐，光给人服务了。朋友看到后私下大骂："真个不知天高地厚，这么好的工作都不干，看你能做个啥。"

闲来无事，齐佳又去林中转悠，走到林中，遇到了先前那位美女，美女说："年底了，苹果树你挖走，这苹果能治百病，让人起死回生，你拿它去谋生吧。"齐佳谢过美女，便把树移回自己家中，精心守护，并对周围邻居说起了金苹果的事，乡邻试过后，果然金苹果包治百病，起死回生。一时间齐佳家里门庭若市，来取苹果治病的人数不胜数。这件事很快被国王知晓，国王常年体弱多病，也想要此苹果治病，他来齐佳家里，讨要苹果，谁知仅剩一颗苹果，正好此时来一猎人，因为打吃庄稼的野兽受伤了，也需要这颗苹果治病，齐佳心想：国王无所不能，肯定还有其他方法治病，而猎人穷苦，得先治。决定把苹果给猎人。国王听后愤怒不已，下令让人把苹果树连根挖走，移回自家的御花园中。齐佳有怒不敢言，只得眼睁睁看着苹果树被挖走。

话说国王移回此树，三年未结一果，眼看将死，齐佳知晓后，灵机一动，面见国王说："此树未结苹果，国王的病便不好，因为你抢走了树，乡里乡亲得不到医治，树跟你在怄气呢，如果我把它挖回去，它肯定能结。"国王答应了，齐佳刚挖出了一条树根，其他所有树根一齐自动钻出来，跟着齐佳回了家。

齐佳重新栽好后，枝繁叶茂，硕果累累，国王得到苹果后，病好了，不禁感叹道："做事还得要为大众想啊，光为了自己，不管别人的死活，最终自己也难活，多为大众想，自己才能活得更好啊！"

此后，金苹果树救死扶伤，有求必救。成了四方乡邻心中的神树。

何瓜娃娶妻

讲述：赵国俊 20 岁
记录：赵帆

从前有一户姓何的人家，何氏十月怀胎生了一个儿子，夫妻俩欢喜得不得了，可谁曾想，这儿子出生以来眼珠不灵活，总感觉木呆呆的，眼看着别人家孩子机灵可爱的，何氏叹了口气，只得承认自己生了瓜儿子，索性给孩子取名叫何瓜娃。

一转眼的工夫，何瓜娃长成了二十出头的大小伙，看着到了该娶媳妇的年龄，但何瓜娃还是憨兮兮的，何妈妈决定给儿子十两银子，让他自己出去在社会上学点知识，何瓜娃拿着钱便出了门，走到一处看到有人在喂猪，口里还念念有词："老母猪，哼哼哼，打断你的脊梁筋。"何瓜娃心里大喜："好话好话，给你三两银子我来买下。"买了第一句话，何瓜娃满心欢喜地继续往前走，又遇到几个人在架桥，旁边有个人说："双桥好过，独木难行。"何瓜娃又说："好话好话，给你三两银子我来买下。"

满心欢喜地买下了第二句话，何瓜娃朝一所院子走去，看到有个人在编笼子，说："编笼子，见缝就插签。"何瓜娃说："好话好话，给你三两银子我来买下。"买下了这三句话，何瓜娃兴高采烈走回家去。何母问："儿啊，你可学到了些知识吗？"何瓜娃说："娘，儿这一次可学到了很多。"何母说："儿啊，张媒婆给你说了一房媳妇，明天随你父去女方家提亲去。"何瓜娃听到说媳妇，满口欢喜地应允了。

第二天来到女方家，女方家长一见何瓜娃便心有不满，看着他瓜兮兮的，晚上吃饭时便没给他留椅子，自家一家人围着坐起来，何瓜娃见状二话不说，拿个椅子来坐下便说："编笼子，见缝就插签。"女方父亲听了，心想：这何瓜娃还会说这么一句话。便让他入座。发筷子时，只给何瓜娃一根筷子，他见状又说："双桥好过，独木难行。"女方父亲又诧异了一下，"嘿，这还会说。"便又给他一根筷子。吃饭时。女方母亲万般刁难，故意找茬儿不让何瓜娃好好吃饭，他见状愤愤地说："老母猪，哼哼哼，打断你的脊梁筋。"丈母娘听后虽心有不满，但觉得何瓜娃还挺有才，于是，女方父母商议后，最终答应把女儿许于何瓜娃。

孝道篇

讲述：王金娥 72 岁　　赵海林 72 岁
记录：赵帆

蛋娃儿孝母

相传古文州县城有个人叫蛋娃儿，他母亲常年卧病在床，为此求遍了各地的大夫，也未见起色。后来蛋娃儿终得一好药方，但此药要求用人乳肉入引，这可难住了蛋娃儿，"谁肯把自家的肉割下来呢？"最终蛋娃儿决定把自己的乳肉割下来入药引。谁承想，肉割下来未见一点血，蛋娃儿煎好药后给母亲端去，母亲看到碗里一团肉乎乎的东西，说："儿啊，这是啥子，你把这给弄过。"蛋娃儿只得把肉拿出来。第二次煎药时，蛋娃儿把肉重又放入药中，这次母亲顺利地喝下药，过了几天，母亲的病竟痊愈了。

后来县长知道了此事，写了一块匾送于蛋娃儿，写着"天眷顺孝"，并号召全县人民纷纷效仿此举，一时间蛋娃儿的事迹传遍了全县。

养狗有恩

有一个儿子，上有八十老母亲，下有四个小娃，还有一只老黄狗，眼看着生活困难，小娃娃们命都保不住了，儿决定把老母亲背出门扔了。

儿背着老太婆朝外走去，老黄狗跟在他身后，来到一处崖边，儿把老母亲扔了下去。可谁曾想，崖下有一处山洞，老太婆刚好滚进了山洞。儿以为这下子该给摔死了，便放心地回家去。谁知这老黄狗找到了老太婆。老太婆见到老黄狗，伤心地说："狗啊狗，你都来找我了，可恨我那没良心的儿，要让我死啊！"狗竟然张口说话了，说："主人，你别伤心，我来养活你。"在后来的日子里，狗每次都给老太婆叼回一块饼子。老太婆问狗："狗啊，这饼子哪里来的？"狗回答说："这是一个背柴人的干粮。"老太婆连忙说："你让人家背柴人吃什么？那是要出力气的。"

可狗说："主人，没事的。"再说那背柴人，数次发现自己的干粮被偷，决心躲起来抓小偷。可看到是一只老黄狗叼着，但并没吃，他想探个究竟，看老黄狗朝崖边走去，便偷偷地跟着来到洞中，这才明白了事情的缘由。见老太婆如此可怜，背柴人说："老大娘，我背你回家，我从小无母，会把你当娘看。"老太婆听罢老泪纵横地说："娃儿，我是个负担，可不能拖累了你啊！"这人回答说："老大娘，你能吃多少饭，我养活你。"背柴人把老太婆背回了自己家，那老黄狗也一路尾随而来。

回来后，这人对老太婆悉心照料，孝敬有加，老太婆看在眼里，喜在心里，她随这背柴人照样每天早出晚归，背柴挣钱。一天，老太婆对他说："儿啊，你去后山上的崖边，有一个枯木桩，把它背回来，劈了烧柴。"这人按照吩咐，对准那枯木桩劈下去，竟出来了一堆白花花的银子。背柴人拿它盖了新房，置了家什，把家收拾得亮堂堂的，一家人生活得有滋有味，老黄狗的浑身都铮亮的。

一天，老太婆的亲儿来到院里，向其要钱，老太婆说："你不是我儿，（指着背柴人）这才是我的亲儿，养人无恩，养狗有恩，要不是老黄狗，我早命丧黄泉了，你回去吧，从此别再找我。"儿只得悻悻地回去了。

文县城的来历

讲述：陈兆祥
记录：陈英

古时候，文县叫阴平，只有寨而无城。

阴平古县城又是怎样诞生的呢？传说，很早以前文县以寨为主，大寨为大城，小寨为屯堡。阴平寨、铁楼寨、中屯寨、松平寨、哈南寨、马营寨、马儿寨、新关寨、洋汤寨、新寨、旧寨为近亲寨；王旗寨、杨旗寨、三旗寨、薛旗寨、大门寨为远亲寨，实为部落。

从汉朝开始建制入版图，设阴平道（县）。于是，建县立府，选址筑城便成为各地竞相争取的大事。一时间，四方屯堡，八方村寨，群起纷争。经过激烈角逐，荒蛮偏远的村落纷纷被淘汰，最后只剩阴平和中寨成为选址造城的竞争对手。双方的名流术士、才子头人，唇枪舌剑，轮番较量，互不相让，陷入僵持，为打破僵局，双方商定报由郡府居中裁决。

三天后，郡府要员莅临现场亲听各方理论。中寨一方说："中寨居中，中挖四夷，地势平坦，背山面水，土呈五色，实为州县、府邑的风水宝地。"

阴平人说："阴平之地，来龙远大，万山朝拱，面南坐佛照临，背北七山（七个山头）生祥，龙从西方来，北门民方入，南桥之水会于坤方，刚柔相济，内外有情。迎龙收水，外来本地官易升，文曲北商可长兴。官贵民富，地无灾殃，三元（天、地、人）不败社稷永固之福地。"

郡官听罢感到各有各的道理，在难以抉择之际，忽一贤士提出采用称土比重量的办法决胜负。就是哪里的土重，县城就建在哪里。此言一出立即得到各方一致同意，立刻找来两个同样大小的容器（四方形木斗），分头装满自己地方的土壤运到现场。

一称定乾坤。结果中寨的土比阴平的土轻了八两。县城建阴平，中寨被否决。从此，文县城就建在阴平，历经几千年从未易址，延续至今。

在阴平城选址落定的同时，也留下一个千古未解之谜：阴平的土是黄土，中寨的土是沙土，何以黄土比沙土重呢？

玉垒的由来

讲述：袁怀贵
记录：杨光付
1978 年采录

传说远古的时候，玉垒是一座万山湖，湖海之中，小山点点，星罗棋布。在中山豁梁上住着一位善良慈祥的杨老爷，在中山梁下的江边开了个水上人家，依靠划筏捕捞鱼虾淡泊度日。

靠山吃山，临海为渔。他常常救助那些远道而来跨江渡河的穷苦背夫，一碗鱼汤，一块火烧苞谷面馍，从不收钱。对从水中救出的人，喂饭喂药，细心照料，恢复了体力就送过江海。

一天，他划筏捕鱼，一具漂在江海上的女尸进入渔网，他救出海面后伸手一摸鼻孔还有一丝游气，于是运回家中放在地火炉旁，按人中，喂姜汤，过了半个时辰醒来，竟是一位风韵犹存的中年妇人，发黑如墨，肌白如雪，面不露笑容，手不露筋骨，貌似天仙，却不能动弹。杨老爷像服侍前面救过的人一样，熬出生姜鱼汤、小米稀饭，给这妇人一口一口地喂去之后，又过了一个时辰，恢复了生机，这妇人十分感动，千言万谢，临走的时候给杨老爷送了一面镜子，说从镜子中可以看到天上的世界。然后又给杨老爷说："老爷爷，如果哪一天这江海暴涨，只要您拿着镜子照一照海中的小山，就会不断升起，您可住到升起的山上，海水就淹不着您，但万万不可以对天乱照。"说完，妇人彩裙飘飘，转身消失得无影无踪了。

时隔几年，江海从不见涨，杨老爷几乎忘了这面镜子。一天捕鱼回来浑身酸疼，疲惫不已，他喝了几盅酒倒头便睡，一觉醒来，他和床板竟一起在江水中打转。这时他想起那面镜子，伸手从枕中摸出来，可是江上小山、小岛已经全部没于水中。

杨老爷想起那妇人的话，但已无山可照，心想咋就不能对天照呢？他不信妇人的话，坐在海面漂移的床上对天乱照，忽然间从天空"刷、刷、刷"落下无数亮晶晶的石子，"扑、扑、扑"地落入水中，顷刻之间，一座绿莹莹的山峰升出海面，像座宝塔闪闪发光，浊浑的海水也渐渐变得清澈，引来无数鱼儿，它们欢快地跳跃在海面。

杨老爷正为这奇迹惊诧的时候，突地听见一个妇人似有责意的声音，"老爷爷，早就给您说过不可对天乱照，您把我的金缕玉珠衣和玉床照碎了。"

杨老爷循声望去，那玉珠垒起的山顶上，妇人亭亭玉立，光彩照人。他揉了揉昏花的双眼，定睛细看，吓得浑身直冒冷汗。这妇人原来是王母娘娘。他立即躬身拱手道："凡人不识天仙，愚夫拜请赐罪！"

"免礼吧，老爷爷！念您心地善良，施救众生，功德无量，这海上升起的小岛就叫玉垒，留给这里的黎民百姓，镇海降魔，祛瘴驱疫，净化江海，润泽众生吧！"

说完，王母娘娘飘然远去。从此，这无名的地方就叫作"玉垒"，因为这个缘故，玉垒之名便沿传至今。

素岭五花

讲述：王善庆
记录：任德明　张金生
1968 年采录

阴平西北面素岭山腰的采花湾，是氐羌青年男女采花选亲游乐的地方。每年端午节，各村寨的男女青年都要来到这里欢度节日，采集花药，作为原料，酿造醇香美酒。有不少美丽的姑娘和英俊青年要穿上节日盛装，成群结队，踏歌曼舞，对唱传情，寻找称心如意的伴侣。一旦选中，亲昵狂欢，手拉手去隐秘的地方，对天地立誓设盟，定下终身。

素岭山下有个心地善良、聪明勤劳的氐羌青年。他家境贫寒，自幼失去父亲，靠天天帮工孝敬年迈的母亲。他一心服侍着母亲，老人活了一百多岁才去世，他也因此错过了婚配的年龄。这年端午节，他安葬了母亲，穿着破烂衣衫，也来到了采花湾。他面对奇山美景，看到不少青年都有姑娘相伴，不由得暗自伤心。他想到自己命运不好，求亲无缘，禁不住号啕大哭。过了一阵，又放声歌唱，斥责老天爷的不公。

他这样飘飘洒洒，若癫若痴，游遍了群山密林。他的哭声和歌声伴随清风流云，冲开了南天门，被顺风耳听见，被千里眼看见。两位天神将这桩人间不平之事奏明天庭，感动了玉帝和王母娘娘。玉帝便旨谕太白金星下凡，将他度出了苦海，变化为五花灵根，成为一方尊神。玉帝还安排他居五花池畔，管理风、雨、雪、霜，以及民间不平之事，并让仙女常来相伴。

自此，仙女每年都要来五花池洗澡相会，将衣裙挂在树上。池边这棵树开出的五种颜色的花朵，就是仙女们挂的五彩服装。这花一年比一年鲜艳，赏花洗浴的人也越来越多。氐羌青年在仙女协助下，尽职尽责掌管云雨，保佑一方平安，后来被皇帝敕封为五花爷，民间修建了庙堂，享受着人间香火。

薛堡寨的传说

讲述：金海泉　薛支
记录：刘启舒　班保林

薛堡寨村里的老年人是这样讲述薛堡寨的来历的。

很久以前，白马人居住在四川大槐树、蛮坡渡、朱市巷一带，后因不堪忍受官匪的侵扰和汉族的歧视，被迫扶老携幼四处迁徙。无论是风吹草低见牛羊的四川松潘草原、偏僻荒凉的陇原阶州深山峡谷，还是在雅鲁藏布江的雪域高原，都曾留下过白马人迁徙的足迹。

其中有一支白马人，踏上千里迢迢的迁徙之路，历经千辛万苦，走过了一处处巴山蜀水大地，一直走进了甘川交界的陇南文县境内。这支历尽风霜的白马人溯白龙江而上，走过罐子沟，走过玉垒关，又沿白水江而上，走进了城关西元村，才停止了迁徙的脚步。

西元村地处白水江和白马河的交汇处，距县城仅两三公里，秀丽的景色、温和的气候、肥沃的良田、丰富的物产，使这里成为人居的最佳环境。来自天府之国的白马人，经过了漫长而艰辛的迁徙，终于在这块被称为"文县八景"之一的鱼米之乡安家落户。

白马人落户西元村，为当地村民带来了异族的风情。原始古朴的面具舞、欢快热烈的火圈舞、高亢嘹亮的敬酒歌、悠扬动听的琵琶弹唱、甘醇香甜的咂杆酒，令西元村村民耳目一新。每当逢年过节，或贵客盈门，或皓月当空，白马人便燃起熊熊篝火，男女老少欢歌曼舞时，总有不少当地村民围观，无不啧啧称奇。虽说白马人无论走到天涯海角都保留着自己的民族特色，但也不可避免地融入了一些异族的地域文化。落户在西元村的白马人，信奉当地人敬奉的都岗神位，而且成了他们崇拜自然万物最大的宗神。

在西元村里，白马人像当地的村民一样耕耘农田，春耕夏锄秋收，秋天播种小麦，夏天栽插水稻，洒下的是汗水，收获的是希望。西元村的山，西元村的水，养育着来自远方的白马人。白马人无不庆幸落户脚下这块风水宝地。然而，西元村虽好，却不是白马人的落脚之地，他们依然摆脱不了一些汉族村民的排挤和歧视。

俗话说："草挪一步死，人挪一步活。"白马人仅仅在西元村居住了两三年，就被迫再一次踏上迁徙之路。他们当中一部分迁徙到了附近的金条山——一个听起来村名很富有，其实穷得叮当响的高山村寨。另一部分白马人，迁徙到了距西元村数十里外的岷堡沟流域。他们后来在被称为"都岗山"的山上安家落户，这便是如今的薛堡寨村。

也许是这里地处边塞要地的缘故吧，邻近的岷堡沟和新关坝村一些村民的家谱上，都称薛堡寨为"塞堡寨"。起初，白马人从西元村迁来时仅有十多户人家，后来人口逐渐增多，发展到七十二户人家，成了文县境内最大的白马山寨之一。

有一天，一支打了败仗的军队来到了薛堡寨。这支被称为伍子营的军队，号称有三千人马，在薛堡寨安营扎寨，埋锅造饭。薛堡寨地势险要，易守难攻，伍子营的军队打算长期在这里驻扎，屯兵垦荒。士兵们掘土筑城，每人背一篓土，一夜之间筑起了一座城，取名毛安城。然而不知是什么缘故，伍子营的军队在薛堡寨仅仅住了三天便开拔了。他们来到与薛堡寨毗邻的四川南坪县草地乡安营扎寨，又筑起了一座城，不过没住几天又开拔了。伍子营的军队走了，但他们筑起的毛安城却留在了薛堡寨，至今还能看到遗迹。

等锣山

讲述：宛明安
记录：刘启舒

文县石鸡坝乡朱元坝附近有一座山，名叫等锣山。为何叫等锣山呢？当地老人是这样讲述的——

当年，朝廷战将伍子营，奉命屯兵哈南寨。一日，伍子营突然接到朝廷命令，令他即刻率兵前往毗邻的四川南坪县（今九寨沟县），平叛番民造反。兵贵神速，伍子营接到命令，立即率兵前往事发地。前面探子来报，番民正聚集在勿角一带。伍子营即刻率兵来到勿角，与番民交锋。番民手持大刀长矛迎战，但他们哪里是训练有素的官兵的对手，刚一交战，就被打得落花流水，溃不成军，落荒而逃。

伍子营旗开得胜，打了一个大胜仗。南坪县官府杀猪宰羊，还抬出好酒，犒劳伍子营的将士。伍子营的部队纪律严明，平时从不让士兵饮酒，这一次南坪官府犒劳将士，伍子营网开一面。于是，众将士开怀畅饮，有的士兵竟然喝得酩酊大醉。次日，伍子营率兵离开南坪县城，前往文县县城集结待命。士兵行至文县境内朱元坝附近的一座山岭时，一位负责敲锣的士兵突然气喘吁吁地跑来，向伍子营报告，昨天他由于在南坪县城庆功宴上贪杯，多喝了几盅，今天还有些醉意，行军途中不慎将铜锣遗失。伍子营一听，大惊失色。若是一把普通铜锣，倒也无所谓。俗话说，旧的不去，新的不来，无非再铸一面铜锣罢了。而这面铜锣，却非同凡响，是伍子营多次打胜仗，皇上亲自赏赐的一面铜锣，无论如何都必须找回来。伍子营只好命令士兵原地休息，让锣手原路返回找锣，并让两个士兵陪同他前去找锣，命令锣手一定要将遗失的铜锣找到，否则定斩不饶。三人一路找来，最后在南坪双河勿角一个坝子里，终于找到了遗失的那面铜锣。后来，当地乡民便把伍子营士兵遗失铜锣的地方，称为"锣遗坝"，后来演变成了"罗义坝"；乡民们还把伍子营士兵等锣的那座山，称为"等锣山"。

菩萨庙

讲述：汪连生
记录：刘启舒

文县哈南寨子西头的山坡上有一座菩萨庙，与紫云宫（王爷庙）比肩而立。俗话说："观音菩萨住崖窝。"所以，哈南寨的菩萨庙建在悬崖畔。相传，菩萨庙始建于清朝年间。菩萨庙建成后，到庙里抽签的人络绎不绝。

传说，清朝宣统年间，有一个人家里被盗了，丢失的都是贵重东西。他便到菩萨庙里来抽签，希望菩萨能帮他破案，抓住盗贼，追回失物。这个人先在菩萨的神像前，上了三炷香，又磕头作揖。然后，他双手把签筒使劲地摇晃了几下，抽了一支签。一看签上的字，令他哭笑不得。原来签上写道：你问我，我问谁？除了宣统都是贼。这个人大失所望，原本希望菩萨能帮他破案，追回失盗的东西，谁知菩萨却"一无所知"。

还有一个人，他家住的地方出行很不方便，被行路难困扰。有一段是悬崖，悬崖上的路窄得不足一尺宽，人不能并行，荷不能易肩，稍有不慎便会跌下万丈悬崖。这个人便去菩萨庙里抽签，希望菩萨发发慈悲，使这段路变得好行走一些。他先在菩萨的神像前上了香，烧了纸，又磕头作揖。然后，他双手把签筒使劲地摇晃了几下，抽了一支签。一看签上的字，令他大失所望。原来签上写道：修道三天。他本想让菩萨帮帮忙，把山道变得好行走一些，谁知菩萨让他自己修道。

还有个信徒是个生意人，好逸恶劳，做事总是慌慌张张。他打算让菩萨保佑他做生意发财。他在菩萨的神像前上香烧纸，磕头作揖，也许是慌里慌张的缘故，竟然把庙里的油灯打翻。这个人上完香，把签筒摇晃了几下，抽出一支签，签上写道：罚油三碗。这个好逸恶劳的生意人本想让菩萨保佑他发财，谁知却事与愿违，菩萨不但没有保佑他发财，还罚油三碗。这真是，"偷鸡不成蚀把米"。

龙池的传说

讲述：李老汉
记录：刘启舒

文县石龙沟流域的马家山，是一座方圆百里闻名的风水宝地，山顶有一"平川"，当地人称"龙池坪"。龙池坪，地势坦荡如砥，林茂竹翠，茶园青青，景色美不胜收。龙池坪最有名的景点是东侧那颗熠熠闪烁的"深山明珠"——龙池。

龙池，背依郁郁葱葱的"寨包岭"，面临绿浪滚滚的茶海，采天地之灵气，集日月之光华，洋溢着迷人的神韵。

关于龙池的形成，当地流传着一个美丽动人的传说。

很久以前，马家山是一个荒凉贫瘠的地方，山石裸露，茅草丛生。村民们衣不蔽体、食不果腹，过着水深火热的穷苦日子。尤其令人沮丧的是，这里十年九旱，村民播种下五谷杂粮，往往种一袜子收一鞋。一年又一年，一代又一代，贫穷的阴影始终笼罩着马家山。村民们像盼星星、盼月亮一样，盼望苦尽甘来，过上幸福美满的好生活。

有一年，天上的玉皇大帝委派一游龙神游天下，察看人间冷暖，了解天下灾情，以便拯救黎民百姓于水深火热之中。

游龙带着玉皇大帝的圣旨，肩负神圣使命，漫游神州大地的万里长空，巡天遥看南疆北国，放眼阅尽大河上下，所闻所见都是一派风调雨顺、百姓安居乐业的景象。游龙完成了使命，正准备返回天庭禀报玉皇大帝，忽闻西北方向隐隐约约传来阵阵呻吟声，于是循声漫游，腾云驾雾，来到了马家山的上空。

游龙鸟瞰大地，发现马家山一派凄凉景象：漫山遍野的禾苗快要被太阳晒死了，山民们一个个被饥饿折磨得骨瘦如柴、奄奄一息，倒卧在地上痛苦地呻吟。于是，游龙立即在天空翻云拨雾，呼风唤雨。刚才还是烈日炎炎的万里晴空，眨眼间乌云密布，雷鸣电闪，大雨倾盆，一场甘霖喜降马家山。干枯的禾苗得救了，金秋五谷丰登。马家山人家家吃上了饱饭，村子里一片欢腾，杀猪宰羊，庆贺丰收。

再说，游龙看到马家山人已经走出了水深火热，摆脱了苦难，决定回天庭向玉皇大帝禀报。它乘风欲奔，突然天空乌云滚滚，霹雳划破长空，雷霆万钧，如老天炸开军火库。一只巨大的黑鹰在天空中出现，横冲直撞，张牙舞爪，向着游龙恶狠狠地扑来。

游龙毫不畏惧，奋勇迎战，与黑鹰在天空中展开了殊死搏斗。凶猛的黑鹰不可一世，像闪电，似利剑，向游龙频频发起攻击。游龙沉着冷静，在天空中飞舞翻腾，时而高高地昂起龙头，时而猛烈地摆动龙尾，寻找时机，准备给黑鹰致命一击。

天空中，游龙和黑鹰厮杀了三天三夜，直杀得飞沙走石，天昏地暗，难分难解。双方又厮杀了七天七夜，直杀得山摇地动，天崩地裂，依然难分胜负。

黑鹰凭着矫健的身姿，越战越勇，步步紧逼。游龙步步为营，稳扎稳打，毫不退让。危急时刻，游龙使出了绝招，抖落浑身的鳞片。刹那间，那鳞片变成了无数石蛋，如万箭齐发，射向黑鹰。刚才还不可一世的黑鹰，眨眼如同丧家之犬，只有招架之力，没有还手之功，被石蛋打得落花流水。

游龙没有给黑鹰喘息之机，乘胜追击，一个龙摆尾，犹如秋风扫落叶一般，给了黑鹰致命一击。黑鹰一个倒栽葱，一头栽入了波涛汹涌的白龙江，魂归大江。

马家山人目睹了这惊心动魄的一幕，无不为游龙的勇猛和胜利而欢欣鼓舞，他们敲锣打鼓，燃放鞭炮，庆贺游龙的胜利。然而，他们哪里知道，在几天的殊死搏斗中，游龙虽然最终战胜了黑鹰，但它也被黑鹰锋利的尖嘴和爪子弄得遍体鳞伤，再也无法腾云驾雾，无可奈何地从天空降落，落在了马家山的寨包梁上。剧烈的疼痛令游龙的身体缩成一团，瑟瑟发抖，道道伤口上还淌着殷红的鲜血。

游龙是为了拯救马家山人才受伤的，马家山人心痛不已，立即全力救护游龙。村民们心中只有一个念头，无论如何也要千方百计治好游龙的创伤。

村里一位德高望重的老者告诉大家，只有一种名叫"金丝草"的草药能治疗游龙的创伤，而这种草只有乌龙山的悬崖峭壁上才有。乌龙山，被人们称为"死亡之山"，头顶山鹰盘旋，脚下万丈深渊，攀崖人稍有闪失，就会坠崖身亡。但为了救护游龙，大伙说就是粉身碎骨也甘心。

马里面挑马要挑"草上飞"，人里面挑人要挑"上山虎"，马家山人列队"点兵点将"。大家推选了十几名年轻力壮的小伙子，组成了"敢死队"，上乌龙山采草药。他们攀悬崖，越峭壁，跨深涧，越急流，经过三天三夜的艰难跋涉，终于登上了拔地擎天的乌龙山顶。

年轻后生站在山顶，身旁云雾缭绕，脚下山鹰盘旋，低头俯瞰，但见下面万丈深渊，而金丝草却长在半山腰的悬崖上，无路可行。怎么办？难道空手而归？十几个年轻人一阵苦思冥想，终于想出了一个办法。他们采用猴子捞月亮的办法倒挂金钩，舍生忘死，采回了金丝草，星夜兼程赶回马家山，治好了游龙的创伤。

游龙对马家山人们舍生忘死的救护感激不尽。它神游天下，看到人世间虽然没有天庭富丽堂皇，却充满关爱和温暖，于是对人间的生活羡慕不已，决意留在人间，和勤劳善良的马家山人永远生活在一起。

游龙飞回了天庭，向玉皇大帝禀报巡视人间的情况，并恳求玉皇大帝恩准它下凡到人间，与马家山人世代相处。

玉皇大帝闻听，龙颜大怒，厉声责问："马家山皆为山岭沟壑，无池无潭，无水无泉，哪有你的栖身之处？切勿想入非非，还是安心天庭生活，与寡人一起，共享天庭之乐。"

玉皇大帝的圣旨难抗，游龙纵有一千个不愿意，也只能是无可奈何，敢怒而不敢言。它不得不终日困守天庭，郁郁寡欢，度日如年。

游龙日夜思念着勤劳善良的马家山人，寝食不安。然而，天庭人间虽遥遥相望，却似天涯海角，难以相见，只有遗恨苍天。游龙并不甘心，他向马家山人托梦，倾诉着自己的心愿和在天庭的境遇。

马家山人得知游龙的心愿后，大伙聚集在一起商议，决定在村旁挖掘一个大池，作为游龙的栖身之处。村里的三名铁匠燃起炉火，昼夜加工镢头、铁镐。全村男女老少摩拳擦掌，全都挥舞镢头，夜以继日掘池不已。大伙白天顶着太阳挖掘、夜晚顶着星星挖掘，春天冒着春雨挖掘、冬天迎着飞雪挖掘。日复一日，年复一年，整整挖掘了三年又三载，挖掘的土垒成了一座耸入云霄的山岭，后来被人们称为"寨包"。俗话说，只要心诚，石头也能开花。马家山人的汗水没有白流，终于掘出了一个大池。

马家山人的壮举，惊天地，泣鬼神，令山河为之动容。玉皇大帝被人间的诚心感动了，破例恩准游龙来到人间生活。游龙欣喜若狂，拜谢玉皇大帝和王母娘娘，离开了寂寞的天庭，驾着彩云向着马家山飞腾，恨不能眨眼来到朝思暮想的马家山。游龙腾云驾雾，乘风西行，飞越万水千山，终于来到了马家山上空。

正在地里劳作的马家山人，看到游龙不期而归，无不欢欣鼓舞，纷纷爬上了寨包山顶欢呼雀跃，喜迎游龙的胜利归来。

游龙在马家山的上空盘旋欢腾，然后徐徐降落，栖身于马家山人特意为它挖掘的池子。它在宽阔的池子里畅游，时而摇头摆尾，时而腾跃翻滚，似翩翩起舞，令马家山人看得眼花缭乱，欣喜万分。

突然间，游龙一个龙摆尾，如山摇地动，说也奇怪，那池子眨眼间盛满了水，碧水盈盈，波光粼粼。游龙在池子里尽情欢腾，时而戏水，击起冲天水柱；时而潜水，隐藏得无影无踪。

眨眼间，游龙跃出了水面，飞上了马家山的上空，剧烈地抖动着身体，抖落了身上的鳞片。只见那鳞片一枚枚、一片片，银光闪闪，纷纷扬扬，飘飘洒洒，宛若漫天飘洒的雪花。眨眼间，鳞片变成了无数颗茶籽，"噼噼啪啪"从天而降，落在了马家山的崇山峻岭、沟沟岔岔、房前屋后。

第二年春天，漫山遍野长出了一棵棵绿油油、嫩闪闪的茶树，几年后茶树又长成了片片茶园，汇成了一片茶海。从此，马家山变成了远近闻名的茶乡，村民们靠种茶种粮，过上了衣食无忧的好日子。

再说，游龙自从来到人间，栖身于池子，年年沛泽百姓，造福山乡。池水浇灌良田，良田年年五谷丰登；池水浇灌茶园，茶园岁岁清香飘溢；池水似琼浆玉液，供老百姓烧茶做饭，茶饭格外香甜。千百年来，日月经天，江河行地，池水不涸不竭，成了马家山人的一大胜景。因为是游龙栖身的池子，马家山人便把这个池子称为"龙池"，周围的地方统称为"龙池坪"。

金字岭的由来

采录：张福松 84岁 农民

相传很早很早以前，远在氐羌年代，古文州山川荒漠，人烟稀少，阴平古郡东邻白水江畔董德乡，靠北山坡散居着当地土族氐羌人，刀耕火种过着原始生活。他们的勤劳感动了上帝。传说在风和日丽的一春之晨，从明晶石山梁走下翩翩仙客，手持玉杖，怀抱金鸦，过青岩山涧，经簸箕大湾，手指庙嘴，眼视石湾，耳听小坝坪，双足直蹬呈金字状，直泻而下至村中央，面南背北，昏昏如梦未醒，这时天空忽降闪光，玉皇派兵已至，提拿回天复命，仙女和来者厮斗，奋力抱起金鸦，圆瞪双眼，每踩一步便发出声声沉响，抬起脚便现出深深泥坑，令对方目瞪口呆，愣半天才醒神，逢山爬坡，遇河涉水，负重前行，一步一喘，汗水流成了一股股山泉，屈家沟水、青岩底王家沟皆由此生。打斗结果，天兵未胜，仙女亦大伤，骨折肉破，血肉相连，疼痛难忍，金鸦无意中已飞山沟。太阳下山，萤火虫飞起，两派收斗。仙女闷遭剑击，裂声震撼山谷，久久回荡，死不瞑目，双眼死盯足下，即化石为金字岭。时人念及，于清康熙初年，倡修禅林宝寺，庙嘴观音阁，吊哨魁星楼，三点呈一线，状为景观。在小坝子及金家窝各金洞口隐隐能听见寺院台底金鸦嗥鸣，而在金字岭坡上更能直听见金鸦叫声，当人站在岭上一吼，琅琅声全村皆能听见，故村人从古至今尊金字岭为村魂。

玉龙观的传说

讲述：赵老汉
记录：刘启舒

文县中庙乡的平台山上有一座寺庙，当地人称为"玉龙观"，为道家的一方净土，已有数百年的历史。玉龙观坐落在苍山林海之中，规模宏大，雕梁画栋，飞檐斗拱，院内有两株古柏拔地擎天，常有仙鹤来栖。可惜，如此辉煌的文物古迹，在"文革"中被毁于一旦，如今人们看到的玉龙观，是近年来恢复重建。

玉龙观，有一段神奇的传说。玉龙，即白龙也；观，即寺庙。原先在摩天岭山间有一座寺观叫"玉龙观"。观中有一口井，常年不枯不溢；无论天有多旱，哪怕晒得山泉干涸，但井中的水不见下降一分；无论天有多涝，哪怕下十天半月的雨，井水也不见上涨一分。最为奇特的是，井中的水不仅冬暖夏凉，而且甘甜如蜜，胜似矿泉水，用井中的水沏茶最佳。玉龙观中有一位叫长寿的道人，据说活了三百多岁。他五岁那年，在玉龙观中栽了一棵茶树，天天用井水浇灌，树长得十分茂盛。老道经常采茶而饮，耳聪目明，精神爽快。偶尔病了，喝茶汤，很快就会康复。老道老了以后，难以化缘求斋，便以茶代饭。客来了，他以茶代酒款待来客。多年之中，他鹤发童颜，近乎似仙，人们称他"长寿老道"。

玉龙观名声大振，方圆三四百里的老弱病孺无不来观中求老道茶水治病，图以仙道保佑。有一个江南地仙知道后，千里迢迢而来，偷偷摸摸上山走进玉龙观，采摘茶籽传入江南，江南方才大种其茶，茶行、茶庄、茶馆盛行天下。

玉皇大帝在南天门巡视，见摩天岭、平台山一带，如一条绿龙腾起。玉帝怒将手一划，以玉龙观为界，从此西北就不再产茶了。不过，当年长寿老道栽的那株茶树依然健在，成为茶树中的老祖宗。人们采摘茶籽，挥锄垦荒，点播茶籽，发展成片片茶园。

大水沟的传说

讲述：赵老汉
记录：刘启舒

白龙江畔的中庙乡境内有一深峡幽谷，当地人称为"大水沟"。秀丽的风光，宛若一幅绚丽多彩的画卷在深山里徐徐展开。然而，由于大水沟地处边远偏僻的深山沟，多少年来鲜为人知。虽如此，但凡是去过的人，无不为大水沟如诗如画的秀丽风光所倾倒，难怪有人将大水沟称为"小九寨沟"。大水沟不仅山好、水好，而且盛产茶叶，数十里长的深山峡谷到处都是郁郁葱葱的茶园，似翡翠碧玉，错落有致，相映成趣，美不胜收。说起大水沟茶园的来历，还有一段诱人的传奇。

大水沟里有一条绿绸般的河流，按理说，这条河的名称就应该叫"大水河"，但令人费解的是，河名却不叫"大水河"，而叫"小团鱼河"。小团鱼河，也在文县"八河"的范畴，是当地的一条颇为著名的河流，流程数十里，与数十里外的"大团鱼河"遥相呼应，堪称姊妹河。小团鱼河清团素流，碧波如绸似缎，自打从深山里的黑鹰崖流出，一路欢歌就没有停歇过，一直唱到小团鱼河与白龙江的交汇处，一河清波匆匆忙忙，迫不及待地汇入滚滚的白龙江，就像远方归来的游子扑进了母亲的怀抱。

大水沟里的小团鱼河，之所以闻名遐迩，主要有两个原因，一是风光秀丽；二是河里团鱼多，河名也由此而来。团鱼，学名甲鱼、鳖，当地人俗称"团鱼"，其营养非常丰富。小团鱼河里的团鱼多得出奇，多得鱼满为患。你瞧，那些大腹便便的团鱼，时而逍遥自在地漫步沙滩，活像一个风度翩翩的绅士一样，时而滑稽地缩头缩脑，又像是一个个恶作剧的顽童。那些团鱼，有的在碧潭里戏游，有的趴在大石头上你挨着我、我挨着你晒太阳，有的结伴牵手爬上沙滩产卵。在大水沟里，想吃团鱼，易如反掌，一个石头扔进河里就能砸起一只团鱼，片刻就能捉一背篓。不过，当地人一般不吃团鱼，一是嫌团鱼模样丑陋；二是没有杀生的习俗。当地村民不仅不吃团鱼，甚至连团鱼产的蛋也从不烹食。尽管团鱼蛋圆溜溜、亮晶晶，鸽子蛋大小，煞是惹人喜爱，但人们从不作为盘中餐，就连顽皮的孩子也从不捡团鱼蛋玩耍。大水沟人与团鱼互不干扰，和平共处，这也是小团鱼河里的团鱼兴旺发达的主要原因。小团鱼河团鱼多，除村民保护生态的自觉意识强外，还有另一原因，且听慢慢道来。

离小团鱼河不远处的白龙江对岸，有一峻岭叫白云岭，坐落在白云深处，拔地擎天，山高林密，仙风荡漾。白云岭的悬崖绝壁处有一巨洞，高三丈，宽四丈，深数十丈，可容千军万马，人称"老君洞"。顾名思义，此洞是太上老君的栖身之处，也是老君爷炼仙丹的地方。怪不得远远望去，云飘雾绕，难识峻岭真面目，原来这是老君爷炼仙丹时浓烟弥漫所致。

太上老君恪尽职守，矢志不移，终年以炼仙丹为己任。他四处奔波，八方寻访，采摘仙草、仙果等，作为炼仙丹的原料。不知是功力不到，还是炉火不旺，一年又一年，他终究未能炼出一粒仙丹。太上老君毫不气馁，坚守一个信念：只要功夫深，铁棒磨成绣花针；心诚则灵，只要功夫到，定能炼出仙丹来。

太上老君神游四方，一天，他信步来到大水沟，边欣赏大水沟的秀丽风光，边眼观四路，耳听八方，四处寻找炼仙丹的原料。他远远看到一群团鱼从河里争先恐后爬上岸，然后又爬上沙滩产卵。于是，他躲在一棵大树后仔细观察，等团鱼产完卵又下到了水里，他才悄然出现。太上老君来到沙滩上，小心翼翼地从沙里刨出一颗颗团鱼蛋捧在手心，像欣赏一件古董似的，爱不释手，仔细鉴赏。团鱼蛋拇指般大小，本来就雪白，经阳光照耀，愈加晶莹剔透，大放异彩。太上老君突发奇想，灵感油然而生：倘若用晶莹剔透的团鱼蛋当原料，炼取仙丹，也许能成功。于是，他刨沙寻觅，拾了满满一背篓团鱼蛋，兴高采烈，满载而归。

太上老君炼丹心切，顾不上休息，当即走进了白云岭茫茫大森林，挥斧伐薪当燃料。然后，他将团鱼蛋放进了八卦炉，将薪柴堆放在八卦炉四周，口中念念有词，顿时燃起了熊熊大火。太上老君使出法术，呼风唤雨，风助火力,火借风势,熊熊大火一直燃了六六三十六天,八卦炉被烈火烧得通红,远远望去就像个火球。太上老君用火眼金睛一望,八卦炉里的团鱼蛋丝毫未变,依然洁白如雪。他挥舞芭蕉扇扇火,把火烧得更旺,又炼了七七四十九天,心想如此千锤百炼,八卦炉里的团鱼蛋肯定炼成了正果。他满怀希望,打开八卦炉一看,却事与愿违:八卦炉里的团鱼蛋,全变成了乌黑发亮的"黑丸",全然不是想象中的金光灿灿的仙丹。

太上老君顿时气得捶胸顿足,几个月的辛劳和汗水付之东流,多少梦幻般的希望变成苦涩的失望。山风乍起,林涛滚滚,在太上老君听来,仿佛四面楚歌,嘲讽他的愚昧和无知。太上老君一气之下,双手高高举起八卦炉,站在白云岭之巅,将八卦炉里的黑丸抛撒一空。只见黑丸在万里长空飘飘洒洒,眨眼由数百粒变成数万粒,铺天盖地,像冰雹一样噼噼啪啪从天而降,不偏不斜,全都落到了大水沟流域,有的落在团鱼河里,有的落在沙滩上,有的落在农田里。落在团鱼河的黑丸变成一条条小团鱼,团鱼河的团鱼又添新丁,团鱼家族更加兴旺发达;落在沙滩上的黑丸变成一只只黑鹤,在沙滩上轻歌曼舞,曲项向天歌;唯独落在农田里的黑丸,悄无声息,钻进了土壤,深藏不露。

第二年春天,几场春雨过后,农田里长出了一株株嫩苗苗,沐浴春风细雨,舒枝展叶,茁壮成长。几年时间,嫩苗苗长成开满白花的小树,四季常青,绿叶嫩闪闪,叶片肥实。这便是茶树。一株株茶树,生机勃勃,你挨着我,我挨着你,密密匝匝,形成郁郁葱葱的茶园,遍布大水沟的山坡岭峦,年年岁岁春茶丰收,丰收的歌儿驾着彩云飞出了大水沟。

从此,年年春天,大水沟村民喜摘春茶,沏泡茶汤饮用,遂成为嗜好,宁可食无肉,不可饮无茶。饮茶习俗,世代传承。常年饮茶,使大水沟人受益匪浅,不仅强身健体,而且延年益寿,男女老少个个身体健康,村村社社不乏百岁老人。

因为大水沟最早的茶树缘于太上老君炼仙丹,村民便把当地的茶叶取名"老君茶"。后来,天长地久,大水沟的茶园面积不断发展壮大,茶叶的"品牌"也由当初的"老君茶"一花独放变为春色满园,发展到十几个"品牌",有的茶还荣获"陇上名茶"的称号。

年年岁岁,大水沟里佳茗飘香;岁岁年年,大水沟人与茶相伴,饮茶品茗,尽情品尝新生活的甘甜。

堡子坪的传说

讲述：尤武林　　班代寿
记录：刘启舒　　班保林

　　堡子坪村，是一个坐落在岷堡沟的白马山寨。如有来访者问起堡子坪的来历，他们都会如数家珍似的向来访者娓娓动听地讲来。

　　相传很久以前，山西大槐树朱市巷的白马人来到陇南阴平。阴平上城堡子坪成了尤氏白马人居住的地方。距县城四十多里的石坊乡邓草坝村是个杂姓村庄，村里居住着不同的民族，其中有不少尤姓白马人家。后来，他们相约结伴，迁居到相距数十里外的岷堡沟，在这条沟北面的都岗山半山坡上定居下来，他们把原名带到岷堡沟堡子坪。先有尤姓人家，后来才有岷堡沟黄姓人家。几乎就在同时，文县白马河畔铁楼乡强曲村朱林坡的一些马姓、朱姓白马人家，也相继迁居岷堡沟，分别在堡子坪村对面的两个山头定居下来。马姓人家改姓尚，朱姓人家改姓尤，杨姓人家改姓毛。

　　这样一来，尤姓、尚姓、毛姓，三个户族的白马人家，各居住在一个山头上，相互毗邻，形成"三足鼎立"。每个山头都居住着十几户白马人家，一条弯弯曲曲的羊肠小道成了三个白马山寨相互联系的唯一纽带，一山能喊应，相见得半天。那时，火柴还没有诞生，白马人生火只能靠"火种"。即在火塘里埋下木柴的余烬，当地人俗称"火石子"。三个山头的白马村寨，无论哪一个村寨火种断了，另一个村寨便为这个村寨传递火种。他们传递火种的方法实在是很特别，将点燃的破布卷绑在狗尾巴上，然后给狗打一个手势，狗便沿着山道迅速跑向对面山寨，就像是火炬手一样，完成了传递火种的任务。

　　后来，三个山头的白马人家，都感到居住分散所带来的困难。他们几乎同时相中了附近一块建村寨的好地方，这里不仅有大片的可供开垦的耕地，而且离水源也近。于是，三个山头的白马人家，陆续搬迁到了这个地方。这便是如今的堡子坪村。

　　堡子坪村里尤姓、尚姓、毛姓三个姓氏户族的白马人家和睦相处，亲如一家。所以每年春节期间寨子里跳白马面具舞池哥昼，舞队中的哥昼有三个，分别代表三个姓氏的白马人家。

白马人在堡子坪开荒种地，繁衍生息，成了一个远近闻名的白马山寨。

关于堡子坪还有这样一个传说，相传很久以前，文县铁楼乡有一个白马山寨——强曲村朱林坡，村里有一户马姓人家，家中有两弟兄，都是好猎手。有一天，两弟兄进山打猎，发现了一只猎物，便放出猎狗撵猎物，撵来撵去，竟然一直撵到了数十里外岷堡沟一个半山坡上。令他们扫兴的是，最终猎物还是逃之夭夭。

两弟兄虽然没有打下猎物，却有令人欣喜的意外收获。他们发现脚下的这块地方，是个适合人居住的好地方：不仅有好几十亩平坦之地可供兴建村寨，而且周围还有大量可供开垦的土地，同时还有良好的水源。

白马人喜欢穿番鞋，俗称蛙鞋。两弟兄也都穿着蛙鞋，坐在地上歇息时抖蛙鞋，抖掉了蛙鞋里的燕麦草，里面竟然有不少燕麦粒掉在了地上。两弟兄商定，这些燕麦粒在地里生根、发芽，长出禾苗，如果第二年每株燕麦上长出一个穗子便罢，如果每株燕麦上都长出六个穗子，就说明这个地方是个庄稼生长的好地方，他们就搬迁到这里来居住，同时动员寨子里的其他一些白马人家也搬迁到这里来居住。

第二年，燕麦成熟的季节，两弟兄再次专程来到这里，眼前的景象令他们惊喜不已。头年抖蛙鞋的地方，竟然长出了一片燕麦，长得旺盛极了。尤其令人不可思议的是，每株燕麦上都长出了六个穗子，而且穗子大、麦粒饱满。

两弟兄按照先前的商定，搬迁到了这里。强曲村朱林坡另外一些马姓、朱姓人家也相继搬迁到这里，马姓人家改姓尚，朱姓人家改姓尤，杨姓人家改姓毛。几乎就在同一时期，文县石坊乡邓草坝村的一些尤姓白马人家也陆续搬迁到了这里。三个户族的白马人家在这里定居下来，形成了一个白马山寨，取名堡子坪村，世代和睦相处。

四山班家的传说

讲述：班尚孝
记录：刘启舒

相传很久很久以前，文县白马河畔的白马峪一带是白马氏人居住的地方。

这里虽然边远偏僻，却是一个山清水秀、鸟语花香的深山幽谷。满坡的翠竹婆娑起舞，遍山的森林绿浪翻滚，叮咚的山泉日夜欢唱，缤纷的山花常年开放。

白马人在人迹罕至的大山深处耕耘播种，繁衍生息。然而这里并非世外桃源，白马人常遭到洪水、暴雨、冰雹的危害，良田被毁坏，房屋被冲走。茂密的大森林里，既有大熊猫、金丝猴、蓝马鸡等珍禽异兽，也有凶恶的豺狼虎豹，经常吃掉白马人的牛羊，还危及他们的生命。尤其是大森林里有一只白斑吊睛的大老虎，经常张牙舞爪残害人们，害得山寨不得安宁，人心惶惶。

白马山寨有位德高望重的老人，名叫"则叟背几"。老人有五个儿子，个个英勇剽悍，翻山越岭如履平地，跨沟涉涧健步如飞，进山打猎总是满载而归。

有一天，五弟兄聚集到一起商议，决心为民除害，把残害生灵的白斑吊睛大老虎除掉。

一天清晨，五弟兄人人带着弓箭刀斧，进入茫茫林海，四处寻找白斑吊睛虎。突然，一阵狂风大作，飞沙走石，满山遍野的树木都在颤动。白斑吊睛虎出现了，两只眼睛射出道道凶光，一声虎啸震撼山谷。走在最前边的老大与吊睛虎近在咫尺，但他却毫不畏惧。吊睛虎张牙舞爪向他扑来，说时迟，那时快，他一闪身躲过，藏在一块巨石后。白斑吊睛虎晕头转向，一阵吼啸后悻悻离去。五弟兄迅速会合在一起，百米之外，一个个弯弓搭箭，只听"嗖嗖嗖"，五支箭一起向白斑吊睛虎射去，白斑吊睛虎应声倒下了。五弟兄向老虎倒地的地方走去，老大落在了最后面。四弟兄在山崖畔找到了死虎，看到是老大的箭射中了虎的咽喉，置虎于死地，便拔下老大的箭，在虎身上插上自己的箭。

后来，四弟兄在白马峪各占据一个山头，老二占据入贡山，老三占据立志山，老四占据麦贡山，老五占据中岭山，形成了远近闻名的"四山班家"。老大便在毗邻的竹林大染安家落户，那个地方从此就叫"竹林大区"。为了打虎的问题，四弟兄和老大产生了一些摩擦和隔阂，曾一度中断了来往。

那年代，官匪勾结，常来袭扰白马山寨，危害百姓，涂炭生灵。一次，一群官兵攻打竹林大区。寨子里村民奋起反抗，但终因敌众我寡，情况万分危急，眼看竹林坡寨的白马人就要陷入灭顶之灾。突然，"嗵——嗵——嗵——"，三眼铳响起来了，震撼长空。四山班家的青年男女听见三声炮响，迅速聚集在一起，人人手持长矛大刀，携带弓箭，高呼"嗬嗬嗬——"，吼声如雷，惊天动地，一起去救援竹林大区。白马人会聚在一起，同仇敌忾，里应外合，英勇无比，奋勇杀敌。一阵激战过后，终于杀退了穷凶极恶的官兵，保住了白马山寨。五弟兄从此重归于好，亲密无间。

尚德镇名的来历

讲述：张永熙
记录：刘启舒

文县尚德镇，很久以前称"熏德乡"，几经演变，方称"尚德"。说起来，还有一个故事。

距文县县城以东二十华里，有个地方坐落在白水江畔，风光秀丽，景色怡人，物产丰富，实乃一块难得的宝地。

不知是何朝何代，据说是明朝年间，一日，一位远足而来的文人骚客，慕名来此地神游，驻足白水江畔，凭栏远眺，举目四野，不禁被眼前的景象所陶醉：正是桃红柳绿的阳春三月，风和日丽，莺歌燕舞，彩蝶纷飞，但见沃野平畴，阡陌纵横，果林飘霞，菜地漾绿，暗柳成行，翠竹婆娑；望远山近岭，错落有致，层层叠叠，飞花点翠；观大江东去，碧水如带，穿山越峡，一泻千里……此情此景，疑似桃花源仙境，不禁心驰神往，诗兴大发，脱口吟出了"熏风吹得游人醉"的诗句。脍炙人口的诗句，令当地乡民甚感兴趣，一时间，争相吟诵，如雷贯耳，妇孺皆知"熏风吹得游人醉……"

熏风，即和暖的风。当地乡民摘出诗词第一句中的"熏风吹得游人醉"的"熏"字和"得"字，作为乡名，取名为"熏得乡"。后来乡民几经推敲，演变为"雄德乡"。"雄"，昌盛也。

因为"雄"和"穷"两字的读音近似，周边的乡民叫来叫去，便把"雄德乡"有意无意之中叫成了"穷德乡"。

其实，雄德乡，雄踞白水江之滨，沐浴岁月风云，物宝天华，得天独厚，是上苍恩赐的一块地肥水美的宝地，是一个五谷丰登、瓜果飘香的富庶之地。村寨安宁，村民富庶，岂能和一个令人望而生畏的"穷"字结缘呢？当地乡民嫌"穷德乡"不吉利，遂将乡名改为"尚德乡"，解读为崇尚文明道德的意思。后来，尚德乡撤乡建镇，始称"尚德镇"，沿用至今。

马泉村名的来历

讲述：张福松
记录：刘启舒

马泉村，坐落在白水江畔，距县城以东三十里，在当地颇为有名。村里和周边都没有一眼泉，甚至连一眼水井也没有，村后是大山，村前是白水江，村东一条沟道，一年四季，时而有水，时而无水。既然村里无泉，四周无井，为何又称"马泉"呢？说来，有一段久远的故事——

很久以前，也许是亿万年前，也许是数千年前，马泉这个地方，尚无名字，若论地形，是一个地地道道的泥石流冲积扇，面积有数百亩之大，坦坦荡荡，但却没有一户人家，人烟不至，鸡犬不鸣，仿佛是一块未开垦的处女地。

后来，离此地三里之遥的王家嘴村，一些村民陆续搬迁而来；离此地两里半山坡上的蒲家那下村，一些村民也先后搬迁而来。于是，这里逐渐形成了一个大村庄，人口反而超过了王家嘴和蒲家那下。那时候，村子还没有名字。因村子是建在一个大坝里，也有人称这里为"坝里"。

也不知是从哪年哪月起，也不知是从哪朝哪代开始，凡屯兵的军旅，或打仗的军队，或远征的骑乘，从这里走过时，都要在这里歇脚。士兵在这里歇息休整，军马也要在这里歇息过夜，喂料饮水。过路住宿的军队次数多了，村民们便开办起了一个个脚店。山村脚店，除了士兵歇息的客房外，还盖有一座座马圈，专供过路军队的军马歇息。远远望去，那一排排马圈，鳞次栉比，错落有致，格外显眼。时间长了，周边的一些村民便把这个地方称为"马圈"。

后来，村民觉得，"马圈"这个村名太不文雅，更何况，本村的村名岂能由外村人胡安乱叫？于是，便改成"马泉村"，沿用至今。

枕头坝的传说

讲述：杨遇春
记录：刘启舒　班保林

在文县白马河流域流传着这样一句话：枕头坝没坝，阳尕山没山。

枕头坝和阳尕山两个白马山寨，坐落在白马河畔，一个在下方，一个在上方。枕头坝坐落在白马河畔北岸海拔一千六百八十米的半山坡上，而阳尕山地处白马河畔的河谷地带。

据白马山寨的老年人讲，白马山寨枕头坝与世界著名风景旅游区——毗邻的四川九寨沟有着千丝万缕的联系。倘若要刨根问底的话，这件事要追溯到数百上千年前。

相传很久以前，九寨沟除了有一百零八个海子以外，还有九个寨子。其中有一个寨子里有一户人家，这户人家有两弟兄和他们的阿爸阿妈，四口之家全靠两弟兄打猎为生。有一天清晨，两弟兄又背着猎枪，牵着猎狗，钻进山林里打猎。他们四处寻找猎物，从清晨寻找到中午，终于在山林里发现了一只猎物——老虎。凶猛的老虎两眼射着凶光，发出雷鸣般的吼声，森林中的树叶都被震落了下来。两弟兄毫不畏惧，举起猎枪瞄准老虎，扣动了扳机，谁知却没有射中。老虎被枪声惊动，拼命地仓皇逃窜。两弟兄提着猎枪在后面紧追不舍，他们汗流浃背地追呀追呀，从中午一直追到傍晚时分，也不知跑了多少路，一直追到了白马河畔的一座山梁上。老虎却突然不见了踪迹。两弟兄眼看天色已晚，当天无法再返回了，便打算在这里露宿，第二天再寻觅那只老虎。他们坐在山梁上的一棵大树下歇息，脱掉了脚上的番鞋，抖落里面的燕麦草，重新换上了路边的衰草。第二天，两弟兄在四周山林里寻觅了一整天，也没有发现那只老虎的踪迹，只好返回了九寨沟。

两弟兄回到九寨沟后，告诉寨子里的村民，说他们在白马河畔发现了一个好地方，有草山，有森林，有土地，有水源，适合建村寨，动员大家搬迁到那里居住。也许是故土难离的缘故，村里人都不愿意搬迁。后来，只有两兄弟搬来了。他们在山上安家落户，开荒种地，修房造屋。几年后，九寨沟那边的人找来了，劝说两弟兄搬回九寨沟。两兄弟却深深地爱上了这个地方，说什么也不愿再回九寨沟了。

两兄弟在当地娶妻生子，过着平静而又安宁的农家生活。就这样，经过一代又一代的繁衍生息，这里逐渐发展成一个村寨，并取名为"枕头坝"。寓意是这里是个风水宝地，住在这里风调雨顺、吉祥如意，可以高枕无忧地生活下去。

为了祈求风调雨顺，保佑山寨吉祥安宁，枕头坝的村民们还在白马河对面的半山上修建了一座"丰都庙"，丰都庙里供奉着丰都爷。每年农历正月十四日，寨子里的人都要到丰都庙里烧香求神，祈求年年五谷丰登，岁岁吉祥安康。九寨沟，白马语称"俄堡"；枕头坝，白马语称"俄主"，两者读音很相似。据说，九寨沟的九个寨子，其中有一个村寨的语言和生活方式与枕头坝很相似，当年的两弟兄就来自那个村寨。所以，至今枕头坝的一些老年人说，枕头坝的根在九寨沟。

在枕头坝，还流传着这样一个传说。

传说早年的枕头坝，除了白马河北岸的山坡上居住着数十户人家外，隔河相望河南岸的山坡上也居住着十几户人家，统称"枕头坝"。

后来，河南岸的十几户人家陆续搬迁到了九寨沟，在那里繁衍生息，逐渐发展成了一个村落。也许是怀念故土的缘故，多少年后，他们又打算重新搬回枕头坝河南岸原来居住的山坡上。

十几个打前站的村民率先来到了枕头坝，与河北岸枕头坝的村民商谈搬回来的事宜。河北岸的枕头坝人却认为，既然已经搬出去了，就没有必要再返回来，哪里的山水都能养活人，哪里的黄土也都能埋人，劝说他们继续在九寨沟居住下去。但身处异乡的人却回乡心切，执意要搬回来。双方为此发生了争执，并演化成了不大不小的摩擦、械斗。

最终，那些搬往九寨沟的人再没能返回来，在那里天长地久地生活下去。虽然如此，山还在，河还在，情未了，思不断。从枕头坝通往九寨沟长长的山路，就像是一条绳索牵着远方的游子。据说在岁月的长河中，他们曾一次次踏上返回故里枕头坝的探亲之路。

关于枕头坝的来历，还有一个版本是这样讲的。

传说很久很久以前，各个白马山寨推选了一位总首领，总首领统领着大大小小的白马山寨。有一天，白马首领带着随从出行，巡视各个白马山寨，旨在了解各村寨白马人的生活情况，以便扶贫济困，拯救黎民百姓。

一天，白马首领巡视来到了枕头坝（那时的寨子不叫枕头坝，而是另外一个名字），受到了全寨子村民的热烈欢迎。村里的男女老少每天为白马首领唱敬酒歌，跳火圈舞，还杀猪宰羊，热情款待，再三挽留多住些时日。

白马首领看到村民们如此热情，盛情难却，住了一天又一天，打算住上十天半月。谁知，没过几天，白马首领不幸染上了风寒。随从医生为他治疗。但十几天过去了，病情不但没有好转，反而越来越重。

枕头坝村有一个年过七旬的老者，是村里的草药大夫，医术远近闻名。他上山采来草药，熬成药汤，每天让首领准时服下，日夜精心照料。村里的男女老少都纷纷来探望白马首领，还带来了鸡蛋、蜂蜜等营养品。

几天后，在草药大夫的精心治疗下，白马首领的病渐渐痊愈。白马首领甚为高兴，在枕头坝住了整整一个月，临别时依依不舍，念念不忘全村人的热情款待，还为他治好了病。他想送一个礼物给村里，思考着送什么礼物呢？白马首领云游白马山寨，走到哪里都带上被褥之类。他便把一个精致的绣花枕头赠送给了这个山寨，作为永久的纪念。从此，这个村寨就改名为"枕头坝"。

金子山的传说

讲述：陈美玲
记录：杨志兰

文县有座金子山。之所以叫金子山，是因为传说金子山里有"三宝"，有一个金勺勺，一个金碗碗，还有一双金筷子。这些财宝使许多人跃跃欲试，铤而走险，常有贪财的人去窃宝。玉皇大帝指派常年住在此山的一条巨蟒负责看守宝物。

一次，一伙土匪前来偷窃宝物。他们分为三路，试图用前面两路人马吸引蟒蛇的注意力，第三路人马悄悄地从后面绕过去偷宝。蟒蛇大显神威，将前面的人悉数收入腹中，巨尾扫过，打得后面的人人仰马翻，落荒而逃。有一个员外，虽然家境殷实，但压抑不住对财富的渴望，带领家丁，直奔金子山而来，蟒蛇轻而易举地战胜了他们，保护了"三宝"的安全。蟒蛇很为自己的尽职尽责感到自豪，直到有一次，一个衣衫破烂的年轻人也来以身犯险，经过一番搏斗后，年轻人身受重伤，不治而亡。后来蟒蛇知道了年轻人是因为母亲病危，无钱医治，不忍看到母亲在病痛之中挣扎，才来打宝物的主意。现在儿子死了，母亲身患重病，孤苦伶仃，无人照料，心中十分不忍。后来陆续地又有很多穷苦人，因为生活所迫、疾病所困，前来金子山谋取宝物，人们都是夺宝心切，为了能拿到宝物，越来越多的人丢掉了性命。

看到一个个为宝物而死去的人，蟒蛇起了菩萨心肠，不想再让更多的人死去了。于是告诉人们：这三件宝物一件也不能少，如果少了任何一件将会山崩地裂，大难临头。此后，人们互相转告，为了保一方平安，许多人慢慢打消了盗取宝物的念头，靠勤劳互助过上了平静安逸的生活。

金子山从此恢复了往日的宁静。

三官殿

讲述：袁怀进
记录：杨光付

天官、地官、水官为"三官殿"，建在玉垒坪的啥方位，一直争论不休，谁都不服谁。俗话说，天上一日，世上百年。转眼又过了五百年，三官殿还是没有落定。

一天，三官降落到玉垒坪对面的余家里梁上，把个玉垒坪东南西北、山里山外看得一清二楚。水官和地官又开始争辩上了："你们二位没水平，眼窝子不行，没看清楚吗？岭上下来的山叫'回龙望祖'。"地官糟蹋水官道："牛头马嘴，胡说八道，你懂啥叫一等先生看星斗，二等先生看水口，三等先生满山走，四等先生是吃手。今天到这座山上，就是仰观天上星斗，俯瞰地上水流，地气是否有锁，水口有无山阻。"

天官听得地官和水官争论，始终没点到真穴要害，终于慢腾腾地说："二位兄弟都是天地两界大师，观星宿，察地穴，看道场，玉垒坪真是好地方啊！"

水官听得莫名其妙，向天官发问："咋个好法？有话直说莫绕弯弯。"

地官也心有不快，总感觉天官身为老大，平时说话就是说半句，留半句，听得心里憋屈。于是，脚踏云头假意要走，激将天官。

天官挥挥手道："不忙，不忙，兄弟们，我说几句仅供参考。你们看，这个地方呀，可真是风水宝地，前有照，后有靠，山岳突起天地交汇，河水弯弯两江交汇，我们脚下的中山豁梁为西北来龙，关头坝的跑马梁，清沟里背后的东长山，两山夹来成为锁，龙潭沟、水沟里两条水流如银线百丈长，草坝里一湾清水滋润庙梁成一柱擎天，坪上地域广阔，好一把太师椅，此为：'银线系灵龟'啊！且前有朱雀，青翠发亮，后有玄武，靠山三重，左右护法，四兽齐全，那天窍穴就是道场之地，龙真砂秀，穴正水抱，正是主殿落定之地，坐落高处向来水，可谓'贫家出权贵，官家有升迁，商户财如江，文笔妙生花'。"

天官一席话虽使地官、水官茅塞顿开，心中一亮，口上不服心里却已好生佩服，只是担心失去颜面，水官又出头道："哎呀，真是听君一席话，胜读十年书，但我看还是建到水沟梁上。"

此话一出，地官按捺不住脱口说："东长山异峰突起，如佛正坐，登高远眺，两江入怀，必有贵人出。"

水官听罢，心生一计说道："我们打赌放箭，三箭齐发，谁的箭最先飞到哪里，三官殿就建在哪里。"天官、地官听了都觉得此法甚好，公平公道。

三官选定龙潭沟山顶，飘然降落山巅，目测东长山、水沟梁、庙梁上三个突起的山头，在三地距离相对接近处摆好三支箭，三人同时射出，一眨眼工夫三支箭飞向三个山头。不料天官的箭最先插进了庙梁上的半崖上，箭杆抖动着发出一阵美妙的声音。地官的箭射出不远，遇上一只老鹰张开大嘴把箭杆叼到场市坝去了。水官的箭落到水沟里的石板上连箭头都摔碎了。

地官和水官满眼晦气，瘫坐在岩石上连出三口长气："罢了、罢了，天不助我！"他们望着庙梁四周天高地阔，苍山碧水，林海茫茫，雾气氤氲，一派山谷仙境，对天官心生敬佩，在心理上首先建起了一座心庙。

地官、水官自告奋勇，全力建造三官宫殿。地官边走边从路旁扯起一把茅草，吹了一口气，朝庙上撒去，立起了木架子，水官弯腰抓起一把山片石挥臂撒向耸立在庙梁上的主殿架子，黑瓦、彩墙瞬间显现。三人步入主殿之时，气宇轩昂的庙宇在庙梁上完全落成。

天官、地官、水官悠然地走上主殿，款款入座，天官居中，地官坐右，水官落左，稍事休息，一阵霹雳响彻空山，道道闪电照亮了大地，他们三位的影子印上了台位的背墙，悠然地走进风雨，披着闪电飘然而去。

过了几日，一位路过此地的风水大师，一步三晃地登上主殿，凭栏一望，江天万里，群山绵延。临别，在门墙上一顿狂草：

三官乘风回天官，

灵殿身影留奇峰，

沧海青山映长天，

花开花香无限浓。

从此，玉垒坪这座三官殿名扬四方，陕西、四川、云南、重庆的行商和途经此地的达官显贵，均来此殿祈福求安。

单池子的传说

讲述：陈美玲
记录：杨志兰

上丹堡的老林里有一个小天池，方圆十公里，人们叫它"单池子"。

传说在很多年前，有一个四面环山的小村庄，村子里住着一个长胡须、白头发，有着一百二十岁高龄的姓单的老汉，从三岁开始以放羊为生，终身隐居山林。老汉和羊群打交道时间久了，与羊儿有了很深的感情。心有灵犀，可以用特殊的语言进行交流，他们在一起说说笑笑，很开心地在一起过了一百多年。

羊儿们是很有灵性的动物，有一年里，好多的羊儿都无缘无故地死去，好像它们能预感到村里要发生一场奇怪的大灾难。到底要发生什么呢？正在老汉着急上火的时候，一群羊儿一起抬来一个大石头，它们告诉老汉，只要将石头扔到对面山顶的西北方，就能避免这场灾难的降临。

老头用力去抬石头，可石头却很轻，他还没怎么用力扔，石头就稳稳地落在对面山顶西北的一块平地上。突然石头慢慢长大，像个平镜一样，越来越大，平镜一样的石头竟然变成波光粼粼的水面，清清的一泓池水在山野绿树间荡漾，变成了一个风景秀丽的小天池，池边上还长起了一棵大槐树。

从此，村民们平安无事，羊儿和老汉仍然过着快乐的生活，村民还时常去天池边漫步，给这个池子取名为"单池子"。

仙女潭的传说

讲述：任秋明
记录：刘启舒

文县碧口镇附近的碧峰沟，有一个仙女潭，潭附近还有"鸳鸯石""窥探石""山王庙"，一石一洞都有一个神奇的故事。

相传很久以前，天上的七仙女不甘天庭的寂寞，羡慕人间的自由，渴望凡间幸福美满的生活，常常偷偷下凡，来到人间游山玩水。七仙女被碧峰沟的秀丽风光深深吸引，经常前来游览。碧峰沟的秀峰翠岭，小桥流水，茂林修竹，寺庙古刹，阡陌田园，如诗如画的风光，令七仙女流连忘返。

七仙女游山玩水之余，还常在碧峰沟的碧潭里浣衣沐浴。其中有一碧潭，面积虽然不大，却格外灵秀清幽，成了七仙女常常沐浴的地方。这个碧潭旁边开满了洁白的玉兰花，所以人们称其为"玉兰潭"。每次七仙女在玉兰潭里沐浴时，总是把衣服鞋袜放在潭边，然后在潭里尽情沐浴。

再说，碧峰沟里有一个秀丽迷人的小村庄，村子周围长满了一株株高大的银杏树，又叫"白果树"，所以当地人就把这个村子叫"白果村"。白果村里，有一位名叫"王山"的青年，英俊潇洒，勤劳勇敢，心地善良，以打柴为生。王山经常到玉兰潭附近的山林里砍柴，他清晨披着霞光出发，傍晚踏着夕阳归来，春夏秋冬风雨无阻。

有一天清晨，王山和往常一样，又走向山林去打柴。走到半道上，他回头一望，突然发现一位貌若天仙的姑娘正向玉兰潭走来，眨眼来到潭边的大石头后面更衣，然后跳进了潭里沐浴。

王山看得入了迷，禁不住脱口赞叹："多么美丽的姑娘啊！"从此，王山再也不到别处打柴了，每天都到玉兰潭附近的山林里打柴，为的是能够看一眼美丽的姑娘。

有一天，七仙女又来到玉兰潭沐浴。进山打柴的王山，老远看见后，藏在一块大石头背后偷看。七仙女还没有沐浴完，突然间，天空乌云密布，狂风大作，暴雨倾盆，山洪暴发。肆虐的山洪奔腾咆哮，向一匹脱缰的野马，在峡谷中横冲直撞，向着玉兰潭奔涌而来。

七仙女急忙出浴上岸，穿衣系带。谁知，就在她准备穿鞋的一刹那，山洪已到眼前。一个巨浪打来，绣花鞋却被山洪卷走，在急流中时隐时现，眼看就要被洪水冲得无影无踪。说时迟，那时快，王山见状，来不及脱掉衣服，奋不顾身地跳进滚滚洪流，奋力朝绣花鞋游去，终于捞出了绣花鞋。王山在玉兰潭边生起一堆篝火，将绣花鞋烤干，然后恭恭敬敬地递到七仙女面前，并向七仙女倾诉爱慕之心，海誓山盟，愿结百年之好。

七仙女目睹了刚才的场景，打心眼儿里佩服王山的勇敢坚强，不禁对眼前的这位翩翩少年产生了爱意。她向王山表明自己的身世，并应允了王山的求婚。

玉兰潭边，一对坠入爱河的青年相依相拥，情意缠绵，互诉衷肠，私订终身。七仙女告诉王山，她要回天庭向父王玉皇大帝和母后王母娘娘禀报，三天后下凡完婚。王山依依不舍地向七仙女惜别，临行时再三叮嘱七仙女快点回来。

七仙女回到天庭，忐忑不安地向父王和母后如实禀报了下凡到人间的实情，并吐露出已与王山有百年之约。玉帝闻听，龙颜大怒，斥责七仙女竟敢违犯天条，私自下凡，十恶不赦，按律当斩。王母娘娘和文武百官再三求情，恳请玉皇大帝息怒开恩。玉皇大帝虽免除七仙女死罪，却将她打入冷宫。

七仙女身居冷宫，终日独坐窗前，不思茶饭，以泪洗面，用心中的歌声表达对王山的思念之情。那歌声，缠缠绵绵，如诉如泣，在天庭里飘荡：

> 天苍苍，云茫茫，
> 云遮雾障细思量，
> 人人都说天堂美，
> 哪比人间好风光。

> 情无限，爱无量，
> 魂牵梦萦情义长，
> 思念王郎望穿眼，
> 化着泪水一行行。

> 风嗖嗖，秋雨凉，
> 日思夜想痛断肠，

海枯石烂不变心，
誓与王郎共鸳鸯。
……

王母娘娘爱女心切，自从七仙女被打入冷宫后，日夜思念，寝食不安。一天，她偷偷地前来冷宫看望女儿，闻听缠绵哀婉的歌声，既为女儿的痴情所感动，又为女儿的处境而揪心，禁不住潸然泪下。看到爱女日渐消瘦的面容，王母娘娘心如刀绞，不忍心女儿遭受如此折磨。她来到金銮宝殿，再三向玉皇大帝求情，恳请玉皇大帝看在父女情分，解脱女儿的冷宫之苦，并应允女儿和人间王山结为百年之好的夙愿。

玉皇大帝并没完全听信王母娘娘的一番话，他要亲眼看一看七仙女是否真的像王母娘娘所说的那样。玉皇大帝来到冷宫前，果真从冷宫里飘出了七仙女缠绵哀婉的歌声，如诉如泣，铁石心肠的人听了也不会无动于衷。玉皇大帝终于动了恻隐之心，网开一面，不仅收回将七仙女打入冷宫的成命，还恩准了七仙女人间婚配的恳求。

王母娘娘将要和女儿离别，似肝肠寸断，依依不舍，含着热泪为七仙女梳妆打扮。那犹如涌泉的滚滚热泪，飘飘洒洒，飘落在碧峰沟，化为一道瀑布挂在翠岭前。后来，人们把那道瀑布称为"滴水崖瀑布"。瀑布的悬崖畔长满了一根根常青藤，传说那就是王母娘娘为七仙女梳妆时，梳落的一根根秀发。滴水崖瀑布成了碧峰沟的一大胜景，常有游人观瀑。人们就把滴水崖瀑布旁的山村称为"观瀑山庄"。

再说，七仙女告别父王和母后，急匆匆下凡，来到碧峰沟，却不见王山的身影。七仙女心急如焚，对着大山痴情地呼喊："王山，你在哪里？你在哪里——"

任凭七仙女喊破嗓子，却不见王山回答，只闻大山回音：哪里——哪里——

原来，自从七仙女去天庭后，王山难捺思念之情，爬上山巅，搭了一个茅草小庵，晚上住在小庵里夜不能眠，白天对着无垠天空大声呼喊，呼喊七仙女快快归来。世上好事多磨，王山终于和七仙女相逢，眼看一对有情人就要成为眷属。王山对七仙女说："你我结为夫妻，总要明媒正娶。谁来为咱俩当证婚人呢？"

七仙女说："就让村里一位老人当证婚人吧！"

王山说："万万使不得。乡亲要是知道你的身世，天上、人间怎能配成婚？"

七仙女说："既然这样，那就让山神当证婚人吧！"

"荒郊野外，哪里有什么山神？"

七仙女对王山说："你跟我来。"七仙女领着王山，来到一个大石头旁，手指大石头，对王山说："这就是山神。"

王山说："既然这个石头就是山神，那就让山神开口讲话。"他对石头说："山神、山神，我和七仙女配成婚，请你开口讲话。"

王山连说了三遍，石头果然开口讲话："王山王山听我言，你和七仙女有姻缘。我愿来当证婚人，快拜天地莫迟延。"

于是，王山和七仙女在大石头前拜天地。后来，为了感谢山神证婚，王山和七仙女修了一座"山王庙"，至今碧峰沟里留下了山王庙的遗迹。

天下有情人终成眷属。七仙女和王山历经艰辛磨难，终于结为夫妻。白果村的乡亲们都来恭贺，恭贺天上人间喜结良缘。从此，王山和七仙女相亲相爱，过着男耕女织、田园牧歌式的农家生活。

王山整整活了一百岁，无疾而终，七仙女也同日而终。村民们把他俩合葬在玉兰潭旁边。日久天长，七仙女和王山的坟墓变成了两块大石头，村民们称为"鸳鸯石"。至今，两石还在，相依相拥，似一对情人在窃窃私语。鸳鸯石不远处有一大石，那就是当初王山偷看七仙女沐浴藏身的石头，人们称其为"窥探石"。

碧峰沟的村民感念七仙女和王山生前的功德，为他们修庙塑像，祭祀膜拜，世代香火不断，传承至今。与此同时，村民们感恩戴德，把七仙女沐浴的玉兰潭改成"仙女潭"。村民们说，那方碧潭就是七仙女的化身。碧峰沟的青年男女，常常到潭边幽会，有人还把仙女潭称为"爱情潭"。

打儿洞的传说

讲述：姚玉光
记录：刘启舒

碧口的碧峰沟有一个洞穴，当地人称为"打儿洞"，世世代代流传着一个动人的传说。

传说天上的七仙女和当地的樵夫结为夫妻，在碧峰沟里安家落户，过着男耕女织的幸福生活。

有一天，樵夫对七仙女说："娘子，咱俩夫妻一场，你也要为我生儿育女，咱们的家庭才会更加幸福美满。"

七仙女说："这有何难。生儿育女，本是妇道人家的事。只是生儿还是生女，还要由官人来定。"

七仙女领着樵夫来到一处地方，手指对岸五十步开外一个筛子大的洞穴，对丈夫说："官人，你看前面有一洞，你站在这里用石头扔过去，石头若扔进洞里，我便生儿子，石头若落在洞边就生女儿。"

樵夫从地上抓起了两个石头，用力朝洞穴扔去，结果第一个石头扔进了洞里，第二个石头落在了洞边上。石头扔进洞里生儿子，扔在洞外生女儿，既然一个石头扔进了洞里，一个落在了洞外，这就意味着七仙女要生一儿一女。

后来，七仙女果真生了一儿一女。

从此以后，碧峰沟的乡民们便把那个洞称为"打儿洞"。

据说，碧峰沟里的青年男女结婚后，都要到打儿洞去投石，果真石头扔进洞里便生儿子，石头落在洞边便生女子。

有位新婚青年男子想要儿子，他来到打儿洞前，先后扔了一百次石头，如果一百个石头全都落在了洞穴外面，按说他的妻子生女儿。他却想让妻子生个儿子，无奈之下，他干脆把落在洞外的石头往洞里捡进了一个，结果妻子生下来一个死胎，妻子也难产而亡。从此，凡是来这里预测生儿生女的，石头落在哪里就是哪里，再也不敢随便挪动了，生儿生女任其自然。

千百年来，前往碧峰沟观光游览者不计其数，无论是已婚的，还是未婚的，都要往打儿洞里投掷石头，来验证或预测一下生儿还是育女，但更多的是一种乐趣而已。"打儿洞"成了碧峰沟的一个景点，留下了无数的趣话。

石门瀑布的传说

讲述：王撞林
记录：刘启舒

石门瀑布位于铁楼境内的石门沟，水流独辟蹊径，从悬崖绝壁半山腰的石洞里奔涌而出，令人称奇不已。关于石门瀑布的来历，有一个动人的传说。

　　相传很久以前，白马峪是个非常干旱的地方，十年九旱，村民们地里播种的苞谷、糜谷常常被天上火辣辣的太阳晒死。无助的山民只有祈求山神保佑。当地所有山寨的男女老幼都聚集起来，向山神焚香祈祷，宰羊祭祀。山民的一片诚心感动了山神。在一个漆黑的夜晚，山神站在石门沟的悬崖上倚天而立，施展魔法，手拿牛尾刷当空挥舞。忽然，一阵雷鸣电闪过后，下起了倾盆大雨。不一会儿，雨过天晴，皓月当空，繁星满天，石门沟的百丈悬崖上出现了一个泉眼，一股大水从泉眼里喷涌而出，挂在百丈悬崖上，飞流直下，疑是银河飘落，吼声如雷，几里之外都能听到。从此，附近几个村的人都用这股水浇地，还修建了一座座水磨。

　　自从山神施展魔法之后，石门沟悬崖峭壁中间出现了一个石洞，洞内平坦，高一丈多、宽三丈，布满各种形态钟乳岩，有的像笋芽，有的似飞禽走兽，构成千姿百态的奇特景观。清乾隆年间，当地村民还在洞中修建了观音阁。观音阁后洞的深处另有一暗洞，水声滔滔不绝，清流奔涌而出。水流环绕观音阁两侧，至洞口汇合为一，飞泻而下，形成宽一丈多、高二十多丈的天然瀑布——石门沟瀑布。

　　石门沟瀑布已成为白马峪的一道著名风景。晴日观瀑，似彩虹隐现，银练当空，飞珠溅玉，蔚为壮观。月下观瀑，另有一番景象，如玉龙凌空，时隐时现，瀑声幽远，如天籁之声。石门沟瀑布周围树木葱郁，鸟语花香，环境幽静。崖上有仅容一人行走的山径，不足一尺宽，游人上下，无不胆战心惊。石门沟瀑布旁有一个云瀑寺，写的对联是："霓影晴落，分明银河从天降；月光寒泻，几疑仙境在人间。"另有田尚勤先生撰写的两副楹联，描绘石门沟瀑布的壮观景象，一副楹联为："幽谷蔚然云拢翠，洞天奇妙水垂帘"；另一副楹联为："洞外有奇观千丈悬崖垂白练，山中无俗事一天星斗送云还。"

鹰嘴崖的传说

讲述：侯永海
记录：张思聪

　　在梨坪乡沟底下村，有一座高耸着的山峰，远远望去，很像一只蹲坐在石头上的老鹰，坐北面南，仰首挺胸，正目不转睛地注视着前方，当地人习惯地称它为鹰嘴崖。鹰嘴崖背靠大山，左右两侧和正前面为绝壁，要想登上峰顶，就必须从它背靠着的大山半山腰处攀爬，此处有一山梁与峰顶相连，就好似老鹰的脊背和脖子，它是通往峰顶的唯一路径。这条路惊险陡峭难行，走在上面有直上云霄的感觉，让人提心吊胆，不敢有丝毫的放松。峰的顶端也不过几个平方米大小，因常有微风在不停地吹，人在上面好像始终站立不稳，所以只能俯身攀附在上面的石头上。在鹰嘴崖周围到它身后的大山山顶上，有当地人称的笔架山、笔石山、黑水沟、洞子沟、仙人洞和仙人石等山、水、洞、石，它们与鹰嘴崖遥相呼应，共同构成了当地独特的自然景观。说起鹰嘴崖，它还流传着一个神话故事呢！

相传，在很久很久以前，天上的神仙太白金星身边有一个仙童，他聪颖活泼可爱，生性好玩，在天宫中为太白金星跑腿打杂。有一天，太白金星看到仙童已到习文练字、修身养性的年龄，便给他在凡间挑选了一个便于学习、生活的地方，好让他专心习文练字、修身养性，这个地方就在文县梨坪乡沟底下村后的高山上。此处风景优美，地貌独特，风水极佳，很适合仙童习文练字、修身养性。仙童知道此事后，很乐意前往，临行时，太白金星还送给他一只天宫中的神鹰作为坐骑，以方便他往返天地之间。同时，告诫他不要太贪玩，要专心学习、修行。

说到此处风景优美，这里山高林密，杂草丛生，山花烂漫，四季如春，空气新鲜，视野开阔，山顶浮云与天接壤，便于仙童与天宫联系沟通往返。说到地貌独特，这里有仙人洞可供仙童居住；有洞子沟流淌着的清泉可供仙童洗漱之用；有笔架山、笔石山、黑水沟可分别作为仙童习文练字之用的笔架、毛笔和墨池。笔架山不算高，山形如笔架，它此起彼伏，就横亘在鹰嘴崖的右侧；笔石山貌似一支巨大的毛笔，独立于笔架山后面的不远处，只可惜后来倒塌了，现在只能看到满坡垮落的乱石；墨池就是如今人称的黑水沟，它在鹰嘴崖和笔架山之间，笔石山倒塌后滚落的乱石填满了墨池，以致墨汁从墨池中溢出，长流不止，就形成了现在常年渗着黑水的黑水沟了。说到风水极佳，这里有山有水，阳光充足，云雾缭绕，仙气极浓，有凡间的人看不到的那种灵气，是仙童习文练字、修身养性的好去处。

当仙童来到凡间后，有一天，他完成了当天的学习功课，觉得无聊，便来到了附近的崇山峻岭中游玩。他边走边看，十分好奇，走着走着突然看到在不远处的草丛中有一个像鸡蛋形状的花石头，光滑明亮，色泽鲜艳，在阳光的照射下更是光彩照人，熠熠生辉，上面还布满了花纹，他便将其收入怀中，带回了自己居住的仙人洞中作为摆设来观赏。

日复一日，年复一年，不知过了多少年，该到仙童回天宫向太白金星汇报自己的学习和修行情况的时候了，在临行前的一天晚上，他便开始收拾行李做出发准备，可就在他收拾行李的时候，不小心将他摆放在仙人洞中用来观赏的花石头碰落在了地上。当石头掉在地上的一刹那，只听一声闷响，石头裂开了一条细细的缝，并从中钻出一条小花蛇，仙童不知其中缘由，也不知如何处置，便将小花蛇临时藏在了他洗漱的洞子沟中，第二天一大早，便坐上神鹰匆忙去了天宫。

唉！真是天上一日，人间万年，这一去一回，当仙童又重新来到凡间他当初学习的地方时，已是斗转星移，物是人非，他当年藏在洞子沟中的小花蛇因先前沾了他的仙气，越长越大，长生不老；只是蛇是冷血动物，注定成不了仙，可它却修炼成了精，变成了蛇妖。洞子沟原来并不深，也不大，后来由于小花蛇越长越大，它的身躯把洞子沟也越撑越大，当蛇妖钻出洞外后，洞的形状也变成了现在的模样，就像蛇妖的身躯，弯弯曲曲地镶嵌在山石中，高约一米，深有数十米，共有十二个拐，最里面还有一个细小的天窗，可直通山顶，这便是蛇妖修炼时用来呼吸空气的地方。

一天，当仙童乘坐神鹰又来到凡间，正巧看到在不远处的笔石山附近黑云翻滚，狂风大作，飞沙走石，鸡飞狗跳，马、牛、羊、猪在拼命奔逃，再仔细观察，发现在被狂风卷起的沙尘草屑中有一条巨大的花蛇正在追赶撕咬牲畜家禽，仙童这才意识到这条大花蛇就是他当年藏在洞子沟中的那条小花蛇，现如今它已修炼成精，成了蛇妖，正出来危害百姓，伤害生灵。可仙童这时还没有学会擒妖的本领，无法阻止蛇妖的行动，后悔当年太贪玩，真不该将那个像鸡蛋形状的花石头捡回来玩耍。神鹰看到仙童一副焦虑的样子，就扇扇翅膀，对仙童说："主人不要自责了，待我去捉拿蛇妖。"说完便张开尖嘴，展开利爪，向蛇妖飞去。蛇妖看到天敌神鹰来势汹汹，不敢正面迎战，只好一边抵挡一边逃窜，神鹰穷追不舍，无奈蛇妖经过多年修炼，本领高强，它腾云驾雾，围绕笔石山飞来窜去，速度极快，神鹰一时无法将它捉住。仙童见此状后，心急如焚，情急之下便将只有他自己才能拿得动的笔石山推倒。笔石山一倒塌，蛇妖再也没有可利用的天然屏障做掩护，神鹰瞅准机会，使出浑身力气，猛扑上去，用利爪将蛇妖死死抓住，并将其压于身下，蛇妖此时还在不停地扭动身躯，做垂死挣扎。为防止蛇妖逃走，再次危害人间，神鹰便仰头大叫一声，向仙童和天宫做了最后的告别后，瞬间化作一座山峰，将蛇妖牢牢压住，蛇妖再也没法逃脱，永保了这方平安。笔石山垮塌后，滚落的山石填满了墨池，使墨汁长流不断，这也就变成了如今的黑水沟了。当时还在垮塌的乱石下埋住了一只被蛇妖咬伤没有来得及逃走的大公鸡，在后来笔石山垮塌后的好多天，路过此地的人们还能听到大公鸡的鸣叫声。

仙童看到自己的坐骑化作了一座山峰，习文练字的石笔和墨池也已损毁，感到很内疚，觉得无法再回天宫向太白金星交代，便化作一块巨石立于仙人洞外，永远滞留在了凡间，陪伴着神鹰，和神鹰一起，守候着这一方水土，这便是立于仙人洞外不远处的仙人石了。

官坐石的传说

讲述：尤武林　班代寿
记录：刘启舒　班保林

文县岷堡沟境内有一块巨石，体积有一间房屋那样大，石头的上面平坦如砥，下面却空空荡荡，可容纳数人。乡民们把这块石头称为"官坐石"，传说是当年县官来这里审案时曾经坐过的石头，故而得名。官坐石的传说，当地人是这样讲的。

岷堡沟生态资源丰富，森林茂密，草山宽广，良田肥沃。当地百姓把这些生态资源，俗称为山场。俗话说，河水有道，山场有主。在岁月的长河中，岷堡沟的堡子坪村与邻村有亲如一家的日子，但也曾发生过相互争斗的事件。邻村人有时越过村界，进入堡子坪村的山场放牧牛羊、采挖野药、打柴、砍伐木头等，两村常常为此引发山场纠纷。一次又一次的山场纠纷，无法得到根本解决。邻村一纸诉状，将堡子坪村告到了县官那里。

县官受理了这个案子，认为此案非同一般，不仅事关两村群众的利益，番汉民族的团结，而且关系到岷堡沟一方的平安，就决定亲自深入实地审案。堡子坪村的村民，听说邻村将他们告到了县官那里，便积极准备应诉。他们很想让县官把山场界限确定下来，避免今后再发生山场纠纷。

两村打官司，各自都在推选能说会道的人当呈诉人。堡子坪村推选谁当呈诉人呢？大伙的目光瞅准了头人毛月正。

毛月正，何许人也？此人非同凡响。他原是文县堡子坝乡寨上村人，原姓金。早先，他的哥哥来堡子坪村，为一户农民当上门女婿。但村里一些人欺生，令他的哥哥感到在堡子坪生活得很不愉快。譬如，他和村里的小伙子到山林里背柴，背上柴返回的路上要歇好几气。每次歇气时，别的小伙子不管三七二十一，毫不客气地把靠山根的歇台全占完了，他只好歇在路边。类似欺生的事时有发生，久而久之，毛月正的哥哥感到很窝囊，一气之下，回到了堡子坝乡寨上村向弟弟诉说自己的委屈。毛月正说："既然是这样，你回来，我去落户堡子坪。"于是，他来到了堡子坪村，改姓毛，并取名毛月正，在这里安家落户。毛月正心胸豁达，眼光高远。他刚落户堡子坪时，果然如哥哥所说，村里有的人欺生。但他却从不计较，总是以谦让为怀，和谐共处为上。每次遇到对方欺生时，他从不与对方争执，总是想方设法化解矛盾。譬如，他和别的小伙子进山林背柴，返回路上歇气时，别的小伙子故意把靠崖根的歇台都占光。毛月正心想：你们歇崖根，我歇路边。毛月正不仅宽宏大量，而且很有头脑，能说会道，办事公道。久而久之，村民对他的态度改变了，由原来的欺生变成刮目相看了，村里一些出头露面的事都让他当代表。再后来，毛月正被村民推选为堡子坪村的头人。这一次，邻村因山场纠纷将堡子坪村人告到了县官那里，毛月正自然成为全村的代表。毛月正不负众望，胸有成竹，做好了县官审案的应对准备。

因原告是邻村，他们用八抬大轿将县官抬到了岷堡沟。县官前往山场现场查看了一番，然后坐在堡子坪村旁的一块大石头上开始审案。

这一案件事关两村山场权属问题，与群众利益息息相关，于是两村群众都来到了县官审案现场，男男女女、老老少少，把县官坐的大石头围得水泄不通。

起初，大家还吵吵嚷嚷、议论纷纷。审案开始了，县官将惊堂木朝石头上一拍，大家顿时鸦雀无声，聆听县官审案。

县官先让邻村人呈诉，说道："既然你们是原告，你们先说。如实回答本官，你们村山场的范围是哪里？"

邻村的呈诉人心想：把范围说得越大越好，只要县官一判定，岂不成了法定的，便脱口说道："大沟—大沟。"

县官又问堡子坪村的呈诉人："你们村山场的范围是哪里？如实回答本官。"

毛月正心想：应该实事求是，把山场的范围尽量说具体一些，便说道："笼屉—小沟。"

县官听了两村对山场范围的呈诉，对邻村呈诉人说道："你们说你们的山场是大沟—大沟，人家堡子坪是笼屉—小沟。既然你们占了一大沟，难道还不让人家占一小沟？真是岂有此理！"

县长一句话，把邻村人问得哑口无言，说不出一句反驳的理由。

县官当机立断，判决了案子：两村山场以苜蓿沟为界，苜蓿沟以西的山场归堡子坪所有，苜蓿沟以东的山场归邻村所有，今后栽上界石，谁也不准越过界石到对方的山场打猎、伐木、砍柴、放牧。

堡子坪村的官司打赢了，村民们兴奋不已。大伙用轿子把县官抬进了村里，大家跳起了面具舞、火圈舞，唱起了敬酒歌，载歌载舞通宵达旦地庆贺。

从此，堡子坪村旁当年县官审案坐的那块石头，就被村民称为"官坐石"。

多少年过去了，堡子坪人说起当年县官审案，仍对毛月正机智巧妙的回答津津乐道。

小沟桥的传说

讲述：王撞林
记录：刘启舒

从前文县有个远近闻名的能工巧匠，名叫金尼麻，传说是鲁班师傅巡游天下时带出的高徒。

金尼麻不仅能修造房屋，还会在河上修建木桥。他修的房子美观结实、样式多样，能修七七四十九种样式，什么转角楼、四合院等，都难不倒他。他造的木桥样式好看、结实耐用，任凭风吹雨打、地动山摇都稳如泰山，至少能使用上百年。无论谁家修房造屋，或是哪个寨子在白马河上修造木桥，无一例外地都要聘请他。其他汉族村寨的人，也常常慕名而来，请他修房造桥。

有一天，金尼麻为一户人修建房屋。他腰里别着一把斧头，去大森林里砍伐木头。他在大森林四下里张望，寻找着合适的木料。这时，他发现一只画眉鸟在头上尖声叫着，围着一棵大树飞来飞去，那叫声有些凄婉。金尼麻朝大树望去，只见这棵大树顶的枝丫上有一个鸟窝，鸟窝里有几只刚刚孵化出来的小画眉。一只大蟒蛇正朝鸟窝爬去，想吃掉小画眉，眼看大蟒蛇就要爬到鸟窝边了。小画眉在窝里惊恐万状地叫着，好像是在喊："妈妈，你在哪里？快来救救我们吧！"

金尼麻急忙爬上树去，挥舞斧头砍向了大蟒蛇。大蟒蛇掉在地上，但并没有死，只是受了点儿伤，在地上翻滚了几下，张开血盆大口。金尼麻从树上下到地上，大蟒蛇瞪着凶狠的眼睛向他咬来。金尼麻一闪身，躲过大蟒蛇的袭击，挥舞斧头向大蟒蛇狠狠地砍去，几下就把它砍死了。

画眉鸟向金尼麻飞来，站在他的肩膀上，感激地说："恩人呀，感谢你救了我的孩子。我不会忘记你的救命之恩，一定会报答你的。"

画眉鸟会说话，金尼麻感到十分惊奇，他说道："不用感谢，这是我应该做的，你也不用报答我。再说了，你一只小鸟，能为我做什么事情呢？"

画眉鸟说："你是我们的恩人，你以后要是遇到什么难事，就朝东方'噢——噢——噢'地喊三声，我听见后会飞到你的身旁，我会帮你的。"说完，画眉鸟飞走了，又去为小画眉找食去了。

画眉鸟飞走后，金尼麻在大森林里砍伐了一些木料，一根根扛回山寨，很快就为这户人家修起了一座楼房。

房屋刚完工，他又被外村的一个大财主请去修房造屋。这个大财主有四个儿子，他要为每个儿子修一院房子，一共要修四院房子。金尼麻起早贪黑地干，忙碌了整整两年时间，洒下了数不清的汗水，才修好了四院房子。

按事先说好的，修四院房子，财主应该付给金尼麻一百吊铜钱的工钱。然而，这个财主是个吝啬鬼，一肚子的坏水，想赖掉工钱。临付工钱时，他节外生枝，提出了一件让金尼麻根本无法办到的事。他拿出一条用胡麻编织的袋子，扔在金尼麻面前，对他说："工钱分文不会少，但你必须把修房的刨花收拾干净，装在这条袋子里。"

财主说完扬长而去。金尼麻却犯愁了，四院房子的刨花揽在一起，堆成了一座小山，至少要装一百多条袋子，一条袋子怎么能装下呢？

金尼麻愁得一夜都没有睡着觉。第二天天亮了，他无精打采地走出睡房，听见院子里树上鸟儿叽叽喳喳地叫着。他突然想起画眉鸟的话来，让遇到难事找它，眼前的这件事，不正是难事吗？于是，金尼麻按画眉鸟临别时说的那样，朝东方"噢——噢——噢"地喊了三声。

喊声刚落，果然画眉鸟飞到了他的身边。金尼麻向画眉鸟诉说了事情的原委。

画眉鸟说："你是我们的救命恩人，我一定会帮你解决的。"画眉鸟吩咐金尼麻张开袋子，然后念起咒语。奇迹发生了，只见成山的刨花自动向袋子里飞去，眨眼间全都装在那条胡麻袋子里了。

　　傍晚财主回来，看到金尼麻果然把所有的刨花全都装在一条袋子里，感到非常惊奇。

　　这件事没有难倒金尼麻，财主又提出一个要求，他让金尼麻把牲口圈里的粪一天挖完，堆在院子里。这显然是一件办不到的事。

　　第二天，金尼麻又朝东方"噢——噢——噢"地喊了三声，唤来了画眉鸟，告诉它财主的要求。

　　画眉鸟说："这有什么难的，你只管放心好了。"说完，它念起咒语，只见牲口圈里的粪自动向院子里飞来，眨眼工夫堆成了一座山。

　　金尼麻办完了这两件事，再次向财主提起工钱的事。谁知，财主又提出了一项工程，对金尼麻说："你先别急嘛，工钱我会分文不少地付给你。我还要在白马河上修一座木桥，由你来建造，桥的造型是廊桥形状，工期三个月，完工后修桥的工钱和修房的工钱一起结算。如果不能按时完工，就按违约办。"

　　金尼麻这回算是彻底明白了财主葫芦里卖的什么药，他是想千方百计地赖掉修房的工钱。白马河上修一座廊桥，光准备木料、石料就要三个月，木料、石料准备好后，修建还需要三个月，整个工期再赶也要半年时间，财主提出三个月完工，除非神仙才能办到。但是要是不承接修廊桥的工程，修房的工钱就领不到手。思前想后，金尼麻还是硬着头皮接下了修廊桥的活。财主又强迫他签订了约书。

　　金尼麻愁得一夜都没有睡着觉，翻来覆去地想怎样才能在三个月内建成廊桥，然而想了一晚上，也没有想出一个好办法来。第二天天亮了，他只好再次请画眉鸟帮忙。他朝东方"噢——噢——噢"地喊了三声。

　　喊声刚落，画眉鸟果然又飞到了他的身边。

　　金尼麻向画眉鸟诉说了原委。

　　画眉鸟说："你是我们的救命恩人，我一定会帮你解决的。"画眉鸟吩咐金尼麻从树上折下一根树枝，然后对着树枝念起了咒语，眨眼间树枝变成了一根五尺长棍。画眉鸟对金尼麻说："我们的救命恩人，你拿着这根棍到大森林里去吧，只要将棍子一挥舞，森林里的树木就会自动滚到白马河边。你站在山坡上将棍子一挥舞，满山的石头就会自动滚到白马河边。"画眉鸟说完就飞走了。

金尼麻按照画眉鸟说的去做，走进了大森林，将手里的木棍一挥，果然一根根大树哗啦啦地倒下了，变成了一根根木料，争先恐后地朝着白马河畔滚去，一袋烟的工夫，木料就堆成了山，足够修一座廊桥了。

金尼麻又来到山坡上，将手中的木棍一挥，满山的石头就像羊群一样滚下了山去，堆在了白马河边，一会儿便堆成了一座山，足够修一座廊桥了。

金尼麻只用了一天时间，就备齐了修廊桥的木料和石头，大大缩短了工期。他带领民工，只用了两个多月时间就提前在白马河上修好了一座精美壮观的廊桥。他让财主来验收，财主以为金尼麻是在说大话，可他来到河边一看，却惊得目瞪口呆。

金尼麻拿出了先前写好的约书，白纸黑字，理直气壮地向财主讨要工钱。财主再也无话可说了，只好按事先的约定给金尼麻付了修房屋和造桥的工钱。

金尼麻拿上工钱扬长而去。从此以后，他再也不给奸诈狡猾的财主干活了。

金尼麻在白马河上修的这座桥，高高地雄踞在河面上，三里之外都能看见，成为一道风景。数百年来，后人几经修缮，依然坚固耐用。人们说，那座廊桥就是现在的小沟桥。

麻关桥名的来历

讲述：魏文德
记录：刘启舒

文县县城始建于元朝，曾有一座家喻户晓、人人皆知的走廊式木桥——麻关桥，此桥坐落在所城、县城之间关家沟的沟道上。这座桥为何叫麻关桥呢？当地曾流传着这样的说法。

很久以前，文县所城和县城住着一些姓关、姓麻的人家，住在关家沟的沟道两旁，而且是先有关家人，后有麻家人。长期以来，由于沟道上没有桥，人们来往很不方便。后来，以关家人为主，麻家人参与，关、麻两姓人家投资投劳，在沟道上架起了一座走廊式的桥梁。这座桥建成后，不仅成了县城一景，而且大大方便了城区群众来往。木桥建起来了，关、麻两姓人家决定给桥起个名字，商量来商量去，打算以两家的姓氏作为桥的名字。按说以关家人为主、麻家人为辅修桥，这座桥就应叫"关麻桥"。但是麻家人争强好胜，给桥起名时，非要把"麻"放在前面，把"关"放在后面，于是桥名就成了"麻关桥"。后来，关姓人家受排挤，被撵到了关家沟；麻姓人家善于经商，纷纷下四川做生意。所以，文县城区老住户基本上没有关姓和麻姓人家，而"麻关桥"的桥名，却一直保留了下来。

关于麻关桥的来历，还有一种说法——

很久以前，文县县城在白水江上修建阴平桥，找了个账房先生专门管账管钱。阴平桥修起来了，有人揭发账房先生的账目有舞弊行为，贪污了修桥的银两，将账房先生告到了州府。

州府派人下来调查，果真账房先生贪污修桥银两属实，本应关进班房，但念其东窗事发后能主动交代，便从轻处罚，罚他在所县二城关家沟的沟道上修座桥，将功折罪。桥修起来了，桥名取个啥呢？账房先生心想：因自己一时财迷心窍，差点惹出"麻"烦"关"进班房。于是，他便给这座桥取了个带有寓意的名字——麻关桥。

晒金台的传说

采录：谭广馀 75岁 干部

岷山北麓有一条深沟，名叫立仲沟，沟深数十华里，沟里两山对峙，山顶森林茂密，云雾缭绕。人在沟底路上行走，抬头望天，只见一线天。进沟十华里，有一个村庄住着数十户人家，再往里走约五华里处，路边有一块十余平方米的青色巨石，表面光光的，村里人把这块巨石叫"晒金台"。从原始时的青石块到"晒金台"有一段很有意义的神话传说，立仲沟人一代又一代地传说至今。

相传古时候立仲沟就有人居住，其中一户姓刘的家庭遇到许多不幸，在短短的数年里，一家六口人中，父母、妻子、子女先后病故，夭折了五人，只剩下一个儿子，孤孤单单的，十分可怜，他每天背柴卖柴度日，神情忧郁，寡言少语，悲情满怀。乡亲们关爱地称他为"刘郎"。

有一年，在苞谷收获的季节，他又去沟里背柴，这天阳光明媚，空气清新。当他快步走到青石板前时，看见青石板上晒满了金灿灿的玉米粒，旁

边坐着一位面目慈祥、老态龙钟的阿婆，他没有向阿婆打招呼，目不斜视地
向前走了过去。下午背着柴返回时，看到青石板静静地躺在原地，那位阿婆
却不见了。第二天他又与往常一样去沟里背柴，又见到阿婆在青石板上晒玉
米。这一天，当他背着柴返回时，阿婆还在晒玉米。当时他又渴又饿，于是
放下柴背，去沟中用双手掬了几捧水喝，然后擦了擦嘴对阿婆说："太阳都
下山了，你还不回啊！"阿婆回答说："太阳虽下山了，这里风还大，再吹一
会儿就回家。"阿婆看了看他满脸饥色的样子说："看你都饿成了这个样子。"
说着顺手抓了一把玉米粒给他，阿婆叮嘱他说："你拿回去炒着吃。"刘郎感
到一把玉米粒能解个啥饥，但表面仍感激地说："谢谢！谢谢阿婆。"之后，
他背上柴往回走，走了不远回头一看，那阿婆和青石板上金灿灿的玉米粒都
不见了，他感到十分奇怪，回到家里觉得又渴又饿，趴到缸边喝了一气凉水
后又到堂屋抛开火塘，见火还好，就把阿婆给的玉米粒放进火塘里边烧边
搅，可是烧了半天，也不见有爆成花的，又烧了一阵也不见有烧焦的，于是
又拣出来吹一吹，用牙咬，但怎么也咬不烂，只见牙印印十分鲜明。这时，
他忽然明白了，阿婆不是凡人而是神仙，给他的玉米粒是金粒子，一粒有一
钱重，几十粒就是几两黄金。神仙阿婆看他十分可怜，帮了他一下，让他有
饭吃，有衣穿，有房住，把日子过好一点，所以就扮成了凡人在青石板上晒
"玉米"，见他是个老实人，就抓了些金子给他。因为金子与黄玉米的颜色
相近，他以为是玉米，但是经过火烧这才知道，玉米一烧过火就焦了，而金
子再烧也不会焦，刘郎这才认出阿婆给的是金子。常言道"真金不怕火炼"
嘛！本来刘郎有这几两黄金兑换成铜钱可以够用一辈子的，然而有句俗话
说："人心不足蛇吞象。"第二天他又去背柴，走到青石板处又见阿婆在那里
晒玉米。在他返回时，阿婆仍在那里，阿婆又抓了一把"玉米"给他，他还
想要，又不好意思开口，于是就趁背柴弯腰时挡住了阿婆的视线，猛抓了一
大把"玉米粒"装进兜里，就急匆匆地回家了。他走后，阿婆看着石板上剩
下的金粒子，深深地叹了口气，化成一缕青烟不见了。从此再也没有人看见
阿婆在那个地方晒"玉米"。

刘郎回家后，将神仙阿婆给的和自己偷偷拿的那些"金粒子"换成铜钱
使用，不但吃得好了，穿得好了，还购置了数十亩土地，修了一幢房子，并
雇了很多人给他家做工，长工们每天没日没夜地干活，但总是吃不饱，穿不
暖，刘郎还要克扣工人工资。雇工们在暗地里都骂刘郎是"黑心狼"，指着
刘郎新修的房子咒道："不知天火烧到那天啊！"

　　一个穷光蛋忽然富了，有些人疑惑不解，其中有好事者想弄个明白。村里有一个混混，提酒罐专门去找刘郎喝酒，混混连夸带奖，把个刘郎夸得云里雾里的飘飘然起来，不一会儿酒上心头，话就多了起来。古人言："言多必失""酒后吐真言"。刘郎把本不该说的话全都说了出来，把怎么遇到神仙阿婆在青石板上晒玉米的事一五一十地说了。此后，混混也想见阿婆要金子，他故意穿破衣烂衫，把脸抹得脏兮兮的，一连好多日子，早上去晚上回，始终没有见着那位神仙阿婆。就这样，一个"晒金台"的神话故事流传了下来。

　　几年后的一天夜里，一只狼跑进了村里，刘郎特别害怕狼，立即叫家里的长工们去柴房里取火把，长工们把取来的火把都点起来，去大门外撵狼，不知怎的，柴草房内"咯吧咯吧"地响起来，一时间浓烟滚滚，大火熊熊，外面撵狼的人又赶回来救火，那时又忽然刮起了大风，风助火势，火趁风威，大火已无法扑救，人们看着烧完了一片新新的庄院，烧光了所有的财产。这时，刘郎只在那里号啕大哭，哭完了往前后左右一看，一个人也没有了，他孤零零的一个人站在已成废墟的庄园上……

金子沟的传说

讲述：田代全　　斑富生
记录：刘启舒　　班保林

　　文县大山深处有条金子沟，是一条绵延数十公里的深沟。狭长的深沟有大片的良田，茂密的森林，宽阔的草山，潺潺的溪流，可是却没有金子。既然如此，沟名为何又叫金子沟呢，不成了风马牛不相及吗？其实并非如此，传说沟名的来历确实和金子有关。

　　相传很久以前，文县丹堡河是个风光秀丽的鱼米之乡，丹堡河上游有个张家山村。村里除了居住着汉族村民外，还住着一户姓田的白马人家，是个外来户。户主田老伯有三个儿子，其中田老三是远近有名的猎手，人称神枪手，弹无虚发，百发百中。

　　有一天，田老三打猎撵山，追赶一只猎物獐子，翻山越岭追赶了大半天，一直撵到了山后的铁楼群乡境内白马河畔，此时天色已近黄昏。虽然最终没有打到这只猎物，却得到了比猎物更大的收获——他在这里意外地看中了一个建村寨的好地方。不久，田老三便搬迁来到这里，安家落户，娶妻生子，代代繁衍生息，逐渐发展成了一个村子，取名寨科桥。

寨科桥村上方两三公里处，有一条狭沟，数十公里长的山沟绵延不断。也许是沟太深的缘故，当地人称为深沟。深沟峡谷两旁是茂密的原始森林，栖息着许多野生动物，诸如金钱豹、黑熊、青鹿、岩羊、獐子等。这里，当之无愧地成了飞禽走兽的乐园，也是猎人狩猎的好地方。

从丹堡河流域搬迁来的田老三，依然保留着打猎的爱好。有一天，他背着猎枪，牵着那条训练有素的猎狗，又去深沟一带打猎。田老三是个好猎手，无论哪一次进山打猎，都没有空手而归过，不是打下黑熊，就是捕获青鹿，有时一天能打好几只猎物，最差的战绩也能逮几只野兔。这一天却奇怪了，从清晨到下午，他竟然没有发现一只野兽，连根动物的毛都没有瞧见。田老三心中好不纳闷：难道林里的野兽知道今天有人打猎，一个个商量好了，都藏起来了？

田老三打猎从没有过空手而归的纪录，难道今天会带着"鸭蛋"而归？岂不让寨子里的人笑话。他不甘心就此罢休，继续寻找猎物，眼看夕阳西下，黄昏来临，依然一无所获。田老三有些沮丧，心想抽袋烟再说，便席地而坐，抽起了旱烟。一袋烟还没有抽完，突然刮起了一阵狂风。狂风大极了，四周的森林都在呼啸，就像狮吼虎啸一般。狂风刮得他眼睛都睁不开，竟然把他头上的沙嘎帽都刮飞了，像一片树叶在空中飘荡，飘呀飘呀，落在了一棵有十多丈高的大树上。一会儿，风停了。田老三爬上大树，取到了沙嘎帽。这时，夜幕快要降临了，眼前的景色已影影绰绰。他正要下树，突然看见远方有一片亮光，离他有两三里远。他惊奇不已，会是什么东西，如此闪闪发光？

田老三下了树，急匆匆向有亮光的地方走出，想看看究竟是什么东西。他走啊走啊，来到了一座山岭前，走到了亮光的地方，刺得他眼睛都有些睁不开。他蹲下身子，捡起发光的东西一看，惊喜地喊出了声："啊，是金子！是金子！"

眼前的金子，不知有多少，夜色下也看不太清楚，肯定是一座金山。田老三欣喜若狂，他思谋，今天先带回家去一些金子，明天领着寨科桥全寨子的人，还有附近白马山寨的人，都来这里捡金子。

眼看天色已晚，回家的路还很长，田老三心想着要赶快捡些金子，赶路回家，免得妻子在家中着急。他脱下脚上的蛙鞋，装了满满两蛙鞋金子，又往怀里揣了一些金子。他把一双蛙鞋像褡裢一样捆起来，然后搭在肩膀上，借着月亮的光亮，高高兴兴地往家里走。他临走时，担心第二天找不到这个地方，便摘下沙嘎帽，挂在捡金子地方一棵高大的黑叶子树上，作为记号。

一路上，田老三笑眯了眼，心想不知先人哪辈子积的德，让他发了这样的财。他心中盘算着，金子拿回家，存放一些，卖掉一些。卖金子的钱，一部分用来雇工匠修房子，一部分用来当本钱做生意，像滚雪球一样积累家产，几年时间就能发家致富，成为家藏万贯的富人。他还想着，一家富，富一点；家家富，富一片，打算领着远近白马山寨的人都来深沟捡金子，让家家都变成富人。

一路上，田老三越想越高兴，肩上的金子也变得越来越沉，步子也越来越慢，到后来几乎是一点一点地挪动，好像肩上搭的不是两蛙鞋金子，而是两座大山似的。他怀里揣的几块金子，也变得死沉死沉，把他的身子使劲地往下坠，使他不得不弯腰驼背地行走。田老三犹豫了，这样走下去，怕是一晚上也走不到寨子里。他曾听老人们说过，做人千万不能贪心，贪心的人过河要沉底。想到这里，他便把怀里揣的金子全都取出来，放在路边的草丛里，又把蛙鞋里的金子也取出了一些，放在草丛里。他还把绑蛙鞋筒子的花带子放草丛旁边，作为记号，明天再来取金子时，就能轻而易举地找到这个地方。

去掉了一些金子，田老三顿觉身上的负担轻了许多，步子自然也就比刚才快多了。他踏着夜色，铆足了劲儿往家走，一直走到后半夜才走到了家。

再说，田老三往日进山打猎，下午或傍晚就回来了，最晚也赶在天黑前到家。而这一次，月亮都出来了，还不见人影。妻子越来越不放心，心头不禁掠过一丝不祥之兆，丈夫难道遇到了不测，被野兽吃了？因为野兽伤人的事，在当地也不是没有发生过。夜越来越深，妻子的担心也越来越重。夜半三更，她又不便喊人去找丈夫，只能焦急万分，无可奈何地坐在门外等待。如今，她见丈夫平安归来，一颗悬着的心终于落了地。

田老三回到家中，一进屋就嚷嚷开了，吩咐妻子快把灯盏拨亮一些。他把房门拴上，然后对妻子说：“快过来，让你看件好东西！”

田老三把蛙鞋里的金子“哗啦啦”全倒在了桌子上，堆成了一座金山，闪闪发光，把屋子都照亮了。

半夜三更，丈夫突然带回来这么多金子，令妻子有些疑惑。她怀疑丈夫是不是做了盗贼，或是抢了人，厉声说道：“我们家再穷，也不能干那伤天害理的事……"

田老三知道是妻子误会了，急忙打断了她的话："你想到哪里去了，我怎么会去做盗贼，或是抢人呢？听我说完，你就不会胡思乱想了。"田老三把当天打猎和发现金子的事，一五一十地对妻子讲了一遍。他还向妻子谈了自己的打算，捡的这些金子家里存放一些，卖掉一些，卖金子的钱，一是雇工匠修房子，二是做生意，几年时间就能发家。说完，他还对妻子说："明天，我要带上寨子里的人，去深沟捡金子，让寨科桥家家都成富人。"

这一夜，田老三和妻子高兴得一夜未睡。

第二天一早，田老三喊来寨子里的男女老少，来他家看金子，告诉大家他在深沟打猎发现金子的事。这些金子就是在深沟捡的，还说他愿带领大家去那里捡金子。

捡金子，就像天上掉馅饼一样，谁不愿意去？寨科桥家家户户的青壮年，一个个摩拳擦掌，都愿意跟他去捡金子。

这天清晨，在田老三的带领下，寨科桥捡金子的队伍出发了。人人都怀着发财梦，有的背着背篓，有的搭着袋子，浩浩荡荡地向深沟进发。田老三领着众乡亲走呀走呀，走了整整一上午，走得汗流浃背，气喘吁吁，精疲力竭。在田老三看来，分明已走到了昨天捡金子的地方，那棵最高大的黑叶子树上挂着他的沙嘎帽。但环顾四周，哪有金子呢？四周的山体，不是一道道溜槽，就是一座座光石崖。

田老三实在无法向乡亲解释清楚这是怎么回事。他又领着众乡亲，来到半道上藏金子的草丛旁，希望能找到昨晚放在那里的金子。然而草丛旁，绑蛙鞋筒子的花带子虽然还在，却不见一粒金子。

无奈之下，田老三和众乡亲只能乘兴而来，败兴而归。

明明深沟里有金子，而且是一座金山，怎么会找不到呢？就是踏破铁鞋也要找到，一来给乡亲们有个交代，二来让乡亲们都捡到金子发家致富，田老三立下了这样的信念。以后的日子，他一次次地来深沟找金子，但都没有找着，仿佛金山从地球上蒸发了似的。一次次的徒劳无功，使田老三不得不暂时打消了找金子的念头。

有难同当，有福同享。田老三把捡回来的金子，给寨科桥每家都分了一点，剩下的留作自家修房造屋、做生意。

日子一天天地过去了，但深沟捡金子的事，一直在田老三的脑海中闪现。他心中的谜团一直没有解开：明明深沟里捡回了金子，为何第二天再去捡，就没有了呢？那些金灿灿令人羡慕的金子，到底到哪里去了呢？

俗话说，日有所思，夜有所梦。有一天夜里，田老三做了一个梦，梦见了白马老爷。白马老爷悄悄地告诉了他一个天大的秘密：深沟里的金子，全藏在山林里的地底下了，漫山遍野都有，要用镢头挖，一挖就能挖出来。

第二天一大早，田老三迫不及待把梦中白马老爷的话告诉了寨科桥的家家户户，说他愿带着大家再一次去深沟，在山林里挖金子。

真是一呼百应，在田老三的带领下，寨科桥挖金子的队伍排成了长龙，人人都怀着发财梦，扛着镢头，背着背篓，浩浩荡荡地向深沟进发。乡亲们到了深沟的山林里，也顾不上歇息一下，就挥舞镢头挖开了。大伙挖呀挖呀，挖了大半天，连个金子的影子也没有见，倒是挖出了不少别的东西：有的像洋芋，有的是一两尺长的根须，还有别的一些根根草草。这些东西，有何用呢？简直都是废物，有的村民一边挖，一边丢弃。

挖了大半天，也没有见一粒金子，再挖下去，难道还会出现奇迹？乡亲们一个个垂头丧气，打算空手回家。田老三却对乡亲们说："大伙先别急着回家，我看这些根根草草的东西，说不定有用。反正已耽误了一天活路，早回迟回都是一天时间，大家不如继续挖，把挖的这些根根草草拿到药铺里，说不定能卖钱。"听田老三说得在理，乡亲们不但把丢弃的根根草草都捡了回来，而且继续在山林里挖。傍晚时分，每人都挖了不少根根草草。有的用背篓背，有的用袋子装，人人都满载而归。

乡亲们把挖的那些根根草草，摊晒在院子里，晒干后拿到城里药铺去卖。果然，如田老三所说，那些根根草草都是野药，像洋芋的是天麻，根根之类的东西，有的是党参，有的是泡参，有的是川地龙，一共有好几十种野药。

从此以后，寨科桥的人经常到深沟去挖野药，家家都增加了收入，有的家庭还靠挖野药发了财，修起了大瓦房，购买了骡马牛羊。

至此，人们终于恍然大悟，明白了白马老爷的良苦用心：白马老爷托梦，说深沟的金子在地里面，能用镢头挖出来。大伙挖的野药，卖了那么多钱，难道挖出的不是金子吗？

于是，村里有人提议，应该给深沟改个有意义的名字。大伙一想，这里发现过金子，又从山林里挖野药，挖出了"金子"，干脆就叫"金子沟"。

从此，金子沟的名字就这样在白马河流域一传十，十传百地传开了，直至家喻户晓，人人皆知。甚至，外面的地质队员和专家都慕名而来，一次次地到金子沟探宝，试图像阿里巴巴一样，打开金山的大门。

千百年来,寨科桥的白马儿女,一次次寻找打开金山大门的咒语。

他们终于找到了打开金山大门的咒语,却不是"芝麻开门",而是另外四个字——勤劳致富。

寨科桥的白马儿女,一年又一年地念着这个咒语,家家走上了致富道路,打开了富裕的大门。

狮子石的传说

采录:刘欣治 干部

文县让水河流域,山清水秀,景色迷人。在这大自然格外钟情的绿色宝库中,不仅生活着大熊猫等珍稀野生动物,也流传着一个动人的传说——狮子石的传说。

狮子石是一块长约八米,高约六米,重数十吨的巨石。它横卧在青波涟涟的让水河与攀葛河交汇后的河流中,因其外形似蹲着的狮子,因而得名狮子石。

相传在很久以前,让水河的深山里,藏有"金鸭子"。玉帝得知后便降旨,令已修行了一千三百年的石狮子负责看守,不准宝物随便出山,流入民间。一天晚上,天降大雨,让水河暴涨。多日来看守金鸭子的石狮子因困倦不堪而睡着了。两只金鸭子便趁机借雨夜的掩护,悄悄出山,顺让水河向下游游去。石狮子醒后不见金鸭子,生怕玉帝怪罪和惩罚,便急忙顺河追了下去。追至让水河与攀葛河交汇处时,发现了往外逃去的金鸭子。眼看就要捉住金鸭子了,这时传来了鸡叫声,两只金鸭子乘机钻进了岸边的山洞中,而石狮子却被定在了原地。它的眼睛仍直直地盯着金鸭子钻进去的洞口,一动不动。玉帝大怒,下旨,石狮子若追不回金鸭子,就永远不能升入天宫,永远只能是石狮子。

为了追回金鸭子,为了能升入天宫,日复一日,年复一年,石狮子仍死守在洞口。

传说虽是传说,但让水河流域有金的消息却传到了山外。一批批的人来到这里采金。"金鸭子"没有成为玉帝的宠物,而成了平民百姓的财富。

到这里采金的人采金前都要先去看望狮子石,再到钻金鸭子的洞中挖几下。这一行动自然是希望自己沾了金鸭子的"金"气，给自己挖金带来好运。

文县尖山卓笔的传说

采录：杨健斌 干部

"尖山卓笔凤来鸣"是文县著名八景之一，山下，有一石洞，深不可测，洞内钟乳石林立，并有涓涓溪流，清冽甘甜，如无弦之琴，日夜歌唱不息。卓笔是一座四面陡峭的悬崖峭壁，山上翠柏林立，牡丹盛开，是传说中凤凰栖息鸣叫的地方，故而有了"卓笔巍峨，凤鸣峰顶天下白"的美誉。它酷似文房四宝中毛笔的笔架；右侧祖师殿是文房四宝中的砚，山上有一小天池，虽没有水源，但池中的水永不枯竭，极像文房四宝砚中之墨池；右后侧与祖师殿前后连接的一座绝壁——尖山岩，山体高耸入云，山尖长满松柏，它像是笔锋朝上的一支毛笔；它左侧三公里处，有一个村叫上高桥，从这里进沟，山上有一块开阔的平地，当地叫坟坪子或水井坪，遥看就像用不竭的文房四宝中的宣纸；尖山卓笔胜景中"笔、墨、纸、砚"文房四宝皆具，加之又有一个天然笔架，是一个鬼斧神工的露天自然书房，因此，就有了文县要出三斗三升芝麻官的传说。

卓笔四面陡峭，雄伟壮观，其顶端有一缺口，这缺口就像一个笔架。这个缺口传说有二：一说是鲁班奉旨修皇宫时用石所取；又一说是江南人在卓笔斩穴时垮塌的。传说何道台在任期间奉旨去江南当考官，出题新颖，怪招多，致使江南三年出仕寥寥无几，于是江南人怀恨在心，为报复文县人就派出许多风水先生来文县斩断文人的风水穴脉。其中有两人经过长时间的查看走访，发现卓笔顶和对面邱家梁顶，每当日落黄昏时分就会出现一座由灵芝搭成的天桥，就像彩虹一样美丽壮观，这座由灵芝之光架起的彩虹桥，就是文县文人辈出的一道天造穴脉。他们两人想：如果不斩掉这道天造穴脉，就算是把文县所有穴脉全斩断，也不能解决根本问题。正在他们寻找解决问题的办法过程中，有一天，两人又去邱家梁实地查看，在爬山时两人不约而同地触摸到一种草本植物，当地人叫锯锯草，这种草叶扁长，叶子两边呈锯齿状，割破了两人的手。他们包扎完伤口，心想这种草为什么能伤到我们的手，两人正在仔细观察草叶时，隐约听到旁边有位仙人自言自语地说："要斩我们并不容易，除非来来去去，去去来来。"两人想，我们花了这么长时间，斧砍、火烧费尽心机，用尽了办法，都无法斩断这座灵芝桥，今天偶遇锯锯草，又无意间听到仙人自语，他们将草带回住处，反复观察研究，按照草的形状自制了一种像锯子一样的工具。经过试验，破坏力非同一般。工具制好后，两人商量分别去卓笔顶和邱家梁顶，等待黄昏时分到来，两地分别长出两棵灵芝，正当两地灵芝之光对接成桥时，两人同时用自制的工具，锯断了这座灵芝搭成的彩色天桥，并且就着卓笔顶端岩石打造了一个石磨和一副弓箭，以压穴脉，使斩断的穴脉永不相接。由于失去了灵光滋养，三天后，两座山顶生长灵芝的地方开始垮塌，卓笔就留下了一个大缺口。从此，凤凰再也不在这里鸣叫了，文县的文人穴脉就此破坏掉了，阴平大地至今再也没有出过像何道台那样地位显赫的文人了。

凤凰山的传说

采录：符纯良 干部

丹堡河畔，有座峨冠翘峰，披翠叠绿的山，活像一只展翅欲飞的凤凰，此山留下一段民间盛传不衰的神话故事。

古时天上瑶池之旁，有一对金童玉女，终日莳花浇水，相偎相依，久而两人产生了感情，他们憎恶天宫岁月冷清和禁锢森严，商量去到人间寻求自由，于是逃出了南天门来到扎角山上，扎角山是女娲补天时遗留下的一根玉柱，高与天齐。此山白云笼巅，晴岚绕护，高出苍山云海，沐浴朝曙夕阳，卓卓而立在一片广袤无垠、像绿色绒毯似的大草原之旁。金童玉女来到这里，愉快极了，每到月白风轻之时，双双翩翩起舞、纵情歌唱，饮清泉、食鲜果，尽情享受大自然之美。

这事被天帝知道，大为震怒，责罚守南天门的金龙，遣它下凡去将二人捉回。金龙领旨，下了云端，行云布雨，捉拿两人。二人慌忙逃走。金童来不及远逃，变成一尊几百丈高的石柱，独独地立在草原之中，至今千古巍然。玉女变成了一只凤凰向东飞去，到峨眉山躲避。金龙猛追不舍。当追到谷口时，鸡叫了，天快亮了，飞不动了。凤凰原形未变，成了一座山。金龙成了长长一道蜿蜒的岭梁。龙头成了抱娃嘴，高昂着。

元朝至正末年，在一个月明之夜，山下村中人听到清脆悦耳的叫声，传说是凤凰在长鸣。从此满山林木更苍翠，林中生满了芳兰，山花更多，更灿烂，春夏之交，入林香气袭人。于是，乡人建寺于山巅，名曰"凤凰山寺"。

白水江的传说

采录：刘启舒

很久很久以前，白水江被称为"县河""白水"。关于"白水"的来历，当地人是这样讲述的——

有一条奔流不息的大江，大江的源头在甘川交界岷山山脉南端的弓岗岭，流经四川南坪（今九寨沟县）和甘肃文县，在文县关头坝汇入白龙江，流程近六百华里。

有一年，也不知什么原因，这条不知流淌了多少年的大江，却突然一夜之间干涸断流，沿江两岸百姓遭遇可怕的水荒，别说浇灌良田，连饮水都发生困难。百姓们有的翻山越岭四处寻找山泉水，有的为争水发生械斗致命，有的被活活地渴死，有的被迫扶老携幼背井离乡。

水荒严重地威胁着沿江一百四十八个村寨数万百姓的生存，把百姓逼上了绝境，沿江的每个村寨都在苦苦寻找解决水荒的对策。

沿江有个数十户人家的白石寨。有一天，白石寨的寨主白格曼老人，把乡民们召集一起，商议解决水荒的事。

白寨主声如洪钟："乡亲们，有水才有命；没有水，就无法生存。我们不能坐以待毙，与其这样等死，还不如查明这条江断流的原因，想方设法重新恢复江水！"

"不能坐以待毙，重新恢复江水！"乡亲们的吼声，地动山摇。

众乡亲都觉得寨主说得有理，然而寨子里数百号人，谁有能力去办这件比登天还难的事呢？大家面面相觑。

"我们俩人去！"人群中，一对年轻夫妻自告奋勇地站了出来。

乡亲们的目光不约而同地投向了这对年轻夫妻：男的叫白勇，女的叫水莲。白勇，是寨子里最勇敢的年轻人，上山打猎敢与老虎、黑熊搏斗，下江捉鱼誓与鳖怪比拼，什么样的艰难险阻也休想挡住他；水莲，是寨子里最贤惠的媳妇，会唱最好听的山歌，会弹最动听的琵琶曲，还会纺线织布、绣花，虽是女流之辈，却像男子一样能吃苦耐劳。

乡亲们窃窃私语，对勇敢的年轻人投来钦佩和信任的目光，盼望他俩心想事成。白勇夫妇读懂了乡亲们无言的目光，心中默默地念叨：乡亲们，我们一家不会辜负大家的期望。

白勇回到家中，对妻子说："我们俩担负着重新恢复江水的重任，这可是件天大的事！即使历尽千辛万苦，粉身碎骨，也要把江水找回来！"

妻子对丈夫说："夫妻本是同林鸟。我陪你去，有苦同吃，有难同当！"

白勇却对妻子说："不，我独自先去。我要是第十天还没有回来，就说明遇到了不测，你随后再来完成我未能如愿的大事。"

"就按你说的办。这一路上凶多吉少，你一定要加倍小心！"妻子虽然不放心丈夫独自前往，但她还是同意了丈夫的打算，还拿来丈夫心爱的竹笛，让他随身带上，一路上要是孤独了，吹吹笛子解闷。

白勇告别妻子，独自一人出发了。

如同茫茫天涯路，大江的源头，到底在哪里呢？

白勇寻思：江水沿河床流淌下来，如今江水没有了，只要逆河床而行，就一定能找到江水的源头。于是，白勇沿着河床走呀走，走了一天一夜，还没有走出文县的地界，走了两天两夜，才走到文县和南坪县的交界处，又走了三天三夜，走了还不到一半路程，又走了七天七夜，终于走到了大江的源头——川西北南坪县境内的雪山之巅弓杠岭。

白勇发现，眼前一座山峰突起，直插云霄，山峰又犹如擎天大坝，聚起一湖碧水。原来就是这座山峰阻挡了江水的流淌，聚水成湖，造成了下游干涸断流。

怎样才能搬掉这座山峰，让江水依然像先前那样滚滚流淌呢？白勇发愁了，但他没有打退堂鼓，心中暗暗立下铮铮誓言："为了解除百姓的苦难，即使有天大的困难也要战胜！"

夜幕降临了，夜空里的星星出来了，皎洁的月光洒满大地。白勇踏着月光走进附近的一座森林里，打算砍些树枝，搭间庵房晚上栖身，第二天再想办法搬掉山峰。

白勇正在砍树枝，突然树林一阵"哗啦啦"的响，接着从树林中走出了一只羚牛，径直朝他走来。那羚牛像个庞然大物，头上的一对犄角就像弯月亮，两只眼睛宛若铜铃一般，脊背平展得像案板，碗口大的牛蹄子踏得地皮都在打战。

羚牛走到白勇面前，怒气冲冲地吼道："我是山林之主，你是哪里来的汉子，竟敢这样胆大包天，未经我的允许，随便乱砍树林！"

白勇上前，向羚牛彬彬有礼作了一个揖，说道："牛大哥，您好！我叫白勇，是个庄稼汉，从很远的一个山寨而来。"

羚牛见眼前这个人还算懂礼貌，语气缓和了许多，说道："既然你是个庄稼人，为何不在家好好种地，来此地做什么？"

白勇不直接回答，拿出随身携带的竹笛，倚着一棵大树，深深地吸了一口气，在月光下吹奏起来。竹笛里流淌出的笛音，恰似哗啦啦的流水声，时而高亢激越，时而舒展缓慢，时而欢快热烈，时而低沉如诉，就像一条大江在深山峡谷里奔涌激荡，在开阔的河滩草地上缓缓流淌。突然，流水声戛然而止。笛音里流淌出来的笛音哀婉缠绵、如诉如泣，令铁石心肠的人听了也会动情。

羚牛刚才的怒气如烟消云散，看得出它被竹笛音乐表现出的意境深深地打动了，它对白勇说道："勇敢的年轻人，我听懂了你竹笛音乐表达的意思。你们那里原来有一条奔腾不息的大江，却突然间干涸断流，老百姓没有水无法生活，痛哭不已。年轻人，我说得对吗？"

"牛大哥，你说的完全对。"白勇说，"我就是来找水的。原来是那座山峰挡住了水源，聚起一个湖泊。我一定要想办法搬掉那座山，让江水重新哗啦啦地流淌。"

羚牛听说白勇是为百姓找水，深感钦佩，说道："年轻人，你的志气很大。俗话说：有志者，事竟成！"

白勇向羚牛请教："牛大哥，请你帮帮忙，怎样才能搬掉这座山峰？"

羚牛叹息地说："年轻人，就凭你的力气，要想搬掉这座大山，就像蚂蚁搬泰山，根本不可能！"

白勇说："牛大哥，那我该怎么办呢？"

"我有一颗仙丹，你吃了就会力大无比。"羚牛说完，从身上掏出了一颗闪闪发亮的仙丹，交给白勇。

白勇吃了仙丹，果真觉得浑身是劲，为了显示自己的力气和刚才不一般，他一口气连根拔掉了身旁的十几棵大树。

羚牛又说话了："年轻人，你光有力气还不行，还必须有武器。我把我的犄角送给你，你把犄角戴在头上，就用这对犄角去顶撞山峰，也许会成功的。"

白勇谢过了羚牛，戴上了羚牛弯月般的犄角，他的头也变得像铜头一样坚硬。

白勇告别羚牛，凭借星光，朝着那座山峰走去。他来到了山峰前，趁着朦胧月色，他开始与山峰较量了！

只见白勇鼓足全身力气，用头上的犄角，向着山峰猛撞过去。只听"嘣"的一声巨响，犄角把山峰碰撞得火星四溅，山石哗啦啦地滚落。

就这样，白勇用犄角碰撞山峰，从月亮升起一直碰撞到三更半夜，从三更半夜又碰撞到东方破晓，终于将山峰撞开了一个大豁口。他也为此付出了沉重的代价：一只犄角撞断了，撞得头破血流，累得精疲力竭。白勇毫不气馁，还在用尽最后的力气碰撞山峰。另一只犄角也撞断了，白勇还不罢休。没有了犄角，他干脆用头碰撞山峰，最终累得口吐鲜血，直到精疲力竭，活活地累死了，变成了一块鲜红的石头。白勇为给乡亲们找水，付出了生命的代价，那块红石闪闪发亮，似乎在呼唤着远方的亲人。

再说，自从丈夫走后，水莲每天都掐指算计着时间。白日里，她常常望着远处视线所及云遮雾障的山峰发呆；夜晚，她常常望着夜空里的星斗入迷，夜空下的丈夫在做什么呢？是进入了梦乡呢，还是在寻找水的踪迹？

眼看第十天已经到了，丈夫还没有回来，水莲预感到丈夫可能遇到不测。她强忍巨大的悲痛，踏上了寻夫的道路。

水莲临走时带上了心爱的琵琶，打算一路上随时弹奏，解除心中的悲伤和郁闷。她沿着河床逆行，走呀走呀，一路上风餐露宿，终于来到了大江的源头弓杠岭。然而，哪里有丈夫的踪迹？她高声呼喊着丈夫的名字，而回应她的只有风声鹤唳、松涛滚滚。心爱的丈夫哪里去了？水莲不相信朝夕相处的丈夫会离她而去。

她找呀找呀，终于找见了，但她日思夜想的丈夫已变成了一块闪闪的红石，红石旁还有一支竹笛。水莲悲痛欲绝，禁不住抱住红石放声大哭，哭得星星都在垂泪，哭得月亮钻进了云层，哭得满山的松树花草都发出"呜呜"的悲声。

哭声惊动了山神。山神感到很奇怪："荒郊野外，人迹罕至，又是深更半夜，是谁哭得这样伤心？"

山神寻声觅来，发现一女子，问道："哪里来的民女，为何在此哭泣？"

水莲止住了哭泣，向山神深深一拜，也不直接答话，坐在一棵大树下，在月光下弹起了随身携带的琵琶。她双手拨弄着琴弦，琴弦里流淌出的琴音恰似哗啦啦的流水声，时而高亢激越，时而舒展缓慢，时而欢快热烈，时而低沉如诉，就像一条大江在深山峡谷里奔涌激荡，在开阔的河滩草地上缓缓地流淌。突然，流水声戛然而止。琴弦里流淌出来的琴音哀婉缠绵、如诉如泣，令铁石心肠的人听了也会动情。

山神被琵琶音乐表现出的意境深深地打动了，对水莲说道："可怜的孩子，我听懂了你琵琶音乐表达的意思，你们那里原来有一条大江，突然干涸断流，老百姓没有水无法生活，痛哭不已。可怜的孩子，我说的对吗？"

"山神爷爷，你说的完全对。"水莲说，"我和丈夫商量找回江水，丈夫先我而来，约好要是他第十天还不回来，就说明遇到了不测。结果第十天丈夫还没有回来，我便找来了。原来是那座山峰挡住了水源，丈夫碰撞山峰，变成了石头。我要接着完成丈夫没有完成的大事，一定要想办法搬掉那座山，让江水重新哗啦啦地流淌！"

山神被这对夫妻为民造福的情怀深深感动，决定助水莲一臂之力。山神对水莲说："孩子，眼前的这座山峰是从三千里之外的泰山来的飞来峰，是天上的二郎神用赶山鞭赶来的。心肠歹毒的二郎神让江水断流，想要困死沿江的百姓。你要想恢复江水，没有别的办法，只有用赶山鞭赶走这座山峰，让它哪里来的哪里去。二郎神的赶山鞭平时放在天宫里的百宝库中，百宝库的铁门用一把大锁紧锁着。不过，我这里也有一把钥匙，可以打开百宝库的门。"

山神说完，把一枚金光闪闪的钥匙交给了水莲，又朝水莲轻轻吹了一口仙气。水莲顿时有了功力和腾云驾雾的本领。

山神朝水莲挥挥手，说道："孩子，快去吧，但愿你能成功！"

水莲告别山神，腾云驾雾来到天宫，用山神给她的钥匙打开了百宝库的门，盗走了二郎神的赶山鞭。

她丝毫不敢怠慢，火速返回弓杠岭，挥动赶山鞭，驱赶飞来峰。

水莲第一鞭挥出去，只听"轰隆隆"一声巨响，飞来峰的山尖没有了，被赶到了十里之外。

水莲第二鞭挥出去，只听"轰隆隆"一声巨响，飞来峰的山腰没有了，被赶到了弓杠岭的大山那边。

水莲第三鞭挥出去，只听"轰隆隆"一声巨响，飞来峰又被削掉了一大截，被赶到了九霄云外。

水莲接着又挥出第四鞭、第五鞭……飞来峰越来越低。

眼看飞来峰还剩底部一截了，也许再挥几鞭，就能将飞来峰彻底赶走。然而，就在大功即将告成之时，意想不到的事情发生了。二郎神发现赶山鞭不见了，顺着赶山鞭行走的方向找来，来到了飞来峰前。

二郎神发现他的赶山鞭被眼前的这位民女盗走，飞来峰也被民女赶得还剩底部一截了，心想：要是他再晚来一步，民女就会把飞来峰全部赶走，江水就会重新流淌，他蓄谋已久的企图就将功亏一篑。二郎神庆幸自己及时赶到，上前就去夺民女手中的赶山鞭，他原以为眼前这位民女不过是个纤弱女子，夺回赶山鞭易如反掌。

谁知，被山神用仙气造化了的水莲也有不小的功力，只见她把赶山鞭使劲一甩，二郎神没有防备，像一片树叶一样，被抛到了半空中。

二郎神再也不敢轻敌了，他随身掏出一颗金蛋，朝水莲扔去，妄图置水莲于死地。只见那颗金蛋像一道闪电裂长空，不偏不斜向水莲袭来。水莲急忙一闪身，躲过金蛋，只听"当"的一声，水莲手中的赶山鞭被金蛋击成两截。

水莲无心恋战，心里只想着尽快把飞来峰赶走，恢复江水。她握着半截赶山鞭，拼尽全身力气朝飞来峰挥去，谁知飞来峰却纹丝不动，原来半截赶山鞭早已失去了神威。水莲一时间没有了主意，束手无策。

二郎神看到水莲的窘态，站在空中哈哈大笑，继而又发出怒吼："胆大贼女，竟敢偷盗我的宝物，坏我的好事。还不赶快投降，不然我将你碎尸万段！"

水莲毫不畏惧，怒火中烧，骂道："你这个妖魔，丧尽天良，断绝百姓水源，不得好死，该当千刀万剐！"

二郎神没有想到有如此刚烈的民女，朝水莲恶狠狠地扑来。水莲毫不畏惧，身子一闪，二郎神扑了个空。不等二郎神再次扑来，水莲早已想好对策，将手中的半截赶山鞭朝二郎神扔去。二郎神见眼前飞来一异物，急忙一躲闪。

趁着这一瞬间，说时迟，那时快，只见水莲拼尽全身力气，朝着飞来峰的底部撞去。只听惊天动地一声巨响，飞来峰的底部被撞开了，被聚起的一湖碧水哗啦啦地向下游流去。

水莲却不幸身亡，化成了一块白石头，和白勇变成的红石头并排，两块石头相依相偎，就像一对情侣。

黑夜过去了，天色亮了，太阳出来了，朝霞曼舞开了，鸟儿歌唱开了。江水又重新恢复了，滚滚流淌，就像一条绿色的飘带在大山深处飘逸，朵朵浪花翻滚，唱着一路欢歌向东流去。

乡亲们听见远方山石的巨大爆裂声，看到奔流而来的滚滚江水，明白是白勇和水莲引来了江水。

江水来了，白勇和水莲却没有归来。乡亲们望眼欲穿，久久地等待着白勇和水莲，却不见他俩归来，又看到白勇和水莲心爱的笛子、琵琶顺着江水冲了下来时，他们方知白勇和水莲再也不会回来了，每个人都禁不住失声痛哭。

沿江百姓感恩白勇和水莲夫妻俩，是他们用生命恢复了江水，拯救了众百姓。人们为了纪念白勇和水莲，就把这条江称为"白水"，后又称为"白水江"。

梨坪地名的来历

讲述：侯登华　唐仲华
记录：刘启舒

很久以前，文县梨坪是个贫瘠的地方，山民们不兴种果树，也从未见过水果。村民们见到的"水果"，就是山林里的山葡萄、五味子、鬼指头、八月瓜等野果。难怪城里人编了一首歌谣讥讽乡里人：山葡萄、五味子，乡里人的果木子（水果）。

龙巴河流淌了千年万载，滋润着两岸的庄稼，滋润着遍地的草场，却没有浇出一片果园来，哪怕是巴掌大的一片果园也好。

龙巴河畔，有个尚家坝村，村里有个名叫侯四海的村民，是个生意客，闯荡江湖，走南闯北，每年春天出去，腊月间才回来。

有一年，侯四海做生意，来到山东莱阳。正值金秋，莱阳城里的大街小巷，摆满了刚刚采摘的鲜梨，把街都快要压塌了。金黄金黄的鲜梨，香气扑鼻，十分诱人。

侯四海早就听说莱阳梨全国闻名，历朝历代都是贡品。他经不住梨香的诱惑，便买了两斤，拿回旅馆，品尝起来，但觉皮薄如纸，甘甜如蜜，满嘴清香。他走南闯北，从未吃过这样好的梨。心想：这么好吃的梨，何不带回去一些，让妻儿也品尝一下。

腊月间，侯四海回家过年，顺便带回了二斤莱阳梨，也没有声张，把梨藏在箱子里，直到年三十吃团年饭时，才拿了出来。全家共六口人，夫妻俩，四个孩子，一人一个。妻子和孩子吃了莱阳梨，一个个高兴得合不拢嘴，都说太好吃了。妻子心想：要是自己家也种上梨树，不就能随时吃上这么好的梨了吗？于是把梨核悄悄地收藏起来。

眨眼，第二年春天到了，妻子把梨核种在自家屋后的菜园里，还隔三岔五地浇水。没多久，菜园里长出了嫩苗苗，嫩闪闪、水灵灵。妻子生怕太阳把嫩苗苗晒坏了，见太阳一出来，就用簸箕把苗苗罩住。有一天，妻子一时疏忽，忘了用簸箕罩苗苗。嫩闪闪的苗苗被太阳晒死了一大半，还剩下七八苗，没过几天，又被家里的鸡啄了。

梨树苗苗虽然全死了，但妻子栽梨树的愿望，却没有泯灭。

这年腊月，侯四海又回到家里。妻子以为丈夫还会像上年一样，带回来一些莱阳梨，开春后她用梨核再种。谁知，这一年，丈夫做生意去了别处。妻子有些失望，告诉了丈夫自己种莱阳梨的经过。

侯四海为妻子种梨树的一片痴心所感动。开春后，他专程前往莱阳，千里迢迢买回了二十多株莱阳树苗，和妻子一起栽在自家的菜园里。

从此以后，侯四海生意也不做了，专门和妻子在家种梨树。二十多株梨树栽下了，夫妻俩天天担水浇灌。浇着浇着，地里冒出了一株嫩苗苗。浇着浇着，一棵棵幼树在春风中舒枝展叶，长得生机勃勃。

几年后，满树梨子，金黄金黄，整个村庄都飘散着梨子的香味。侯四海摘了一颗一尝，禁不住欣喜若狂。他做梦也没有想到，种出来的梨，和莱阳梨相比，青出于蓝而胜于蓝，不仅皮薄如纸，甘甜如蜜，最为奇特的是，梨子吃完了，竟然没有一点渣子。侯四海夫妻俩把采摘的梨，送给全村乡亲品尝。乡亲们吃了，一个个都赞不绝口不说，也都想种梨树。

侯四海把梨核一粒一粒地收集起来作为籽种，建起了梨树苗圃，等到长成树苗后，他又把树苗分给全村家家户户栽种。没过几年工夫，尚家坝、侯家坝、王家坝……龙巴河畔沿河两岸的村村寨寨，家家户户建起了梨园。阳春三月，千树万树梨花开；全秋时节，梨园飘香，硕果累累，流金溢彩。龙巴河畔盛产的梨，因质量优良，享誉四方，还被作为贡品，年年为朝廷进贡。

因为这个地方到处是梨，而且梨树都生长在龙巴河畔川坝的一个个"坪"上，人们便把这个地方称为"梨坪"，沿袭至今。

红海的传说

讲述：班保林
记录：刘启舒

出文县县城，逆白水江西行，然后再沿喧嚣欢腾的白马河而上，便进入了文县铁楼藏族乡，沿弯弯曲曲的山径小道，步入大山深处的强曲岭上。你瞧，苍山如海，松涛翻滚，山花烂漫，就在崇山峻岭之中，静卧着一湖赤水，仿佛是一颗红宝石镶嵌在万山丛中，在灿烂阳光的照射下熠熠闪光，潋滟荡漾，给大自然增添了无限的情趣，这就是文县白马红海。

相传很久很久以前，红海的水是碧绿碧绿的，绿得就像镶嵌在大山深处的一块蓝宝石，仿佛漫山遍野的绿树绿草都是碧绿的湖水涂染而成似的。碧湖成了白马人心目中的一块圣地，湖畔曾留下了男女老少数不清的足迹。白马山寨有一位英俊的白马青年，每天带着砍刀和绳索，到湖边林子里打柴。他每次打完柴，总喜欢坐在湖畔，唱一曲牧歌，弹一曲悠扬动听的琵琶。真是奇了，一歌唱罢，一曲弹毕，本来平静的湖水竟然碧波荡漾，浪花翻滚，仿佛是为他助兴喝彩。

有一天，天气十分炎热，白马青年脱下衣服，挂在湖边的树杈上，然后进树林打柴。等他打完柴回到湖畔，发现挂在树杈上的衣服洗得干干净净，整整齐齐地叠好放在湖边的一块石头上。白马青年惊喜万分，心里又很纳闷，湖边再没有别人，是谁为自己洗的衣服呢？第二天，他又把衣服挂在树杈上，然后伴装进林砍柴，其实他没有走远，躲在一块大石头后面偷看。过了一会儿，只见湖水轻轻地翻动，刹那间，一位美丽的姑娘浮出湖面走上岸来，取下树杈上的衣服，在湖畔上为他搓洗。白马青年惊喜不已，急忙走上前去，向姑娘致谢。就在湖畔，两人倾诉衷肠，海誓山盟，结为夫妻。

几天后，海龙王发现公主不见了，派虾兵蟹将出湖寻找。虾兵蟹将四处寻访后，将公主已在凡间和打柴郎结为夫妻的事，禀报海龙王。海龙王闻听，龙颜大怒，立即派虾兵蟹将出湖，欲将公主捉拿问罪。公主和白马青年相亲相爱，要在凡间天长地久地生活下去，誓死不回龙宫。虾兵蟹将上前捉拿，公主和白马青年奋起反抗，与虾兵蟹将展开殊死搏斗，终因寡不敌众，难敌对手，便手拉着手，猛然朝湖边的悬崖碰去。一对相亲相爱的青年夫妻双双身亡，殷红的鲜血溅到了海水里，碧绿的海水从此变成了红海。

悠悠岁月多少载，红海一直是当地白马儿女寻幽览胜的场所。青年男女常来这里聚会，谈情说爱。有时他们双双对对，荷锄背篓，进山村采山菜，挖野药，在湖边小憩，伴着林涛放声对歌，倾诉衷肠："白云轻轻地飘哟，离不开辽阔的蓝天；雄鹰飞得高哟，还是要落在林子里；阿哥阿妹哟，天长地久永远在一起……"

舍书地名的来历

讲述：贾应先
记录：刘启舒

文县舍书乡坐落在该县北部的崇山峻岭之中，很早以前不叫舍书，因乡境内有一座红崖（音 ai），故取名"红崖乡"。

自古以来，这里就是一个边远偏僻且又贫穷荒凉的苦地方，自然条件非常恶劣，山高坡陡，沟狭谷深，土地贫瘠，十年九旱。偶尔一年风调雨顺，乡民肚子也只能混个半饱。要是遇到天旱、冰雹、洪涝等自然灾害，遭了年成，种一袜子收一鞋。乡民的日子更是苦不堪言，断粮断炊，饿殍满地，哀鸿遍野。

宋朝年间，有一年，红崖乡遭遇百年不遇的大旱。春天春旱七七四十九天不见滴雨，旱得地里的麦苗趴在地皮上。夏天伏旱八八六十四天不见滴雨，旱得地里的苞谷挂不了红。春旱加伏旱，天干火燎，旱情蔓延，旱魔肆虐，直旱得漫山遍野草黄了，树死了，泉干了，河水断流了，地里的庄稼晒死了，牛羊渴死了大半。这年夏收十有八九户绝收，秋收家家无颗粒归仓。户户粮柜空空，家家面缸见底，靠到深山老林打野菜、挖草根、剥树皮、摘野果，充饥度日。

时任县官姓苟，是个狼心狗肺的贪官，老百姓对他恨得咬牙切齿，背地里骂他"狗县官"。

狗县官对百姓疾苦视而不见，皇粮照征不误，颗粒不少。那时，红崖乡仅有两三百户人家，家家都有两斗皇粮赋税。百姓吃的粮食都没有，拿啥交皇粮?

无奈之下,乡民们选派了三名代表,到县城向狗县官请愿,恳请免征皇粮。乡民代表来到县衙,跪在大堂上,向狗县官诉说当地灾荒实情,恳请能体恤民情,额外开恩,网开一面,免征皇粮。说到眼下灾民已处在水深火热时,乡民禁不住声泪俱下,泣不成声。

谁知,狗县官不顾百姓死活,只认皇粮不认灾情,乡民的眼泪也打动不了他的铁石心肠。

狗县官丝毫没有怜悯百姓之心、免征皇粮之意,惊堂木一拍:"交纳皇粮,从古到今,天经地义!公堂之上,尔等尽管滔滔不绝述说灾情,也无济于事,只是枉费心机、白费口舌而已!"

不仅如此,狗县官还贴出征粮告示:限三天之内,每家每户必须交清皇粮,有胆敢违抗者,严惩不贷,轻者抓来坐牢,重者格杀勿论……

三位乡民代表彻底绝望了,想到他们此行没有完成乡亲们的重托,全乡父老还在望眼欲穿地等待"佳音",如何返乡向父老乡亲交代?三位七尺男儿,禁不住面对苍天号啕大哭:"苍天在上啊,哪里还有我们红崖老百姓的活路啊?"

再说,红崖乡民得知请愿结果,面对狗县官的告示,个个义愤填膺,怒不可遏:"要粮一颗没有,要命有一条!"

俗话说,官逼民反。红崖乡民被官府逼得走投无路,决定聚众抗粮。

眼看三天期限到了,狗县官不仅不见红崖乡民交来一颗粮食,反而听衙役禀告,红崖乡民打算聚众抗粮。狗县官闻讯,怒气冲天,惊堂木拍得山响,扯着公鸡嗓子吼道:"大胆刁民,无法无天!真是鸡蛋碰石头,有几个脑袋,竟敢聚众抗粮!"

狗县官亲自带领数十名差丁,手持刀斧,气势汹汹地赶赴红崖乡,妄图武力镇压抗粮乡民。

消息传到红崖乡,乡民们毫不畏惧,心想被抓去坐大牢是死,度不过饥荒也是死,反正同样都是死,还怕什么呢?

乡民们同仇敌忾,喊出了"抗粮抗到底"的口号。

再说,狗县官赶到红崖乡一看,只见上千名乡民聚集一起,人人手持棍棒,个个怒目而视。面对这一阵势,狗县官的嚣张气焰顿时蔫了三分。他带来的几十个差丁,哪是上千乡民的对手?

狗县官不敢轻举妄动,虚张声势了一阵,佯装打道回府,实则虚晃一枪，连同几十个差丁驻扎在红崖乡沟口村，打算见机行事。当晚，师爷阿谀奉承，向狗县官出谋划策，说道："红崖乡虽弹丸之地，却是山野僻壤。聚众抗粮乡民，皆为乌合之众，只要把聚众闹事的头头抓起来，其他人便树倒猢狲散。"

狗县官采纳了他的建议，深更半夜，派出十几个差丁，去抓捕聚众抗粮的带头人。

红崖乡抗粮的带头人名叫茹贵山，刚过而立之年，血气方刚，家住沟口的茹家村。他见官兵打道回府，不知是计，便回到家中，夜半时分在毫无防备的情况下，被狗县官派来的差丁抓走。

狗县官对茹贵山软硬兼施。先是令差丁一顿棍棒，茹贵山毫不屈服。狗县官见硬的不行，便来软的，承诺只要他不再组织乡民抗粮，奖赏他三十两纹银，另外沿河所有水磨都归他打课（收取磨面费用）。

面对金钱诱惑，茹贵山毫不动心，怒斥狗县官："黄鼠狼给鸡拜年——没安好心。你就是给我一座金山银山，也收买不了我，休想撼动乡民抗粮的决心！"

狗县官见茹贵山软硬不吃，又怕事情闹大，只好从长计议，暂时放了茹贵山。

茹贵山看出了狗县官的蛇蝎心肠，连夜组织乡民对抗粮进行了再筹划。全乡凡十五岁以上的男子全都武装起来，妇女们也同男子一起参战。红崖乡的黑匣子是个地势险要的一线天，也是进入红崖乡腹地的必经之地，大有一夫当关，万夫莫开之势。茹贵山带领三十多名青壮年，在黑匣子的崖巴上准备了无数礌石，只要县官和差丁从黑匣子经过，铺天盖地的礌石便会如雨点般地倾泻而下，将狗县官和差丁砸成肉泥。茹贵山还组织村民在马蜂崖、锅底崖、草芭崖、老交崖、滴水崖、三里坪、瓦石里、板石等地，层层设防，步步为营，布下了天罗地网。

这真是，抽刀断水水更流，抗粮到底誓不休。

第二天，狗县官见抗粮乡民比昨天有增无减，挥棍舞棒，擂起战鼓，吼声震天，一个个大有视死如归的样子。俗话说，法不治众，恶鬼害怕蛮端公。

狗县官心里有些胆怯了，心想如果强行镇压抗粮百姓，事情将会闹大，说不定皇粮一颗征不上来，反而会丢了乌纱帽。

一旁的师爷向狗县官参谋："水能载舟，亦能覆舟，别跟这些山野刁民一般见识。何不把这里乡民聚众抗粮之事报告朝廷，让朝廷处治，一来避免了与乡民直接对抗，二来大事小事有朝廷顶着。"

狗县官一想，这倒是个两全其美的办法。于是派差役骑着快马，星夜兼程，将当地乡民聚众抗粮的奏章送到京城。朝廷接到奏章，却没有按县官奏章所述简单行事，而是立即派了一位钦差大臣，火速前往红崖乡实地调查，再作论处。

这位钦差大臣是个清官，体恤民情，一村一寨地察访，一家一户地了解，了解大旱的灾情，了解百姓的生活状况。经查，这里的乡民虽然聚众抗粮是实，但事出有因，实为因灾粮食绝收无力交纳皇粮、县官逼迫所致。当地百姓已到了贫困潦倒的境地，若再不救济，百姓将会哀鸿遍野，饿殍满地。

赈灾救济，迫在眉睫。钦差大臣向朝廷如实禀报红岩乡百年不遇的灾情。乡民遭灾的苦难震惊了朝野，朝廷立即下了一道"赦书"，不仅赦免了红崖乡百姓的皇粮税负，而且还开仓放粮，救济灾民，同时还革去了狗县官的官职。

乡民为了感谢皇恩浩荡，一道赦书赦免了皇粮，便把乡名改为"赦书"，后来逐渐演变为"舍书"，传承至今。

关于舍书地名的来历，还有一个版本是这样讲述的——

很久以前，文县洋汤河畔安子坡冯家山有座庙，庙里有个神，叫小儿爷。有一年，小儿爷带兵追杀少数民族，一直追到后来名叫舍书的地方，要把少数民族斩尽杀绝。刚追到那里，朝廷来了圣旨，是一道赦书，命令小儿爷再不要追杀了，就让那些人在那里定居。后来当地人就把这个地方称为"赦书"，后来又改为"舍书"。

媳妇崖的传说

采录：朱成元 干部

媳妇崖坐落在哈南寨村西南草地沟口东侧，与后山相依，与猫过崖相对，形成了不到五十米宽的大峡谷，它挡住了通往草地沟的路。

何谓媳妇崖，一种是说有一石头形似美女就称媳妇崖；另一种是说哈南有一对青年夫妇，婚后盼子心切，求佛送子，如果生个男孩好立门当差，改变家中发官，结果孩子生下来却是个女孩，心中不悦，可孩子聪明伶俐，相貌超人，长大后引起了众人追爱，特别是青年男子，许多人托媒举亲，孩子拒绝，有一青年长相欠佳，但家中富有，她的父母认为只占一头，没有十全十美，暗许诺，可孩子坚决不从，在媒婆甜言蜜语下，双亲一心就定，男方择期接娶，女子也坚决不从以死抗争。其实女子早有意中人，只是有口难定，结果择期已到，女子不见了，双亲心急如焚，昼夜啼哭，四邻亲朋也全力寻找，无影无踪，一致认为投江自尽，一天天，一年年都无信息。数年后那个男方又另娶媳妇生子，在这无望的时刻，女孩回来了，已完全没有当初美貌，骨瘦如柴，皮黑发长。她心中的为伴，当然恋在心中，两个结为夫妻。才知俩人已探亲多次，这座崖上有一个天然溶洞，崖险无人知，就匿藏于此洞中，因此，称其为媳妇崖。

观音楼的传说

讲述：尤武林　班代寿
记录：刘启舒

　　文县岷堡沟村是岷堡沟境内最大的村寨，村子里有一座观音楼，俗称八卦楼、文楼。建于清朝年间，已有数百年历史。第一次见到观音楼的人，都会发出这样的感叹：深山僻壤，山野之地，竟然会有如此雄伟壮观的楼子！

　　传说，当年岷堡沟村的村民在兴建观音楼时，村里吕姓、黄姓等几个姓氏的人家多次聚集在一起，共同商议建楼子的事宜。最终决定由吕姓人家牵头出资，并联合村里其他姓氏的人家，同时还联合岷堡沟的所有村寨，形成了当地"番汉八寨"齐心协力，共同建造观音楼的局面。

　　为了把观音楼建成一座十里八乡甚至附近州县都数一数二的楼子，岷堡沟村吕姓人家的头面人物亲自出山，遍访天下能工巧匠，最终从四川聘请来著名工匠设计建造。四川木匠技艺高超，不负众望，设计的观音楼果然气势不凡。

　　在四川木匠的指挥下，岷堡沟的番汉群众齐心协力建造观音楼。但观音楼的架子立起来后，有一根关键的柱子却怎么也立不端，造成整个楼子竖不端。尽管四川木匠使出浑身解数，也无能为力，只能唉声叹气。

　　眼看一天天地过去了，观音楼却无法竖端。岷堡沟人干急没奈何，只能望楼兴叹。

正当大家一筹莫展时，有一天晚上修观音楼的四川木匠做了一个梦，梦见一只老虎扑来吃他。醒来后他感到很奇怪，对寨子里的人一说，大家都议论纷纷。有人解梦，说这是有人帮四川木匠牮观音楼子。是谁有天大的本事，能帮四川木匠牮观音楼子？岷堡沟村人自然而然地想起了堡子坪村的尤头人。

这位尤头人非同凡响，是个福星，本领高强，力大无穷，有勇有谋，在岷堡沟一条沟里，是个无人不知、无人不晓的人物。

岷堡沟有人建议把尤头人请来，看他是否能把观音楼子牮端。这个建议一提出来，岷堡沟牵头修建观音楼的几位头面人物一商量，认为可行。于是，岷堡沟寨子的头面人物亲自出面，按照当地的礼仪习俗，携带两瓶好酒，前往堡子坪村请尤头人出山。

堡子坪村的尤头人，大名叫尚登高，他有个弟弟，名叫尚登科，又称二头人。尤头人听岷堡沟村的头面人物说明来意后，立即允诺。兄弟两人一起来到了山下的岷堡沟村。

尤头人定睛一看，只见观音楼前已是人山人海，既有本村人，也有外村人，比过年唱大戏还热闹。

原来，大家都是来看热闹的，都想亲眼看一看堡子坪村尤头人的能耐，看看他有什么回天之术，能把观音楼的架子牮端。

尤头人来到观音楼前，围着观音楼子转了一圈又一圈，把观音楼的上上下下、前前后后瞅了个遍，然后在心中思谋怎样牮端观音楼的办法。

岷堡沟村的头面人物，吩咐人找来牮房子用的粗麻绳、木杠之类，并问尤头人："是用绳子拉，还是用杠子撬？"

尤头人摆摆手，说道："既不用绳子拉，也不用杠子撬。"

岷堡沟村的头面人物，又对尤头人说："需要多少人帮忙，尽管吩咐。"

尤头人说："不需要别人帮忙，我们弟兄两个就足够了。"

岷堡沟村的头面人物有些纳闷，一两个人能把观音楼牮端，怕是在说大话、吹牛皮吧。但他们很快否定了自己的想法，尤头人不是说大话、吹牛皮的人，他从来说一不二，说得到，就能做得到。

俗话说，没有金刚钻，不揽瓷器活。尤头人既然揽下了这个活，自有回天之术。他既不施法术，也不念咒语，决定凭自己拔世盖地的力气牮端观音楼。他和弟弟一合计，制订了一个牮端观音楼的方案。两弟兄憋足了劲，齐心协力，只听惊天动地一声吼"嗬——嘿"。喊声中，两弟兄用穿着蛙鞋的脚，朝观音楼使劲一蹬，只听"咯吱吱"一声响，顷刻之间，数丈高的观音楼被牟端了。

四川木匠用铅锤吊线一量，丝毫不差。

四川木匠对堡子坪的尤头人佩服得五体投地，但同时也产生了一块心病。他担心尤头人为修建观音楼出了这样大的力，立下了赫赫功劳，会不会分他的工钱呢？尤头人看出了四川木匠的心病，他显得慷慨大方，当着四川木匠的面，说他绝不会要分文报酬，消除了四川木匠的心病。四川木匠过意不去，来到堡子坪村，使出浑身本领，为尤头人做了一张桌子，不仅样式好看，做工精细，而且看不出有一丝缝子。

尤头人为修建观音楼立了一大功。为了感谢两位头人，观音楼上刻上了尚登高、尚登科两位头人的姓名，至今尚存。

多少年过去了，堡子坪村尤头人用脚牟端观音楼的故事，至今在岷堡沟村藏汉群众中传诵。每年春节，堡子坪人外出跳面具舞池哥昼、十二相时，都要请上观音楼宗神。

旧玄天祖师殿

讲述：杨俊彩 80 岁
记录：杨淑静 干部
采录于文县中寨

文县中寨乡中寨村后山的半山腰，原来有座旧玄天祖师殿，当地人叫作"殿"，那是一座坐东向西、土木结构的四合小院。

每年正月十五日人们都要到"殿"上去。走进殿的大门，迎面所见的"正殿"位置上却没有殿堂，仅是在房檐下的两侧，竖了两根大柱子，在这两根大柱子上，用泥巴雕塑了两条活灵活现的大青龙。但是，左边柱子上的那条青龙的大半截尾巴却没有了，成了个"残疾"。

传说，在某个时候这条青龙起了歹心。有天下午忽然间，乌云遮天，倾盆大雨，它走开了，想跑下山淹没中寨及以下的中路河流域。在这十分危急的时刻，被殿内大慈大悲救苦救难的观世音菩萨发现了他的企图就拼命阻拦，而这条青龙像吃了秤砣铁了心，一心想要下山祸害黎民百姓。在这千钧一发之际，正在殿内厨房做晚饭擀面的王母娘娘一步跨到院内，将手中正在切面的切刀（当地用来专门切面的约一尺三寸长，二寸多宽的一种刀），一刀砍下去，剁去了这条青龙的大半截尾巴，使他变成了残疾。从此，在中寨这个地方就有了逢年过节一般不耍龙，耍龙要耍双龙的习俗。因为健康的龙只有一条，如果耍独龙，当地的人们认为便会下暴雨，发洪水淹没中寨。

"殿"的北面是"观世音菩萨"，西面二楼是"送子观音"，南面是"王母娘娘殿"，除"送子观音"怀里抱着的一对儿女脖子和手腕上都挂满了红线线外，在她们的香桌上都亮着人们许愿时点的清油灯，摆满了大红纸做的尖尖鞋。

多少年来，在这里流传着许多灵验的故事。有人在这里求得风调雨顺，五谷丰登；也有人在这里求得平安健康，富贵吉祥；还有人在这里求得人丁兴旺，儿孙满堂。

天池的传说

讲述：赵炳祥
记录：刘启舒

文县天池，坐落在天魏山上，位于洋汤源头的雄黄山麓，是我国四大天池之一，有九湾一百零八个小曲，汇成了状如葫芦的一源碧水，烟波浩渺，水天一色，犹如一颗璀璨的明珠镶嵌在万山丛中，为陇原著名风光旅游胜地。文县天池，又称洋汤天池。关于天池的形成，在当地民间有不少传说，其中有一个传说是这样讲述的。

相传古时候，洋汤河流域是洋汤神的领地。洋汤神管辖的洋汤河流域的领地十分广袤，天上的雄鹰都要飞一天才能飞遍，细数一下有三百三十三个村寨，三百三十三座岭峦，三百三十三个森林，还有一百个川坝，一百条溪流。这里不仅地域广袤，而且物产丰腴，地肥水美，山清水秀，鸟语花香。大森林里有千姿百态的树木和各种飞禽走兽，漫山遍野有采挖不尽的野药和肥壮的牛羊，望不尽的良田沃野，年年岁岁五谷丰登。这里还有不少金山银山，每当夕阳西下时，人们便看到金山银山上金牛金马、银牛银马在跑动。尤其是天巍山上有一眼神泉，泉水清冽，能治百病。这里的百姓憨厚朴实，勤劳智慧，过着安居乐业、丰衣足食的日子。

统领这块领地的洋汤神是一位爱民如子的好神，日日夜夜为这里百姓的衣食住行而操劳。哪里的庄稼干旱了，洋汤神便呼风唤雨，普降甘霖，解除旱情，他还带领乡民兴修水利浇灌庄稼；哪里的村子被洪水淹了，洋汤神便施展法术，惩治那些兴风作浪的水怪，他还带领乡民治水，用石头筑起护村大坝；哪里的百姓遭受深山里野兽危害了，他便拔下一根头发，化作一支支利箭，将那些可恶的野兽射死。

这里成了一片世外桃源，每一片土地都洋溢着和谐吉祥，每一个家庭都幸福安康，每一个村寨都笑声飞扬。百姓对洋汤神也衷心爱戴，都称赞他是有功之神。洋汤神在百姓心目中有着崇高的威望，可以说是一呼百应。

有一天，天上的二郎神来到凡间巡游，游来游去，来到了洋汤河流域。这里宽广的地域、秀丽的风光、丰腴的物产，使二郎神赞叹不已。他一打听，这里是洋汤神的领地，便愤愤不平：他有多大的功劳，能有这样的好领地？天上的二郎神对这块地方垂涎三尺，妄图侵占。

二郎神对着这里的百姓发号施令，强迫百姓为他进贡牛羊，可是老百姓都不听他的，牛羊一只也不进贡。二郎神还抓来了几十个年轻人，强迫他们到金山银山上去抓金牛金马、银牛银马，老百姓都不听他的，一个个全都偷偷地溜掉了。二郎神大发雷霆，抓来百姓毒打。

洋汤神得知二郎神侵入自己的领地为非作歹，怒不可遏，奋起反抗。洋汤神与二郎神在天巍山上打斗起来。洋汤神使一根长矛，二郎神使一对宝剑。洋汤神的长矛舞得如银蛇狂舞，令人眼花缭乱；二郎神的宝剑耍得如闪电裂空，水都泼不进。双方鏖战了一天一夜，直杀得天昏地暗，不分胜负；双方又鏖战了七天七夜，直杀得天昏地暗，不分胜负。

二郎神没有想到洋汤神有如此高超的武艺，即使他使出浑身解数，也不能获胜。他料想继续跟洋汤神打斗下去，也难以取胜。二郎神遂倚天拔剑，削岭填壑，聚水为湖，妄图截断下游的水源，困死洋汤神的百姓。眼看湖水不断上涨，即将翻坝，又会将下游的百姓淹死。

洋汤神爱民如子，怒不可遏，奋臂朝湖坝猛戳一把。五个指头捅开了五个水口，挫败了二郎神的毒计，留下了五指洞的遗址。二郎神妄图霸占洋汤神领地的企图终究没有得逞，只好气咻咻地离开了这里。

从此，天巍山上形成了一个天池，因为这里是洋汤神的领地，所以这个天池，当地乡民又称"洋汤天池"。

天池之水流九寨的传说

讲述：张生鼎
记录：杨光付

　　传说，在很久很久以前，文县西南部地区有一条美丽的河流，叫天河。后来被二郎神发现，想据为己有。

　　但是，天河边上一位道行高深的隐士，住在河岸的森林里，修炼武功，吟诗作画，施善为乐。百姓每逢天旱，他便帮忙向上天祈雨，且从不打折扣，他慈悲为怀，本领高强，受到人们的敬仰与爱戴。

　　一天近午，隐士在茅棚里作画，听得有人大声喝道："谁敢占了我的天河？！"隐士只听得又是狗叫，又是马鸣，猜想必是官人。他刚刚走出门，就险些被一条恶狗咬伤了腿，顿时气冲丹田，挥手打翻了恶狗。不料，一枪凌空"唰"地向他刺来，定睛一看，原来是二郎神。于是，隐士跪地求饶。但二郎神岂肯罢手，他一枪快似一枪，迫使隐士不得不出手与他搏斗。厮杀中隐士方知二郎神欲占此地。心想：人尊神，神亦应敬人，想到此处，隐士且战且退，只接招，不还手，谁料二郎神穷追不舍，杀声震天。

　　隐士沿着小河岸边战边退，带着乞求的口吻说："玉帝以天下百姓为己任，我只不过效法天帝修身为民，大神可留此河以恩泽万民否？"二郎神睁着三只瞪圆的眼睛，"哞"的一声，企图一枪刺死隐士，被这隐士闪身躲开，不偏不倚地落在一座山头上，第二枪却不朝隐士刺来，而是收枪抽鞭，奋力劈向大山。顿时，一座山被赶山鞭劈下一半，真是：飞沙走石，天地浑浊。山石泥沙迅速拦截了奔腾的河流，河谷立刻变成一片大海，淹没了小河两岸美丽的景色。

　　隐士见状，用手中木棍猛力向西南岸的水底戳去，满满一湖水，当即形成一个大漩涡。正在此时，隐士手中的木棍被二郎神的神鞭拦腰碾断。眼看湖水再度上涨，隐士赤手空拳，回身一掌用五指戳向北岸刚刚形成的拦水坝。隐士见湖水从北面现出的五个手指洞中流出，解了水坝决口之患。从此，天池水一半就沿着隐士戳出的地下水洞，源源不断地流向了九寨沟，另一半则流向下游，汇入白龙江。

仙女池的传说

讲述：李汉
记录：杨光付

在神马池、天池之间，有一口圆形的水池，早先叫作"百草池"。池水颜色像蓝宝石一样，蓝宝石一样的水，在橙红色的太阳和池边绿树的辉映下，宛如一幅色彩斑斓的图画，十分美丽。蓝盈盈的颜色是哪里来的呢？

相传在远古时候，百草池的水色，远看呈白色，近观是绿色。站在天巍山俯瞰，像美人的脸庞一样白皙。自从玉帝赐封蹇雷宝为"敏泽龙王"以后，观音娘娘常常莅临天池沐浴。每次都有七位仙女侍从，但这群仙女不得入天池沐浴。于是她们只有轮流偷偷投身这方小池一洗为快。这池里的水，来自四周长着森林的大山，山里的林地长满百草，水浸泡了百草根沿地下流入池内，使得这满池的水，成为百药水，仙女浴后个个变得冰肌玉骨，肤嫩如锦，光彩照人。

仙女们沐浴的次数逐渐增多，人也变得越发美丽。时间一长，天宫的其他姐妹们感到纳闷，心想：她们七个怎么越来越漂亮了。然而，天生活泼、性格开朗的七仙女并未发觉其他仙女姐姐们的忌妒与好奇，依然跟随观音娘娘，不断享受着百草水带给她们的无尽惬意。又是一次观音下界，留守天宫的百花仙子，悄悄跟踪七位仙女，半路按下七彩云头，停留在天巍山向下一看，原来她们七个分成三组，轮流侍奉观音，其余人款款进入百草池，放任地沐浴，戏水取乐，欢声笑语，不绝于耳。

花仙子们终于发现七位仙女的美丽源泉，一个个心怀鬼胎地悄悄返回天界，寻机密告观音。虽然七仙女们左右不离观音娘娘，但经过一番观察，花仙子终于获得良机：凌晨时分，观音散步来到御花园，她们一拥而上，争先恐后地向观音娘娘献媚，并异口同声地告了七仙女们一状。可观音不相信，轻描淡写地说："何来此事，她们侍我左右，忠心耿耿。"

观音话虽如此，心里却暗暗开始留意。忽一日，观音传唤七仙女们，半晌，一个也不见。料想她们恐是去了天池地界，于是唤了其他仙女随从，到得天池上空，远远便听得笑声，再往近处时果见她们七位。

　　当观音娘娘突然降临在百草池岸时，七位仙女吓得个个脸色煞白，惊慌之中，仙女中的兰七妹头上的兰花掉入百草池，但她们谁也顾不得这一切，冒着生死之险，一阵风似的赶回天宫，准备受戒。

　　她们离开后，观音见百草池的水变成了蓝宝石一样的颜色，且水里还留有仙女们的身影。观音见状，临别时说："多美啊！百草池，仙女池是也！"从此，这百草池被观音命名为"仙女池"，渐渐地在天界就传开去了。

　　据说后来观音为了防止七仙女们再度偷入百草池沐浴，索性一指戳漏了池底，蓝色的水流进天池，仙女池便干涸了。

民 俗 传 说

玉垒花灯戏的传说

讲述：袁怀进
记录：杨光付

这个故事发生在距今近五百年前的明朝。

传说，从四川酉阳迁到玉垒坪的袁氏家族中一家人有三个男丁，老大叫袁应登，从小喜武，酷爱读书；老二叫袁应科，武文弄墨，尤爱唱戏，常常自编自演；老三叫袁应举，善工，人虽年轻却习得一身木匠手艺。

平时，他们上山打鹿，下地干活，年复一年，日复一日，可还是过不上好日子。渐渐地感到，要过上不愁吃穿的日子真是太难了。一天黑了，袁应登梦见三官爷，天官说："应登娃娃，你相貌堂堂，虎背熊腰，行武必出人头地。"地官说："你应登为老大，老二应科要成名，你要助他写唱留名。"水官又给应登说："你弟应举实为奇才，你需帮他从工，兄弟三人定可名留千秋。"一觉睡醒，回想原来是个梦。

袁应登二十岁那年，去参加陕、甘、川三省连界地方的武哨比赛，经过举石磨、比射箭，中了个头彩。父母大人和邻里亲朋个个夸奖，庄里的长辈开导说："应登！你给我们袁家人、坪上人、玉垒人争了光，再好好练几年，好好学几年，考个武状元，封个朝廷命官吧。"

应登想来想去觉得，自己五大三粗空有身力气，读书识字不如老二应科聪明，上台演戏又走不好步子，男子汉拿把扇子，拿一张手帕子演戏像个小女人。拜师学手艺又不如老三应举，年纪虽小却精明灵活，已成为修房子、雕花窗、塑龙凤的名师高徒。与兄弟对比自己真是太愚鲁了。于是，就坚持白天干活，早晚习武，打枪射箭，研习兵法，在东长山、龙潭沟、草坝里，漩家湾到处都有他舞枪弄刀、背诵兵书的身影。父母称赞应登能吃苦，人稳重，乡亲们也以他为样子，让自己的儿子和他一道习武健身，护村保家，防止土匪和棒客抢粮食、劫牛羊。

老大应登受到家里家外的赞扬，更加勤奋执着地冬练三九，夏练三伏。又练了三年，到过年的时候村里传老爷，他到三官殿上的"天官、地官、水官"泥塑像前叩头作揖，求拜神灵帮助，虔诚地许下宏愿："三官爷啊，三官爷，弟子求您保佑我赶考中举，当上朝廷命官！若能如愿，我定把您泥身换金身，小戏换大戏，每年演出花灯戏，子孙辈辈永传承。"许了愿又上了三炷香，烧了三刀纸，长揖大拜道："三官爷如真有灵，请您化身'江中潜龙跃碧空、殿前金凤三点头'！"

应登拜毕三官爷转身离殿，刚出殿门果见白水江中无风起浪，波涛汹涌，忽然间一条青龙跃上晴空，三起三落，吓得额头上淌汗。他擦了汗抬头望去，只见殿门西侧的古老柏树上一只金凤迎面三声长鸣，然后飞到水沟里梁上去了。应登见状"扑通"一声跪在道上："三官爷啊，三官爷，后生定当还愿，以谢天地众神！"

过了正月十六，他只身一人赶赴府城参加乡试，这一考，果然考中了武进士。时隔半月回到玉垒坪，省府快马送达天朝敕封状："大明应授千总敕封讳显考应登。"官授"千总"，实至名归，府衙亦亲授"云路初登"门庭匾额，当朝皇恩浩荡，驻守京师武官之威更加彰显。上至金城、阶州，下至阴平、玉垒无人不知，无人不晓。一时间，玉垒坪成为热闹非凡之地。

又过了几日，州县府邑，乡绅名士道贺人群渐渐散去，应登回乡祭祖、敬神还愿，请托二弟应科，在先祖从四川酉阳带来花灯小戏脚本上新创花灯大戏，又嘱三弟应举邀约伙内弟子上筏子坝王家山采矿炼铜，自己亲领一班本家弟子选地址、挖基础，在三官殿前的尚书地新建戏楼，把尚书地剩余几十亩地平成花灯场，看戏场。

应科新编花灯戏，在继承酉阳花灯与歌舞、唱功和做功、摆灯和跳灯的同时，把丑旦、花旦、文旦、武旦、花鼓与花灯，本地民俗与民歌，打对子和唱花灯结合起来，形成玉垒花灯戏帕加扇、灯夹戏，山歌与戏曲、武功与文功一体的独特风格，使得传统舞蹈步中的二步半、四方步，快、慢三步，野鸡步，碎米步，妇田步，快上步进一步变化，身段上的犀牛望月、膝上栽花、黄龙缠腰、岩鹰展翅又添进了新的表演形式。

在排练试演中，应登第一眼就看出扭、打、唱、步舞耳目一新，完全打破了"打、帕、扇、唱"的歌舞程式，角色配辅突破"二小、三小"局限，使净、末、老旦、彩旦明显划分，乐曲腔调添加了川剧、秦腔的曲牌，把《龙凤配》《双陈平》《青石岭》《百花楼》《封官》《过桃园》《三上殿》《石门关》等剧目进行改编提高。伙内长辈看了试演，一个个眉开眼笑。

新戏楼、观戏台建好之日，正逢黄帝诞辰日头天，三弟应举星夜赶回报喜，三尊金佛（铜佛）即日运回。经过两年多采矿、冶炼、铸造，一千八百斤重的天官，一千二百斤重的地官，八百斤重的水官，在黄帝诞辰日的辰时上岸。喜事连连，应登好不高兴。听完三弟的喜讯，应登已备好酒席，全村男女老少，都来给老三应举一行敬酒，应举辛劳七百多日，酒瘾大发，喝了四大碗封坛酒，又连喝了六大碗老黄酒，满头大汗，顺手把毡帽取下，竟然黑发全白。应登、应科一看，顿感三弟这两年太辛苦了，心里过意不去。于是应登说："老三日夜操劳，三官爷泥身换金身，你立了头功，我们唱你二哥新编的《双贵图》花灯戏为你庆功。"

随后，新建戏楼挂满了灯笼，戏台布置大气庄重，一阵锣鼓之后，应登、应科等一班头面人物首先登台，一幕下来全场欢声雷动，把个李士奇、小尖子、王智、秦丞相、梅英、张健等个个人物演得活灵活现。情节表现、人物刻画、板腔曲调和丝弦灯调系、台灯灯调系、锣鼓灯调系表现得更加完美。

黄帝诞辰日这天，三官爷在辰时准时上岸，进殿入座，全村举行了盛大的香火大会。入夜，应科新编的《双富贵》《万寿山》《鸡头关》《蓝桥戏水》《高关借头》《荣耀姻缘》等大戏以折子戏形式，一一上演，老二应科一举成名。

第二天，又接着上演传统剧曲，把常用的板腔《出台调》《行程调》《路调》《数板》《骂板》《哭板》《一字调》《四平调》常用的曲牌《四小景》《四季相思》《送夫调》《巧梳妆》《白牡丹》《送茶调》《观花调》等，以越发婉转动人的唱腔、浓郁的玉垒乡土气息和戏灯兼容的演出方式，使得起源于唐宋之间，风行于明、清两代的小戏种，在歌伴舞、灯夹戏的崭新演绎中焕发出新的艺术生命。

从那时起，袁应登兄弟为花灯戏长演不衰，就定下规矩，只有男人能上台演戏，女人不得上台；每年正月初二演到十六。到了民国初年，一位专事佛堂庙宇雕刻绘画的罗画匠到碧口紫云宫画壁画，过年观看了玉垒花灯戏，又从演出服装、脸谱到表演技能和灯饰、舞美、唱腔上进行了改进。

再后来，又有两位分别叫田班长、赵花腔的军中艺人流落玉垒，把秦腔、眉户戏引入花灯戏。从此，四川带到玉垒的花灯戏，经过几百年不断完善形成独树一帜的玉垒花灯，逐渐流传开来，本乡李家坪、冉家坪，碧口武昌山等地和四川都江堰也有了玉垒的花灯戏，年年正月好戏连台，贵州、陕西等省也来人学戏。就这样，玉垒花灯戏流传到了今天。

白羽毛的传说

讲述：班保林
记录：刘启舒

白马人头戴插有白雄鸡翎的"沙嘎帽"，成了白马人的象征和标志。关于插白鸡翎的来历，有一动人传说。

很久以前，生活在大山深处的白马人，处于刀耕火种的蛮荒岁月，贫困的日子苦不堪言。最可恨的是那些无恶不作的官兵恶匪，经常窜进山寨烧杀掳抢，掳走妇女和财物，抢走骡马和牛羊，逼得他们走投无路，令白马人深恶痛绝。

有一次，一帮官兵又气势汹汹地来到白马山寨烧杀掳抢。被逼上绝境的白马人携带砍刀弩箭汇聚一起，面向苍天发出钢铁般的誓言："头可断，血可流，誓死保卫白马山寨！"他们同仇敌忾，男女老幼齐参战，奋起反抗。男人们抱来一块块礌石，从山坡上滚下去阻击攻寨的官匪，举起弩箭射杀官匪；妇女们为男人们搬运礌石，在一旁助威呐喊；老人和小孩生火烧水，提壶携浆，奔波送水……杀声震天，震撼山谷。入夜，白马人在山头上燃起熊熊大火，男女老幼围着篝火跳欢快的"火圈舞"，以防止官兵夜里偷袭，枕戈待旦。他们边跳边放声高唱："天上最明亮的星星是北斗星，世上最勇敢的人是白马人。麻籽石头做成磨扇能磨面，白马人的弩箭、枷把刀专门杀敌人……"雄壮的歌声，震撼山谷，表达了白马人英勇无畏、血战到底的英雄气概。

战斗打得十分惨烈，剽悍的白马人英勇顽强地阻击了三天三夜，官兵们丢下了一具具尸体，一些白马人也为保卫山寨而壮烈牺牲。一场恶战之后，白马人终因寡不敌众，扶老携幼，逼迫走上了迁徙之道，经过三天三夜的长途跋涉，钻进了深山老林的一个山寨里。谁料，尾追而来的数百名官兵将山寨团团围住，狂呼乱叫，挥戈攻寨。被逼上绝境的白马人，决心决一死战，坚守山寨，居高临下，石攻箭袭，巡逻守寨，官兵始终无法破寨。一连坚守了三天三夜，白马山寨安然无恙。

第四天夜里，月黑星稀，夜风寒凉，守寨的白马人终因疲惫不堪，全都进入梦乡，只有巡夫还在巡更。这时，狡猾的官兵趁机偷袭山寨。谁也没有想到，在这生死存亡的千钧一发之际，寨子里的一只大白公鸡猛然跃上最高处的一座房顶，拍打着翅膀，引吭高歌，"嘎嘎儿——"，一声啼鸣唤醒了酣睡的白马人。巡夫寻思，半夜三更鸡鸣必有祸事，便点燃了"三眼铳"。闻听鸡鸣和三眼铳炮响，白马人从睡梦中一跃而起，面对突如其来的官兵挥舞砍刀奋勇反击，剑来刀挡，戈来刀剁，经过一场惨烈的血战，打得官兵落荒而逃。白马人胜利了，终于逃过这一劫难，并在历史的长河中永远保留下来。从此，白马人永远铭记那只救了全寨人性命的大白公鸡。为了纪念和感谢白公鸡的救命之恩，世世代代的白马人都要在毡帽上插上白公鸡的羽毛。

昔日的征战已化作历史的云烟，但白马人头顶的白鸡翎子却成为白马人英武勇敢的象征。

面具舞的传说

讲述：班保林
记录：刘启舒

文县白马人能歌善舞，白马人表演的面具舞，又称"池哥昼""鬼面子"，是白马人从对先祖的信仰和崇拜里传承至今的一种民族舞和传统祭祀活动，具有祈福消灾的意思。关于白马人傩舞"池哥昼"的来历，有很多版本的传说。

传说一：白马人祖先曾装扮怪异彪汉躲避战火，后人为纪念这一历史事件而演绎了面具舞池哥昼。相传两千多年前，白马氏曾在多处地方建立过都城，陇南境内的仇池国便是其中之一。仇池国建立不久，被异族攻打了十年多。当时仇池国王的小儿子名叫"武都"，年幼无知，被封为武都王。氏王眼看战事紧张，便命令贴身侍卫头戴狰狞面具，装扮成野人，护送儿子武都王和其他家眷逃离国都。

武都王乘坐国王的龙凤轿连夜逃出都城，一路历经艰险，奔石峡，跨深涧，日闯险关，夜走栈道，遗弃了龙凤轿，改名换姓流落到阶州（今武都）境内，居住在白马氏民中。峡谷栈道滚烂龙凤轿的地方，后来取名龙凤沟，现在的武都以武都王而命名。

后来，为了纪念白马先祖神灵和生存的艰辛，便有了最早的仇池舞"池哥昼"，头戴面具欢跳，即面具舞。该舞在阴平国（文县）境内的氏民中普遍跳唱，一直沿袭到现在，经久不衰。

传说二：白马氏人所建立的政权被攻灭之后，白马人受尽外族欺侮。白马人被赶进深山老林。此后作威作福的土司掌管着白马人的生杀大权，催逼苛捐杂税，作恶多端，致使白马人的生活苦不堪言，不少人家家破人亡。民不聊生的白马人决定复仇，杀掉土司。当年的正月十五，白马人利用给土司进贡的机会，派了两个英俊的小伙子装扮成美女，并由四个彪形大汉头戴面具护送。土司见白马人前来敬献美女，喜出望外，毫无戒备，观看小伙子们表演白马人舞蹈节目。装扮成美女的两个小伙子和头戴面具的四个彪形大汉一起，边歌边舞，逐渐靠近了土司，趁土司不备，掏出身藏的利器，一下子便杀死了土司。

白马山寨的男女老少点燃三眼铳，敲起喜庆的锣鼓，唱起动听的酒歌，在村头迎接凯旋的英雄。锣鼓声中，完成这次使命的六个白马青年，人人头戴面具欢歌曼舞。后来，白马人村村寨寨在正月期间都要跳面具舞，纪念六位先人。

传说三：传说很久以前，白马氏有四弟兄、两个媳妇和一个小妹，七人结伴而行，翻山越岭，走城串乡，云游天下。有一天傍晚，他们走到遥远的兰州黄河岸边，到一户人家里投宿。好客的主人热情地接待来自遥远的白马山寨的客人，还拿出酒肉饭菜热情款待。白马男女为了答谢主人的盛情款待，齐声唱起了动听的白马花儿："花儿哟，花儿哟，花儿漫到兰州了……"主人对白马人动听的歌声赞叹不已，临走时还送给他们路上吃的干粮。

第二天清晨，七位白马男女起程南下，走啊走啊，一直走了七七四十九天，来到四川境内，一路上看不够巴山蜀水的秀丽风光。一天傍晚，他们走得筋疲力尽，饥饿难忍，好不容易找到一户人家，便前往投宿。他们当中的小妹上前去敲门，开门者竟是一位英俊潇洒的四川小伙子，身穿白褂子、黑马甲。小伙子见眼前这位貌若天仙的白马姑娘，喜出望外，疑是仙女下凡来到他家来了，急忙招呼他们进来，拿出好茶好饭招待，并再三挽留多住些时日。白马人一行盛情难却，就在小伙子家里住了下来，一住好几天。

四川小伙子深深地爱上了美丽善良的白马姑娘，想约姑娘出去玩儿，却又不好意思，便心生一计，从火塘中取出一个"黑火糟"，趁姑娘不注意，往她脸上一抹，转身跑出门去。姑娘见是小伙子恶作剧，就急忙去追赶，一直追到小河边，追上了小伙子。河边垂柳依依，河水泛银，皎洁的月光下，白马姑娘和小伙子漫步河畔，倾诉爱慕之情。但白马人族规中有严格规定，严禁和外族通婚，这位美丽姑娘被开除族籍。白马四弟兄愤然离去，姑娘跪地求饶，均遭到拒绝。白马姑娘深深地爱上英俊潇洒的四川小伙子，为了爱情宁愿落户异乡，并和四川小伙子结为夫妻，第二年生了一个儿子。

身处异乡的白马姑娘，无不深深地思念故乡的亲人。一晃十几年过去了，她和四川小伙子带着孩子，一路跋山涉水，千里迢迢回娘家——文县白马山寨探亲。亲人相见，抱头痛哭，说不完的离情别意。

后来，白马人为了纪念这几位云游天下的白马弟兄家人，便刻成一个个面具，戴在头上欢歌曼舞。四弟兄叫"池哥"，两个媳妇叫"池母"，白马姑娘和四川小伙子叫"池玛"，还有个小孩，就是"池玛"的儿子，叫"猴娃子"，形成了九人的白马面具舞队。白马人把他们当成山神一样崇敬，每年正月十三至十七都要举行盛大的跳"面具舞"活动。

传说四：很久以前，居住在深山密林中的白马人常遭官府、匪盗的欺压，生活在水深火热之中。

有一天，官府又来白马山寨烧杀掳抢，山寨里的男女老幼被迫走上了迁徙之路。穷凶极恶的官兵穷追不舍，妄图将白马人斩尽杀绝。情况万分危急，白马人走投无路，决定派人到另外一个白马山寨搬救兵。迁徙队伍中的青年男子，纷纷要求去搬救兵。头人心想，这可是关系到白马人生死存亡的大事，必须挑选最强壮、最有能耐的年轻人，于是在年轻人中间挑来选去。

这时，一位白马姑娘站了出来，自告奋勇要去搬救兵，甘愿承担拯救白马人的重任。头人却有些为难了，一个女子能够承担起搬救兵的重任吗？看到头人犹豫不决，勇敢的白马姑娘信誓旦旦："山再高也要攀过去，河再深也要蹚过去，千难万险也要搬来救兵！"头人见白马姑娘意志坚如钢，便答应了她的请求。

白马姑娘独自一人，沿着山径小道前行。白马姑娘不畏艰险，攀崖越壁，不慎失足从崖畔跌下了深山谷摔伤，失去了知觉。这时，一位打柴的汉族小伙子发现了白马姑娘，救起了白马姑娘，还为她包扎伤口，要搀扶她到自己家里养伤。白马姑娘拒绝了，告诉了汉族小伙子自己搬救兵的重任。汉族小伙子被白马姑娘的坚强意志深深感动，甘愿陪同她一起前往搬救兵。一路上，白马姑娘和小伙子历尽千辛万苦，终于搬来救兵，两支白马人同仇敌忾，终于打退了官兵。白马姑娘和汉族小伙子经过这场生死经历，相互爱慕。白马姑娘落户汉族小伙子的山寨，两人结为夫妻。

再说，官兵得知是汉族小伙子帮白马姑娘搬救兵后，便来到小伙子居住的山寨施以报复。小伙子和白马姑娘及年迈的父母奋起反抗，但终因寡不敌众，官兵杀害了小伙子的父母。小伙子带着白马姑娘逃进深山密林，搭设庵房，垦荒种地，艰难度日。

十几年过去了，白马山寨的人常常思念舍生忘死搬兵救寨的勇敢的白马姑娘，便派人四处寻找，终于在一个深山老林里找到穿着破衣烂衫的白马姑娘和她的丈夫，还有一个十多岁的男孩。白马姑娘见到白马山寨的来人，如同见到亲人似的，悲喜交加，说不完的思念之情。白马姑娘愿与患难与共的丈夫生活在深山密林之中，不打算再回白马山寨。

后来，白马人为了缅怀先辈的业绩，祭祀先祖和镇妖驱邪，编排了面具舞。每年春节正月期间，白马人跳面具舞"池哥昼"，都要邀请远方的白马姑娘同欢同乐。穿着破衣烂衫的白马姑娘和丈夫带着儿子（猴娃子）远道而来，与亲人团聚跳面具舞，欢度新春佳节。

碧口一带人头上系白布的来历

记录：严凤岐

历史上，文县碧口一带归蜀地管辖。过去，碧口一带人不兴戴帽子，头上总是盘一条白帕子。不管男女老少，一年四季，春夏秋冬，都这样。这种习惯，据说是给诸葛亮戴孝留下来的。

诸葛亮忠心治国，爱戴百姓，给百姓不少好处。因此，当他北伐中原，操劳过度，病死军中的消息传回成都后，四川百姓无不悲伤，家家户户都像长辈故去一样，给他披麻戴孝。

当时，人们还没有给丞相戴过孝。由于是自动戴孝，没有统一地规定时间，谁也不知从何日起至何日止。人们只能根据自己得到噩耗的那一天开始戴孝，有的先戴，有的后戴，先先后后，参差不齐。人们争先恐后戴上孝，

可谁也不愿意先揭下孝，因大家都从心里爱戴和怀念诸葛亮。可是，人们要
下地干活，老是把孝帕披在头上也碍事。有的人就想了一个办法，干活时把
孝布盘在头上。其他的人见这个办法很好，也都在干活时把孝布盘在头上。
这样，百姓天天干活，孝布就天天盘在头上。一盘二盘，久而久之，便成了
习惯。

　　往后，人们感到，这孝布盘在头上，不仅表示了自己怀念诸葛亮的心
情，而且还有实际用处。夏天防太阳晒，冬天保暖，起着帽子的作用。这
样，白帕子就没有摘下来的日子了，一直保留在头上，一代一代传下来。

火圈舞的传说

讲述：班保林
记录：刘启舒

　　文县白马人的火圈舞，又称"圆圆舞""火把舞"，是白马人休闲和庆贺
节日最喜欢跳的一种自娱自乐的集体舞蹈，传说最早起源于征战。

　　相传很久以前，居住在大山深处白马人的先民常常遭受官兵匪盗的欺压
和追杀，被迫一次次地走上艰难逃生的迁徙之路。在一次迁徙路上，白马人
扶老携幼，逢山开路，遇水搭桥，历尽九死一生，最终还是被尾追而来的官
兵团团围困在一座山岭上。

　　面前是气势汹汹的官兵，身后是刀劈斧削的万丈悬崖，白马人被逼上绝
路。生死存亡关头，白马人同仇敌忾，与官兵展开了殊死搏斗，在山头上整
整坚守了七天七夜，打退了官兵一次次的猖狂进攻。直到第八天，即农历腊
月初八傍晚，苦战了一天的白马人疲惫不堪，便燃起了熊熊篝火，席地而坐
取暖。大家还手拉手，围着篝火欢歌曼舞，跳累了，唱累了，一个个渐渐进
入了梦乡。

　　月黑风高的夜半三更，狡诈的官兵趁白马人熟睡之机，突然偷袭。眼看
白马人就要陷入灭顶之灾。在这千钧一发之际，一只白色雄鸡振翅啼鸣，惊
醒了睡梦中的白马人。大家一跃而起，奋勇杀敌，打退了官兵，又一次躲
过了劫难。为了感激雄鸡救命之恩，白马人从此男女老少戴上了插有白鸡翎
的沙嘎帽，同时为了纪念腊月初八摆脱劫难，便把这一天定为火圈舞的开始
日，成了白马人最为重要和喜庆的传统节日。

白马人有一首酒歌中这样唱道："白马人的苦难比天上的星星还要繁多，白马人的意志比大山的磐石还要刚强，白马人的故事比峡谷的河水还要源远流长，白马人的篝火燃起了生生不息的希望，白马人的火圈舞就是天上的太阳和月亮……"

在历史长河中，白马人为了躲避战火和生存，在一次次的迁徙途中，常常以山头为宿营地，并在山头点燃篝火，以警示敌人，预防袭击。同时为消除疲惫瞌睡，白马人围着篝火歌舞自娱，通宵达旦。"火儿不吹自己燃起来，青年不叫自己来。白马城是什么城？白马城是铁铸的城。守城就像守护家园，杀退敌人要齐心……"这就是白马人跳火圈舞慷慨悲壮的歌声。这些歌声分明是钢铁意志的展现，保卫家园的呐喊；分明是战斗的誓言，面对血与火的坦然。白马人围着篝火跳舞，世代传承，便形成了现在的火圈舞。

白马人跳火圈舞时，不分男女老幼、富贵贫贱，大家手拉手、肩并肩，连成一个大圆圈，围着熊熊大火歌舞。有时反背跳，有时曲跳，舞步简练明快，随圈左右盘旋，走三步一蹴踢一次腿。边舞边唱，或男唱女和，或女唱男和，声如洪钟大吕，气势磅礴，时而高亢粗犷，似有裂云惊天之势，时而悠扬婉转，如同行云流水。男女齐声高歌："燃起篝火，扯起圈子，小伙子不叫自己来，歌手把口开。祖先啊，你把我们带到这个地方来。我们要跳得像磨扇一样转，转的是麻籽石头磨扇。我们要跳得月儿圆，我们要跳得山也笑来水也欢……"一段歌曲过后，转动一个方向，舞步速度时缓时疾，以走步和滑步为主，身体随脚步起伏摆动。舞步时而显得文静而悠闲自得，气氛亲切感人颇有美感，时而显得粗犷奔放，犹如龙腾虎跃、万马奔腾，有气吞山河、盖天拔地之气势。

白马人说，火圈舞中的"火"，象征"城池""白马寨"。白马人通过手拉手、臂挽臂，表示护城的决心和信心。火圈舞，象征白马人齐心协力、坚不可摧的团结精神，显示了白马人同仇敌忾、誓死抵御侵略的坚强意志。从火圈舞的唱词、动作等，不难发现火圈舞是白马人战前的演练、战斗的拼杀和战后的欢庆。跳火圈舞时，男女老少手拉着手，臂膀挽着臂膀，显示出"撼山易，撼白马人难"的精诚团结。欢歌声、舞步声、噢噢声，挟雷裹电，惊天动地，如同千军万马驰骋疆场的喊杀声。跳火圈舞时，白马人手拉手，如绷紧的大圆环，宛若一张蓄势待发的满弓随时射向敌阵，又似一道铜墙铁壁、固若金汤的城池牢不可破。铿锵的舞步掀起尘土飞扬，一首首歌儿荡气回肠，恰似冲锋陷阵的勇士凯旋。白马人只要手牵手，围着篝火跳起火圈舞，他们的心自然就连在了一起，他们就自然而然充满了战胜一切的信心和勇气，增添了团结一致、不怕万难的决心和意志。

火圈舞从每年的农历腊月初八开始起跳。这天清晨，全寨子的小伙子都要上山打柴，柴背回来后，标上各自的记号，摆放在村头的大场边，供村里人在大场上跳火圈舞和闲谈烤火用，整整要用一个多月时间。村里人通过柴的多少、柴捆整齐与否，判断小伙子的能力和精干程度。若柴捆整齐、分量多的小伙子，便会受到大家的称赞；反之柴捆七长八短、捆不紧扎的小伙子，便会受到村内外人的讥笑。火圈舞从腊月初八一直持续到正月十七结束，整整跳四十天时间。跳火圈舞，除了寨子里青年人背柴外，家家户户还要凑柴。每天晚饭后，小伙子、姑娘敲锣打鼓，唱着《凑柴歌》，挨家挨户地去凑柴。每到一处，主人就会很热情地把柴交给小伙子和姑娘们，多少不限。凑的柴堆放在场中，点燃篝火，全村男女老少欢跳火圈舞，唱火圈歌。

火圈舞，是白马人最喜爱的舞蹈。它用独特的形式把迥然不同的两个自然物——"火"与"舞"完美地结合在一起。歌为火而亢奋，火为歌而增辉，舞者越多场面越壮观，篝火越旺气氛越热烈。构成了一幅完美和谐的民俗舞蹈画卷，宏大的场面，熊熊的篝火，豪迈的舞步，嘹亮的歌声，火热的激情，令人叹为观止，为之陶醉，为之倾倒。

抹锅墨的传说

讲述：班保林
记录：刘启舒

白马人正月十七请客的方法十分独特，情趣盎然。一大早，请客就开始了，白马人手掌上抹上锅墨，然后在寨子里假装若无其事地转悠，或藏在不显眼处。只要看见寨子里的人，不管是本村的，还是外村来的，悄悄地走上前去，趁对方不注意，往脸上抹一把，然后转身往家里跑。对方脸上被抹上锅墨后，就去撵抹锅墨的人，一直撵进他家里。这时，主人端来洗脸水，让对方洗脸，接着又端出早已准备好的美味佳肴和咂杆酒，热情款待对方。

关于白马人抹锅墨请客的来历，有一个传说。相传很久以前，白马山寨有一个四口之家，主人叫班贵山，他和妻子生了一儿一女，儿子叫班虎彪，女儿叫班雪莲，都已长大成人。儿子班虎彪长得虎背熊腰，壮壮实实，是全寨子力气最大的年轻人；女儿班雪莲面若桃花，一双水灵灵的大眼睛，弯弯的眉毛，细细的腰身，是寨子里最漂亮的白马姑娘。

有一天，班贵山告别妻子，带着儿子和女儿出远门，他要让从未走出过大山的儿女见见世面。父子三人唱着白马酒歌一路远行，走过兰州，走过青海，又走进了天府之国四川，一路上的风景名胜和乡土风情令他们大开眼界。一天，父子三人走到一个村庄，天已快黑了，打算在这里投宿。他们走到了一户人家的大门前，父亲让儿子上前敲门，儿子却再三推诿，让妹妹去敲门。雪莲大大方方地上前敲门，开门的是一位年轻英俊的四川后生。后生热情地接待来自远方白马山寨的客人，为他们生火做饭、烧水沏茶。父子三人感激不尽，在后生家里一住就是好几天。

四川后生喜欢上了美丽的白马姑娘，却无缘和姑娘单独相见，倾诉自己的相思之情。有一天晚上，后生和三位客人坐在火塘边烤火。他趁白马姑娘不注意时，往她脸上抹了一把锅墨，然后转身跑出了门外。雪莲冷不防脸上被抹上锅墨，转身追了出去，追呀追呀，一直追到一个树林里。两个年轻人相拥相依，相互倾诉着爱慕之情，海誓山盟，定下了百年之好。四川后生和白马姑娘回到家中，班贵山察言观色，看出了两人的恋情。白马人严禁与外族通婚，班贵山不能破了这一规矩，劝说女儿断绝和四川后生来往，女儿却坚决不从。班贵山要带着儿女返回白马山寨了，谁知雪莲却不愿再回白马山寨，执意要留在这里，和四川后生在一起过日子。无论班贵山怎样劝说，女儿始终没有回心转意，他只好带着儿子返回白马山寨。

日子就像河里的流水一样从身边悄悄淌过，一眨眼十几年过去了。白马姑娘雪莲和四川后生结为夫妻后，恩恩爱爱，他们的儿子也已十几岁了。白马姑娘思念着远方的亲人，常常望着家乡的方向暗自流泪。四川后生知道妻子的心思，好心的丈夫主动建议妻子回家探亲。于是，有一年腊月间，雪莲和四川后生带着儿子回到了白马山寨，趁着夜晚寨子里街上没有人时悄悄地溜进了家里。

雪莲的母亲自从女儿出走后，天天都在想念，眼睛都快哭瞎了。如今看到离别十几年的女儿又回到家里，还带着女婿和外孙儿，她真是又惊又喜。雪莲的父亲虽然也同样想念女儿，看到久别的女儿悲喜交加，但他却有些犯愁，对妻子说："白马人禁止和外族通婚，雪莲一家三口人，要是在村子里被人发现怎么办？那是会受到处罚的。"倒是雪莲的母亲想来想去想出了一个好主意，她对丈夫说："雪莲终归是我们的亲骨肉，总不能撵出寨子。依我看，雪莲一家人就留在寨子里，人人脸上都抹上锅墨，谁也认不出来了。"

雪莲和丈夫、孩子按母亲说的办，人人脸上抹上锅墨。从此白马山寨多了三个脸上抹锅墨、穿着破衣烂衫的人，住在草楼里，村里人都以为是流落在这里的白马人。正如雪莲母亲说，谁也没有认出他们来。

俗话说，没有不透风的墙，时间一长，终究寨子里的人还是知道了三个抹锅墨人的真实身份。寨子里的头人把大家召集在一起，商量怎么办，按规矩就要将雪莲一家三口人驱逐出村。白马人心地善良，寨子里男女老少都纷纷为雪莲求情，他们说雪莲是白马人的女儿，应该允许他们在白马山寨生活。头人见大家说得有理，便答应了大家的请求。最终善良的白马人不仅同意接纳了雪莲一家三口，还家家户户请他们到家里做客，端出好茶饭和哑杆酒款待，这一天是正月十七。

从此以后，雪莲一家在白马山寨定居下来，过上了全家团圆的生活。寨子里的男女老少都来帮忙，还为他们修起了一座新瓦房。为了纪念这位白马姑娘和四川小伙子以"火槽子"往脸上抹墨相爱的方式，每年农历正月十七，白马人就采用抹锅墨请客，一直沿袭到今天。男女青年也常用这种方式来谈情说爱，结为人生伴侣。

抢寡妇

采录：田尚勤 92 岁

这一风俗，延续不知从何年起，死了丈夫的女人叫寡妇，低人一等，再嫁时叫"醮"，不敢明目张胆迎娶，偷偷黑夜举行，行人碰见便晦气不祥，先夫家有权阻挡，再嫁要保密，会火打出手，抢人抢物，这种陋俗伤害人权，新中国成立后便再无此事。

民国三十年（1941）丹堡河上出现这一事。

纸坊村参府第三代的张公子排行第二，人风流家道殷实，连娶两妻，皆不生育，年已四十，儿花女花尚无，不免心中焦急，央人四处访人，经媒人介绍，在瓦窑坡村，访到一可人，名曰环环，新寡在娘家，好人材美姿容，身材窈窕，张公子初见便满心欢喜，便以银圆绸缎促成了此事，约定时日接娶，绝对保密，不许前夫之家知道。是年正月十五，元宵佳节，大开门堂，张灯结彩，大摆席桌，亲友毕集，一片喜洋洋气氛。

张二公子修面理发，唯恐不风流，头戴天色礼帽，身穿八团花黑缎褂，品蓝长衫绸袍，手拿"知云虎"（玉嘴白铜平口烟斗一尺二寸长，是吸纸烟卷烟的烟杆子），跨一匹黑色骏马，备足金银首饰，带几个抬凉轿去接人，因为夜间，打上四个灯笼，吩咐出了丹堡河口熄灯，以免露出张扬。一行人过水坝，经横丹，穿任家坝，沿路都是灯火辉煌，有些村还在唱戏，东下傍白水江而行，江声夜风，侵袭这行的人，马上的公子恨不得展翅飞到一口吞下这枚鲜桃，下面可以望见瓦窑坡灯火了，媒人趁黑已将环环带上溜出村，在上面大河边山崖下等待。张公子一行到了，媒人击拍掌为号，张公子跳下马，像饿狼似的将环环抱住就是一个长吻，给环环戴上耳环首饰，上下新衣，打扮起来，越看越美，张公子将环环抱着上轿，突然之间，周围围满了手拿棍棒凶凶的一群汉子，棍棒齐下，其中两三人夺去了环环，将环环抢走了，接人者赤手空拳，只有挨打的份儿，众人奋不顾身，将帽破衫烂的张公子扶上马，向西奔去了，凉轿被砸烂，个个被打得腿跛臂残，四散奔逃。

张府家中，已是菜凉酒冷，一等也不来，二等也未到，便派一人前去接看，马蹄疾呼声急，张公子伏在马鞍上进了院，众人扶下马，夹扶进卧房。张公子面向房中楼，四仰八叉瘫在床上哎哟，出长气。众人皆曰：人财两空。

风　物　传　说

铁楼寨银杏树的传说

采录：田尚勤

在文县铁楼藏族乡的铁楼寨生长着两株银杏树，一雌一雄。雌树生长在村西公路旁，雄树生长在村东头的半山腰上。两株树均高约二十米，树干粗壮。当地还流传着一段关于两棵银杏树古老而凄美的传说。

在很久很久以前，铁楼寨只有为数不多的几十户人家，都是汉族。村西头住着一位美丽的汉族姑娘，名叫杏儿，年方十八。说起她的美丽，大家都这样说，林中最美丽的锦鸡见了杏儿都黯然失色；河中的鱼儿见了她竟忘记了游泳。当然更不要说村里村外的年轻小伙子了，形形色色上门提亲的人磨平了她家的门槛，但是杏儿却始终不同意。

在距铁楼寨不远的一个白马藏族山寨，有一个名叫阿银的白马藏族青年，他不但长得英俊，而且勤劳善良。小伙子天生一副好嗓子，无论是上山砍柴还是耕地，他都爱唱歌。他的歌声让最会唱歌的画眉也不敢开口；扶犁耕地时他从不挥鞭打牛，牛儿听到他的歌声就耕得又好又快。因他乐于助人，所以周围的人都爱请阿银帮忙。

有一年四月，铁楼寨的几户人家请阿银帮忙耕几天地，热心的小伙子满口答应，来到铁楼。他耕的地在村西，每日都要路过杏儿家门前。阿银犁地唱歌的歌声飘到了杏儿的耳朵里，她不禁痴迷。杏儿想看看是谁有这样天籁般的嗓子，于是在太阳快落山时端了一盆衣服来到路边的小河旁，边洗衣服边等着收工回来的人。这时歌声以及牛铃声由远及近，杏儿不由得一阵心跳，是的，就是这个声音。牛铃越来越近，她抬脸瞟了一下赶牛的小伙子，不禁心潮澎湃，原来他还如此英俊。这时阿银也看到了河边洗衣服的姑娘，被姑娘的美貌迷住了。两个年轻人都呆呆地看着对方，忽然啊的一声，原来杏儿忘记了手里的衣服，被河水冲走了。阿银赶快下河捞起衣服还给姑娘，两人对视一笑。从此以后，每日阿银路过村西头时，杏儿都会在河边洗衣服。而阿银耕地时的歌声也越来越嘹亮，越来越深情。每晚他们都会在小河边互诉衷肠。几天后地耕完了，在离开铁楼寨的头天晚上，阿银和杏儿两人约定各自告诉家里人，阿银许诺自己会在十日后来迎娶杏儿，并送给杏儿一枚银质扇子形头花作为定情之物。

当二人各自告诉家里人时，却不约而同地遭到了双方父母的反对。父母把阿银关了起来，不许他去见杏儿。而杏儿家在得知阿银十日后来娶亲的消息后，情急之下答应了来上门求亲的本村小伙子的婚事，并约定在三日后举行婚礼。杏儿知道后终日以泪洗面，最后她答应父亲的决定，但她要求婚事要推迟到十日后举行。杏儿等呀等，哭干了泪水，哭哑了嗓子，却怎么也见不到自己的心上人。十日后迎娶杏儿的花轿抬到了家门口，新郎却不是阿银。此时杏儿已穿戴一新，头上插着阿银送给她的银质扇子形头饰。她跪在地上给父母磕了三个响头，然后缓步走出大门，来到河边的轿子旁，她转身猛地跳进了水里。大家连忙下水去捞，可捞了整整一天，也没有找到杏儿的身影。喜事变成了丧事，亲人们悲痛不已，杏儿的父母此时已是追悔莫及。

再说阿银在被关了十天后，为见到杏儿，他假意向父母屈服。在放出来的当天他就赶到了杏儿家中。然而物是人非，四处都是白衣白帐，一片凄凉肃穆的景象。阿银不敢相信，答应等他来娶亲的杏儿已不在人世，不由得失声痛哭。悲伤的小伙子，只有远远地来到村东头的半山腰上，在那里他可以看见杏儿的家，看到他和杏儿互诉衷肠的地方，看到他送杏儿定情之物的地方。从此以后，阿银不思茶饭，每天都傻傻地待在那里望着杏儿跳河死去的地方。直到当年十月，阿银因悲伤过度忧郁地死在了半山坡上。阿银死后不久，人们发现在杏儿跳河的地方竟生长出一棵谁也没见过的树来，有细心人说，那棵树的树叶酷似杏儿出嫁时头上戴的头花。在阿银死去的地方也长出了一棵与河边一模一样的树。第二年四月，两株树不约而同地开花了。十月，人们发现河边那棵树上挂满了许多成熟的小果实，而半山腰的那棵却没有结果。大家都这样认为：河边那株树是杏儿的化身，是母树；半山腰那株树是阿银的化身，是公树，所以只开花不结果；阿银和杏儿是四月相爱的，所以这两株树在四月开花；阿银是十月忧郁而死的，所以河边那株树十月果实才成熟，于是铁楼寨的村民们都不约而同地称这两株树为银杏。从此以后，银杏树年年在四月开花、十月果实成熟。

牛歌的传说

讲述：王有才
记录：刘启舒

　　无论春耕秋播，牛儿耕地时，农人总要唱着悠扬的牛歌，这样牛犁起地来才又快又好。农人给牛儿唱牛歌，还有一个传说哩。

　　传说古时候，人类处于原始社会，生产水平低下，住在山崖石洞或者草屋里，身穿麻布衣衫，用石头、木棒打野兽当食物，在山林里采摘山果、树叶充饥，生活非常艰辛。苍天看到后，便起了怜悯之心，慷慨地赐给人类大量的白米，整个大地都像下雪一样铺天盖地，尽是一层白米。

　　地上的粮食多了，人们就不大爱惜。有个妇人无意中踩了几粒米，惹怒了天神。天神就派牛到人间宣布对人惩罚："每个人每天都要梳三次头，只能吃一顿饭。"

　　牛来到凡间后，看到处处都是青山绿水，牧草茵茵，莺歌燕舞，比起寂寞的天庭好多了，便只顾四处游荡，欣赏人间美景，把天神的旨意忘在了脑后。等到傍晚该返回天庭了，才想起天神的旨意。牛因为心不在焉，把天神的旨意传错了。它告诉人们："每天梳一次头，吃三顿饭。"

　　暮色降临的时候，牛慢慢悠悠地返回天庭，天神问它为何迟迟不归，老实巴交的牛只好实话实说，是欣赏人间美景耽误了时间。天神又问旨意是否传达到了，牛说传达到了："每天梳一次头，吃三顿饭。"天神闻此大怒，要把牛打下凡来，罚它做苦役，以使它忏悔，同时帮助人耕田种地。

　　牛自知是自己的过失而铸成大错，便苦苦哀求天神开恩。

　　牛说它在人间会受到虐待，天神就让牛长出犄角自卫。

　　牛又说它怕蚊子会叮它，天神就让牛长出尾巴以驱赶蚊子。

　　最后牛说它怕睡过头会挨人打，天神就让人们唱歌，用歌声驱赶牛的睡意。

　　直到今天，每当农人吆牛犁地时，总是唱着悠扬动听的牛歌。牛在山歌中犁地，一年又一年，直至走完一生的岁月。

花椒的传说

讲述：民间老人
记录：刘启舒

相传，神农炎帝时代，一年夏天，神农帝巡回察访百姓生活，一路千辛万苦，不知不觉，来到边远偏僻的文县白龙江畔临江一带。

时令正值农历六月天，神农帝冒着烈日酷暑，深入阡陌田间，仔细查看乡民种植的水稻、玉米、谷子、糜子、棉花、高粱等农作物的长势。他还走家串户，访贫问苦，亲切询问百姓生活情况，查看衣食住行。

皇帝微服出巡，体察民情，这在穷乡僻壤的临江一带，还是开天辟地第一次。当地乡民为了表达喜悦心情和对神农帝的爱戴，家家户户都争着要为神农帝做饭，要用最好的茶饭招待神农帝。

神农帝清正廉洁，生活非常简朴，对乡亲们说："感谢众乡亲的深情厚谊。正是三夏农忙，不麻烦众乡亲，一家做饭就行了，家常便饭即可。"

尽管神农帝发话了，但临江村里有两户巩姓人家，依然争着要为神农帝做饭，争得面红耳赤，互不相让。

这两户巩姓人家的户主，一个叫巩华木，另一个叫巩华叔。

巩华木说："我家女儿做饭的手艺好。给神农帝擀茶面，再弄上八块菜碟子（小菜），保准神农爷吃得舒舒服服的。"

巩华叔说："我家女儿做饭的手艺，方圆团转谁都夸。给神农帝摊荞面卷馍，青椒炒洋芋丝，保准神农爷吃了这顿还想下顿。"

两家人，争来争去，互不相让。

结果，还是神农帝出面劝解，说道："乡亲们的一番情意我领了。这样吧，你们两家各做一个菜就行了，这样既不伤两家和气，又满足了两家的心愿。"

两户人家只好遵命，各自忙碌开了。两家女儿使出看家本领，拿出最好的手艺做菜。巩华木家的女儿做了一道菜，名叫"麻婆豆腐"；巩华叔家的女儿做了一道菜，名叫"青椒洋芋丝"。两盘菜刚一端上桌，顿时一股浓烈的香味弥漫整个屋子，令人食欲大增。

这顿饭，神农帝吃得很可口，吃毕问道："这两样菜，味道为何这样香？"

巩华木和巩华叔，见神农帝夸奖饭菜味道香，异口同声地回答："神农爷，实话告诉你，这两样菜炒的时候，都放了同一样调货（作料），所以味道不一般。"

神农帝问："菜里面放了什么调货？"

巩华木说："神农爷，我们这里有一种叫不上名字的树，就像宝树一样，每年这个时候，树上结满了一爪爪红果果子。"

巩华叔接上话茬儿："从树上把红果摘下来，在兑窝里砸成面面子，炒菜时当调货，往菜里放一些，炒出来的菜就有这样的香味了。"

神农帝问道："你们说的宝树在啥地方？"

两人回答："神农爷，就在村后的山坡上，漫山遍野到处都有。"

乡民们所说的宝树，引起神农帝极大兴趣，他决定亲自前往查看。

第二天一大早，晴空万里，太阳高照。白龙江两岸紫气升腾，碧绿江水鼓浪扬波，惠风阵阵，山花吐艳，蝶飞蜂舞，百鸟歌唱，一派吉祥欢乐的景象。乡民们敲锣打鼓，唢呐高奏，簇拥着神农帝向临江村后的山坡走来。

神农帝兴致勃勃，登高而望，只见漫山遍野的宝树长得枝繁叶茂，每株树都挂满了红艳欲滴的红果，一树树红得像一团烈火，红得像一片朝霞，在太阳的照耀下红得耀眼夺目。山风徐来，漫山遍野都散发着芬芳馥郁的奇香异味，无不令人心旷神怡，飘飘欲仙。

神农帝兴致极高，驻足树下，凝神观望。神农帝是个尝百草的专家，启动慧眼，仔细观察宝树长势，又询问身旁乡民，宝树开花的形状、花的颜色、果实膜色如何、种子怎样收藏等情况。乡民一一回答。

神农帝并不满足，他像尝百草一样，要亲口辨识一下树上结的红果。他随手摘了一粒放进嘴里，立即一股醇麻味满口散发，接着又向喉咙蹿去。神农帝将果粒咽进肚里，顿觉脾胃发热、胃气上冲、运气通畅，浑身十分舒坦。

"这确实是宝树，果实不仅能当饭菜的作料，还是医病的良药啊！"神农帝连声称赞红果，让大家今后放心大胆地吃红果，并希望乡民们广种这种宝树。

乡民对神农帝说："神农爷，这种树现在还没有名字，请神农爷给起个名字吧。"

神农爷思忖：临江乡民热情好客，家家都争着给我做饭，最后做饭的两家是巩华木和巩华叔。这宝树的名称，就取这两家中间一个字"华"字的谐音"花"，最后一个字"木"字和"叔"字合并的"椒"，干脆就叫"花椒"吧。

神农帝说出这树就叫"花椒"后，乡民齐声称赞说："花椒、花椒，这个名字真是太好了！"

一位乡民还当着神农帝的面，编了一则花椒谜语。谜面是：身穿大红袍，像颗红玛瑙，怀抱黑珍珠，见人开口笑。

又一位乡民也随声附和，编了一则花椒谜语。谜面是：看似小不点，其实很值钱；生食一颗它，气都闭半天；太阳来晒我，眼珠往外弹；谁人认识了，用处不一般。

神农帝听了，连声称赞这两则谜语编得好，夸奖当地山民真了不起！

乡民们还告诉神农帝说："神农爷，我们这里的花椒有好几个品种，最早的花椒农历六月采摘，还有七月采摘的，最迟的八月采摘，要数六月采摘的花椒质量最好。"

神农帝说："你们刚才不是说花椒'身穿大红袍'吗，既然这样，六月采摘的花椒就叫'大红袍'，以此类推，七月采摘的叫'二红袍'，八月采摘的就叫'八月椒'。"

神农帝金口一开，"大红袍""二红袍""八月椒"的名字就到处传开了。

神农帝在临江一带尝试百草，体察民情，整整住了一个多月。每当乡民做饭，他都要提醒炒菜时多放一些花椒。神农帝吃了一个多月花椒味浓烈的饭菜，不仅胃口大开，而且精神大振，体魄增强，感到十分高兴。

乡民们对神农帝说："神农爷，既然你这样喜欢吃花椒，走的时候带一些，以后我们每年都给你进贡。但只怕是没有厨师能给你做出这样正宗的味道，要不然神农爷把我们这里的民女挑选两个带去，专门为神农爷做饭。"

神农帝说："那怎么能行？民女远离家乡，会想念父母的。再说了，我也不能耽误女儿家的终身大事。"

乡民问："神农爷，既然你不让民女跟你去为你做饭，那该怎样做出你爱吃的有花椒味的饭菜呢？"

神农帝说："这有何难，你们教教我不就行了吗？"

乡民们连连摆手，说道："神农爷，不敢、不敢。世上哪有皇帝亲自下厨的？岂不是犯了欺君之罪？"

神农帝说："乡亲们这话说到哪里去了。庶民百姓能下厨做饭，我为何不能碰一下锅碗瓢勺？"

乡民们哪里能犟过神农帝，只好在农家厨房里，手把手地教神农帝用花椒当调货，炒菜、熬汤、炖肉。神农帝学得样样在行。

神农帝这次巡访陇南边地山民，品尝了两三百种植物，最重要的是发现并命名了花椒。神农帝总结的花椒"叶青、花黄、皮红、膜白、子黑，禀金木水火土五行之精"的特点，还被后来北魏时期著名的农学家贾思勰写进了他的百科全书《齐民要术》之中。

从此，花椒在神州大地广为种植。唐朝著名诗人裴迪，在他的一首诗中描写道：丹刺罥（juàn）人衣，芳香留过客。幸堪调鼎用，愿君垂采摘。

宋代著名文学家苏东坡，也曾作诗：炎帝幸陇南，未去仇池山，临江六月红，桓水椒花妍。诗中记载了神农帝当年的临江之行，"临江六月红，桓水椒花妍"，桓水就是如今的白龙江。

自从神农帝离开文县后，文县花椒树仿佛一夜之间遍布山山岭岭。数千年来，文县"两江八河"农民广种花椒，成为闻名全国的"花椒之乡"。花椒成了山乡农民的摇钱树，椒园成了聚宝盆。神农帝巡访临江辨识花椒的传说，也在当地世世代代流传。

石鸡违令

讲述：任天禄
记录：任德明 张金生
1966 年采录

从阴平县城出发，向东沿白水江而下五十华里，有一村庄名叫何家坝，在村前河水中耸立着一块巨石，就像一只母鸡，头西尾东站在那里；向西沿白水江而上五十华里，在石鸡坝村东白水江中，也有一块巨石，形似一只公鸡，尾西头东，仰首翘尾站立。对这两只石鸡，民间有许多故事，其中一个是这样的。

阴平境内山高坡陡，江河曲折穿行，激浪湍涌，居住在江河两岸的乡民，以竹索悬空过渡，稍有不慎即招丧身之祸。

远古七月十八日这一天，正值王母娘娘生日，在阴平玉虚山举行祝寿盛会。那天群山竞艳，天降祥瑞，万仙相聚。鲁班圣人也受到邀请，驾云前来玉虚山赴宴。在途中，他亲眼看到，白水江南岸有个乡民，过溜索到北岸给重病的慈母请医生，攀索失手，落江身亡，他母亲气病交加，命归黄泉。

　　鲁班仙师目睹了这件悲惨的事，善心油然而生。他沿江巡视了一遍，选定了一个地方，决定在这里架修一座阴平桥。但是，白水江南岸有悬崖为基，北岸却没有什么当桥墩。鲁班仙师沿江而下寻找桥墩，走到蜀地三堆坝时，看见有公、母两只鸡正在水田里啄食稻谷。他即刻想：此物久占良田，于民有害无益，倒不如赶去阴平作为建桥基石使用，使其有利于民。鲁班仙师念动真言，指令它们当晚起行，前往建桥之处待命。两只鸡遵令，连夜沿着羌、白二江逆行。它们在行进途中，因道路生疏，又遇羌、白二水分流，还怕走错路，各自赶路前行。公鸡体健身轻，埋头赶路，走得太快，过了县城五十华里才醒悟。公鸡将要转身东行之际，恰巧被种树坪山顶上刚刚睁开眼的一只黑鹰看见。黑鹰飞来捕食公鸡，公鸡为隐身，静静地站立在白水江中不动。黑鹰饥饿求食心切，站在山上死死地盯着江中的公鸡，伺机捕食。天长日久，月换星移，都化成了鸡形和鹰状顽石。从此，人们把石鸡旁的村叫作"石鸡坝"，将黑鹰石山下的村叫作"黑鹰坝。"

　　母鸡身体肥胖，逆水上行费力，走得慢，路上饿了还得找点吃食，中途就落在公鸡后面。辛辛苦苦走了多半夜，才走到河家坝，距离百丈横桥有五华里，距离修桥的地方还有五十华里。母鸡歇了一口气，正准备出发，这时村里的雄鸡高声叫鸣，母鸡不敢再前行，只得在白水江中化为一块巨石站立。

　　后来，鲁班仙师建桥又来阴平，寻见了两只鸡，指出它们违令的罪过，咒其永不复形，分栖东西两地，静居河滩，受惊涛骇浪、风吹雨打、日晒冰冻之苦。可惜的是，河家坝的母鸡在二十世纪七十年代与河争地之时，被生产队炸掉，石块修了河堤。

茶树王的传说

讲述：王老汉
记录：刘启舒

　　坐落在大山深处的文县李子坝，自古以来就是一个山清水秀、风光如画的人间仙境。

　　也不知过了多少年多少代，来自四面八方的先民们，被这里迷人的景色和优越的人居环境所深深吸引。先民们在这里安家落户，垦荒种地。日久天长，岁月荏苒，李子坝由当初的一个村庄，发展成了九个村庄，遍布在二十里长的深山峡谷之中。从此，这块深山宝地，成了李子坝人世世代代栖息的美好家园。

有一年，这里发生亘古未有的大旱：太阳像一个巨大的火球在熊熊燃烧，连续暴晒了七七四十九天，旱情像魔鬼一样逞凶肆虐，山清水秀的李子坝失去了昔日的迷人风采；终年流淌的河水干涸了，地里的禾苗枯萎了，山坡和河滩放牧的羊群、骡马晒死了；人们在酷暑烈日下"锄禾日当午"，身上的汗水全流干了，一个个全都中暑晕倒在地。

干旱无情地威胁着人们的生命，死神在向人们一步步地逼近，李子坝的先民陷入了灭顶之灾。

生死存亡的危难时刻，一阵山风从大地上轻轻地掠过。一位昏睡的青年被山风唤醒，他吃力地睁开惺忪的眼睛，回想着眼前发生的一切。离开了水，李子坝人无异于走向死亡。怎么办？怎么办？青年的脑海中突发奇想：用树叶解渴，也许能拯救村民于水火。于是，他挣扎着从地上慢慢地爬起来，艰难地走进了村对面的山林。他迈着沉重的脚步在大森林里仔细寻觅，整整找了三天三夜，却一无所获。第四天清晨，当一轮喷薄而出的朝阳将万道金光射进大森林时，他的眼前突然一亮，发现远处有一棵绿树，绿得那样青翠，那样鲜亮，仿佛轻轻一摇，都会摇出水珠似的。

青年欣喜若狂，用尽全身力气朝绿树走了过去。他采摘了几片绿叶，含在嘴里，在舌头上反复来回擦拭，只觉得从绿叶中沁出了一滴一滴的水滴来，凉丝丝，甜津津，直沁心脾，润泽丹田。他嚼着绿叶，干裂的嘴唇湿润了，冒烟的嗓子清爽了，精神顿时爽快起来。他又摘了一把绿树叶在浑身上下反复擦拭，更是神奇了，湿漉漉的树叶把干燥的皮肤擦得水灵灵的，精神愈加轻松爽快。

他攀上绿树，采摘了满满一背篓绿叶，背回了村里。青年用神奇的绿叶轮流在每个中暑倒在地上的人身上反复擦拭，还掰开中暑人的嘴巴，用绿叶在舌头上擦拭。真是神奇无比，眨眼间，一个个奄奄一息的村民全都苏醒过来，重新恢复了生命的活力。

李子坝的村民得救了，他们把这棵救了全村人性命的绿树奉为神树，点燃香烛，祈祷祭典。

村民们提议，为神树取名。大家七嘴八舌，取了七八个树名，都觉得不太确切。正当"山穷水尽"之时，村里有一位银须飘冉的老者提出自己的见解，令大家茅塞顿开，心悦诚服。老人说："大家想一想，全村人怎么得救的？还不是这棵树的绿叶在大家身上和嘴里擦，救活了全村人。依我看，就把这棵树叫'擦树'吧。"

从此，李子坝的村民便把那棵绿树称为"擦树"，后来演绎成了"茶树"。

数百年过去了，当年的那棵茶树已长成了"茶树王"，成为李子坝茶园的"老祖宗"。如今，茶树王依然郁郁葱葱，栉风沐雨，傲霜凌雪，巍然屹立在李子坝的深山密林之中。

茶仙子和银杏王子的传说

采录：刘启舒

文县碧口镇旁有个碧峰沟，碧峰沟里长满一株株银杏树，银杏树下是一片片碧绿的茶园。碧峰沟的茶园和银杏树相依相伴，就像一对亲兄弟。银杏树的果实，拇指般大小，雪白雪白，就像珍珠一样晶莹剔透，光彩夺目。茶树的果实，虽然也如拇指般大小，颜色却与银杏截然相反，褐黑褐黑，全然没有一点光彩。传说，很久以前，银杏树的果实也像茶果一样，褐黑褐黑，后来才变成雪白。要说银杏树的果实由褐黑变雪白，说来话长，且听慢慢道来。

很久以前，碧峰沟里的茶园漫山遍野，有位茶仙子管理着这些茶园。碧峰沟里的银杏树也是漫山遍野，银杏王子主宰着每一棵银杏树。

一天，茶仙子对银杏王子说："银杏王子哥哥，你瞧，茶树果和银杏果的颜色都是褐黑褐黑，黑得像驴粪蛋一样，没一点光彩。咱们还是想个办法，让茶树果和银杏果都变成雪白雪白，那才好看哩。"

"茶仙子弟弟，你说得完全对！我也觉得咱们的果实颜色不鲜亮，不惹人注目，要是变成白色就好了。可是怎样才能变成白色呢？"倒是茶仙子头脑灵活，他想了一阵，对银杏王子说："银杏王子哥哥，我想起来了。听说碧峰沟的尽头，住着一个个仙家，他们法力无边，想必能让咱们的果实变成白色。"

"茶仙子弟弟，那咱们快去寻找仙家，求仙家施展法术，让咱们的果实变成白色。"说走就走，茶仙子和银杏王子携手并肩，一路唱着歌儿向碧峰沟的尽头走去。

茶仙子和银杏王子走呀走呀，翻过一道道山岭，越过一道道深涧，蹚过一道道小溪，走得精疲力竭，连个仙家的影子也没有见着。

正当他俩绝望之时，突然远处似有人影晃动。茶仙子和银杏王子喜出望外，浑身增添了力气，大步流星朝前跑去。离人影越来越近，已近在咫尺，原来是个干瘦干瘦的老头，倒骑着一头毛驴。

茶仙子和银杏王子心中疑惑：这莫非就是人们传说中的张果老仙家。但很快两人就否定了自己的判断：张果老既然是仙家，肯定相貌堂堂，方面大耳，仪表非凡；眼前的瘦老头却满脸皱纹，衣衫褴褛，不像是仙家。

"茶仙子弟弟，咱们别理他，继续往前走！"银杏王子对茶仙子说。

"凡人不可貌相，海水不可斗量。说不定眼前这位干瘦老头就是仙家张果老。"茶仙子对银杏王子说。

"不可能。咱们走吧。"

"银杏王子哥哥，咱们还是上前问问这个瘦老头吧，说不定他就是仙家张果老哩。"

"那就上前问问。"既然茶仙子说出了口，银杏王子只好依他。

茶仙子走到瘦老头面前，先恭恭敬敬地向老头行了个礼，然后问道："老人家，请问您就是大名鼎鼎的仙家张果老吗？"

瘦老头反问道："那还有假？难道你还怀疑？"

银杏王子说："怎么证明你就是仙家张果老哩？"

瘦老头说："难道你没有听说倒骑毛驴的事？"

银杏王子说："怎么没有听过？张果老仙家倒骑毛驴，但倒骑毛驴的不一定就是仙家张果老。就像大海里有水，但有水的不一定就是大海一样。不信，你瞧瞧，我也能倒骑。"

瘦老头听了，笑着说："年轻人，你要是能倒骑毛驴，太阳就能从西面出来。"

银杏王子说："你别小看人，我骑给你看。"说着，他爬上驴背，谁知还没有坐稳，只觉得天旋地转，摇摇欲坠，急忙连声高喊："快让我下来！快让我下来！"

茶仙子见状，以为银杏王子故意恶作剧，他要强地说："让我来试试倒骑毛驴，这有啥难的。"谁料，他刚一骑上驴背，和刚才银杏王子的感觉一样，只觉得天旋地转，差点一个倒栽葱栽下来，急忙高喊："快让我下来！快让我下来！"

看到银杏王子和茶仙子的狼狈相，瘦老头笑得前仰后合。

此时，银杏王子和茶仙子像两个顽童，从地上拾起一块石头，对瘦老头说："你还笑，看我们打你。"说着从地上捡起石头，恶作剧般地向瘦老头扔去。

两个拳头般大小的石头朝瘦老头面前飞来，眼看就要击中瘦老头。奇怪的是，瘦老头却不躲闪，对着飞来的石头，只轻轻地说了声"变"。霎那间，两个石头变成了两个热气腾腾的肉包子。瘦老头左手拿一个，右手拿一个，吃得津津有味。茶仙子和银杏王子看得目瞪口呆。

瘦老头吃完香喷喷的肉包子，倒骑着毛驴，手中的鞭儿一挥，眨眼间跃上了天空，腾云驾雾，时而向东，时而朝西。一会儿，瘦老头又倒骑毛驴，从天空落到了地上，翻身下驴。

瘦老头来到茶仙子和银杏王子面前，用手中的鞭儿朝路边的两个石头一挥，说了声"变"。路边的两块石头，魔术般地变成了两只金丝猴，向茶仙子和银杏王子做了一个鬼脸，然后大摇大摆向着大森林跑去，眨眼跑得无影无踪。

茶仙子和银杏王子看呆了，就像是在梦里一般。此时，他俩确信无疑，眼前这位貌不惊人的瘦老头，就是大名鼎鼎的仙家张果老。

茶仙子和银杏王子跪拜在瘦老头面前，一个劲地说："仙家大人，受晚辈一拜。请原谅我们年轻鲁莽，有眼不识泰山。"

张果老连声说："年轻人，快快起来，回家去吧！"

"仙家大人，我们专门寻您老人家来了！"

"你们找我有何事？快快讲来！"

茶仙子和银杏王子齐声说："仙家大人，无事不登三宝殿。我们找您老人家，是想求您改变一下果实的颜色。我俩的果实都是褐黑褐黑，想变成雪白雪白。"

"果实褐黑褐黑，有何不好？你们瞧，我的毛驴的颜色不也是褐黑褐黑吗？"

茶仙子和银杏王子说："毛驴是毛驴，果实是果实，怎能相提并论？"

"世上万物的颜色应该多种多样，倘若都变成一种颜色，世界的色彩将会有多单调。都说红花好看，要是世界上万物都成红色，那能好看吗？"

"仙家大人，您老人家虽然说得有道理，但无论如何请把我俩果实的颜色变成白色。"

张果老见茶仙子和银杏王子执意要改变果实的颜色，只好说："实话实说吧，既然你俩执意要将自己的果实变成白色，但茶叶和银杏，只能有一种果实变成白色。你俩商量一下，看看谁的果实变成白色？然后我再让他如愿以偿。"

　　这一下，茶仙子和银杏王子反而为难了，原先都想将果实变成白色，如今听张果老仙家这样一说，相互谦让起来。

　　茶仙子对银杏王子说："银杏王子哥哥，银杏树高大，结成白果才好看哩。依我看，就让你的果实变成白色吧。"

　　银杏王子说："茶仙子弟弟，我大你小。俗话说，大让小，还是你的果实变成白色吧。"

　　"不不不，还是让你的果实变成白色。"茶仙子再三谦让。

　　"不不不，还是让你的果实变成白色。"银杏王子始终坚持大让小。

　　张果老见两人相互谦让，不免对两人的高风亮节钦佩三分，尤其对茶仙子小小年纪就能谦让，很是高兴。他本想让两种果实都变成白色，但话已出口，就不能更改，更何况世间万物的颜色就应该多姿多彩。张果老对他俩说："我看这样吧，我的两只手掌，一只手上写个'白'字，另一只手上写个'黑'字，你们两人猜。猜着'白'字的，果实变白色；猜着'黑'字，果实颜色不变。"

　　茶仙子一心要让银杏王子的果实变成白色，心想要是按仙家大人的办法猜，自己也有可能猜着'白'字。他灵机一动说："仙家大人，我看还是抓纸蛋子，我在两张纸上，分别写'白'字和'黑'字，谁抓着'白'是白，谁抓着'黑'是黑。"

　　张果老只好依了茶仙子，银杏王子也只好赞同。

　　茶仙子在两张纸上都写上"白"字，然后将纸揉成纸团。他对银杏王子说："银杏王子哥哥，你先抓。"银杏王子抓了一个纸团，捏在手里。茶仙子拿起剩下的一个纸团，却咽进了肚里，然后对银杏王子说："银杏王子哥哥，请打开你的纸团瞧瞧。"

　　银杏王子打开纸团一瞧，上面清清楚楚写着"白"字。

　　茶仙子的"手脚"能瞒得过银杏王子，却瞒不过仙家张果老，但他却为茶仙子的礼让所深深折服，便有意成全他的一番美意。张果老一锤定音，对茶仙子和银杏王子说："既然银杏王子抽着了写有'白'字的纸团，这是天意，那就让银杏树的果实变成白色吧。"

　　说完，他挥动手中的鞭儿，说了声"变"。然后，他又对茶仙子和银杏王子："我送你们回家！"说着，他将鞭儿一挥，茶仙子和银杏王子飞上了蓝天，腾云驾雾，眨眼飞到了原先居住的地方。

　　茶仙子和银杏王子仔细一看，惊喜不已：只见银杏树的果实变成了白色，银光闪闪，而茶树的果实依然是褐黑褐黑。

从此，碧峰沟里，白果树上缀满一颗颗银白的果实，茶园上缀满一颗颗褐黑的果实，相映成趣，相得益彰。

邓艾伐蜀和阴平茶的传说

讲述：张会武
记录：刘启舒

话说公元二百六十三年，邓艾伐蜀偷渡阴平，率三万精兵，"行七百里，如无人之地"，翻越摩天岭，破江油，战绵竹，取成都，灭蜀汉，翻开华夏历史崭新一页。然而，这一宏图大业并非一蹴而就。邓艾伐蜀偷渡阴平，历尽千难万险，九死一生。且不说"阴平峻岭与天齐，玄鹤徘徊尚怯飞"，"栈道险复险，客怀愁更愁，万山俱绝壁，一水不通舟"；也不说玉垒关"天堑一线锁咽喉，控制西南二百州"，"摩天岭绝壁无路，将士以毡自裹，推转而下"，化险为夷；更不说邓艾三万将士千里行军，粮草匮乏，忍饥挨饿，面临饿殍横陈。单就长途跋涉，昼夜兼程，众将士因不服水土纷纷染疾，就使邓艾大军几乎陷入灭顶之灾，伐蜀大业几近化为泡影。

传说，邓艾将士涉足阴平，行军途中，百病齐发，如突如其来的瘟疫，在军中迅速蔓延。众将士中，有的腹胀胸闷，气短心跳；有的皮肤生疮，溃烂流脓；有的肠道紊乱，痢疾腹泻。眼看患病将士数量与日俱增，病情日益加重，行军速度明显减慢。邓艾焦急万分，急令军中医师竭尽全力为患病将士诊治。医师使出浑身解数，也未查出病因，难以对症下药。无奈之下，邓艾如实禀报朝廷。朝廷立即派十几名御医，在两百将士护送之下扬鞭策马，火速赶赴阴平。御医虽使出看家本领，依然无济于事。眼看三万将士将裹足不前，困在阴平道上，别说征战伐蜀，泥菩萨过河自身难保。邓艾心急如焚，思绪如潮：若患病将士不能尽快康复，多年征战将功亏一篑。思前想后，眼前只有一条路：问计于民间，求教于百姓。

想到此，邓艾仿佛黑暗中看到一束光亮。第二天，他迫不及待深入民间微服私访，四处寻医求药，并请几位民间医生到军中治病。

民间医生来到军中，一一接触患病将士，查看病情，寻找病因。他们告诉邓艾，军中患病将士并无大恙，所患疾病系一种综合征，是长途跋涉而来，水土不服所致，先前的治疗之所以疗效不佳，主要是没有对症下药，所以事倍功半。

邓艾闻听此言，先是长长地舒了一口气，继而询问如何治疗。

民间医生侃侃而谈，向邓艾献上一良方：此病无须百草药，只需一样东西——茶。患病将士每天饮三次阴平茶，时间分别在早、中、晚；皮肤生疮、溃烂流脓的将士，可用阴平茶叶在溃烂处轻轻地擦拭，每天擦拭三次，时间也分别在早、中、晚；未患病的将士，也需饮阴平茶，一日三次，做到预防为先。民间医生还承诺，若照此法，保证不出三日，定会收到良好疗效，七日之内，患病将士定能全部康复。

邓艾闻听大喜，吩咐部下拿出银两，重谢民间医生。他又安排军中管家拿出军饷，向当地百姓购买了数百斤上好的阴平茶叶，分装成小袋，分发给每个士兵，嘱咐按时服用，有病治病，无病防病，凡有违抗者，按律当斩。

将士们一日三餐，埋锅造饭前先烧水，沏泡阴平茶服用。将士们将茶汤喝进嘴里，只觉凉丝丝，甜津津，清香无比，甘醇爽口，顿时病情减轻，精神大增。真是有神来之助，阴平茶叶就像灵丹妙药，令患病将士百饮不厌。果真如民间医生所言，患病将士服用三天基本病愈，七天后全都康复。

邓艾见众将士终于走出了病魔的阴影，欣喜万分，重赏民间医生和当地百姓，并与当地百姓开展大联欢，杀猪宰羊，以示庆贺。阴平百姓盼邓艾留下一些永久性纪念，邓艾便把当地一些村名命名为邓家庄、邓草坝、邓家坪、邓家湾、七信沟、关头、兑树沟、苜蓿坝、旧香坪等。时逢佳节将至，阴平百姓家家张灯结彩，喜迎佳节。邓艾挥毫泼墨，书写楹联，赠予百姓。其中有关阴平茶的楹联就有好几副，如：良方一剂除病疾，清茶千杯酬壮志；茶园召唤五彩云霞朵朵灿如锦绣，佳茗泡出芬芳清汤杯杯醇似琼浆；知恩图报酬谢阴平父老，魂牵梦萦难忘阴平清茶。邓艾似觉意犹未尽，又挥毫写了"阴平无处不飞翠，佳茗飘香百里醉"的诗句。

层林尽染万山红，又是一年秋风尽。邓艾将整装出发，又踏上伐蜀征程。阴平百姓十里相送，纷纷拿出阴平茶作为馈赠礼品，有的还把茶果送给将士，希望他们利用四处征战之机，把茶果带到全国各地发展茶园。

传说，邓艾率将士翻越阴平最后一道天堑摩天岭后，曾留下两百士兵在摩天岭垦荒种茶。至今，摩天岭留下了茶树坡的遗迹，棵棵老茶树，枝繁叶茂，绿荫如盖，佳茗飘香，遍洒摩天岭的沟沟岔岔。

据传，邓艾取成都后，其中一部分将士转战南北，把阴平茶籽带到天南海北"生儿育女",江浙苏杭、广西、贵州、武夷山一带茶园的"老祖宗"就来自"阴平茶"。曾有人凭家谱记载,远道而来,涉足文县,寻根问祖,寻觅先人当年征战的足迹,凭吊前辈昔日垦荒种植的老茶园。

千百年来,日月轮回,江河行地,摩天岭上的老茶树依然健在。喜看当年邓艾伐蜀的阴平古道,山上山下,片片茶园如画。

猪苓的故事

讲述:刘宗有
记录:刘长江

这是一个并不迷信的人。他每次上山挖药的时候,除了必带的干粮(馒头)、工具(一把镐头、一把镰刀、一个背篼)外,与别人不同的是,他还必定要另外带几张火纸。到了山上,他要先给山神烧纸钱,一边烧,一边祈求山神保佑他平安。烧完了纸钱,他才到林子里去寻找他要挖的药材。人们常挖的,一般是野生的党参、细辛、天麻、猪苓等。这个人的收入稀松平常,跟不给山神拿纸钱的人几乎一样多,不会更多,有时候还比别人少那么一点点。可是,他一直我行我素,而且,只要上山去,他就非得给山神烧一些纸钱不可。他这么做,并不想比别人有更多的收成,图的是个心安。

有一天,他跑了大半天,却几乎一无所获。眼看日落西山,到了该回家的时间了,他的背篼里却只有三四颗小不点的天麻,他不死心,决定再走走,再找找。他又走了一段路之后,看见一处悬崖上有一棵天麻。他本来是个胆小的人,要在以往,他是不会冒险爬到悬崖上去的,可是今天,由不得他了,他要去把它挖了来,拿回去。他打算从山顶向下走。当他一步一步艰难地挪动着身体的时候,一不小心,脚下一滑,他从几丈高的石崖上掉了下去。但是,这个人并不像大家预料的那样,一定是发生了不幸的事情。他既没有摔死,也不曾受伤。他居然毫发无损。

他清楚地看到,落地时,他落在了很大的一堆猪苓上,他又跟着那么多猪苓,滑落到一丈开外的地方,这才勉强停住。脚下踩着这么多圆溜溜的猪苓,他几乎站不起来。这个人感叹说,每个猪苓,都像最大的洋芋那么大;那么大的一堆猪苓,堆得比房子还高,有几万斤,还是几十万斤呢?他估不出来。他在收购站没有见过那么多,他这一辈子都没见过那么多。他把背篼装得满满的。他不解的是，那么多猪苓不是藏在泥土里，却暴露在地面上。可是，他想不了那么多了，天快黑了。他只带了一只背篼，虽说很快就把背篼装得不能更满了，他已经很满足了，但他掂了掂背篼后觉得，凭自己的力气，还能够再多背些。于是，他把裤子脱了，找一根葛藤扎住裤管，将裤子做成了褡裢，用它来装猪苓。他把装满的褡裢捆在了背篼的顶部。一切停当，他又前后左右地看。他把这个地点牢牢地记在心里之后，才背上背篼和褡裢，满心欢喜地往回走。这个人一边走，一边在心里盘算着，明天、后天、大后天、大后天的大后天……他都要来，他要带一家人都来，把这些猪苓统统搬回家里去。

回到家里，他说的话没有一个人信，也无人打算跟他一同去。儿子甚至嘲讽般地说，你在说梦话呢吧？他对儿子说，既然你们都不信，你可以再叫几个人，明天跟我一起去，即便那地方没有猪苓，我们也可以到别的地方去挖嘛，反正是不会白跑一趟的。儿子将信将疑，同意另外带几个想挖猪苓的人跟他同去。可是，到了他说的地方，果然像他儿子预料的那样，空空如也，一只猪苓也找不到。他傻眼了，但他不死心，在自己昨天掉落的地方挖了很久，仍然一棵猪苓也没有挖到。这是怎么回事呢？他百思不得其解，说不出话来了。

这个人把他的经历说给父亲听，父亲想了很久，才说，你头一天看到那么多的猪苓，一定是山神为了救你的命，才临时弄来的，你一走，山神又把它们放回原来的地方去了，你第二天再去，当然啥也没了。父亲点了一支烟，又说，能够捡回一条命，你应该知足了。

这个人听了父亲的话，连连点头称是。

尖山"千斤石"的传说

采录：杨健斌

"千斤石"位于尖山尚家山张家那村。传说是来自卓笔上的一块石头，其形状、大小与卓笔顶上的缺口一模一样。传说，鲁班奉旨大兴土木修建皇宫的时候，正好缺几块上等天然石料，鲁班就派他的弟子到全国各地采料，路过尖山卓笔时，发现卓笔上有一块天然石料正是他们所需要的，于是解下腰带取走了这块石料。当他们背到尚家山张家那村时，又渴又饿，于是就放下石头，到尚家山各家各户讨饭讨水，结果当地正遭干旱，水比油还贵，只讨了几块干馍。他们实在难以下咽，就去相邻村的老马子村去讨水喝，走遍了全村，结果无人给水。他们觉得这个村子的人太可恶了，无人情味，我们不如将这块石头从山上滚下去把老马子村人全都砸死，以报不给水之仇。当他们准备将石头推下去时，二郎神知道了他们的意图，为了拯救老马子村人，于是就在这块石料的下方插了一根定石神针。鲁班的弟子们想尽了一切办法，也没有搬动这块从河对面卓笔上背来的石头。从此，这块四面方正的天然"千斤石"就留在了尚家山张家那村。至今"千斤石"上鲁班弟子背石腰带的痕迹，仍然清晰可见。对面卓笔顶上永远留下了和"千斤石"相似的缺口，卓笔就像一位慈爱的妈妈一样，千百年来一直眼巴巴地守望着它。

纸地的传说

采录：杨健斌

坟坪子，又叫水井坪，地处金子山主峰尖山山根行政村，是尖山卓笔风水穴脉的重要之地。

从上高桥进沟，地势险要，苍松翠柏分布其间，有九梁十八湾围成的风水宝地——坟坪子就在这里。站在坟坪子平地的中间，就可以看到有九条山脉以南、西、北三个方向集中到一点，面朝东方，这一点上又突起了一个大圆球形的山，就像十六七岁少女的乳房。山上长满了枇杷树，每当春夏之际，圆形山上开满了枇杷花，真像一颗璀璨的宝珠，风水先生称为九龙抢宝风水宝地。从前，有一个四川官宦之家，闻听之后，不远千里，在此葬了一个先人牌位，从而导致古阴平城曾三天三夜鸡不鸣，狗不吠。在正中一座山右侧有片平坦空旷的地方，长满了四季常绿的灌木林，风一吹就像绸缎一样波浪起浮，又像纸一样通透润滑，当地人又称它是文房四宝中的纸。传说，当年江南人为了破坏卓笔的整体穴脉，就派人到这里来斩穴脉，然后在正中一条山脉快要接近宝珠的地方横向开凿了一条宽约八十公分，深约两米的沟渠，沟壁上浇灌了一层石灰浆，目的是让龙抢不到宝。从此穴脉难续，在历史的记忆中，留下了永远的痛。

石猪的传说

采录：刘百禄 65 岁 干部

铁楼寨软桥坝的村头，八卦楼残垣旧址的坎下，干家沟口、白马河中流，有一个两三间房屋大的黑色巨石。这一巨石酷似一头猪，所以人们都叫它石猪。

小时候，听一位老人讲，那是在很早很早以前，蓝河（即白水江，因为它深而蓝，铁楼寨乡亲们都叫它蓝河）的南面所有老百姓要去一趟阴平城可不是一件容易的事。要么翻山越岭绕着山路走，要么就要冒险攀溜索过河。这便成了河之南老百姓千百年来的一件难事，忧愁之事。怎么办？老百姓只有向县太爷央求，向上苍祈祷。

古时候的县太爷，也有为民办事的，于是，时任县太爷就想方设法筹钱，准备在南城门外的白水江上，架一座廊桥。

城门外的河对岸是山崖，可以凿洞生根，比较容易架桥。河北岸则是低凹地，怎么才能修一个硬如坚实的桥墩呢？县太爷和设计者、施工者都无计可施了。于是县太爷便召集全县"两江八河"的知名人士，尤其是精通石、土、木之工匠，一起议事，研究办法。在议事会上，与会者各抒己见，无法统一。这时，铁楼寨一技术高超的木匠大声说道："只要肯用心，黄土也会变成金，只要大家都想办法，没有解决不了的难事。"

议事会不了了之，都各自回家了。

铁楼寨的木匠回家后心想：既然自己在议事会上大出风头，也该做点实事。

其实，他也没有什么好办法。他的办法不外乎是祈祷上苍，让上苍念民之苦难，想办法解决。于是他也召集铁楼寨三村的能工巧匠，把事情的原委告诉了他们，并谈了自己的想法。在大家一致同意的基础上，他要求参会的所有人，每天东方发白起床，净身盥洗，诚心诚意地敬香，化纸给上苍，尤其是祈求工匠之始祖鲁班先师，让他们替百姓分忧解愁。据说，这十几名工匠坚持了约三年时间。

这事终于惊动了上苍，玉皇大帝知道了，他认为凡间有此诚心求救于民，应给予回报，何况修桥、修路是积功行善的大好事。于是玉皇大帝便召集文武百官、神仙、先师们议事。议事大厅中，你一言，我一语，争论不休。这时，观音菩萨胸有成竹地举荐道："鲁班先师不就是最合适的人选吗？让他担此重任，总能解决民之忧，民之困的。"玉皇大帝听后，觉得言之有理，便命鲁班先师下界办理。

鲁班先师向前拱手道："领旨，照办！"

鲁班离厅便腾云驾雾，升天环视，先于阴平古城上空转悠了几圈，了解了地形、地貌，然后下界。他想，只有用巨石来当桥墩方可。但在哪里能找到既大又坚硬的石头，即使找到了，又如何运到目的地呢？他思前想后，先在河之南找到可用的巨石，然后再作打算。鲁班先师又驾云上天查看。经过几天寻找，终于在铁楼寨软桥坝的村头，干家沟最深处，找到一巨大而且非常坚硬的黑石头。于是他赶紧下界，连夜打凿、造型，使这一巨石成为一头像猪的石头。

石猪打造成功了，于是他急忙施展法术，用口使劲一吹，又挽了几把法，石猪即刻变成了一头巨大的活猪了。他又急忙请求龙王帮忙，龙王哪有不帮之理？

龙王有求必应，即刻呼风唤雨，霎时间，天昏地暗，电闪雷鸣，暴雨如注，洪水四溢，白马河道巨浪翻滚，干家沟山洪大发，掀起了层层巨浪。鲁班急忙赶石猪入洪，常言道："猪浮江，狗浮海。"眼看着石猪在巨浪中翻滚，直至干家沟口，白马河边，石猪安然无恙。

然而，事与愿违，由于沟太狭，洪水力量仍不够，虽然鲁班先师费了九牛二虎之力，但当石猪行进到干家沟口时，鸡叫了，天亮了。这时，石猪又变成了一头真正的石猪。鲁班只深深地叹了一口气道"上苍也不助我"，便垂头丧气地驾云上天回奏。

这一巨大的石猪也就永远地趴在了铁楼寨软桥坝村头的干家沟口，白马河中流的一巨大的黑石头上，泰然处之，纹丝不动。

后来呢？桥是修成了，人们都叫此桥为南桥。老人说："南桥的十几根又粗又长的桥梁中还有我们铁楼寨乡亲从原始森林中伐出，由几十名青壮年小伙子组成的拉运队，用自制的木轮滚子，穿上杠子，然后把桥梁架上木轮车，一步一个号子地运送到目的地的几根大桥梁哩，我是积极参加拉桥梁的人。"

新中国成立后，南桥更名为翻身桥。但直至今天，铁楼寨百姓还把它叫"南桥"。

石头人的传说

采录：谭广铨

　　清朝以前，凡昌就有白、王、李、安、张五个姓氏，数十户人家，两百多口人，他们和睦相处，以农为业，男耕女织，民风淳朴自然。与其他地方不同的是，全村人尊师重道，崇尚读书的风气比其他地方浓厚。再穷的家庭也要送孩子到私塾学馆读书。这种风气一代一代传承下来，形成一个传统，读书人也就多起来了，考上秀才的人也就多了。渐渐地，凡昌村的名气也大了起来。

　　从凡昌往下走约两华里处，在白水江南岸有两个小村子，约有几十户人家，多为刘姓。传说其中一位刘姓大家，家境殷实，他看到凡昌考上秀才的人多，于是也请了一位学究先生到家办起了私塾，他不仅让自己的儿子识字读书，而且还吸收他人的孩子也来学馆读书。总想着自己的儿子能考上秀才，出人头地，光宗耀祖，门楣生辉。同时也盼着他人的儿子能学有所成。但不知什么原因，刘姓大家的孩子和村子里其他的孩子读了好几年书，长进却不大。特别是刘姓大家的儿子，读了多年的书，参加乡试，一次又一次复读，一次又一次考试，就是考不上秀才。刘姓大家便动起脑筋来。他想，都读的是先圣先贤的《四书》《五经》，都尊的是孔孟之道，凡昌人就有好几个秀才，而我们努力了这么多年，连一个秀才也没有？于是就请了位风水先生，站在没娘洼的悬崖边看凡昌的地形。风水先生看到凡昌的寨子梁说："这个山脉好，特别是上寨子和下寨子都有一个天然的方形巨石在山包的顶上，好像有功名的人戴的'顶子'（指清朝官帽上的装饰），这就是凡昌人出秀才的一个重要原因，而你们这里却无此山象地脉，天命造就，不可强求啊！"风水先生把目光从远处移到眼前的没娘洼，看着由山顶而下的那条沟说："这沟是干沟，如果长年清流不断，对凡昌人则更好，这也是天造地设，人不能为之。"忽然间，风水先生看到脚底下十余丈之处的沟崖上有一个石头特别奇特，上小下大，高四五尺，好像一个人坐在那里，右膝盖上重重叠叠的像一摞帽子。刘老翁问风水先生发现了什么，风水先生说："你来看，这是什么？"老翁颤颤巍巍地到崖边俯视端详了半天后说："那好像一个石头人坐在那里。"先生说："是呀！我看也好像是一个石头人，面对着凡昌，右膝盖上有一摞帽子，就是赐给凡昌读书人的。"刘老翁听到这里阴沉沉地说："我刘二坝考不上秀才，也要你凡昌人在今后难考上秀才！"风水先生走后，刘老翁叫了几个同族的小伙子，拿上铁锤、钻子，将那个石头人打掉了。这件事惹恼了凡昌的一些青少年，他们在河北岸天天对着河南村子大声喊着一串顺口溜，以挖苦讽刺刘二坝人，特别是那个刘老翁，老翁听见后气得四门不出，郁郁而终了。

神奇的"龙石头"

采录：谭广馀

在凡昌高崖下的白水江边有一巨石，状如一只巨型蛤蟆卧在江边，一半在水中，一半在土中，谁也不知道到底有多大，仅露在外面的就有十余平方米。每到春季，巨石高出水面一米多，表面凹凸不平，奇形怪状。自古以来，凡昌人都称此巨石为"龙石头"。

站在此巨石上看，斜下两百余米处也有一长形巨石，亦卧在江的南边水中，表面也凹凸不平，形亦奇，状亦怪。其石块与江北岸边的巨石无异，好像原本是一体，后来被外界巨大的什么力量分解为两半，祖辈们亦称为"龙石头"。

说的是远古时候，有一年，上游有一条龙想借发大水之机游向东海，向东海龙王报到受封。这条龙游到凡昌遇到干沟冲出的泥石流，泥石流中巨石成山，挡住了龙的去路，浑浊的江水龙无法饮用，龙再也无力冲开泥石流形成的堤坝，因而气死潭中。一天，凡昌上空乌云密布，先是雷声滚滚，由远而近，突然一束巨大的电光在水潭上空哗哗两闪，紧接着霹雳一声，巨雷炸响，地动山摇，潭中水柱有百余丈之高，江水呼啸，翻腾着扑向两岸。雷雨过后，乌云散去，阳光灿烂，只见泥石流形成的堤坝被水冲开了一个大缺口，泥潭中的水已回落到底，气死的龙体被劈成了两半，一半在北岸边，一半在江南侧的水中，变成两块巨石。凡昌人祖祖辈辈就称这两块巨石为"龙石头"。"龙石头"是凡昌又一大自然奇迹。千百年来，过往的行人，凡从此经过，都要驻足而立，注目观看，感觉神奇。

动植物传说

黄狗的传说

讲述：李明喜
记录：刘启舒

传说很久很久以前，老天爷把人和牛同时都派到地上，并安排人耕地，牛使唤人，耕种庄稼，安度日月。但是老牛生性笨，又懒又脏，屎尿到处乱屙。

有一次，牛正在使唤人犁地，它边走边屙起屎尿来，溅了人一身。

人气愤不过，踢了它一脚，把牛的下牙踢掉了，所以现在的牛就没有下牙。牛还一跤跌在地上，把人身上拉着犁的绳子也绊掉了。

老天爷看见牛这样脏、笨，就叫人把牛绊落的绳索反转来套在牛的身上。从此以后，也就成了现在这样，由牛犁地，人使唤牛。牛虽然有力气，但是懒惰嗜睡。人使牛耕地的时候，就跟在它后面唱牛歌，牛不出力气时就用鞭子抽一下。人还在牛屁股上栽了一根刷把式的尾巴，专门用来驱赶蚊子。

自从牛耕地以后，庄稼越种越好，年年五谷丰登。种出来的庄稼，粮食是人吃的，牛吃禾草。这样，年年粮食有余，人们便大手大脚地浪费粮食，荞子粑粑用来擦屁股，白面饼饼也拿来当纸擦屁股。

这些事传到了老天爷耳朵里，老天爷知道以后很生气，他说："粮食是拿来吃的，既然你们吃不完了，我就收回去了。"于是，他就下凡来收庄稼。以前，地上的五谷都长得繁盛茂密，从根根一直长到尖尖上。老天爷跑来抓住粮食，从下面往上一抹，想把粮食全部收走。

这时候，一只黄狗急忙跑过来了，衔住老天爷的裤脚，一边哀叫，一边流泪。那表达的意思是：老天爷，你行行好吧，你不能把粮食全都收走。你要是把粮食全都收走了，人会饿死的，我们也会饿死的。

老天爷看见后，起了怜悯之心，就把每一种庄稼抹来，剩下顶上一把把。因此，五谷都顶上长一个"吊吊"，只有荞子还是枝繁叶茂的，因为老天爷抹荞子的时候，刚一抓就被有棱角的荞子秆秆划破了手，鲜血不住地流，连荞子秆秆也染成了红色。

老天爷没有办法，只好放过了荞子。因为粮食是狗哭哀求才被留下来的，所以后来狗就和人分粮食。现在五谷种子上面都有一条线线分成两半，就是当年划分的界线。

大熊猫的传说

讲述：王仲民
记录：刘启舒

文县丹堡河境内有一座高高的山岭——翠竹山。翠竹山上生长着茂密的箭竹，风儿一吹发出沙沙的响声，仿佛一首动听的歌儿。箭竹林里生活着一群活泼可爱的大熊猫，黑黑的眼圈，白白的肚皮，胖乎乎的身体，谁见了谁爱。熊猫宝宝生活得很愉快，地上做游戏，树上荡秋千，饿了吃箭竹，渴了喝山泉。

一天清晨，有一只大熊猫发现箭竹上结满黄色的"小米粒"，高兴得跳起来："大家快来看呀，箭竹开花喽！"

谁知好景不长，几天后，开花的箭竹由青变黄。第二年，开花的箭竹不但没有返青，反而更黄，慢慢地枯萎了。

"没有箭竹，吃什么呀？"大熊猫愁得哭起来了。

大熊猫的哭声顺着山风飘荡，传到了一个山寨。少年王山代循声来到了翠竹山，发现了发黄的箭竹和忍饥挨饿的大熊猫。

王山代心想，一定要想方设法让大熊猫度过饥荒。他想来想去，唯一的办法，就是寻找一块新的箭竹林。哪里有箭竹林哩？王山代想啊想啊，突然想起了寨子里的青山大爷说过，大山那边很远的地方有个青竹岭，那里也有箭竹和大熊猫，如果把翠竹山的大熊猫带到大山那边去安家，翠竹山的大熊猫就有救了。

想到这里，王山代决定去寻找青竹岭。

王山代起早贪黑地走，走了三天三夜，登上高耸入云的摩天岭，悬崖绝壁没有路。怎么办？王山代咬咬牙，眼睛一闭，滚下万丈悬崖，摔昏在山脚下。夜风把他吹醒了，他揉揉眼睛，看见北斗星高挂夜空，从地上爬起来继续前行。

王山代又走了七天七夜，被一条大河挡住去路，河水汹涌，咆哮怒吼，要把他吞没似的。王山代毫不畏惧，找来干树枝扎成捆，凭着树捆的浮力向对岸漂流。大浪把他高高地抛起，又重重地把他埋进波谷。王山代劈波斩浪，终于漂流上岸。

王山代走呀走，走进了遮天蔽日的黑松林。突然，一只豺狗窜出来，直朝王山代扑来，王山代一闪身，豺狗扑了个空。豺狗恼羞成怒，从地上爬起来，气急败坏地又朝王山代扑来。王山代举起石头朝着豺狗狠狠砸去，打得豺狗倒在了地上。

王山代又继续往前走。一天，他实在饿极了，扯了一把路边的巴儿草充饥。谁知巴儿草有毒，王山代中毒倒在了地上。一位进山采药的老大爷发现了，把王山代背回家中，熬草药为他解了毒。

王山代感激不尽，告别老大爷，又继续赶路。他走过了青石岭，走过了老鹰嘴，走过了黑风口。他整整走了七七四十九天，终于找到了青竹岭。只见满山遍野的箭竹，长得郁郁葱葱，在风中婆娑起舞，箭竹林旁一条山泉哗哗流淌。一群大熊猫各得其所，有的做游戏，有的吃箭竹，有的喝泉水。

王山代赶快返回翠竹山，第二天一大早就领着翠竹山的大熊猫出发了，经过长途跋涉，终于来到了青竹岭。青竹岭的大熊猫热情接待远方山寨来的贵客。两群大熊猫汇合在一起，亲如一家。

金丝猴的传说

讲述：高有平
记录：刘启舒

关于金丝猴，在古老的山村有一个动人的传说。

古时候，碧玉般的让水河畔有一个村子，村子里有一个名叫喜林的青年，他有一手打猎的好技术，是远近闻名的好猎手。他的枪法百发百中，举起猎枪能在百米之外射中野猪的胸膛。他的箭法也百发百中，拿起弓箭能在百米之外射中野兽的眼睛。尤其令人叫绝的是，他能弯弓搭箭，射落天上的飞鸟。

喜林从小失去了父亲，和母亲相依为命，靠打猎为生。喜林每次打下了猎物，都要把肉分给全村子的乡亲，让大伙共同享用。然后，他用兽皮换回粮食、盐巴和布匹等生活用品，还有母亲喜欢的花腰带和头巾。

有一天清晨，天刚蒙蒙亮，喜林告别母亲，肩背猎枪，走进山林打猎。喜林凭借一双敏锐的目光，四处寻找着猎物。突然，他发现前面不远处的一株大树的树梢在不停地晃动，还发出"哗哗哗"的响声。他凭经验判断，树上肯定有金丝猴。

喜林的判断完全准确，树上果真有一只金丝猴，正蹲在树杈上津津有味地摘吃果子。喜林举起猎枪，屏住呼吸，瞄准了树上的金丝猴。这时，他的手指只要轻轻一扣火机关，那只金丝猴就会应声掉到地上，他就能立刻得到一张金丝猴皮，能换回一些需要的东西，譬如大米、盐巴、布匹、火柴等。

然而奇怪的是，喜林用枪瞄准了金丝猴，却迟迟没有扣动火机关。时间过了好久，枪声还是没有响……

更奇怪的是，这时候树上的金丝猴也看见了举着猎枪的喜林，但它只是用惊恐的目光望着喜林，却没有逃跑。

更令人惊奇的是，过了一会儿，金丝猴竟然从树上跳了下来，向喜林缓缓走来，在离他几步远的地方停住了脚步，竟然跪在了他面前。金丝猴一副忧伤痛苦的神情，眼眶里噙满了悲伤的泪水，嘴唇哆嗦着发出"吱吱"的声响，它用前脚趾指了指隆起的腹部，随之眼泪哗哗地流淌了下来。眼泪流湿了面颊，泪水落在了地上，打湿了地上一片青草。

喜林立刻明白了：眼前的这只母金丝猴是在向他求饶，告诉他它的肚里有了小宝宝，希望不要伤害它的小宝宝。

喜林看到金丝猴的举动，心一下子软了。他知道：只要他的枪一响，就要伤害两条性命，还是放金丝猴逃生去吧。于是，他收起了猎枪，善意地向金丝猴挥了一下手，示意放它走。

金丝猴明白了喜林的示意，举起前爪，做作揖状，感谢喜林，然后转过身，向林中缓缓地走去，走不多远，又回过头来，深情地望了望喜林，然后才又依依不舍地朝森林里走去。喜林站在原地，一直目送着金丝猴远去，直至它的身影消失在茫茫的大森林里。

傍晚，喜林背着猎枪回到村里，虽然这是他打猎第一次空手回家，他却

为没有伤害母金丝猴而感到欣慰。村子里的人见到空手而归的喜林，都有些
惊奇："喜林，你每次打猎都满载而归，为什么今天一无所获？"喜林随便搪
塞了过去。

喜林走进自家的茅草房，正在生火做饭的母亲见他空手而归，便询问原
因。喜林便把在森林中遇到金丝猴的事向母亲诉说了一遍。母亲听后，夸奖
喜林做得对，她说："我们这里山民最讲仁义，都有一颗慈善的心，绝不能
伤害金丝猴那样的动物，更何况它的肚子里还有小宝宝。"

再说，喜林居住的这个群山环抱的村子，并非世外桃源，常遭官府的骚
扰。有一天，一群官兵气势汹汹地挥舞大刀长矛，又闯进村子骚扰。他们蹿
进母亲家里，不问青红皂白，要抢走墙上挂的所有兽皮，还要抢走粮食等财
物。面对凶神恶煞一样的官兵，喜林和母亲奋起反抗，绝不让官兵抢走一张
兽皮。然而，喜林和母亲势单力薄，残忍的官兵打昏了喜林的母亲，抢走了
兽皮和粮食，又抓走了喜林。

官兵扬扬得意，押解着五花大绑的喜林，打道回府。途中经过一座遮天
蔽日的大森林，突然，从密林中蹿出一群金丝猴，为首的正是那只雌性金丝
猴。它们看到官兵举着大刀长矛，押着五花大绑的喜林，便奋勇扑上前去解
救。只见百余只金丝猴呼啸而上，将官兵团团围住，用爪子抓，用嘴撕咬。
官兵被金丝猴突如其来的举动搞蒙了，还没有完全反应过来，就被金丝猴一
阵撕咬，丢盔弃甲，狼狈逃窜。

金丝猴为喜林解开绳索，护送他回到了村子。看到被官兵打伤昏迷不
醒的母亲，金丝猴又从山林里采来草药，贴在母亲的伤口上，治好了母亲的
伤。喜林和母亲感激不尽，喜林还从山林里采来山果，款待金丝猴，让它们
饱饱地吃了一顿。直到太阳下山了，月亮出来了，星星也出来了，喜林和母
亲才依依不舍地目送金丝猴返回山林。

从此以后，村子里的山民和大熊猫、金丝猴成了好朋友，把它们当成吉
祥物，世代和睦相处。村民们进山打猎，从不伤害大熊猫和金丝猴等珍稀动
物。大熊猫和金丝猴等珍稀动物，也常到村里来做客。村民们还从山上砍来
箭竹，采来山果，招待来自大森林里的尊贵客人。

野鸡和锦鸡

讲述：杨志军
记录：刘启舒

在一座座大森林里，还有一座座草山的灌木丛里，栖息着成群结队的野鸡，它们是这里的主人。野鸡的相貌实在和美丽毫不沾边，属于那种地地道道其貌不扬的飞禽：矮小的身材，灰灰的羽毛，秃秃的尾巴，土里土气，模样丑陋的"代表作"，被理所当然地排在了飞禽中"丑小鸭"的行列。野鸡不但模样丑陋，歌声也无法和动听挂上钩，简直就不能称为歌喉，因为它只会发出一个音——"告告告"，从小到老一辈子都是这种一成不变的腔调，难听死了，根本登不了大雅之堂。

倘若你要问，野鸡为何喋喋不休地"告告告"？它要"告"谁呢？"被告"又是谁？

大森林里的树木生长了千年万载，大森林里的达玛花开了千年万载，大森林里的海子静静地卧了千年万载，大森林里的泉水流淌了千年万载，它们都见证了当年恩恩怨怨的那一幕：野鸡心中有说不完的冤屈，一件冤案至今没有公断。

很久很久以前，野鸡根本不是现在的这个模样——灰不溜秋，其貌不扬。那时候的野鸡，简直美丽极了：浑身的羽毛五颜六色，头上的凤冠光彩夺目，尤其是长长的尾翎，就像是一片艳丽无比的彩云，更为它增色不少。都说野鸡的美丽在于羽毛，毫不夸张地说，它的羽毛在飞禽里面堪称上乘。有一次，森林里的百鸟汇聚一起，举行羽毛大赛，竞相角逐华丽的衣衫。一时间，百鸟纷纷登台亮相，真是五彩纷呈。最终，野鸡、孔雀、凤凰脱颖而出，并列第一。尽管三者并列第一，百鸟都向它们祝贺，但野鸡却耿耿于怀，总认为自己的华丽羽毛高出孔雀和凤凰一筹，之所以并列，大概是为了照顾孔雀和凤凰的情绪而已。

野鸡为自己拥有漂亮华丽的羽毛而骄傲自豪，在它看来，漂亮华丽的羽毛就是它不俗价值和骄傲的资本。它常常孤芳自赏，用歌声来抒发自己得意扬扬的心情，亮开嗓门唱道：

天空中最漂亮的是五彩霞，
森林中最好看的是达玛花。
飞禽中最耀眼的就是我，
每一片羽毛都闪耀着灿烂光华。

我的歌喉赛过了百灵鸟，
我的舞姿赛过了花孔雀，
我是大森林中的百鸟之王，
我是蓝天下一朵开不败的鲜花……

　　从此，野鸡开始沾沾自喜起来：走起路来，它把胸脯总是挺得高高的；飞禽集会，它总要当仁不让地站在第一排；飞禽举行演唱会，它争着当节目主持人；飞禽举办演讲大赛，它抢先上台，凭着伶牙俐齿、巧舌如簧，常常夺得好名次。野鸡从不放过每一次出人头地、显山露水的机会，它感到风光无限，虚荣心得到了最大的满足。它最喜欢听别人的赞扬，每当这个时候，它的心里总是乐滋滋的。

　　渐渐地，野鸡从当初的沾沾自喜，变得骄傲自大、目空一切。它越来越瞧不起别的飞禽了，尤其是那些羽毛不漂亮的飞禽，譬如锦鸡之类，它连正眼瞧都不瞧一眼。

　　也难怪，那个年代，锦鸡的羽毛实在不敢恭维——灰不溜秋，尤其是秃尾巴，上面的羽毛稀稀拉拉，就像是一把烂扫帚。人有句俗话：鸟要羽装，马要鞍装。锦鸡因为羽毛难看，常常被大家忽略了它的存在，一次次地遭到冷眼相看。飞禽的很多活动，都没有邀请它参加，它仿佛在飞禽大家庭中可有可无似的。

　　锦鸡常常为此自惭形秽。它多么羡慕野鸡华丽漂亮的羽毛啊！甚至连做梦都在想：我要是有一身野鸡那样华丽的羽毛，那该有多好啊！这一生也就心满意足了，也就算没有枉活一世。

　　每当锦鸡看到野鸡趾高气扬的样子，就禁不住妒火中烧，在心里恶狠狠地诅咒道："得意忘形的家伙，不要高兴得太早了，秋后的蚂蚱——还能蹦跶一辈子，笑在最后才算有本事。山不转水转，石不转磨转。山水轮流转，有朝一日当我拥有花羽毛的时候，让你也见识见识。"

　　锦鸡不甘寂寞和被冷落。它工于心计，经过一番苦思冥想，终于想出了一个主意，并一步步地去实现自己的目标。

从此以后，锦鸡一改过去和野鸡老死不相往来的做法，开始主动和野鸡套近乎、拉关系。

有一天清晨，锦鸡来到野鸡的住处，见野鸡独自在草地上玩耍，便走上前去，先是深深地鞠了一个躬，然后用甜甜的声音向它请安问好："尊敬的野鸡姐姐，早上好！"

野鸡从来就没有把锦鸡放在眼里，在它的心目中，锦鸡是个丑八怪，根本不配和它说话。对于锦鸡的问好，它只是用鼻子哼了一下，算是回答。

面对野鸡的清高和傲慢无礼，锦鸡却丝毫不计较。它知道野鸡喜欢听溢美之词，便投其所好，说道："尊敬的野鸡姐姐，世界上我最喜欢、最崇拜的就是你。你是我心中最崇拜的唯一偶像。你真的好漂亮啊！世界上再也没有比你漂亮的飞禽了。你的羽毛在太阳下闪闪发光，真是再好看不过了，比天上的五彩云霞要好看一百倍。不，应该是一千倍、一万倍，甚至还要多。"

"那还用你说？我的羽毛当然好看。这是天生的，爹妈给的！"对于锦鸡的恭维，野鸡傲慢地回敬。

"尊敬的野鸡姐姐，上次羽毛大赛有点不公平，其实真正的第一名应该是你，凤凰和孔雀的羽毛哪能和你相比。它们和你并列第一，我都为你打抱不平。"锦鸡进一步恭维野鸡。

"我的羽毛漂亮华丽，这是大家都公认的。至于凤凰和孔雀，它们只能甘拜下风。"野鸡傲慢自大，把头昂得高高的。

"尊敬的野鸡姐姐，我想和你交个朋友，你看好吗？"锦鸡试探性地问。

"你是个丑八怪，我才不和你交朋友哩。要是和你交朋友，和你走在一块儿，别人会嗤笑，把我的威望都降低了。"野鸡说完，头也不回地扬长而去。

锦鸡虽然碰了一鼻子灰，却毫不气馁。第二天，它又来到了野鸡的住处，手里还拿着一束刚刚采摘的鲜花，上面还有晶莹的露水，见到野鸡后，先恭恭敬敬地行了一个礼，然后用甜甜的声音说道："亲爱的野鸡姐姐，请接受我对你的美好祝福。今天是你的生日，我给你献上一束最好看的鲜花，祝你生日快乐、万事如意、青春永驻！永远美丽漂亮！"

"哎呀，今天是我的生日？怎么连我自己都忘记了。"对于锦鸡的如此多情，野鸡从内心深处有些感动了，急忙接过了锦鸡送的鲜花，连声说道："那就谢谢你了。"

"谢什么？你能接受我送给你的生日礼物，这是我最大的荣耀，我应该谢谢你才是。"锦鸡边说边手舞足蹈，为野鸡唱起了生日歌：

> 祝你生日快乐！
> 祝你生日快乐！
> 生日是一支舞，
> 生日是一首歌。
>
> 你是百鸟之王，
> 你赛过美丽的花朵。
> 祝你永远年轻，
> 我要永远把你赞扬高歌……

　　锦鸡的一番喋喋不休的溢美之词，旁观者听起来都有些肉麻。野鸡听了却感到十分入耳中听，久久地沉浸在自我陶醉之中，情不自禁地唱道：

> 夜空的星星多，
> 围着一颗圆圆的月亮；
> 天上的云霞多，
> 围着一轮金色的太阳。
>
> 森林的飞禽多，
> 都围着我来歌唱。
> 是谁胡说百鸟朝凤，
> 我才是真正的百鸟之王……

　　第三天一大早，锦鸡又来到了野鸡的住处，看见野鸡正在地上捉虫子吃，便走上前去，恭恭敬敬地行了一个礼，然后用甜甜的声音说道："尊敬的野鸡姐姐，你又在地上捉虫子，多辛苦啊！前些天，我去了一个地方，是山寨。阿木苏老阿婆在竹席上晾晒小豌豆，她把豌豆摊在席子上后就到山坡上放羊去了。我到那儿去吃豌豆，没有一个人来干扰，美美地饱餐了一顿，肚子吃得滚瓜溜圆。"

　　"是真的吗？你能领我去吗？让我也饱餐一顿。"野鸡说道。

　　"当然是真的。你如果想去的话，我现在就领你去。"

　　锦鸡领着野鸡，来到了山寨。果然，阿木苏老阿婆和前些天一样，把小豌豆晾晒在竹席上就又放牧去了，晾晒的豌豆无人看管。锦鸡和野鸡头也不抬地啄食起来，吃得好香好香。它们正吃得起劲，阿木苏老阿婆回来了，见锦鸡和野鸡啄食豌豆，不由分说顺手抄起一把扫帚，朝着它俩打来。

锦鸡忙对野鸡说："尊敬的野鸡姐姐，你先快飞！我来掩护你！"野鸡扑棱着翅膀飞了，锦鸡却晚了一步，挨了阿木苏老阿婆一扫帚，身上的羽毛都被打掉了很多。

锦鸡和野鸡丧魂落魄似的，飞进了山林。回头一望，阿木苏老阿婆再没有追来，一颗悬着的心才落了地。野鸡见锦鸡为了掩护自己，竟重重地挨了一扫帚，还损失了一些羽毛，心里很是过意不去，抱歉地说："都是我不好，连累了你。要是你不掩护我，也不会白白地挨一扫帚。"

锦鸡却说："尊敬的野鸡姐姐，你千万别在意，这是我应该做的。交朋友，就要诚恳。为了你的安全和幸福，我就是赴汤蹈火、粉身碎骨，也心甘情愿！"

锦鸡的一番话，让野鸡感动不已。野鸡觉得，世界上对它最诚心的就是锦鸡了。

天长日久，野鸡见锦鸡这样崇拜它，对它这样诚恳忠心，说的每一句话都十分中听入耳，做的每一件事情都总是护着自己，于是和锦鸡成了好朋友。双方好得不分你我，比一对亲姐妹还要亲。

有一天，锦鸡又来野鸡家拜访，还为它带来了鲜花、山果等礼物，又喋喋不休地说了一大堆恭维野鸡的话，说得野鸡心花怒放、忘乎所以，好像是在云里雾里一般。

末了，锦鸡说道："尊敬的野鸡姐姐，我有句话想了很久很久，想对你说，但又实在不好开口。"

"有什么话，你尽管说好了。咱们就像亲姐妹一样，还有什么话不好说？"

"尊敬的野鸡姐姐，我想向借你一样东西，又怕你舍不得。"

"啥东西？你尽管说，只要我有，都会毫不吝惜地借给你。"

"尊敬的野鸡姐姐，既然是这样，那我就直说了。"

"快说吧，别吞吞吐吐的。"

"尊敬的野鸡姐姐，是这样，我明天要去拜访一个很有身份的亲戚。它是一个高门大户，喜欢雍容华贵，最瞧不起贫穷寒酸。但我的这身羽毛实在太难看了，哪像你的羽毛那样光彩照人。我实在不想让我的那个亲戚瞧不起我。要是我有你那样漂亮的羽毛，我的身价都会提高好几倍，那位亲戚一定会对我高看一眼。所以，我想借你的花衣衫穿一天。说定了，我只借一天，对天发誓，保借保还。要不，我给你先打个借条也行。"锦鸡说完，又补充道："尊敬的野鸡姐姐，你要是感到为难就算了，权当我没有说。"

听锦鸡这么一说，野鸡确实有些为难了，美丽的衣衫是它骄傲的资本，它从来没有出借过，别说借一天，很多飞禽想试着穿一下，它都没有答应。如今，锦鸡要借一天，到底借还是不借呢？它心想：人家锦鸡够朋友、讲义气，自己过生日人家献花，帮它找食物，还挨了一扫帚哩。要是不借，有多难为情，多不够意思。借就借吧，反正只有一天时间。

想到这里，野鸡很干脆地脱下了身上的花衣衫，递给了锦鸡。锦鸡也迫不及待地脱下了自己的灰衣服，塞到了野鸡怀里。

锦鸡三下两下换上了野鸡的花衣衫，和刚才判若两样，就像"丑小鸭"一下子变成了"白天鹅"，简直漂亮极了，光彩夺目。一身花衣衫的锦鸡，高高兴兴地走了，离别时连个招呼也没有向野鸡打一声，和以前分别时判若两样。野鸡的心头掠过了一丝不快的阴影，它也不知锦鸡真的是去拜访高门大户的亲戚，还是回家去了？

而野鸡一穿上锦鸡的灰衣服，原先的美丽顿时荡然无存，变成了一只地地道道的"丑小鸭"。这一次，自惭形秽的该是野鸡了，它蜷缩在家里整日闭门不出。它不愿让别的飞禽看到它突然变成这般丑陋不堪的模样，它只有耐心地等待着锦鸡还来花衣衫后，梳妆打扮一番，然后再出门。

往日，野鸡感到时间过得飞快，一天一晃就过去了。如今，它却感到度日如年。它一次又一次地从门缝往外瞅，太阳好像固定在了天空，看一次原地不动，再看一次仿佛还是原地不动，好不容易才等到天黑。它就像盼星星、盼月亮一样，盼望着锦鸡来归还借去的花衣衫。一天过去了，不见锦鸡来还花衣衫；两天过去了，不见锦鸡来还花衣衫；三天过去了，还是不见锦鸡来还花衣衫。

野鸡在家里等得实在不耐烦了，但又无可奈何，想来想去觉得不能在家里"守株待兔"，决定上门去索要。第四天，它好不容易等到黄昏，别的飞禽走兽都归窝了，它悄然来到锦鸡家里，索要自己的花衣衫。

此时，锦鸡正在小河边忙自己的事，对着河水梳理羽毛。它本来看见野鸡老远朝自己走来，只是乜了一眼，丝毫没有搭理的意思，又继续埋头梳理羽毛。它一边梳理羽毛，还一边兴高采烈地唱道：

哗啦啦，哗啦啦，
河水翻浪花。
河水映出一朵花，
河水映出一片霞。

我就是美丽的花，
我就是美丽的霞。
世上数我最漂亮，
百鸟之王谁不夸？

"什么，锦鸡自誉百鸟之王？"野鸡老远就听见了锦鸡的歌声，它不明白锦鸡为何突然变得如此狂妄起来，与原来的谦虚形成了天壤之别。

野鸡明明已经走到了锦鸡的跟前，却不见锦鸡抬头，连个招呼都不打，旁若无人似的。野鸡有些纳闷，心想过去锦鸡对自己可不是这个态度，老远就向它问好。野鸡虽然有些生气，但又不愿意为一件事情和锦鸡把关系搞僵，心想今后相处的日子还长着哩，只要锦鸡把借走的花衣衫还了就行了，也不计较别的什么。

野鸡走上前去，对锦鸡说："你借走了我的花衣衫，当时说的借一天，现在已经都三天过去了，该归还给我了吧？我好穿着我的花衣衫，好出门走一走、看一看，不能老憋在家里啊，都快要憋死了。穿着你这身衣服实在出不了门。"

"什么？什么？你说什么？"锦鸡故意提高嗓门，"我借你的花衣衫？这话从哪里说起？你说的该不是天方夜谭吧？当初不是说好的，咱俩的衣服相互交换吗？"

野鸡绝对没有想到，锦鸡竟然在光天化日之下抵赖，于是和它争辩起来："是你说的，借我的花衣衫，说好的只借一天。"

锦鸡似乎也振振有词："是你心甘情愿，提出来要和我交换衣服。你还说你不愿意再花里胡哨，想要朴实一些。"

"根本不是交换，是你借我的花衣衫。你还说，一定会有借有还。"

"借条在哪里？谁能证明？"

此时，野鸡纵然有一百张嘴也说不清，它悔恨不已，悔不该听信锦鸡的花言巧语，没有看清锦鸡当初的险恶用心。平时伶牙俐齿的野鸡，此时

竟结结巴巴地说不出一个完整词，气得成了"结巴舌"，一个劲地说："告
告告……"

锦鸡却得意忘形地说："嘿嘿，告告告，告告告，你告去吧。我难道还
怕你告？我倒要看看你告到哪里，我一定会奉陪到底！"

野鸡决定状告锦鸡，告它施展骗术，骗走了自己的花衣衫。但当它和
锦鸡对簿公堂时，它作为原告先陈诉诉状，它的诉状词从头到尾都是"告告
告"，根本说不出前因后果，而锦鸡却说得"头头是道"。结果，一次次开
庭，谁也无法判决这场官司，只有不了了之。

野鸡不甘心，但又无可奈何，像个呆汉一样，只有一天到晚诉说着心中
的满腹冤屈："告告告……"

多少年过去了，多少代过去了，野鸡走上了漫长的告状之路。它无论走
到哪里，无论见到谁，都一直在申诉"告告告"。但它终究还是没有从锦鸡
那里索回自己的花衣衫，只有子子孙孙、一辈接一辈没完没了地"告"下去。

它卖不完的后悔，悔不该当初骄傲自大，悔不该听信花言巧语，悔不该
真假不辨、良莠不分，错把奸佞当知己，上当受骗留下了遗恨无穷，不得不
咽下自己酿成的苦果……

红公鸡和大白鸭

讲述：杨志军
记录：刘启舒

阿木苏老母亲住的院落很大很大，还用篱笆围了起来。在篱笆围起的
院子里有两间小木屋，小木屋里住着红公鸡和大白鸭，它俩都是阿木苏老母
亲从小喂养大的。红公鸡长得多雄壮：高高的个子，火红的羽毛，绿色的尾
巴，活像一个小武士。大白鸭呢，浑身白得像一团雪，别看拙嘴笨爪的，倒
也显得朴素、大方、憨厚。

一天清晨，金色的太阳刚露出圆圆的笑脸，红公鸡就和大白鸭手拉手，
去野外游玩。一路上，风景美丽：蓝蓝的天上飘落了彩霞，树上的小鸟唱着
欢歌，草上的露水像珍珠一样闪闪发亮。红公鸡和大白鸭高兴极了。

刚走不远，它俩碰见一只山羊。山羊看着红公鸡和大白鸭走在一起怪亲
热的样子，乐得捋着胡子说："看你俩真像一对亲兄弟。听说主人又表扬你

们啦，说你俩又勤快又勇敢，哈哈！"

　　红公鸡一听，心里一下子变得很不高兴，心想：什么？"表扬你们俩！？"要说表扬嘛，那是我一个挣得的。我会打鸣报晓，我会消灭害虫，我会飞，我会……它觉得一切成绩都是自己做出来的，笨鸭子又会个啥呢？

　　于是，它不愿意跟大白鸭在一起了。想离开它，自己独个儿去创造美好的形象。

　　大白鸭看红公鸡不高兴的样子，就说："公鸡大哥，你累了吗？咱们休息休息再走吧？"

　　红公鸡一扬脖子，很高傲地说："我不累，永远也不会累的。"它想了想，眼珠一转，回过头来说，"鸭子老弟，咱俩比赛吧，你敢不敢？"

　　大白鸭说："比赛什么呢？"

　　"比赛——唱歌，我先唱。"红公鸡自作主张。头一扬，脖子一伸，亮开圆润的嗓子，就"喔喔——喔——喔"地唱开了。它一边唱还一边用翅膀打着拍子，想在各方面压倒大白鸭。红公鸡的歌声真嘹亮，像吹小军号一样。

　　正巧，天上飞来一只花喜鹊。花喜鹊第一次听到这样好的演唱，不等红公鸡唱完，就为它鼓掌喝彩："公鸡大哥，你唱得真好听，再唱一支吧！"

　　红公鸡听见夸奖，心里乐滋滋的，"喔喔——喔——喔"又得意扬扬地唱了一段。

　　花喜鹊听完，还不满足，在草地上连蹦带跳，一个劲地高喊："再来一个，再来一个。"

　　红公鸡说："我跟大白鸭在比赛，该大白鸭唱了。"

　　大白鸭不慌不忙，走到红公鸡唱歌的地方，先向红公鸡和花喜鹊鞠了一个躬，然后清清嗓子，"嘎嘎嘎，嘎嘎嘎"地唱开了，声音既单调又沙哑。大白鸭还没唱完，花喜鹊就评论开了："不好不好，唱得倒是挺认真。"它笑着飞走了。

　　唱歌比赛结束，红公鸡大获全胜，心里直乐，高兴得翘起尾巴。大白鸭恭恭敬敬地向它请教："公鸡大哥，教教我怎样唱歌吧。"

　　红公鸡傲慢地说："你想学吗？那可以，不过，我们还没有比赛完哪！"

　　"还比赛什么？"大白鸭不解地问。

　　红公鸡说："比赛走路，看谁走得快。"

　　大白鸭很腼腆地答应了。

　　红公鸡真机灵，很快找到一块比赛场地，它指着一棵小树对大白鸭说：

"前面那棵小树是终点，这里是起点，我喊口令！"红公鸡和大白鸭站成一排，红公鸡喊了一声"一——二！"，紧张的比赛开始了。

红公鸡的腿长，身子轻，它挺起胸脯，迈开大步，一会儿就走到大白鸭前面了。大白鸭呢，体重、腿短，走起来真吃力，但是它一点儿也不甘示弱，加快步伐，拼命往前追，累得满头大汗。但还是被红公鸡落下了，落得很远。

"胜利了！胜利了！"红公鸡最先到达终点，高兴得直跳。大白鸭虽然落了后，但它坚持到底。

唱歌和竞走比赛都结束了，毫无疑问，红公鸡是响当当的优胜者。大白鸭采来一束红花，送给红公鸡表示祝贺。

从此以后，红公鸡再也不和大白鸭一起玩了，它觉得和它玩没意思，就躺在草地上睡觉。红公鸡做了一个很美的梦，梦见小白兔、山羊、花喜鹊都向它祝贺，围着它跳啊唱啊，给它戴红花，把它抬起来。

有一天，红公鸡又在草地上打盹儿，听见树林子那边有喝彩的声音。它很纳闷，是谁赢得了大家的赞扬？它忌妒地走去……嘀，是山寨山里的一个海子，好大的海子哟！就像一面镜子，连天上的白云也在里面飘动。大白鸭拍着翅膀，一个猛子扎下去，在老远的地方冒出来，它多高兴！抖抖头上的水，扇扇翅膀，"嘎嘎"地笑了。大白鸭在水里，就像一朵盛开的大荷花，两只脚像双桨一样，不停地划着，游得又快又平稳。树上的小鸟叽叽喳喳，齐声称赞大白鸭是游泳能手。

红公鸡躲在一棵大树后，看着大白鸭在水里快活的样子，又听见小鸟夸奖大白鸭，心里很不服气。它张着翅膀，竖着颈毛，像斗架似的，气冲冲地向水库边跑去，一边高声挑战说："大白鸭，你别逞能，也别骄傲，听你在水上嘎嘎嘎地尽骂人！来，咱俩比一比，别瞧不起人！"

大白鸭压根儿就没骂过人，这话从哪儿说起！但它一看红公鸡要跳下水来的样子，便顾不上申辩了，吓得直起脖子高喊："公鸡大哥，别下水，危险！"

红公鸡根本不听大白鸭的劝告，"扑通"一声跳下水去，平静的水面溅起一片水花。红公鸡的翅膀在水面上乱扑腾，两只脚在水里乱蹬，越用劲越往下沉，它急忙高喊："救命啊！……"整个身子便不由自主地沉入水底。"咕嘟嘟"，水面上冒出了一串儿气泡，树上的小鸟吓得四下乱飞。

这时，大白鸭像一支利箭一样游过来，游到红公鸡落水的地方，一头扎进水里，把红公鸡救上了岸来。

红公鸡被水呛得昏迷过去，肚子里装满了水。大白鸭用翅膀挤压红公鸡的肚子，让水流出来……过了好一会儿，红公鸡才慢慢苏醒过来。它睁开眼睛，流着泪说："谢谢你……大白鸭，你也有你的本领，今后，我、我也要向你学习。"

大白鸭谦虚地说："咱们互相学习。"

回家的路上，红公鸡和大白鸭手拉手地走着。从此以后，它俩又成了一对好朋友。阿木苏老母亲为红公鸡和大白鸭的团结友爱感到高兴，脸上笑成了一朵花。

勇敢的小山羊

讲述：赵山贵
记录：刘启舒

文县一座座茂密的大森林，是动物的天然乐园。密林深处，住着山羊和梅花鹿，它们两家是要好的邻居。

一天，鹿妈妈领着小鹿在林子里练习奔跑。小鹿好像一个会飞的精灵，撒开四蹄，越过一个个深涧，跨过一条条小溪，翻过一道道山岭，把朵朵蹄花撒在青山绿水之间。谁料，在跳过一个壕沟时，小鹿不慎跌断了腿。

山羊妈妈听说后，带着小山羊前来看望。小鹿躺在床上，从后山请来的黑熊大夫正在给它的伤腿接骨。

"熊大叔，小鹿弟弟的腿能治好吗？"小山羊关切地询问，"小鹿弟弟说了，明年春天它要参加动物长跑比赛，还要夺第一哩。熊大叔，你一定要想办法治好小鹿弟弟的腿。"

黑熊说："小鹿断腿的骨头虽然接上了，但要完全长好，必须外敷一种草药——金丝草。这种草只有摩天岭上才有，那儿离这里有七天七夜的路程，山高路险，谁去采呢？"

"我去采！只要能治好小鹿弟弟的腿，天大的困难我也不怕！"不等黑熊说完，小山羊自告奋勇要去采草药。

"乖孩子，你小小年纪，能行吗？"鹿妈妈担忧地说。

山羊妈妈却鼓励说："小山羊能战胜困难。让它去吧，给小鹿治腿要紧。"

第二天，小山羊顶着启明星上路了。它披星戴月，日夜兼程，向着遥远的摩天岭跑去，饿了啃几口路边的青草，渴了喝几口山泉水。它跑了两天两夜，跑过黑影崖、滴水崖、老鹰嘴等一座座悬崖。它又跑了三天三夜，蹚过响水溪、双铃泉、白龙河等一条条小溪河流。它又跑了四天四夜，跨过鬼见愁、地崖沟、石裂峡等一个个深涧。它又跑了五天五夜，突然被一条大河——通天河挡住了去路。

通天河，从深山峡谷奔流而来，浪飞涛涌，旋涡一个接着一个，那咆哮的河水仿佛是在怒吼："小山羊，快返回去吧，你要过通天河，只能葬身鱼腹！"

小山羊却斩钉截铁地对着河水发誓："浪涛再大，我也不怕，我一定要渡过河去！"它找来一根根树枝，捆成一个"木筏"。小山羊骑在"木筏"上，飞越急流，浪涛时而把它抛到天上，波谷又把它推向深渊。小山羊像一个驯服烈马的勇敢小骑手，死命地抓住"木筏"，劈波斩浪。突然，一个巨浪打来，掀翻了"木筏"……

皓月当空，夜风阵阵。小山羊从昏迷中苏醒过来，原来是浪涛把它推向了岸边。它全身被暗礁撞伤了好几处，感到又痛又累又乏。但一想到小鹿弟弟的伤腿，它揉了揉眼睛，挣扎着站了起来，凭着天边北斗星指引的方向，又继续向前跑去。

小山羊又跑了六天六夜，进入黑莽林。这是去摩天岭最后的一道关口。突然，路边的深草丛里蹿出一只张牙舞爪的老虎，对着小山羊咆哮怒吼："嘿嘿！我正准备明天的早餐哩。小山羊，你自己送上门来了，别怪我不客气了。"说着，老虎张开血盆大口扑来，抓住了小山羊。它用藤条捆住小山羊，拴在一棵大树下，恶狠狠地说："今夜，你就在这里乖乖地待着吧，明天清晨我送你上西天。"说完，老虎回山洞睡觉去了。

小山羊望着夜空中满天的闪闪星斗，想着小鹿的伤腿，想着远方鹿妈妈正在翘首盼望，它心中万分焦急，心想一定要消灭老虎，闯过黑莽林，采回金丝草。它想来想去，想出一个办法。小山羊磨呀磨呀，磨断了捆在身上的藤条，又用蹄子在地上使劲地刨，刨呀刨呀，整整刨了大半夜，终于刨出了一个大深坑，它找来一些树枝铺在深坑的面上。

第二天清晨，老虎揉着惺忪的睡眼，张牙舞爪走来，向蹲在坑边的小山羊扑去。只见小山羊一闪身，老虎扑了个空，"扑通"掉进了大坑里，摔了个半死，还想做垂死的挣扎往上爬，却怎么也爬不上来。小山羊站在坑边，发出胜利的朗朗笑声："大老虎，你这个大坏蛋，饿死在坑里吧！"

小山羊奋力扬蹄，继续向摩天岭疾跑。跑呀跑呀，它终于跑到了摩天岭山脚下。那巍巍摩天岭，拔地擎天，高耸入云，悬崖峭壁似刀劈斧削。小山

羊不畏艰险，奋力攀缘，终于登上了山巅，遍地的金丝草闪闪发光。小山羊
忘掉了一路的艰辛，高兴得跳了起来："啊，金丝草，金丝草！"

小山羊历尽千辛万苦，终于采回了金丝草。小鹿的伤腿治好了，它拉住
小山羊的手，流下了感激的热泪："小山羊，你采金丝草辛苦了，我真应该
好好地感谢你。"小山羊急忙摆手："不用谢，不用谢，只要治好你的腿，我
心里比啥都高兴。"

小山羊和小鹿成了最要好的朋友。每天清晨，小鹿在林子里又开始练习
奔跑，身上的朵朵梅花在朝阳下盛开，它跨沟越涧，仿佛是一朵会飞的花；
小山羊哩，仿佛是一朵会飞的白云，紧紧地陪伴着它……

毛驴称王

讲述：古维忠
记录：任德明　张金生
1980 年 12 月采录

在远古时期，飞禽走兽，相貌不同，习性各异，善恶俱见，但各有家
园，能够适情相处，自寻安泰。原来，老虎与猴子，同居一山，非常要好，
你来我往，事事相商，智勇兼备，百兽每见，无不畏怯。有一天，老虎独自
出山寻食，遇到一个自己从未见过的奇兽，正在山坡啃青草吃。老虎悄悄走
近前，仔细端详它的相貌想：个头高大，膘肥体壮，如果捕到，饱餐一顿有
余。老虎垂涎躬身，正准备扑上去，突然看见它四蹄一蹬，耳朵一竖，大叫
几声，回音山摇地动，接着听见它唱道：

> 耳朵尖尖尾巴长，玉皇封我兽中王。
> 昨天吃了两只虎，今天才吃一只狼。
> 至今挨饿真难受，只好用草充饥肠。
> 眼前来了一只虎，命该归我作品尝。

老虎听罢，顿时大吃一惊。心想我饥饿寻食，实在饥不逢时，为什么刚
出山林，就遇上了兽中之王，倘若被它捕住，非死不可。老虎心虚，急切转
身朝深山老林跑去。它边跑边唱道：

> 真不祥、真不祥，出林遇到兽中王。
>
> 长嘴大耳挺身站，一声惊叫嗝刚扬。
>
> 群峰深沟齐声响，豺狼虎豹均躲藏。
>
> 不是回头逃得快，差点在它口中亡。

老虎一气跑到了数里之外，抬头一看，眼前是悬崖峭壁，有一群猴子正在攀松戏耍。群猴一见老虎惊慌失措，神情不安，便齐声问道："虎大哥、虎大哥，今日出山回归，如此奔跑，想必是寻到了好物。"老虎见到友邻群猴，惊魂稍定，喘过粗气之后，对群猴说道："没有寻到食物事小，不幸的是刚出山林，就遇上了兽中之王，差点成了它的口中之物。"群猴听了齐声大笑，七嘴八舌说道："虎哥之言实在荒唐，百兽之中你本属王，为何你又遇到兽中之王？世上奇遇虽多，此事一定没有。虎哥近期神志一定不清。"老虎急忙说："没错，没错，我也仔细想了，你们说我是兽中之王，恐怕此事并不可靠。论雄风我不如狮子，比力量我不如大象，说凶残我不如豺狼，言诡计我不如狐狸，显美丽我不如孔雀，赛贪食我不如硕鼠，学攀登我不如你们，讲声音我没有今天所遇者嘹亮。因此，有何能何德成为兽中之王？何况是否封王，也一直没有见到玉帝的牒文。"群猴听罢，齐声道："如果确有此事，不妨我们一起去看看，究竟是何物作怪戏弄虎哥？"老虎听了群猴之言，执意不去，群猴再三鼓动，老虎只好壮着胆子，跟随猴子一起前往草坪。

老虎在前带路，很快来到草坪，猴子一见大笑说："我们以为是什么怪物，原来是一头毛驴，虎哥对它如此惧怕，可见你也胆小。"猴子这样说，意在激将老虎前去捕食。毛驴顿时全身发抖，心想猴子奸狡多谋，与老虎同来，一定凶多吉少。毛驴转而一想，既然死到临头，挣扎一下再看。它打起精神，踏稳四蹄，大声说道："远看青松近看槐，我问猴狲从哪里来？昨天你们给我许了两只虎，今天为什么吭了一只来？可见猴狲无孝心，今日我要你的小命也应该。"毛驴说到此处，群猴尚未接言，老虎一听转身就跑，边跑边还骂道：

> 猴头做事太不仁，将我性命许人情。
>
> 幸亏驴王说失口，眼见即刻死难临。
>
> 昔时友谊今日断，你攀悬崖我占林。
>
> 分清疆界少侵害，各保性命最清平。

群猴一见老虎逃跑，自己无力与驴抗争，也顾不得闲言，只好转身紧紧跟在老虎后头，边追边喊：

> 虎大哥，你甭跑，这样机会实在少。
> 禽中美食天鹅掌，兽类驴肉最难找。
> 吃饱一顿可成仙，尝上一块防衰老。
> 玉帝闻见舔舌头，王母喝汤赞味好。

尽管群猴费尽心计，用尽精力，喊破嗓子，老虎仍然理也不理，拼命向前奔跑，还气呼呼地对群猴大声骂道：

> 无义猴头真狠心，将我骗来奉祖宗。
> 可见异类各有情，苦恨受害难存生。
> 天生山林做掩盖，幸逢兽王未看清。
> 如果你们再多言，今天要你命归阴。

自此以后，老虎和群猴断绝了相互关照、经常交往的友情，虎踞深山密林，猴栖悬崖峭壁，彼此戒备，永不往来，毛驴却登上了兽中之王的宝座。为了发号施令，它的嗓门也锻炼得更加高亢嘹亮。

毛驴当上了兽中王之后，学会了打扮自己，披戴上一副黄底青边大枷嘴，匹上用金银铁皮铆制的新鞍鞯，分别在头前与鞍仗的前胸和后尾系上了大红花，以此来显示自己的奇貌与威严。同时，还与羊群交了朋友，共同生活在一起，如遇敌人侵害，毛驴身材最大，声音最亮，仍视其为王，不敢轻易侵犯。

毛驴还想扩大自己的血缘与势力范围，安排驴王后守家繁衍，指使自己的女儿去找马少爷求婚，自己在持缰卫士陪同下到处去寻找马爱妃育子，又繁衍出了非驴非马的异状子孙——骡子。这驴王在骡马群中，不但可以称王称霸，随欲任性发号施令，显威风，还可以称父称母称岳翁，坐享天伦之乐。

角儿尖尖嘴又长

采录：王玉贵 教师

从前有个人，前世里该下一个员外家的账，账未还就死了，在二世里变了一只羊，就给员外家去还账，是一只母羊，它生育了一群羊，这一群羊子孙发旺，这样就把账还清了，有一天这个老母羊给子孙们叮咛了几句话，叮咛话时主人也在场听着。老羊说："孩子们，我欠员外家的账现在还清了，我要走了。"主人家说："老羊，你别走，我暂时封你为山中之王。"于是，有一大老羊上山吃草，走到一个山洞旁边，一只狼从洞中跳出来，狼说，这是我和虎哥的地方，你这只老羊为什么要骚扰我们，便向老羊扑去，老羊说，我角儿尖尖嘴又长，主人封我是山中之王，顿顿吃的老虎肉，随便可吃三只狼。这样一说就把狼给吓跑了，狼跑到虎面前说："一只老羊夸口说它角儿尖尖嘴又长，主人封它是山中之王，顿顿吃的你的肉，随便就吃三个我，从古至今老虎为山中之王，而今天为何羊说它是山中之王。"老虎说："走，我们俩去看一看，究竟是怎么一只羊。"狼和虎连蹦带跳，一会儿又回到山洞口，这只老羊还在那里吃草，这只老虎又问老羊，自从盘古开天地我老虎就是山中之王，今天你为什么这样大胆，于是狼和老虎第二次又张开血盆大口，猛扑向老羊，还未下口，老虎又问："你为何颤抖？"老羊说："我一抖两抖，就要动手。"这样一说，狼和老虎被老羊吓得一趟子跑得无影无踪。

中国民间故事丛书

甘肃 陇南

文县卷 故事

幻想故事

火焰山和八洞神仙的传说

讲述：刘先生
记录：陈英　杨志兰

在石门瀑布的上面有个火焰山，最早的时候叫尖嘴，因其光秃秃的且颜色暗红而得名。火焰山上面有三个天池，一个池里水质清纯无色叫白池，一个水浑浊叫麻地，一个水色鲜红叫红池。传说是西方三圣——观音、文殊、普贤住的地方。当地人信佛，每当天旱的时候，人们都来这里求雨，无论是天晴得再好的时候，只要沿着三个池子左跳三圈，右跳三圈，天池上就会慢慢升起雾，整个天空乌云密布，然后下起雨来，非常灵验。

火焰山下就是石门悬崖，悬崖上有一个水洞，是鲁班爷当年行走大地时，遇到石门齐刷刷的崖，无路可走，便抽出斧头，左面一晃，顶了一下，成了一个水洞。洞北面的梁上有个老虎洞，经常有老虎出来伤人，成为当地一大祸患。崖边老虎吃人时留下的血迹，现在仍可看到痕迹。当地有一个神射手杨向率青壮年组成打虎队，准备除害。话说鲁班爷正要封山，打虎英雄杨向一箭射在石门上，鲁班赤脚踩地，用力劈开山崖和打虎英雄杨向会合，地上留下了五个清晰的脚趾印。外面地动山摇，老虎躲在老虎洞里不敢出来，鲁班和杨向一行过去，合力杀死老虎。大家一起休息，庆祝打虎成功，鲁班夫人亲自擀面条招待大家，鲁班将马拴在旁边。洞内留有当年的绑马桩和鲁班夫人擀面的擀面台。擀面杖滚落到沟底，现在仍可看到一根细而长的石棍静静地躺在沟底。

正当众人欢呼庆祝之时，一队人马在他们面前呼啸而过。鲁班心想：这是哪里的人马，早不来，晚不来，我刚开完山，他们就来了，坐享其成，而且目中无人，一点礼貌都没有，这么多人在这里，招呼都不打一个，就急驶而去。很是生气，便骑马追逐而去。追到八洞沟，再追到八洞坪，一直追到天池边。原来在八洞沟里住着八仙，八洞坪就是他们练武艺的地方，这队过去的人马正是八仙。这时，八仙正在天池内练习水上技艺，为过海做准备。鲁班追来，见八仙在天池中嬉戏玩耍，愈发生气，一斧头把天池砸漏，边说："我让你们玩。"一会儿天池的水流完了，成了三个大坑。据说水顺着崖缝流下去，形成了今天的石门沟瀑布。八仙哪里受过这种气，拿着各自的兵器上阵，和鲁班打起来。真是八仙过海，各显神通，直打得天昏地暗，日月无光。一阵混战之后，八仙将鲁班的马扔到了对面的山梁上，声称如果想让把马还给他，就要鲁班用神奇的马尿水给他们还池。鲁班哪里肯依，又是一斧头砍去，八仙让过，斧头砍在池子后面的娃娃石上。现在的天池边娃娃石上留有斧砍的痕迹。就在八仙躲闪之际，鲁班飞身上马，继续他的行走之路。

八仙修补好天池后，继续修炼技艺，成就了后来的"八仙过海，各显其能"。

青龙的传说

讲述：袁怀贵
记录：杨光付 干部

玉垒有个玉垒关，崖下古洞生江边。
洞里住了一条龙，见了天子身子显。

袁家坪向东一千零八十步的地方就是玉垒关。关外叫场市坝，关内叫青沟里。青沟里面对的白水江北岸的山叫中山梁。正是这道宛如游龙，绵延千里，奔腾而来的山脉，使白水江和白龙江形成一山横亘，两江并流，立壁千仞和一夫当关，万夫莫开的天下雄关。

传说，与江相接的山头之下，天生一个岩洞，前河通向后河。洞中住着一条青色的龙，与父母、兄弟、姐妹失散后，从长江一路而来。

青龙自幼离开亲人，依靠自己的勤奋维持生计，在玉垒关上至袁家坪漩家湾的回龙沟、下至筏子坝、西至关头坝的广大水域一住就是一千八百年，从不轻易离开巨浪掩盖的古洞。

有一年八月十五，在皓月当空的月圆之夜，青龙悄无声息地游出洞外，来到筏子坝王家滩，远远嗅到月饼的香味，看见白白的沙滩、五彩的山野外一户人家，心里想念起家乡。与亲人团聚的念头驱使青龙在白龙江边一个鲤鱼打挺，摇身变成一位亭亭玉立、绿衫飘飘的俊俏女子。青龙看了看自己的装束心生满意，但刚抬脚迈步时看到自己脚背上还有几片鳞片，便就近折断一枝红叶，在脚上轻轻一拂，脚上立时变出一双色彩绚丽的绣花鞋。

青龙步入农家，看是一个阿婆坐在堂屋中间的石桌旁哭泣。石桌上摆着一盘月饼，香气四溢，青龙真想吃一口，但控制住欲望走向阿婆身边轻声问："阿婆，今天是八月十五，您怎么哭啊？"

阿婆用长袖擦了擦眼泪，说："你是哪家女子？"

青龙笑笑回答说："您忘了，我是袁家人女，您做的月饼好香哦。"

"哦，娃哎，你吃，你吃。"阿婆说着说着双眼又开始流泪。

青龙说："阿婆，您莫哭了，有啥难事您说出来，我一定帮您！"

阿婆听青龙说得真诚，便说："娃哎，你不晓得，我们这里穷，人家说山上有铜，我的老汉和儿子去挖铜，洞垮了把人砸到里面三年了。"

青龙听了说："阿婆，您莫愁，我明天请人给您挖些铜来。"

第二天，青龙乘着一阵风上山，口吐云雾、风雨大作。一时间，云飞雾腾，青龙飞起后又刷一下降落下来，山崩地裂，一座山像塌方一样，巨石滚过，露出一片金黄色的石头。龙尾刷刷几下，那金黄色的石头，雨点一般落在阿婆院子外的空地上堆成了山。

青龙吹了一口气，顿时云开雾散，天空放晴，万里无云。青龙在白龙江白龙岸又打了一个滚儿，变成绿衣女子，进屋后见阿婆坐在地火炉边，便高兴地说："阿婆，您再也不用受穷了，沙坝里的铜够您用了。"

青龙说完转身走了，回到江边，忽见一队人马，带头的说："大家一定要认真盘查，天子要来这里巡视，不能有小人，恐防伤了天子！"

果然，七日之后，皇帝一行，浩浩荡荡，到了青沟里，之后到了袁家坪后，江上无桥，无法过河前行。回头行至青沟里，又去不了白龙江，真是望江兴叹。

此时青龙听得天子叹气，在宽阔的江水中弓起龙身，白水江上顿时现出一道青色的拱桥。

"快看，快看，桥，桥！"皇帝一看，白水江上果然一道弧形桥。卫士们簇拥着天子刚要上桥时，快报飞马奔来，急报东边起战事。皇帝听了奏报，立马下桥，踏上归程。

走到青沟里湾里，皇帝向大江望去，一条青龙腾空而起，朝着皇帝三点头，然后潜入白水江、白龙江两江交汇的辽阔水域，消逝得无影无踪了。

后来，蜀国皇帝令史官把玉垒"始是龙"写入十国春秋。据传，蜀国皇帝一个姓孟的卫士留存了筏子坝，指挥当地开采铜矿。从此，这里便有了孟氏人家。玉垒上下的庙宇里也有了青龙的雕塑，成为人们祈福发财保平安的大神。

狐狸精

讲述：刘焖子
记录：刘长江

"千年黑，万年白。"说的就是狐狸。

这狐狸，上半身是白色，下半身还是黑色。以此可以推断，它的年龄在一千岁以上，一万岁以下。狐狸既已成精，自然会变，只不过变来变去，只能变成女人——变不成男人，也变不成动物。但它所变的女人，每一次，各有不同，但次次所变，均貌若天仙，加上善于涂脂抹粉的绝技和与生俱来的狐媚妖术，使一村男子，无不拜倒在她的石榴裙下。但全村男子，均知自己曾与一名美妇有染，却不知他们所染指的是同一只狐狸精。他们的风流艳遇在媳妇面前自然不敢露出只言片语，在同性面前，稍有大胆的，不免吹嘘一番。殊不知你也吹，他也吹，却谁也说不出与自己一夜风流的美妇是何方人氏，姓甚名谁。

此后，再与狐狸精有染，便问，你姓什么？答曰：胡氏。又问，叫什么？答曰：离离。问者自语：胡离离，好听的名字。又问：家住哪儿？狐狸精十分爽快地说：槐树下。问的人说，没有这么个村子呀？狐狸精说：那是我的家，你怎么会知道呢？

一日夏夜，酷热不散，一村男女都在村头的树下乘凉。突然远处白光一闪，及至近前，才见是一名陌生的妙龄妇女，只因有媳妇孩子老人在场，众男子只当不见，也不与她打招呼。少妇径入村中。不久，村中一名八十老翁因未出村乘凉，待一干儿孙回家，却见少妇与老翁同床共枕。子孙大羞，欲轰少妇出门去，不料少妇已醒，见众男女进屋，忽地一声下了床，出了门，溜之乎也。儿孙回头看老人时，老人已力竭而亡。

儿孙追出去，少妇逃出村，逃到村外一棵老槐树下，"嗖"的一声，钻到树下的洞中去了。儿孙十分纳闷，人怎么会钻洞呢？便点火，欲熏少妇出洞来，少妇却不出来，儿孙们只好熄了火，罢手归去。

翌日，一干儿孙又去槐树下，进洞搜索，却见一只死狐狸，上半身白得赛兔子，下半身黑得如木炭，这才醒悟，使八十老翁丧命的，竟是一只狐狸精。

儿孙出了洞，坐在树下，方才各个明白，原来与自己有染的也是这只狐狸精啊！但是，他们各自守口如瓶，谁也不说，只一个劲地埋怨父亲或爷爷（八十老翁），都八十岁的人了，还……

村里自此平寂，一村的男子都在暗暗地盼望着自己的心上人前来与自己再度幽会，但他们显然等不来了。只有八十老翁的儿孙们知道这原因，但他们怎么会向别人说出这些事情来，给自己找不自在呢？

会生黄金的石头

讲述：王仲金 已故 农民
记录：陈英

相传古时候玉垒的某个地方，住着一户靠种植麻籽过日子的人家。随着儿女增多，日渐长大，靠种麻籽榨油，剥麻皮换粮满足不了全家吃饭穿衣。面对土少石多、坡陡缺水的土地，绰号"韩歪嘴"的老汉天天幻想发大财，有钱可雇工，治坡抬田，开渠引水，种稻种麦，当个大地主、大商户，骑马坐轿，不再受人欺负。

眼看儿大没钱娶媳妇，女大无钱愁出嫁，土地不长粮的日子，越来越难熬，韩歪嘴日夜发愁。一年四季，常常总是孤零零地坐在院子里，朝着白水江北岸的乱石滩张望，一坐就是半夜，日渐面容消瘦，脸色如同僵尸。

一天深夜，老汉突然发现河对岸一块巨石泛出一簇金黄色火焰。为不至月亮西沉后失去方向，"韩歪嘴"用一根竹竿端端正正地瞄准了发光的地点，然后划着木筏直奔北岸卵石滩上那块巨石，爬上巨石一看，表面凹凸不平，没一点光亮。于是，打着火链石看到一个形似锅底的石窝坑。被火链打出的火光照出光亮。老汉一看黄澄澄的一坑子黄金，喜出望外，小心翼翼地掏出腰里的汗巾子，款款包好放入怀中，便悄无声息地划过白水江，回到破烂的石板房院子里。

第二天清晨，孩子们出坡前，老伴像往常一样催他出门。老汉谎称腿疼。家人走了后才暗自一称，那沙金有足足一斤。老汉高兴得合不拢嘴。藏好黄金，老汉继续下地干活，一切若无其事，每到夜间，还是一如既往地坐在台阶高处，向河对岸呆呆地张望。此后连续半个月，再也没有看到那块石头发出黄色火焰。

贫贱真夫妻，老来知心伴。韩歪嘴家虽穷，但婆娘疼人，看见老汉每夜坐在那里发呆心疼不已，吼叫：老汉，你天天在这黑地里坐啥哩。老伴叫他睡觉、休息。韩歪嘴不理不睬，继续朝着对岸的巨石发呆。老伴拿来件衣裳给老汉披上，对他像变了个人的样子感到奇怪："你夜夜不睡瞌睡，像憨狗望羊球，望个啥？"

"你懂个啥，男人不守婆娘就跑了！"

老汉莫名其妙的回答，让老伴生气地说："守、守、守，看你守个啥出来！"老伴说完便径直回家睡了，再不过问。

又过了半个月，白水江涨水，洪水退去第三天，到半夜子时那石头坑子又发出亮光来了。老汉依旧划过木筏渡过白水江，取走了石窝子里面的黄金。渐渐地，老汉摸索到这石头生金的规律，洪水过后必有金生。到这年冬天，麻籽收割毕了，土地过冬闲置起来。一天，外村忽然来了几十个身强力壮的男人，老汉把来人分为两队，一队人往有沟水的地方去，开山挖渠，另一队人开挖坡地，采石砌墙。老汉的老伴惊诧地问老汉道："你个老不死的，整这么多人来，吃啥，喝啥？"

老汉诡异地笑笑说："你操个啥心？有钱有瓦，修房如耍，有酒有肉有了钱，挖渠抬地造水田，你和娃们好好做饭，把下力的人服侍好！"

这老伴听了老汉的话，心里也打鼓。心想，请这么多人，用啥付工钱？便说："丢人现眼，我可不管！"话音刚落，七八个背米、背面、背酒、背肉的乡民进得院来。老伴从没见过这门（么）多的吃喝，虽然疑心重重，却笑逐颜开地接下东西，下厨生火淘米，烧肉，泡酒，为干活的人准备饭去了。

一家人整整忙了一个冬天，老汉向雇工们一一付清了工钱，领着老伴到房后边开拓的水渠源头，一直走进一块块平坦坦的水田时，神神秘秘地向老伴说道："老婆子哎，有志者事竟成，借钱开渠引水，整坡地造田，几十亩水地产一二百担稻子，几年把账就还了……"

老伴对老汉的话还是将信将疑，说："老汉！欠一沟子账，啥时才能还得清？"

老汉胸有成竹地说："老婆子，你莫怕，能人有决心，石头能生金，水田能产粮食，儿女们勤快种好地，一年账就还清了，娶媳妇，我们就好好抱孙子了。"

春暖花开，桃花水来，白水江的第一波洪水过后，对岸石窝子里积淀的黄金又被老汉取走。到了夏天一场百年不遇的洪水，把巨石冲离原处几丈远，老汉像第一天一样搭起竹竿瞄准发光点，刚上木筏，不料，鸡叫惊醒了老伴，起床取柴生火被竹竿绊倒，索性扔掉了竹竿。到了北岸的老汉爬上石头，找不到停金的石窝子，对岸的竹竿不见了，没有了方位，打着火链也看不见石窝，直到天亮找到往日那个石坑子才发现，被洪水移开原位的巨石改变了迎水朝向，长长出了口气道："命也！"

回到对岸家中，老汉见没有了竹竿，心生怒气，正想开口骂老婆子，忽然又想，怪人无益，人要知足，贪婪天也不容，人也不帮啊！

后来，老汉为感恩白水江，在门前不远处的河上山崖上建造了一座河神庙，每年朝拜。庙门上一副对联写道："人勤天帮神鬼助，石生黄金水送财！"

死后复活又三年

采录：张福松

横丹村肖藉生于明朝隆庆年间，幼年贫，聪颖好学，至万历年间中考举人，出任山西泽州知县事多年，因积劳成疾，辞官回籍。回乡后置义田，焚贷券，常为无依无靠穷人施舍钱、粮、药、衣、棺木等。更主要的是复修因连年遭兵匪所毁之横丹土木虹桥，慷慨解囊，倾助巨资，亲临现场督工，解决了甘川进页头坝沟，翻摩天岭，到青川又一通道，更方便了南北沿河群众往返。因积德甚多，至晚年归天前曾流传一段佳话，至今民间还传说着好人有好报的逸闻。

据传有一天肖贡爷在院内树荫下乘凉，忽遇枝头鸟鸣，突然昏倒，不省人事，经救治稍醒，断断续续话语，他应阴差传叫，让去阎君前对质，后即死。家人以礼丧事，停尸于庭，七日吊唁，至三日午后，尸醒出庭，全堂爆惊复活，话述全程，老人说，他与上丹村人同名同姓，同月同日生，但男女有别，所派阴差因听说有误，一字之差错将他叫去，在十殿生死簿查明有误，还有阳寿三载，到时再来，故复归。这其中更有趣者为，他从县城皇庙回归途中，经凡昌时偶遇一妇女阴魂被当地名艺江水者追敢未着，误将巧碰者他装入陶罐内，埋于大白杨树下通道口，所巧者时遇西河骡帮运输队经过，领头黑骡奔此地渠边喝水，踩足踏破埋罐，他即爬出，爬上骡鞍隐藏运货中间，借运回家，途至周家坝村头，听运主说：奇怪，往回我骡均不出水，今日何故，运货同昔未增，步履蹒跚，四肢出水沉重，到底为啥，停脚审视，是否驮骡生病。他乘此时大悟，即下骡急回，故才有现在，即吼叫：儿孙听着，赶快着妥要人去马路等，请驮帮前来家歇息，我要款待捎我回籍复活之功臣。去人守候不久，即有骡帮通过，询问是西河运主，目前骡身肢出水未干，即遵命请回，叙说原委，当夜酒宴招待宾客，乡草精料饲喂驮骡，人畜免费，客主两欢。

时间荏苒，刚过三年，肖爷无病而终寿寝，阳寿八十三岁。

张阴阳见鬼

讲述：张冬梅
记录：刘长江

有个阴阳先生，附近的人们，都叫他张阴阳，他真正的名字是什么，天长日久，人们反而忘记了。

那时候，村里的人搞迷信活动是常有的事，不是因这就是因那，不是这家就是那家，几乎不曾间断过。大家都知道张阴阳去了谁家，大家都明白张阴阳去了会做什么，大家都心照不宣。因为谁也保不准自己不会那么做。

张阴阳来到我家时，天还没有黑。做法事的时间不是太长，一般也就一个小时左右。可是，天刚黑的时候不敢做，怕被别人发现了，法事是在村里人都睡了之后才做的。法事做完已是午夜时分。无论法事做到多晚，张阴阳都必须乘着夜色回家去。他从不在任何外村的任何人家里过夜，别人走夜路怕遇见神鬼，张阴阳是个阴阳，没什么好怕的。

那天夜里，这个世界像浸泡在浓稠的墨汁里，天黑得什么也看不见。张阴阳做完了要做的事，不顾我父亲的再三挽留，一定要回去。他摇晃着一把火头走在回家路上的时候，已经到了后半夜。那时，即使一个手电筒也是奢侈品，乡下人中，十有八九都是用不起它的。夜晚出门，有月亮的晚上还好说，遇上漆黑的夜晚，走起路来可就步步艰难了，但是，并不是无人出门，也不是全无在路上照明的办法。

也不知道走了多远，张阴阳手里的火头慢慢地暗了下去，最后终于灭了。周围一团漆黑，他看不清路在哪儿。张阴阳在黑暗中摸索着，真是寸步难行，当他偶然站住，抬起头来，想要擦一把汗的时候，他瞥见不远处有亮光。张阴阳想，有光的地方，肯定是个村庄。他在心里盘算着，我要是到那个村里再弄一把火头来，路就好走得多了。

张阴阳朝着那个明亮的村子走，跌跌撞撞地。好在路不远，不一会儿，他就到了村口。进了村，张阴阳看见很多人聚集在一起，仿佛在聚会，近前看了才明白，他们都在吃饭。他们看见了张阴阳，也热情地请他跟他们一起吃。

最先向张阴阳发出邀请的，是个主妇模样的年轻女人。张阴阳猜想，她最多也就二十出头的样子吧。女人笑脸盈盈，有着成熟女性的大方与风韵，举手投足之间，显得心灵手巧，游刃有余，而且，在顾盼之间，眉目传情，叫人顿生爱怜。女人的一身白衣白裙，又仿佛天女下凡，神仙转世，显然出自大户人家，不是小家碧玉所能企及的仪态。

在一个这样的女人面前，张阴阳显得拘谨了些，只是唯唯诺诺而已。虽说张阴阳是个走百家门，吃百家饭的人，面对这么排场、这么豪华的场面，不由得暴露出农民的做派来，他觉得底气不足，只有听话的分儿。

女人给他盛好了饭菜，唱个喏，回头又去招呼别人。

看见别人吃饭，看见那么多人都在吃饭，张阴阳突然觉得饿，饿极了，同时，他还觉得盛情难却，不由自主地，也跟他们一起吃了起来。

女人一边张罗着让别人吃，一边在距离张阴阳不远的地方，自己也吃着。

也不知道吃了多久，张阴阳突然觉得很奇怪：这些人一直都在吃吃吃吃，似乎没有吃饱的时候。张阴阳仔细观察才明白，他们吃的饭，不是吃到肚子里，而是从下巴那儿漏了下去，全都撒在了地上。张阴阳想，难怪吃不饱，也难怪他们一直吃个不停。那时他并未多想，可是，张阴阳吃了一阵子就觉得不对劲儿了。他想：我跟着他们也在不停地吃饭，而且吃了那么久，那么多，咋就全无饱的感觉呢？莫非自己的下巴那儿也有一个洞，自己的肚子，也是不可能填饱的？

张阴阳走到女人身边，问："你们是吃不饱的吗？"

女人说："你们有下巴，我们没下巴。"

女人说完将头仰起来，让张阴阳看她的下巴。张阴阳这才发现，女人的下巴底下有一个洞，她吃过的饭菜，全部从那个洞里漏下去，掉在了地上。张阴阳看了看周围的人，发现他们跟她一样，下巴那儿都有一个洞。

难怪他们吃不饱，要是他们能吃饱，那才是怪事！

张阴阳摸了摸自己的下巴，觉得并没有洞之类的，这才继续放心吃。饭真香。张阴阳认为，从娘肚子里钻出来之后，他就没有吃过这么香的饭。但是，张阴阳想，我的下巴那儿并没有洞，吃了这么久，为啥毫无吃饱的感觉呢？他想，可能是自己太饿了的缘故吧。

这么多饭菜露天搁着，时令快到冬天了，张阴阳吃起来不但不觉得凉，还感到香，但是，他观察这些饭菜时却发现，它们连一丝儿热气都没有。

小时候老听父母说："嘴巴是个填不满的坑，人一辈子都在为它忙碌呢。"那时候，我对这样的话还不太理解，从张阴阳的经历来看，这句话，是有它的道理的。

你信鬼，这个世间就有鬼，你不信鬼，鬼就没有。世间万事万物，其实都这样。

话又说回来，那天晚上，张阴阳也坚信他是撞上鬼了，他吃饭的时候却并不认为自己遇见的是鬼，张阴阳是想要回家的时候，才认为自己撞见了鬼的。我这么说的原因是，张阴阳在少妇的邀请下吃得正起劲的时候，突然隐隐约约地听到一声鸡叫，他停住了手里的筷子，仔细听起来。紧接着，从远处的村子里，传来了此起彼伏的鸡叫的声音。张阴阳觉得脑子里轰的一声响，他一下子清醒过来了。就在转眼之间，张阴阳面前的一切，突然不复存在：灯火通明的村庄，香喷喷的饭菜，全都不见了。

下弦月从东面的山头，刚刚露出头来。

张阴阳不知道自己身在何处。

临走，张阴阳把烟锅故意落在了他吃饭的地方，他想明天再来确认他吃饭的地方是不是一块坟地，他认为他是见了鬼了，他认为他吃饭的地方，是一块很大的坟地，埋葬着无数的亡灵。可是，第二天，张阴阳去找，却怎么也找不到他曾吃饭的那个地方了。张阴阳在他认为的地方见到的，不过是一片杂草丛生的荒地，别说是坟头墓碑什么的，连人类活动的痕迹也不曾发现。

他的烟锅，就这么丢了。

雪豹精

采录：张庆 干部

秦墨枫十岁那年，在树林里看到一只洁白的小雪豹，被猎人放置的捕兽器夹住了脚，那只脚被夹得血肉模糊，即使放出来，也是残废。小雪豹痛苦地呻吟，眼神哀哀地看着秦墨枫。秦墨枫顿生怜悯，掰开捕兽器，用金疮药仔细为它包扎伤口，并撕下自己的衣袖给它包扎了伤口。做完这一切，他才放开小雪豹，它马上箭一般飞奔而去，奔到不远处时，它忽然回过头来，定定地看着秦墨枫，朝秦墨枫温柔地叫了几声，似乎在向他表示感谢，然后瘸着一条腿消失在树林深处……

这只小雪豹是一只修炼了九百年的雪豹精，叫雪柳，再过一百年，她便是千年雪豹精，可以幻化成人形了。可是她迫不及待，想马上变为人形，去报答她的救命恩人秦墨枫。于是她去找修炼了两千年的母亲，求她能帮自己实现这个愿望。母亲说："这是我的修炼金丹，你只要吃了它，便可幻化为人形……"母亲还没说完，雪柳已经一把夺过修炼丹吞下，飞走了。老雪豹望着雪柳飞走的方向，无奈地摇了摇头。

八年后的秋天，秦墨枫准备进京赶考。一路奔波，又饥又渴，日暮时分，他来到一座山下的破庙休息。秦墨枫吃过干粮，在破庙里沉沉睡去。不知过了多久，来了一伙强盗打劫钱财。忽然，庙外一阵白烟，又是一阵"呼呼"声传来，那七八个强盗竟纷纷倒地而亡。

秦墨枫又是惊恐又是疑惑，只见门外站着一个美艳的白衣女子，手持一把宝扇。秦墨枫慌忙站起来施礼："多谢姑娘出手相救。"那女子温婉地笑道："不必客气。"白衣女子走动时，身体总是向右侧颠簸一下。秦墨枫暗自惋惜，这姑娘美貌如花，不料竟是个跛子。秦墨枫又施一礼，道："敢问姑娘贵姓芳名？"白衣女子笑着说："我叫雪柳，从小习武。这一带强匪出没，你又是个弱书生，我也正要上京去，不如咱们结伴同行吧。"秦墨枫听了正中下怀，连忙应允。

这个白衣女子，正是修炼了九百年的雪豹精雪柳。一路上雪柳保护秦墨枫的安全，负责寻找旅馆歇脚，张罗饭菜供秦墨枫享用，秦墨枫只需发愤攻书便可。因为得到雪柳无微不至的照料，秦墨枫平安到达京城，状态极勇，科举考试一举夺魁。

这一段时间的相处，秦墨枫觉得雪柳虽然左脚残疾，却生得花容月貌，又心地善良，还将自己的饮食起居照顾得井井有条，这让他对雪柳充满了感激和爱恋。两人感情渐深，如胶似漆，难舍难分。秦墨枫走马上任后，就偕雪柳回老家举行了婚礼。

洞房花烛夜，只见眼前白光一闪，一只雪豹出现，瞬间幻化为一个穿白衣服的老夫人站在雪柳面前，雪柳不由得脱口而出："母亲！"母亲问："看你已幻化为人，那颗修炼丹想必早被你吃了吧？"雪柳见母亲满面愁容，十分奇怪，于是追问："母亲为何叹气？"母亲这才说："那天你夺了修炼丹就跑，我本来想告诉你，你功力尚浅，吃了千年修炼丹，一年之后，不但你九百年的修炼，就连你的肉身，都将灰飞烟灭。我这次来特地告诉你这一点，你要提早做好打算。"

雪豹闻言，惊恐万状："女儿应该如何打算？"

母亲指了指秦墨枫的卧房，说："你为那个人吃了千年修炼丹而幻化为人形。如今要保全你自己，唯一的办法是将他杀了，吸光他的血，才能破解你体内丹毒的诅咒，而且还能提前得到一千年的修为。"

雪柳大吃一惊，连连摇头："不，我不能杀了他还吸他的血。"母亲叹了口气，说："你如若不忍心，就只有死路一条了。人妖殊途，你要好自为之。"母亲说完，身体一旋，化作一阵轻烟，消失在夜色中。

一年的大限快到了，今晚月到天心的时候，就是自己灰飞烟灭之时，雪柳感觉身体慢慢地分化为一小块一小块，最后变成一群白色的蝴蝶，在秦府里久久徘徊不去。雪柳知道，自己只有几天的寿命了，很快便要死去。

雪柳莫名其妙地失踪了，这让秦墨枫痛不欲生。白蝴蝶每晚都飞到秦墨枫的窗前翩翩起舞。这些白蝴蝶忽而排列成秦墨枫的名字，忽而排列成雪柳的名字，令秦墨枫不由得触景落泪。他不知道，这是雪柳最后为他而跳的舞蹈。接下来的几天，白蝴蝶再也没有出现过。

一天夜里，老雪豹潜入了秦墨枫的房间，打算杀死他为女儿报仇，当她来到秦墨枫的床前，提剑想下手时，却见秦墨枫怀抱着一顶白豹子帽在睡觉。白豹子帽是雪柳生前最爱的宝贝。老雪豹心想，这人倒真是很爱我的女儿。但随即又想，要不是他，我女儿也不会死。心下怨恨，提剑就刺将下去，忽然她惊叫一声，仓皇逃走。秦墨枫的颈项上，分明挂着一个麒麟八卦符坠子，知道她惧怕麒麟八卦符的人，只有她的宝贝女儿了。老雪豹忽然老泪纵横，对着野外苍茫的夜空咒骂自己的女儿："雪柳呀，你为何死了还不忘保护那个该死的人类！"

秦墨枫暗地里派人到全国各地寻找雪柳，当然杳无音信。秦墨枫思念成疾。一天深夜，他掉入一个深沉的梦堕，他梦见雪柳在哭泣，他走进去想安慰她，她却马上站起来走开，带他走进一片树林，秦墨枫感觉眼前的场景似曾相识，这不正是他十岁那年的光景吗？

往事在梦里历历重现：树林、捕兽器、受伤的小雪豹……

老太太与老母鸡

讲述：刘焖子
记录：刘长江

有个老太太，掰完了山坡上旱地里的玉米，又到地里去砍玉米草。在独自干活的间隙，老太太偶然一回头，看见一只黑色的老母鸡，带着一窝金黄色的小鸡，在地里寻吃食。老太太寻思，这是谁家的老母鸡？居然孵了一窝秋鸡子出来，真真少见。玉米棒子已经全部弄回家去了，地里剩的，只有高大壮硕的玉米秸秆。老太太要做的就是把玉米秸秆砍了，捆了，再把它们转移到里侧的山根底下，过一些时日，等草彻底干了，再背回家里去，作为耕牛的冬粮。老母鸡带领小鸡在这块地里找吃的，按理说，是别人的鸡到自家地里来，老太太完全有理由把鸡赶走。可是，老太太没有这么做。老太太心里想的是，地里已经没什么庄稼给鸡来糟蹋了，何苦还要把鸡们赶走呢？都已经是深秋了，老母鸡还辛辛苦苦、兢兢业业地孵出这么多小鸡来，它也不容易不是！

这个老太太一直砍到过了中午，还没有把矗立在地里的玉米草砍完。老太太感到累了，是真的累。她觉得力气已经大不如年轻的时候了。她觉得饥肠辘辘，口干舌燥。老太太要回家吃晌午饭去了。老太太回家的时候不曾想到，老母鸡带着小鸡，远远地跟在她后面，也到她家来了。进了院子，老太太上了台阶，进了屋，她用眼角的余光看见，老母鸡领着小鸡，径自钻进院子一侧的鸡窝里去了。仿佛这只老母鸡原本就是她家的鸡，仿佛小鸡也是她家的。可是，老太太想，我咋不知道家里喂了这么一只黑颜色的老母鸡呢？

　　饭是儿媳给她做好了，留着的。这个儿媳不赖，她把老太太一贯暴戾的儿子，没动啥脑筋就管得规规矩矩、服服帖帖的，在两个老人面前，儿媳却是低眉顺眼的样子。这天，老太太回家的时候，儿媳领着儿子，让他赶了牛，到另一块地里犁地去了。老太太吃了午饭，又歇了一阵子，下午出门，她打算继续到那块地里去砍玉米秸秆。老太太没有想到，老母鸡带着小鸡，又跟着她出了院子。让老太太纳闷的是，她走了很久也找不到上午砍玉米秸秆的那块土地了，回头一看，老母鸡也未带着小鸡，一直跟在她的后面。老母鸡是啥时候离她而去的？老母鸡带着一群小鸡去了哪儿？老太太竟然毫不知情。

　　老太太就是这时候醒来的。醒来之后，她看见外面白亮亮的，阳光刺目，老太太这才明白，刚刚，她不过是做了个白日梦而已。

　　因为是白日做梦，老太太并未往心里去，对家里的任何人，她也从未提起这个梦。

　　在村里，老太太的老头子就是解梦高手，老太太耳濡目染，也是约略知道一些关于梦的说法。老太太老是忘不了那一天的那个白日梦。老太太后来认为，这个梦，肯定是个很好的预兆。究竟怎么个好法，她也说不出来。老太太明白，好梦是不能说出来的，说了，要么梦就不灵验了，要么，梦所预示的好运气就会转移到听见这个梦的人身上。老太太认为，她不能把这个梦说出来。老太太心里想的是，她自己把梦琢磨透了，再依照梦的指引去做该做的事情，这样就万无一失了。

　　转眼到了冬天，村子里的人都在村庄附近偷偷开矿挖金。

　　老太太想，老母鸡带的是一群金黄色的小鸡，梦所预示的，会不会就是黄金呢？

　　老太太的儿子不听老太太的，也不听老头子的。他只对媳妇唯命是从。老太太暗地里找到儿媳，对她说，你让儿子也到那块自家的地里开矿去吧。儿媳说，还是稳稳当当的好，万一挖不出金子，亏了呢？老太太说，不仅不亏，我保证还会发一笔不小的财呢。儿媳问，为啥这么肯定？总得有个理由吧！老太太不说，只说，我让你安排儿子去挖，你就安排你的，我一个做娘的还会害了你们不成？儿媳想了想觉得，婆婆说的也有道理，就让她的男人去做。后来果然不出所料，老太太的儿子只用了短短三个月时间就发了大财，村里其他的人，十有八九，不仅没有挖出金子来，反而赔进去不少。

　　儿子发了财了，老太太这才把梦见老母鸡的事情对老头子说了。老头子听后，沉思了一会儿，这才对老太太说，也不见得就是一个好梦。

老太太想，金子都已经卖成钱了，钱都存在银行里了，还说不是好事情，那么，啥事情才能算是好事情呢？

老太太只是这样想想，她的嘴上并没有说出来。

一家人平平安安地，又过了三年时光。

三年后，老太太去世了。

更后来，儿子忍耐不住，又开了个小矿。就是这个矿，不仅没有挖到金子，还出了很大的事故，把第一次开矿的收入，不多不少，全都搭了进去。

老头子想，如此看来，老太太就是她在梦里梦见的那只老母鸡。老母鸡走了，小鸡会跟着老母鸡走掉，老太太死了，当然也会把财富从这个家里带出去。老头子对前前后后发生的这些，仿佛局外人一般，自始至终，不痛不痒，不喜不悲，他甚至认为，事情的发展就应该是这个样子。

时至今日，老头子仍坚信他对这个白日梦的判断。

龙洞山的传说

采录：严凤岐

文县让水河流域有个渭儿沟。沟内有座龙洞山。山腰上有块平缓的土地，生活着几十户人家。它隶属范坝乡高桥行政村，叫严家坪合作社。

据说龙洞山原来叫茅坪山，有一年的夏秋相交之季，山神向族人托梦，让住在茅坪山下的山民搬家回避，原因是久居山上的龙要归大海了。族人们商议后便杀鸡宰羊，焚香祷告，希望龙王绕道而行，保佑山民的安康。果然，在暴雨下到第三天的夜晚，茅坪山上，山崩地裂，响声如雷。第二天，在严家坪北山后就被洪水冲出一条四丈多宽的泥石流，直抵河脚。天晴后，人们发现茅坪山上新出现了一个山洞，斜插山体深处。龙洞山由此而得名。

相传，祖先是明朝年间迁徙进入让水河流域的。最早定居在今天范坝乡政府下游一公里距离的严家坝。当时，距严家坝二十五里的龙洞山下还是未开发的原始森林。祖先们便在那里狩猎，开荒种地，以养家糊口。由于严家坝地处当时碧口至四川青溪一带的大路边，兵来匪往，常常受到骚扰。为了相对安宁的生活环境，祖先们就在山大沟深的龙洞山下开发定居下来。今天，严氏家族最早的"先人案"还保存着，发黄的油布上并排站着两兄弟。

他们身背弯拐猎枪，头插野鸡翎，身材高大，体格强健，很有些氏、羌族少数民族的特点。另据老人们说，严氏家族有座家庙，名叫白马庙。早些年，逢年过节时都要去祭祀。新中国成立初期，那座庙还在，后来是自己垮了。如今庙址还依稀可辨。

异人"江水"的传说

采录：谭广馀

张全贵家祖先中有个人名叫"江水"，青年时外出，家人不知去向，父母日日牵挂不已，但总也问不上信。年复一年杳无音信，时间长了，牵挂之情渐渐淡去。

话说江水外出后，碰上一位木匠师傅，师傅见他精神、干练，干活麻利，眉宇间透出"灵秀"之气，就劝他学木匠手艺，江水见木匠师傅技艺精湛、高深，就拜木匠师傅为师，跟随走南闯北，给人修房造屋，建造寺庙挣钱生活。

几年后，木匠师傅见这小伙子诚实、机灵、聪颖，悟性极强，一点就知，一学就会，心中十分喜欢，便想把他培养成一个异人。不久，木匠师傅便带江水到湖南的一座大道观，这座大道观叫"金光洞"，道观很有名气，里面人很多，都是来自全国四面八方的修道之人。有几位道长银发白须，面色红润，步履矫健，气度非凡，平时不显山露水，只有对得意门生、道徒才传授颇为高深的法术，如"撒豆成兵"之术、"移山填海"之法等。于是木匠师傅就和江水一起入道，拜道长为师。在道长的指导下，勤学苦练了几年，深得道长青睐，道长给江水传授了道家一些法术，使江水成了一个"术士"。有一天，道长给木匠师傅说："你的徒儿学得很好，你把他叫来，我有话说。"木匠师傅就把江水叫来，江水拜见道长和木匠师傅后说："道长叫徒儿不知有何事要说？"道长说："你的名字就叫江水吧，你已经学成，可以回家了，出了'金光洞'以后，切记不可显露自己的本事，不可凭道术害人，否则就要害到自己，切记！切记！"江水满含热泪地说："师傅的话徒儿记住了。"江水拜别了道长和木匠师傅，依依不舍地离别了"金光洞"，徒步数月，回到了阔别八九年的家中……

调鬼修房

江水离家八九年后忽然回到家中，给父母、弟弟一个十分意外的惊喜，也给村上乡亲一团迷雾。不论是家里人问还是邻里们问他，这几年都去了哪里，怎么给家连个信也不捎一个回来。江水说："出门之后碰上一位木匠师傅，收己为徒，学了几年手艺，然后是行艺，到处给人做木活挣钱养活自己，因为越走越远，碰不上文县人，无法捎信回来。"江水绝口不提去"金光洞"学道之事。

回家之后，听说江水会做木活，乡亲们修房、造屋、做家具就请他，他做的木活工精艺高，人人称赞。每晚回到家里，躺到"月照"床上，怎么也睡不安稳。他想到，走了八九年，家里越穷了，房子年久失修，破烂不堪。他下决心要改善一下居住条件，要修一座新房让父母住得舒适些，做儿子的心里才安稳些。于是在这年冬天，他利用昼短夜长的特点，在一个晚上人们熟睡以后，即施展法术，调鬼修房，到第二天早上一座漂亮的土木结构新宅院耸立在"安家那"（安雄来房后），人人都惊奇不已。

江水调鬼修房，显出了所学的法术，人们问他是从哪里学来的，他不得不把去"金光洞"拜道家学艺之事如实说了出来。村上好多年轻人看到他有如此"本事"，也想去"金光洞"学艺，但他说：去"金光洞"学艺已不可能，因为"金光洞"出来的高徒有"撒豆成兵"之术、"移山填海"之法，此事震怒了朝廷，在他离开"金光洞"不久，皇上下旨把洞用铁水封死了，道长、道友纷纷逃离，不知去向。那些青年只得作罢。

后来说因是鬼修的房子，人住进去了不安宁，于是住进去的人又搬了出来。有一年夏季房子被雷电击中，引发大火而烧毁了。

"法斗"洋汤爷

有一年，木行神洋汤爷游到白水江，沿北岸而下，到横丹后又从南岸而上。一天，马驮着洋汤爷从河口上行到田家坝地界上，这时江水走在去水坝的崖道上，看见洋汤爷往上走，就想玩一下法术，和洋汤爷开个玩笑，随即在马前画了个"一"字，即成为一道无形的"铁门槛"，驮洋汤爷的马再也移不了步，跟随的人就举鞭猛抽马的臀部，看着抽出了血，马还是原地踏步。其中一位跟随洋汤爷多年、十分老练的人说，他从未遇到过这种情况，而后忽然醒悟道，可能是有人作法使坏，随即对洋汤爷说："老爷您显显灵吧！是有人在使坏，您不给治治吗？"话音一落，只见一只大苍鹰从高空俯冲而下，双翅伸展足有丈余，对着崖道上的施法者就是一翅膀，一下就扇滚到路下坡上，这时这人为了挽救自己，本能地急忙抓了一把羊胡子草，草却连根拔了出来，又急忙抓住一块石头，石头又连根翻出，人和石头一起滚落到白水江中，人也被水淹死了。跟洋汤爷的人看见洋汤爷的头掉落在地上，胡须也没有了。淹死的人被打捞上来后，有人认出这不是凡昌的江水吗？虽然他在"金光洞"学过法术，但是人怎么能与神斗法呢？他忘记了离开"金光洞"时道长的谆谆教诲，送掉了性命。

永宁寺的白牡丹

采录：田尚勤

文县上丹乡天头坪村有座古寺，临山修建，称永宁寺。寺中有株很大的古柏，浓荫覆盖寺院。月光下的树影远映在深谷一旁的小龙山上。小龙山蜿蜒而下，活像一条昂首活泼的小龙，青翠秀雅。小龙山的崖穴中有一条白蛇已修炼多年。一天东方欲晓，白蛇在洞口吐纳，忽然一股泥土气息飞来，白蛇算知洞府将破，不能存身，须另寻潜修之处。它向左一望，永宁寺里的古柏映入眼帘，这树大中空，正好可以藏身，于是飞身前往，藏于树中。古刹中的暮鼓晨钟、馥郁的香烟，更添了白蛇修炼仙灵之气。日往月来，斗转星移，白蛇采灵气受光华，变成了一个苗条的白衣女郎，每日黎明之前在大雄宝殿上礼拜参禅。时间久了被寺中老和尚发现，便暗中窥视。一天东方将现出鱼肚白，只见古柏中升起一道光亮，从光中飞出一位白衣女郎，飘然落地，风带飘逸，轻盈旋转，使殿上殿下无丝毫尘埃。佛前灯不点自明，香不烧自燃。只见女郎向佛敛衽三参。老和尚见此情境不禁"啊"了一声，女郎立即飞身进树。和尚以亲眼所见，向人宣扬树中有仙。从此树前香火，反盛佛前。终日有乡人朝拜，披红挂匾，香烟袅袅。此事被天上雷神知道，便派遣五雷来击，这天乌云滚滚，雷电交加，古柏在电闪雷劈时，从树中飞出一条长长的白蛇，乘着火光，脱下了蛇壳，一白衣女郎腾空而去。从空中飘下的蛇壳碎片，化作一片片白花落入寺内。以后永宁寺里长出了白牡丹，白牡丹花年年盛开不衰，花开时节，远近的人来寺里看花。古柏被雷击后，上半截断去，树中留下很深的焦灼黑洞。至今此树虽被毁，其根尚存，直径约一丈。

上丹是清朝雍正年间大理寺左少卿何宗韩的故乡，何辞官回乡后，常游此寺，有感于故事的传说，结合佛经禅语，在寺内写了一块木匾"天花妙解"四字悬在正殿上，此字至今犹存。

遇仙桥的传说

采录：田尚勤

文县所城南门外，对面的山坡上有一座古刹，称"南崖寺"。西临螃蟹沟，靠崖石窟内塑有佛像，人称"盘溪洞"。南崖寺依山傍水，俯瞰两城，风物尽收眼底，老学究多在此设馆教学。

康熙年间，有一个贫寒人家子弟名叫何牛娃亦来此上学。何牛娃纯朴老实，读书用功，同学们经常戏弄他。寺的西侧便是山涧，一股清泉潺潺流下，夏天取饮，极为凉爽。一天赤日炎炎，放了午学，学生们都拿上壶去山涧取水。从寺后上山涧要经过盘溪洞，路陡崖险，高个子的学生跑得快，爬了上去，只有何牛娃走在最后面。恰在此时从崖上下来一位白胡子老头，拦住何牛娃说道："这路难走，你在这里等着，我去把水给你打来。"说完，便接过了壶，上山坡去了。老头和同学们一起向涧走去，到了涧水边，别的同学都在打水，老头却背过身往壶里撒尿，同学们看得清清楚楚，但是谁也不声张。老头尿毕，提上壶从原路下来交给何牛娃，何牛娃渴得正紧，抱起壶一气喝了个壶底朝天。等何牛娃喝毕，众学生拍手调笑，齐嚷道："何牛娃把尿喝上了……"大家才说出老头往壶里撒尿的情境。何牛娃认为众学生在戏弄他，始终不相信，尽管大家说得有鼻子有眼。何牛娃想，尿也罢，水也罢，反正已经喝上了，吐也吐不出来，就不再管它了。

从此何牛娃变得格外聪明，读书、做文章十分颖悟，十三岁后连科及第中了进士，官至大理寺左少卿，直到经筵讲官。何辞官回乡以后，曾补修南崖寺，并在螃蟹沟上架起一座木桥，以方便游人，后人称此桥为"遇仙桥"。

金海爷的銮驾

讲述：袁怀进
记录：张财林 干部

　　玉垒古关，白龙江北，斗底山上斗底坪金海爷是张氏大家的宗神，也是文县有名的三大神之一。据传说，在清朝光绪年间，文县县衙一位县长坐轿下碧口巡视工作，路经玉垒关两江汇合处厂石坝时，望见对面山上一座古庙古柏围绕，行人介绍说那就是斗底山上斗底坪金海爷大庙。人说金海爷很灵，此时县长心想一试，便拿出随身的县印对着斗底山大庙照了三下。这位县长碧口巡视完毕，回到文县后，当即大病缠身，头痛发烧睡床不起，请医生医治吃药不应，请端公抯治问卦不灵。听说把请来问卦的端公关押了一班房，又派人四处查访，闻玉垒有位裴公是位有名的端公，便立即派人去请上县来给县大老爷断改，裴公（端公）答应前往。第二天一早起身出门上县行走，当走到玉垒桥头上，碰见一男一女两个小孩坐在斗上（斗是古代用来计量粮食的一种用具），前面还放着一个筐，筐中装着一条鱼。裴公心中一想，这是个好兆头，可能是与玉垒仙桥对面斗底山上斗底坪金海土祖娘娘有关。裴公到了县衙后，晚上就开始问神断卦，香灯点燃，焚纸化钱，县老爷和夫人均跪在地上。裴公打起羊皮鼓请神，当神跳下来时便开口给断说原因，在场的人都洗耳恭听，此时裴公开口说道："你从玉垒仙桥过，我在斗底山上坐，吾神没有招惹你，你照我三印是为何？"这样一唱说，县太爷吓得大吃一惊。当即磕头，点烛燃香，烧纸化钱请罪，此时这位县长夫人还有点不信，为了证实真假，就开腔问道："既然你说得这样准，请问我夫君的小名叫啥？"此时此刻，正在关键之时，突然从门外跑进来一只黑狗，裴公一看有神扶助，当即就说，你的名字叫黑狗，当时县长夫妇二人信之入神入骨，众多在场人哄堂大笑。从此，这位县太爷的病也好了，同时便把受冤枉关押的端公全部放了。这位县长为感谢裴公断卦有功，和金海爷的神威灵应，当即请人做了一副銮驾，送给斗底山上斗底坪金海爷。裴公给县大老爷断改祸福一事名传至今。

千手观音的来历

采录：严凤岐

传说古时候有个楚庄王，他有三个如花似玉的公主，分别叫妙清、妙音、妙善。这三个公主志向差异，各有所好。聪明美丽的妙善公主从小笃信佛教，对其他一切都不感兴趣。转眼间，三姐妹都已长大成人，楚庄王便为她们选择佳婿。妙清、妙音均已顺旨成亲，唯妙善拒命不从，执意要出家为尼，学道修行，皈依佛门。楚庄王怒气冲天，将妙善一阵乱棍后，监禁于后园。数日后，楚庄王和皇后一同来到后园，劝说妙善回心转意，但妙善坚决不从，誓死也要皈依佛门。最后，楚庄王只好罚她到白雀寺暂时修行，让庙主劝说妙善回心转意。

白雀寺中有五百尼僧。寺院僧主叫夷优，其道法高强，聪明过人。妙善还未到寺院，楚庄王的圣旨就到了，要僧主苦劝公主回宫成亲，若劝不回宫，就要放火烧毁白雀寺。

寺主夷优遵照楚庄王旨意，经多次苦苦相劝，但妙善学佛之心坚如磐石，宁死也不婚配。

楚庄王得报，一气之下，点兵马五千，将白雀寺团团围住，先捉拿了妙善，又四面放火烧毁了白雀寺。可怜寺中五百尼僧被全部烧死。楚庄王并不解恨，又于次日将妙善押赴法场，准备问罪处死。这时，突然狂风大作，天昏地暗，妙善项上的枷锁不开自脱。楚庄王急命监斩官用红绫缠住妙善的脖子将其勒死。正在这时，忽然跳出一只猛虎，吓退了法场兵卒，将妙善的尸体衔入口中，一溜烟跑向山林。

当妙善苏醒过来时，才发现自己躺在深山密林中，正惊疑时忽见一青衣童子手执长幡，走到她身边说："吾奉阎君敕旨，迎接公主游十八层地狱。"妙善问道："此是何地方？"童子答道："此是阴司。闻公主慈悲，主司启奏，十王大悦，普传敕旨，特来迎接。不须惊惧，即刻登程。"

妙善随童子飘飘然来到鬼门关，但见牛头马面、众鬼囚犯都在前面拱手相迎。入了关门，童子领路，四处游荡，并边走边讲："不忠不孝，受凌迟碎剐、剥皮剔骨之刑；贪淫屠戮，受盘头双枷之刑；势豪凌虐小民，受铜床铜柱之刑;谗僭暗害,受抉目拔舌、抽肠剖腹之刑;推人落水,受奈何水淹之刑;钓鱼射鸟,受铁鹰、铁犬、毒蛇、恶虎咬啮之刑;纵恣口腹、食尽水陆,受沸汤油锅之刑。"

不知不觉,妙善来到了十王殿。阎王请她诵经说法,超度地狱中亿万鬼囚。当妙善公主遍游地府后,阎王便让青衣童子复送妙善到密林存尸的地方,给她还魂。妙善复活后,便来到惠州香山隐居修炼。

再说楚庄王下令火烧了白雀寺,寺中五百尼僧全部被烧死,他们的冤魂集结在一起,到地府告状。阎王招来判官,查看生死簿,见楚庄王还有二十年阳寿,只好让尼僧们变成各种毒虫去咬楚庄王,叫他有药难医,活着受罪。被咬后的楚庄王全身腐烂,痛苦万分,遍求名医,均无好转。

几年后,楚庄王病情恶化,危在旦夕。正在香山修行的妙善得知父王的病情后,不念旧恶,决定报答父亲的养育之恩,便化作一老僧下山给父亲看病。

老僧来到宫中对楚庄王奏道:"万岁之病延缠已久,需得速效,非药肆中之药可医,需用女儿的手、眼各一双配成药丸,一吃即痊。"楚庄王一听,立刻叫来妙清、妙音两位公主。述说原委后,两位公主吓得魂不附体,都不肯献手献眼。

老僧见此情况,突然摇身一变,现出妙善真相,并主动割剁手眼,献给父王。楚庄王调剂服用后,果然药到病除,很快恢复了健康。

病愈后的楚庄王感到愧疚万分,主动退位让国,前往香山修行。

妙善舍手眼救父,精忠行孝,成为佳话。举国臣民吁叩天地,祈求归还妙善全手全眼。这一行动感动了天庭,玉帝便下旨归还妙善"全手全眼"。不料,传旨天官听错了音,把"全手全眼"误听成了"千手千眼",于是妙善就变成"千手千眼"观世音菩萨了。

裴公逸事

讲述:裴生峰
记录:王义军

裴公是玉垒筏子坝村王家滩人,是方圆百里有名的端公,他不仅跳神弄鬼有名,而且使曲肚子艺也出名。所以当地人都说他是一个好事做尽、坏事做绝的双面人。

　　裴公最绝的手艺是祈雨，每年夏天，天干火旱的时候，村里人眼看地里的庄稼快要干死，村民们便商量好一起去求裴公祈雨，裴公这时便是最傲慢的时候，只见他悠闲地吸着旱烟，再慢慢地吐出来，如此反复。等村民们求情的话说够一箩筐，他才慢悠悠地站起来，头朝天把整个天空看一遍，然后伸出手指三掐两掐，果断地说三日后到白马爷庙里去祈雨，到第三日晚上，村民们便带上他安排的香、纸、鸡、鸡蛋和一桶水兴高采烈地去庙里看祈雨。这一天晚上是村里最热闹的时候，家家户户都赶到庙里来看祈雨。等村民们把庙里围得水泄不通，裴公就会被几个有威望的老人陪着走进来，这时村民们会自觉地给他让出一条道，他径直走到白马爷神像前，上香、烧纸、跪拜、杀鸡敬献，然后他做一擂鼓姿势，鼓声四起，顿时庙堂震耳欲聋。随后，裴公便站在神像前身体开始不停晃动，他已经被神附身，他嘴念咒语，手挽法术，不时还几声狂吼，不一会儿满天星空慢慢就有乌云笼罩，眼看庙上空的一团乌云朝西飘去，只听裴公怒吓一声："你跑！你是哪路的小神敢和我争云抢雨。"只见他口念咒语，手指不停在钩，很快一团乌云就被他钩回来了。他继续挽法、拍手、踏脚，有时还在地上翻几个跟头，突然他爬上桌子，把他身穿的长衫掀起一扇，一个闪电就扑面而来。紧接着，裴公又迅速从水桶中拿出一个鸡蛋摔在地上，顿时一个响雷，他扇一下长衫就是一个闪电，摔一个鸡蛋就是一个响雷。等到火候到了，裴公便从水桶中打出一马勺水往地上一泼，霎时电闪雷鸣，大雨倾盆。祈雨成功了，裴公便露出成功的笑容，拿起献鸡扬长而去。

　　裴公手艺高超，但也是村里有名的懒汉，他从不下地干活，地里重活都是村里人帮忙，手上的活只有他老婆干。他老婆什么活都干，就一样推磨的活干不了，因为她有晕病，推磨转圈她就晕吐。所以这项活只有落到裴公的身上，裴公经常磨的面是上顿不接下顿，他老婆为此经常和他吵架。有一天他突发奇想，我既然能弄鬼，何不捉一些鬼来给我推磨，晚上他把粮食放到石磨上，然后用纸剪了些纸人放在推磨棒下，念了咒语，施了法术，然后悄悄去和老婆睡觉。他刚要上床，老婆便骂他说，明天早上还指望你磨的面下锅，你不去磨面跑来干啥？明天你不吃，我找的几个背粪的人还要吃呢。裴公神秘地说，你今晚起夜就在屋里，鸡没叫之前别出门，明天有你吃的面。老婆不知他要什么花招，乏了也就睡了。半夜老婆起夜，越想越不踏实，天一亮干活的人来了没面吃咋办？于是一便起夜就到磨房去看个究竟，她借着暗淡的月光往磨房一看，吓呆了，一个个披头散发、龇牙咧嘴的鬼怪正在推磨，鬼怪听到有人就忽然消失了，等裴公婆娘醒过神来，已灌满了一裤裆两大腿的尿，她一溜烟跑回睡房，又开双腿边骂边让裴公拧棉裤上的尿，裴公又气又笑，责怪婆娘没听他的话。此时天也快亮了，因那时裴公婆娘和大多数人一样只有一条棉裤过冬，一时棉裤难干，明天又有人来背粪，咋好意思见人？还是裴公聪明，他给婆娘说，明天人快来时你就假装在磨房去推磨，人一来你就说你推了一晚上的磨，汗把裤子浸湿了。这样第二天才把那些干活的人给骗过。

常言道，十个端公九个嫖，剩下的一个是熊包。裴公当然也好这一口，他常常寻花问柳，老婆起初还管教，但后来也管不住了，他老婆还经常给别人说，我不是天天把男人拴在裤腰绳上的，看他咋地，只要不把老娘甩了。这样裴公胆子更大了，传说他嫖女人还有个怪招，就是只要他看上的女人，他都能勾到手，话说有一次裴公到邻近的一个村子去吃喜酒，在酒席上他看见一个媳妇长得特别漂亮，而且温柔贤淑。裴公上看一眼下瞟一眼，心里像有小兔子一样跳个不停，几杯酒下肚，他顿时淫心四起，又壮了几分色胆，于是他利用师传的曲肚子怪招，悄悄溜到那女人的身后，掏出经常出门预备的剪刀，趁女人不备，偷偷剪下几根头发，然后匆匆跑到茅房，把那几根头发分别放入衣兜、裤兜和鞋里。作了法，就来到那女的面前，只见那女的朝他一看，他用手指轻轻一勾，那女的就像吃了迷魂药一样，跟着他来了。他立即往回家的路上走，那女的也跟着他走，走到一片苞谷地里，他已是欲火焚烧，他迫不及待地扑向那美妇人。一番享受后，一看天色不早，赶紧找出身上和兜里的那些头发扔掉，然后穿好，让那女的回家，自己也该往回赶了，但他穿好后那女的还是神志不清，不肯回去，继续在跟着他。他想可能是麻布裤兜里的那根短头发还在自己身上，他于是脱掉裤子抖了抖，然后穿上。再看那女的还是老样子，头发抖不掉，找不见，女人不清醒，这可怎么办啊？一看天色已晚，他又怕那女人的家人找来，没办法只好把裤子脱掉烧了，然后让那女人往回走。可自己没了裤子怎么往回走，更何况到家必须从村子里经过，他想来想去，实在想不出什么好办法，就坐在以前烧过的火堆旁抽烟。抽完烟站起来他感觉屁股上有个东西，随即往后一看，原来是屁股上沾了个火焦子，火焦子把屁股也染黑了。他突生灵感，何不用火焦子把下身全部染黑，就像穿了个黑裤子，趁天色暗下来的时候从村子里走过不就可以了。他赶忙找些火焦子开始涂抹下身，涂好后就往回赶，他时间算得正好，过村子天刚暗下来，如果天黑了也不行，因为那样看不见路，这种不明不暗的天色刚好合适，他走在村子里的路上只是不像往常一样手背在后面那样有架子了，而是手要放在前面，要把那物件挡住。走在村里小道上，路边房子里的人不时还和他打招呼，走了一会儿，也许是习惯的原因，他竟然傲慢地把手又背在了后面，在一个拐弯处，突然一只狗冲他迎面扑来，说时迟，那时快，他突然来了个双手扣麻雀，才险些把命根子保住。据说经过这件事之后他再也没用过那勾魂法，还很快和老婆生了个胖小子。

虽说裴公艺高法灵，手段辣，但后来还是吃了大亏。据说有一年的春天，裴公坐在他家门前的大石头上晒太阳，闲得无聊，他的手又开始痒痒了。不一会儿他看见一个木筏子从河里游下来，这木筏子是南坪喇嘛划的，每年春天都会有一些南坪喇嘛的筏子从河里经过。他看着看着，不由得心起邪念，于是他找来一些高粱秆绑了一个筏子，然后对着自己绑好的高粱秆筏子念一气咒语，手上再挽几道法术，就把自己绑的筏子的高粱秆一根一根地往下拆，他拆一个高粱秆，那河里的筏子的木头就散一根，等到他拆到最后还剩两根，那河里的筏子马上要散完时，有一个喇嘛突然从筏子前跳下河去，一会儿又从筏子后面钻上来，那散的木头就回来一根结在一起，如此反复下水了几次，那筏子就完全结好了。而此时的裴公已鼻子口里出血，昏睡过去了。后来裴公就这样昏昏沉沉地睡了半年，村里人说他好了之后，就再也没有行过艺，所以他的艺也就在他手里失传了。

耶食爷

讲述：杨俊彩
记录：杨淑静

很久以前，中寨杨家有一房人有尊家神叫"耶食爷"。听族内的老年人讲，他很神，很灵。

二十世纪三十年代初，由于各地交通运输极为不便，从中寨至南坪的贸易往来一般都得靠徒步翻山。中寨的这一房杨家中有个名叫杨民成的人去南坪（今九寨县）赶烟厂，在回来翻越野猪关梁子时已是深更半夜，那里崇山峻岭，地势险要，道路崎岖，常有被当地人叫作"棒客"的土匪出没劫掠。但杨民成那天并没有碰上"棒客"，而是天黑路滑，心急赶路的他，脚下一滑从悬崖上掉进了深渊。时值盛夏，悬崖下野草丛生，茂茂密密地像铺就了一块松松软软的垫子。也多亏如此，从悬崖直坠下来的杨民成并未受到重伤。然而，大伤没有，全身各处却剧烈作痛。他龇牙咧嘴跌跌撞撞地站起来，稍稍活动活动筋骨，四下一望，害怕极了，这荒郊野外，月黑风高，除了不时传来窸窣虫鸣外，四周是一派寂静。在这伸手不见五指的黑夜，贸然攀爬悬崖，十分危险。一不小心再次摔下，不知还能不能这么幸运。可要留在这儿等待天亮，恐怕等不到黎明，自己就成了狼的腹中食。这里荒无人烟，可真是叫天天不应，叫地地不灵。想到这里，杨民成不禁全身颤抖发软，冷汗直冒，在万般焦急无奈之下，忽然灵光一闪急中生智，想起了自己的家神"耶食爷"。他赶紧双膝跪地，一边磕头一边许愿说："'耶食爷'，求您一定要救我，等我平安回去了，一定挑个好日子送上钱财等感谢您。"如此再三，忽然听到附近有人在唱歌。杨民成心中纳闷，这么晚了，谁会在这种地方唱歌？此刻也来不及细想，急声高呼："救人、救人、救人啦！"不一会儿从悬崖上掉下一条长长的缠子（打绑腿的　种布带）。杨民成如见了救命稻草，一把抓住缠子，不知不觉忽地上了悬崖。此后，一路既不害怕，又安全地回到了家。

半年后，杨民成突然大病不起，请遍各地郎中，吃了不少药，病情竟毫无起色。眼看杨民成病入膏肓，一天不如一天，家人万分焦急。无奈之下，有人建议请人撺弄一下，看这状况怕是等着啥了（神、鬼之类的），死马当作活马医。家里人赶忙请了端公占卜问卦："你是哪路来的神或鬼，如想吃喝或要零花钱请给个上卦，自当挑个黄道吉日给你送上。"然而，接连打了几次都是阴卦，未卜出个上卦。见此情形，家人只好赶快再挑黄道吉日，请端公师傅到家里摆上桌子敬上香，点上清油灯和蜡烛开始"接老爷"。端公师傅接下来说："你这个贼儿子，不是人，没良心，你在南坪赶烟厂回来的路上掉到野猪关梁子的悬崖下，我把你从悬崖下拉上来救了你的命，你忘恩负义，说话不算话早忘到啊（那）朝了。"这时大家才知道，原来是杨民成在有难时许给"耶食爷"的愿没还。在场的族人、亲戚、朋友赶忙跪下求"耶食爷"说："您神仙不记小人过，就饶了这个不仁不义，言而无信的子孙吧！让杨民成赶快起身（病痊愈），我们定会在本月十六日晚给您送上高头凤凰一只（大红公鸡一只）、刀头肉一块（肥腊肉约三寸长，三寸宽），钱财万贯，敬上香、蜡等感谢您的救命之恩。"这时"耶食爷"说道："好，就看在大家的分儿上，这次权当是教训你一下，让你知道今后该怎样做人。"接着端公师傅敬香、焚化钱财，送走了主神"耶食爷"。第二天大清早杨民成便像正常人一样起身下床，严重的疾病像被抽走一样，突然痊愈了。众人纷纷感叹"耶食爷"真灵！

常言道：许愿还愿，欠债还钱。家人请端公师傅给"耶食爷"如期还了愿。愿还完端公师傅对"耶食爷"说："您如满意所还的愿，就请您给个'三教合同'（上卦、阴卦、阳卦）。"于是，端公师傅接连打了三次，果然"耶食爷"给出了个"三教合同"，大家心里这下都踏实了。

吃一堑，长一智。杨民成以为"家神"摸不着，看不见，便可欺骗，以致差点儿丢掉了性命。由此看来，做人无论何时何地都得诚实守信。俗话说，"举头三尺有神明"，若不知恩，罔顾信义，最终只能落个人神共弃。

玉垒龙的来历

讲述：袁怀进
记录：杨光付 干部

传说上古以前，玉垒到处都是万古老林，人烟稀少，老虎、豹子、豺狗、野狼成群，盘羊、老熊、野猪、蟒蛇和其他野兽凶猛异常。人们深入遮天蔽日的森林都要烧香敬神，结伴而行，祈求山神保佑平安。到唐末宋初年间，有一年天大旱，老天爷七个月没下一点雨，庄稼死完，连树叶、树木都晒死了。泉水干了，沟水断了，大河也干得变成了小河，山上、河坝的乡民在鸡叫头遍的时候，就背上水桶到很远的山里找水。

袁家坪东头那哈坪一个老太找水，乘着月亮穿过森林，在葛条架下的沟边发现一潭亮汪汪的清水，走到水潭边上刚放下水桶，听见"咕咚、咕咚"像牛一样喝水的声音，老太定睛一看，一个比牛头还大的头伸在潭水里，手里的木勺碰到一双硬角时，这头巨兽突然抬头，凸鼓的眼睛放出的杀气，使得老太顿然昏倒水边。快到晌午了老太醒来，再看看水潭时啥也没见，背了半桶水走回去再也不到这个水潭来背水了。

时间又过了半个月，老天爷还是不下雨，太阳刚出来就像铁匠炉里的火一样烤人，石板房、土地里都冒着"哒哒"作响的白烟。为了祈雨，袁家坪人老老少少上山撵旱魃，撵到午时，三眼炮、土炮、火枪齐鸣，人们的吼声、鼓声惊天动地。忽然起风了，天上的黑云随着一阵紧似一阵的飓风遮盖天地，雷声伴着闪电夹着暴雨倾泻而来。没半炷香时间，沟里、河里的水

像老虎追赶羊群，哗啦哗啦地奔腾起来。暴雨下了两个多时辰，山水、沟
水、河水涨得像海一样，水浪比房还高，满江漂浮着牛、羊尸体和树木。上
灯时分，突然有人吼叫："龙来了！龙来了！"山民们顺着洪水望去，果然
一条把头抬得老高的龙，顺河漂游到青沟里，在白龙江、白水江两江汇合的水
面上，突然出现一条黄龙挡住青龙去路。二龙相会，互不让路，不由分说地
撕咬起来，掀起巨浪，翻江倒海，天昏地暗。经过一场惨烈厮杀，青龙咬断
黄龙的前腿，抓瞎了一只眼睛，黄龙却咬断了青龙尾脊骨，龙血染红了半条
河。青龙失去腾跃能力，回游到那哈坪沟里，用舌头在硬崖上舔出一个长
三十多丈、宽十八丈的深潭就卧在里面养伤，黄龙带着受伤的身子游回金厂
坪湾里去了。

　　雨过天晴，那哈坪老太到沟里找猪草，看见以前那个小水潭，变成一
个又长又深的大水潭，潭水像葛条叶那么青。忽然，她以前见过的那个头又
从水中伸出来，朝着崖壁上下垂的葛条叶举起，但举起的头一次次又跌进水
里，不住地呻吟。老太终于看清这条受伤的龙，通身是海蓝色，尾脊骨受伤
严重，龙身撑不起龙头，无法吃到食物。老太砍断挂在崖壁上的葛藤条让龙
吃。葛条架砍完了，老太又从别处摘来葛条叶倒进深潭喂龙。

　　就这样一天一天地让青龙吃饱。后来，附近的葛条叶也采完了，老太又
剁来黑刺叶、破血胆、龙胆叶倒入水潭，不料这些杂草药一样的草食有生肌
接骨、行气造血的药功，仅仅四十九天青龙就能自如地游走了。

　　入秋一天夜里，老太梦里看到青龙向她叩头说："老太呵，我是袁家坪
山里生长的青龙，到东海去的路上黄龙把我打伤了回来，多亏您老人家日夜
照顾，治好了伤，明天午时三刻，我就要到东海去了，我没啥报答您，造一
条水渠、几块水地（水田），天涝天旱都长粮食，你们袁家坪、那哈坪上人
祖祖辈辈不缺粮食吃。"老太醒来才知是梦。第二天午时一刻，果然又是电
闪雷鸣，大雨如注，江河暴涨。老太拄着拐杖冒着瓢泼大雨，快到水潭边上
的山嘴上，只见青龙冲天而起，龙尾在崖壁上扫过，连续三次腾跃，一条水
渠通到草坝里，第四次飞起来落在那哈坪坡地上，扫出十几块平展展的水
田。然后，青龙顺着沟道，"唰、唰、唰"游进了白水江，不见了身影。

　　青龙走了几个月，那哈坪的水田长出绿油油的水稻。从此，那哈坪这
个地方，人们就叫成井地里，那条沟成了龙潭沟，那个水潭的名字就叫大龙
潭、二龙潭，那条水渠一直使用到一九七五年。

　　老太活了一百岁，临终前给儿孙们说："青龙给我托梦来，成了东海龙

王身边的护法神龙，你们要爱护水田、水渠啊！"老太去世后，袁家坪人修建"三官殿"，在主殿柱子上塑了一条黄龙，一条青龙，护佑天官、地官、水官和黎民百姓。每逢过年，百姓们用耍船灯、唱花灯、点笼灯和烧纸、焚香、叩头、献贡品以示感恩和纪念。据传，到前蜀时蜀国皇帝巡视边疆，行到玉垒关的阴平桥时，一条黄龙现身两江交汇的宽阔河面，稍纵即逝。

赵师家捉鬼

讲述：任天禄
记录：任德明　张金生
1980 年 12 月采录

传说石坊邓草坝村里，有个姓赵的师家，自小学习降神捉鬼，靠这手艺挣钱粮，养家糊口。

有一年的秋天，东仲沟有个姓王的农民，上山收割庄稼时，天下了暴雨，受到风吹雨淋，患上了严重的寒凉病，卧床在家。家里人焦急万分，请来了下柳元村的杨先生治疗。杨先生赶到后，立即拉脉配药治疗。因为病情严重，不能手到病除，只好守候施治。村里人看到这种情况，对病人家属说："那可能有鬼害到哩。最好还是把邓草坝的赵师家请来撺弄一下。"家里人立即借了亲戚的骡子，匹上骑鞍，搭上被子，牵着去请赵师家。

这赵师家是石坊刘师家的徒弟，他有一个习惯，遇到有人请去降神捉鬼时，都要与师弟杜师家沟通，提前谋划好撺弄的办法，等到挣下钱物之后，两人分摊享用。这次病人家里催着立即动身，他来不及与师弟谋划，所以虽然答应了东仲沟人，但对病人家庭情况一无所知，骑在骡子上心里直犯难。说来也巧，途经石坊街上时，看见杜师家坐在茶馆门上，赵师家喜出望外。原来杜师家听到东仲沟人去请赵师家，就专门在街上等候。杜师家把师兄拉到旁边问道："师兄这次去东仲沟行艺，知道不知道病人家中出的事？"赵师家答道："一无所知，正在犯愁哩。"杜师家接上说："病人有个姐夫，叫关有才，今年春季去让水河的石磨河、九源坝等地用麻布换粮食，在路过井头下独木桥时，不慎掉进了河里，被淹死了。后来，害病的这人带了几人前去寻找尸体，在找见时，尸体已经腐烂，因山高路远，无法运回，又怕狼吃鹰叼，因此就在尸体上绑了一块大石头，用木杆子戳在让水河当中，只烧了几张火纸，就算了事。对于这件事情，师兄在撺弄的时候可以随机使用。"赵师家听了以后，心中有了数，接着说："你放心，这次挣下的钱财，与往常一样，我们二人还是均分。"

赵师家骑着骡子高高兴兴来到了病人家中，与杨先生谈了一阵闲，抽了一阵烟，好酒好菜吃喝毕，就布置起神堂，挂起了他奉祀的行神洋汤龙王和杨泗大将神案，开始作法讨卦，闭眼掐算，舞弄了一阵后大声说："详测卦象，一上二阳三阴，眼见缘联家庭有个外游亲属幽魂缠身，三阴在现，病人危情严重，要驱除此鬼，要大费周折，否则难以挽救性命。"赵师家还没说完，病者全家吓得惊慌失措，齐齐跪下乞求："赵师家一定要大显神通，将鬼魂镇除，我们全家一定用重礼酬谢。"

晚上，赵师家进行降神，安排主家杀鸡宰羊祭神。随后，赵师家亲自带领村上十多名青壮年，去村外东南边一个山头上，让大家寻找飞蝶蛆虫。有一个人在石缝中找到了一只毛老鼠，赵师家如获至宝，兴高采烈带回家中。接着，他穿上法衣，一边拍手挽法，一边敲打羊皮扇鼓，浑身颤抖，假装神灵附身，跳出跳进三次，靠着神桌，面对跪着的主家，操着洋汤爷的腔调唱道："天道雾气朦胧，我是洋汤龙神。手持青锋宝剑，斩鬼除魔显灵。梅山元帅挥旗，杨泗大将先行。集力奋功镇邪，捉回东南幽魂。"接着又操着杨泗大将的口气唱道："正义神君，来显灵了，无罪邪恶，赶快躲了，害人孽鬼，死难临了。"跳唱一阵后，赵师家将那只毛老鼠一手抓来，表示病人姐夫关有才鬼魂已被捉住，并操着关有才的哭腔唱道：

> 石磨河、九源坝，将命丢在井头下。
> 他舅舅的好良心，一杆戳在河当中。
> 幽魂乱游在异乡，山野村户讨残羹。
> 今日捉回下油锅，我死你活无怨声。

赵师家这样狂跳乱唱一阵后，将手中的毛老鼠投进了院内一个事先已经烧开有两斤清油的铁锅里，又甩进了几十张点燃的火纸和三对蜡灯，顿时锅内浓烟滚滚，臭气熏人。至此，降神就算结束。主家千恩万谢，付给酬谢礼金五十块。过了十多天，病人逐渐恢复了健康。人们辨不清是药效还是神功，只绘声绘色地传说赵师家的法力。

赵师家从这次降神捉鬼之后，就成了名声远扬法力无边的师家。经常有人牵着高头大马来接去送，为人镇邪禳解，掐指卜卦。赵师家降神捉鬼的手段也越来越多，越来越巧，挣到了不少钱财与鸡、羊、猪肉等物，使他逐渐成了当地有名的富户，被人们传为一位活着的神仙。

有一年夏天，东仲沟有个姓刘的人，儿子患了痞病，也就是黑热病。当时这病没有有效的药物，但用小方子也有治好的。这家请了不少医生，也没有治好孩子的病。赵师家捉过鬼的那家人建议说："还是请赵师家撰弄一下。"孩子的父母又借了骡子，匹上骑鞍，搭上被子，牵着去请赵师家。

赵师家心中无数，不敢同行，托口家中有点事，打发主家先回。赵师家与杜师家商量后，单独前往东仲沟。半路上，他看到道旁有一只死了的鸽子，顿时眼前一亮，计上心来。他将死鸽子捡来拿上，藏到村外一座土地庙的后檐底下，打算到时使用。想不到的是，他藏鸽子时被对面山坡上放羊的一个绰号为"鬼精灵"的村里孩子看见。赵师家前脚一走，放羊娃后脚就到庙后将死鸽子悄悄地取出，放在村外一个崖洞之中，单等到时候当众揭丑。

这赵师家来到病儿家中，好酒好菜吃毕，休息了一会儿，就挂起了神案，杀牲祭祀，作法卜卦，闭眼掐指，舞弄一阵后，便对孩子父母道："神卦三教合同，垂向指在西南，显见此方有个飞鬼作怪，致使病者阴虚面黄，全身发烧，汗流不止。要根治此病，就必须祈请洋汤龙王显灵，捉回其飞鬼，装在罐内埋掉，使其永不得翻身，才能解除病人的灾难。"孩子父母按照赵师家安排，一一做了准备。晚上，降神捉鬼，赵师家操着洋汤龙王口气显言："西南孽鬼飞腾，来到家堂害人。今夜将你捉住，装进瓷罐受刑。"接着，又操着杨泗大将腔调，手舞木棍喊道："你个飞鬼怪，敢来乱作害。咋的降灵到，谁敢再抵赖。今天捉住你，要还冤孽债。"这样乱跳乱喊一阵，就带着准备好的土罐，领着村内的十多个青年人，打上灯笼火把，跟随赵师家向土地庙走去。到了庙后，赵师家在屋檐下反反复复寻找鸽子。他急得额头上冷汗直流，这时一只打灯蛾飞来，他如获至宝，捉住装进了土罐子内，拍手挽法，并叫人将土罐埋在山坡之上。

回到家中，赵师家又以降神显灵的办法，安慰病儿父母："鬼已捉住，现在已经下镇深埋，病根已除，娃儿的病不日就会全好。"没等赵师家唱完，放羊娃就将那只死鸽子扔在他面前说："赵师家，你要捉的飞鬼，我白天已经帮你捉到，请你好好惩罚。"赵师家羞得无地自容，只好草草收场。病儿不到半月就病亡了，赵师家藏鸽子捉飞鬼的事也迅速传开了。

张打鹿

讲述：张应怀
记录：任德明　张金生
1966 年采录

古代阴平气候温和，雨水充足，草木茂盛，豺狼虎豹、黑熊野猪，各类野兽极多。野兽伤人和咬死家畜的事经常发生，人们不敢单独上山。一个村庄有个名叫张治有的人，胆大心细，身强力壮，喜爱钻山放狗，猎取各类飞禽走兽，当地人称他为"张打鹿"，对真实名字很多人不知道。

这张打鹿，打猎技艺高超，枪法很准，遇到飞禽走兽，从没放过空枪。所以，一提到打猎，他非常自豪，说得眉飞色舞，有鼻子有眼。他打猎二十余年，亲手打死过四只豹子、十只老熊，至于野猪、崖羊、香獐与各类飞禽走兽难以计数。

有一年隆冬，在一个大雪纷飞之日，张打鹿独自上山庄给家畜背运麦草，刚跨进茅屋房门，只见一只金钱豹从草堆里向他扑来，他与金钱豹展开了搏斗。张打鹿乘机避开面部，转身将豹子推在墙上，用背把豹子紧紧顶在墙壁，抓住豹子两只前爪，用头顶住它的下颌，使豹子后爪悬空，一天都没有松劲。晚上，家里人以为出了事，派人上山来寻找，寻到山庄房内，看见豹子已经死了，将张打鹿从豹子怀内拖出，一起抬着死豹子回了家。

有一个秋天，正值雀鸟膘肥体壮。一天深夜，张打鹿独自一人手持火把，去村外小河边一个崖洞里捕捉鸽子。入洞数步，又遇见卧着一只金钱豹。豹子见了人，扑上来攻击，他无法躲避，又扭在一起。在两个时辰的激烈搏斗中，他的脸部被豹子挖抓得不成人样，全身多处受伤，流血不止，他不顾伤痛，将豹子拖到河边，压在水潭内淹死。这次，他破了相，嘴眼歪斜，一耳烂鼻，没有发眉，远看是人，近看如一个冬瓜。经过这两件事，人们又叫他绰号为"张大胆"。

张大胆受到这样大的伤害，却不吸取教训，嗜好打猎的习性丝毫没有改变。家人劝他说："野兽凶残，两次打豹都是侥幸，以后再别玩命了！"朋友劝他说："万物都有灵，绝不可滥杀无辜！"他自豪地回答说："我吃的禽兽心肝五脏多了，对于豺狼虎豹要吃人，猪羊鹿兔被吃掉，世上还有人吃人的道理也就懂得了。"他打的猎更多了,亲朋好友到家,少不了要用野物肉招待,他家三合头院内墙壁上与房檐下,不是挂着野猪、山羊、青鹿肉,就是架着豹骨、熊皮。左邻右舍看了,习以为常。过路客人见了,个个称奇。

张大胆五十岁生日那夜,他被一个奇怪的梦惊醒。第二天,他请了一位绰号叫"鬼有才"的巫师,杀鸡祀神解梦。他对鬼有才说:"昨夜我梦见有位身穿长衫、手拄龙头拐杖,皓发长须的老翁和一个头戴鸭嘴毡帽、身穿铠甲,双手各持一把开山大斧的神将,聚集数百只飞禽走兽,又吵又叫,前来向我讨债索命,不知主何吉凶?"鬼有才为了讨好骗钱,便解释道:"夜梦仙圣到家,眼下福禄将至,禽兽集群吵叫,意含名声大振。言之讨债索命,仅为好事多磨,可见乃为一个吉梦,不足为虑。"张大胆听后非常高兴,谢神设宴。席前,请来了几位猎户好友相陪,临行又付鬼有才纹银十两。第二天,张大胆又上山围猎。刚入山林,遇到一头母野猪带着一群小猪将要越过山头,张大胆跑上前去,把住路口,朝大猪放了一枪,但没有打中,猪群直奔而去。张大胆急忙装了枪,正准备追打时,突然从身后蹿出一头大公猪,将他一嘴掀翻,用前爪压倒在地,口蹄并用,连撕带挖,把心肝五脏全部扯出,张大胆当场死去。

仙女水珠

讲述:周世兴 校长
记录:任德明 张金生
2005 年采录

相传在远古时期,西山老母有个女儿名叫水珠。她厌倦了仙境寂寞生活而离家出走,驾起一朵祥云来到了阴平一个深山峡谷上空。那时,正值大旱,赤地千里,民不聊生。水珠看了,想拯救众民,就画了一个葫芦形的水池,将所带宝瓶中的水全部倒入池内。不料水量过大,池子装不下,眼看将要泛滥成灾。水珠急忙降落在水坝之上,躬下腰来,伸出右手,用力将手指头插进坝腰,抽出手后,出现了五个窟窿,池水从五个洞中淌了出来,霎时池内水势平静,碧澄如镜。

接着,水珠又在四周峻岭山涧,种上了各种花草,装点成了人间仙境。水珠天天浇灌山中的树木,时时清扫池面的树叶,天长日久,就化成了一块巨石，人们称为"仙女石"，永远护卫着天池的山山水水和一草一木，把这块地方打扮得一天一个样，人们百看不厌。

后来，西山老母思女心切，千辛万苦寻找到这里，发现女儿创造了一个人间仙境，已经变成了巨石。西山老母钦佩女儿，留恋女儿，变成了一座山崖，人们称为"老母崖"。她慈爱地陪伴着女儿，天天与女儿一起装扮这人间仙境。

吴骗匠骗牛

讲述：任天禄
记录：任德明　张金生
1976 年 12 月采录

在阴平西边一个两河交汇的地方，有个名叫吴岁娃的人，自幼贪玩，不务正业，善会骗人。乡民给他取了个绰号叫"吴谝匠"，有时也称"吴骗匠"。

有一年春天，吴骗匠出外贩卖牛、羊、骡、马，遇到了一个比他更为高明的对手，致使本利亏尽，只好一路诈骗求食回程。路过一个村庄时，发现一个背杂货的外乡商人，正在村旁坟园里屙屎。吴骗匠乘这人未解完毕之际，跑上前抓住衣服领口，大声训斥道："怪不得我家这几年多灾多难，原来是你小子在这里屙屎侮辱我家先人。今天被我抓住，就要为我家先祖重建陵园，念经净身。"这人吓得张口结舌，过了好一阵，才低声下气地说："大哥，小弟只是一个串村串户的货郎，修坟念经，实在无力，我只卖了十个银圆，大哥拿去自己安坟，你看行不行？"吴骗匠感到再榨不出水，便假装开通地说："看你娃也可怜！就饶了你吧！"

吴骗匠走了两个时辰，来到一个集市，看到几个乡民围着一头毛驴，使用手势比画讨价还价。吴骗匠便将自己刚刚放出的一个臭屁捏在手内，朝驴主人的鼻尖，伸开食、拇两根指头说："这个数目成交，行不行？"驴主人闻到屁臭，拨开他的手说："你这人臭的。"吴骗匠火冒三丈，暴跳如雷，抓住驴主人衣襟，大喊大叫，让驴主人找出他的臭根，找不到就甭想把驴牵走。众人只好调解，驴主人付给了五个银圆才算了事。

吴骗匠路过羌塘庄时，夕阳已西下，夜幕降临。他肚子空空，欲求食宿。他唱起了"出门难"的山歌："老鸹飞到树上了，走到难心路上了，难心难心实难心，难心不过出门人。人人都说出门好，我把出门看淡了。老汉出门无奈何，小伙子出门盘费多。又吃酒来又贪花，挣不下银钱难回家。好则可以随欲便，谁知我有新方法。"他边唱边前后左右张望，寻思新的骗钱花招。这时，庄前路上有位六十开外的老汉赶着一群牛马过来，他看见其中有两头公牛和一匹小马未骟，就拱手上前自我介绍道："我叫吴岁娃，是个异乡人，祖上曾为五代骟匠，懂得六畜骟割之术，现时漫游行艺，不知老伯庄上可有牛马要骟？"老汉听后说："我们庄上有十多头牛、马、骡、驴要骟，只是还没有找到好骟匠。我家也有两牛一马要骟，请师傅到我家落脚，先给我们骟，再逐户行艺。"吴骟匠表面高兴，内心很是踌躇不定。他肚子饿得慌，也顾不得多想，便去了老汉家。

老汉的儿子媳妇见请了一位骟匠，热情接待。酒饭毕，吴骟匠假装掐指推算一阵后说："六畜骟割，须择吉日。经我推算，近期诸神犯星，又遇飞廉大杀及天瘟和刀砧杀之害，与六畜四禽大事勿用，故此尚须再等七日，即至二月初二，骟割对六畜最好，不知老伯意下如何？"老汉说："我们庄稼人，牛马为根本。不论等待多久，任凭师傅决定。"老汉家用好吃好喝把吴骟匠供了七天。到二月初二这天，祭神已毕，老汉先将一头最雄壮的犍牛赶在他面前，吴骟匠想了片刻，又心生一计，随手从腰间抽出一把防身用的尖刀，慢步来到这头牛身旁，左手把着牛背，自言自语地说："这头牛长得真好，我前几天骟死的一头比这头还好，想起来真是可惜。"老汉急忙问道："依师傅所言，骟牛骟马还有死亡的危险？"吴骟匠说道："老伯真是糊涂，世人有言，先生没有保命的药，端公没有绑鬼的索，尘世万物，有好有坏，凡属是命，有生有亡。骟牛取睾，脉连命根，是死是活，乃为常事。老伯倘若不懂，你这牛我就不敢骟了，还望你们另请能够保命的师傅。"老汉全家听罢，知道自己上了当。别无办法，只好忍气吞声。老汉说："既然如此，这牛我们不骟了。"吴骟匠说："这牲口骟不骟是你家的事，我在你家闲住七天，虽然吃了无钱的饭，却误了我有钱的工，这恐怕与理不通。牛的死活先不说，还是让我将它骟了挣点盘费。"老汉家里倒犯难起来，骟了怕牛死，不骟没有理。只好付给纹银二十两。吴骟匠接过银子，对老汉一家说："世俗之情，无功不受益。君子爱财，取之有道。老伯全家作此酬谢，实在是于心不安。"

独脚子的传说

讲述：余杨富成
记录：余林机 农民

传说过去白马山寨到处是林荫遮天，距寨子一里多路就是原始森林，林下箭竹成丛，牡丹、芍药、杜鹃花随季开放，野鸡、锦鸡、兰马鸡成对成双，青鹿、麝香、盘羊多如牛羊，桦树上金丝猴成群戏耍。那时山寨里的白马人以农牧为主，也有在山上务药材的，如种植大黄、党参、当归、川芎等。

话说强曲有一对夫妇住在山上庵房里，做务药材。有一天早上，丈夫外出干活，妻子在庵房里做拌面饭，一手用木棍在鼎锅里搅拌，一手撒面。这时，妻子听见外面有响动，往门上一看，发现庵房房檐上吊下一只长着长毛的脚，学她做拌面的动作。妻子见这怪物人不像人，鬼不像鬼，只长着一只脚，马上想起了人们传说的独脚子，惊恐万分，立即丢下拌面棍，紧闭庵房门，心急火燎地等待丈夫回来。丈夫回来时，敲了半天门，也没人开门。丈夫大声说："我回来了，快开门！"妻子听到丈夫不断的喊声，才开了门。丈夫一看，妻子神情紧张，裤子被尿湿透，追问妻子为啥变成这个样子。妻子半天才回过神来，一五一十将发现怪物的情况告诉丈夫，丈夫半信半疑。

第二天，丈夫和妻子商量后，将自己家的猎枪灌满火药，在庵房内与妻子一起做拌面饭。过了一会儿，独脚子又来了，照样学着做起拌面动作。妻子慌忙躲了起来，丈夫看见一个是人非人，身高丈余，浑身长着长毛，却只有一条腿的庞然大物，不由惊惧起来。但他很快定下神来，点燃火绳，瞄准独脚子的一只腿，狠狠放了一枪。枪声震动山谷，独脚子一声尖叫，翻山逃去。

夫妻俩回家后，把遇见独脚子的经过告诉了父老乡亲，建议上山的人结伙而行，不可独自上山。以后，上山的人不时会在雪地上或雨过天晴的林中小路上发现一只脚印，断定是独脚子留下的。先人们把这一发现编入"勒"的唱词中，如"人不像人的是什么？人不像人的是野人（独脚子）"。

十里八乡都传开了独脚子的事，唯独朱林大渠有一个名叫绸它的中年人，不相信独脚子。有一年金秋八月的一天，绸它独自一人上山割竹子，准备编背篼。他一边割竹子，一边唱起白马山歌：

白马峪河啊非常宽阔

博峪河啊十分狭窄

不唱山歌心里发慌

唱了三声眼泪长淌

世间享福的是人家的儿哟

世间受苦的是妈妈的儿

看着人家享福的儿哟

妈妈的儿呀没活头……

悠扬婉转的背柴歌回荡山谷，绸它沉浸在自己的歌声中，用歌声叙说着自己的辛劳，不知不觉地割够了竹子。歌声惊动了独脚子，就在绸它准备收拾回家的时候，独脚子来到了他的面前。绸它想起了人们传说独脚子会模仿人，便急中生智，急忙拿来刀，抽出两根竹子划开，盘起圈圈，套在膝盖上，将木棍一头削尖，用竹圈套膝盖至腿部，把木棍削尖的一头钉在地下，使脚无法伸展。独脚子扯下一把竹子编成了圈，套住了自己的腿，折断一棵树，捋去树枝，用手撕尖，从圈内插向地下。绸它见状，抽出木混，甩掉竹圈，拔腿飞快地往回跑。

独脚子发现绸它跑了，拔出树杆，想随后追赶。但一只脚被竹圈箍着，伸展不开，便一跛一跛跳跃前行，相隔几十丈远。绸它见独脚子连跳带滚追他，拼命往回奔跑，好像听见独脚子在后面呼喊："绸它，故级（等着我），绸它，故级！"绸它哪里顾得许多，连爬带滚翻过一道梁，跑过一道湾，累得气喘吁吁，身上汗水起浪，却还甩不掉独脚子的追赶。绸它被追赶到竹林大渠的"刀背庙"，连绑腿带也跑丢了。他跑回家，已累瘫了，耳后好像还听见稍告梁上独脚子在喊："绸它，故级！绸它，故级！"

从那以后，绸它精神恍惚，有人说是被独脚子揽了三魂七魄。家人请了阴阳端公没把绸它的魂叫回来，吃了不少药也没有治好他的病。这样，耽搁了七七四十九天，绸它就一命呜呼了。

乖乖鸯

采录：余林机

很久以前，岷山脚下的一个白马人村庄，生活着一对痴情的恋人。他们二十岁那年结了婚，虽然家境贫寒，日子却也过得有滋有味，第二年就生下了一个男孩，取名天宝。可是，好景不长，小天宝的妈妈坐月子时感染上了风寒，丈夫想尽办法请人医治，也没有留住二十一岁的年轻生命。那时小天宝还没满月，使忠厚的丈夫日子过得雪上加霜，更加艰难。天宝的父亲既当爹又当娘，除了种庄稼做家务外，还要天天到寨子里村外求有小孩的妇女给天宝喂奶吃。半年过去了，天宝会吃饭了，父亲就拌一些苞谷面汤喂养。父亲干活时就把天宝背在背上，背东西时又抱在怀中。这样熬过了三年，小天宝长成聪明可爱、嘴甜、手脚勤快、人见人爱的孩子，父子俩相依为命地过着日子。

这一年，寨子里的好心人为天宝父亲说媒再续，找到了一位泼辣的妇人。时隔一年，这个妇人生下了一个男孩，取名为君宝。

俗话说，一个鸡蛋两头黄，一个老子两个娘，前娘儿子遭后娘，一遭遭得泪汪汪。天宝的后娘心眼偏，生性泼辣，对两个孩子两般三样。天宝父亲干涉时，后娘寻死觅活，也就只好睁一只眼闭一只眼，将就着过日子。天宝比小君宝大四岁，后娘有点好穿好吃的偷着藏着给小君宝。天宝吃的和穿的都是人家不要的，戴的帽子七窟窿八眼睛，穿的衣裳麻布条儿百根，穿的鞋子没后跟。

人们那时还是刀耕火种，常常在山上砍一片火地，撒上一些油菜籽或麻籽，收一点榨油吃。在君宝十岁那年，后娘想了一个歪点子，想把天宝置于死地，除掉她的眼中钉。他们在山里砍了一片树，烧成了火地，搭起了庵房。有一天，后娘让天宝和君宝每人拿三升麻籽去种，说谁种的先出来，谁就先回来。后娘预先将三升炒熟的麻籽给天宝装上，将没炒的三升麻籽装给自己生的君宝。

俩弟兄上山歇息时，天宝肚子饿了，随手抓出一把麻籽吃，君宝闻到香味后，也从自己口袋里抓出一把塞进嘴里，但是却没有香味。君宝从天宝口袋里抓出一把麻籽，放到自己嘴里一嚼，觉得香味满口。君宝是个被宠坏了的孩子，不管干什么都要占便宜，吵闹着要跟天宝调换麻籽，天宝只好与他换了。

他俩上山后，把麻籽种在了火地里。过了一星期，天宝的麻籽发芽出来了，就往家走。而君宝的却一苗也没有出来，只得在庵房里等。天宝回到家，后娘问他："你为啥先回来了？"天宝说："我种的先出来了，我就按你说的先回来了。君宝的没出来，他还在那里等候。"后娘是哑巴吃黄连有苦说不出，知道事情糟了。第二天，赶紧去看，君宝连惊吓带饥饿，已死在庵房中。君宝的灵魂变作"乖乖鸢"，在树枝头凄凉悲惨地叫着"乖乖鸢，乖乖鸢，三升麻籽当干粮，你的不香我的香，前娘儿子遭后娘，害的亲儿不还乡，好凄凉，好凄凉"。

天宝等人将君宝的尸体抬回，并告诉后娘，君宝变成"乖乖鸢"在山中叫唤，诉说自己的苦情。后娘也听到在遥远的山中"乖乖鸢"的叫声，白天叫，半夜也在凄惨地叫。从那以后后娘一听见叫声就心如刀绞，念子心切，不思饮食，忧思成疾，不久便离开人世。

据老人说，"乖乖鸢"的肚里全是小虫，它一时不叫唤，肚里的虫就透它，因此要不停地啼叫。

龙与金鸽子的传说

讲述：刘宗有
记录：刘长江

村后不到一公里的地方，有个天然形成的大水塘，个别人叫它涝池，更能让乡亲们明白的称呼是"闷潭"，通俗地说，它是个池子，或者，它就是天池。

传说，池里有宝，是什么宝贝？人们说得有鼻子有眼的，是一只金鸽子。

有测量人员，或三人，或五人，在先后几年的时间里，多次到池子周围查看、测量，指指点点、交头接耳，不知道他们是从哪儿来的，是来干什么的。大家都不敢询问，不敢打听，有个别胆大的问那些测量的人，他们的口音叽里呱啦的，说出来的话本地人根本听不懂，谁也没有问出个子丑寅卯

来。大家都认为他们不想说，大家都觉得他们很神秘。简直太神秘了。后
来，一晃，几年过去了，类似的测量人员再也见不着了，人们这才恍然大
悟：他们是不是把池子里的金鸽子偷偷地给取走了？一旦有了这样的怀疑，
人们奔走相告，传来说去，最后的结果是，人们一致认为，金鸽子肯定是被
测量人员给"偷"走了。有了这样公认的结论，村里的老年人就纷纷感叹说，
你们等着看吧，要不了多久，池子就会枯了。

池子里是有龙的。传说，要是没有龙，池里的水就会枯竭，池子就不
可能存在着。龙要是走了，水就会跟着龙，也走。是龙一直涵养着池子里的
水。村里人把龙叫龙王爷或水龙王。在他们心里，只要是龙，就是龙王。他
们认为，池子里肯定有一条正在修炼的龙。人们不到池子里去游泳，是怕惊
扰了正在修炼的龙。人们崇拜龙是因为龙会保佑附近的村落。龙可以让人
们风调雨顺，五谷丰登。据说，龙要是修炼成功了，就会走。大海不仅是天
下所有河流的归宿，也是龙的归宿，是龙的皈依之地。龙是什么修炼而成
的？是蛇，确切地说，是大蟒。人们认为，大蟒修炼到一定程度，身体上就
会长出爪子，头上也要长出角，到了这时，它已成了龙。但是，龙要等到良
辰吉日才走。这一等，不定几年，不定十几年、几十年。对于修炼成功的龙
来说，它还要等一个有缘的人，龙必须在这个人面前显露真身。这个有缘人
看见了龙，说："这么大的龙。"龙就成了龙，可以选个日子，走了。如果没
有人这么吩咐一句，说它是龙，龙是不能离开它修炼的地方，只能继续修炼
下去的。这个说龙是龙的人，必然时来运转，福分连绵。要是这个有缘人见
了龙，情急之中，脱口说了一句："这么大的蛇。"龙当即就气死了。龙要是
死了，可是了不得的事，本地所有的人必遭天谴，是要经历天灾人祸的。那
个有缘人则更遭殃，因为他"损"了龙的"功"，要么大病一场，要么横死，
总之不得善果。

据说，龙如果是跟着一股清水走的，就不会损害田地、庄稼，也能够顺
利到达大海；龙要是跟着一股浊水（洪水）走的，一定损害土地，淹没庄稼，
那么，龙也就到不了大海，一定会死在人们受灾的地方。

这些说法都是人尽皆知的事。人人都暗暗地期待着，希望自己能够有朝
一日见到龙，成为那个有缘的人，从此幸福平安，好运一生。

有一天夜里，没有打雷也没有闪电，却下起了大雨。半夜时分，村里有
人起夜小解，听见不远处溪水轰鸣，似乎温顺的溪流比平时大了许多倍。他
一边小便，一边在心里暗暗祈祷着，千万不要发洪水。就在他要转身进屋的

时候，突然看见两只很亮的灯笼顺流而下，他立即想到，他看见的，根本不是什么灯笼，天上下着这么大的雨，哪儿来的灯笼呢？他认为他看见的，肯定是龙的眼睛。这么一想他就明白过来了，池子里的龙已经出发，要到大海里去了。他赶紧说："龙啊，要走你就好好地走吧，千万不能破坏我们的庄稼，那可是我们的命根子啊！"

第二天早晨，这个人立即对村里人说，昨天夜里，龙已经走了。他把他看到的向村里人全说了。有人说，龙如果真的走了，池子很快也要干了。对这，除了小孩外，村里就没有不信的人。但因为受灾很严重，大家对这个人说的，并未深究，他们纷纷跑到田间地头去，急于查看受灾的程度。

过了几天，在洪水填埋的某个地段，有一股恶臭散逸开来，很久仍不消散。是什么东西死在了洪水中，又停滞在那儿呢？后来，有人想要弄个明白，就在发出恶臭的地点挖起来。不出所料，他果然挖出许多比较新鲜的骨头来。可是，这些骨头比大牲畜的骨头还要大很多，也不像人的骨头。那么，它是什么动物的骨头呢？有人揣测，这些骨头，是龙骨。于是，人们推断，那天夜里发洪水，龙没有走成，却死了。后来，大家一致认为，一定是看见龙走了的人不懂"要把龙说成是龙"的古训，他看见了龙，没有说龙是龙，或者，是他把龙说成了蛇，村里才受了这么大的灾，龙才会惨死在洪水之中的。

接下来发生的事情是，连年都发好多次洪水，池子被泥石流彻底填平了，从池子的原址上流过的，是两条汇合在一起的涓涓溪流。

池子真的没有了。

根据村里人的说法，金鸽子没有了，龙没有了，池子很快就要没有了。果然如此。池子没有了，鱼也就没有了，候鸟也不会再到这里来过冬，村里的孩子们，不会再偷偷摸摸地到池子的出水口那儿去游泳。

一个人，一样东西，甚至一段岁月，如果没有了，关于他或它的种种说法，随着时间的推移，慢慢地，也就不会再有。

棺材板板

讲述：陈美玲
记录：杨志兰

一个小村庄里，曾有一个小伙子，已年近三十还没有娶上媳妇，他从小就调皮捣蛋，长大后不听父母的话，四处乱跑，还经常偷偷去河边游玩，有几次都是别人从鬼门关把他救了回来，可他死性不改，总往河边跑。

有一年夏天，天气炎热，小伙子晚上睡不着就去河边吹风，躺在河边那些大石头上真舒服。正在他享受凉爽河风的时候，忽然听到有个女孩的声音，他爬起来一看，一个很熟悉的背影消失在桥洞边，小伙子跟着走了好远也没看清楚是谁，只是觉得很熟悉。

从此，小伙子每晚都来河边等这个看似熟悉的女孩，可老也等不着。有一次下雨涨河了，小伙子没去河边，天晴过后，吃完饭的小伙子又来到河边，发现涨河以后他经常躺的石头被水淹没了，他就沿着河边转悠，没有一个人影出现。天越来越黑了，就在他准备回家的时候，突然听到一阵哭声，小伙子顺着哭声找过去，原来是一个女孩在哭，便上前去问女孩为什么哭，女孩告诉他说自己只有一个人，无家可归，没有地方可去了，说着哭得更伤心了。小伙子耐心地安慰她，开导她。慢慢地，女孩紧皱的眉头舒展开来，露出了笑容。变得高兴了，小伙子便背着女孩跑来跑去，他们的笑声在河边回荡。

跑着跑着天快亮了，小伙子也觉得累了，心想，反正她没处去，就当做好事，背回自己家去吧。没想到女孩不同意，嚷嚷着要下来。小伙子不但没放手，反而背得紧紧的。鸡叫了，女孩也不再说话了，小伙子以为她睡着了，就一直往回家走，走到村子里时天已大亮了，村子里的人们看到小伙子时很惊讶，都凑上去问，你怎么背着一个棺材板板啊！小伙子不信，放下背上的女孩一看，吃惊地跳起来，嘴里不停地叫到，我明明背的是一个人，怎么会变成棺材板板呢？

村里人问明小伙子遇见女孩的原委后，一个老头告诉他们说，很多年以前，村里有一个女孩游泳淹死了，就埋在河边。自那以后女孩家一直不顺，最后家里人都不在了。

村里人抬着棺材板板一起来到河边，河水小了，在桥洞边发现了一只绣花鞋，他们根据绣花鞋的位置找到了当年埋女孩的地方。挖开后发现，死去十几年的女孩尸体竟然完整无缺，只是全身冰冷。小伙子想起背女孩的情景，觉得浑身上下不自在。村民们商议着要将女孩的尸体烧掉，小伙子全力反对，他将女孩的尸体埋在了很远处的一个山脚下。从此女孩安心地去了，不再在人间出现。小伙子也娶了一个贤惠的媳妇，过着舒适的生活。

鬼神的传说

讲述：陈美玲
记录：杨志兰

在一个贫穷落后的村子里，人们过着辛劳却又饥苦的日子。这一年又是天干火旱，火辣辣的太阳晒得直冒烟，土地干裂，河水干枯，庄稼颗粒无收，就连人喝水都成了问题。人们去了好多家庙宇拜佛、求菩萨，请道士求雨都没有结果，人们游走在生死的边缘。村里有一个刚结婚不久身怀有孕的小媳妇，也去庙里烧香拜佛，这时神灵递给她一条白绫，她一下就明白了是什么意思，说了句"我和我的孩子一定会让乡亲们过上好日子的"，就上吊死了。

死后的小媳妇升到了天堂，天庭给了她两个选择：一个是你天性善良，可以让你投胎到有钱人家；另一个是你只能做一个鬼，一个记得前生的鬼。她没有犹豫，选择了做鬼，只是要求天庭安排好她的孩子。

离开天庭后的她开始飘移，顺着前世走过的路来到那个村庄，先乞求雨神、龙王施雨，救当时之急。然后和村民们一起种树、挖井。她没日没夜地挖，没几天井就出水了，乡亲们喝上了香甜的井水。过了几年，村里、山里绿树成荫，慢慢地变得风调雨顺。村里人有病了她帮忙医治。这里的事做好了，又去别的地方，哪里不平，哪里有难，她就往哪里走。此后，这一带都很顺，人们过着宁静祥和的日子。她的所作所为感动了上天，感动了所有人。人们给她建了一座庙，尊称她为"鬼神"。

吃人婆

讲述：刘炳子
记录：刘长江

吃人婆会变。我所讲的这个吃人婆，先是在外面吃掉了一位有三个小孩的母亲，然后变成这三个孩子的母亲，到了他们家里。孩子们的父亲不在家，吃人婆就给孩子们做饭。孩子们吃饭的时候，她不吃。老大说，妈，你也吃吧。她说，妈不饿，你们吃吧。三个孩子吃着饭，吃人婆问老大，你爸爸呢？老大说，爸爸知道你会回来，就到三叔家去了。吃人婆看看天黑了，就说，你爸也该回来了。老大说，爸爸不回来。吃人婆想，不回来才好呢。睡觉时，吃人婆要和三个孩子一起睡。老大说，以往都是我跟老二睡一个炕。吃人婆说，你爸不回来，你们给我做个伴儿，我们一起睡吧。老大听了，也不疑心什么，便挤在一个炕上，睡了。

老大老二睡一头，老三小，和吃人婆睡一头。半夜里，老大醒来，听见炕那头有咀嚼的声音，分明是母亲在吃一样可口的东西，老大就问："妈，妈，你吃的啥？"

吃人婆说："妈吃的是'麻痹草'，小娃儿没牙咬。"

七岁的老大又问："麻痹草是啥？"

"又香又脆。"

"给我吃一点，行吗？"

"要吃你到这头来。"

老大刚坐起身子，没想到惊动了身边五岁的老二。老二不但惊醒了，还哭起来，吃人婆让老大别动，然后，拍着老二，边拍边唱：

> 娃儿娃儿乖乖睡，
> 给娃逮个老怪（一种鸟）去，
> 老怪肉，娃吃上，
> 老怪皮子给娃缝一件花衣裳。

吃人婆将这支摇篮曲反反复复地唱，老二就慢慢地又睡着了。吃人婆示意老大到炕那头去，老大就迫不及待地、轻手轻脚地到了吃人婆这一头。老大借着窗外照射进来的月光，没有发现小弟弟老三，就问："老三呢？"

吃人婆说："到杜家坝（肚子）找你妈去了。"

老大问："你不是在这儿睡着吗？"

吃人婆说："我在这儿，老三也在这儿。"

"看不见呀！"

"老三藏在我肚子里去了，你要见他，除非钻到肚子里去。"

吃人婆说完，张口就要咬老大。

老大没有被吃人婆咬死，更没有被吃人婆吃掉，为什么呢？

因为正在这时候，传来了敲门声。原来是去三叔家的父亲回家来了。

开门还是不开门，吃人婆霎时没了主意。

不开不开。她想。

她已经想好了脱身的办法。

老大丝毫没有发觉吃人婆刚才想要吃他，他说："妈，我去开门。"

吃人婆拉了老大一把，说："我去。"

吃人婆迅速从炕上下来，开了门，问门外的男人："你咋这时候才回来呢？你咋偏偏这时候回来呢？"

男人没有回答她，他看着推门向外走的吃人婆，问她："你干啥去？"

"解手！"

吃人婆一去不归。

活菩萨

讲述：张宝蓉
记录：刘长江

有个极为不孝的儿子，无论遇上什么不顺心的事，总以为是母亲的缘故，是这个"老不死"的老母亲害了他，他才这么不如意的。谁知道他会有这样奇怪的念头呢？问题在于，这样的念头在儿子心目中，是现实存在，不因任何人的意志有什么改变。这个做儿子的，也是因此，常常拿他的母亲出气：有了这样那样的烦恼，就找一个由头，把母亲狠狠地打一顿；家里出了这样那样不愉快的事，又找一个由头，再把母亲打一顿。母亲被打得见了他就怕，却也拿他毫无办法。

　　有一次，这个人的孩子得了一场重病，找了无数个医生都没有治好，没治好倒也罢了，不知为什么，孩子的病反而越来越严重了。他的孩子，眼看就要不行了。这个人当然又把他母亲毒打了一顿。可是，这么做是解决不了什么问题的。这个人听说，很远的地方有一座寺庙，庙里有个老和尚，替人求神拜佛，消灾解难，屡试不爽，非常灵验。这个人心里想的是，死马当作活马医吧，不如到老和尚那里走一趟，碰碰运气，或许找到一个救治孩子的法子，也是说不定的事儿。这个人就是这么想的。

　　这个人历经艰难，终于找到了传说中的那一座寺庙，也见到了传说中的老和尚。他以为孩子有救了，不由得喜悦起来。然而让他想不到的是，老和尚对他的态度却十分冷淡，甚至见都不想见他。这个人横下一条心来，豁出去不要脸面，不要尊严了，无论怎么求情"下话"（低三下四地说一些祈求别人原谅或宽恕的话），他非得让老和尚给他指点迷津不可。看上去，老和尚似乎已经被他弄得非常不耐烦了，就说："我知道你是怎样一个人，我不能帮你这样的人求佛。"老和尚最后对这个人说，你还是回去吧，你会遇见一个"反穿衣服错穿鞋"的人，那人就是活菩萨，你去求他吧。

　　老和尚说完，不再理会他了，转身去了后院。

　　这个人快快地从寺庙里出来，觉得老和尚看来是真的不愿帮他，才拿这样的话来搪塞他，应付他。他再无任何办法，总不能把老和尚也像母亲一样毒打一顿吧？何况他还担心孩子。想到自己出门已有很久了，也不知孩子的病情到底如何发展了，他只好向回家的路上走。

　　一路上，这个人情绪低落，步履很快，他根本无暇顾及经过身边的任何人。这个人心里想的是，在这个世界上，哪有"反穿衣服错穿鞋"的人呢？除非是个疯子！

　　这个人也不知在路上走了多久，这一天，他终于回到村子的时候，已近午夜。由于担心孩子，也由于气恼，他看见家里黑灯瞎火的，以为孩子有了什么不测，敲门时所用的力气，就比平常大了许多，他似乎不是在敲门而是在砸门了。这个人很快就看见院子里有了灯光，也有了声响，他知道有人给他开门来了。

　　这个前来替他开门的人，不是别人，是他的母亲。

　　母亲被儿子打得都怕他了，听见儿子敲门敲得那么重，知道儿子又要发火了，说不定又会因为门开得迟了，再打她一顿。可是，在外面焦急地想要回到家里来的，不是别人，是她的儿子。时间又是冬天，冬天的夜晚有多冷？母亲当然明白。母亲睡觉前留意观察了夜色，她看见漆黑的夜色中，正在下雪。何况，儿子再怎么不孝，毕竟是母亲身上掉下来的肉，做母亲的哪有不心疼儿子的道理？母亲胆战心惊、哆哆嗦嗦、匆匆忙忙、慌慌张张，她穿了衣服趿了鞋，没有多余的念头，赶紧去给儿子开门，母亲只怕自己走得慢了，儿子会更冷，至于儿子会不会又对她拳脚相加，她已经管不了那么多了。

母亲开了门，这个人看也不看母亲一眼，径直进了大门、进了院子、进了屋子，母亲跟在他身后，也进屋来了，发觉儿子没有打她的迹象，做母亲的斗胆问了他一句："我的儿啊，夜饭你吃过了没有啊？"

母亲一直对儿子这么亲昵，她从不觉得这么称呼儿子，显得过于肉麻，会让儿子觉得不习惯。儿子都已经是满脸胡须的中年男人了，他早已不是一个小孩子了。做母亲的，也是习惯了这么称呼自己的儿子，无论儿子喜欢不喜欢，她已经改不了口了。

发觉儿子没什么反应，母亲急忙拍打着落在儿子头上和肩上的雪。这个人被母亲的言行终于弄得烦起来了，他从来就不曾给母亲过什么好脸色，更无好的言语，仿佛条件反射一般，他一见到母亲，就这么不耐烦。

这个人回过头来白了母亲一眼，他的拳头已经暗暗地握紧了，在他的潜意识里，他又打算"教训教训"母亲了。

可是，他呆住了。

母亲由于害怕，前来给他开门的时候，在情急之中，把棉衣里子穿在了外面，棉衣面子反而穿在了里侧，她完全弄反了。面子是用青布做的，黑色，里子是用白布做的，当然是白色，一目了然。看见了母亲的狼狈相，这个人在想要"扑哧"一下笑出来的当口，又突然看见，母亲脚上的鞋，也穿反了：左面的那只鞋穿在了母亲的右脚上，右面的那只鞋却穿在了母亲的左脚上。母亲双脚并拢，站在他的面前，鞋或脚构成的图案，是个不折不扣的"外八字"。——母亲是因为感觉到儿子的情绪在一瞬间的变化了，这才像个做了错事的孩子一般，显得如此不知所措，而且，她的样子，要有多别扭，就有多别扭！

这是更可笑的事情，这个人反而笑不出来了。

他的笑容就这么僵在了脸上。这个人突然就想起老和尚所说的"反穿衣服错穿鞋"的人是"活菩萨"的那句话来。这个人就是在这时候，被母亲的装扮，哦不，是被老和尚的话，惊得呆住了。

那么，活菩萨不是别人，不就是自己常常拳脚相加的老母亲吗？

这个人愣了一会儿，突然"扑通"一下，跪在了母亲面前。

"妈，求求你救救孩子吧，他也是你的孙子呀。老和尚给我说了，他说只有你能救。"

母亲让儿子的态度给搞糊涂了，她后退了几步，这才停下来盯着儿子说："你不要担心了，孙子已经好了。"

这个人大惊失色："咋好的？"

母亲说："你小时候也得过同样的病，是找了个偏方子才治好的，那个给你看病的医生早已死了，我也就没办法再去求他了，这才没有跟你提起他来。"母亲缓了一口气，接着说："你走了以后，眼看孙子一天天不行了，我就想，当初给你抓药的时候，是我去的，我依稀记得有几味药，但忘了到底是哪几味，你又不在，我就大胆抓了药来，打算试试，想不到，孙子吃了我抓来的药，居然很快就好了。"

这个人听完，当即"嘭嘭嘭"，给他的母亲连磕了三个响头。

谁都知道，这个人磕头，是磕给活菩萨的，不是磕给他母亲的。

老和尚真是料事如神哪！

从此以后，这个人不敢对他的母亲再有哪怕是一丝一毫的不恭敬——更别说打她了。他把他的母亲真像菩萨一样地侍奉起来了。

他这样做，总算做对了。

暂且不管他这样做的原因是什么。

这个世界上，有所谓的菩萨吗？

我认为没有。

如果有，那么，天底下所有做了母亲的女性，在她们的子女面前，都是活菩萨。

班帝班诹

讲述：宋国有　李端公
记录：任德明　张金生
1975 年采录

文县，古称阴平，禹贡九州属梁州管辖，秦汉时期为白马氏居住之地。

后来，羌族、汉族逐步进入阴平，与白马氏人和睦相处。

不知哪朝哪代，白马氏人中出了两个被各民族共同敬仰的青年英雄人物，一个叫班帝，一个叫班谌。这两个年轻人脸膛方正，额高颧宽，眉似刀剑，眼如环珠，两耳垂肩，鼻若悬钟；头戴插着鸡翎的毡帽，身披八卦战袍，脚穿虎头靴鞋，手持雄狮铜铃。他们身材魁梧，力大无穷，武艺高超，还修炼了不少法术，能呼风唤雨，移山倒海，指挥山间动物冲锋陷阵。他俩侠肝义胆，到处打抱不平，为民除害，惩恶扬善。更奇怪的是，三百里之内呼唤他俩的名字，很快就能赶来解难。所以，阴平到处都留下了他俩救苦救难的事迹。

传说有个村庄出了一个被人们背地里称为"蠹木虫"的人。这个人五短身材，鼠头鼠脑，身体结实，生性刁钻。家庭原来比较富有，幼年被父母送入学堂读书。但是，他把心思用不到读书上，念了半辈子书，不懂什么学问，不遵仁义道德。停学后，经常参与赌博，到处拨弄是非，处处恃强凌弱。更为不仁不义的是，有一个怪毛病：他性欲超强，每次行房前，要打骂伤害妻子，直到打得遍体鳞伤，才感到痛快。父母制止，"蠹木虫"回骂："老不死的，你管得宽！"把二老活活气死。岳父前来论理，"蠹木虫"大声喊道："嫁出的女，泼出的水。老叫驴，你不叫我用，你想用吗？"将岳父用棍棒赶出家门。

妻子叫天不应，入地无门，只得忍气吞声，任他摆布。"蠹木虫"更加肆无忌惮，花样百出，手段残忍。有一年秋月，"蠹木虫"心血来潮，要妻子跟他上山狩猎。当晚，住在山上林里。干粮还没吃完，兽性便大发。"蠹木虫"把手里的馍一甩，猛地拉起妻子，剥光她全身衣服，分开手脚与头发，将她面向西方捆绑在一棵青杨树上，大声说："老子要面对阎君老爷亲一下。"他折腾了很大一阵子后，加上一些柴火，把带来的一把铁铲放在火里烧着说："你等着，烧红了在你背上烙一下，用香腥祭神。"妻子看到红起来的铁铲，对山哭着喊："山神爷啊，你救救我吧！""蠹木虫"回答说："你死心吧，我用香腥祭祀，山神爷高兴还来不及哩！"妻子又对着天哭着喊："天爷啊，你救救我吧！""蠹木虫"回答说："你死心吧，我用香腥祭祀，天爷高兴还来不及哩！"妻子绝望了，她想起了人们传说的班帝班谌，无可奈何地闭着眼睛哭着喊："班帝班谌啊，你救救我吧！""蠹木虫"回答说："你做梦吧！"话音刚落，山林就呼啸起来，豺狼虎豹狂叫着奔来，后面跟着两位骑黑马身穿盔甲的战将，将他们团团围起来，两将军对"蠹木虫"说："快快放人，改过自新，善待妻子，重新做人。如果不改，休怨我班帝班谀无情！""蠹木虫"看到张牙舞爪的豺狼虎豹和威武的班帝班谀，魂魄早已出窍。自此，走路恍恍惚惚，说话语无伦次，见人时笑时哭，走路摔断了腰腿，卧床三年不死，浑身腐烂生蛆而亡。

班帝班谀到处扶弱惩恶，伸张正义，逢暴抗灾，遇旱降雨，护佑百姓，人人感恩戴德。石坊民众在一座称为前坪与后坪的墩上山峦之间为他俩修建了一座庙宇。石鸡坝种树坪、边地坪，中寨桑园、上墩上等地民众，听到石坊人为班帝班谀建庙，也相互串联修庙，或者在其神庙内彩画灵位。

人们世代祭祀，香火旺盛，遇难呼救，无不灵愿。

红崩溜筛金

讲述：王兆全
记录：杨光付 干部

从前让水河老里有一户穷人，男人叫瓜子娃，媳妇叫丑女子。两口子想养儿子续香烟，可这丑女子扑通扑通五胎，每胎都是双胞胎，一连养了十个女子。瓜子娃还想让婆娘继续养，一定要养个儿子，但越过越艰难的日子，起早摸黑，省吃俭用还是不够吃，没钱花的情况使他打了退堂鼓，发誓要成为不露富的富人，让十个女子过上好日子。

一天黑了，丑女子抱怨瓜子娃："你当个啥男人哦，没日没夜地叫养娃，养下了又供不起。"瓜子娃听得气上来还嘴："你这个扫把星婆娘，叫你养儿子，我没叫你养女子！"

瓜子娃的话使丑女子感到冤枉，一把揪住瓜子娃的耳朵说："你个瓜种哎，瓜种！婆娘是地，男人是种，你下了啥种地里就长啥苗子。"瓜子娃被揪疼了叫唤得哎哟哎哟的，丑女子松手气呼呼地上床睡了。

瓜子娃坐在地火炉子边上，一锅接一锅地吃旱烟，一言不吭，心里却想着种地种不出商户，挖药也挖不出个地主，靠打鹿、吊鹿发财损阳寿。想来想去想不出一条好路子。

鸡叫两遍了，丑女子见瓜子娃还瓜稀稀地坐着，一脸忧愁，人看了可怜。于是她轻轻走到瓜子娃身边坐下来轻言细语地说："瓜娃哎，你记得不，吊鹿子爷死的时候说，红崩溜每次跨崖，都能跨出像南瓜米米一样大的片片金来。"瓜子娃听得心里一亮："好、好、好！明天就到红崩溜去挖金！"两口子一拍即合，商量好瓜子娃先去找地方。

天亮了，瓜子娃带上尖脚（锄头）、砍刀、火链石，熟面和老虎皮，又把一条叫黑老虎的猎狗引上。快出门了，瓜子娃的婆娘丑女子担心地说："瓜子哎，老人们都说上红崩溜的金客子都是有去无回哦，你把枪背上！""莫担心，过七天狗回来，你把十个女子都引上，背上十把漏筛、十二条口袋，天不亮就走，我在半路上接你们，七天上狗不回来我就出事了，你把娃们盘大了就改嫁！"这话直听得丑女子眼泪哗哗的，擦了擦眼说："快去快回，吉人吉相。"

瓜子娃走了一天一夜，钻进深山老林的烟雾洞，沿让水河尽头山梁上的亮脚林往前走，突然，那猎狗夹着尾巴跑回头直往他怀中钻，瓜子娃凭经验判断，前面一定有老虎。眼看天色已晚，黑夜来了，他向山顶上一个崖窝走去时，看见两具直立的骷髅，白骨生生，使他感到毛骨悚然，头发像立起来一样"叭、叭、叭"地作响，收住脚步仔细一看，骷髅背靠岩石，黑洞洞的眼眶盯着回家的方向。瓜子娃一手握枪，一条腿跪下说："前辈，我无意惊扰您的亡魂，路过此山请您保佑！"

拜完骷髅他索性把虎皮铺在崖窝里扎营，崖窝门上生起几堆大火，一觉睡到天亮。沿古人走过的毛路子来到红崩溜，抬头望去是一座见雨就垮的破碎石山，正面不敢开挖，他绕过裂缝在一处洪水冲刷的土槽里挖开口皮不见一片金子，挖到第六天太阳落山了还是没见上一粒黄金，正在他挖下最后一锄的时候，"叮当"一声，尖脚冒出火花，原来挖到一个大石头，把石头掏出来以后，发现一窝南瓜子一样的黄金，又挖了几下碰到板岩，向四周开挖又露出金子，使他激动得放声吆喝了起来，但想到吊鹿子爷生前曾说，红崩溜里吆喝不得，吆喝了天老爷马上就下暴雨。想到这里便停止吆喝，连夜把狗放回去报信。

第七天早晨，瓜子娃在原坑子里继续挖，黄澄澄的沙土里几乎全部是金子，颗粒比南瓜米米大得多，这使他挖掘的劲头比牛还大，且边挖边把大石块、小石头扔出来，又把金沙土堆起来，沿山体矿脉走向开挖出一条自上而下的溜槽，不到一天工夫，堆金沙的平台堆出了一座小沙包，太阳照耀下发出万点金光，把接媳妇进山的事情忘得一干二净。

第八天傍晚，丑女子领着一帮娃们到了红崩溜采金场，围着柴火烘烤汗湿的麻布衣，瓜子娃拿上漏筛就开始筛金，结果和他先前预想的一样，圆石头在漏筛的摇动中滚落地上,停留在筛子上的金子金光灿灿,好不诱人。

丑女子和女儿们学着瓜子娃筛金的样子筛金选石,十二把漏筛同时进行,一直筛到第十天上午,金子装满了十二麻布口袋,瓜子娃忽然坐下,又开始发愁。此时天色渐变,满山云雾飞一般聚合,丑女子知道天要下大雨了。红崩溜马上就要垮塌,她跑过去在瓜子娃背上猛的一掌说:"瓜子哎,快叫老虎出来驮金!"

这一掌拍醒了瓜子娃,脑壳里闪过吊鹿子爷传授过的驱虎驯熊术,拾起两块石头当封签,口念咒语,手上作法,木楔子夹山,把吊鹿子爷传授的降魔印、驱虎印、大悲印等全部使出来,只听得山呼林啸、野兽四起,那猎狗驱赶着一群花斑虎来到金场,乖乖听候驱使。女儿们把一袋袋黄金架上老虎背,一人骑一头就一溜烟地离开了红崩溜,远远听见身后一阵隆隆巨响、山崩地裂,真是惊心动魄!

天亮前,瓜子娃和媳妇丑女子与十个女儿同时平安回到了石板屋,从老虎背上取下黄金,瓜子娃手念法咒,一群老虎在猎狗驱赶下奔向莽莽林海。早晨红彤彤的太阳照在丑女子脸上,瓜子娃瞪大眼睛,直勾勾地看着媳妇。丑女子不好意思地说:"瓜子哎,你瓜了?"瓜子娃猛然把媳妇搂进怀里说:"媳妇,你真是丑人有丑福。"

松开了媳妇,瓜子娃"扑通"一声跪在地上,满怀感激地向着红崩溜山峰方向说:"山神、土地啊!我挖走了这些黄金,可保十几条生命不饿死,都是您大发慈悲,保佑我的结果。"

从此,瓜子娃不再有人叫绰号,人们叫他千金答(爸的意)。因为养了十个女子,石板屋的地名也成了千金院。红崩溜有金的消息也不胫而走,但此后再无人在那里挖出过黄金,只是让水河从此有挖不完的黄金,每下一场雨,每涨一次水,河里就有金。据说这金子的金源就是红崩溜。

失信的报应

采录:张宏远 干部

"对天守信,对地守信。"
"一方水土一方神,对神守信,免遭报应!"

　　这些守信之言，是吕家坪代代翁妪流传下来的神话故事，人们从故事里总结经验教训，教育后人。

　　相传不知何朝何代，丹堡河口进来了一拨又一拨从陕西、河南、四川等地逃荒而至的难民，他们拖儿携女沿河乞讨，流落各地，也流落到吕家坪，这个小山村便有了"何吕施张"等姓之民。

　　吕家坪名为"坪"，实则山坡之地。那时人口少，土地多，山坡大，日照长，风调雨顺年，老百姓勉强能养家糊口；干旱洪灾年，则颗粒无收，穷人饥寒交迫，也流离失所，讨饭度日。本地人和外来者为了生存下去，再图好景，与命运抗争，面朝黄土背朝天，日出而作，日落而息。祈求神灵保佑，修起高庙、关胜楼、牌坊，人们顶礼膜拜，诚敬诸神。弹丸之村，兴旺起来，吕氏发展，众望所归，村子改名为吕家坪。

　　吕家坪高庙里以高庙爷、高庙婆为主，两神主宰这一方的清吉平安，兴旺发达。每年正月初一早，人们不等天亮，抢先去高庙烧香，以表自己的虔诚，以祈全家的康福。

　　有一年初一早，还不到寅时，有个姓吕的性急心切，兴致勃勃，老早起来，洗罢手脸，拿上香纸，赶去高庙，边走边念叨："我今天要头一个给庙上爷婆尽心。"他三步并作两步，推开庙门，进入庙堂，供桌上也是残灯余香，庙内外一片昏暗，庙周围万籁俱寂，清净幽暗的庙堂里可听见自己的心跳。

　　他小心翼翼地打灯、点灯、作揖、下跪，神堂前光亮起来，这时，他发现一把黑发垂落在地，一下意识到，这是庙里阿婆的头发呀！他慌忙起身，向神像望去，但见一位慈祥老人，右手捏梳，梳理头发，左手抚摸着黑发上下而动。他赶忙叫了声"庙上阿婆"，又忙跪下，埋头说："弟子给您点灯来了！"他再不敢抬头仰视。高庙婆猛见凡夫，来不及化身，便停下梳头，收起长发，严肃而郑重地说："此时一切你不可告诉任何人，一百天之后再说出此事，你能记住吗？"吕氏聆听了阿婆神的吩咐后，斩钉截铁地答道："庙上阿婆，我记住了，不到时候，绝不说出！""记住就好！"庙上阿婆恢复了原状。

　　他像泥塑似的，两手挂地，低头，久跪不起。天将晓，人们进庙，临堂见状，吓得一声"啊"，呆立门外，他这才如梦惊醒，头也不回地轻轻迈出庙门，和擦肩而过的烧香人无有一声招呼，无有一声寒暄便匆匆而回。

　　他从此少言寡语，心里老说：记住，不到时候不说出来！常常梦里也是此话。他妻子奇怪，问他，只言"不知道"。看到那些长头发妇女，提醒自己：守口如瓶。默默而过。就这样，熬到了九十九天，再熬一天了。

真是"贵人多忘事"。这位见了庙上阿婆真身的贵人，没等时到期满便说漏了嘴。

晚上，他半躺在炕的一头，看妻子坐在床沿，灯下梳头发。妻问："娃他爸，我这头发又黑又长又稠密，好不？"他出神地边看边说："好！我还见过比你头发还长还黑还稠密的……"他没说出。妻追问："谁？"他忍着忍着，话到嘴边了，忘乎所以了，终于脱口而出，说给妻子见庙上阿婆的经过。妻子闻听，大吃一惊，长叹一声："难怪，你……"夜深人静，两口子后悔莫及，慌恐之中，进入了另一个梦乡。

第二天，即一百天早上，他穿上衣服，一下炕就连吐三口鲜血，只说了句："我失信了。"便栽倒地上而死。妻子悲痛不已，边哭边追悔。村里人七嘴八舌责怪他失信，妇人疏忽。这就是失信的报应。

小家子

讲述：刘焖子
记录：刘长江

小家子是一个神，不是人，而且，这个神心眼很小，喜怒无常，很容易得罪，是个很难伺候的神。

谁家有了小家子的话，附近的人们都会跟这一家人保持距离，不敢接近他们的。

在故乡，人们评说小气的人，评说吝啬的人，都称他们为小家子。语气鄙夷，饱含轻蔑。人们都认为，人要活得大气一些，不能斤斤计较、鸡毛蒜皮。人们觉得，人当然要活得节俭一些，这没有什么错，但人不能太吝啬，该用的还得用，该花的钱，就必须花。

这是乡亲们的人生态度，自然，也是我的。

我小时候听村里的很多人说过，小家子是一个很奇怪的神。小家子是家神，谁家愿意供奉，它就是谁家的神。谁要是想供奉小家子，就找画匠画一幅小家子的画像，开光以后，供在家里就可以了。小家子这个神，是很独特的。古话说得好：请神容易送神难。你家要是有了小家子，就跟它永远脱不了关系。你要想不供奉它，是很难的：送给别人，不仅要看别人家想要不想要，还要看小家子愿不愿到新的家庭去，如果小家子不想去，送它走了，它还会自己回家来，继续待在这个家里；即使它去了另一家，它如果在别人家待得不开心了，也会再一次回到你家里来。你生它的气，把它的画像扔了、烧了，它还在你家里赖着不走。你要是得罪了它，它就整晚整晚地在你家里折腾，一会儿揭开面柜、一会儿打开碗橱，刚刚下了楼，又咚咚地、很响亮地沿着扶梯上楼去……总之，一旦到了晚上，小家子就在你家里，一刻也不消停。它是故意惹你呢，你除了赔着笑脸低声下气好好地待它外，拿它一点办法也没有。这还算好的，要是小家子很不开心，就把你家的东西，一件一件地，在夜里，搬到你不知道的地方去。

供养小家子的人家，如果对它挺好，也非常虔诚，它就从别人家给这一家人偷很多东西回来，别人的水果、腊肉、茶叶、鸡蛋、杯盏、用具、米面粮食等，只要是别人家里有的，小家子也能够拿得动的，等那家人睡熟了，小家子就会去偷，一趟又一趟，不厌其烦，也不觉得累，它要是乐意，会一直干到天亮了才罢手。第二天，小家子还会接着干，也有可能会换另外一户人家继续偷。

这就是我所知道的小家子。

我听见过的人说，小家子的画像，其实是一个顽皮小孩的样子，它的画像里，少不了一只大公鸡、一条布袋子。大公鸡是小家子的坐骑，出门进门，小家子都骑在公鸡的背上，布袋子则是小家子的作案工具，它用布袋子搬运它偷来的东西。

我想，幸亏小家子不大，是个孩子，幸亏它的坐骑也不大，是一只公鸡，要是小家子是一个大人，要是小家子的坐骑是一匹马，还不把别人的家搬空了？

要怎么做才算对小家子很好呢？这也是有讲究的。

听说，只要在每年的除夕夜里，给小家子做一次道场，小家子就会忠于这个家庭，这是必需的。平时要是再给它做一两次道场，自然是对小家子更加虔诚的表现。给小家子做的道场也比较特别，不是请神汉来做，而是夫妻二人关起门来，脱得一丝不挂地做。小家子怎么会是这样一个下流无耻的神呢？实在不伦不类。这也太奇怪了不是吗？我没有见过给小家子做道场的场面，不知道具体是怎么做的。这样的道场，肯定要秘密地做，是见不得人的事。

供奉小家子是很隐秘的。这几乎是这个家里最大的秘密，除了男女主人必须知道以外，家里的孩子和老人，一般都是不知道的。供奉小家子，虽说不是自己当小偷，但这跟自己去偷人家的东西又有多大的区别呢？你仅仅是雇用了一个神，去做盗窃的勾当。掩耳盗铃，如此而已。这样的事，要是让村里的邻居知道了，谁还会跟你来往？

我曾经听说，有个画匠在给人画小家子的时候，故意把布袋子的底部画成了破的。后来，小家子有一次偷了邻家的米，米从破了的洞里漏出来，几乎全都撒在了路上。这些留在路上的标记，让邻居看见了，第二天早晨，邻居找上门来，这家的男人百口莫辩，只好认了，说是自己偷的。

赔给邻居的米，比小家子偷回来的还多。

小家子还有一个毛病，它会跟着东西走。谁家有小家子，你要是恰好借了这家的东西，或要了这家人送给你的东西，小家子就有可能跟着这个东西，到你家来，甚至会留下来不走了。

山神

讲述：刘炯子
记录：刘长江

我的家乡盛行讲神汉（本地方言称为"端公"）的故事。有一则是这样的。

有一神汉，本领高强，远近皆知。他驱神做事，十分灵验。好像他不是人，而是众神的领导。他让神做什么，神就会做什么。

一日，他与一干村人在山神庙附近干活。有人激他说："都说你本领大，我偏不信，你能把山神叫来，让我们看看，才会服你。"

那人将话说完，向众人使个眼色，众人亦齐声附和。

神汉说："这有何难？"

神汉当即施展法术，口中念念有词。众人屏息敛气，一齐注视神汉。不一会儿，只见山神庙门里，出来一个骑白马的老头。那老头，那白马，与庙里的塑像一般无二，果然就是山神。山神在众人身边骑马走了一圈，又调转马头，回到庙里去了。

神汉法事已毕，问众人："看见了吗？"

那个激他的人说："没看见。"说完又向众人使眼色，众人也就大声说："没看见，没看见。"

神汉不语，又做法事，逼山神又出来走了一圈，再问，仍说没看见。神汉继续做法事。山神第三次骑着白马出了庙门，向众人走来，但这一次，山神没有转圈，却直直地朝神汉走来。神汉知道山神发怒了，急忙施展法术，却驱不走山神，山神的白马和神汉迎面相撞，神汉"啊"了一声，倒了下去。

众人吓呆了，急忙将昏迷的神汉抬回家去，但束手无策。

神汉于昏迷中听见山神对他说："你有法术，理应用来给人们做善事，本不该显本事。做一次也就罢了，我大小也是个神，岂能让你三番五次戏弄？你必然会有报应的。"山神说完，走了，不见了。神汉当即醒了过来。

神汉心想：惹恼了山神，怎么得了？

神汉家里喂有给人做法事时，人们作为报酬而送给他的几只羊。他挑出最小的一只来，想要杀了，祭祭山神。想到这里，神汉当即唤了刚满八岁的独生儿子牵了那只小羊出来，神汉取了刀，一刀向羊脖子捅去。羊猛地一挣扎，挣脱了男孩的手，跑了。男孩被羊甩得一个跟头跌在地上。神汉忙去扶儿子，却见儿子已经七窍出血，翻着白眼，眼看连小命也保不住了。

神汉明白这是山神在作怪。他瘫软在地。

如此看来，做什么事，还是不要过分的好！

南辕北辙

讲述：刘焖子
记录：刘长江

端公是替人们与神灵打交道、用来沟通神界与人间的人。在有些地方，端公又被称为神汉。端公的作用，在民间，跟医生差不多。我这样说，当然是有我自己的"歪理"的。医生医治的，是人身体的病患，端公治疗的，说白了，却是人的心理隐疾。即使从事迷信活动的事主也这么说："做一场法事能不能起作用倒是次要的，主要的原因是，去了一块心病。作为亲属，也算是尽心尽力，问心无愧了。"

作为普通老百姓，真是烦恼多多，问题多多。官老爷管不了的不平事，医生无法治疗的病，人们往往退而求其次，寻求神的帮助，这是普遍的心理，也是无奈之举。叫天天不应，叫地地不灵，求官无果，求医无药，最后只有求助于神灵了。

有了端公，神不能无法无天；有了神灵，人不能无理取闹。

端公要是做了不该做的法事，神灵当然不会放过他。神灵也有神灵的原则。神灵要是不遵循自己的原则，连神灵也是有更大的神灵来管着的，大的神灵要是不管小一些的神灵，端公也是可以出面管一管神灵的事情的。通常，神灵的世界并不需要人的管理，也用不着人来管理，那么，我们为什么还要创造一个神灵的世界呢？我想，有了无处不在的神灵，人活在这个世界上，就必须时时事事，都要有一份敬畏心理才行，要与人为善才行。"即使没有任何人看见你，监督你，神灵也在盯着你的一举一动呢。"这是老人常常挂在嘴边的话。

端公做法事一般有两种情况，第一种是祈求甚至要求神灵帮助某一个人或某一个家庭，为他们排忧解难，消灾去难。这么做的情形是，这个人或这个家庭已经有了灾祸或疾病，需要端公出面禳解，为的是化凶为吉，遇难呈祥，有了临时抱佛脚的意味。这种法事做起来比较简单，端公先是打卦，用排除的办法，一一问了神，先搞明白是哪一路神灵在发难后，再将这个神灵安抚好，或责成这个神灵，以后不要再添乱就可以了。这样做，一般，一个时辰的时间，也就够了。第二种是要做法事的那一家并无灾祸发生，做法事仅仅为了祈求神灵降福纳祥。

本地人对神灵更通俗的叫法是"老爷"。第二种情形下做的法事，本地有一个专门的称呼，叫"攒老爷"。攒老爷比较复杂，门神、灶神、家神（家族之神）、方神（一方之神）、水神、路神、桥神、山神……但凡村庄附近的神灵，面面俱到，无一例外，端公要把所有的神灵都召集起来，每个神灵都有一大段固定的经文要念。经文是现成的，抄写经文的书是很厚的一本，本领差一些的端公根本记不住，只能照着书来念——也有不用照书念的，这样的端公，手段当然更高明一些。攒老爷一般需要整整一个晚上的时间。

端公做法事，必须念经、"挽法"、让神灵"附体""打卦"。一开始，是端公敲着羊皮鼓，站在神龛或神像前念经，念经是为了安抚神灵，每念完一段经文，就烧几张纸钱，算是向神灵行贿吧，端公正好停一停，喘口气，接着再念。给这一位神灵的经文念完了，还要"挽法"降伏这个神灵，要神灵照着端公的要求（也是事主的要求）去做。每一个神灵所"挽"的"法"是不同的，但是，对所有神灵使用法术的步骤却是固定不变的。会念经还不算端公有本事，会"挽法"降伏神灵，才能显出端公的手段来。经念完了，"法"也"挽"了，该让神灵"附体"了，是到了"跳神"的时候。法术不高的端公，无论怎么跳神，神灵还是不附体，这就闹出笑话来了。端公只能继续"挽法"，让神灵听他的。最后一道程序，是"打卦"。一般情况，神灵是"附"端公的"体"——借着端公的嘴，答应端公替事主所提的要求，再用

"卦象"让神灵给事主做出承诺。端公要求打一个什么卦，就会打出一个什么卦来，对这个神灵的法事，就算完了。

卦是两片。"卦片"一头大，一头小，是弯曲的形状。"卦片"所用的材料，是牛角顶端约两寸长的那一部分。把这一段切下来后，从中间锯开，再打磨、雕刻、修饰，卦就做成了。但是，仅仅把卦做出来还不行，卦还要得到端公的"祖师爷"的认可，要在"祖师爷"的牌位前试验，如果这一副卦非常灵验，在端公以后的法事活动中，才有可能派上用场。否则，只好毁掉它，再另外做。

神灵"附体"是很不容易的事。有善缘的人，他只是在场，又不是端公，神灵却"附"了他的"体"，将端公晾在了一边。出现这种情形的原因，通常有两种情况，要么是事主的要求不合理，要么是端公惹恼了神灵。

村里有一家人跟本村的另外一家，素来不合，经常因为这样那样的鸡毛蒜皮闹些摩擦。有一次，他们赶着家里的骡子上山去，不承想到，骡子掉下山崖摔死了。这家的人当然非常伤心。骡子能耕能驮，脾气又好，是人的"半个儿子"，几乎是一个家庭一半的家产呢，要不心疼，那是不可能的事。这家人思前想后，最终怀疑是跟他家常常闹摩擦的那一家人，给山神许了心愿，山神才把他们家的骡子推下悬崖摔死的。因此，这家的男人悄悄地请了端公来，要给山神许一个更大的心愿，要山神报复那一家。

本来，这家的女人是不同意这么做的，仅仅是怀疑嘛，又没有证据。但她的男人非要这么做了，才解心头之怨。她拦不住他，只能听之任之。一般情况，端公是不会答应这样的要求来做一场法事的，这么做，违背端公的职业道德。端公也是给人排忧解难的嘛，他怎么可以用自己的本领，替别人整治人呢？可是，端公磨不开情面，说不出"不"这个字来，因为他跟这家的人，是很亲的亲戚，所以，虽有几分不情愿，他还是来了。

这家的男人答应，只要报复怀疑对象的愿望能够实现，他就给山神杀一只羊犒劳山神。本地人许给神灵的心愿，从小到大，依次分为烧纸钱、做袍子、杀鸡、杀羊四个等级。这家男人许的，是最大的心愿了。

这一场法事，确实简单。只要给山神念了经，再求得山神的同意就可以了。

端公很快念完了经。端公要让山神附体了，可是，无论端公怎么"挽法"，跳神，山神始终不肯附体。端公把看家的本领全都使了出来，山神这才附体，但不是附了端公的体，而是附在这家女主人的身上。端公自己跳不动，这家的女人有慢性病，一直都是有气无力的样子，就在转眼之间，她的口中念念有词，突然蹦得比端公还高。她的男人和儿子，两个精壮男子都无法摁住她。端公虽然觉得没面子，很丢人，却也只能这样了。端公想，只求把法事做完就行了，他已经管不了那么多了。端公拿出他的卦来，说了事主的要求，跟山神要了一个"阳卦"：两块卦片，必须背面朝下。

端公将卦丢在地上，两片卦都应该是背面朝下才对。可是，无论端公怎么打卦，也不管端公打了多少次卦，两片卦，次次都是背面朝上的，都是"阴卦"，更不是一片朝上另一片朝下的"尚卦"。很明显，山神不答应嘛。这让端公觉得，这个脸可是丢得太大了。他以后还怎么当端公呢？于是，端公又念起咒语来，念完了，再施展法术，然后接着打卦——就在这时，奇迹出现了，两块卦片居然用圆而弯的背面相互支撑着，站在地上。这是典型的"立卦"，如果不是用手扶着，两块卦片是不可能站立起来的。端公是站在案前，将两块卦片丢在地上的。这怎么可能呢？这是端公最忌讳的事情！

当然是山神非常恼怒了，才会出现这样的"卦象"的！

端公不死心，接连打卦，终于勉强地打出一次"阳卦"来了。他草草收了场，结束了法事。

再简单的法事做完也到午夜时分了。端公原打算在亲戚家住一晚，第二天回家。端公出门做法事，一直都是这样。但是，这天晚上，端公一刻也待不下去了。勉强做完了法事，无论事主怎么挽留，他也是执意要回家去。好只好在，夜并不黑，天上有半片很亮的月亮，路看得清清楚楚的。

端公顺着回家的路，走了。

也不知道走了多久，端公觉得头昏脑涨的。在懵懂之中，端公突然听见流水的声音，他一下子清醒过来。他的家在西南方，在山腰上的村里，他要上山，怎么会朝着东北方向，走到马莲河边，下河来了呢？他的一只脚踩在冰凉的河水里，都已经湿了！他要是再往前走一两步，必然被河水冲了去。端公是山里人，不识水性，是个典型的"旱鸭子"。在我听到这个故事的三十年前，马莲河的水不像现在，流量是挺大的，淹死一两个识得水性的人不在话下，是小菜一碟——轻而易举的事情！

端公吓出了一身冷汗。

端公坐在河边，摸出兜里揣着的纸烟来，点上，抽一支。给冷风吹了一阵，让烟熏了一阵，他觉得心神安定了，头脑也清醒了，这才站起来，回头走。他打算到刚刚做了法事的亲戚家去，住一晚再走。他感觉到问题的严重了。

到了亲戚家所在的村子，到了亲戚的大门外面，端公从门缝里向里面望。他发现亲戚家的人都已经睡了，屋子里、院子里，都是安安静静的样子，连一星灯光也没有。端公犹豫起来：他要是敲门的话，怎么跟亲戚说呢？人家留你，你说什么也不愿留下来住，都走了这么久了，却来打扰别人的瞌睡。太不好意思了。他在亲戚家的大门外徘徊了很久，觉得不会有什么事再发生了。他于是决定，还是回家算了。

他又走了。

这一次，他走得不快不慢，小心翼翼。这一次，他的方向也走对了。

快到家的时候，端公突然一步踩空，从两丈多高的土坎上掉了下去。在掉落的过程中，他仅仅来得及在心里喊了声"不好！"就已经重重地落在一块凸出地面的石头上了。

端公想爬回家去，可是，只要他稍微一动，左腿就像针扎一般疼。他只好放弃了回家的想法，耐心地在原地躺着，一动也不动。他觉得奇怪。他搞不清失足的原因。他看得清清楚楚的，明明是宽敞明亮的大路嘛，也不知道走了多少次了，是熟悉得不能再熟悉的路，下弦月还在天上，地上是很亮的，怎么会失了足，掉下去呢？

还有十来步就可以到家了，可是，他回不了家了。他左边的腿断了。

天亮了，他看见自己的女人出门解小便，就大声喊她。他的女人一贯都是村里起得最早的人。女人发现了他，跑步来到他身边，看了看，又回家去，叫了儿子一同来，这才把他扶回家去。

他的左腿，后来就锯掉了。

他没有办法再跳神，他当不了端公了。

即使左腿没有伤残，他也发誓不做端公了。

药夫子

讲述：刘焖子
记录：刘长江

山中多有中草药，便有以采药为生之人。采药的人，人们叫他药夫子。当药夫子的，多为青壮男子。采药是一种很苦的差事，要在深山老林中去漫山遍野地找药。

农历九月，到了该挖党参的季节。党参有种植的，为家参，也有长在大山草丛中的，人称野参。药夫子挖党参，挖的当然是野参。

一日早晨，药夫子走在途中，觉得十分疲倦，他已连续挖了七天野参了，便坐在路边一块石头上，装一锅旱烟，点上，一口一口，吞云吐雾。烟抽完了，药夫子在地上，随便磕着烟锅里的烟灰，突然，他发现他磕出一根细细的党参蔓儿，又瘦，又短，又憔悴。

以药夫子的经验，这应该是一棵非常小的党参，按药夫子的惯例，他本是不屑于挖这么小的党参的。

药夫子又装上一锅旱烟，点上了，吸。他一边吸一边无所事事地找那党参蔓儿，他先找到了根，再刨开根周围的土，药夫子高兴坏了，这一根党参，参头比他那又粗又笨的拳头还要大，显然是棵老参。药夫子想，该不会是参王吧？他想了一会儿，觉得不会，参王应该长在深山老林里，怎么会长在大路中间，让千人踩、万人踏呢？

药夫子用整整半天的时间挖出这根参，又用半天时间，修好了被他挖坏的路。这一天，药夫子就挖了这么一根参。

这根参，长约五尺，粗似胳膊，无旁根，无侧枝，药夫子怕弄断了，就砍了一棵小树，将参绑在树干上，扛回家去。

这一根参，晒干，整整五斤。药贩子以破例的五十元每斤的价格，收了去。药夫子一天就收入二百五十元。

之后不久，药夫子生病，请一个中医诊治，也不知吃了多少中草药，一个月之后，病才好。病好之后，药夫子去老中医的药铺里结账，一算，不多不少，整整吃了二百五十元的药。

药夫子心里说，幸亏挖了这棵老参，要不然，二百五十元药费，要挖一个月野参才挣得回来呢。

是夜，药夫子得一梦，梦见那参变成了人。

那人对药夫子说，你也太没规矩了，你挖的是参王啊！你连参王都敢挖，以后还当不当药夫子了？

参王静了静，又说，挖了也就挖了，你把我弄回去，用香烛供奉着，我自然保佑你挖党参发大财。你却把我卖了。你这个二百五，我一定要你把我的卖身钱还给我。

药夫子醒来才知是梦。他挺委屈地想，我哪知道你就是参王呢？

至此，药夫子再也不上山挖野参了。

金盆盆

讲述：张京芳
记录：刘启舒

很久以前，文县丹堡河畔的峡沟村有一个洞。据村里老人说，这个洞一直通到七八里外的小坪村里。但是，谁也没有走出头过，洞里漆黑，必须打着火把进洞，十支火把燃完了，还没有走到尽头。

有一天，有个男子闲暇无事，打算进洞看一看。他准备了二十支火把，独自走进洞里。他点燃第一支火把往洞里走，一支火把燃完了，又点燃第二支火把。一路上有一级级的台阶，还能听见水流的声音。等燃完第十支火把，还没有走到尽头，但他不能继续往前走了，因为返回时还需要十支火把。就在男子转身打算返回时，他发现地上有一个黄色的盆子，在火把的照耀下金光闪闪。

男子便随手捡起盆子，走出洞一看，是一个金盆盆，顿时高兴不已。他把金盆盆拿回家当洗脸盆用，每天用金盆盆洗脸，洗完脸便把洗脸水泼了。一天，男子洗完脸忘了泼洗脸水，晚上他从外面回来，发现金盆盆里有满满一盆金。以后，每天他都剩一点洗脸水，每天都能收获一点金子。没过多长时间，这个男子发大财了，他重修了新房屋，购置了骡马和田产，成了富甲一方的富翁。

金盆盆虽然为男子带来富裕，却没有给男子带来幸福，而是给他带来了烦恼。每天晚上，男子睡在床上，一进入梦乡，便听见有人在对他不停地喊："把我的金盆盆还来！把我的金盆盆还来！"从他入睡一直喊到天亮。男子一晚上都睡不好觉，白天无精打采，萎靡不振。长此下去，男子的身体彻底垮了，好像得了大病一样。

有一天，男子终于想通了：不义之财不能要，身外之物不可得。他便把金盆盆悄悄地放回了原处。说来也怪，晚上睡觉，他再也听不见有人朝他喊"把我的金盆盆还来"了，一觉睡到大天亮，身体也一天天地好起来，靠自己的双手勤劳致富。

生 活 故 事

猴子抢姑娘

采录：余林机

在很久以前，白马峪河流域山峦叠嶂，翠绿的原始森林一望无边，遮天蔽日。那时候，白马峪河流域零星点缀着几个白马人村寨，人口稀少。翻过黄土梁就住着平武白马人，这个故事就发生在川甘两省交界处的白马人家中。

这一户白马人家，全家七口人，家庭和睦，有一小女，芳龄十八，孝顺父母，勤劳贤惠，一年四季全家人的衣服都要靠她来洗。有一年冬季的一天，姑娘像往常一样背上装满衣服的背篼，手拿砸衣棒槌，到白马河边洗衣裳。她把河边的一块石头当搓板，卖力地捶打、拧干，把洗净的衣服晾在河边的大石头上。姑娘的手被冻得红红的，但她心里却美滋滋的。她憧憬美好的人生，向往嫁个好人家，生儿育女，相夫教子。

姑娘目不转睛地盯着波涛汹涌的白马河出神，砸衣棒槌不知不觉掉入河中，被水冲走。正在姑娘发闷时，来了一个离群的公猴子，从背后一把拉住姑娘的手，用另一只手解下姑娘的丝帕，蒙住姑娘的眼睛，连拉带拖地抢走了姑娘。姑娘呼救的高喊声，被白马河的水声吞没。待姑娘脸上的丝帕被解下，她定睛一看，自己到了一个陌生的山洞，对面站着一个猴子。在山洞内，有猴子偷来的南瓜、蔬菜、野果。姑娘想逃跑，但根本无法从山洞下到地面。无法再见到自己的父母双亲，姑娘号啕大哭，哭声回荡山洞，猴子见了心里也难受。

人有人言，兽有兽语，就是难以沟通。姑娘被折腾了一天饿了，猴子找来些山果子，摆在姑娘面前，示意让姑娘吃。姑娘也饿急了，拿一个在围裙上擦一下就吃了起来。猴子积累的食物都是些青菜水果类，姑娘饭量小还能凑合，到了晚上就麻烦了，山洞内猴子虽揽了些杂草，但只能一人躺卧。猴子特别灵敏，示意姑娘先睡，姑娘囫囵躺下，猴子为她盖草，守护着，像丈夫一样爱护着姑娘。睡到三更时分，姑娘冻得坚持不住，开始发颤打牙，没有火取暖。猴子是耐寒的热性动物，姑娘无意中靠近猴子得到一丝温暖。就这样，为了生存，姑娘晚上睡觉冷就靠近猴子取暖，来度过漫长的黑夜。日久而生情，姑娘怀孕了。

姑娘在山洞与猴子生活了一年，生了个猴儿子。但是姑娘思念自己父母双亲的情感与日俱增，悔恨这泼猴作祟，把自己美好的青春时光毁了，将自己隐埋在这无人烟的山洞。姑娘每天以泪洗面，不思饮食，渐渐消瘦，面无血色，怪老天不公，暗问自己难道就在这暗无天日的山洞住一辈子吗？哭着想着慢慢走向洞口，给洞外飞来飞往的雀鸟诉苦，哭唱诉说着自己的苦情。

光阴似箭，日月如梭，又是一年，猴儿子一岁了。有一天，姑娘与猴儿子在洞口晒太阳时，一只花喜鹊路过山洞，飞上洞岩歇息，姑娘深情地对喜鹊说："喜鹊呀喜鹊，我的命好苦呀，为父母河边洗衣裳，被猴子带到这里来，见不到父母实可怜，如你有灵感，就同情我呀，把我这针叉子带给我母亲，好让父母知道我还活在世上。"花喜鹊频频点头，姑娘将布衫领扣上的猪尾针叉子解下，系在喜鹊的翅膀上，喜鹊带着姑娘的针叉子，飞向姑娘家的村寨。

再说在姑娘被猴拉走的傍晚，父母见女儿没有回来，去河边寻找，只见洗净的衣服晾在石头上，唯独不见女儿的踪影。他们以为一定掉进河里被水冲走了，沿河打听查看，没有任何踪迹，无可奈何，只得作罢。但是，父母一直心里放不下，活不见人，死不见尸，没有任何蛛丝马迹，女儿到哪里去了呢？

在姑娘失踪第二年的同一天，飞来一只喜鹊，站在姑娘家门前一棵树上叫个不停。姑娘的母亲听见喜鹊的叫声，走出门来，听见喜鹊在叫："喳喳喳，喳喳喳，你的女儿的针叉子。"姑娘的母亲说："喜鹊呀喜鹊，你下来让为娘的看一看是真是假。"喜鹊立刻飞下枝头，抬起翅膀，让她解下针叉子。母亲见到针叉子如同见到了女儿，知道女儿还在人世，激动得热泪盈眶。她连忙告诉家人，又对喜鹊说："难为你！你明天带路，我们找些人去救女儿。"喜鹊点头答应。

第二天，请了寨子里精明能干的十来个小伙子，带上绳索、山刀、干粮，跟着喜鹊寻找，花了多半天时间，来到了这个隐蔽的山洞。小伙子们想方设法架云梯爬上山洞，将姑娘吊下来，轮流背着，马不停蹄往回走。猴儿子被丢在山洞，姑娘离开时，还"吱哇、吱哇"地哭叫着。公猴出外去采野果了，它没看到这突如其来的变故。

花了很长时间，救姑娘的队伍才进村庄，全村老少高举着火把，在半路迎接姑娘和营救姑娘的小伙们。一家人见姑娘活着回来，喜上眉梢，忙这忙那不亦乐乎，用家里酒肉招待下力的小伙子，人们饮酒唱歌至子夜方散。

夜深了，劳累了一天的帮忙的人都走了，家人也关上门，准备休息。刚爬上炕，听见院子里有人喊道："猴儿娘，猴儿娘，你不心慌，我心慌。"姑娘的父亲从窗缝看，朦胧的月光下，院子中间的石板上坐着一只猴子，向着屋内喊叫。猴子见屋内没有人回应，又喊道："猴儿娘，猴儿娘，你不心慌，我心慌。"

姑娘丢下猴儿子，被寨子里人救回，脱离苦海。但"一行有一行，娃娃哭了有他娘"。猴儿子到了晚上不见母亲回来，啼哭不止。公猴不见媳妇，是何等痛苦、焦急？它立坐不安，抛下猴儿子，连夜追赶猴儿娘，追至院中一看四门紧闭，只好蹲在院中大石板上高声凄喊猴儿娘，恳求姑娘搭救他俩的小猴儿。公猴喊至天亮，才慢慢离去，到晚上又来，这样凄凉地喊了两个夜晚。姑娘的父亲听得不耐烦，白天用柴火把院内石板烧红。第三天晚上，猴子还以为与往日一样，翻过院墙，敏捷地跳上石板蹲下，嗤的一声，一股焦臭味弥漫院内每个角落，屁股上的毛全被烙光，烙成了红屁股。猴子惨叫一声道："屁股烙得没毛了，我这次去了不来了。"从那以后再也没来过。

中庙老倌庙的来历

采录：田尚勤

文县东南部白龙江边，有一个村落，林木繁茂，翠竹环合，居住着十来户人家，过着春种秋收的安适生活。可是，大江之中忽然出现了一头凶猛的怪兽，常从江中出来，在岸上吃人和牲畜，闹得村里惶惶不安。村中有个姓肖的铁匠，下决心要除掉这只恶兽，他每天挑两篮子肉去江边喂恶兽。恶兽吃饱了就回到江中，不再上岸吃人。恶兽吃惯了自来食，到时候就出来等食。一天，肖铁匠照常挑了肉去，将一只篮子里的肉一块一块地喂入血盆似的大口里，当它吃得正香的时候，肖铁匠趁它不防备，从另一只篮子里夹出一块烧得红红的铁块送入口中。恶兽来不及吐出，和肉一起咽了下去，立即痛得翻滚，眼睛像血铃，口中喷血水，不住地惨叫、挣扎。恶兽终于死了，但也吓死了肖铁匠。村民们为了纪念肖铁匠，便在村中修起一座庙，塑了一尊肖铁匠的像供奉在庙里。当时人们对尊敬的人称"老倌"，于是就把这庙叫"老倌庙"。因为庙建在村正中，又称中庙。后来人们把这个村子也称为中庙了。

肖家女子

采录：田尚勤

清道光年间，文县白马峪（今铁楼乡）肖家山村，有位姓肖名起昌的秀才，祖上曾给土司当过管粮官，人称肖仓正。至秀才肖起昌时，乡人仍以此名称呼。肖仓正养了三个女儿，大女儿嫁给本村人，二女儿嫁给演武坪村人。三女儿名叫"三姑"，聪明美丽，长得如花似玉，从小就由肖仓正教其读书识字，口才过人。上门求婚者很多，但都不合肖仓正的心意，决意要将这一颗掌上明珠配个高门大户、有才有品的女婿。演武坪村有个青年叫刘祥武，是个精干英俊的小伙子，请媒人登门求亲，三姑十分愿意。仓正却看得上人，看不上刘祥武的家境。只因为刘祥武的家境贫穷，亲事未成。邻村马家坝有一富户，财雄一乡，有一子名叫马守业。此人家虽富，人却平平，纨绔习气，不读书。马家也向肖家为儿求亲，肖仓正看不上马守业的人品长相，三姑更是十万个不同意。但媒人的嘴加上财帛动人心，肖仓正被马家的财富牵动了心，将女儿许给马家。这时肖三姑与刘祥武已暗地订下了终生不渝之盟。后来三姑被强迫成婚，抬进了马家，与马守业成了夫妻。但实际上是大路朝天各走一边，三姑三天两头回娘家，常与刘祥武相会。次年夏天，三姑在娘家，马守业去接她，催令回家，而三姑不愿回去。三姑妈妈为了撮合三姑与马守业和好，让他们二人一起去河对面地里锄棉花，不料在过小木桥时，三姑用铁锄打在马守业头上，马跌入河中丧命。次日，马家坝景乡约到县报官，县长盛泰符亲临现场验尸后，将三姑关进木笼抬回县衙。几次过堂审问，三姑侃侃而辩，不服其罪。县长久而不决，只得送往阶州。阶州又不能决，送上了省城。在押解途中，三姑触景生情，用歌声倾诉自己的不幸，一直唱到兰州。刘祥武听到路传，说三姑将在立秋日处决，便在家悬梁吊死了。三姑在兰州听到刘祥武死了，便也在狱中自尽。一对情人，终于殉情而死。三姑的唱词《肖家女子马家人》流传至今。

转转盆

讲述：张富润 78岁 农民
记录：张尚菊 干部

古时候有一个偏僻的小山村，坐落在大山深处，全村有几十户人家。山里人以种植玉米、谷子、洋芋等作物为生，过着十分贫穷的生活。

村子里有一户人家，住在半山腰的山林中，房子后是大树林，院子前是大坎和深沟，晚上能听见沟水响，半夜里能看见刺猬爬在大树上，人出了院子就要走羊肠小道，白天鹞子和老鹰时常在院子上空盘旋。这户人家有一对年轻夫妇，育有一个小男娃，小名叫鹞子娃，三个人的生活过得有滋有味。但好景不长，有一天，天刚蒙蒙亮，鹞子娃的娘腰里缠上"缠子"，背着大木桶去背水，在回来的路上，不小心掉到深沟里摔死了。从此，这个家没有了生机。过了几年，鹞子娃的"大"又给鹞子娃娶了一个后娘，第二年后娘就生了一个小胖娃。又过了几年，鹞子娃长大了，天天跟着他的"大"出坡做庄稼。天有不测风云，有一天鹞子娃和他的"大"出坡背柴，在砍柴的时候，鹞子娃的"大"滚到山坡下摔死了，鹞子娃不停地大哭，但怎么也叫不醒他的"大"了，村里人再也看不到欢蹦乱跳的鹞子娃了。乡亲们都说鹞子娃太可怜了，十三四岁就死了亲娘亲老子。鹞子娃的家这下麻烦了，他的后娘靠他的"大"靠惯了，自从嫁到他家后从来没有出过坡，从来没有背过柴，只是在家带个小胖娃，常常给小胖娃炒鸡蛋，炒玉米花吃。小胖娃也长大了，也学得好吃懒做，天天引个土狗满坡跑，村里人都把小胖娃叫土狗娃。时间一天天过去了，这个家再也不像从前了，鹞子娃还要像从前一样出坡干活，但离了亲老子，再也没有人疼爱他了。鹞子娃早上出坡干活，回来后经常吃不饱饭。从此，这个家的争吵便多了起来。有一天，当娘的说："要想吃饱吃好，就好好干活。从明天起，你们兄弟俩比赛养鸡，谁的鸡下的蛋谁吃。"第二天，当娘的给兄弟俩各分了鸡。鹞子娃想到以后就有鸡蛋吃了，他一有时间就给鸡倒水、喂食，心里总是乐滋滋的。有一天，他听见公鸡在叫鸣，母鸡"格格哒、格格哒"地叫，鹞子娃赶快找来了一个烂笼子挂在台子东边，土狗娃看见他的哥在台子东边挂了个烂笼子，他也急忙找来了一个笼子挂在台子西边。第二天，太阳出来了，太阳晒得正大，鹞子娃又听见母鸡"格格哒、格格哒"地叫了，这时鹞子娃搬来了一条长凳子坐在上面，两腿不停地摇动着他穿的草鞋，高声叫道："家鸡来个蛋，野鸡来个蛋。"土狗娃这时也急了，他连忙也搬来了一个板凳坐在了上面，嘴里也大声叫道："家鸡来个蛋，野鸡来个蛋。"兄弟俩的声音越叫越大，就这样叫着、叫着，鹞子娃的鸡进窝了，土狗娃的鸡还没有进窝，这时土狗娃生气了，他又高声叫道："家鸡来泡屎，野鸡来泡屎。"院子里的两种叫声越叫越大。最后，鹞子娃的鸡"格格哒、格格哒"地出窝了，窝里留下了一个蛋。后来鹞子娃烂笼子里鸡蛋越来越多，房后的野鸡也来下蛋了，土狗娃的笼子里鸡屎越来越多。但鹞子娃还是吃不到鸡蛋，鸡蛋都叫后娘给土狗娃吃了。鹞子娃见后娘说的话不算数，于是就跟后娘争吵了起来，后娘霸道地说："我给你们分家，各过各的。"鹞子娃也就同意了，当后娘的说："只有二升谷子，你们一人一升。"这样就算分家了。

转眼间，到了种谷子的季节，鹞子娃出坡种上了谷子，过了一段时间，他看到别人家的谷子都长成青苗了，而他的地里还是一片白，当时他就放声大哭说："老天爷，咋办呀？我的谷子怎么长不出来？"他边哭边找，终于在地里发现了一根谷子苗。随后他满怀疑问地回到家中，晚上怎么也睡不着，他后来才知道，后娘分给他的一升谷子是炒熟的，地里长出来的一根苗是后娘炒谷子时溅到灶上的。从此，鹞子娃天天挂念着那根谷苗，他还是像从前一样出坡，天天都到他的地里去，他把那根谷子抚啊抚……有一天，他又在给小谷苗除草，太阳晒得他满头大汗，他又渴又饿，忽然间，他看见一个神仙老头向他走来，神仙老头说："这地里怎么才长了一苗谷子？"鹞子娃边哭边说了他的往事，神仙老头听了叹气地说："世间竟有此事。"随后，神仙老头从怀里拿出了一个圆圆石给鹞子娃，对鹞子娃说："你以后再也不用挨饿了。"鹞子娃看了看圆圆石觉得奇怪，神仙老头说你把它放在你前面，我给你说暗语，神仙老头打坐坐到了鹞子娃对面，两眼紧闭着念道："转转盆转三转，酒肉十菜吃不断。"话音一落，鹞子娃眼前摆满了饭菜，他正想吃时，神仙老头却不见了。从此，鹞子娃天天背着"转转盆"出坡干活，他的那苗谷子越长越大，最后长成了七柯权八股子的大树。

吟吉利

采录：叶培根

自古以来，每年正月十五前后要耍狮子、耍船灯闹元宵。这社火队里集中了许多热心人，自愿组合，为各界人士恭贺新年，祝愿来年顺利吉祥。事前发帖，到时登门恭贺。因为这一帮人设这个坛场也要开销，故恭贺结束主人还要敬谢红包和烟酒之类，这已是个老规矩了。

这社火队中有几个专门吟吉利的人，每当狮子耍过之后便要因人而异，随机应变吼出几句吃劲的吉利话来，主人听了高兴，红包也就多，火炮也放得多。耍的人起劲，锣鼓也敲打得越响亮。大家兴高采烈，喜气洋洋。

若是来到商户家，吟吉利的头目便高声吼道："狮子船灯团团转，今天来到富家院，出门求财财源广，回来挣个财百万！"

若是来到乡镇长门前，便是："狮子耍得铜铃响，今夜恭贺 × 乡长，从今狮子耍过后，连升三级当县长！"吟得好听，听了高兴，看热闹的人也觉欢喜。特别是那一群一伙的小娃们更是激动不已。

那时候一到夜间，再没有其他的文娱活动，便觉得耍狮子的一套挺有意思，春节过后，小娃他也照样学样，撩起布衫的前后幅，打起石片充当锣鼓，口里也响起肉家什，乱哄哄来到人家大门前学耍狮子，闹唱一阵之后，其中也有学着大人吟吉利的，但内容并非"吉利"，或讽刺挖苦或有意惹笑逗乐，如果来到铁匠家门前便是：

> 狮子耍得铜铃响，今夜恭贺 × 铁匠，
> 从今狮子耍过后，一锤砸到手背上！

如果来到做点心的人家门前便是：

> 狮子船灯到处蹿，今夜来到点心店，
> 点心吃起帮硬得，十架坡都滚不烂！

如果来到生理有缺陷的人家门前便是：

> 狮子耍成一杆旗，今夜恭贺 × 塌鼻，
>
> 从今狮子耍过后，戴上眼镜往下溜！

诸如此类有些内容是小娃们编的，有些很有可能是受大人教唆。最后往往得到人家一顿臭骂。骂就骂了，该骂！这些"短命龟儿子"们仍感十分开心快乐，嘻嘻哈哈，一直闹到筋疲力尽才散伙回家。

这些趣闻趣事，前者可算是"吟吉利"，民间习俗、民间文化，后者纯属恶作剧，取乐子，这是小娃们的事，人们大可不必过分介意。

胡扯蛋行医

讲述：任天禄
记录：任德明　张金生
1976 年 12 月采录

古时候，在白水江上游，鼓坪嘴下的一个村庄，有个名叫胡道安的人，个子瘦小，罗圈腿内弯，八字脚外翘，略懂岐黄之术，善于坑蒙骗财。人们给他取了个绰号叫"胡扯蛋"。

有一年三月，胡扯蛋伙同几位乡邻去松州经商，走到一个名叫燕子砭的小山村时，肚子饿了。他背着众人，独自走进路旁一户人家，看见五个青壮年男子正在院内闲谈，旁边坐着两位年约六旬开外的男女老者，知其为五人父母，男老人脖子上还长有一个铜罐大的瘿瓜瓜。胡扯蛋眼睛滴溜儿一转，对在座的青壮年说："你们弟兄五人，如此英俊，可惜缺少孝心，愧对你们父亲，对他脖子上的瘿瓜瓜，为何视而不见不求医根治？使他老人家受此大罪。"长子听后说："家父这病已有三十余年了。我们遍求名医，谁也没有治好。现在随着衰老，每逢天阴下雨，连呼吸也很困难，我们全家人无可奈何。"胡扯蛋说："本人虽然医术并不高明，但对于这些小病尚有祖传医术在身。以前曾治好过数十人，效果还算不错。不妨让我试试，不知你们弟兄意下如何？"弟兄五人听了，都很高兴，以为神医降临，急忙吩咐主妇，奉茶敬酒，杀鸡备菜，对他热情款待。胡扯蛋酒足饭饱之后说："此病随月亮大小可长可缩，每月三十初一最小，十四十五最大，八月十五满轮。治疗要得

根除，至少需等本月十五月圆。今日正是三月初十，尚要等待五日。那时皓月当空，即动手治疗，才能万无一失。"弟兄听了，个个感到言之有理，心悦诚服，将他留在家中，逐日酒肉不离。胡扯蛋自以为技高一筹，内心感到特别高兴。

当月十五日深夜，一轮皓月当空，照耀得大地如同白昼。全家男女老幼，都集中在客厅等待匠人为父亲根治这病。胡扯蛋使唤长子从缸里舀来一碗冷水，自己去厨房案板之上取来一把菜刀，让病人背靠皓月坐在正厅门槛之外，自己左手端碗，右手持刀，向外站在门槛之内，用右脚踏住门槛，喝满一口冷水，向病人脖子上的瘿瓜瓜用力喷去。病人突然受此冷水沸面刺激，全身发抖，儿孙围观，人人心惊胆战。胡扯蛋朗声念动咒语："今奉请，奉请玉京太上老君。金君木君，水君火君，土君灶君。吾师扁鹊华佗，还有仲景时珍。传艺诸路先君列位，阖堂共显灵功。子弟道安善情在见，为了拯救良民，根治病患，特设此坛，奉请天地水域诸神，叽叽如灵！"念罢咒语，将菜刀在门槛上连砍三下，接着又说道："月亮升起万丈高，子弟要割瘿瓜瓜。死也就是这一刀，活也还是这一刀。"言罢舞动菜刀向病人脖子上伸去。病人听言见状，吓得像筛糠，汗如雨淋，鼓足勇气，大声呼叫道："这病我不治了，求先生刀下留我一条老命。"五个儿子也急忙说："请胡先生刀下留情，既然是死是活难保，对父亲之病就不要治了。父亲年事已高，保命要紧。先生治病，乃为好意，此情此恩，我们理当酬谢。"

胡扯蛋见达到了自己设想，心中喜之不尽，假装生气地说："你们全家七嘴八舌，胡言乱语，打扰激怒了医神，不愿显圣，使我也无法动刀。错在你家，这就不能怪我没有手艺。只是我作为一个出门行艺之人，光阴可贵，治病求钱，养家糊口，乃为天经地义。现在你们父亲的病不治事小，但让我在你家中闲住六天，误了挣钱，怎么办？"弟兄们赔笑说："先生千万不要生气，只要留得父亲命在，治与不治我们都愿意付费。"当即付给纹银三十两，作为酬谢。胡扯蛋当晚仍受全家款待，第二天清晨便扬长而去。

白马人婚姻的故事

采录：李朝武 干部

传说很久以前，屈家沟的东沟有个苏家坡住着一户苏姓白马人家。这家的主人叫苏明娃，女人叫汪么秀，夫妇俩躬耕田园，勤务农桑，黎明而出，日落而入。那时年风调雨顺，收成不错，日子过得一天比一天好，生活无忧无虑，很开心。

夫妇俩有个女儿叫杏花，年方二八，长得眉清目秀、美丽动人，而且又懂事知理。跟着母亲学得一手好针线活，真是人见人爱、人见人夸的好姑娘。

在苏家坡的对面山上，有个地方叫当家坪，住着一户当姓人家。主人名叫当胡也，此人平时桀骜不驯，凭着家庭富有，吃、穿、用不愁，横冲直撞，占山为王，十分骄横。人们管他叫当胡扯。当胡扯有个儿子名叫狗蛋，也是个游手好闲、好逸恶劳、吃喝玩乐的纨绔之子。人们也给他取了个名字叫臭蛋。这狗蛋已经到了而立之年，还是光棍一条，远近人家的女子见他就远躲，谁也不愿见他。

这当胡也早就盯上了苏家杏花姑娘，凭着他骄横的恶棍行为，给儿子打起杏花的主意。这日，当胡也带着狗旦夹着彩礼撞进苏家大院，彩礼往桌子上一搁，不问人家愿不愿意，威胁地说，腊月初八是个成缘的黄道吉日，还有十天时间，你们做准备，到时我们前来娶亲。说罢甩袖出门，扬长而去。苏明娃夫妇立时心上压上一块巨石，心想这当胡也是远近闻名的恶棍，谁都惹不起，怎么办呢？正在愁眉苦脸之际，杏花从屋里出来对爹妈说："爸、妈，不用怕，女儿一桩心事一直未给你们说，今天已到说的时候了，我已和西沟谭家楞干的谭憨牛前三年就订了终身。我们早有预料，当胡也迟早会来捣乱。昨夜谭憨牛和我商量好了，我们惹不起当家可躲得起，憨牛他爹早在四川平武采了一块风水宝地，明日夜半，我们两家起程，在那里开辟新家园，开垦新的落脚地。"苏、谭两家次日晚各自在祖墓前叩头辞别后，连夜上路南行，一路晓行夜宿，十天后到达目的地。在那里落地生根，开辟新天地。未过三秋，两家各自建起了青堂大瓦房，各自有庄园，日子越来越红火。

苏杏花和谭憨牛已成缘，结为百年之好，他们繁衍生息，耕读乐居，儿孙满堂。他们的后代在四川的北部形成一支白马新种族。

当胡也，以他的不可一世的霸道，以为"得来全不费工夫"。腊月初八准时举行婚宴，大办酒席，宾客云集，按时吹弹娶亲，结果扑空而归，十分扫兴，狗蛋终身未娶。当家从富有的上户逐渐下滑，日落西山，昔日的当家坪再没有了当家人，留下的是野草一坪。

至今谭家楞干的谭家坟和苏家坡的苏家坟依稀尚在，清末民初还见来人扫墓上坟。来人说，他们如今人丁旺盛，兴旺发达，全是他们的先人们永佑的，他们不会忘记先人们的阴德。

建造碧口紫云宫

采录：韩居宴

由碧口船帮筹资修建的雕梁画栋、金碧辉煌、气势恢宏的碧口紫云宫（王爷庙），在招请设计建造工匠——掌墨师时，采用的是考试选招的办法。

题目是要求所有报名应招的工匠，用粗细合适的原木制一担马脚（木匠架木头加工操作的基架）沉放到白龙江大河里，浸泡一天一夜后，拆开看榫卯处是否进水。结果，所报考的几十名工匠中，只有一名年仅十八岁的年轻人交的马脚没进水，因而考中。主设计建造工匠确定后，其余工匠就只能作为赶厂工，由主匠掌墨师安排，给主匠当下手了。

因为是兴建庙宇，在长达数年的修建过程中，工匠师傅们一般都还能团结合作，工程进展也比较顺利。只是林子大了，什么样的鸟都有。人多了，思想认识很难完全一致。这其中，有一位年龄较大，手艺也较好的师傅，因掌墨师太年轻，他口里不说，内心里总是有些不服。于是，他就在修建正殿立柱上梁前，偷偷地将大梁给锯短了一尺。

然而，知识程度高、技艺好的人，一般地总是较虚心且又细致一些的。上梁前夜，年轻掌墨师深夜检查时发现了，就连夜秘密给对他忠心的两个徒弟做了安排，将原梁劈毁，用同样的木料新换了一根。并给安排在第二天上梁时，吆喝"短了"，叫喊，叫扯。

第二天，寅卯不分光时上梁时，两个徒弟将大梁拉上中柱顶口后，就假声喊叫说："师傅，梁短了！"师傅呵斥说叫："扯嘛！"假装反复吆喝扯了数次，最后，将大梁放入了柱口。

扯梁的举动，一下子惊呆了全厂工匠，惊呆了所有在场的人，更是惊呆了那个偷锯梁作弊的工匠师傅。随之，年轻掌墨师也就更加声名大振了。

晚上，偷锯梁的工匠，就找到掌墨师住屋，跪在地上，一再恳求，要掌墨师收他为徒。

常言说："徒弟，徒弟，三年奴隶，三年不会，你就回去！"那时代当徒弟是只管饭，不付工钱的。

该工匠虚心跟着年轻掌墨师干了三年。三年期满，掌墨师叫他出师，他跪在师傅面前说："师傅呀！您还有个艺未给我传呢！"师傅明知故问，说："啥子艺？"他说："就是那个扯木头的艺。"师傅笑着给他回答道："那个艺，简单。就四个字，虚心、细心。"于是乎，他才恍然大悟，诚拜谢别。

这个故事是否真实，已无从考证，然而，它却对学手艺的人和读书人，有一定的启示和教育意义。

奇怪的"盐人"

采录：谭广馀

民国时期，村里有个叫安路生的人，是全村打土盐、熬土盐的能手。凡昌村有土盐的地方他都去过，哪里硝重，哪里的土盐咸味重，他都了如指掌。

有一年，他到凡沟雄黄坡山腰（水渠以上）去找土盐时，发现一个崖洞，没有灯不敢进去，回家找来个"亮壶子"的清油灯，点着后慢慢爬进去，洞子不深，钻到里面却很大，也高，能容纳几十个人。他抬头一看，头顶上方崖石上有一个白色的柱子，好像还有胳膊有腿，他顺手摸了一下表皮的细末，放在嘴里一尝还挺咸的。他意识到，这是一处有盐的崖洞，从崖顶倒吊下来的是盐的结晶体。他觉得这是老天爷或山神爷赐给他的一笔财富，随即他又悄悄回家，取了些香纸和蜡烛，虔诚地给山神土地点了灯，烧了纸，磕了三个头，就进洞了。他小心翼翼地把"盐人"从崖上弄下来，装进口袋里背回家中。这个"盐人"有一百余斤，结晶非常纯，无杂质，不用熬即可做饭菜食用。路生将这盐背上到处换粮食，自己吃不完的粮又卖掉，再买回木料，修了一座房子。后来，这个洞子还有人去过，人们叫它"大厅上"。再后来又有人去探洞，发现这个崖洞不仅有进口，而且还有一个出口，但里面什么也没有。

干鱼庙的故事

采录：谭广馀

从前的读书人，在乡试后考中了秀才后还要去省里会试考举人，考中了举人后，有的还想考进士，"学而优则仕"嘛！考进士时就要爬山涉水，克服种种困难，去京城会考。有一位童生在上京考试的途中要翻一座山，山上森林密布，路在林中穿行。当这位童生路经一段树林时发现一只锦鸡，锦鸡的两个翅膀扑棱扑棱地在动，总是飞不起来，童生走上前一看，原来锦鸡的两个爪子被猎人放的套索给套住了。他想放了这只锦鸡，也是功德一件，但放了后猎人又白花了工夫，得空手而归。他思虑良久，想出一个好主意，将锦鸡放归山林，把自己准备在路上吃的干鱼拴在套索上，这样猎人也不会空手而归，干鱼让猎人拿回家美餐一顿，自己心里也是安稳的。于是他放了锦鸡，拴上了干鱼，就又急匆匆地赶路了。

童生到京城后会试非常顺利，一举考中了进士，在荣归时仍然要经过那座山，还是要走那条路，让他没想到的是，半年的时间，山上突然矗立起一座庙，名为"干鱼龙王庙"，香火还十分兴旺，远近的群众都说那座山上怎么会有干鱼呢，不是龙王看准了这座山嘛！庙修起后龙王挺灵验的，故而前往"干鱼龙王庙"许愿的、还愿的、祈求保佑的人终日络绎不绝。

这位进士看了后便题诗一首：

> 世上无神道，
> 尽是人做造。
> 锦鸡是我解，
> 干鱼是我吊。

当进士将这个"干鱼"的底揭开后，据说"干鱼龙王庙"就不灵了，香火也就一天比一天少了，最后也就断绝了……

黄金梦的故事

采录：谭广馀

上丹乡下坪村村西的坪边上有座白马爷庙，年深日久，没人维修，早已破败不堪。庙前边不远处便到了地边，地边下面是数丈高的直坎，半坎上有一个洞，据说是金洞，洞里砸死过五个挖金的人，遗址现在犹存，还演绎出一段颇有意味的故事来。

传说在明朝时期有一段时间，文县挖金形成了一股潮流，特别在上丹乡挖金形成了重点，大有遍地"开花"之气势。挖金遗迹有百处以上，高峰时达一千余人。据说有五个穷人，找到白马庙边上的地坎上打洞挖金，一天两天过去了，十天半月过去了，三个月过去了，挖断了多把工具，磨烂了几身衣服，粮饭也供应不上了，就找野菜吃，饿着肚皮也挖金，都想着有朝一日把金挖出来，吃穿再也不愁了，再也不看富人脸色了。

这样坚持了数月。有一天晚上，领头的梦见有一个白发老头儿对他说："明天你们继续挖金，保你们一人有一小木碗金，但只能是平平的一碗。因为你们的命里就只有这一小木碗的财运。"说完话老头儿就不见了，领头的醒来后反复回味梦中老头儿的话，他觉得今天一定能挖到金，想到几个月的辛酸劳苦，今日将有好的收获，心里不免甜滋滋的。未等天亮，他把另外四个人叫醒来做早饭吃，吃完饭后，五人就进洞去挖金，挖到中午时分就见到金了，他们高兴得忘记了吃午饭，忙着一直挖下去，挖到下午太阳快要落山的时候，挖了许多金，领头的就给大家分金子，给第一个人分了一平木碗，给他自己分了一高木碗，其余四人说你咋这样分法，要平都平，要高都高才公道嘛！领头的不愿意把自己的高碗减成平碗，就说："那好吧！"就给第一个人分的金子添成了高碗，然后就给第三个人和第四个人也按高碗给分了，给第五个人分金子时，金子分完了，领头的说，这样吧，还差一碗好说，我们挖的金才见"红"，明天上午我们再去挖，反正金洞里还有金子哩，怕啥！已分的金子怕带回去不安全，他们各自找地方藏好后出了洞，回到了窝棚，大家忙着吃了晚饭后就早早躺下休息了。第二天，天蒙蒙亮，他们五人赶快起来了，又进洞去挖金，计划再挖够一高木碗金子后再来做饭吃，然后各自带上金子回家。但没想到这五个人钻进金洞后再也看不到昨天挖"红"的金子，于是他们就继续在原地使劲地挖，挖着挖着听见地牯牛翻身，轰隆一声，金洞塌了，五人就永远地埋在那里了。

对这件事人们议论了很久，一个中心话题是："人的财运是真的，不可强求，命里生得八角米，走遍天下不满升。"

国王审案

讲述：杨树新
记录：任德明　张金生
1988 年采录

古代氐羌出了一个名叫哈那桂的人，聪明机灵，能言善辩，身高体瘦，腿长红毛，擅长攀崖爬树，可以飞檐走壁，见人挤眉弄眼，行为鬼鬼祟祟，既像庄稼上爬的秤杆梢，也像一条蜈蚣，有人给他取了个绰号叫秤杆蜈蚣精。

这秤杆蜈蚣精，好吃懒做，喜欢游荡，还常干一些偷鸡摸狗的勾当。有年秋月，有个名叫张春荣的乡民，在山上拾到一块夜间发亮的奇石。一天深夜，秤杆蜈蚣精翻墙去偷，这家厢房是用芦席所盖，他一脚踩去，摔在灶房锅台之上，折断了右腿骨，无法站立。张春荣知道后，将此事呈报给了县衙。县官接案在手，因事关偷盗奇珍异宝，不敢草率承办，便将此案转呈给了郡守。郡守看罢，也不敢马虎从事，又逐级呈转，最后送到国王那里。国王接案，将秤杆蜈蚣精抓来，亲自审问。届时，秤杆蜈蚣精对国王说道："我想偷宝石，虽为事实，但这仅是预谋，还没有找到宝石，就被他家的芦席漏下去摔伤，使我无法行走，这个责任应当由房主来负。"国王一听，感到非常有理，便大声喊道："赶快将房主抓来，要他负哈那桂的伤情赔偿责任。"

房主张春荣被抓来之后，国王马上升堂审问："胆大刁民，你家既然修房，所铺芦席为何如此单薄，经不起行人踩踏。因你家的房漏，将哈那桂摔伤，要赶快进行接骨治疗。本王要判你充军到边关服役，并承担哈那桂的伤情治疗和生活费用责任。"张春荣听罢，吓得瘫倒在地，过了好长时间，才战战兢兢地说道："请国王明察，这事也不能完全怪小民，因为我家盖房所用的芦席，是从邻村刘五娃那里买来的，错在他编席不牢，才闯了大祸。"国王听了，更觉得情通理顺，又命令执事人役，赶快去抓刘五娃到案。

将刘五娃抓到大殿，国王大声呵斥道："你这个不学无术的刁民，既然经营芦苇席子，就应当编得结结实实，为什么不讲求质量，经不起人踏踩就漏？你给张春荣家卖的席子，已将哈那桂摔伤，这个责任就应该由你来负。本王今天要判你为绞刑，看你还有什么话说？"刘五娃急忙跪拜上前说："请国王容禀，这事也不能完全怪小民织席不牢，因那天织席之时，有乡邻朱贵礼家的一群鸽子从我头上来回飞了三次，使我无法集中精力，才编出了那张质量不好的席子。要说有错，朱贵礼也有一份。"国王醒悟，将惊堂木连拍三下，大声呼道："速去将朱贵礼捕捉到案。"

朱贵礼被押至大殿，国王火冒三丈，暴跳如雷。矮小的身躯如一个圆球，在大殿上滚来滚去。朱贵礼一看，感到一定凶多吉少，便缓步上前，连磕三个响头，低声问道："国王将我抓来，不知小民身犯何罪？"国王说："你这个大胆刁民，竟敢乱放鸽子，在天上乱叫乱飞，使人不能集中精力干事，致使刘五娃编坏了芦席，卖给张春荣铺了房子，将哈那桂漏下摔伤，你实属罪魁祸首。本王今天判你为当众凌迟，看你还有什么理由狡辩？如果没有，马上行刑。"接着，有三个刽子手各持一把尖刀，一拥而上，就要动手。朱贵礼再次跪拜上前，大胆地说道："请国王暂缓动刑，小民还有话说。"国王准奏。

朱贵礼说："万民求生，百业竞智。各有所需，各有爱好。我养鸽子，你编席子，他修房子，乃为各谋其业，我们三人何罪之有？只有哈那桂一贯不务正业，偷盗时踩塌了张春荣家的房子，摔坏了自己，事关四罪：一是盗窃，二为破坏他人财物，三是陷害他人，四还伤害了自己，实属自作自受。为什么还要连累三个无辜？"国王听罢，茅塞顿开，当殿大喝："快将哈那桂押至刑场绞死。"

刽子手一拥而上，将哈那桂押到了刑场，哈那桂身材过高，绞架太低，几次都吊不起来。刽子手只好又去禀报国王："哈那桂催着要死，可是绞架无法吊起。"国王听了，责骂道："都是一帮蠢物，对于这种小事都要本王操心。既然哈那桂太高，何不在你们当中找个矮小之人调换一下？"说着，便向刑场走去。到了绞架前，国王问哈那桂："人生在世，谁都怕死，你为什么催着要死？"哈那桂急忙说道："王上有所不知，玉皇大帝正在为群仙封位，如果我去迟了，就封不到好的职位，还是请你快想办法将我吊死吧！"国王听罢，当场赦免哈那桂无罪释放，命令刽子手赶快将自己绞死，怕上天迟了封不到好的职位。

瓜女子

讲述：任天禄　　杜喜德
记录：任德明　　张金生
1968 年冬天采录

白水江畔的一个村庄，有个名叫冯运贵的人，夫妻一生男耕女织，勤劳节俭，置有瓦房一院、山田川地十多亩，在村里尚算一个丰衣足食之户。冯运贵家庭过去贫寒，靠勤俭持家致富，养成了一种爱占小便宜的习惯，有人给他取了个绰号"冯灶滤"。

冯灶滤膝下有子女三人，长次均为儿子，分别叫志安与志喜，老三是个女子，名叫志秀。志秀长至花季年龄时，身材就像裁下的一样，胸脯丰满，肌肤纯净，亭亭玉立，脑后翘着一条又粗又长又黑又亮的辫子。脸就如画儿上的一样，圆润的脸蛋，红里透白，白里泛红，一双水灵灵的大眼睛，回眸迷人，两道柔眉恰似初三的月亮，相貌倍显出众。

这冯灶滤虽勤劳节俭，爱占便宜，但对子女却娇生惯养，让他们吃好的穿好的，还先后送去邻村私塾学校念书，希望个个成才，光宗耀祖。志秀心灵手巧，从小懂事，更被冯灶滤视为掌上明珠。放学后，她跟母亲做家务，冯灶滤制止说："你有时间多念书，家务有你妈哩。"放假了，她要跟父母下田种地，冯灶滤拦挡说："你把书好好念！种地有我和你妈哩。"

学校所在村有个青年叫王怀，长得身材高挑，鼻直嘴方，牙齿洁白，皮肤红润，清俊标致，与志秀在一起读书。这王怀油嘴滑舌，华而不实，无颜无耻，善会骗人。王怀一见志秀就像苍蝇闻到血，缠住不放，献殷勤，施小惠，一有空闲时间就领上志秀东游西逛，游泳逛街，书没念多少，倒养成了好吃懒做的习惯，深深地染上了赌博的瘾，两人臭味相投，形影不离。

到了出嫁年龄，人们纷纷上门求亲，冯灶滤看上了当地首富的独子，志秀死活不依，单单看上王怀。冯灶滤溺爱女儿，只好点头应承，心疼地说："瓜女子唉！让眼看到手的万贯家财打了水漂。"

志秀与王怀成亲后，天天好吃好喝，经常出进赌博场合，没多长时间就把祖上留下的家业折腾一空，把家里做饭用的锅也让人揭走。志秀不想被活活饿死，就打发王怀又去行骗。没过多久，乡邻知道了他的德行，谁都不愿上钩。在走投无路的情况下，志秀想起父亲一生勤劳节俭，积攒有一些财产，又爱占便宜，容易哄骗，就与王怀合谋算计起父亲。

有一天，听到父亲将要到家中来，就让王怀将一个二百多斤重杆米用的石碓窝烧红，父亲到了以后，志秀说要用碓窝做饭，把水倒入即刻煮沸，再放入米菜，一眨眼工夫饭就做好了。冯灶滤感到奇怪，王怀说："这是祖传宝物，不用柴烧，就能做饭。"冯灶滤看了眼热，对王怀说道："你两位哥嫂另住，眼下只有我和你丈母娘两人，为了这口吃喝，还要经常背柴揽草，既然这宝物不用柴火就能做饭，不如用我们的铁锅换了。"王怀假意推说不行，冯灶滤一再强求，他才开口答应。临背走时，王怀对老丈人说道："这是一件珍宝，在路上不能歇，否则就会失灵。"冯灶滤走到途中，累得实在受不住了，就在路边歇台上稍微靠了一下，回家使用没有一点反应。王怀揭走了铁锅，还责怪老丈人一顿。

一天夜里，志秀打发王怀将冯灶滤耕牛偷来，连夜耕完了两亩地，在天亮前还了回去。接着，又将两只雄鸡拉来，装作耕地的样子。这时候，恰逢冯灶滤到来，王怀说："这两亩地都是用鸡耕的。"冯灶滤看到鸡耕地这样快，又想用牛来换。经过协商，冯灶滤用两头耕牛换回了两只雄鸡。冯灶滤得鸡之后，用鸡耕地不成，一气之下，将鸡打死。

有一次，志秀心生一计，得到丈夫支持。王怀给她娘家捎信，夫妻吵架，自己失手将志秀打死。冯灶滤及其兄嫂，带着布匹与钱粮油肉等物前来，王怀当着众人的面说道："现在人已死去，也没有复活的良法，只是我祖上还留有一把楠木拐棍，据传可以将死人拐活，我也没有用过，今天当众试试，看看是否有灵。"听罢此话，全家都催王怀快点拐。王怀取来一个黑色拐棍，戳在妻子胸前，一边摇拐，一边说道："头一拐你眼睁开，二一拐你腿展开，三一拐你赶快起身给全家熬茶来。"三拐毕，志秀爬起来整装见礼，全家团聚，好不高兴。冯灶滤想自己与老伴也经常打架，有了这拐棍就不怕出事了，他好说歹说用大价钱把拐棍弄到手。后来，冯灶滤与老伴吵嘴打架，一时气愤将老伴真的打死了。急忙将拐棍取来，戳遍全身，拐了一天也无济于事。

冯灶滤与两个儿子知道了女儿和女婿合谋行骗，极为气愤，带着两个儿子赶来，不由分说将志秀和王怀拖出去扔在白龙江中，转身就回。但却未料

到，这两人游泳练下了好水性。冯灶滤三人离开后，他俩从水中钻出，游到了
江对岸。晚上，他俩从下游返回，路过一个村庄顺便偷来了一家人的十二头
小猪。第二天上午，冯灶滤遇见女儿俩赶着一群小猪回家，惊奇地问："你
俩为何还没有死？"女儿回答道："感谢父亲和两位哥哥，就在你们将我俩甩
在江里之后，正遇水龙王分家，给我们也分了这群小猪。"冯灶滤听后，忙
追问："分完了没有？"志秀回答："没有，我们走时正准备分配金银珠宝呢！"
冯灶滤将两个儿子唤来，命令赶快下河，参加分配。两个儿子遵命，长子先
下水，刚到河中就被大浪打翻，渴求救命，向外绕手三下。志秀看见喊道：
"大哥绕手哩，东西还有哩！"冯灶滤又急忙督催老二也扑进了江中。

傻女婿

讲述：任天禄　　杜喜德
记录：任德明　　张金生
1966 年冬天采录

　　白龙江畔的杨柳庄，有个富翁名叫苟世喜。苟富翁嫌贫爱富，欺贫附
势，贪婪吝啬，专断蛮横，顽固偏执，人们称他为"狗贪屎"。
　　苟家生了三个女儿，个个发黑唇红，眉清目秀，性态静雅，贤淑俊美。
女儿们到了谈婚论嫁的时候，不少人上门求婚，女儿和妻子看上的，他一概
拒绝。苟富翁选女婿，不看年龄，不看长相，不看才学，不看品德，只看钱
财，把大女儿桃春嫁给了南坪大富翁的跛儿子，把二女儿桃蓉嫁给了中路河
年过六十岁死了老婆的大富豪。
　　三女儿桃花，长到十八岁，不但出落得比两个姐姐更漂亮，而且正直善
良。上门求婚的人踏破了门槛，苟富翁偏偏选中了山后大林霸李春华的儿子李
金保。这李金保虽出身富豪人家，但半醒半迷，半尖半瓜，有的人把他叫"傻
少爷"，有的人把他叫"疙瘩柴"。桃花听到父亲给他选的女婿，如五雷轰顶，
她哭了三天三夜，母亲守了三天三夜，丝毫没引起父亲的怜悯，就壮着胆去求
父亲改变主意，苟富翁反过来劝她说："嫁汉嫁汉，穿衣吃饭。瓜娃，你没想
一下，李春华半截子埋到土里了，他一死，李家的万贯家财还不都姓苟？"
　　桃花拗不过父亲，只好嫁到李家。这苟桃花与李金保结婚之后，李金保
整天盯着桃花傻笑，晚上上床就睡着了，根本不知道夫妻之间的生活。桃花

起初觉得这样自己落得清静，后来又想既然与他结为夫妻，必然白头偕老。俗话说"女人不养娃，不如一片麻"，生个一男半女，自己精神上有个支柱，老了生活上也有依靠。所以，桃花主动刺激引导，帮助金保品尝了夫妻生活的滋味。谁知金保一次上瘾，把夫妻生活当作唯一乐趣，一发不可收拾，不分白天黑夜，有人无人，只要自己心血来潮，就要强拉桃花上床。

有一年隆冬，桃花的母亲周氏突然患病，桃花闻讯急着回娘家探望，这傻婿看见妻子要走，也要一同前去。桃花怕傻丈夫到娘家后丢人，就想办法阻挡。傻子见妻子执意不让他去，就对桃花说："你不让我去，就将你的东西留下。"桃花无办法，推开金保就跑，刚刚跑到村外一条小河边上，发现傻丈夫尾随追来，并边追边喊："把你的东西留下！"桃花见跑不脱身，便从地上捡了一块石头，假意生气地从下身一抓，撒手向河内一扔，激起了水花，接着说道："我已将它甩在河里了，你自己去捞。"桃花这才脱开身来，前往娘家。金保眼见桃花已将东西甩到河里，也不怕天寒水冷，连所穿的棉衣棉裤也顾不得脱掉，急忙跳进河内，双手到处乱摸。这时，一个远乡客商路过，看见有人这样寒冷还在河里打捞什么东西，以为是寻找一件宝物。客商不问青红皂白，立刻脱掉衣服，跳进河内，跟着乱摸。客商摸了一阵后，实在忍不住寒冷，便捧起双手吹了一口热气，恰巧被李金保看见，便大声喊道："你把我的东西吃了！"客商听了，莫名其妙。金保说："就是哪！就是哪！"他说着扑向客商，将双手抓住不放，死活要他把吃下去的东西赶快吐出来。如果不吐，就要一起死在河中。客商想吐无物，想走无法脱身，僵持在河里，哭笑不得。

有一年，苟富翁要过六十岁生日，捎话叫桃花回娘家备办生日宴席。临走之前，桃花带着怨恨对李金保说："父亲过六十岁生日，亲朋好友众多，你可千万不要再给我丢丑。来时一定要把那驴脸刮得净净的，身上要穿得光光的，帽子要戴得高高的，寿礼要拿得重重的，如果办不好，就别想我再回你家。"

这李金保虽然痴呆，但这几年已经懂得夫妻情趣，很听妻子的话。桃花走后，金保生怕误事，一门心思想办得让妻子高兴。到庆寿这天，苟家前庭后院张灯挂彩，亲朋宾客迎门。大女婿刘喜才和二女婿吴应春事先到来。客人到得差不多了，执事宾仪喊道："辰龙吉时已到，亲朋好友雅静。丹霞宛陵光耀，南良北斗亲临。庆寿举礼开始，苟公客堂正位。寿星持符献彩，致供降珠佳酿。子女侄婿序排，仪行三拜大礼。"礼毕，寿宴开席，宾客入位，奉酒传杯，喜言祝贺，彬彬有礼。这时，三女婿李金保才赶来。众人一看，只见金保身穿一件白色长袍，头戴一个用竹席卷成的长筒，背着一个约有二百斤碾场用的石轴辘，赶着一头前额刮尽了毛的老驴，汗流浃背，喘着粗气，朝正堂走去。众宾客见了，忍俊不禁，哄堂大笑，将苟富翁气得翻了过去。桃花见到丈夫如此丑态，再也无法顾及羞丑，三步并作两步跑上前去，二话没说将他拉进了柴棚，气狠狠地责骂道："作孽的傻子冤家，今天父亲庆寿，你为啥要这样在众人面前丢丑，叫我以后如何做人？"李金保听了妻子责骂，自以为有理，反驳道："我这样做还不是听了你的亲口安排，你只是随口一说，一走了事，可把我一人留在家中，刮光这头驴脸，就用了两天时间，接着又为穿光衣服，找高帽子，选重礼物劳累了几天。我在家中穿遍了所有衣裳，件件都不光。找了十多个帽子，顶顶都不高，选尽了家中所用之物，件件都不重。好不容易才将此事办成。今天到这里来给老丈人祝寿，你不说我的辛苦和诚心，反而责怪我在众人面前丢人现眼，这真是拉稀屎喂狗，反咬一口，可见你老子的这个寿也不好拜。"听了此话，桃花感到有气难言，与他争辩无益。只好哑巴哭他娘，有气在心上。桃花一把将他推进柴棚，扣上门，独自来到父母房内，将父亲的一套新衣服拿来，帮他穿好，领出柴棚，单独安排在一间偏房内吃饭。随后，将那头刮了脸的驴也关进了院外圈内。

傍晚席散客走之后，桃花才将金保悄悄地领回家。

相逢有缘，前生后世不是谜

采录：张福松

阴老山靠近碧口库区，是横丹管辖的小山村。民国初年曾发生过一件奇事，一个名叫向来生的中年失妻，其子文玉已成家，娶妻邓秀英，夫妻和睦，以农牧为生。小两口不堪爹受苦，孝心可鉴，因秀英娘家娘亦是单身，女恋娘，有意想撮合让两亲家，梅香二度。小人美意未挑说明，双方大人都蒙在鼓里，一日女去接娘，回归途中，正巧碰撞男父在林中放牧，两亲家见面，互道近安后，亲家母出言责问，你老不死的给娃们不看家门，出外放牧打轻巧。闷头一棒，两亲家撞车成闹剧，男老目瞪口呆，夜晚才知，娃们一片孝心，让二老互慰解孤独，以乐度晚景，殊不知两边各有所遇，公爹早与伯母有染，生母在远村亦有外欢，是非难以公断，母女反目，风风火火地闹腾了一阵，最终气走了娘。时隔不久，闷闷不乐的老父仍朝出暮归放牧牛羊，一日巧逢天变，雷雨交加，赶回已不易，只得栖大树下躲避，雨越下越大，雷越打越多越强，为此天降横祸，遭雷击一命呜呼。雨稍停，牛羊归圈，唯不见爹影，已天黑，发动全村男女，灯笼火把结队进林寻找，叫天天不应，呼地地不灵，结果在大树下找见，已成黑棒。在扒肝揪肺，一片哭声中抬回，以礼妥处后事，安葬祖茔与母合墓，结束了苦短未满花甲之人生，好心未得好报，永失父爱，大叫天无公道。

奇怪事于雷雨交加当夜，邻村王家孕妇分娩，产下一男婴，三天后就说话，牙牙细语，叙说前世："我叫向来生，是后山阴老山人，有儿有孙。"说毕再未语，一切生育正常，王姓父母总觉有异，此是怪物，定不祥，必存疑虑，愣怔无解，只得顺其自然，随遇而安。仍精心爱护抚养，满三岁后，父子相携，由小儿带路前往后村询问解嫌，过了山梁，小儿手指村西独院就是他家，到村揭开篱笆栅栏进门后，即见院绑大黄狗扑面狂叫，摆尾迎接，小儿抚摸头毛，并说阿黄不能咬，卧下去，犬即去窝。主人迎至正庭，小儿言这是我的椅凳，这茶缸是我煮茶用的，头头是道，说得众人感慨万分，浑身颤抖，不禁泪下，留家饭后原路返回，尊古遗言，喝了黑狗血后，即失去记忆。

穷孩子　富孩子

采录：谭广馀

话说这穷孩子姓张名焕廷，生于清道光年间，幼年丧父，其母贤惠、勤劳。孤儿寡母相依为命，度日如年。儿子到七岁时即送到本村私塾读书，其母给人纺线做针线活，挣些微薄收入补贴家用。春天来了，昼长夜短，别的孩子一日三餐，而他家一天两餐，常常吃了上顿没下顿。每天中午回家，张焕廷肚子饿得咕咕叫，他只有从酸菜缸里舀一碗酸菜充饥。到了冬天，将穿了又穿，十分陈旧的破棉衣穿上，再套件旧单衣，外再套件旧布衫，下身穿两条旧裤子，脚穿旧布鞋，或用破布片将脚包了穿上草鞋去上学。就这样，穷孩子张焕廷以顽强的意志克服缺吃少穿的困难，对付严寒的冬天。当妈的看到儿子这样忍饥挨饿，挨冻受寒，常常一个人暗自流泪到深夜。她想叫儿子吃饱穿暖，可是难啊！她起早贪黑，天天给人纺线做针线活，一年半载才给自己纺几斤线，织成布后又想染上两个给自己和儿子添做衣服，又想换点粮食回来，忙了东却顾不了西，多为难呀！就这样母子过着极其艰辛的日子。

在十分艰难的环境中孩子渐渐长大起来，好像格外懂事，从不向母亲喊饿，经常穿着补丁重补丁的衣服，但依然行若无事。他十分懂得母亲的心，不是母亲不疼爱他，而是母亲也尽了最大的努力。没有房子，没有地，全靠给人纺线，做针线活，挣点微薄的报酬来维持生计，很不容易的啊！

这个懂事的孩子很有志气，为了将来和母亲一道过上好日子，他发愤读书，勤学苦练，渐渐成绩越来越好，成为全村出类拔萃的好学生。后来参加朝廷一年一度的秀才考试，一举而考中秀才，他后来的多半生就在村上办私塾，治学严谨，对学生要求严格，在村上教出了一批优秀的学生。如张钟麟和张丕文、张维翰、张秀山等，闻名遐迩，村民都称他为"巷巷子老先生"。

富孩子张锦贵，清朝光绪年间人，是"巷巷子老先生"的学生，家有良田数十亩，除出租的外，其余全部雇人耕种，几口之家收入颇丰，很是富有。

锦贵父母非常疼爱自己的儿子，到七岁时送进"巷巷子老先生"的私塾里读书，指望能培养出个"秀才"或"举人"来。由于家庭富有，儿子想吃什么就给做什么，爱吃炒鸡蛋和油饼，就给炒鸡蛋、烙油饼。吃白蒸馍时还要剥掉馍皮皮，甚至吃一半扔一半，完全不知道可惜。在穿衣上土布从不上身，经常穿的是绸缎，在学堂里几十个学生中就数他穿得最好，而教书先生经常是粗布衣着，十分俭朴，学童张锦贵觉得十分自豪。在无忧无虑的生活环境里本应努力读书，争取好的成绩，使自己成才，成为给祖宗争光露脸的人。然而，因其父母过分宠爱孩子，从不过问儿子的读书情况。锦贵任性惯了，从不把读书当回事，在课堂上不用心听讲，课后应背诵的诗词、古文也不认真背诵，只顾贪玩。先生对学生十分严厉，考生一个字认不得打手掌三板子，一节古书背诵不下去就打屁股。有一天，锦贵的手掌被打肿了，吃饭拿不成筷子，又有一天，屁股也被打肿了，走路一瘸一瘸的，他父母看见了，心疼儿子，三天两头找到学堂骂先生。先生见如此不懂事的父母叹气说："如此下去，孺子实难教也！"以后就似管非管，锦贵混了几年，也长成小伙子，觉得再念书没啥意思，只好辍学不读了。

几年后，锦贵的父母给锦贵娶了一个门当户对的姑娘为妻。可是，为人之子、为人之夫的张锦贵还是衣来伸手，饭来张口，从不过问家中的土地如何经营，生计如何维持，只是游手好闲，无所事事。他在闲游中结识了一些狐朋狗友，在一起学会了推牌九、打麻将、摇骰子，参与赌博，后来又吸上了鸦片，一发不可收拾。

几年后，父母在悲愤中相继离世，没了依靠的张锦贵，不会务农，也不去学习务农，依然游手好闲，吸大烟搞赌博，没有一点改变。时间长了，坐吃山空，衣食无着落。没有钱就先卖屋中的家具，家具卖光了就典田当地，典当完了就一块一块地出卖。好在读了几年书，写典当和卖地的文约不请他人。后来有人戏说："张锦贵读书读出了一点本事，就只会写典田卖地的文约，当败家子，别无用处。"土地、房屋卖光了，最后毫无人性地把结发妻子和儿子也换成大烟抽了，除了他自己外就一无所有了，只得天天给人帮工度日。

代父当兵显孝心

采录：谭广馀

民国三十四年（1945），就在抗日战争胜利时，国民党反动派为了消灭共产党和八路军，无限制地扩大军事力量。国民政府在我们文县的城乡到处拉壮丁，撵得鸡飞狗叫，家家难睡安稳觉，户户搅得心难安。

雄德乡公所（今尚德镇）乡长带领国民兵来凡昌抓壮丁，凡年龄在十六岁以上，男子是兄弟俩的都逃了。村民张松柏兄弟三人，他排行老三，年已四十四岁，自己认为已过了当兵的年龄，就没有逃避。没想到的是乡长也要他家三抽一，而且给保长说："就要张松柏去当壮丁，接兵的验不上了就是他的运气好。"

保长到了张松柏家传达了乡长的意见后说："看来你当壮丁的事就定了。"松柏叹口气说："去就去吧，事到如今还说啥。"

为了保证验上，保长让松柏瞒报年龄，并给松柏刮胡子、剃光头，特意打扮修饰一番，然后送去验兵，居然验上了。

张松柏换衣服当兵快走的时候，十四岁的儿子张德润（1931年生）看到父亲被拉壮丁就要离开家时，伤心不已，大哭不止，向接兵的说："父亲已经四十四岁，不应去当兵，如不行我代父去当兵。"接兵的军官见张德润年龄虽小一点，但个头还可以，人也精干，就同意了他的请求。他随即去当兵，换下了父亲。这则"代父当兵显孝心"的故事成为乡里的美谈，流传至今。

一首打油诗的来历

采录：谭广馀

民国三十六年（1947），凡昌又要选保长了，乡公所来人提名张建勋为保长候选人，群众就是不选张，因为张建勋已当了几任保长，态度蛮横恶劣，敲诈勒索，捆绑吊打群众，无恶不作，群众恨之入骨。张建勋见情况不好，于是就决定拿上重礼（大烟和大洋）给伪乡长送情。之后，未经再选，张又当上凡昌第七保的保长了。在县城读书的学生知道后，就将张建勋贿赂伪乡长，未经选举当上保长的事告到伪县政府，伪县长王泽勉责令伪乡公所查处，伪乡长怕把贿赂他的丑事抖搂出去，于己不利，只得"丢卒保车"，取消了张建勋的保长职务。不久，在凡昌村园茨根牌坊墙上出现了一首用毛笔写成的打油诗，原文是："是俯张建勋，人情送的雄，出钱买保长，终究当不成。"这首打油诗反映了当时社会的黑暗，官员的腐败，也反映了张建勋当保长是不得民心的。

状元夸官

讲述：吕培富
记录：任德明　张金生
1986 年 6 月采录

古代有个书生叫刘进，自幼勤学，博览群经，学富五车。他参加科举考试，一路春风，县、州、府应试都名冠榜首。大比之年，皇朝开科选贤，高中进士及第，殿试被钦点为一甲状元，受封按院。他奉旨在京夸官三天，就将赴任。

夸官头一天，他身穿大红锦袍，头戴宫花顶冠，坐着八抬大轿，执事人员摇旗呐喊，前边鸣锣开道。一路威风凛凛，朝着繁华大道前行。街上行人瞅见，个个回避，人人远望，生怕一时不慎，扰了状元老爷夸官坐骑。

夸官队伍路过柴木市场时，一个樵夫担柴进城，柴担太重，回避不及，被开道人员推倒，并受到严厉训斥。樵夫气愤，出言不逊，大声说道："中了状元有什么了不起，何必这样仗势欺人？"跟班听了此话，感到有辱状元尊严，到轿前做了禀报。刘进听后，感到有失体面，让役人将樵夫传来。樵夫见了状元，面无惧色，并不隐言。刘进见此人如此刚强，也只好谦和地问道："既然一个状元没有什么了不起，我想你一定有特殊的技能。本院今日夸官，想开开眼界，看看人间奇事。"樵夫说："我自幼生长在乡野，父母都是庶民百姓，家境贫寒，依靠耕田种地和砍柴为生，要问特殊的绝技，只懂得劈柴。既然状元老爷有此雅兴，我可将这担木柴劈为小板，形如锯解。"说完持斧在手，一斧一张，不到半个时辰，将一担木柴劈成了大小见方的小板，其形状与用锯子解的没有两样。樵夫反问状元："此事虽小，状元老爷能否办到？"刘进与众人看了，人人叫好，对樵夫过激言语再没有计较。

走到一个十字街头，一个卖油郎沿街巷叫卖，回避不及，被开道人员训斥了一顿，有人还动手将他打了几拳。卖油郎无故挨打，气愤难平，开言骂道："真是狗仗人势，欺压善良。天下大街为万民所开，怎么只允许一人横行霸道。不要说只是一个小小的状元，就是皇帝老儿也没有不让百姓走路的道理。"正在争辩之中，状元大轿已到，即将他传至轿前，厉声训斥道："大胆刁民，竟敢口出狂言，涉及圣上。如果你还有什么通天的本领，今天可在众人面前使出，如其不然，本院对你将要严惩不贷。"卖油郎缓声说："状元老爷息怒，小民自幼以卖油为业，毕生一不懂圣教诗书，二不懂官场规矩，三不懂权名利禄，四不懂借势逞强，五不懂贪婪掠财，六不懂欺世害民，七不懂奢侈糜烂，八不懂阿谀奉承，九不懂花言巧语，十不懂口是心非。只知道大路朝天，各走一边。有话直说，不行哄骗，事要庶众干，饭要大家吃，灌油凭良心，做事讲公平。但愿今生苦，免得来世变畜生，这就是小民的本意。"言罢，从旁边一个乡民手中接来一个油壶，在壶口盖了一个小孔铜钱，然后将装满油的大桶高高举起，从中流出一条油线，穿过钱眼灌进了油壶，随后一称，不多不少，不平不旺，恰为五斤。围观者见后，个个赞不绝口，有人称其为卖油状元。刘进与众役人只好息怒称奇，忍言起轿，继续向前。

走了一阵，又传前边有碍，开道人员来报，一个少妇因她丈夫腿部骨折，行走不便而挡路。刘进听了，埋怨道："出行不到一日，连续三次受阻，可见民间刁民不少。传我的令，叫那妇人赶快让路，如其不然，叫她吃罪不起。"妇人听了传言说道："民妇阻道,虽为不礼,但事出有因,并非故意,作为知理之人应该谅解。状元老爷能够高中,必通人情。他为此小事发怒,可见也是一个庸徒。"说毕,便扶着丈夫向路旁走去。刘进听了禀报,本想离去,但反转一想,一日夸官,三次遭受乡民讽刺,实在有失体面。为争一口气,指使役人将妇人传来,意欲训斥一番,抖抖威风。妇人来到轿前不但不跪,反而大声道："作为一个状元,熟读圣贤之书,本该体察民间疾苦,知道百姓的作用和智慧,可惜你只懂虚荣蛮横。照此行事,即使为官,也只不过是一个昏官。"刘进听罢此言,怒气更大,随口说道："好一个只知道穿针引线的山野泼妇,口出狂言,自信有用,本院今天倒要看你的智用何在?"妇人道："既然状元老爷已经言明,民妇只会穿针引线,不妨在此我闭着眼睛为你试试,倘若有误,再作责怪也不迟。"接着,她从随身携带的绣花包内取出针线,只用右手拇指与食指将针线捏在一起,伸直胳膊,随口一吹,线已经穿过了针孔。她呈给刘进过目说："此事虽为民妇雕虫小技,但也是世人生活所需,故不可视为无用。"

刘进想,一日夸官,不到两个时辰,就遇见三人身怀绝技。恰如俗话说的,七十二行,行行都有状元。我作为一个诗书状元,看来也只知其一,不知其二,便下令暂停夸官,起轿回府。还赋有一首诗:

尘寰千秋逐运程,世事万状演奇形。
贫贱富贵难强求,权名利禄随缘逢。
耕读商贾虽有异,官豪庶众各有情。
人生至重吃穿住,欲为立命均相同。
男女老幼应时度,勤奋竞力鉴其能。
帝王将相凡夫做,唯显卓功则留名。

后来,刘进为官,历数十年,从始至终,勤功奋力,居官守正,清正廉洁,不求声誉,慈惠爱民,事事处处体谅百姓疾苦,从不以势欺人。

火龙衫

讲述：任天禄
记录：任德明　张金生
1975 年 12 月采录

古代阴平有个南北峙峰耸立，东西江河穿涧，拥有良田百顷的峪坝村庄，居住着锁、殷两大户族。庄上有五百余口人。锁姓有个名叫锁守才的人，口里常说："杀不了穷人，成不了富汉。"他遇到钱财之事，就是亲戚朋友、兄弟老表、子女叔伯，也是相争不让。人们说他是："天高不算高，人心比天高。贪婪与吝啬，守才有绝招。"还给他取了个绰号叫"狗锁子"。

有一年隆冬季节，狗锁子在家里边烤火喝酒，边寻思如何找到新的生财之道。正在这时，家境贫寒的表弟李宽仁，穿着一件麻布单衫快步跑来。他穿的衣服单薄，路上冷得受不了，就放开大步奔跑，到这里时已经汗流满面。狗锁子问："表弟穿得这样单薄，为何汗流满面？"李宽仁见问，便开玩笑回答道："表兄有所不知，我这件衣服从表面看虽然非常单薄，但实际是一件宝衣，名叫'火龙衫'。自我高祖李公世远传到现在，已经轮着穿了五代，有一百二十多年历史了。它的好处是冬暖夏凉，四季可以穿用，适时变换，非常轻便，一般衣服不可相比。"狗锁子听了，急忙站起身来，给表弟装烟泡茶，敬献泡酒。

两人客套了一阵后，狗锁子对表弟说："人生一世，艰难困苦。创业不易，守业更难。家大业大，琐事沉繁。我为了守好你舅父留下的这一份家业，一年四季要出外行走，夏着单衫，春秋添减，冬穿皮袄，逐日负累奔波，实在有些不太方便。我想用身上穿的这皮袄皮裤，将表弟的火龙衫换下，不知表弟是否愿意？"李宽仁连忙摆手，继续开玩笑说："不行，不行！我这宝衣可以四季穿用，冬暖夏凉，随身轻便，要说好处，无法用金钱计算。你那皮袄皮裤虽然很好，但毕竟是凡衣，穿在身上笨重，实际温暖有限，时逢春夏秋月，更无法适用，怎能换得我如此珍贵之物？"狗锁子听罢，一边双手敬酒，一边说道："表弟家境一般，不可能光穿宝衣生活。只要你愿意换，除了我穿的皮袄皮裤之外，给你再加纹银二百两。"李宽仁见他真想买，就如实说："表哥，我是开玩笑。"狗锁子哪里肯信，以为表弟不愿卖给他，就硬磨死缠。李宽仁磨不过，想起他过去对自己家庭的盘剥，就是千刀万剐也解不了心头之恨，一横心便假戏真做："既然表兄对这件宝衣如此见爱，我也只好忍痛割爱，让给表兄享受。"狗锁子得衣到手，高兴得屁都夹不住。他怕表弟反悔，让妻子赶紧放进箱子上了锁，并嘱咐不得外传，单等日后出外时使用。

第二年三九天气，山野大雪纷飞，寒气逼人，狗锁子遇到一件债务上的事急忙要出外，让夫人将火龙衫赶快取来穿在身上，单独上路。走到一片森林时，风雪越来越大，狗锁子感到血冷体寒，四肢麻木。在无法忍受时，看见山坡之上有棵古树，根部有个曾经被野火烧成的大洞，便侧身钻进树洞内御寒。他缩身入内，里面结满了冰，冻得肢体僵硬，再无法退出，没过两个时辰，一命呜呼。

过了三日，妻子不见狗锁子回家，便亲自带领两个下人寻找，走到山林前，抬头发现丈夫正在树洞里发笑。三人以为是锁守才要债返回，看见家人之后，躲在树洞里与他们玩笑。妻子连喊数声不应，便伸手去拉，使劲拖了出来，原来是一具僵硬的尸体。妻子看了失声痛哭起来，责怪他不会穿此宝衣铸成了死亡大错："夫君啊夫君，小羊皮袄你不穿，换来了表弟的火龙衫，热了不向凉处走，烧了不往水里钻，把树都烧成了空碗碗。自身皮焦肉又烂，至死大笑到黄泉。万贯家财你不守，只求自己乐安然。抛下孤寡和儿女，度日如年实可怜。"妻子哭罢，收尸抬回祭葬。表弟李宽仁也来吊唁说："不该将宝衣兑换，使表兄受此烧身死亡之苦。"亲朋好友也说："狗锁子逢热钻树洞，不懂自烧身，面对阎君笑，乐财不贪生。"安埋时，家人将火龙衫也同锁守才一起下葬。

火龙衫跟狗锁子下葬后，先后引来数十个盗贼将坟墓掘开寻宝。不少与其生前相识者看见，此时的锁守才四肢舒展，挺胸袒怀，七窍相通，头颅发光，笑得特别开心。有人说：狗锁子虽然死了，好在其贪婪狡诈的性格变了。

头发飞了

采录：刘长江

慕知荣少年时曾做一梦。他梦见自己要到对面山头的自家地里去种庄稼。中途，突遇一阵大风，将帽子吹得没了，这倒没什么奇怪，奇只奇在这一场大风，将他的头发也一根根地吹上空中，转眼之间，就已不见踪影。慕知荣到了自家地里，他的脑袋仍光得跟西瓜似的，头发并未回到头上来。慕知荣觉得头皮冷飕飕的，很不舒服。一梦方醒，正是冬夜漫漫，夜色渺渺，屋外漆黑一片，什么也看不见，什么也听不见，唯有小风一缕，从门缝里断断续续地吹来，慕知荣不由得感到，暴露在被窝外面的脑袋，一阵比一阵冰凉。

次日晨起，慕知荣将昨晚之梦，一五一十地对父母说了。父母也是不知究竟，转念一想，认为小儿之梦，跟他的行为一样荒诞不经，有何稀奇？他的父母，并未将他的梦搁到心里去。慕知荣的父亲甚至还说，门缝里吹来的风冻得你头皮发凉，你就梦到头发飞了嘛。父亲说完，不再理他。但这个梦，深深地嵌在慕知荣的记忆里，拔也拔不出来了。

慕知荣的家乡地处秦岭一侧，在崇山峻岭之中。人们住在山下，耕作往往要到山上去。这里的气候也是十年九旱，山上的土地一旦遭遇旱灾，常常不值得耕作，即使耕种了，往往也是颗粒无收，白忙活一场。可是，地是农民的命根子，不种不行啊。不种地又能做什么呢？

后来，慕知荣的父母先后亡故，他也成为一个过了中年的农夫。某日清早，慕知荣出门上工，因起得晚了，连早饭也来不及吃，出门前，他顺手从橱柜中摸出半块冷馒头来，一边啃，一边赶路。他要去上工的那块土地，在对面一座山的山头。

慕知荣出了村，不期然，路遇一老妇。老妇不知何方人氏，亦不知何许人也。慕知荣见其行动迟缓，步履蹒跚，形容枯槁，面似死灰，心中略略纳闷，却也无暇多看，他顾自啃着冷馒头，走自己的路。就在他跟老妇擦肩而过的时候，慕知荣没有料到，老妇在他旁边断断续续地说了一声："把你的……馒头……给我……分一点，行不行啊？"

慕知荣回头瞥了老妇一眼，心想，馒头本来不大，分给她一些，他就坚持不到回家吃晌午饭的时间了。他还有整整一上午的体力活要干呢。慕知荣家里的粮食，也是支撑不了多久就会断顿的，他头天晚上的夜饭，喝的是能够照见苦瓜表情的面汤，半块馒头虽小，却是能够顶用的结结实实的食物。何况馒头原本那么少，那么小，慕知荣舍不得再分一点给不认识的老太太。慕知荣想，远远近近的村里，饿死人的消息不时传到耳朵里来，谁知道过了今天还能不能过得了明天呢？慕知荣看了看手里的馒头，暗自思量片刻，他在心里责怪老妇说，讨饭也不看看这是啥年月，如今这时候，人人都是自身难保，谁还有心顾及别人呢。想到这里，慕知荣假装没有听清她的话，转身走了。

慕知荣约略知道，村里也有几个做不了体力活的老头老太太，说是出门寻吃食，其实，就为了替儿孙考虑，省一口是一口，他们也是不约而同地，一个跟着一个，出门讨饭去了。慕知荣听说外省有个地方，那儿的人，都有农闲时节出门讨饭的传统。他们这么做，不是缺吃的，而是为了节省。但是，在家乡一带，人们都是以讨饭为耻辱的，不到万不得已，谁愿看人脸色拾人牙慧呢？

慕知荣没有料到，中午他跟社员们一同回家的路上，又看见了老妇。慕知荣想，老妇现在是没办法跟他讨馒头吃的了，馒头早在他的肚子里，如今都已变成屎了。慕知荣还在走神的当儿，有人上前摸了摸老妇的鼻息，这才咋咋呼呼地喊叫起来。原来，老妇已经死了。

显然，老妇是饿死的。

听到这话，慕知荣一下子全身冰凉，仿佛是他亲手杀了她的。

老妇是个外地人，无儿无女，无亲无故。无论如何，她是一个人，不能让她抛尸荒野喂了野狼或饿狗吧？慕知荣于是动员大家：还愣着干啥呢？我们找个地方，挖个坑，把她埋了吧。人们纷纷赞许。干活的家伙还在手里拿着，于是，挖坑的去挖坑，抬人的等抬人，一村的劳力用了没有多久，就把老妇埋了。

奇怪的是，这个老妇都死了很久很久了，也从未有人来找过她。慕知荣想，可能老妇的家人都在罕见的大饥饿中先后死了。慕知荣的心里很不是个滋味。因为慕知荣一家，包括村里的人，都躲过了这场因饥饿而引起的灾难，他们都顽强地生存下来了。慕知荣认为，他那天要是把半块馒头都给了老妇，不仅老妇可以活下来，他自己也是不会饿死的。也是因此，年年过年，过清明，包括老妇的忌日那天，慕知荣像老妇的亲生儿子一般，都要去她坟前，给她烧一些纸钱，暗中求她原谅自己。

慕知荣的头发就是从这时候开始掉落的。他的手只要伸到头发里面去，轻轻抓那么一把，他就能抓出满把的头发来，如果低下头，扒拉几下脑袋，地上也会落下一层黑黑的横七竖八的断发。慕知荣似乎突然变得脆弱起来了，只要稍微动一动脑袋，就有头发争先恐后地落下来。慕知荣对此也不是太在意。他想，头发又没有什么用，落了就落了，掉了就掉了，他已经是一大把年纪的人了，掉点儿头发有什么好奇怪的？问题在于，慕知荣的头发掉得也太快了一些，短短三年时间，他的脑袋已经谢了顶，只在耳朵背后有少许头发，稀疏地，软绵绵地，耷拉着……

修房不看期

讲述：张贵生
记录：刘启舒

从前，有家人修新房。女人说："修新房，看个期。"

男人说："看啥期呢？我不看期，我啥都不信。"

男人期也不看，愿意啥时架势就架势。架势修房的头天晚上，挥舞一把镢头，在房基地上乱挖开了，口中还念念有词："东方的鬼你让开，挖出你了甭怪我；南方的鬼你让开，挖出你了甭怪我；西方的鬼你让开，挖出你了甭怪我；北方的鬼你让开，挖出你了甭怪我。"听他这样一说，东南西北的鬼都害怕了，纷纷让开了。

土地爷知道了，对山神爷说："这家男人修房不看期，大家每人背扇水磨子，放在他家房基地上，他就会知道不看期的坏处，是鬼在作怪哩。"土地爷把磨扇背在男人家的房基地里，晚上就像磨面一样"隆隆隆"地响。

女人听见后，对男人说："你听，啥在响呢？"男人听了一下，说："磨在响哩。有钱使得鬼推磨，外才好哩！"

土地爷和山神一听，可没指望了。

修房架梁哩，按时间把梁架不上。山神和土地爷说，我们两个蹴在山谷里，他按时间把梁架不上，就会给我两个烧纸，给些钱财。

修房架梁的时间到了，木匠却横竖把梁下不下去。

徒弟娃喊道："师傅，梁下不下去！"师傅说道："拿个响子（榔头），使劲地砸！"

山神一听用榔头砸，害怕了，对土地爷说："用榔头砸，我支不住，我们两个还现原身哩，赶快跑！"山神和土地爷都跑了。

梁架上了，要谢木匠。女人说："不知木匠要多少钱？"

男人说："你甭管，我卖山神当土地，我当家！"

山神和土地爷两个一听，都指望不到了，只好悄悄地溜走。这家人顺顺当当地修起了新房。

吟诗驱贼

讲述：母忠义
记录：刘启舒

从前，有个县官任期满后告老还乡。当地乡民认为他在外为官多年，肯定积攒了不少银两，富得淌油，茶余饭后都爱议论县官的富有。言者无意，听者有心。有个过路人是个盗贼，听见乡民议论心起歹意。他打听到县官的住处后，半夜三更前去偷盗。

这天夜里，下着毛毛细雨，盗贼翻墙而入，来到县官院内，又悄悄潜入他的卧室。县官被惊醒了，得知盗贼入室行窃，却不露声色，假装睡着了，还打着呼噜。盗贼以为县官真的睡着了，正打算行窃时，县官嘴里喃喃地吟诗：

羊毛细雨夜沉沉，
梁上君子进我门。

盗贼一听，顿时惊了，心想，难道被县官发现了。他急忙蜷缩在床下，等了一阵却不见动静，心想，县官是在说梦话。他又开始在床头翻动，但翻了好一阵也没有翻到半两纹银。盗贼并不罢休，继续翻来覆去地找，县官嘴里又喃喃地吟诗：

腹内经书有千卷，
床头金银无半文。

盗贼一听，疑惑了，难道县官真的没有睡着？他停止了翻动，但又不敢立即离去，藏在墙角，打算伺机离去。过了一阵，盗贼不见动静，便悄声离去。这时，毛毛细雨停了，圆圆的月亮出来了，县官嘴里又喃喃地吟诗：

怨我深夜不送行，
你趁月光赶豪门。
出去别惊大黄犬，

　　　　翻墙别碰兰花盆。

　　盗贼悄悄地离开了县官家，一无所获，乘兴而来，败兴而归。

三天走了个火烧关

讲述：魏文德
记录：刘启舒

　　文县百姓有句俗话：三天走了个火烧关。这是一个典故，形容人办事慢慢腾腾、拖拖拉拉，没有进展。关于这个典故的来历，当地有人是这样讲述的——

　　文县县城以北有条深沟，名叫关家沟。关家沟里有个如雷贯耳的火烧关，此关与县境内的玉垒关、柴门关、临江关齐名，是文县的四大雄关之一。很久以前，火烧关附近的村子里，有个女子嫁到了黑沟。黑沟在哪里呢？其实离火烧关并不远，就在东峪口与堡子坝交界处，距火烧关不过三四十里，走路要不了半天时间。

　　俗话说，媳妇是朵白菜，婆婆要疼爱，热了怕捂坏，冷了怕冻坏。火烧关女到了黑沟后，按说一家子应和和睦睦，婆婆和公公要善待媳妇，但实际情况却不是这样。

　　婆婆对刚过门的儿媳，横挑鼻子竖挑眼，左看右看都不顺眼。公公也顺着婆婆，也与儿媳妇不卯（不和睦）。不几天，婆媳便为一些家庭琐事闹开了矛盾，天天吵架。媳妇指望丈夫给自己撑腰，谁知丈夫是个窝囊废，三鞭子打不出一个驴屁来，稀泥巴捆墙两面光，既不向着媳妇，也不得罪父母。

　　火烧关女在家里处境堪忧，里外不好做人。她一气之下，决定一跑了之，永远离开这个是非家庭。她先来到了县城，碰到熟人，给别人说是回娘家，其实是她想跑，想跑得远远的。谁知，她却背迷了方向。这一背迷方向不要紧，她整整走了三天，走来走去，绕了一个大圈子，又走到了自己的娘家——火烧关。

　　这件事，被人们知道了，便一传十，十传百地传开了。

　　从此，"三天走了个火烧关"的俗话也流传开了，久而久之，成了家喻户晓的典故。

急性子　慢性子　小便宜

采录：王玉贵

从前，有一个财主，有钱有势。有一天在他家院子里坐着，无事喝茶水。他思忖着要雇请为他服务的三个人，一个是急性子，一个是慢性子，一个是小便宜。于是他让原来的随从为他到处访问。随从走到一个饭厅，发现一个人在饭厅吃完饭后，嫌服务员收费太高，便从厨房拿一把菜刀将服务员用刀砍死，他认为这个人就是急性子，就把这人找来给财主，完成了找一个急性子的任务。

第二天又按照财主的旨意出门访找慢性子，随从跑东跑西，来到一家茶馆。茶馆内热闹非凡，他左看右看发现一个人正在饮茶品味谈天说地颇为高兴之时，忽有一人冲着此人报告："你家刚才发生了火灾，请你赶快回家救火。"饮茶人不慌不忙地说："家里着火我也没有办法，即使我回去也迟了。"说完继续饮茶，屁股动都没有动一下，于是随从将这个慢性子雇请给财主，完成了找一个慢性子的任务。

时隔不久，财主又让随从去给他招请爱占别人小便宜的人，随从急忙走到一个菜市场，发现一个买葱的人，这个买葱人他出了一把葱的钱却拿了卖葱人两把葱，他认为这个人就是爱占别人小便宜的人，随从又将这个人招请给财主，交了差，这样便按财主的意图完成了三件任务。

这个贪得无厌的财主，只知道享乐，什么事都不知道自己去做。财主给急性子安排的是喂马，但这匹马是一个烈性马，不听喂马人的话，有时乱咬，这个急性子喂马人便拿起铡草的刀将马砍死，财主气坏了，原来马是财主的坐骑，现在马死了怎么办呢，财主就让喂马人将他背上过河，但河水冷，背上他过河较慢，为了加快速度，财主又给背他的人多给了一些银子，背他的人背到河中间，连忙下跪叩头感谢财主，结果二人同时被河水淹死了。

财主死后，财主婆让慢性子来看管财主的两个孩子。大儿子已有四岁，小儿子才两岁，一天慢性子带着孩子出去玩耍，大儿子跑得快，小儿子走得慢跟不上，慢性子和小儿子还在后面慢慢行走，忽听前面有人呼喊说大儿子不小心已经掉进水池淹死了，又有人喊慢性子快去打捞，慢性子却说，小孩已经淹死了，我再跑快也是徒劳。

财主婆痛哭不已，她又让小便宜去给淹死的大儿子买棺材。小便宜急忙去了棺材店，他将棺材买好后趁店主不防，将一副小棺材放进了大棺材，小便宜将棺材扛在肩上很快回到了财主家，打开棺材后发现还有一副小棺材，财主婆问小便宜，叫你买一副，你为何买了两副来？小便宜说，你家还有一个小儿子，免得我再跑去买。

大善人

采录：张向红 干部

传说很久很久以前，岭上村有这样一个大善人，姓赵，名大元，住在村东头，祖上以做生意为生，积攒了一些家财，购置了一百多亩良田，家境很是殷实。

赵大元继承了父辈的优点，人很精明，把土地租给了村里的佃户，每年佃户都要拿出一半的收成给他交租子。平日里他做些中药材、盐巴、布匹生意，一年下来有不少白花花的银子进账，家里的日子过得红红火火，成了远近闻名的"商户（富户）"。

有一次，赵大元带了一个伙计去县城催要生意欠款，由于在城里耽搁的时间长了，回来的路上，快到村子的沓子岗时，天就黑了下来。他在马背上狠抽了一鞭，想让马跑得更快，好尽早赶回家里。这时有两个蒙面盗贼拿着砍刀从树丛里大吼着冲了出来，赵大元的马受到惊吓后，把他摔下了山坡。

也不知过了多久，当他醒来的时候，才发现自己躺在一间破旧的茅草房里，他想爬起来，可浑身的伤痛得动一下身都难。正在这时，一个头发凌乱、衣着不整的小伙端着一碗汤走到他的床前。他认得小伙是岭后村人，年前，小伙的父亲有病无钱医治，来向他借钱，赵大元看到他穷，无力还钱，就没有借，小伙苦苦求他，他还让家人把他赶了出来。由于耽误了治疗，小伙的父亲不久就撒手人寰了。

小伙告诉他，早上出去准备在山上砍柴到集市上去卖，路过沓子岗山坡下时，看到有个人躺在那里，他认出是赵大元，试了试，还有气息，才把他背了回来。家里没粮食，就到前面山坡上打了一只小山鸡炖了给他补身子。

他一勺一勺喂下汤后，又背着赵大元回到岭上村赵大元的家里。

赵大元伤愈后，这件事情对他触动很大，下定决心以后要多做善事好事，以弥补他的过失和报答小伙的救命之恩。他把地租从一半降到了两成，遇到年景不好的时候，就不收租子。哪家困难，家人有个头疼脑热的，他都主动拿些钱，让赶紧去请大夫抓药。哪里路不通，桥不得过了，他也非常在心，自己出钱雇人及时维修。岭西村地处交通要道，南来北往的人很多，他在路边建了两间房子，免费为行人供应茶水，还无偿让客人"歇脚"(住宿)。如有行人路上遇到困难，上门去找他，他总是有求必应，及时给予援助，热心为行人排忧解难。有一年陇西大旱，一滴雨也未下，庄稼颗粒无收，经过这里到南方去逃荒的人非常多，他搭起了三口大锅进行粥饭施舍，施舍了整整五个月时间，拯救了许多饥民。

由于赵大元爱做善事，村里人都叫他大善人，这一美名不胫而走，四邻八乡和南来北往的人都知道岭上村有个大善人。

一次，天上的神仙太白金星到凡间巡游，听到大善人的故事后，上天报告给玉皇大帝。玉帝心想世间的人都是自私的，哪有这样的善人呀，于是决定亲自下凡对大善人进行试探，看人间的传说究竟是真是假。玉帝变作一个又脏又臭的老头，来到岭上村大善人的家里。此时大善人正准备给一家没粮吃的人送粮食去，看到老头走路颤颤巍巍、弱不禁风的样子，就赶紧上前把老头扶到椅子上坐了下来。待大善人给老头递上茶水后，老头对大善人说，他得了麻风病，头上又秃了，家里人都嫌他又脏又臭，无人理他，他经常孤单一人，想和大善人同吃一桌晚饭，饭的标准是招待最尊贵客人的标准；晚上同在一张床上睡觉，而且被褥枕套要全新的，他要在有生之年感受一下家的温暖。

大善人听了老头的话，感到要求有些过分，但看到老头孤苦伶仃的可怜状后，又不好拒绝，就答应了下来。吃晚饭的时候，他扶老头坐在上位，吩咐家人把最好的酒菜端了上来，老头一边喝酒吃菜一边把痰和唾沫吐进了酒菜里，大善人真想发怒或不吃，又恐打扰了老头的兴致，就硬着头皮吃了些饭菜。晚上大善人自己动手，把床上的一应都换做崭新的被褥，老头脚也不洗，就和衣而卧了，屋子里的臭气熏得他真有些气都喘不过来，大善人咬了咬牙，心里一遍一遍地说，将就些吧，将就些吧，便捂住鼻孔和老头睡了。

躺在床上，玉皇大帝心想：人们说得没错，大善人真的是名副其实呀，人间有自私的人，也有无私和有大爱的人，要是有更多像大善人这样的人，人间比天庭都好啊。在回天庭的时候，玉皇大帝伸出食指一点，一个金人就睡在了大善人的床上。第二天早上，大善人醒来睁眼一看，跟他睡的老头不见了，一个金光灿灿的金人躺在了他的旁边。

新关里的女　石鸡坝的米

采录：王玉贵

在文县上江即白水江畔的村村寨寨，从古至今流传着"新关里的女，石鸡坝的米"的歌谣。

相传在一千多年前的宋朝，有一个皇上在朝廷里生活得有些无聊，便坐轿游山玩水，也不知何年何月何日游玩到了文县的新关，在路过新关的林子坪时碰见了一个姓林的美女，当时被皇上选中，于是强迫给皇上当了妃子，就这样，"新关里的女"就出了名。

新关和石鸡坝是白水江畔遥相呼应的两个村，新关在河南，石鸡坝在河北。皇上在新关选了美女后又渡江到了石鸡坝，他发现石鸡坝的水稻长得好，并亲口品尝了石鸡坝水田里的稻米，皇上吃过后，认定石鸡坝的米确实有独特的味道，于是便指定要石鸡坝的米为贡米。就这样，石鸡坝人每年必须背上自己生产的上等米，徒步往几千里外的朝廷进贡。当时根本无交通，往来要花费两个多月时间，农夫叫苦不迭。

时间过了一年又一年，这个差作为石鸡坝人来说，真是哑巴吃黄连——有口难言，在这种情况下，石鸡坝有个穷秀才眉头一皱，计上心来，打了个巧主意。又到了一年一度背米进贡的时候，专门从庄里选了一些大瘿胎（即甲状腺肿大）的人背米进贡，这些脖子里生长着大瘿胎的人走啊走，走啊走，当走到京城国库交米时，个个气喘吁吁，病得死去活来，国库官员一见背米进贡的全是大瘿胎病人，便详细询问大瘿胎的病因，病人异口同声说："我们石鸡坝稻田长出的米因水土关系，长期食用，人非长大瘿胎不可，我们这些人的瘿胎就是因为长期食用这个米的结果。"国库官员将情况如实禀报朝廷，皇上大吃一惊，马上传旨，今后再也不收石鸡坝的贡米了。

马趟子

讲述：米代生
记录：刘启舒

文县哈南寨米氏户族中，历史上出了个名叫米麟的进士，家乡人称"米老爷"，曾在江南做官，是安徽的一个州官。后辈人以米老爷为荣，说起这位先人津津乐道。

米老爷学识渊博，为官清廉，深受百姓拥戴。他在江南为官卸任时，百姓十里相送，还赠送他一块写有"百世流芳"的匾额，褒扬其政声。米老爷在任时勤政益民，告老还乡后把自己当成一介平民，融入哈南寨普通乡民之中，和众乡民一样的装束，一样的乡音，一样的生活，常与乡邻谈笑风生，难分彼此。

要说米老爷与众不同，唯一的区别就是他有一个遛马的嗜好。无论清晨或是傍晚，他总要牵着一匹枣红马，独自一人走出寨子的西城门，然后一个鹞子翻身，跃上马背，扬鞭策马，从校场坝一直往西"跑趟子"。这条道从东到西，长一两里，宽不足三尺，蜿蜒于白水江畔。米老爷每天在这条道上遛马，跑趟子，风雨无阻。那枣红马跑起来，宛若平地上腾起一朵霞，又如一团烈火闪耀。

别看米老爷是文官出身，骑术却非同凡响，虽年过六旬，仍老当益壮。他能当马疾驶如飞时，身子贴在马肚子上，拾起地上的东西；他也能当马跑员了，张弓搭箭，射落天上的飞鸟。常常令观看的乡民拍手叫绝。据说米老爷的这个绝技，是他当年在江南为官时，向一武将请教练就的。告老还乡后，他偶尔在乡民面前露一手。表演过后，当乡民称赞时，他又常常谦虚地说："老了，不行了，不能不服输！哈南寨的希望，在年轻后生！"

遛马，骑马趟子，成了米老爷告老还乡每日生活必不可少的内容，从告老还乡的那一天直至谢世从未间断。米老爷没有多少至亲，生前乐善好施，临终前把所有家产都分给了穷人。米老爷死后，乡民们怀念他，为他树碑立传，还把他遛马的那条道称为"马趟子"。

傻儿子　秃女子

采录：王玉贵

从前，有一大户人家，家里比较殷实，老夫老妻生一子，其子老实巴交，实属傻子，很难找上对象。

一天，老父亲给傻儿子从羊圈里拉出一只羊交给他，并说："你将这只羊牵出去卖，不过，你去市场有一个条件，就是：灌一斤酒，割一斤肉，还要把羊原样牵回来。"于是，傻儿子将这只羊牵到大街上，上街挨门挨户叫卖，他将父亲说的原话说给每个要买羊的人，他这样一说反倒挨了人家的谩骂，时间已经到了日落时分傻儿子从原路牵羊回家，路过一家，一个秃女子出来看见他被别人打得鼻青眼肿，就问，你为何哭泣，傻儿子便将此事原原本本告诉这个秃女子，秃女子想了想，说："来，将这只羊的毛剪下，再将羊毛卖出去，羊毛卖的钱灌酒，割肉，羊不是原可以牵回去吗？"傻儿子按秃女子说的办，晚上他把羊原牵回去，又灌了一斤酒，割了一斤肉，父母见了高兴至极，便问是谁出的这个巧主意，傻儿子把他的经过一五一十地告诉了父母。第二天父母便让儿子带路到秃女子家里提亲，通过媒人撮合，时间不长傻儿子和秃女子便成了亲，成亲以后秃女子对公婆提了一个条件：既然我已成你家儿媳妇，今后家里一切事情皆由我来安排。公婆自然高兴。这时正是稻谷包穗之时，她说："你们赶快将正在包穗的稻谷收回放在屋檐下晾干，千万不能腐烂窝朽。"一眨眼到了冬天，村里来了骑兵团，安营扎寨，骑兵的马匹得了一种瘟病，随军兽医说，这种病必须吃包穗的稻谷，否则将会全部死亡。饲马人找来找去找到这家，于是这家用高价出售救了马匹。从此傻儿子家发了大财。

万春花寻夫

讲述：吕万发
记录：任德明　张金生
1963 年冬天采录

　　大明朝的时候，白水江畔一个村庄有个叫王玉峰的年轻人，娶了个媳妇叫万春花，长相极其出众。这媳妇虽无沉鱼落雁之容、闭月羞花之貌，但是超凡脱俗，有着人见人爱的风韵。万春花自幼上过两年学，有一副好嗓子，喜欢唱山歌。更可贵的是，她天资聪颖，记忆超常，心灵手巧，口齿伶俐，对山歌时随唱随编，出口成章，贴题押韵，赢得了十里八乡的称赞。万春花到婆家以后，勤劳节俭，孝敬公婆，夫妻恩爱，小两口如胶似漆。

　　有一年冬月，正逢农闲期间，她丈夫王玉峰约了几个乡邻去松州草原经商贩马，想赚些钱财贴补家用。然而，半年多了也没有回归，四处打听杳无音信。春花思夫，父母念子，一家人急得团团转。无奈之下，公公打算前往寻找。公公年过七十，体弱多病。松州在千里之外，相隔无数大山，那里人烟稀少，多是不毛之地。春花怎忍心让公公去受罪呢，她自告奋勇前往寻找。家里人没有别的办法，只好同意春花前往。公公婆婆想到，此去山高路远，水多林密，新媳妇外出不安全，要找一个亲戚陪伴。春花想，人多花费大，就谢绝了。

　　春花离开家，向松州方向走去，路上遇到一个秋试返乡的未仕举子和宁静寺化斋而来的壮年和尚，便相约同行。三人一起走了三天，沿途闲聊，相互逐渐相熟。和尚凡心未死，举子贪恋美色，春花让他们心里痒得慌。和尚与举子商量，他们两人用文字拆开结合的方法，各自赋诗一首，以显露自己的才智，拨动春花的心。和尚抢先将自己已经准备好的词吟唱出来：

　　　　有水也是清，无水也是青，去过清边水，加争变为静。宁静寺、人人爱，渴饮甘泉多爽快，顿顿吃得油茶豆腐老白菜。

　　和尚吟毕，有些得意地盯着春花。举子急忙接茬儿吟唱道：

　　　　有口也是和，无口也是禾，去过和边口，加斗变为科。我不做官功名在，皇王钦赐三杯酒，胜过你油茶豆腐老白菜。

两人吟唱罢，扬扬自得，四只眼睛死死盯着春花。万氏听两人吟毕，看到他俩的做派，已知不怀好意。春花谦虚道："圣僧与举子才高八斗，各有千秋，实在让人倾慕，可惜民妇是一个穷乡僻壤之人，男尊女卑，无法拜读圣贤之书，无缘高攀荣华富贵，只懂得慎遵妇道，节礼荣名。更没有好的诗赋与两位相比。但事已至此，有吟无对非礼，我也只好以自身为题作应对，且请不要见笑。"说毕即吟唱道：

> 有木也是桥，无木也是乔，去过桥边木，加女变为娇。娇娇女，人人爱，罗裙下面一碗菜，胜过你皇王钦赐三杯酒、油茶豆腐老白菜。

这和尚与举子听罢万氏诗赋，哑口无言，面红耳赤，后悔不该小看村妇，随欲戏言，自取其辱。他俩硬着头皮，又同行半日，分路各奔前程。

春花晓行夜宿，钻山越岭，来到一条江边过渡，又遇到文、武两秀才同船。这两人都是富家子弟，尚未婚配，一见万氏，神魂颠倒。打听到春花来历后，断言："你丈夫肯定不在人世了，松州这么大，你连他的骨头都找不到。你千里来寻，也算对得起他了。再找下去也是竹篮打水，自找苦吃，劝你在我们两人中挑选一个成婚，坐享清福。"春花回答说："我活要见人，死要见骨。"两个秀才见劝说不动，又提出赛诗，春花赢了就由她前往，如输给谁就嫁给谁。船夫也在旁边帮两个秀才劝春花，春花碍于出门在外，不好翻脸拒绝，故只好应承。秀才们抢春花心切，都想赢得春花当媳妇，文秀才机灵，踌躇满志地吟唱道：

> 砚台圆圆笔锋尖，常在纸上打圈圈。
> 有朝一日功成就，皇榜列登文状元。
> 在京荣升宰相位，外任巡抚做清官。
> 天缘美女配婵娟，民间娇娥求高攀。

文秀才吟罢此诗，在场人齐声拍手，称赞才智绝妙，明年皇朝秋试高中无疑。武秀才也不甘落后，清清嗓子，步前韵吟唱道：

> 马蹄圆圆银枪尖，常在校场打圈圈。
> 有朝一日功成就，开科列中武状元。
> 在京荣登侯爷位，皇王钦旨戍边关。

打马回朝受恭颂，天下娇娥供乐选。

文武两秀才各显其才，吟完诗，心想自己就要得到佳配了，不由喜上眉梢。船夫听了两人的诗，心里也痒痒的，自告奋勇地说："我以自己渡船为题献一首！"他吟唱道：

船头圆圆摇桨尖，常在江河打圈圈。
有朝一日功成就，漂洋过海渡八仙。
道教神坛列位坐，风雨同舟保民安。
乡域娇女喜逢缘，每天畅游乐心宽。

三人各自吟罢，相互暗使眼色，窥视万氏，看她如何应对。这万春花眼见这情境，微显笑容说道："敬慕两位秀才与船公老板，因为生世逢缘，可以有缘科登状元，在朝为官，逞势显贵，奢靡乐然，渡人为仙。民妇只懂得持家生儿育女，也只好以自身为题。"接着吟唱道：

屁股圆圆奶头尖，常在床铺打圈圈。
有朝一日功成就，养育文武两状元。
即使有个愚笨子，可到河边搬桡杆。
生老病死无贵贱，唯有老母最心酸。

两个秀才和船夫听罢春花的诗，感到非常尴尬扫兴，不但没赢得佳配，还被她讽刺了一顿。但是，他们对春花除了爱怜，又增加了尊敬。

下了船，他们依依不舍地告别，目送春花迈着大步，一步步前往松州寻夫。

庙官常平全

讲述：任天禄
记录：任德明　张金生
1976 年采录

大明永乐年间，道教兴盛，阴平建有不少祖师殿堂，设有庙官，称掌院道长，专管庙堂资产和庶众的祀神礼仪。螳螂山上的祖师庙，从外地请来了一个庙官，名叫常平全，道号悦和善士。这人相貌端端正正，说话没有高声，表面谦和文雅，平易近人。他有五十多岁，在祖师庙主事三十多年，是个身披道教外衣，逞势霸庙的伪善士，有人给其取了个绰号为"糨糊盆"。

有一年，糨糊盆得知一个名唤殷步斗的地痞豪富要修房造屋，便勾结起来，借口更换老树新栽三十六棵一尺多高小树，将庙堂前后百多年的十二棵挺拔劲松，擅自做主，让殷步斗砍去，修建四合庭院做栋梁和檐柱，糨糊盆从中索取纹银三百多两。接着，糨糊盆又将十二亩庙会土地，以修补庙宇筹钱为由，以三百六十两纹银廉价卖给了一个名叫冯有元的富翁。他二人合谋，让冯有元又当作建房和葬坟风水宝地转售，从中盈利纹银六百两，糨糊盆又分得余利三百两。糨糊盆把庙堂周围的山林树木、草丛、溪流、野猪、岩羊、狐狸、兔子、毒蛇、青蛙，都当作自己的私产，不许他人过问。糨糊盆在庙堂内对于十多名小道士两般三样，分成三六九等，克扣费用，中饱私囊。

有年冬天，有个名叫李洁义的乡民上山砍柴，看见庙堂西沟清溪崖上有棵枯死的马尾松小树，他攀崖上去砍伐，不慎连人带树摔在沟内，摔成腰腿重伤。他卖尽了资产治疗，还是留下了残疾，三个尚未成人的孩子受尽了缺衣少食之苦。邻居亲朋、好义之士、人人关心，尽力帮助。糨糊盆对李洁义带头反对出卖庙树、庙地怀恨在心，听到李洁义砍伐枯树摔伤后大喜，唆使两个小道士下山说："李洁义砍了庙堂右边白虎的尾巴，破坏了风水，招惹了祖师发怒，给他降了伤身灾祸，罚他要以大礼祭神赎罪。"李家无法，地保从中撮合，将川坝仅有的两亩土地，卖了一个名叫方发富的人，得银一百两，交给庙里，才算了事。

有一年春月，一个青年村妇，上山去庙下面麦田里挖野菜，被糨糊盆眺见，用山歌挑逗，大声唱道：

> 你是谁家小乖乖，钻进麦田寻野菜。
> 乘着天晴赶快挖，装满背篼庙里来。
> 殿堂锅灶煮鹅肉，斋供吃饱喜开怀。
> 有缘风月云雨度，祖师神君免祸灾。

村妇听罢，背起背篼跑回了家中，将道士唱的山歌告诉了丈夫。她丈夫赵俊彦一听，非常气愤，静思片刻，计上心头。第二天，他刮光了胡须，粉红了脸蛋，戴上假发，换上妻子的衣服，又去那块地里挖野菜。糨糊盆看见，兽性大发，又唱出了那首山歌。赵俊彦等他唱罢，操着女人音调大声唱道：

哪里来的调情郎，住在高山守空房。

庙堂均被祖师占，不知有无乐然床。

奴家有碗罗裙菜，今天供你作品尝。

督头将军显神功，喜备鹅鸭催安详。

糨糊盆听罢，手舞足蹈，唤来当厨小道士，一起去庙旁清溪潭内捕来两鸭一鹅，分别烧炒与清炖。糨糊盆又亲自来到麦田，未详观其貌，也未问姓名，匆忙将他牵进自己住的房间内，使唤两个亲信小道士端来鸭鹅美餐，交杯调笑共食。吃毕饭，让小道士收拾去残羹碗筷，糨糊盆伸手去拉赵俊彦上床交欢。赵假意推开手，主动躺在床上，拉过被盖，脱掉裤子。糨糊盆激情澎湃，赶快脱光全身衣服，钻进被窝，如饿狗捕食向他身上扑去。两雄竞斗，下者年轻坚挺，用力刺斗，差点冲进了旱路，吓得糨糊盆大声疾呼：

迷魂道、我的天，你的反比我的尖。

龟头将军急鏖战，差点攻开锁阳关。

我的哥，可惜我的两个鸭子一只鹅。

若不脱身跑得快，当场使我见阎罗。

糨糊盆说罢，赵俊彦接茬儿说：

小哥生性冀公平，泛遇奸邪横世行。

狂恶逞势假伪善，道貌岸然抖精神。

豺狼虎豹竞时猖，乌龟王八显威能。

禽兽淫欲随情便，厚颜无耻欺圣灵。

糨糊盆听罢，无地自容，撒手躲进了庙旁厕所中，直至深夜才被两个贴身小道士找回。

有一次，糨糊盆带着两名青年道士，翻越摩天岭黄土梁，途经平武、江油，赶往四川峨眉山参加张天师的圣诞集会。行至绵阳，千方百计找到有妓女陪客的"乐客心"旅馆。随行绰号为"善会舔"的青年道士，找来两个漂亮青楼女子，让她们陪宿。糨糊盆遇此良机，准备激战一番。不巧的是，一个小道士尾追赶来，称他二哥常平银，在老家被洪流淹死。糨糊盆闻报失声大哭道："可怜的二哥呀二哥，你为什么迟不死，早不死，偏偏要在我将要朝圣步入天堂之时死去，害得兄弟乐不起，害得娇娘干着急，纹银还要如数付。"两个妓女左右为难，立坐难安。为了得到银两，也好言安慰："如果客官见爱，以后还有机会。"

有一年隆冬，天寒地冷，大雪纷飞，庙内小道士出外化斋，糨糊盆独自到庙旁林荫小道散步，突然蹿出雌雄两狼，带着五只幼崽寻食。糨糊盆被当场扑倒，咬断了咽喉，挖开了五脏六腑，啃光了全身皮肉，留下了一堆残骸和他攒下的银钱。

刘玉荣对诗

讲述：刘福生
记录：任德明　张金生
1977 年采录

清道光时期，中路河有一个名叫刘世瑞的秀才，去松州经商有成，返乡修建了一座四合院，养育了玉荣、玉兴与玉怀三个儿子。长子玉荣，天资聪颖，读书用功，幼年就考取了廪生。他惯爱打抱不平，深受民众敬仰。

当地有个绰号为"胡油嘴"的人，是一个顽恶富翁，忌妒玉荣超过自己的儿子，对其怀恨在心，经常寻衅显势。时年隆冬，邻村有个绰号为"李善谝"的富翁为长子李二贵娶亲，玉荣与众人在路边围观看热闹。后面人群一挤，玉荣正好碰在新娘表兄胡油嘴身上。胡油嘴一看是玉荣，怒不可遏，编了一段顺口溜骂道：

> 无耻刁儿不知礼，犹如禽兽乱拥挤。
> 瑶池举宴迎宾客，银河牛郎渡织女。
> 俊男娇娥结良缘，蠢徒狂情空欢喜。
> 沉醉鸳鸯屎尿多，残汤剩水归于你。

胡油嘴吟罢，自以为占了上风，捧腹大笑。玉荣想，撞了别人不礼貌，让人家出口气吧。胡油嘴并不罢休，继续嘲笑辱骂道："驴都懂得让路，不懂让路还不如畜生。"玉荣无法忍受，还口道：

> 唢呐呜啦又呜啦，迎亲花轿坐小丫。
> 喜宴宾礼欲何事，玉簪冲开牡丹花。

> 天缘美满风月情，地运人间续代发。
>
> 清平路上狗兴世，龇牙咧嘴演嘎嘎。

胡油嘴听罢，顿时面红耳赤，张目结舌，无言以对，气愤不过，对着玉荣脸上狠狠吐了一团痰。围观的人拥上前去，摩拳擦掌，质问胡油嘴为啥如此横行霸道。玉荣见状，怕误了人家好事，便好言劝阻，才平息了纠纷。

有一年中秋节，玉荣家中从外乡来了四个客人，有个叫刘彦的，家里富有，读过诗书，略通文墨，爱在人前显示才学。还有个叫张荣的，家道丰殷，读文不成，爱习武艺，有几分功夫，爱在广众之中卖弄。再有一个叫李怀的，习学风水八卦，略懂阴阳五行，善于夸夸其谈。另外一个叫王安，是一个纯朴憨厚的耕田之人。玉荣家里备了一桌黄酒便宴，请来了玉荣的老师王学汉奉陪。酒过三巡，刘彦说：今日受到刘公的酒宴款待，我们甚是感激。以我之见，为了助兴，不如行个酒令。但是，要结合自身，第一、二句必须要用"为先"与"路途艰"落韵，第三句应含"功成就"，第四句联远景前程。后四句则可拘韵不拘意，但要围绕主题，内含所做之事。这样吟诗一首，不知诸位有何高见？众人听罢，碍于情面，只好表示同意。刘彦听了推举，也不谦让，略思片刻，摇头摆耳吟道：

> 孔孟兴教文为先，满腹经纶路途艰。
>
> 皇朝会考功成就，博学多才步科坛。
>
> 自古万般皆下品，唯有读书可做官。
>
> 在朝荣升宰相位，名标清史蜚声传。

张荣接着吟道：

> 兴国鏖战武为先，超群捷名路途艰。
>
> 集情步伍功成就，壮志夺魁保江山。
>
> 驱马疆场戎征战，光宗耀祖乐人前。
>
> 天子殿上封王侯，赫赫业绩震瀛寰。

阴阳先生李怀听了，虽然从未吟过诗，也跃跃欲试，扬扬得意地吟道：

> 降妖捉鬼神为先，腾云驾雾路途艰。
>
> 仙坛列位功成就，脱凡超俗当圣贤。
>
> 云游四海乐消遥，蟠桃宴上喜笑颜。

> 灵霄宝殿议事坐，玉皇大帝将我宣。

王学汉静静地听着，感到三人有些狂妄，但也不好评驳。为了圆场，便吟道：

> 世事纷繁百业昌，人间历途步沧桑。
> 时逢受宠显风雅，欲为竞势争荣光。
> 七十二行勤奋智，万缕情怀卓功彰。
> 随缘应度鉴高贵，贤良顺理心坦荡。

这时，王安开口说道："四位仁兄才智出众，壮志凌云，意在功名富贵，情归玉京天堂，前程可以为相称侯，列位仙班，实属可敬。只可惜小弟乃一介农夫，既不能做官为宦，更无法得道成仙，唯懂得日出而作，日落而息；上山负薪，下河汲水；耕田种地，事农求生。故只好以农桑为题，附韵成句，请诸位不要见笑：

> 躬耕桑梓勤为先，起早摸黑路途艰。
> 风调雨顺功成就，荒山野岭变良田。
> 飞禽走兽均寻食，猪狗也要吃三餐。
> 不是农夫苦劳作，饿死王侯与神仙。"

四人听罢此诗，面红耳赤，颇感扫兴。主人为了解尴尬局面，接着说道："五位贵客，各就其业，各有所见，诗言虽简，蕴涵深远，均属可赞，据此我特为五位敬淡酒一杯，表示敬意。"五人饮毕，又请私塾先生对吟。王老先生也未推辞：

> 立身事教理为先，明章示典路途艰。
> 登科应试功成就，惠育桃李花满山。
> 圣传仁义礼智信，忠孝节名寰宇喧。
> 若大乾坤谁做主？帝王将相在民间。

私塾先生吟毕，众人称赞，蕴涵圣读，事联乾坤，意境深远。刘彦想打个圆场，说道："先生如此高论，必有高徒。久闻刘兄长子玉荣，天资超群，应对敏捷，今日乘此机会，何不唤来，叫诸位见识见识。"主人亦不好推辞，将长子唤来。玉荣向诸位敬酒毕，举起酒壶，开言道：

> 家堂奉酒礼为先，情深义重路途艰。
> 逢缘交往功成就，瑶池举宴迎群仙。
> 贤明君子惠友善，愚庸贪饮醉狂癫。
> 嗝嘎堂上言世运，欲谋小智显手段。

在座之人听后，感到借题奇妙。先生道："玉荣借具赋诗，虽然意浅，但含理深。世人有言，酒壮憨人之胆，钱长孽子精神。酒为四君子之一，今日共饮，乃君子兴礼，依我之见，刘兄亦不可没有雅韵。"于是，刘世瑞只好吟道：

> 尘寰理训德为先，忠朴贤良路途艰。
> 福梓裕民功成就，沧桑正道庆世安。
> 忠奸善恶千秋著，礼义廉耻万代传。
> 人间漫布孽海债，势利相强不由天。

王学汉吟罢，诗兴大发，又赋诗一首：

> 人生思念步蜃楼，荣华富贵激情愁。
> 帝王将相逢时运，文到阁老武称侯。
> 庶众欲为衣食住，官豪奢靡显风流。
> 诸公赋韵鉴理训，功名仙堂梦中求。

一传十，十传百，玉荣才智十里八乡周知。有不少文士慕名而来，要亲自见识。时任松州知州刘耀义，与私塾先生王学汉曾为同榜贡生，与刘世瑞在松州经商时相识，以家门相称。路过时，刘世瑞举办家宴招待，刘知州说："我听说，仁兄长子智颖聪慧，勤功好学，赋吟敏捷，我想见识一下，不知是否赏脸？"世瑞说："犬子年少，涉世不深，学识浅薄，正要向大人讨教。如有失礼之处，还须大人见谅。"世瑞将玉荣等三人唤来，向刘知州行了参拜大礼。寒暄后，刘知州说："我先赋诗一首，请步韵。"他吟道：

> 历途贡职时运兴，荣华富贵在其中。
> 圣读捷名晋高位，帝王将相靖乾坤。
> 裕民善计重廉洁，智尽权位鉴勤功。
> 一年四季山花艳，千秋万代显德馨。

次子玉兴听了，想在知州与师尊面前露一手，抢先吟道：

人生立世时运兴，福禄荣耀在其中。
缘联富贵晋高位，功名势利泛乾坤。
随情应事重廉洁，竭尽全力鉴勤功。
喜雨滋养山花艳，裕民善计显德馨。

玉荣和玉怀相互推让，玉怀只好接着吟道：

家堂和睦时运兴，尊老爱幼在其中。
艰辛奋智晋高位，规行理教靖乾坤。
身临福禄重廉洁，躬耕苦读鉴勤功，
眼前美景山花艳，世事安泰显德馨。

最后，玉荣说："学生愧无佳句，如有不妥，敬请知州大人指教。"他吟道：

沧桑史演时运兴，福禄苦哀在其中。
博学多才晋高位，正道公旨靖乾坤。
贤明仁善重廉洁，奋智裕民鉴勤功。
春满寰宇山花艳，忠孝节义显德馨。

听罢三人诗，刘知州大加赞赏，对玉荣所言"贤明仁善，奋智裕民"之句赞不绝口。

赵巧背巨石

采录：韩居宴

昔往，碧口上游约六公里的地方，有一个路边小村，名石土地。村前路下，是时而清澈，时而浑浊，千古滚滚奔流不息的白龙江。江边通文大道路下，紧靠路边有一段翠绿红橙的竹木林果，时时有喜鹊、斑鸠、画眉等雀鸟婉歌鸣叫。在竹木掩映中，有一块直径约十米，由河岸矗立，且超越路面约一米高的方形平顶巨石，石顶有一小而辉煌且香烟缭绕的土地庙，该村就是依此庙而得名。

传说，在多代以前，该庙，庙和神像虽然都很小，但庙小神通大，香旺供奉多。其原因是：庙的坐基巨石，本是神仙鲁班仙师的大弟子赵巧，从峨眉山上选采，背到玉垒关，为玉垒关建桥做桥墩用的，由于石头太大，路太长，背到该处鸡就叫了。神鬼的活动，都是在夜深人静，鸡不叫狗不咬的时候才能进行的。鸡叫了法力就不灵了，也就背不动了，所以就只好放到该处了。人们还说，大石上曾一直留存着巨人背石时留下的巨大的背印和抓手的抓痕。巨石突然一夜出现的时候，震惊了碧口一带的村街百姓。富裕一些的商人和乡绅认为是神仙所赐，便集资出力在石上建造了一庙，塑造了金质的神像。诚则灵，信则应，故而，香火也就自然旺盛，供奉也自然就多了！

建庙塑神时，由于神像是黄金打造，为了怕被人偷盗，曾将神像用生漆漆裹。庙门上书了一副对联，写道："上十里下十里，金银藏在七七里。"本意为迷惑盗贼。意叫盗贼，如想金银的话，就到庙里敬香，然后到上下相距七里的地方去找。然而岂知，反倒弄巧成拙，此地无银三百两，将金像盗走换成了石雕，再未能找回。

金神失盗，石雕神像就不灵验了。后人为其纪念，就把该处地名改叫作石土地，沿用至今。

此传说虽虚幻缥缈，然地名是真，巨石和神庙也都是曾真实存在过的，只是如今，因该处已修成水库，庙和神像都已深沉湖底，流传的求证，只能待后人去探考！

两个倔强懒散人

采录：韩居宴

过去，碧口地区因山大沟深，交通闭塞，很多山村人民群众生活都十分贫困。一个村上，有两个中年人，穷急了就商量说，我们有力气，与其这样守在家里，一年四季熬到头，每遇青黄不接还吃不饱肚子，还不如出去找活做，说不定还能混个饱肚子。于是，二人就跑到碧口街上，找到贩卖药材的行商，找了一个背送药材的活。那时候，甘肃南部的药材、土特产、烟叶，从四川、陕西输入陇南的食盐、茶叶、棉布、铁器、白酒等商品，都是大商人用木船水运，小商贩雇人或骡帮，肩挑人背马驮，运进运出。当时，陇南各县很多贫苦百姓都是靠当背夫或当脚夫（马帮、骡帮）维持生活。

该二人受雇后，各承接了一个一百二十斤重的药材背子，往四川中坝背送。一天走二三十里。要经过十多天，方才能背到交货的地方。白天，三步一歇，两步一拐地慢慢背着走，夜晚，尽量奔到沿途路边小店歇宿。

当时的农民，大部分人都因经济困难，未能够接受到应有的文化教育。一些特别贫困的人，也未能够得有条件养成常洗脚洗澡的习惯。个别身懒且脾气古怪的人，就更是把洗脚洗澡当成一种多余的麻烦或额外负担了。

当时的路途小店，一般都是草垫大地铺，或木棒绑扎篾席草垫大铺。

两人一路而行，一铺同宿。其中一人有洗脚的习惯，一人不爱洗脚，且脾气十分古怪而倔强。爱洗脚的一个，每晚用冷水洗个脚上铺。不爱洗脚的一个，每天晚上，随便吃点干馍即上铺，蒙头就睡。背重走路的脚本身就汗臭，加之他经常不洗，就更是恶臭难闻。且那时的小店，铺盖烂薄并窄，下苦力的住宿的人，一般都是睡两头，两个同铺睡了三夜，爱洗脚的一个，被熏得受不了了，到第四个晚上，就对不爱洗脚的一人说："你去洗个脚嘛，你的脚臭得人受不了的。"谁知，不洗脚的一个，不但不去洗，反而火冒三丈地说："咋了，难道我的脚上有大粪吗？我生来就是这个习惯。"发完火依然蒙头大睡。另一个无可奈何，也只好强忍就寝。

第五天晚上，爱洗脚的一个，终于想出了一个对付对方的办法。那时候，老百姓的生活水平，普遍都是穿草鞋，甚至有些连草鞋都穿不起，而是常年精脚。爱洗脚的一个，等不爱洗的睡下后，就穿着草鞋上铺，两脚一伸，向对方蹬去。对方一声惊叫，说："唉，你咋连草鞋都不脱吗？"爱洗脚的人笑着回答道："我就是这个习惯呀！"不洗脚的人再未作回答，忍痛而睡。从那一晚后，不爱洗脚的人也就开始习惯洗脚了。

娇惯成的刁蛮儿子

采录：韩居宴

据传，在沿河一个自然及生活条件较好的村子里，有一家人，其母对她的一个儿子从小就特别娇惯。要吃啥给做啥，要喝啥给买啥，儿子不愿吃的不愿喝的，动不动就连碗摔了。八九岁了，父亲叫把娃送到私塾学堂去念书，其母坚决不让，并说："人家某某某，没念过书，不识字，照样当上户（富裕），某某某，念了多年书，文绉绉的，之乎者也，只能给人家当个教书先生，穷得叮当响！"儿子天天约上几个娃，要水，捉鸟，抓螃蟹，逮蛐蛐……要到十四五岁了，既不叫念书又不叫学做农活，说把娃累着了，连牛都不叫放。

过去，历史的限制，文化落后，科技不兴，社会生产力水平低下，除官吏中的极少数贪赃枉法者，百姓中的极少数坑蒙拐骗偷抢、投机钻空发横财者，有的进了监狱，有的发了财；奉公守法，诚实守信仅凭工耕者，能有几多发财的呢？！该人家女人所说"上户"，也不过仅是温饱自足，生活较别人过得稍好一点的个别人家而已！

该家娇惯的儿子，一年又一年，长成小伙子了。由于过于娇惯，已养成了一个害怕劳动、愚昧无知、不懂理法、不知仁义、游手好闲、骄横霸道，既没本事而又不知天高地厚的人。成天无所事事，东游西逛，惹是生非。其父母相互埋怨，悔之已晚，无可奈何！

人们对他也是敬而远之，见而避之，而他自己见别人对他的态度，却还感到十分气愤不平。

一天，他独自在村子里弯弯曲曲高低不平的路上游逛。由于脑壳高望，胡思幻迷，一下子脚中趾碰到了一个突起的石头上，碰疼了，他就对着石头破口大骂，并且猛踢。直到把两个脚趾都碰断了，鲜血直流，气还不消。后又躺在路上谩骂了一阵方才昏睡。

村里过路人发现，告知其父母后，将其抬回家，请村医用草药给包扎医治。然由于伤势过重，菌毒感染，加之当时医疗条件限制，最终还是落了个终生残疾。

疯和尚

讲述：张奋勤
记录：刘启舒

很久以前，有个年过四十的和尚，一天到晚走村串寨化缘，疯疯癫癫的，人称疯和尚。

有一天，疯和尚来到文县丹堡河畔的一个村寨，见有家人正在给儿子娶媳妇办酒席，便走进这家院里。主人见疯和尚来了，怕他要疯阵胡说八道，便让他入席，吃了席好把他打发走。

疯和尚毫不谦让，一顿大吃海喝后起身离去。临走时，他对主人说："我吃了你家的席，不能白吃。我给你们说件要紧事。"

主人忙问："什么要紧事，你快说！"

疯和尚说："今天，你家千万不要在这里办喜事，要换个地方。一会儿一股旋风要把泰山移来，把这个村都要埋了。"

主人以为疯和尚又在胡说八道，便将他轰了出去。疯和尚被赶出来后，心想自己吃了人家的酒席不能白吃，做好事就做到底，一定要帮助全村人摆脱灾难。这时主人家娶新媳妇的队伍正走在路上。疯和尚便等在路口，见娶亲的队伍来了，抢过新媳妇，背在脊背上便跑。疯和尚虽已是不惑之年，但力气大，背着新媳妇不费吹灰之力。他在前面跑，娶亲的人在后面追。村子里吃酒席的人和主人，远远望见疯和尚把新媳妇抢走了，全都跑来追疯和尚。

就这样，疯和尚在前面跑，众人在后面追，追呀追呀，一直追到一个山包上。众人感到很奇怪，疯和尚不跑了，把脊背上的新媳妇轻轻地放在地上。众人上前，挥拳要打疯和尚。疯和尚说："众人息怒，不要打我。你们看着，马上就要刮一阵旋风，吹来一座大山，将你们村子压住。"疯和尚的话音刚落，果然刮起了一阵狂风，直刮得天昏地暗，一座大山在天空飞翔，眼看着大山在他们村子的上空落下，将整个村庄埋葬。村庄虽然被埋葬了，但村里人全都跑出来了，大家都对疯和尚感激不尽。

人 物 故 事

何道爷的故事（一）

讲述：田尚勤
记录：李世仁

土地爷害怕文曲星

文县城白水江以南有座南山寺。《左传》有云："凡有社里，必有土地神，土地神为守护社里之主，谓之上公。"所谓土地神就是社神，源自人们对大地的敬畏与感恩，所以寺庙前必有当方土地，南山寺例外，土地庙却在遇仙桥西坡上，离了好长一截路。民间传说与何道爷何宗韩有关。

话说何道爷小时在县城南山寺读书，白天不清静时去寺后僻静处默读，出入寺院频繁，夜里直至更深，鸡鸣即起，不浪费一点时间，专心学业。寺里和尚见他好学，敬佩有加，主动为他沏茶倒水，添油挑灯。

有一天，土地爷给和尚报了个梦，说寺内有个"文曲星"，日日进进出出，要迎要送，忙得他不亦乐乎，说我这么点芝麻官遇到个文曲星，生怕怠慢了，诚惶诚恐，天天担惊受怕，失了礼节我咋担当得起啊。此后，和尚夜夜梦见土地爷向他诉苦。和尚纳了一回闷，暗道：这也奇了，哪来的文曲星呢？千神万神大不过当方土地神，要真有文曲星在寺内，那可是一件小寺生辉的事呀。于是，他逐个对寺里寄读的小孩，从外貌到性格，从读书刻苦认真程度逐一考察，细细端详，以为那个叫牛娃的小孩最有可能。心中有了底数，便敲磬焚香，向土地爷许愿，若三日内寻到文曲星，定当另建新祠云云。有一天，他把牛娃找来，谎称近期外面贼盗厉害，你在禅房中读书，三天不要外出，以防不测。牛娃整天废寝忘食，视书如命，不说三天，十天一月也能做到。果然在第四日夜里土地给和尚托梦说，这三天很平静。和尚大喜，牛娃真的是文曲星下界，这将是南崖寺一段千古佳话，为此劳神费力是值得的。出于对文曲星的敬畏，和尚筹资迁走了土地庙。

考试途中

话说康熙四十七年，何道爷去西安考举人，有一天赶路，错过了集镇，日落鸟栖，月明山幽，走到一处名叫七里铺的独户人家去借宿，主人有意留宿，却无空房，想在走廊里加床。何道爷怕秋风瑟瑟，着了风寒，贻误考试，他希望主人在屋里搭床，主人为难，反复赔不是，"客官见谅，客官见谅"重复不停。正当他在院内徘徊时，偶见一间上锁的房，借助厅房射来的灯光，走近一看，里边别无他物，有一张现成的床。他提出把被褥挪到房内，主人声称，此屋很久无人居住，阴寒潮湿，一夜瞌睡事小，阴气浸身耽误行程事大，左阻右拦，他好说歹说，主人百般借口。他见有蹊跷，一再说自己身体好无妨事，屋里比廊下强。主人见是赶考的书生，只好答应了。

一切安顿停当，他开始展卷夜读，快到子夜时分，听见外面有窸窸窣窣响动直到窗下，他以为主人收拾门户，没当回事。快到三更，复有悄悄脚步声从窗下轻轻而过。起初，疑惑恐怕有人打他盘缠主意，再一听，行走步伐诡秘而不实，联系前后两次来他窗下蹑脚贼步，估计是这家主人。过了一会儿，重归寂静。他想我一介穷儒，你见财起意不值得，再说荒野人家，恐怕人家还提防我会行为不轨呢，反转来一想，他倒放心睡下了。

忽然一股凉风吹来，将他惊醒，随风带入一缕腐尸味儿，怪了，哪儿来的？悄然坐起，点灯张望，屋子不大，并无异常呀！待下床张望床下，堆满杂物，慢慢移开所放东西，顿时傻了眼。床下的地是虚土，且高出两寸多，用手抛过一层又一层，猛然发现一条头巾，手一拉，带出一支银簪。下面肯定是一具女尸。他稳住神，坐在床上想，既然发现了，就应该管管此事，让死者瞑目，作恶者得到惩罚，读书科举之目的，正是要替百姓做主，除恶鸣冤。他把处理此事的框架想好后，一大早，就喊来主人问话。主人狐疑不定地向他走来，刚跨进屋，见床底东西已拖出，放在一边，腿不由得打起战来。何道爷正气凛然："有一女子冤魂，向抚台大人告状，本人奉抚台大人之命，专来查你图财害命罪行，大胆刁民，除此女子之外，还有多少人死在你家里？从实招来！"此人已牙齿打架，磕头如捣蒜，如堕五里雾中，没想到竟有私查暗访的官员住在家里，止不住地战栗，哪敢隐瞒，便一五一十开始交代："十日前的午后，一少妇投宿，身背沉重包袱，面容姣好，遂起了奸人夺财之意，目的达到了，怕留下活口犯事，一不做二不休，干脆掐死，一了百了。原想立刻送去林中掩埋，不想还未处置停当就有人来。我们家看起来单家独户，其实周围二三里外还有几十户，这里是大路，来往的人多，再无机会，就临时埋在床下，大人明察秋毫，万万开恩。"于是他着人传来了地保和乡邻，当着众人录了口供，送到县衙，知县当场过案，罪犯供认不讳。知县大加赞赏，以官礼送行，预祝他一举成名。

巧对鸿儒

何道爷考取进士后，留在京师做了两年六品官，由于做事勤勉，光明磊落，赢得了同僚赞许，上司赏识。有一年乡试开科，被皇帝钦点山西主考官，担起了遴选人才重任。不用说这是朝廷对其学养的认可，办事能力考察，综合素质检验。

第一次执行重大而严肃的任务，他是颇费心思的。由于准备周密，尽职尽责，考场秩序井然，让考生尝到了真正意义上的公平，也让某些官员的小九九未能如愿。水清鱼无食，自上而下想钻科举空子，达到致仕目的的人多了，也是官员们大行其贿的好时机，中饱私囊的好时机。未曾料到被何公一身正气给阻隔了，所以，大大小小的官僚们气不打一处来，他们把怨恨全记在何宗韩身上。

按礼节，回京时，官员们要长亭送别，那些吃了人没办成事的官员们，都想借机发泄一番，给油盐不进的西北佬一点颜色看看。以酒话别，以诗唱和，无可厚非，既合礼节，又文雅，也可吐胸中愤懑。离开太原府的日子到了，那天他在众人簇拥下走进官亭，举杯话别，你一言我一语，恭敬的氛围里不时夹杂些虚伪的奉承，在献媚言辞中渐渐露出唇枪舌剑，用蓄谋已久的刁钻，想让何宗韩在猝不及防中出丑，让他知道笔也可作刀用，语言也会让你流血！有位官员上前，出一联语求对：

黄河八百里波滚滚浪滔滔问公何地而济？

官员们个个气宇轩昂，目光灼人，他见来者不善，决计开口就得有威慑力，遂不慌不忙，镇定自若地答曰：

巫山十二峰云霭霭雾沉沉本院从天而来！

声音浑厚，字字铿锵。有人开始交头接耳了，有人已经心虚了：看来这土包子还真有两下子。

又一官员向前拱手，何大人，请教了：

七鸭渡江数去三双一只

眼前景致被融入对联，他左右扫视，瞄见身后的城墙，便故意卖了个关子："哎呀，大人才思敏捷，下官愚钝，一时难以奉和，待晚间宿于驿站，推敲之后，再着人送来赐教，众大人可否应允？"众人暗自窃喜，以为丑已出定，脸泛狂狷之色，轻蔑地说："既如此，我们便知趣了，给大人留点斟酌时间也好，敬候大人佳联。"何公博物治学，外拙内秀，知道这些人在耍小聪明，真乃得意忘形尔。假意欲走，复又回过头来，歉疚地说："承蒙各位大人不辞劳顿，为下官送行，恕我不恭，扫了雅兴，心实不安，不才还是勉强一对，以不辜负众人盛情，请诸公雅正：

尺雉负郭量来九寸十分"

众人见状，倒抽了一口凉气，羞赧之色爬上额头，连称："大人鸿才，大人鸿才！"

不等众官员惊愕中缓过神来，何公接着说："各位大人，下官就此告别，后会有期了，在下为各位仁兄留下一绝，算是临别赠言，我们共勉吧：

一双玉爪不沾泥，
山外孤莺下海西。
江南山水浑无恙，
此回面圣凤凰池。"

他的坦荡，他的君子风度，让在场官员无不折服。

语惊凤庐道

有一年，何道爷奉旨分巡凤庐道。赴任途中，他想了很多，凤阳乃是朱明王朝的发祥地，虽说改朝换代了，可那几百年被皇权卵翼下的官僚优越感，那些曾是高人一等的公民，表面上在夹着尾巴做人，而桀骜不驯的心理还阴魂不散，那种积存心底的逆反心理该如何应对？这块蛋糕难咽呐！非得靠地方各级官员相互协作共同努力不可。原想安顿妥帖，再拜访上级、社会贤达、乡绅望族、同僚和属下，共同商讨治理事宜。未曾想，刚一到任，众权贵捷足先登，摆就宴会给他接风，无非是掂量水深水浅，揣摩他的喜好，寻找他的软肋。

那天才子云集，儒风阵阵，充溢着江南的奢华与灵气，酒过三巡，一阵寒暄之后，酒兴渐浓，各衙官员言语次第孟浪，有的投石问路，有的以言语挑衅，想知道这位往日的乡试主考官，池深池浅，能否拿捏得住，以作诗答对试探城府。先生知道才子云集的江南，通天人物有的是，各有各的靠山，意思明白不过，他们想通过宴会杀杀威风，迫其就范。何道爷本想浑俗和光，与同僚相敬相商，为民办事，为朝廷效力，岂料，眼下这班官员，语中带刺，步步紧逼，轻蔑与不屑溢于言表。看来要想镇住这帮人，不至于叫人瞧不起，不出手是不行的，何况自己并非庸才，当然读书人的自尊也不容亵渎！他不慌不忙，从容离座，谦恭地说："卑职才浅学疏，且一向耳目闭塞，寡见鲜闻，能和诸位英才共事，实蒙皇恩垂顾，三生有幸，诸公的好意何某心领了，下官不揣冒昧，望诸公赐教。"先生将一将胡须，提笔写下："一步一步上高楼"，笔锋一顿，有意做出文思受阻的样子，不好意思地四下环顾，见那些巴不得他出丑，等待看他笑话的神色……何公暗道：等着瞧吧！他慢慢地，笔尖伸入砚台，饱蘸笔墨，猛然提起，疾笔龙蛇："手扶栏杆望斗牛。不是青山遮吾眼，望尽江南十九州。"一气呵成。正准备奚落言辞，自诩才高八斗暗根深扎的官员们，一齐离座，伸舌翘指：人中精英，山外有山哪！匍匐一地。他见状，接着咏道："窗外青山暗点头，春风送我泛行舟。扬清激浊晴和日，归去阙前拜冕旒。"他把为政宗旨用诗的形式表达出来，像山洪暴发，像大江决堤。"下官献丑了，不好意思！"

何道爷的故事（二）

讲述：毛润华 农民　毛润卿　梁范模 干部
记录：任德明　张金生
1967 年采录

阴平上丹堡关爷楼有个秀才何帝锡，过了半百膝下仍然无子。有一年，县城修建关圣帝君庙宇，请何秀才撰写关羽生平。写到桃园结义、斩颜良诛文丑、千里走单骑、战长沙、水淹七军之后，就要写败走麦城之际，何秀才突然昏昏沉沉，伏案入睡，看见一位身穿金甲着绿袍的人对他躬身说道："请先生笔下留情，吾将送汝一子，光耀门庭。"何秀才惊醒，乃是南柯一梦。他停了笔，到庙里虔诚祭祀关帝，果然妻子喜怀身孕，生下一子，取名为宗韩。

宗韩出生不久，他的父亲就去世了，全靠母亲劳作度日，家境十分困难。宗韩生性纯朴，小的时候行为木讷，寡言少语，好事的人把他称为"何瓜娃"。宗韩看到母亲的辛劳困苦，把人们的讥讽嘲笑甩在脑后，一边协助母亲操劳，一边用功读书。每逢作文，多写父母恩德，抒发胸中志向，还常常去父亲墓前宣读，感恩明志。他母亲一心要供他读书成名，看到上丹堡老师已教不了宗韩，就在乡邻亲戚帮助下，来到县城南崖寺读书。

在南崖寺读书期间，宗韩经常与同学们去寺旁边溪涧打水。有一次，他们又去盘溪沟玩耍，钻沟戏水，捕捉螃蟹，攀岩采花，巧遇一位老翁。他手持龙头拐扙，头戴九梁道巾，身穿八卦仙衣，鹤发童颜，紫面长髯，端端正正，飘飘然然，正在栈道桥头观景。老翁见了他们问："你们是何处孩童？春晨可贵，为何在此戏耍而耽误攻读圣贤之书？"同学们忙于采花戏水，对老翁视而不见，听而不闻。只有宗韩上前施礼回答说："我是上丹堡人，在这南崖寺读书，今天巧遇仙翁，不知有何见教？"老翁见这孩子彬彬有礼，满心欢喜地说："我这里带有昆仑山溪水一壶，虽然味不美，但可以启动文思。如果愿饮，老汉我可以赠送给你们。"同学们听了，围上来说："素不相识，无故赠水，不可乱饮。"宗韩想，老翁虽为陌路相逢，但面善言明，并非恶意之人，无冤无仇，何必无故加害。所以，宗韩独自接水在手，一饮而尽。饮完水，老翁接壶在手，转眼不见，遍观山野，不知去向。同学们一看傻眼了，都说宗韩遇到了神仙。自此宗韩读书，文思敏捷，过目不忘。后来人们还在那个地方修建了"遇仙桥"。

宗韩在寺里读书，每天都要经过一个土地庙。有一天夜里，土地爷对住持托梦说："在你寺里的学子之中有一位星主，每天出入都要我起身迎送，实在麻烦，望你最好将他们迁往别处。"住持牢牢记着土地爷的话，想弄清星主到底是谁？有一次夜里，住持想起忘记了给宗韩灯里添油，就急忙披衣提着油罐去宗韩书房，走到窗前一看大惊，发现一个鬼影正在忙着为宗韩的灯添油。第二天，便将宗韩安排在禅房之内，任他在院内活动，不让随便出入寺门。过了几天，土地爷又托梦："近期因无星主打扰，夜睡安稳。"住持这才知道宗韩就是星主。不久，住持就在寺外选择了一个清静的地方，供宗韩安心读书学习。

宗韩读书非常用功，早起晚归。每逢夜读回家时，有人看见宗韩后面尾随有两盏灯笼护送，走到他家门前就自行消失了。有一天夜里，他母亲何陶氏发现，夜里护送的两盏灯笼变成了一盏，感到奇怪，便问宗韩："娃，你近期是否干过什么不忠不孝、不仁不义之事？"宗韩反复回忆自己没有做过什么错事，只帮助他人写过一份休书。他母亲听了，非常生气，让他把那份休书收回。宗韩谨遵母命，把那份休书追来烧毁了。这天晚上，护送灯笼又出现了两盏。

宗韩高中后，受命去江南主考。他一到苏杭，有一股市井腐朽之气扑面而来，权贵拜倒，豪富献媚。其中有个名叫苏万的首富，为了给他儿子疏通科选之路，想方设法恭请宗韩住进了自己府上的后花园，同时还送来一个名叫娟娟的姑娘陪侍。这女子不但容貌如花似玉，而且能描花刺绣，精通文墨，善于赋诗，倘若有缘应考，稳取状元无疑。对这样一个才貌双全的美女，正直的何公也看在眼里，喜上眉梢。这女子情切切、意绵绵，以婉转动情娓娓牵心的声音，抚琴步韵"乌夜啼"，借江南小调抒情唱道：

> 锦绣江南苏杭，清夜长，西子洲头逢缘遇何郎。天堂影，春花景，情荡漾，妾梦鹊桥相会乐安详！

何公静听她的歌，词曲合拍，音韵俱佳，声情并茂，如醉如痴，情不能自禁。但略思片刻，倏感皇恩厚重，理应无私，拒腐抗诱，为国选贤，不可越礼行事。想到这里，宗韩回过神来，正襟危坐。为了安慰女子芳心，也复韵"虞美人"之律赋吟唱道：

　　嫦娥奔月后羿思，项王哀别姬。花容月貌娇情女，犹如牡丹竞艳显灵机。

　　愧对红娘错牵线，巫山会无期。尘寰名利嗣相强，身负皇朝钦命难相依。

　　何公吟罢这首词，拂袖而去。从苏府出来后，他改扮成一个卖笔老头，来到了省府学堂，见有众多勤读学子，内心非常欣慰，庆幸皇朝不乏人才。也遇到不少王公贵子，豪富纨绔，不学无术，难禁怒气填胸。为了排遣胸中怒气，他边走口里边说："足未尝轻出城市，过其庐，嫣然惟吟诵声。"到城门口突然遇到了一个名叫何敷的穷学子。何敷看见一个卖笔佬也在认真习文，便上前行礼请教，试探有无学问。何公见学子过问，笑着说道："你要头悬梁，锥刺股。"说罢扬长而去。这一年科考半月之前，宗韩派人在城门上方悬挂了一个牛头，下面竖立着一颗粗大的铁钉，并派持枪兵卒轮班守卫。到举科取士的那天，主考官与众学子齐聚一堂，拜过文圣，命题礼炮三声巨响之后，仍然未见任何动静。所有应试的人，因为没有遇见过智力考题，脑海里一片空白，不知所措。这时候，何敷突然想起了卖笔老头在城门口所说的"头悬梁，锥刺股"。因而以此为题，写了一篇治学论政的文章，得到了录取，后又中了丙午科进士。

　　这富翁苏万的儿子在城门口也看到了护题士兵，也写了一份啼笑皆非的答卷，即"有情便有门，万枪铁钉存；江南多才子，乡佬眼无人"。还有一些人交了白卷，约有二百人名落孙山。自此以后，在江南有忌恨何公的人，编出一首儿歌，伴随唢呐吹奏，对他讥讽道："哩哩哪哩哪，文县来了个崖疙巴。你不在家中引娃娃，你到江南干什么？"在吹奏这首曲子的送别宴会之上，还有一位官绅以嬉笑的语句道："虎去山还在！"何公威然对道："山在虎还来。"致使在场官僚绅士鸦雀无声，扫兴默默无语。

　　宗韩勤政爱民，清正廉能，政声远播，乾隆钦点"从耕籍田九卿，再点竭陵扈从官"。后来，雍正又御批"陕甘无大僚，惟何宗韩可用"。同时还称赞："凤庐号难治，何宗韩在官六年，实心整顿，而人反议其长短何也？"

　　俗话说，水至清则无鱼，人至清则无友。何公在江南任职期间，清正廉明，不畏权贵，也得罪了不少官绅。当时，人们十分看重风水，传言文县风水好，要出三斗三升芝麻官。宗韩在江南的仇家听到后，用重金收买网罗江湖上的风水先生，多次派来文县破坏他祖坟上的风水，由于何公健在，阴谋没有得逞。何公去世之后，江南仇家又用金钱贿赂朝廷重臣，特派河南汝阳进士孙严前来接任文县知县。孙严在文县任职的十多年期间，多次收受宗韩江南仇家的金银珠宝，受命派人到处"斩穴"，破坏风水，将何宗韩家祖坟向山小龙山挖了一个约二十丈的长渠。接着，又去丹堡凤凰山垭口岭、黄家山等地挖了缺口。随后，在两江八河出过举人、知县等人才的地方，都进行了"斩穴"活动。石坊寺下坝曾经出过三举人七贡生十九庠员，孙严也派人将村后大坪梁上一个有群蛇出没的地方，挖了一条截断山顶的长沟。当时村东有一个名叫"关猴梁"的地方葬着古墓，栖居着一群猴。这些人挖了古墓，从中掏出五只尚未睁眼的小猴。人们传说，如果不挖出来，此地将要出"五霸诸侯"。

黑笔师爷

讲述：赵峰普
记录：赵帆

清朝末年，大部分来古阴平县县衙告状的人，都要经一位张师爷之手来写状子。这位张师爷为了能更加方便地为大家服务，也出于多收点钱的动机，索性在县衙旁边摆起了笔墨摊子。

寒冬里的一天，一个身穿破汗衫、脚踩烂草鞋的老汉，冻得瑟瑟发抖地来到师爷的摊子前，说要状告村里的富户，师爷先说道："一个状子要五两银子，你有没的？"老汉连连点头说："有，有，有！"随即颤颤巍巍地从包袱里拿出十两银子递与师爷，师爷收了钱便道："家在哪里，何种原因要告状？"老汉答："我是铁楼村的，村里刘大户家的羊吃光了我的冬麦苗，问了，那刘大户倒反过来说这大冬天的，四处又没的青草，不吃麦苗吃啥子，你说气不气人，这可是我老汉家今年的口粮啊！"师爷听了沉吟片刻，提笔写下了状子的诸语：

富户羊子吃麦，连挖带吃，一次剜根绝苗。

过了两日，那刘大户知道自己被告到了县衙，于是就暗中调查了那刘老汉状告的内容，并主要打听花了多少钱。问明情况后，刘大户心中随即有了主张。他备了足足四十两银子，来到师爷的摊前，说要告状，师爷又问道：

"一个状子十两银子，有没的？"刘大户连忙送上四十两银子，师爷睁大眼看了一下说："家住哪里，告什么？"刘大户说："家住铁楼，有老汉告我的羊吃了他的麦苗，这是诬告！"话音刚落，师爷提笔便写下了状子的诸语：

> 冬地冻如毛铁，羊嘴未带尖角，何能一次剃根绝苗。

又过了两日，此案在县衙的审判结果出来了，判定老汉是诬告，刘大户是清白的。

后来，方圆百里的老百姓知道这件事后，给师爷取名叫"黑笔师爷"。

二少爷的趣事

采录：谭广馀

凡昌背后院张占胜共生三子，长子张长明，次子张长钧，三子张长兴，村里人称大少爷，二少爷，三少爷。

这二少爷青年时高挑个儿，皮肤白净，眉清目秀，细长鼻梁，一表人才，加之性情豁达，做事干练，爱说爱笑，乐观开朗，是一个人见人爱的小伙子，在婚姻上有一段有趣的故事流传至今。

二少爷在十八九岁时，带了些银两去四川成都做生意，爱玩耍的他一到成都看得眼花缭乱，便到处游玩，在游玩中结识了一位成都郊区姑娘，这位姑娘看上二少爷一表人才，风流倜傥，便动了芳心，一心要嫁给他。姑娘的父母阻挡不住，只好说是天赐姻缘，命中注定，任她去吧！就这样二少爷在成都没有做成生意，却通过自由恋爱，成就了自己的婚姻大事，几个月后带回一位漂亮的媳妇来家。父母见儿子没做成生意，却做成了一件比做生意更重要的事情，也就由嗔变喜。

媳妇是成都大坝子里来的，没见过这样的大山，更没有走过山路。从小缠成的小脚，从背后院出来满是石子的路都要人扶着走，经过数年的锻炼，不但能走石子路，也能走山路了，一双小脚居然能跟丈夫去王马嘴山顶上做农活。去王马嘴约十里，羊肠小道，蜿蜒崎岖，又窄又陡，十分难行。一个小脚女人，清晨从山脚爬上山顶，傍晚再徒步下山，可见二少爷的媳妇的毅力和能力有多大啊！对此，全村人都为之敬佩不已。

　　二少爷找了个好媳妇，传遍了全村，也传到了村外，与二少爷要好的朋友见了总要调侃一番。喂！你是如何把四川坝子的姑娘哄来的？二少爷诡谲地一笑说："说哄也哄了，说没哄也没哄，其实都是大实话，就是用了点技巧。"她问我是哪里人，我说是凡曲省人。她又问："住的房子如何？"我说："住的房子很特别，成都没有，我们住的房子是风扫地、月照床（实指破烂房子，当时二少爷家住的是新房子）。"她又问："床上铺的啥，睡觉盖的啥？"我说："柯权的褥子，随身的被。"她又问："那吃的是啥？"我说："金子米、金子面、剥皮点心。"说得姑娘心花怒放，笑逐颜开，一定要嫁给我。姑娘自认为不仅找到了一表人才的郎君，而且能住到比成都更好的地方去，心里十分高兴。二少爷把姑娘领回家后，第一餐先吃了顿黄米饭，第二天早上做了顿苞谷面拌面饭吃，晚饭是蒸洋芋和烧洋芋。二少爷说："昨天晚上吃的是金子米，今天早上吃的是金子面，现在吃的是剥皮点心——烧洋芋，吃烧洋芋就要三打四吹，拍去灰免脏嘴，吹去烧气免烫手，然后剥皮吃了。"媳妇这才明白了一切，面带愠色，双捶直砸二少爷，你坏！你坏！！我被你骗了我还不知道。二少爷解释说："其实我说的都是大实话，黄米是黄色的，苞谷面也是黄色的，你看像不像金子色，只是你没见过，甚至连听都没听过，所以你理解不了，这也不能怪你。只是我们这个地方山大沟深，条件差，你跟我来太委屈你了。"她见我说的是实话，态度又诚恳，气也就消了大半，长长地舒了一口气说："唉！这都是命里注定的，只有嫁鸡随鸡，嫁狗随狗，嫁你就跟你一辈子了。"从此，二少爷夫妻二人以务农为业，和睦相处，相敬如宾，直到白头偕老，育有一女，招婿为儿。后又有孙儿、孙女两户。两老人安度晚年，直至去世。然而，二少爷的婚姻趣话广为流传。

黑爷的故事

采录：张宝蓉 干部

　　黑爷是凡昌山里人心中的神。

　　相传，黑爷年轻时是个大孝子。他的父亲早亡，母亲身患一种皮肤病——麻风病。麻风这种病，在当地俗称"癞子"，人见人怕，躲之唯恐不及。那时的乡下，乡民们根本不懂科学，他们头脑中根深蒂固的观念，就是这种病会传染。而要根治这种病，最好的办法，就是将患者用火烧成灰烬。这种办法虽然残忍，却能杜绝后患，以免贻害一方。

黑爷当时十几岁，知道母亲的疾病难逃被焚烧的厄运。于是，在一个风高月黑的夜晚，将母亲送入深山密林中躲藏。自此，母子俩在与世隔绝的深山老林，用树枝盖了间能勉强遮风挡雨的窝棚，过起了野人般的日子。

年轻的黑爷，在林中开辟出一块空地，将出门时带来的少许粮食，节省下来，播入土中，又在春天来临时，将埋在窝棚地下的仅存的几只洋芋取出，点种在窝棚一侧。就这样，日复一日，年复一年，他们相依为命地度过了好多年。黑爷一直照料着母亲。这期间，他一直留在母亲身边，一次也没有下过山，没有走出老林，直至多年后母亲去世。

母亲去世后，黑爷依旧独居深山老林。这其中，有对乡邻的畏惧，也害怕再引起人们的恐慌。何况自己也已习惯了这种与世隔绝的日子。他觉得这种与世无争的日子，反而不用处处设防，时时惊慌，一个人逍遥自在，清静美好，有如神仙。

后来，也不知过了多少年，附近的人们早忘了这对母子。偶尔有人提及，都觉得他们自生自灭，就早已不在人世了。因为他们离开人们的视野，淡出人们的话题太久了！

忽然，不知哪一年的哪一月哪一天，当年提出要将黑爷母亲活活烧死的那个山村头面人物的独生儿子，去林中砍木头修房子，在回家的路上，遇到一只硕大的黑鹰，它用那有力的翅膀将黑爷拍击跌下悬崖。同行的人惊讶地发现，黑鹰居然是直冲被击者而去的。

后来，又发生了一件不可思议的怪事：一个孤寡老太婆，无儿无女，眼睛又看不见，靠邻里不时地接济一点儿，过着衣不遮体、食不果腹的日子。有一天夜里，公鸡已叫了三遍，天快要放亮之际，听得屋门"啪啪"地响了几下。老太婆觉得奇怪，就摸索着挪到门口，打开屋门，一股新鲜的腥味扑鼻而来。用手一摸，似乎是一只毛茸茸的动物。天明，告知邻里，才知是一只獐子。这以后，每过一段时间，就有人趁夜送猎物来。靠着这些，还有邻人的帮助，老太婆的日子，才不至于太艰难，她也才活到古稀之年，无疾而终。

山里人对发生的这些事，百思不得其解。忽一日，有人一拍脑瓜皮："难道是当年为救母被逼进深山老林的那个长相黑黑的男孩，在深山老林成道成仙了？现在回来显示自己的神力？"这一问，人们一下子都恍然大悟："肯定是他！要不然，还能是谁？"

黑爷的惩恶扬善，扶危济贫，还有他保一方平安的神奇威名，自此传开。凡昌山人若遇旱灾，祈雨所求的神灵，就是黑爷。而黑爷呢，几乎每次都能显灵，将甘露普降于凡昌山地界。也奇怪，同一块天，鸦嘴梁这边的凡昌山下雨，鸦嘴梁那边的风岩山却依旧艳阳高照。

有一个调皮后生，对黑爷的神力持怀疑态度。一次，他与本村一个能跳大神的端公叫板：你若能让我亲眼看到黑爷，我就将这次下中坝背回来的盐，分多一半给你！那个年代，人们吃的都是土盐，偶有脚夫从四川中坝贩一趟盐到这里，来回需十天，甚至半月。那代价大了去了。端公听他如此说，思忖片刻，便问："当真？"后生答："当真！"

端公凝神，手中挽法，口中念咒，不一会儿，一只硕大无比的黑鹰，也不知是从哪儿来的，忽然就在他们的头顶盘旋，且久久不去。这些人看到这么大的黑鹰在头顶盘旋不去，怕了，急忙让端公作法，好让黑鹰赶紧退去。端公就又开始用手挽法，口中高声说道：

"黑爷啊，您老人家可别见怪啊，这个后生是想看看您还在不在我们这里，我才请您现身的。现在，他已经看见您了，您老人家就请回吧！今后，我再也不敢冒犯您了！"

话音刚落，黑鹰拍拍翅膀，飞走了。它临走，洒下一滴小便，刚好掉在后生的脖子上。此后，后生的脖子就有些偏，似乎总在斜眼望天。

这个会挽法的端公，从此再不作法。他自觉亵渎了神灵，怕像那个后生一样受到惩罚。

黑爷的神奇故事，却一代一代传了下来。而凡昌山人对他的膜拜，也一代一代传承至今。

张八甲的始祖

讲述：张滋民 65 岁 助理工程师
记录：张尚菊

寻流者必溯其源，探本者必穷其根。人之有始祖，犹如水之有源，木之有根。有本之木必茂盛，有源之水必远长。传说张瑄是陇南文县张八甲的最高始祖。

张瑄原籍湖南宁乡龙塘人，南宋时随父迁上海嘉定县樊家宅和新镇居住。樊家宅紧靠长江海岸，对面是崇明岛，长江入海口又是长兴岛，此地水源十分方便，生意也很兴隆，张瑄的父亲在此经营盐业。张瑄自幼聪明过人，好习武艺。少年时，其父将他送入上海"讲武堂"学习，强调要张瑄注重学习水功硬功夫，以便为水运事业创造条件，以达到兴家立业、增光耀主之目的。张瑄在"讲武堂"学习期间，学习百般武艺，力大无比，勇猛过人，有超人之技，水功程度可达半天之久，而后能从海底安然上岸。因蒙古人歧视汉人，张瑄没有被重用，故而后同朱清在海上贩运私盐，以海运私盐为业，为其父提供充足的货源。他在海运中结交武艺高强之人很多，因在海上运货水功高强，在长兴岛、崇明岛及长江中下游一带名声大振。元朝中书省派重兵收服了张瑄，升为万户之职，担负海运米粮重任。至元十九年（1282），丞相伯颜听从朱清、张瑄的建议，试行漕粮海运。朱清、张瑄奉命在上海造平底船六十艘，首次从江苏太仓刘家港出发，海运米粮四万六千石，直达直站（天津）码头，试航成功，开辟了经黑水洋到直站（天津）的北洋航线。随后，海漕逐步取代河漕。元世祖忽必烈命朱清、张瑄主掌海运，每年由江淮运大米三百五十万石供应大都（今北京），大都是元朝的都城，大都十分繁华，从日本、朝鲜、南洋各地到西亚、东欧、非洲海岸都有商团到大都，大都是当时闻名世界的大商业都市。一二八五年，张瑄首次运粮到卢沟河与白河汇流之处，漕运转入通州东南，因此地官民船舶骈集，水陆方便，进京城较近，瑄公看中此地，于是将全家迁入，并将此地取名为"张家湾"。因张瑄运粮有功，宣位升为江南行省右丞（实则空设官位），被赐钞印权（用朝廷所赐钞版自印纸币大元宝钞）。

瑄公在往大都运粮期间，广交朋友，与外国商团及汉族贵族来往频繁，在任江南行省右丞期间，因有职无权很是伤心，于是便暗中指使心腹之部下私运大米，直接给商团供应。这样一来，因财富极多，为蒙古贵族忌妒。元朝后期，白莲教与各地农民起义，意图推翻元朝，建立新政权，当时形势很紧，元政权已摇摇欲坠。中书省鉴于张瑄势力过大，怕与张士诚合谋谋反，便用了调虎离山之计，元朝第九代惠宗（顺帝）指使江南行省掌实权的蒙古贵族暗中派武艺特强之武士，将张瑄暗杀。瑄公遇害后，给其强加罪名，株连眷属，瑄公的尸骨无人敢收殓，幸好张瑄有个二叔名叫张维，是杭州的水军督都，他收买了心腹之人，用重金抬回张瑄的尸骨，埋到了扬州一富翁坟中。

元朝灭亡后，明朝洪武二十七年（1394），张瑄的长子张有杰由北京通州前往临安（今杭州）找二祖父张维，张维派人前往江苏江都县（今扬州），从富翁坟墓中将瑄公的遗骨挖出，张有杰将其父的尸骨用麻袋收殓后，为了免受其害，他沿途乞食，步行北上到甘肃天水，听说甘肃礼县盐官有大量驴骡出售，而且很有名，心想做此生意，于是便落进礼县崖城。到崖城后，他观其地是平川地带，土地肥沃，当地百姓勤劳善良，待人和气，于是遂下决心，立下誓言："今生再不做官，要以经商务农为本。"他在礼县崖城先给人雇工，挣点收入，迎合人心后，乞求当地绅士让土一棺，将其父遗骨安埋在村东山脚下，然后返回通州，接回家属到甘肃礼县崖城。

瑄公生有四子一女，瑄公遇害后，株连眷属，其妻带子暗避至陕西省富平县，元朝灭亡后返回通州，次子留通州，三子返迁湖南宁乡官山龙塘，四子迁上海嘉定县和新镇，长子带小妹定居礼县崖城。

张有杰生一子名为永真，于明朝弘治八年（1495）由甘肃省礼县崖城贩驴骡到甘肃省文县洋汤水坡乡，因见此地森林茂盛，土地肥沃，安静偏僻，而且人也很忠厚，于是决定定居于此，张永真为本族在文县的开基祖，他死后葬于洋汤水波乡张家山。一百二十二代世祖张永真生三子，长子张正务农为业，次子张润从小读书。明朝弘治十年（1497），张润来文县县城拉粮，他看到文县县城上下比洋汤水坡平正，又有白水江灌溉农田，于是便选定文县城关镇徐家坝村定居。三子张赛于明朝弘治十一年（1498）来徐家坝看望二哥，一日闲暇无事，便上寨子梁游玩，他发现凡昌之地是圈椅型的龙脉之地，二山之间又有一股清水顺流而下，此地山环水抱，张赛认为这地方必定发人。而后，他又发现寨子梁上遍地有浅黄红色的矿石，很有开采价值，加之山坡上森林密布，平地丘陵地块上青草茂盛，真是山清水秀，富有小江南之气势。张赛当机立断，迁居此地，选中村中心地块一处（即一百四十代世孙张寿世房右），第三天会同二哥找凡昌村原居民白、安、王三姓之户长，取得同意后，立即在坝乃头坡上砍伐木料数十根，修成简易木垒房子三间。一月后，张赛返回洋汤水坡向大哥告知此事，并劝大哥也迁到凡昌去，但因张正孝心浓厚，要看守父亲和舅父之坟，不能前往。当年腊月（明朝弘治十一年，即1498年）张赛正式迁入凡昌。他迁入后没有务农，而是首先挖取矿石去四川成都找户族化验。经化验得知此矿石是当时染布所需的原料，名曰"皂矾"，其含量达四成以上，而且价格也高，于是张赛与成都商号老板签订收购合同，回来马上开采，并在山下水沟边用土法筑窑，提炼皂矾成功，效益很高。而后炼窑增至七个，雇用四十余人日夜奋战，不料双喜临门，筑窑土砖全部变成了红砖。当时是明朝后期，各地盛行修寺庙，用红色土刷墙，于是红土成为抢手货，货直接运送成都，故而一箭双雕，大发其财。从此，无形中把地名叫作矾厂。到清朝康熙十四年（1675），后裔孙中出了一个"地仙"叫"浆水"，他曾在湖南的善卷洞学道，有看"风水"之技艺，建议矾厂地名不好，应改为凡曲。清朝后期又改为凡昌，意即凡事吉昌之意。张赛是凡昌村张八甲的开基之祖，死后葬于文县城关镇徐家坝村东郊。

毛学曾的故事

讲述：毛兴荣　　任天禄　　任进玉
记录：任德明　　张金生
1975年采录

　　大明嘉靖年间，浙江海宁县秀才任继业来文县避倭寇侵犯之祸，被石坊下坝时任河南济源县训导毛冕招为养子，更姓为毛继业，娶妻杨氏，生了五个儿子。这五个儿子都考取了秀才，乡里人人钦敬。尤其是大儿子毛学曾更加出色，自幼孝友天成，聪慧捷勤，逊志诗书，颖异超众，多才多艺。更为可贵的是，正直正义，同情穷人，常常拿上家里的粮食接济揭不开锅的左邻右舍。

　　有一年冬天，他发现村旁路边躺着一个冻得快要死的人，急忙背回家去，生火救活。一问得知，此人途中被土匪剥去棉衣，洗劫一空，逃出一条命来，冻饿交加，倒在路边。学曾赠送棉衣、盘缠，帮他回到四川老家。

　　明万历年间，毛学曾赴长安应试，一考中举。放榜后，星夜返回给二老报喜，穿山越岭，渡江涉水，历时月余。隆冬黄昏之时，到了文州城，思亲心切，不顾疲劳，沿白水江栈道继续西行。路过东峪口村庄时，夜深人静，寒气逼人。他往路旁河滩一望，有一个火堆，旁边围着十多个人烤火取暖。他想，一定是过路穷人无钱住店，在河边烤火过夜。他不由自主地走了过去，烤火的人看见学曾，齐齐上前跪拜说："知县老爷在上，夜行辛劳，受我们一拜。"学曾心想：我虽然中了举人，朝廷还没有封官，这伙人乱说，如果被外人知道，岂不坏事？学曾上前施礼说："学生深受皇恩，祖荫中举，朝廷尚未封赠，各位如此称呼，实不敢承受。"说罢，席地坐在他们中间，脱掉靴子，边烤火边问："你们吃晚饭来没有？"众位齐声回答："还没吃。"

学曾立刻让书童从褡裢子里掏出饼子，分给众人。这些人也不谦让，接过饼子便狼吞虎咽地吃了起来。学曾心情舒畅地看着他们吃饼，随着火光看见他们吃的食物都从下颌漏出，就问："乡亲们为啥这样吃东西？"有位中年汉子低着头回答："大人有所不知，我等是饿死的人。嘉靖年间连遇大地震和大旱，颗粒无收，豪强与官府勾结，囤积粮食，我们这些穷人家无炊烟，饿死路旁，死后无人掩尸，成了游魂。今得大人赠饼，可惜没有下巴，无法入肚，只能享个口福，了一下生前的馋。"

学曾听了才知道都是饿鬼，吓得冷汗长流，拔腿光脚就跑。鬼魂感恩，提着靴子尾随送来，边追边喊："任知县，毛举人，丢了你的皮筒筒，请你暂时停一停，免得我们送上门。"毛学曾毛骨悚然，只顾向前奔跑，越跑越快，恨不得一步跨进家门。主仆到家时，汗流浃背，疲惫不堪。刚闭上大门，鬼魂已到门前，看见大门上闩，边敲边喊："任知县，毛举人，快来取你的皮筒筒。毛举人，任知县，赶快打开大门闩，皮筒筒放在大门外，如果放下没人看。"全家人谁也不敢开门，持续约两个时辰，雄鸡打鸣，众鬼魂只得离开："任知县，毛举人，快来取你的皮筒筒；鸡叫了，天亮了，我们也要回去了，你的皮筒筒没处放，给你挂在大门上。毛举人，任知县，门上的皮筒筒没人看。门上挂着皮筒筒，天亮开门要小心。"全家人不敢入睡，只好坐等天明，开门一看，靴子挂在大门铁环上。村邻听到后，纷纷前来问候，此事越传越远。

此后，路遇饿鬼的一幕，深深地刻在了学曾心上。不管当官为民，都心怀爱人。在任山西潞安府黎城县知县时，清政勤业，深受万民爱戴。百姓送了万民伞，朝廷赐有"报祖本音"牌位和"名宦堂"神龛各一尊。

郭乡约为民除害

采录：王玉贵

哈南寨是文县四大边寨之一，这个地方在未修文县至南坪的公路之前，是文县通往南坪交通要道上的重镇。

这里从古至今流传着很多故事。在咸丰年间，哈南寨出了一个能人，名叫郭忠玉，这人长得五大三粗，是一条彪形大汉，同时能说会道，说理讲法在方圆百里的大村小寨可是数一数二，他也是这个三百多户大寨子的乡约，过去乡约、头人、经理、保长、甲长是乡下的村级小官职。自然，郭乡约是一个有名望、有威信的人。

有一年，哈南寨的官厅朱家旅店住着一些不三不四不明真相的人。一天晚上这些人在楼上睡觉时，口出狂言互相商量如何放火抢财物的事，被楼下本寨人听见。过了几天果然村内被人放火烧毁了哈南正街上的七八院房屋，自然那些滥人就成了放火的嫌疑犯，受害人在无奈之中找到了郭乡约，说："你郭乡约这么大的本事，你能不能把那些滥人捉拿归案，你有没有胆量为民除害，我们想告状，但烧得上光下净，要告状就得有银两送给县府，天下衙门朝南开，有理无钱莫进来，反正看你咋办，一定要为我们出口气。"郭乡约一听，便发动村内年轻小伙子将七个嫌疑犯用绳子捆绑捉拿，郭乡约一声令下，这七个人同时被摔进白水江中，众人又用乱石猛砸，全部致死。

过了不久，死者家属把哈南寨人告到县府，县府立马派了公差到哈南寨捉拿涉案人员。当时，郭乡约为了不沾染众人，他孤身一人顶案，说这事要办就办我一个，就捉拿我一个吧，于是郭乡约被捉，到县府的头一天晚上，县长大老爷做了一个梦，梦见一条狼从衙门里进来了。郭乡约在县府监狱里关了三年，在县官审判他时，县官说："那七个人你一人能把他们撂进河里？"郭乡约斩钉截铁地说："这七个人是我一个人撂的，撂了六个了，我缺乏力气了，要撂第七个时仅仅叫我爷帮了一把。"三年里，郭乡约还为县官审了几个大案，立下了汗马功劳，于是县长把郭乡约做了个特赦，将他释放回家。哈南寨人听见郭乡约被放回的消息，高兴万分，于是在村口绑了彩门，全寨人敲锣打鼓，鞭炮齐鸣，从距村十里以外的石鸡坝对面的险崖坝迎接回家。

郭乡约奋勇为民除害的故事流传至今，他是当地人永远传颂的民族英雄。

史 事 故 事

傅友德攻占文州

讲述：梁范儒　毛润华　毛兴荣　王善庆　吴国彦　李文元
记录：任德明　张金生
1967 年采录

传说傅友德是元朝宿州人，臂力过人，武艺高强，元朝末年投入陈友谅反对元朝的军队，朱元璋攻陷陈友谅占领的江州后，傅友德率领部下归降，受到朱元璋的重用。

那时甘川地区还被割据势力明玉珍统治着，明玉珍派平章丁世贞管辖成州、阶州和文州。大明皇帝朱元璋想扫平割据势力，一统天下。洪武年间，朱元璋派两路军队分兵合击明玉珍：一路派汤和为征西大元帅，廖永忠和周德兴为左、右副元帅，康茂才为先锋，曹良臣为大将军，带领一万官兵，乘船沿长江逆流而上，从重庆出击。另一路派傅友德为征西前将军大元帅，汪兴祖和耿炳文为左、右副帅，郭英为先锋，顾时、陈德为大将军，带领十万步骑雄兵，过陕西、天水，从成州出击。临行前，朱元璋对傅友德私下说："蜀人听到我们去攻打，必然集中精锐之师，南面守瞿塘，北面拒金牛，抵抗我军。他们有险要的地势，我们的军队很难攻破。若出其不意，直取阶州、文州，门户既开，腹心自溃。兵贵神速，你须留心。"

傅友德带着十万大军，四处扬言要从金牛道进军，而实际上从陈仓道出兵。他们攀岩钻谷，昼伏夜行，跨越天险，偷取成州，直逼阶州。元蜀平章丁世贞统领有番、汉十万大军，听到傅友德率十万大军从天而降，大吃一惊，急忙召集众将，派兵布阵，仓促迎敌。当时，阶州、文州的白马氏人还很多，他们耿直勇猛，作战奋不顾身，丁世贞部队征集有不少白马氏人当兵，他的军队战斗力很强。丁世贞听到傅友德统十万大军来犯，传令沿途守军全力迎敌，将主战场摆在阶州西面的锦屏山等地，居高临下，易守难攻，明军久攻不下。后来，傅友德采用断水的方法，才击败了守军，攻取了阶州。接着，傅友德乘胜追击，进军文州，沿白龙江栈道朝东南方向挺进。丁世贞的部队退出阶州后，烧毁了白龙江大桥，在沿途布兵设防。副元帅汪兴祖一路冲锋陷阵，斩将夺关，攻克了立亭塘和临江驿，搭造了白龙江浮桥，激战文州北路的火烧关。他们马不停蹄，昼夜兼行，绕过了尖山卓壁，翻越八盘山梁，进入关家沟，走过滴水崖，处处有激战，明军虽然最后取胜，但也损失了不少兵将。在距文州城不远的五里关，丁世贞安排重兵等候明军到来。汪兴祖一马当先进入五里关，丁世贞部队将礌石和滚木推下山来，将汪兴祖和他带的兵马打死打伤。傅友德闻报，急忙派兵从后山压了下来，消灭了两面山头的守军，方才通过五里关。

傅友德的军队虽然攻战了文州城，但是丁世贞的势力还很强，白马河、中路河、马莲河等地还在丁世贞手中。傅友德坐镇文州城，派郭英进攻中路河，胡大海进攻马莲河，康茂才进攻白马河。明军遭遇到顽强抗击，死伤兵马无数，对丁世贞的军队和白马氏人的顽强抵抗怀恨在心，发誓要斩尽杀绝。

郭英得令后，立即向中路河进军。这郭英是安徽省凤阳人，自幼天资聪颖，臂力过人，爱憎分明，不畏强暴，贤良仁义，知礼重情，广结友善，关爱亲朋。七八岁时，就在五台山学练拳术花棍，挥动犹如闪电，后与朱元璋结为挚友，对其赤胆忠心。郭英带兵纪律严明，不妄害无辜百姓。但是，这次却一反常态，对丁世贞的部队和白马氏人毫不手软，见一个杀一个。沿途白马氏人闻风而逃。当时石坊下坝村的白马氏人毛姓家族，不少逃往中寨麦架沟和石鸡坝薛堡寨等地安家，胆大的留下冒充为汉族，才逃过这一劫。郭英率军西进，大军压境，丁世贞部队犹如房塌瓦碎。在构树崖一战，没有挡住接二连三的强攻，只好丢盔弃甲，向中路河或高山密林逃跑。这时白水江沿岸几乎十村九空。郭英坐镇石坊，续派刘、吴、高、马四位千总，挥师挺进中路河流域。中路河深处有个白马氏人的村庄，丁世贞残部及跟随的白马氏人逃到此地，又摆阵抵抗追兵。这个村庄很开阔，没有险要可拒，全凭兵民拼死抗衡，双方都死了不少人。郭英的军队杀红了眼，越战越勇，杀光了阵前的人，又将村庄团团围住，挨家挨户搜寻，不论丁世贞残兵还是当地百姓，上至八十岁老人，下至刚生下的小孩，像砍瓜切菜，不留一个，全都杀了头，真是血流成河，日月无光，惨不忍睹。后人分不清白马氐还是白马羌，将这个村子称为镇羌寨。

胡大海与郭英在东峪口拜别后，统兵向马莲河杀去。这胡大海，字通甫，是个回民，安徽泗州人氏。他相貌威严，身高面黑，须似钢针，智力超群，乘黑枣骝，使用一柄偃月宣花斧，勇敢善战，屡建奇功，每逢作战，事前约法三事，一不妄行杀人；二不虐欺妇女；三不烧毁民舍。故所到之处，军民无不悦服，声称感恩戴德。那时，马莲河上游住的全是白马氐人。丁世贞残部放弃了八字河以下的地方，向当地百姓添油加醋地宣传明军屠杀白马氐人的情形，动员白马氐人参加抵抗明军的战争。白马氐人听了觉得不抵抗也要杀头，抵抗了还有一线希望，所以只要拿得动农具的人都投入了战斗。他们把人马都埋伏在马莲河两岸的山坡上，搬来大量石头，等候明军到来。胡大海率部没遇一兵一卒就到了堡子坝，以为进剿不会遭遇大的战争，便在堡子坝坐镇，派郭、王二千总率兵进剿。郭、王二千总统兵，经过河家坝、柏树坪、八字河，也没遇到一兵一卒。在八字河，郭、王二千总见无人抵抗，便兵分两路，王千总领兵向福场方向追击，郭千总领兵向马儿河坝追击。郭千总带着军队快速前进，走了五里路左右，发现河岸越走越窄，就停了下来，准备派人去前面打探情况。正在这时，两岸石头和弓箭如雨点般飞来，可怜明军的尸体摆满了河谷，只逃出几个人，分头向胡大海和王千总报信。胡大海闻报，从来没打过败仗的他，气得暴跳如雷，派兵飞速传令王千总，从长草坪包抄到素岭山下，挡住敌方逃跑的路子。胡大海又派两个总兵，带兵分别包抄到楞干梁和雄黄山，从敌方头上压下来，他亲自领兵逆河而上攻击。可怜丁世贞残部和白马氐族百姓，怎能抵挡住从四面八方杀来的明军的打击。明军疯狂报复，见两个杀一双，鸡犬不留，没放过一个人，尸体堆满了河谷和两岸山坡，鲜血染红了马莲河。从此，人们将这个地方称为杀番沟。

再说康茂才领着部队，从鹄衣坝渡过白水江，沿白马河北岸进剿。康茂才，字寿卿，湖北蕲州人氏。他出身贫贱，同情百姓，在老家曾组织乡民自卫。这次随军前来，反对明军大肆杀人，尤其对白马氐人斩尽杀绝不满。白马河流域的白马氐人多数住在地势险峻的高山，易守难攻。住在白马河深沟河谷和涪江源头的白马氐人，听到明军在中路河与马莲河残杀白马氐人的情形，早就躲进原始森林，无法寻找。白马河流域丁世贞残部，望风而逃，越过摩天岭，进入龙州地界。康茂才命令部队不准杀害无辜百姓，所过村庄秋毫无犯。部属要进山搜寻白马氏人，被他制止。康茂才领兵跟踪追击故军，翻越黄土梁，走过白马路，穿过火溪峡谷，沿涪江而下，消灭了汇集在那里的丁世贞残部，夺取了龙州城。

傅友德攻占文州，杀人太多，文州居民骤减，不少村庄不见人烟。傅友德奏明皇上，朝廷组织大量移民前来文州开垦农田，修房造屋，安家落户。

傅友德占领文州以后，当地人，特别是白马氏人对明朝屠杀同胞怀有深仇大恨，不断有人聚众跟官府作对。为了镇压民众反抗，他们又创立了塘墩烽火制度，从州城延伸到全境的东南西北，设立有石磨河塘、石坊塘、玉垒塘、新关塘、哈南塘、火烧关塘、尖山塘、临江驿等十个塘、驿；设立了哈南寨、阴坪寨、中寨、镇羌寨、黑各寨、新寨、旧寨、马儿寨等十个寨；设立了烽火墩台，白马河有庙山墩、上墩、下墩等九个墩，白水江西路有上城墩、鹃飞墩、元坪墩、石坊墩、马尾墩、野狐墩，中路河有梨树墩、桑园墩、上墩上等十八墩，马莲河和洋汤河有麦峨墩、马儿墩、角偏墩、柏林墩等十一墩，共四十八个墩。每个墩，派有兵丁管理，砍下柴草，捡来狼粪或者牲畜粪便，堆积起来，一处发现敌情就一个接一个点燃柴烽火，把下面的军情传到州上。重要塘寨均派有把总管理，有的搬来家眷，有的婆妻安家，在当地住了下来，世代繁衍生息。

傅友德占领文州后，将汪兴祖英勇捐躯的事迹奏明朝廷，大明皇朝加封汪兴祖为"东胜侯"，让子孙永作承继。同时，皇朝又命文州官府在当地以王侯之礼作了厚葬，并敕封为一方尊神"顺水龙王"。文州官府将汪兴祖安葬在他战死的地方五里关，在八盘山下关家沟最后一个村中选了一个风水宝地，修建了"顺水龙王"庙，彩塑了神像，供人们敬奉。此后，人们将这个地方称为庙后村。

被安排在文州的傅友德的部属们，为了纪念长官，让长官永远庇佑他们，并统治当地民心，仿照修建皇封汪兴祖"顺水龙王"庙的先例，承头募捐，修了多处庙宇。在文州城十字街西坡为颖川侯傅友德修建了"大黑龙王"庙，塑了神像，享受全州民众的恭祀。在东峪口村中为郭英修建了"三黑龙王"庙，尊为一方龙神，享受周边民间的恭祀。在马莲河杀番沟之上素岭山腰的楞干梁为胡大海修建了"八海龙王"庙，在一块木板上画了像，受周围民众祭祀。在白马河畔景家坝、中寨墩上等多处为康茂才修建了"白马龙王"庙，有的在一块木板上画了像，有的塑了像，享受众人祭祀。还在石坊乡下坝村为没有到过文州的朱元璋外甥，被封为曹国公、岐阳王的李文忠也修了"黑池龙王"庙。

后来，在文州还流传着许多这些龙王显灵的故事。

清朝同治年间，文州城北有一个不务正业的人，众人称为"韦爬虫"。他祖辈很勤劳，依靠广种山田，节俭持家，积得一些钱粮，成为山乡一个富户。山中无老虎，猴子称大王，"韦爬虫"在当地作恶多端。恰巧文县知县何俊之与"韦爬虫"同庚，他花钱千方百计巴结，拜成了把子弟兄，当上了本地乡约。俗话说，"文到阁老，武到侯，百姓的乡约到了头"。"韦爬虫"当了乡约，更加胆大妄为，乘机掠夺土地与山林树木，还欺男霸女。当年秋季的一天夜间，"韦爬虫"梦见顺水龙王对他说："人生在世，切记有四件事不可妄为，一是不可见财忘义，掠夺贪婪。二是不可逞恶横行，欺世害民。三是不可任性搬弄是非，栽赃陷害他人。四是不可遇色随欲，乱道尘世节礼。""韦爬虫"醒来，置之耳后，乡邻人人憎恨。不久，他的靠山何俊之被调走，派来了一个清廉公正的知县，依据民愤，将他判了充军。"韦爬虫"回乡后，旧病复发，贪财诈骗，掠夺他人资产，又被二次流放，家庭房屋被天火烧毁，一马两牛和二十多只羊被豺狼咬死，妻子和儿子病死。自己刑满返乡后，只身流落异乡乞食求生，滚下一个悬崖山沟，被豺狼老鸹吃光，留下了一堆四分五裂的骨头。

清嘉庆年间，被清军将领那彦成剿败的白莲教首领汪瀛、高天升、马学礼等人，与四川东北的土匪苟鲜，聚集三千余众，打算经阶州、文州，进入龙安。他们攻克了文州火烧关和北路各个墩寨，已向八盘山前进，文州城震惊。知县史登隽无计可施，便带领部属去"大黑龙王"傅友德庙堂，祈求保佑。次日清晨，白莲教在将要翻八盘山的时候，远远望见山巅有位身穿棕红色战袍，头戴银盔，骑青鬃红色战马，手持长枪的战将，率领着数千名甲兵，在云海之中布下阵势，挡住了前进道路。白莲教看到统兵将领威武，布阵严密，不战自退，保护了州城和民众。

明孝宗弘治年间，有一年七月十四日黄昏，石坊后山乌云滚滚，电闪雷鸣，霎时下起倾盆大雨，不远的山岳仍有月光。云月之间，隐隐约约有位金甲金盔神将，骑乌雅马，手持银枪，来往穿行，与一位身穿红袍将军交战。他们所到之处，雷电交加，大雨随至。乡民见状，人人目瞪口呆，个个胆战心惊，不知是福是祸，只好紧关门户，听天由命。约有一个时辰，雷止云开，雨过天晴。只听见临村东西两沟山洪震耳，村前田野隐隐约约有人马喧闹声。当晚，下坝告老还乡的明弘治三年贡爷河间府毛伦梦见有一位金甲神人，对他说："我是皇明敕封岐阳王李文忠，被封为黑池龙王。要我镇守一方平安。我生前与你祖上毛势安在陕西泾阳县相好。洪武年间，攻占文州的兵将在这个地方给我修建了庙宇，使我们老友有缘相会。你们所见与我在雨中交战的，是马莲河人请来的杨喇嘛，及其胁从李姓乡民想用邪法驱赶暴雨祸及你乡民众，被我在激战中斩杀在东边山头，村后山顶有一个池子，是我聚水而成。给我建的庙前有一对青石，是我所放，任你们使用。"第二天早上，人们发现，房舍庄田安然无损。在二黑龙王庙前摆着一对五尺多高的青色巨石。毛伦将梦告诉了已告老还乡的弟弟弘治丙辰科贡爷山东高密县主簿毛儒以及乡亲。毛伦弟兄承头，众乡民人人响应，大家集力捐资，历时三年，拆掉小庙，修建了三进三出的庙堂，重塑了头戴王冠，身穿蟒袍，脚踏朝靴，手持玉笏，面黑而威严的神像。庭中两柱盘龙腾空，彩画了宝殿天花板，铸了悬钟，建筑雄冠文州西部各个庙宇。还依据托的梦，将下坝村后高山定名为池坪里，在池边给二黑龙王修了一座小庙。

白云匪祸

讲述：梁范儒　　毛润辉　　马继昌　干部
记录：任德明　　张金生
1967 年采录

文县山大沟深，山高林密，江河横流，地形复杂，雄踞华夏腹心，历来为兵家必争之地，也是军阀、帮会和土匪青睐之处。历代以来，民众屡遭兵灾匪患，但危害时间最长、骚扰地方最多、使用手段最残忍的还是白云。

这白云，有人说是平武县白石沟人，也有人说是梓潼县石牛铺白家坝人。他自幼胆大妄为，好出风头，心毒手狠，喜欢舞枪弄棍，练得一身好枪法，会笼络人心，善于拉帮结派。他不爱读书，厌恶种田，经不了商，就投入肖绍武手下，获得赏识，混了一个排长当。他们占地盘，刮财物，游荡在甘、川、陕之间。一九二三年，肖绍武和白云乘驻军撤离之际，率部占了四川江油中坝。在那里，他们横征暴敛，残害民众，一九二五年被田颂尧所属董宋珩团赶出中坝。一九二六年，孔繁锦的部属王占元勾结肖绍武和白云占据碧口，这年冬天又被宋有才派的兵赶走。后来，白云不愿受他人指挥，独

树一帜，自立山头，又攻占了碧口。一九二八年，白云觉得靠几条枪杆不成
事，图谋扩充自己的势力，就假意投靠盘踞武都的王佑邦，很快骗取了信
任。待王佑邦派的军官艾合一等人到达碧口后，白云将他谋杀，缴获了百余
支枪，合并了一部分人，将匪徒发展到二百多人。白云怕报复，不敢在碧口
待，便带领匪徒进入让水河，经店坝、刘家坪，到达丹堡，沿途进行烧杀抢
劫，全县民众毛骨悚然，坐卧不安，称匪帮为"白营"。在丹堡一带活动了
一段时间后，白云还想扩大自己的力量，企图夺取驻守县城部队的武器，便
分两路攻取县城。宋永昌营长带领一个营的兵力守卫，在白营猛烈攻击下，
只坚持了一天一夜，就弃城而去。

不久，国民军派牛应宸团长带领部队来文县，打败了白营。白云带着匪部
逃往白马河流域，钻进摩天岭高山密林里，在一个叫杜家店的地方安营扎寨。
这里有铁楼跌堡寨去四川平武的人行小道，地处摩天岭黄土梁北坡。白营以此
为据点，常去丹堡、柏元、石坊、堡子坝等地抢劫、绑票、杀人、烧房。

一九二九年春天，牛应宸团调走，白营胆子更大了。四月十七日，白云
指派他的弟弟白朝义，领匪徒一百多人，抢劫了铁楼寨、草河坝、跌堡寨等
村，抢去牲畜财物无数，烧了苟志仁房屋一院，绑票十六人，将乔襄卿和王
一卿的母亲在跌堡寨活活拖死。把其余绑票的人带走，用酷刑拷打勒索，家
属先后以白洋数百元至千元赎回。接着，白云又亲自率众住上丹古坪沟，对
丹堡河流域逐村洗劫，各村财物骡马被抢一空，仅拉去骡马二百余头。在梁
家坪绑票三人，其中韩希尧用钱赎走，有两人送的钱没有达到要求被活活打
死。在杨家沟烧毁朱、杨两家住宅，在纸坊沟烧毁房屋十三院。上丹堡田培
让房屋被烧毁，因拿不出钱被致死。有的富户逃进深山躲避，白云又派人搜
山，将郭家坝郭贡爷抓住，子女用一千块银圆赎回。

县长徐建功为了剿匪保民，组建城防队和各乡民团，各地纷纷响应。洋
汤河赵秀峰（克俊）与成登武购买枪支十余支，还置办了一些刀矛，组织起
六十余人的地方民团，成任团总，赵秀峰、唐少虎任团副。一九二九年六月
二十八日，徐建功调集桥头团总成登武、尚德团总张春廷、凡昌团总张丕文
等部，亲自带领到丹堡河进剿。因民团初建，一听到枪声，便四散而逃。凡
昌民团头目张丕文奋勇进击，中弹身亡。徐建功将民团召到县城，一边整
训，一边守卫县城。当晚，白云窜到马泉抢劫，烧毁张子乾房屋一院，杀害
了乡绅田肇虞。七月一日，白云又派王克宗烧毁了马泉白水江上的龙津桥。
八月，白匪洗劫白马河流域，张春廷带领民团前去攻打，在铁楼与土匪交

锋，白匪见民团军容严整，误认为国民军前来进剿，便不战自退。民团跟踪追击，白匪认出是民团，立即回头反攻，民团顶不住溃逃，张春廷被困无法出走，后装扮成抬粪老农方才脱险。

一九二九年十月，白匪见驻守军队和民团都没有战斗力，遂从白马河蹿出，再次攻打县城。徐县长守城两夜，支撑不住，遂带领团队退往碧口，白匪随即占领县城。白云占据县城后，疑神疑鬼，大量杀人。将县城叶午亭以请军队打他为罪名，在碧口打死，抛于白龙江中。将民团团总何福祥、政警大队长张汝民以率领部队打他的罪名抓住枪杀。将住在县城的河南人咎锡匠以私通官军罪名枪杀。当时碧口驻军为陇南游击司令赵瑞寿，有兵二十余人，枪十余支。他私下勾结白云，共同攻打碧口，不久碧口也被白匪占据。白云进据碧口后，自称师长，自封川、陕、甘司令，向商贾富户大量派款要粮，大量购买军火，扩充势力，并将流浪文县的四川人收罗为匪徒。他们吸烟赌博、绑票索财，无恶不作。碧口张远村、中庙赵子厚，联络尚德张春廷、洋汤河赵秀峰、康县杨坝杨凯、青川姚渡杜理堂和青木川魏辅唐等地方武装，成立了由张远村为局长，赵子厚与赵秀峰为副局长的团务局，联合攻击盘踞在碧口的白云，也没有把碧口夺回。各地民团只好随张远村退往中庙、姚渡，后来又几次向白云攻击，都没有打赢。而城防队和丹堡民团的四十余支枪，反被白云缴械。徐县长见大局难以挽回，遂辞职而去。

白营所到之处，主要抢的是富户，但也不放过平常人家。有一次，白营匪帮包围了碧口，逐家逐户进行搜刮。有个头目在一户人家铺板门上钉了一枝红翎梭镖。这家主人看了，不知有啥灾祸要降临？心里非常害怕，安排儿孙去暗室躲避，自己独自守在铺店应付。这时，只见白云匪帮在前街后巷上下穿行，有些匪徒将所抢银圆、布匹，以及生活用品等物件，甩进了这家店铺房内。约有两个时辰，财物就堆成了山。接着，那个头目带着两个随从，拔掉红翎梭镖，走进门来。主人见状，惊慌失措，不知来人要干啥？吓得半死。那头目对主人说："老伯，你认得我吗？"主人端详了一阵，发现没什么歹意，便放下了悬着的心，放开胆子如实回答："不太熟，好像在哪里见过？"那头目接着说道："我就是三年前，腊月三十晚上想偷你家东西的人。我回四川老家后，官府不管老百姓死活，土豪劣绅欺压民众，兵灾匪祸不断，我走投无路，只得投奔了白营。但是，我牢记着你的恩情，房内今天放下的这些财物就交给恩公使用。"那头目带着随从走后，主人慢慢才回忆起来：那是三年前腊月三十晚上，家里正准备坐夜庆岁，孙子端着灯找东西时，发现通庭扶梁之上趴着一个人。家人将他喊下来，那人跪在地上说："我是四川人，已经三天没吃啥了。饿得没办法，乘天黑爬上了扶梁，想等你们入睡之后偷点食饮与银钱。"儿孙听了，人人气愤，要动手毒打。主人将儿孙呼退，扶起那人，让他吃饱了肚子，并留下过了三天年。初三临走时，又给那人十个银圆，让他当作回四川的盘缠。主人从回忆中转过神来，急忙使唤儿孙叫来左邻右舍，请他们拿回了各自的财物。以后几年，白云匪帮虽在碧口多次抢劫，但这家却没有受到任何骚扰。

白营的目标是财物，行动前要打探清楚抢劫的主要对象。他老奸巨猾，行动时总要编一些顺口溜当口号，减少人们的反抗，孤立被抢对象。他们经常喊叫的是："抢的富汉杀的官，有你穷人的屁相干。你把你的瞌睡睡，免得子弹伤了你。"有一次，抢劫石坊时，他们探得石坊街上有三家比较富裕，就编着唱道："不要筷子，不要碗，只要一个张老陕；不要笔，不要墨，只要一个尤占奎；不要被子，不要毡，只要一个毛国先。"那一次，毛国先事先获得消息，自己躲避了，把银圆和珍贵物品藏埋了。白营匪帮十分生气，暴跳如雷地说黑话："给打红旗！"手下听了，放起一把火将石坊街一院房屋烧毁，劫持了家属，主家出了巨额银圆才赎回来。

白营匪帮手段残暴，无所不用其极。马莲河流域的八字河有一个财主，前些年修建房屋时雇请了三个四川石匠，在家做活三年。完工后，这个财主对三个人的工钱不但分文未付，还乘势作恶，聚集亲房伙内将他们毒打了一顿，致使这三个人哭着离去。这三个人后来参加了白营匪帮，利用到马莲河流域抢劫的机会，领着十二个土匪来到财主家中，烧红了犁铧与顶锅，将财主的双脚放进铧内，称为"穿铁鞋"；将顶锅扣在财主头上，称为"戴铁帽"。后来，又把财主拖去院外河边的石头上，就像宰杀猪羊一样将他戳死，卷走了家里的所有财物。

一九三〇年秋天，川军统领杨抚权率部由松潘入驻文县。白云见川军势大，就投降了川军，被派去攻打武都。一九三一年被马廷贤部队打败，白云从西固退回文县，占据所城，川军江营长驻县城。白云为了吞并江营，请县长张铭和、征收局长谢劲为和江营长在所城开会。江走不远，猜到有诈，返回县城，立即关闭城门，上城布防。当夜，白云派人围攻县城，并押上张、谢二人胁迫江营长开门缴械。江当即下令抵抗，白云派苟副官率兵攻城，苟亲自登木梯，头顶抽屉，率先爬上城墙，被当场打死。经两昼夜战斗，驻碧口川军周营长率部来援，两营合击，白云败逃丹堡，将张、谢二人枪杀。江营长趁势追击，激战丹堡场，烧毁丹堡街房屋三百余间，使民众房屋财产化为灰烬。

一九三二年，白云领着一千多名匪徒，携带九百余条枪支，从让水河蹿出，被驻碧口的川军全部缴械，白云也被遣送老家。后来，白云匪心不改，又投入广元郑子兴部队。一九三五年，红四方面军去川西与红一、红二方面军会师途经广元时，将正在召开阻击红军誓师会的白云击毙，除掉了这个恶贯满盈的匪首。

民团传说

采录：王敏 干部

民国初年，全国军阀林立。家乡也兵患匪祸连连。川兵白营鲁大昌的兵等都相互争战，相互交替，就连吴佩孚兵败也曾路过文县境内；致使民生凋敝，民间乡里难免出现欺霸之事。偶有受害之人或子侄稍有气力，便谋寻仇，东村西村，上村下村同类之人，随便可聚几人；还有些有点谋略的人为抱不平，出谋献计，往往得手。开始还刀斧矛棍，发展到后来就自制土枪土炮；各地方或利用这些人建立民团，或防这些人建立民团。名为保护地方，但也不排除地方势力在办民团中展示其实力。像中路河吴家，洋汤河的赵居山、成登武，丹堡河的朱家，中庙赵子厚等都办起过几十甚至一两百人枪的团务。

家乡民团主要是马莲河上游村落，开始小打小闹，后来有一个堡子坪罗家咀叫王子安的人主事，几年就闹出些动静。据传王子安个头不太高，五官无特异，腰背有雄姿，小时初读书，记忆力尚佳，成年后善谋。入民团后势力扩大较快。他一般不扰害贫穷人家，多为受欺之人助力。以隘沟为据点，种粮种烟；粮食自给，烟土用以应酬并换枪支弹药。据说手下不乏勇猛之人，更兼枪法精准，沟对面百来米弹无虚发。而隘沟险峻又地广林密，原始森林至今尚存（附近村民曾砍伐松树，试图运出，但要经过绝路石崖，从上溜放木头上百，崖下难有完整一根，要么划为两瓣三瓣，要么断为几截），适宜小股武装居住躲闪游击。隘沟土地肥沃，种的庄稼收成好，烟土产量也高。为民团生存奠定了良好的经济基础。

他们也知道家乡有人把他们叫土匪。其内远见之人也考虑以后的结局及子孙声名，试图走上正规之路。当年徐向前率红四方面军战斗在川西北时，王子安等人曾经秘密派人联系，试图打出马莲河，打出文县或接应或投入，无奈两三次派的人因路远难行，要么中途而废，要么错过时间或地方，都没有联系上。加上考虑自己力量弱小难以冲出县域，只好作罢。

后来，国民党县府李秉璋县长（曾以兴学修路，剿匪禁烟在文县留下较好的口碑）采用以团制团的方略，调用中路河民团，进兵马莲河；在福场周围进剿数十天毫无战果。当地民团利用熟悉的有利地形地势，进出自如，隐现无常，把中路河民团拖得疲惫不堪，打又找不到人，不打又不便退出，不时还反被冷枪惊扰。在下堡子附近的一次战斗中，中路河民团以丢下近十具尸体的结局而败出；传说其中一个姓吴的还是中路河民团团头公子。李县长后来又听人献策，改用文剿策略，令人出面分化瓦解其下属，以利诱其下属脱离。并许王的表亲以任乡长为条件，由其表亲诱请王商量事情（也有说姑舅有病在身，想见一面为由），和王一起经过预设伏击地而使其丧生。传说王本人事前有疑而确定有诈，无奈亲情难违，遂和老表插棍为香，指天跪地起誓赌咒，如有违誓如何情等。其背心中枪后都没有倒下，转身目对老表，口中念念有词，随后双腿跪地，才颓然倒下。事后李县长兑现诺言，让其表亲当上乡长。后话如何无人再说。

抗日楼与丁德隆的故事

采录：严凤岐

在碧口的西山坡上有一所历史久远的小学——文县碧口小学。在校园内的东南角的一个突出的土丘上，至今矗立着一幢二层木瓦结构的仿古木楼。楼高十二米，屋顶四角飞檐翘角，中心楼有一个宝瓶状圆顶。站在二楼的环栏内，可纵览碧口镇全景。它就是闻名遐迩的碧口"抗日楼"。此楼最早的名字叫抑环楼，是时任国民革命军第一师独立旅旅长丁德隆一九三三年执行蒋介石阻击红军的命令驻防碧口时所修建的军事驻防建筑之一。起初，楼的顶层用作哨兵瞭望，下层供军士消遣娱乐；后因战事突变，楼尚未派上用场，军队即于一九三五年撤离。一九三八年，抗日烽火燎原中华大地，为唤起民众抗日激情，经碧口工商学各界联席会议商议，将抑环楼更名为"抗日楼"。地方政府曾在此设立防空哨，以防日军空袭；抗日宣传队——新碧话剧团也曾把这里作为开展活动的中心。时隔七十多年，"抗日楼"虽饱经沧桑，但依然顽强地站在那里，仿佛在等待着什么。

说到"抗日楼"，就不能不提及它的修建者丁德隆。丁德隆何许人也？他是蒋介石的得意门生，黄埔陆军军官学校第二期毕业生。一生跟随蒋介石南征北战，一九四九年随蒋去了台湾，一九九六年三月二十六日病逝于台北，终年九十三岁。

丁德隆，字冠洲，男，汉族，湖南省攸县高枧镇人，生于一九〇三年一月十八日。黄埔陆军军官学校毕业后，他历任国民革命军排长、连长、营长，参加了两次东征和北伐，一九二八年任国民革命军第一军第一师第六团团长，一九三一年冬任国民革命军第一师独立旅旅长。一九三三年，为阻击红军北上建立陕、甘、川革命根据地，丁德隆奉调率军队进驻碧口镇。此前，碧口一带驻防的军队是鲁大昌部的何处一团人马。丁德隆设计拘捕了何处团长，收编了其兵力，以"禁大烟，维护地方治安"为口号，征得地方士绅和商会的支持，很快站稳了脚跟。

丁德隆驻防碧口期间做的一件受到人民称赞的公益事业就是整饬扩展碧口街道，同时修建碧山公园，园内设立小学。他抽调本部技术人员刘勤、兰公彦二人配合地方人士韩定山、许玉如、范子华、谭义臣、董善卿等七人组成"陇南兵工建设委员会"，专事修建工作。工程建设从一九三三年秋季开始，一九三四年冬全部竣工，历时十五个月。

整饬后的碧口镇有了一条宽度一致的街道，依山根的背街还开辟了一条供骡马驮帮行走停歇的线路。新建的"碧山公园"成了民众闲暇时休憩的场所。公园大门为中西结合式建筑，五合泥铸成的拱形门楣上，由丁德隆亲书"碧山公园"四个朱红大字，两边分别为两间中式土木结构的耳房。大门内是一段八十米长，分为八小段，徐徐上升，共一百二十级的青石板铺成的阶梯通道。从大门口拾级而上，在四十六米处，石阶路一分为二，像玉人伸出的两条大腿，一腿向左，一腿朝右。在分道处两旁的土丘上，分别修建两座形式一致的木瓦结构四角亭，供游人休息。

登上石阶路，右边是一块占地约十五亩的大操场。操场的西边依背坎建有土木结构带后室的舞台。操场上有篮球场、排球场、单杠、双杠、木马、秋千等体育设施。操场可供部队出操、训练，也可供民众集会或看戏。

在操场的东北角上，与"抗日楼"对称的地方，建有一座六角亭，亭内有石碑，记载了修建公园的能人志士及捐资者姓名。左边便是"文县碧口完全小学"，有土木结构的大教室九间，西边依山根建有一座两层的土木结构图书楼。与校门相对，建有一座可容纳四五百人的大礼堂，为砖木结构建筑，上盖青瓦，取名"中山堂"。礼堂大门两侧有一副丁德隆手书的浮雕对联，上联："碧山巍峨紧关秦陇千重锁"；下联："白水汹涌冲破江河万里涛"。横额为"中山堂"三个隶体大字。

学校教室的后面是一片徐徐向下的斜坡地，整理成条形梯地后，饲养有各种动物，供游人观赏。有黄狼、狐狸、老熊、锦鸡、八哥、画眉、黄鹂等。最著名的就是那头体重达三百公斤的老熊，曾伤过游人，因此，人们至今仍把那个地方称作"老熊湾"，也就是今天碧口幼儿园的所在地。

一九三四年十二月下旬，丁德隆奉命率部从碧口出发，经四川姚渡，沿西汉水支流汉道河，过陕西青木川、广坪、宁强，直抵阳平关。攻取阳平关后，于一九三五年一月受命与副旅长曹日晖一起接手四川广元、昭化防务，军驻广元西边的羊木坝和昭化的三堆坝。

一九三五年一月二十三日，红军西渡嘉陵江后于羊木坝与丁德隆部激战一昼夜，红军获胜，为日后北上铺平了道路。战斗中，红二十五师师长潘佑卿，红八十八师副师长丁继才，红六二九团政委蔡宏安及一百多名官兵牺牲。

丁德隆于一九三六年年初调任国民革命军第七十八师师长，十月二十二日升任国民革命军陆军少将。抗日战争爆发后，丁德隆率部参加上海保卫战、兰封战役和武汉会战。一九四〇年，丁德隆在陆军大学特别班第四期学习毕业后，蒋介石手令任命为国民革命军第一军军长，次年调任国民革命军第三十八集团军副总司令兼五十七军军长，一九四四年四月二十日升任国民革命军第三十七集团军总司令。一九四五年三月八日，丁德隆晋任国民革命军陆军中将，并任军事委员会高级参谋、中央训练团将官班主任、副教育长。抗日战争胜利后，他专任中央训练团副教育长。

一九四九年，丁德隆随蒋介石去台湾后，受训于革命实践研究院第二十一期，被递补为"国民大会"工人团体代表。在台湾，丁德隆主要从事写作和学术研究，著有《大同大道的理则》《心物一元观》《易经原理》《知之原理与方法》等著作。

一九九六年三月二十六日，九十三岁的丁德隆在台北走完了人生的旅程。二十世纪七十年代中期，丁德隆曾托人到碧口"碧山公园"拍照。当时，中山堂、舞台、两个四角亭都还在，不知丁德隆看到没有。今天，只剩下抑环楼和一个四角亭，也许过不了几年，它也会倒塌。七十多年的木结构建筑，已经很不容易了。

甘肃 陇南　文县卷

中国民间故事丛书

文县卷　笑話

六个秀才吹牛

采录：王玉贵

清朝末年，在一个旅店里同时住了六个秀才，他们吃完晚饭在一间客房居住，在未入睡之前，六个秀才闲谝闲聊，谈天说地，头一个陕西来的张秀才说："陕西一座塔，离天一尺八。"二一个四川来的王秀才说："四川一座寺，把天磨得咯吱吱。"三一个甘肃来的李秀才说："甘肃一座钟鼓楼，半截子还在天吼头。"四一个山东来的赵秀才说："曹操的八十三万人马下江南时在我的一个洗脚盆洗澡一个未见一个。"五一个山西来的蒋秀才说："曹操的八十三万人马下江南时从我家后花园里砍了一根大竹子要用，把这根竹子扛上前头的人走了三年，但大竹子的颠子还在我家大门上上下闪动。"山东来的赵秀才问山西来的蒋秀才说："你的大竹子为何那样长？"山西来的蒋秀才说："你的那个大洗脚盆就是我的大竹子盘的圈。"河北来的第六个刘秀才夸口说："我用三百斤毛铁打造了一联锯。"最后张、王、李、赵、蒋五个秀才问刘秀才："你三百斤毛铁打了一联锯你是怎么样锯板子的？"刘秀才不假思索地说："我天上一锯（句），地下一锯（句）。"

五位老人长寿秘诀

采录：王玉贵

清朝乾隆皇帝在八十岁寿辰之时，举办万寿庆典，搞了一个千叟宴，宴请全国长寿老人。宴会后，乾隆专门又召见来自东西南北中五位九十九岁的老人代表，要他们一个一个的单独讲出自己的长寿秘诀。

于是，北方老人第一个讲道："我活九十九，日日百步走。"

接着，南方老人回答："我活九十九，每餐留一口。"

西部老人不假思索地说："我活九十九，远离烟和酒。"

东部老人哈哈大笑说："我活九十九，爱乐不爱忧。"

最后一位中原地区的老人迟迟不肯讲出自己的长寿秘密，在皇帝再三催

促下，才小声说道："我活九十九，老婆长得丑。"话音刚落，就把乾隆皇帝
给逗乐了。

从此，五位老人的长寿秘诀不胫而走，慢慢被人们传为佳话，两百多年
过去了，这个故事一直流传至今。

千俭省和万俭省

采录：王玉贵

不知是哪个朝代，东庄有户人家，过着十分节约的生活，这户人家的
衣、食、住、行总是比别人要俭省若干倍，于是，庄上人给这户人家的主人
取了个绰号叫"千俭省"。他自己也喜欢别人喊这个名字。

有一天，千俭省听邻居老张说，距东庄十里的西村有户人家日子过得比
他还要俭省十倍，村里人给主人取名为"万俭省"。千俭省不服气地想了想：
我千俭省就够俭省的了，还有什么万俭省？于是，他决定拜访拜访。

千俭省苦思冥想：拜访人家不能空着手去。总要有个礼物，便令儿子
拿来笔墨纸砚，放在地上，几笔就画出一只又高又大的公鸡。第二天天蒙蒙
亮，千俭省提着这只"大公鸡"兴冲冲地来到西村。到了西村他左打听右打
听，逢人便问，很快就找到万俭省的住房。进了大门，大声问道："万俭省
在家吗？""不在啊，请进来叔叔。"答应他的是万俭省的儿子。"小孩，我
名叫千俭省，听说你们家还有个万俭省，特来拜访！""你要拜访的是我爸
爸，他上姥姥家去了，晚上才得回家，你有什么事请住在我家，等爸爸回来
再说。"万俭省的儿子用手指着墙上画着的小板凳、茶杯、温水瓶谦虚地接
着说："叔叔，请坐，请喝水！"千俭省说："谢谢，第一次上你家门来，对
不起，仅提了一只公鸡作为礼物，请收下！我还有急事，不能住，你爸爸回
来说一声，改日再会。"万俭省的儿子灵机一动，心想，人家大老远的送咱
一只大公鸡，到家里来连饭都未吃一口，不忍心人家饿着肚子回去，他便伸
出双手，朝着千俭省的面比画了一个直径五寸的圆说："叔叔，我让你住在
我家等候爸爸，你却有急事要走，这个馍馍你拿在路上作为干粮，也算我返
还你的一份薄礼吧！"千俭省带上"干粮"回家了。

晚上万俭省回到了家，儿子将今日千俭省来家情况着实报告了爸爸。

万俭省接着询问儿子："你送人家的馍馍有多大，从实招来。"儿子用手边比画边说："估计直径有五寸。"万俭省暴跳如雷，口出狂言："你这个小杂种，败坏家风，为什么要给他那么大的馍馍，你为什么不给他做小一点，你为什么……"

破案

采录：王玉贵

西北部分地区有一个习俗，春节前夕，家家普扫屋墙屋顶，彻底打扫卫生，准备过一个祥和干净的年。腊月二十四日，某君在他家厨房内从上到下清除烟墨灰尘，不慎从高处失脚摔下，正好双脚"叮咚"一声，踩在案板上，妻子连忙跑来现场，痛惜地说："哎呀，这可咋办？这么好个案子太可惜了，你也太笨了，那是厨房少不了的东西！"丈夫对妻子说："现在公安人员破案很不容易，而我一脚就破了几辈人破不了的案！"

借"驴"发挥

采录：叶培根

古代文人出游喜欢骑驴，正如今人出游喜欢骑摩托车一样。以驴代步，不紧不慢，既安全又舒服。在有节奏的驴蹄声中不经意还会弄出一首好诗来。"细雨骑驴入剑门"便是这情境的写照。

入夏，一文士骑驴前往一寺院会友。至寺院门口，唰地跳下驴背，顺手将驴拴在一棵树上。

进得寺院，树荫遮天，好个清凉去处！钵盂声声，香烟缭绕，清净极了，朋友们早在石桌旁谈天说地，或屏息凝神专心下棋。院中和尚见他们这些人不是香客，还天天在此嚷嚷，便懒懒散散，不理不睬，更不上茶水。其中有几个和尚身披袈裟，却也并不落教，常常在外吃酒赌博，拈花惹草，骑驴文士早有耳闻，可惜总找不到奚落这几个"秃驴"的机会。

这天下午谈兴正浓，棋也下得过瘾，无奈腹内空空，口渴难当，便收拾提前回家。

骑驴文士出得院门，发现拴树上的驴在啃树皮吃，文士见状，灵机一动，便借"驴"发挥："在家不吃草，出门啃树皮。活上（和尚）一百岁，长老（仍是和尚的意思）还是驴！"友人们听了哈哈大笑，和尚们听了假装没听懂，即使听懂了也只有吃个哑巴亏，又能怎样呢?

不够城里人的一顿菜碟子

采录：叶培根

文县城河对面有座黄家山，其实它就在南山的怀前面。新中国成立前，山边住着几户人家，茅庵草舍，种几亩荒坡地，勉强混饱肚子。他们常年穿着"四季不下班"的筋筋串串破破烂烂，想补补丁都没有多余的布。夏天好办，冬天，"烤的是疙瘩火，吃的是洋芋果"。吃盐、吃药、看病全靠常年进城卖柴。常言说得好，"背柴没本，越背越紧"。这"紧"的意思就是极端困难。再困难，再穿得破烂也得下山进城卖柴，无所谓好意思不好意思，也无所谓被人笑不笑话。柴变成钱就好说话了。

一天，山上一位老汉，特意换件较好的衣服，结结实实背了一背柴，上街叫卖。背到所城十字街，有人吼道："喂，卖柴的老汉，这背柴多少钱?"老汉擦把汗水说："看你，你们经常在买。别亏了我就行了！"那人说："这背柴背子结实，就两块半钱，行了就跟我走！"老汉说："行！你在前面引路！"引至家门口，老汉进了门，靠台阶一仰，放下柴背子。放柴背子时落地太猛，不小心崩破了裤裆，把牛牛从裤裆里甩了出来。买柴主人见了不怀好意地挖苦道："哎呀呀！你老汉好大的本钱啊！"老汉既不知，也不觉，抽了绳，一本正经地说："哎哟，我的本钱再大也不够你们城里人的一顿菜碟子！"这城里人赶忙付了钱，再不好搭话了，自认晦气，自讨没趣。

尴尬的新娘

采录：叶培根

　　封建时代，未出嫁的姑娘，大门不出，二门不迈。说话，要轻言细语；走路，要轻脚慢步；笑不露齿；哭不出声；不兴读书，不兴学文化，说什么"女子无才便是德"。如若跑出跑进，便骂作"疯张扬势"；不能慎言谨行，便骂作"活野物"！总而言之，"三从四德"的礼法把个活泼乖巧的少女约束得低眉顺眼。

　　出嫁之日，头顶盖头，不见天日，进得轿门，与世隔绝；拜完天地便又上炕盘膝面壁而坐，待到客走席散，才下炕吃饭。

　　有一家出嫁女儿为娘的怕女儿那天受罪挨饿，出嫁之日便早早煮了八个荷包蛋。女儿吃了六个便觉得饱胀，娘说："娃！把那两个吃了吧，不然你今天要挨饿哩！"女儿只好又挣着把剩下的两个吃了。娘高兴地说："发发发，不离八！我娃一定福大命大！"

　　在唢呐鼓乐声中姑娘上了轿，一路顺顺当当到了婆家门前落轿。新娘在送亲和婆亲人陪伴下出得轿门，在唢呐声中刚抬步进门，"嘟"地蹳出个屁来，新娘紧张极了，叫礼大宾趁机叫道："进门一屁，大吉大利啊！"看热闹的人听了莫名其妙，也顾不上追查。接着是新郎新娘共拜天地，人声嚷嚷，叫礼大宾禁戒几次才安静下来。新娘正与新郎下跪之时，不慎又是"嘟"的一屁，叫礼大宾随机应变，大声叫道："有屁又放，子孙兴旺！夫妻对拜，龙凤呈祥！"因为合辙押韵，因为合情合理，最掩人耳目，事情也就马马虎虎过去了。新娘又在送亲的陪同下，匆匆进了洞房。上炕时一使劲又是一屁，叫礼大宾气不打一处来，大声吼道："又是一屁，老牛出气！"看热闹的娃们哈哈大笑，叫礼大宾厉声训斥："龟儿子们，笑，笑啥呢？"小娃们齐声："笑屁哩！"又是一阵哈哈大笑，大宾又狠狠禁戒了一顿才算平静下来。

　　新娘子在炕上面壁而坐，恨不能钻进炕洞里，又不好发作。想不到在这大喜的日子里这样丢人现眼，如此尴尬，心中只能暗暗埋怨老娘的那八个荷包蛋了！新娘子羞愧难当难受极了，半年后才敢出门见人。

我还是头一块

采录：叶培根

民国初年，科举废除，办起了新学堂，不光学文也要学自然常识。学制有小学、中学、高中、大学。毕业升学层层考试，并按分数高低排列名次，不及格者上不了榜，也就升不了学。

有一学生，小学考初中总上不了榜，自然也进不了中学的大门。为父母的十分焦急，既然上不了中学，大学的路也就无望了。街坊邻居有人给他吟了一首打油诗：

> 少小读书不用功，
> 不知书中有黄金，
> 早知书中黄金贵，
> 夜点明灯下苦功。

学生听了，想到自己确实未"下苦功"，所以常常落榜。他便下定决心，好好复习，绝不辜负父母双亲的一片殷切期望。第三年又去考，待张榜时，便早早去看榜。

儿子出门看榜，远远看见榜下人头攒动，黑压压一片人群。他急急忙忙钻进人缝里从头看到尾，幸好最后一名就是他，哈！上榜了！他高兴万分，急忙回家报喜。

儿子回到家里，却又不慌不忙，也不回答父母的急切询问，他大声言道：

> 前面人山人海，
> 后面中华民国。
> 回头一看，
> 我还是头一块！

大人听了不解其意，弄了半天方知儿子上榜了，考上了，不过是最后一名罢了。全家人一块石头落地，仍皆大欢喜。

干脆再整大一些

采录：叶培根

沿白水江顺流而下，玉垒、碧口一带，江两边便有人淘金筛金。据说这一带含金量还不错，所以经常有人搞这营生。

就在玉垒白水江南面有个叫麻地坝的地方，居住着三五户人家，祖祖辈辈，靠河边几亩薄田和山沟里的坡坡坎地务农为生。这里往来交通极为不便，运输货物全凭人力肩挑背磨。过江赶场要绕好大一个弯子。宝贵时间就消耗在走路上了。

麻地坝有户人家紧靠江边，主人发现不远处有一横卧江中的磐石，石上有个不大的石窝窝，里边有金灿灿的东西，他眼睛一亮，挽起裤腿走近石窝，用手一捧，便捧出重登登的东西来。仔细一看，原来是大家常说的沙金啊！这人急忙把沙金捧回家中，家人看了高兴得大呼小叫。这人眼睛一瞪，小声叮咛家人千万不要在外面声张。如果说漏了嘴，这天大的好事就麻烦了，看见的银子就会化成水了。

白水江日夜流，浩浩荡荡，大浪淘沙，磐石上的石窝里隔三岔五这家人总会弄出点东西来。年复一年，日复一日，神不知鬼不觉，这家人逐渐富裕起来了。主人首先请石匠在家门附近的上方悬崖上开凿一条向西流的水渠，好把沟水引进上不了大河水的几亩旱地，变旱地为水田。接着又修房又添牲口，生活一天比一天好，心境也一天比一天高。

这家人依山傍水，旁有竹林树林，七八亩水田长势喜人。从河这岸远远望去，好一幅山村美景图画。主人又请石匠在新修房屋的院前临江筑起一座高约三丈碉楼般的平台。台上青石板铺地，四面用石栏板围护。在这临江平台上白天观景，晚上赏月，十分惬意。这个建筑因不在电厂库区未能淹没，至今仍保留完好。

这周围团转的人都为这家人的变化而惊奇不已，但主人反倒不满足，时时想如何发得更快，更阔，有一天他想要把那个石窝窝干脆再整大一些，这样得到的财喜不就更多了吗？第二天等村里人都上山出坡去了，他拿了把錾子，三下五除二，叮咣叮咣把那个石窝子扩深扩大了好几倍。他想得狠，动作快。等出坡人回来，他早已收拾停当。这天晚上他翻来覆去睡不着，笑醒了好几回，他想象着今后的日子有多美啊！

过了几天，主人去石窝想探个究竟，不掏便罢，一掏竟然掏出了一团泥沙，过几天再掏仍是泥沙。主人心都凉了，千不该万不该随意去改动那个石窝子。回到家里伤心透了，不由得抱头大哭一场。邻居闻声赶来，问明原委，大家这才明白这家人大发大富的根由。有人说："不要怄了，天官赐福，你们总算得到许多，我们呢？连个肚子都混不圆。"

此后，这家主人仍不死心，又悄悄去石窝子摸了几回，一无所得，再也见不到沙金影子了，自认再无福消受天赐的财喜。

于是，背地里人们议论纷纷："心太重了，心太重了！心重了过大河沉底里！"

有人说："三两的黄金，四两的福！"

又有人说："命里生的三合米，走遍天下不满升！"

人们把这个故事一下子传开了，传来传去，传至今天。大家得出一个结论：凡事适可而止，顺应自然。如若主观地由性所为，大至国家小至个人都要遭到自然规律的惩罚！

三个打鹿子

讲述：牛建文
记录：刘启舒

从前，有三个打鹿子（猎人），每次进山打猎都结伴而行。

有一天，三个打鹿子又进山林打猎，跑了东山去西山，终于发现了一只鹿。三个打鹿子都放出猎狗，围追堵截这只鹿，结果将鹿围堵在一座悬崖畔，无处可逃。枪声响了，鹿应声倒地。

一只鹿，三人分，怎么分呢？第一个打鹿子说："我们吟诗，按吟的诗来分鹿肉。"另外两个打鹿子均表示同意。

提建议的第一个打鹿子，率先吟诗，他吟道："我老大的胡子白如雪，我要鹿的上半截。"说着，他用刀砍去了鹿的上半截，随手搭在了肩上。

该第二个打鹿子吟诗了，他吟道："我老二的胡子黑如铁，我要鹿的下半截。"说着，他把鹿的下半截搭在了肩上。

就这样，一只鹿，第一个打鹿子拿走了鹿的上半截，第二个打鹿子拿走了鹿的下半截，两人高高兴兴地往家走。

第三个打鹿子忙碌了大半天，却一无所获，垂头丧气空手而归。他回到家中，妻子问他为何气呼呼地空手而归，他将来龙去脉对妻子一说，妻子听后说："你不要生气，明天你们三个人又去打猎，打下鹿了，我来替你吟诗。"

第二天，三个打鹿子又进山打猎，果然又打下了一只鹿。第一个打鹿子又提出吟诗分鹿肉。

还没等他开口吟诗，第三个打鹿子的妻子走来了，她对第一个打鹿子和第二个打鹿子说："昨天，你们两个先吟诗，今天该我家男人先吟了，我替男人吟。"说着，她开口吟道："我老娘的胡子顺沟掉，我鹿皮鹿肉一齐要。"吟完，她把整个鹿搭在了男人的肩上，夫妻俩高高兴兴地回家了。

这一次，该另外两个打鹿子垂头丧气空手而归了。

天下不愁

讲述：班正连
记录：刘启舒

从前有个财主，在大门上挂了个匾，匾上写着"天下不愁"四个字，试图炫耀自己。

有一天，县官从这里路过，看见财主家门上挂着"天下不愁"的匾，便把他叫来，问道："你门上的匾，是啥意思？"

财主回答说："我啥都有，所以啥都不愁。"

县官一听，财主口气大得很，便故意为难他，让他惆怅，说道："好！既然这样，你啥都不愁。你明天给我办来十二个公鸡蛋。如果办不到，把你的家抄了！"

财主一听县官让办十二个公鸡蛋，马上愁开了。

县官走后，财主愁得饭都吃不下，觉睡不着，还一个劲地唉声叹气。

老婆子见财主白天一副愁眉苦脸的样子，晚上翻来覆去睡不着觉，还不停地唉声叹气，感到很奇怪，问他是啥原因。

财主说："我们匾上写的'天下不愁'，这个匾挂拐了。县官看了匾，让给他办十二个公鸡蛋。这怎么办呢？如果办不到的话，家都要抄了哩。老婆子，你说愁人不愁人？"

老婆子说："我当是啥事情哩，看把你愁的。这好办嘛，明天我去找县官去。你甭害怕，睡你的觉。"

第二天，财主的老婆子来到县衙，见到了县官。

县官问道："你的门前人（男人）怎没有来呢？"

财主的老婆子回答说："禀报县太爷，门前人昨晚上坐月子了。"

县官一听不信，说："胡说八道，哪个男子还坐月子呢？"

财主的老婆子正好接上话茬儿，回敬说："哪个公鸡还下蛋呢？"

一句话，便把县官给问住了……

慌张婆娘

讲述：郭樱桃
记录：刘启舒

从前，有个婆娘，做事慌慌张张：她给下地干活的丈夫送水，慌慌张张，竟然把夜壶当茶壶提上；她炒菜，慌慌张张，把煤油当菜油倒在锅里；她和面蒸馍，慌慌张张，把石灰当成了碱面……像这样的例子，举不胜举，所以人们称她"慌张婆娘"。

丈夫也不知指教了她多少次。她口上说今后做事再也不慌张了，谁知说过后依然如故。有一次，丈夫出远门，临走再三嘱咐她，做事一定要细心。慌张婆娘让男人放心，她再也不会干慌张事了，她背着孩子，把丈夫一直送到村外。这时，她对丈夫说："噢，我慌里慌张，竟然忘了一件事，我给你做了一双鞋，忘了让你带上了。"说完，慌张婆娘转身跑回家取鞋，抓起一个包着鞋的布包就跑。丈夫打开布包一看，竟然是双绣花鞋。原来，慌张婆娘刚才又慌张了，把自己的绣花鞋当成给男人做的新鞋拿来了，只好回去重拿。

丈夫走后，有一天傍晚，天已经快黑了，慌张婆娘接到娘家捎来的口信，母亲病重，让女儿回娘家看望一下她。慌张婆娘听说后，心急如焚，慌里慌张地收拾回娘家。她本来要背上娃回娘家，谁知，慌乱之下竟然把床上的枕头当娃背在了脊背上。

等慌张婆娘收拾好，天已经黑了，她背着枕头，慌里慌张地向娘家走去。半路上，慌张婆娘路过一片冬瓜地里，被冬瓜地里的瓜蔓绊了一跤，跌倒在地，脊背上的枕头也摔得不见了。慌张婆娘感到奇怪，为啥娃摔在地上不叫唤？夜黑得伸手不见五指，她在地上东摸西摸找娃，摸到一个大冬瓜，以为是自己的娃，不管三七二十一，便背在了脊背上。走到半夜，慌张婆娘才走到娘家。母亲一见面便问："你的娃儿呢？"慌张婆娘急忙放下脊背上的"娃"，一看是一个冬瓜。她慌里慌张跑回家，娃儿都快哭死了……

三个女婿

讲述：田明智
记录：刘启舒

从前，有个员外，养了三个女儿。大女儿嫁给了文官，二女儿嫁给了武官，三女儿嫁给了庄稼汉。

大女婿和二女婿自以为有权有势，总没把当农民的三女婿往眼角里放，事事处处都要显示自己高人一等。

三女婿却不在乎，不买他们的账，心想：你们当你们的官，我种我的地，我也不低谁一等、矮谁一分。

有一天，员外过生日，三个女婿都来拜寿。酒席间，员外对三个女婿说："你们三个女婿都来吟诗，看谁吟得好。"

大女婿和二女婿都会吟诗，双手赞成，唯有三女婿是个农民，不会吟诗，没有开腔。

大女婿以为他是个文官，当仁不让，想趁机显示一下自己的权势，开口吟道："我官高，我官大，一县之父万民怕。我要让谁死，想活也无法！"

二女婿以为他是个武官，也想显示一下自己的威势，大女婿刚吟完，他便开口吟道："我有弓，我有箭，万军之中我为先。我想要谁死，立马在眼前！"

正在吟诗时，员外家前院的房子突然着火了。

大女婿干急没奈何，只有"嘣嘣嘣"地跺脚。

二女婿张弓搭箭，用箭射火，结果无济于事。

　　三女婿对两个姐夫说："做的什么官，射的什么箭，不如我的挑水担。"

　　三女婿一边说，一边挑来了一挑水，一下子就把大火浇灭了。然后，他对两个姐夫说："到底是你们两个当官的行，还是我这个当农民的行？"

　　一句话，把大女婿和二女婿问了个面面相觑，哑口无言。

用膳

讲述：牛建民
记录：刘启舒

　　从前，有个乡里人和城里人交了个朋友，两人在一起做生意。交往中，乡里人向城里人学了一些城里话。譬如，乡里人说"吃饭了没"，城里人则说"用膳了没"。

　　有一天，乡里人出门去，临行前对妻子说："老婆子，我出门去。要是城里朋友来家里，你千万不能说'你吃饭了没？'，你这样说，城里人就要笑话我们乡里人，你要说'用膳了没？'"

　　妻子说："好嘛，我就照你说的说。"

　　没过两天，果然丈夫的城里朋友来了。妻子热情接待，忙给客人抬板凳、装烟、倒茶，然后开始问，本该问"你用膳了没？"但妻子却问道："你骗了没？"

　　这一问，把丈夫的朋友为难住了：说骗了，自己是个大男人，犹豫片刻，只好实话实说："没骗。"

　　老婆子一听，丈夫的朋友"没骗"，以为还没吃饭，便要给他做饭。老婆子从灶房拿来菜刀，在磨刀石上磨，磨快了好切菜切肉。丈夫的朋友见她磨菜刀，以为是要用菜刀骗他，吓得连忙跑出门外。

　　老婆子见客人连饭都没有吃就离去，急忙追出门外，边追边喊。她要喊的话应是"你甭跑，你没吃饭，我给你做饭"，却按丈夫教的，喊道："你甭跑，你没骗，我给你骗！"丈夫的朋友一听，吓得没命地跑。

　　过了两天，丈夫回来了，问妻子："我城里朋友来了没？"

　　老婆子说："来了。你的啥朋友？来了饭都没有吃，就跑了。"

　　丈夫又去问他城里的朋友："我没在家里，你饭也要吃嘛。"

城里朋友说:"再甭说了。我到你家后,你的老婆子问我'骗了没?'我说'没骗',你的老婆子取了个菜刀在磨刀石上磨,就要骗我。要不是我跑得快,就被骗了……"

员外和儿媳

讲述:牛妙关
记录:刘启舒

从前,有个王员外,他有三个儿子,刚刚给大儿子娶了个媳妇。

媳妇腊月里过门,正月里打算回娘家。王员外对儿媳说:"急啥呢?等我给二儿子娶上媳妇了,你再回娘家也不迟。"

大儿媳只好耐心等待,一等就是三年,王员外才给二儿子娶媳妇。大儿媳见小叔子已娶上媳妇,又向公公提起回娘家的事。王员外说:"急什么,等我给三儿子娶上媳妇了,你再回娘家也不晚。"

大儿媳无可奈何,只好耐心等待。一等又是三年,王员外才给三儿子娶上媳妇。大儿媳终于等到回娘家的日子,忙里忙外地收拾,准备回娘家。二儿媳和三儿媳也在收拾,准备回娘家。

王员外对三个媳妇说:"你们回娘家,我提个条件,你们必须做到:你们要同时去、同时来,一个去三五天,一个去十五天,一个去半个月。回来的时候,大儿媳用纸把火包来,二儿媳用纸把风包来,三儿媳用纸把水包来。"

大儿媳和二儿媳听了公公的安排,背地里哭开了。三儿媳很纳闷:回娘家是好事,她俩为啥哭呢?便上前询问。

大儿媳和二儿媳说:"公公安排,我们两个,一个去三五天,一个去十五天,这咋会同去同来呢?还要用纸把火包来、把风包来,这咋能做到呢?这不是老公公故意出难题吗?"

三儿媳说:"这有啥难的?一个去三五天,三个五天是半个月,一个去十五天还是半个月,咋不能同去同来?你俩一个提着灯笼来,一个用扇子扇着风来,不是纸里包着火来,用纸扇着风来了吗?"

大儿媳和二儿媳听她这样一说,破涕为笑,又问她:"老公公让你用纸把水包来,你咋办?"

三儿媳说："我娘家烤酒，我把酒壶里装上酒，酒壶外面包上纸，把酒给公公，不是用纸把水包来了吗？"

屁女出嫁

讲述：张仲明
记录：刘启舒

从前，有个员外的女儿爱放屁，一天到晚屁放得不落台，得了个"屁女"的外号，方圆百里没有不知道的。员外的女儿到了女大当嫁的年龄，但由于爱放屁，成了嫁不出去的姑娘。后来，有个小伙子图员外家的钱财，愿娶屁女为妻，并商定了娶亲的日子。

员外知道女儿爱放屁的毛病，盼咐亲家来娶亲时多赶几匹骡子，另外一定把洞房里的东西要拣干净，免得女儿出丑。

娶亲那天，男方赶了五匹骡子驮新娘。屁女骑在骡子上响屁连天，到婆家只有二三十里路，她的屁竟然把三匹骡子的脊梁冲断了。

老公公收拾洞房时，把杂七杂八的东西都捡了，唯独上床的踏板下面有个洗衣服的圆棒槌没有被发现。屁女拜过天地，一入洞房便响屁连天，放个不停。臭屁把床前踏板下面的圆棒槌吹了出来，一会儿吹到东，一会儿吹到西，在屋里滚来滚去，"咚咚"地响个不停。

老公公在外面听到动静，以为夫妻在打架，喊门也不开，便用劲推开门。他进屋一看，原来是圆棒槌被儿媳的响屁吹得在地上滚来滚去，发出"咚咚"的响声。

老公公弯腰，去捡地上的圆棒槌。谁知，他刚一弯腰，儿媳妇一个屁，把圆棒槌吹了起来，把他的额头砸了一个包。老公公疼得"哎哟"直叫唤，急忙用手去揉额头上的包。谁知，儿媳妇又是一个屁，把老公公头上戴的凉壳子帽吹了起来，在屋里飘来飘去，不落地。老公公踮着脚，用手去抓凉壳子。可是儿媳妇不停地放屁，把凉壳子吹得在老公公头顶上飘来飘去，一直不落地。老公公伸手抓来抓去，但怎么也抓不住。

老公公无可奈何，只好对儿媳妇说："儿媳妇、儿媳妇，你听老公公对你说，把你的勾眼门撮一撮，让我的凉壳子帽往下落一落。"

傻女婿

讲述：张福才
记录：刘启舒

从前，有个女子嫁给了一个瓜（傻）女婿，过门三天后回门，带着女婿回娘家。她心想：母亲见了女婿面，肯定要问这问那，丈夫是个瓜女婿，母亲问的问题恐怕他答不上。

于是，回娘家的路上，妻子边走边叮咛丈夫："掌柜的，到了我家，母亲问你问题，你要是答不上了，我教你，你按我说的回答。"

瓜女婿听了妻子的话。到了丈人家，吃罢饭，果真丈母娘与女婿拉开家常，问女婿："贤婿，听说你们家牲口喂得多，有哪些圈棚？"

瓜女婿答不上来，妻子忙把他拉到一旁指点："你就回答说，一共有五六间圈棚，有马圈，有牛圈，有羊圈，有猪圈。该住马圈的住马圈，该住猪圈的住猪圈。住在马圈的噢噢噢，住在牛圈的哞哞哞，住在羊圈的咩咩咩，住在猪圈的哼哼哼。"

瓜女婿记住了妻子的话，来到丈母娘跟前。丈母娘又问他："贤婿，你们全家一共有几间住房？几间正房？几间厢房？"

瓜女婿便按妻子教的话回答说："一共有五间圈棚，有马圈，有牛圈，有羊圈，有猪圈。该住马圈的住马圈，该住猪圈的住猪圈。住在马圈的噢噢噢，住在牛圈的哞哞哞，住在羊圈的咩咩咩，住在猪圈的哼哼哼。"

丈母娘见女婿回答得莫名其妙，便又问了一个问题："贤婿，听说你们家的老母猪刚下了猪娃子，一窝下了多少？"

瓜女婿答不上。妻子把他拉到一旁指点："你就说一窝下了十二个，有花的，有麻的。"

瓜女婿来到丈母娘跟前。丈母娘又问："贤婿，亲家母生了几个娃。"

瓜女婿按妻子教的回答："一窝下了十二个，有花的，有麻的。"

肚饿糠甜

讲述：张齐成
记录：刘启舒

　　从前，有个皇上走出皇宫，独自一人微服私访。一天，他走了大半天，走得又饿又渴。这时，一个村妇提了一个瓦罐，去给正在地里劳动的丈夫送晌午。皇上便走上前去询问："大嫂，请问你瓦罐里提的什么东西？"

　　"提的饭。"村妇回答。

　　皇上捧起瓦罐一闻，觉得瓦罐里的饭很香，就想吃。

　　村妇是个精明人，看出眼前的这位客官不是凡人，对他说："客官，瓦罐里的饭叫茶面，是我们农家常吃的饮食，这是我给地里干活的男人送的饭。客官要是爱吃的话，请在这里等着，我给男人送完饭，我领你到我家里去吃。"

　　村妇给男人送完饭，转身回家，看见那位客官还在那里等她。村妇把客官领到她家，给客官舀了一碗茶面。客官吃了还想吃，一连吃了三大碗。吃完后，客官赞不绝口，说一辈子从来没有吃过这样香的饭，向村妇再三称谢后离去。

　　皇上回宫后，一直回味着村妇做的茶面，便安排御厨给他做茶面。可是御厨做的茶面，不管怎样精心做，皇上吃起来都没有村妇做的茶面香。他便换一个御厨做茶面，依然如故。皇上不知杀了多少御厨。无奈之下，皇上只好把村妇召进宫给他做茶面。

　　村妇被召进宫，方才知道在她家吃茶面的客官是皇上。听说皇上让她做茶面，她便向皇上提出了一个条件："皇上必须饿三天。"

　　皇上答应了。谁知，皇上刚饿了两天，就招架不住了，恳请村妇给他做茶面。村妇给皇上做了一顿茶面。皇上刚吃了一口，觉得和上次在她家里吃的一样香，吃了一碗又一碗，一连吃了三大碗。

　　皇上得出了结论，叹息道："哎，把御厨错杀了。肚饿糠甜！"

弓也长

讲述：赵明贤
记录：刘启舒

从前，有个打柴郎，名字叫"弓也长"。打柴郎家里很穷，每天打了柴去城里卖，卖的钱换些油盐米面，养活全家人。

有一天，弓也长又上山去打柴。到了中午时分，一背柴砍够了。他正在用麻绳打柴捆，忽听树上一只雀鸟在叫："弓也长，弓也长，南山背后虎伤羊。你吃皮里肉，我吃肚内肠。"

弓也长到了南山背后，果然发现一只被老虎咬死的羊，还是一只肥羊。他顺手掂量了一下，至少有七八十斤，足够全家吃好几天。

雀鸟刚才鸣叫的意思是，让打柴郎剥掉羊皮，把肉拿回家去吃，把羊肚子里的肠子给它留下，让它也吃一点。

谁知，弓也长心口子厚（贪心），他没有按雀鸟说的那样做，而是羊皮也没有剥，把一只整羊背回去了。

雀鸟指望吃羊肚子里的肠子，结果也没有吃成。

第二天，弓也长又上山去打柴。中午，他正在吃干粮，树上的雀鸟又叫开了："弓也长，弓也长，南山背后虎伤羊。你吃皮里肉，我吃肚内肠。"

弓也长一听，以为又是昨天那样的好事情，他又会收获一只肥羊，那股高兴劲儿就别提了。他急急忙忙向南山跑去。

谁知，他到了南山一看，哪有什么"虎伤羊"，而是别人把人杀了，血淋的尸体摆在地上。这是个是非之地，弓也长正想离去，不巧来查案的县衙差役接到报案来了，正好将在现场的弓也长带走。

这一下，弓也长惹上官司。公堂上，尽管他竭力辩解，大喊冤枉。然而，就像黄泥巴落在裤裆里说不清，是屎也是屎，不是屎也是屎。弓也长纵然有一百张嘴，也有口难辩，最终他还是被送上了断头台。弓也长成了笑柄，贪心不足，见利忘义，最终丢掉了性命。

打鸟的故事

讲述：赵国俊
记录：李朝武

从前有一个四川人落户到文县安家。此人有一支火枪，并有一手好枪法。农闲时间总是背上火枪到树林打鸟为乐，常常总有收获。

一日，他刚进树林就发现树林里有两只斑鸠。由于他的注意力完全集中在鸟上面，就没有发现还有一个蹲在树林里解手的人。当然，这个解手的人也完全没有察觉到那个打鸟的人。这个四川人瞄准斑鸠后，斑鸠应声落地。那个解手的人听到枪声后，先是吓了一跳，然后提起裤子便跑。那位打鸟的四川人见有人提个东西在前面跑，便大声问他："唉，我打的斑鸠你捡上走了？"

那位解手的人边跑边回答道："没有，我在解手！"

打鸟的人又说："你下酒，我不下酒？"

解手的人又回答道："你是聋子吗？"

打鸟的人又问他："唉，管它是公子还是母子，是我打的！"

图书在版编目（CIP）数据

中国民间故事丛书·甘肃陇南·文县卷 / 潘鲁生，邱运华总主编 . —北京：知识产权出版社，2017.5

ISBN 978-7-5130-4811-8

Ⅰ.①中… Ⅱ.①潘… ②邱… Ⅲ.①民间故事—作品集—文县 Ⅳ.① I277.3

中国版本图书馆 CIP 数据核字（2017）第 053847 号

责任编辑：孙 昕　　　　　　　　　责任校对：王 岩
文字编辑：杜廷广　　　　　　　　　责任出版：刘译文

中国民间故事丛书·甘肃陇南·文县卷

中国民间文艺家协会　组织编写

总 主 编 潘鲁生 邱运华

本卷主编 陈 英

出版发行：	知识产权出版社有限责任公司	网　址：	http://www.ipph.cn
社　址：	北京市海淀区西外太平庄 55 号	邮　编：	100081
责编电话：	010-82000860 转 8111	责编邮箱：	sunxinmlxq@126.com
发行电话：	010-82000860 转 8101/8102	发行传真：	010-82000893/82005070/82000270
印　刷：	北京嘉恒彩色印刷有限责任公司	经　销：	各大网上书店、新华书店及相关专业书店
开　本：	720mm×1000mm　1/16	印　张：	24.5
版　次：	2017 年 5 月第 1 版	印　次：	2017 年 5 月第 1 次印刷
字　数：	406 千字	定　价：	52.00 元

ISBN 978-7-5130-4811-8